臺灣

新文學
理論
批評史

古繼堂 著

臺灣版自序

古繼堂

　　身披視窗射進來的燦爛的異國朝霞，呼吸著安大略湖濱特有的沁人心肺的新鮮空氣，享受著加國藍天綠地的清新環境，我坐在大多倫多列治文山市的書房中，安然自得地撰寫這篇自序。1993 年該著面世時，我在北京萬壽寺寒舍寫跋，也是一個燦爛的早晨，我的書與太陽如同雙胞胎，同時誕生在東方。情景與時下相差無幾，但時間卻已經無情地跑過了十五年。地域也從東方轉到了西方。膝下二女各有二子，享受著域外的天倫之樂。本書初版時臺灣版原該同時面世，但因批「臺獨」內容相持不下，致使臺灣版延誤至今。

　　十五年，是一種期待，是一種積累，是一種發展，是一種演變。如今，該落幕的落幕了，該開鑼的開鑼了。水清天藍，鳥靜林安，生計豐盈，自適自安，彷彿是人們共同期盼的境界。只要萬眾一心，這種境界，恐怕雖不達，也不遠矣！回首十五年前，許多事處於優柔寡斷的狀態。搞臺獨的，大喊大叫十分賣力，但卻懼風險不願正式戴上臺獨的帽子；而反臺獨者，雖然反得及時批得有力，但唯恐將臺獨人士推向不歸的臺獨之路，而羞羞答答稱之為「分離主義傾向」，意在留有餘地。豈知政權到手，臺獨一時變成了「香餑餑」，人們爭戴臺獨帽子。既然自己戴上了，別人也就無可奈何，不必遮遮掩掩了。只是分離主義傾向與臺獨不能劃等號，頭大帽子小。將本書留在了尷尬之境。不過這種尷尬倒也意外地成了歷史演變狀態的一種見證。又豈不快哉！

　　生活在異國他鄉，常有一種內外矛盾的不適之感。內中外洋，內深外淺，內遠外近，內含外露，內潛外燥。生活在老外群中，卻總愛用中國的倫理道德評判是非；吃的異國糧，喝的是異國水，卻總愛用

中國的尺子丈量東西；站的是異國地，看的是異國天，卻總愛用中國的習俗去看南北；住的是異國房，走的是異國路，心目中卻總是感覺中國的泥土親；經的是異國風，歷的是異國雨，但骨子裡卻總是覺得中國的太陽暖，月亮圓。眼前修訂的這部《臺灣新文學理論批評史》論述的雖然是臺灣新文學理論的發展全貌，但追根溯源；卻上接源遠流長的中國古典文化；探根尋脈，卻下連生機勃勃的中國現代文明；它評論的雖然是新文學理論，但卻波及到詩歌、小說、散文等文學創作的主要部門；它敘述的雖然是臺灣的文學理論批評；但由於多年來東西方異族，如日本、美國、葡萄牙、荷蘭等新老殖民主義輪番以武力和文化雙重入侵，強迫臺灣東化西化，本著就不得不花些筆墨對外來文化說長道短。本書的精華部分是對臺灣眾多的文藝評論家、詩評家、小說批評家、散文批評家等在文學理論批評實踐中以非凡才華和高度智慧進行的創作，進行了深入細緻地挖掘，論證和總結，並且給與了高度評價。它們像雷電一樣振聾發聵；它們像春風一樣，吹綠文壇。它們不僅為文學修枝打杈，扶苗助長，而且向文學發送著無盡的生殖能量，呵護著文學的發展壯大。他們中許多人充滿智慧的創造，不僅是文學史上少見的，而且是今日文壇之獨步，表現了中華民族是無比富有聰明和智慧的民族；表現了炎黃子孫深思好學成為創造領域尖兵驕子之特質。比如王夢鷗文藝美學三大理論之發現；田曼詩美之三律之創造；古添洪名理前視境之論述；羅門第三自然之發明；歐陽子關於《臺北人》之高端概括等。以及張我軍、尉天驄、顏元叔、姚一葦、沈謙、陳少廷、何欣、周伯乃、陳映真、齊邦媛、龍應台、文曉村、唐文標、覃子豪、鄭明娳等一大批新老文藝理論批評家在臺灣新文學理論批評的各個領域，以及關係到臺灣新文學生死存亡的每一個關鍵時刻，作出的理論建樹和戰鬥貢獻。他們的創造可歌可頌，他們的貢獻可圈可點。他們的智慧和汗水，不僅托起了臺灣新文學理論批評的輝煌大廈，從他們的發明和創造中，也顯現了中國新文學理論批評宮殿絢麗的一角。

已經邁入了高度發達和飛速發展軌道的人類文明，人類的聰明和才智已達到了高度的發揮和展示。自然科學和人文科學大都發展到了

高、精、尖的水平。在升滿斗滿，鍋滿盆滿的情況下，再添一瓢水，再加一粒糧，也是非常困難的；事物越趨向完美，要求也就越高；越接近尖端，難度也就越大。一切事物的開端和高端，都是考驗人們高度智慧和最大堅韌力的疆場。能在這樣的疆場顯示身手者，就是人類群中的非凡者。

　　這裡需要作一點說明的是，由於出版時間的關係，本著在創作時，文學臺獨的觀點和面貌尚未充分暴露，因而對他們觀點的批判論述還不夠系統和周延，而且對他們中的先鋒人物亦未作身份論定。此雖然為不足，但也未必不是本著之所長。因為隨著臺灣時政的變化，我相信他們中許多人會迷途知返。本著肯定的和被他們一度棄置的那些正面的觀點，也會隨著人之轉變，在他們的腦際和心靈中復原，這也是我們最最期盼的事。過去我與他們中許多人是朋友，他們中的幾位大牌明星也曾為拙著《臺灣新詩發展史》、《臺灣小說發展史》等寫過很好的評論文章，他們的大著中也曾引用過拙著的言論，因而我期盼著我們能夠和好如初，能夠尋回我們過去相聚時那種親切的同胞情誼。祖國是遼闊的，她具有無比的包容性；祖國是偉大的，她熱愛她的所有兒女，也包括有過迷誤的兒女；祖國是溫馨的，她期盼著兒女的重新歸來。當我在異國他鄉結束這篇自序時，從東方，從祖國的方向升起的太陽，以無數柔和而溫暖的光手，撫摸著我的全身，我感到無比幸福，無比舒暢，我希望我的所有同胞一起共進祖國陽光的溫暖之鄉。

2008 年 7 月 26 日
於大多倫多列治文山

目　次

第二編 臺灣當代新文學理論批評的發展概況和走向

第三編　臺灣文學史的研究

第四編　臺灣的小說理論批評

緒　論

一

　　文學創作和文學研究，循著相反的思路和方向發展。文學創作是「情動而辭發」，由內向外發射；文學研究是「披文而入情」，由外向內探索。文學創作是由部分而全體，逐步完整和完善；文學研究是由全體而部分，進行剖析、辨識和整合；文學創作是要完成一件藝術品；文學研究是要認識一件藝術品。由於藝術品是作家創作和人類文化成果的綜合效應，因而它的內涵和意義常常高於和大於作家主觀的創作意圖，也因此，研究家對藝術品的認識，常常和作家不一致。其差異部分，就是研究家的獨特發現和創造。

　　文學理論批評史研究的對象，和文學史、小說史、詩歌史的對象不同，它面對的是一群「披文而入情」的文學逆向思維者；它面對的是一大批剖析、辨識和整合論證的成果。文學理論批評家，和現實生活中孕育出來的作家有別，是從理論的課堂上訓練出來的；理論批評著作和描繪生活的小說、詩歌、散文有別，是剖論反映生活的對象的。因而，如果說作家通過自己的描寫功力表現對象，那麼理論批評家則直截通過自己的理論觀念和評價標準鑒衡對象，一個是繪圖，一個是論說；如果文學作品是通過主題、風格、人物、語言等因素，體現其民族性格和鄉土色彩；那麼文學理論批評著作，則是用直接的論述表達國家、民族、人民、個人的立場和觀念。文學理論批評史，不在總結文學發展的整體性規律，也不在評價作家作品的水準和品味，而在總結文學理論批評發展的概況和規律，在於評價文學理論批評著作的水準和品味，是關於文學理論批評之文學理論批評。

　　臺灣文學和大陸文學從母腹中脫胎之後，走著相同和相異的發展道路，既有共時相中的意識形態差異，又有異時相中共同的民族龍脈。我們研究臺灣文學和臺灣文學理論批評，就是要從發展和繁榮中華文學出發，去探索其個性和共性特徵。

　　文學理論是文學創作和文學批評的靈魂，在許多情況下，它對整體性的文學活動具有導向功能。文學理論從文學創作和文學批評中總結、概括、昇華出來，反過來又給文學創作和文學批評以原則和方向，導引著文學創作和文學批評向前。儘管不能絕對化地說，有怎樣的文學理論就有怎樣的文學創作和批評，但是文學創作和文學批評不能不受文學理論的輻射和導引卻是事實。比起文學創作來，文學批評與文學理論的關係更為密切。與形象思維的文學創作不同，文學批評與文學理論同屬於抽象思維範疇。文學批評本身就具有很強的理論色彩。它的始、敘、證、辯、概、結諸過程，均是遵循著或明或暗或自覺或不自覺的理論規程進行的。即使點悟式和啟發式的文學批評，也是經過批評家內心抽象概括的理論活動的結晶。因此，是否可以這樣說，如果說文學理論是一種帶有較為普遍功能的基礎理論，那麼，文學批評則是更切入具體事物和過程的應用理論。

　　臺灣是個移民島，百分之九十以上的居民，均是不同歷史時期的大陸移民。臺灣歷史上有過幾次規模巨大的移民潮。據史冊記載，西元230年，東吳盟主孫權，曾派遣將軍衛溫，諸葛直率軍萬人至夷州（今臺灣）。明永曆十五年，即西元1661年3月，民族英雄鄭成功率領兵將二萬五千之眾，浩浩蕩蕩登陸臺灣，1662年迫使荷蘭殖民主義者投降。1895年，甲午戰爭失利，腐朽的清朝政府與日本簽訂罪惡的《馬關條約》，將臺灣割讓給日本，清朝在臺官員紛紛保命內逃，祖國人民中卻有不少有識的勇敢之士渡臺抗日，保衛國土。1949年，伴隨著一個王朝的崩潰，一個寶座的傾倒，有二百多萬人在清醒和糊塗的不同精神狀態下，背井離鄉去了臺灣。上述這些遺民，在臺灣子生孫，孫生子，一代一代繁衍生殖。他們世世代代開疆拓土，敝帚自珍，篳路藍縷地把一個荒蠻獐癀的原始荒島，建成了今日號稱「亞洲四小龍」之一的寶島。那悠悠的淡水河中，流的是炎黃子孫的血液；那波光閃爍的日月潭中，聚集的是中國人的汗和淚。

　　一次次的移民潮，不管是軍事移民、政治移民和求生移民，他們帶去了物質，也帶去了精神。臺灣最初的文學，除了原住民高山族的神話傳說、口頭文學和星星點點的歌謠外，基本上是個文學的荒島。即使原住民的神話傳說、口頭文學、星星點點的歌謠，有的也是近三百年以來逐漸發掘形成的；而有的可以在中國古老的傳說中找到對應關係，透露出原住民中，多數也是最早的大陸移民。臺灣文學脫離最原始的傳說和口頭形態，變為有文字記載的文學；由民間轉為較為專業的文人創作，還是明末清初以後的事。那時，從事文學創作的大都是政府官員和商旅因為他們掌握著文學的載體——文字——書面語言。而那時這一部分可以勉強稱之為作家、詩人的人，並沒有把自己視為臺灣人。他們只是臨時被迫或被貶到臺灣來做官的。他們寫的作品除極少數是臺灣的生活素材外，多數與臺灣沒有關係。這些移民的創作，正像李白去長安，杜甫下江南，李清照流落他鄉，蘇東坡被貶異地之時創作的作品，最多稱之為旅途之作。我以為這樣的作品，不能冠之以臺灣文學之名。否則，李白、杜甫、白居易、蘇東坡、李清照等等，流動性大的作家詩人的作品，均可冠以陝西、河南、廣東、海南等等文學了，這種分類法有什麼意義呢？臺灣文學是與大陸文學相對應而存在的。一個國家，一個民族由於歷史的、現實的、社會的、文化的、軍事的、政治的諸種原因，造成的題材、風格、品味、觀念、審美趣味、價值尺度等的明顯差別，顯現出的兩種不同內涵和樣態的文學，才有獨立稱謂之必要。假如沒有日本帝國主義的五十年佔領；假如沒有資本主義制度和社會主義制度、資產階級意識形態和無產階級意識形態的根本差別；假如沒有四十年海峽阻隔；假如沒有不同意識形態下不同的審美準則，或許「臺灣文學」，是一種多餘。大陸數百名專業和業餘學者擁擠在這麼一小塊文學園地中進行耕耘、開掘，數十所高等學府爭著開設臺灣文學課程，豈不是一種滑稽之舉？遠在邊陲的新疆大學，不開設北京文學、上海文學，卻開設臺灣文學，地處內地的安徽大學、遼寧大學不開設安徽、遼寧文學課，卻開設一個島嶼省的臺灣文學課，豈不令人費解？究其原因，臺灣作為一個省分並不重要，重要的是「一國兩制」中的另一種制度、另一種意識形態下

的文學，它為我們的社會主義文學提供了另一種思索、另一種樣態和參照。因此，我認為臺灣的古代文學和大陸的古代文學沒有什麼重要區別，它們渾然一體，沒有必要搜刮枯腸，翻箱倒櫃，千方百計地去找出一個不同於大陸古代文學的臺灣古代文學。1895 年臺灣成了日本的殖民地長期孤懸海外，產生在這種殖民地上的殖民地社會文學，與祖國大陸的半封建半殖民地上產生的半封建半殖民地社會的文學，有著許多質的差別。1949 年之後臺灣文學與大陸文學質的不同，更不待言。文學是一種精神現象，不是一種地域概念，因此我們不能機械地用疆域概念作為文學的邊界線。那麼臺灣文學的內涵應該是什麼呢？從時間上看，應該是 1895 年以後發生在臺灣和它的附屬島嶼上的文學現象和成就即我們通常稱的近、現、當代文學。從文學自身的範疇看，臺灣的古典文學研究和大陸的古典文學研究，同是一個對象和客體，只是部分學者可能在方法論上有所差別，因而它雖在臺灣島上進行，但它是中國古典文學研究的一部分，而不應冠以「臺灣古典文學研究」之名。如是，臺灣文學的內涵就基本清楚了。它是指除了古典文學研究以外的臺灣近、現、當代文學。而我們這裡研究的是臺灣新文學理論和批評，它涵蓋的是自本世紀 20 年代初至今的臺灣新文學領域的文學理論批評。在這其間，尤其是 1949 年之後，臺灣出版了多部中國文學史和許多關於大陸現當代文學的論著，這些也不在本著的研究之列。本著的任務是，從中國文學的整體觀念出發，從理論和實踐兩個方面，來梳理、剖析、論證、總結、概括臺灣新文學理論批評的內涵、規律、得失和流向。從而為人們提供一幅臺灣新文學理論批評發展演變的粗略圖像；讓人們初識臺灣新文學理論批評的基本面貌和特徵；讓人們知曉臺灣新文學理論批評在中國文學和中國新文學理論批評中的狀況和地位；最終為整個中國文學和中國文學理論批評事業的繁榮和發展，提供一些有益的借鑒。

二

　　文學理論是文學運轉的方向、方法、方針和原則，如果把文學比作一架巨型機器，那麼，文學理論就是闡明和論證這機器的性質、功能、裝配、組合、效力、養護、使用方法、製造原理等等方面的規則和說明；如果把文學比作一個社會，那麼文學理論就是這社會的發生、發展、性質、管理、運轉、能量等等規律和原理的闡述；如果把文學比作一種工藝，那麼文學理論就是這種工藝流程的方針和指南。文學理論是個綜合的概念，有創作論、批評論、發展論、風格論、流派論等等。如果從題材方面著眼，又有詩歌理論、小說理論、散文理論、電影理論、戲劇理論等等。總之，凡是涉及到文學的孕育、萌芽、發生、發展，變異、結構、方法、方向、原則、流派、思潮、評論、比較、鑒賞、閱讀、審美等方面的論證、說明、辯析等，均可稱之為文學理論，均在這個範疇之列。為了便於掌握和分類起見，我們可以把上述龐雜的文學理論歸納為基礎理論和部門理論兩大類。文學理論既然是從文學創作、文學批評等的文學實踐活動中總結概括出來的，又是在自身的運動中不斷發展變化的，因而它不應該有一勞永逸、一成不變的陳規。它應該隨著文學實踐的發展而發展，隨著文學實踐的豐富而豐富。就像航天的原理一樣，由二踢腳爆竹發展到了三級火箭；從樹梢一樣的高度，猛升到遙遠的月球；由黑色黃色炸藥推動，變成了原子能量發射；由自由盲目升空，變成了高性能電腦控制。這種由最初二踢腳到三級火箭、太空船的航天運動的理論發展，已經過無數次質的飛躍。就詩歌來看由詩經中的四言詩到如今的後現代派詩也經歷了千百次演變。雖然還不能斷然肯定，如今的後現代派詩到底比三千年以前的詩經中的四言詩有多麼優越，但我們不能不承認它是幾千年詩歌發展演變的產物，它在理論系統方面，比起三千年以前的四言詩，要豐富和複雜多少倍。再以小說理論為例，中國最早的小說指的是街談巷語，絕對登不了大雅之堂的小道消息，到了魏晉南北朝的《世說新語》初露小說型態。但開始多以鬼怪狐仙為主角，到了唐

人傳奇，才出現了較完整的人的形象、人的故事、人的個性，完成了小說由狐到人，由雛形到成形的飛躍、後經話本、擬話本再發展到《金瓶梅》、《三國演義》、《水滸傳》、《儒林外史》、《紅樓夢》，中國古典小說達到了前所未有的高峰。在這個發展過程中，小說的創作理論起著巨大作用。比如，小說三要素：人物、故事、環境的遵循；比如小說功能的明確論證。作為政治改革家的梁啟超明確指出，小說必須為政治、為改革服務。他在〈小說與群治之關係〉一文中說：「欲新一國之民，不可不先新一國之小說。欲新道德，必新小說；欲新宗教，必新小說；欲新政治，必新小說……何以故？小說有不可思議之力支配人道故。」作為社會政治改革家，作為當時倡導新思潮的思想家，梁啟超在中國文學史和小說史上是第一個發現並強調小說對社會發展和變革的巨大功能的。雖然這段話不無小說萬能之嫌，但梁啟超如此重視和強調小說的作用，是他對小說的審美教化功能有了深刻而堅定的認識之後得出的結論，並非輕言妄語。這一強調無疑對文學社會地位的提高和發展的推動，有極大好處。這是應該充分肯定的。小說理論從街談巷議、片言隻語到百萬字的大部頭專業作家創作；由不登大雅之堂到社會政治改革、道德淨化之驕子，該是多麼天翻地覆的變化。從清末再發展到 20 世紀 90 年代，又有了小說創作學、小說美學、小說發生學、小說結構學等專門性的分部理論的出現，又有了後設小說理論，把創作過程和創作融為一體，真是新論迭起、新法輩出，令人眼花繚亂。各種理論都不是萬能的，也不是十全十美的。互相助益，互為補充是必要的。善意的，從發展眼光進行的批評也是不能缺少的。但一定要立足於豐富和發展，一定要允許創新和支持創新。

　　和文學創作比較起來，文學理論和世界觀的聯繫更為緊密。文學作為一種人類社會活動的精神產品，它既是通過人來實現和完成的，又是反映人的活動的。這種以人為創作客體，又以人為創作主體的精神生產，不可能不打上人的所屬集團和階級的思想烙印。不但會打上這種烙印，而且會由於所屬集團和階級的強調，使他們的主張和利益，附著在作品的故事、情節、人物、意象、題材、主題上，得到強

烈呈現、魯迅筆下的阿Q，茅盾筆下的吳蓀甫，老舍筆下的祥子，無不寄託著作家的理想，反映著作家的某種願望；賴和筆下的秦得參，楊逵筆下的送報夫，吳濁流筆下的胡太明，無不強烈地表現出詛咒日本侵略者，熱愛中國的民族情感。即使西方現代派大師們的作品，也是他們某種政治理想和願望的展示。誰能說卡夫卡的長篇小說《城堡》是一種花前月下的閒情逸志之作？誰能說卡繆的《異鄉人》是一種逃避現實的消遣？文學創作，這種通過形象的隱形手段，間接地表現和反映方法，人們尚且盡可能地充分利用它為我服務，不反映現實、不著力反映現實、淡化現實的作品，往往還要遭到非議，被扣上「逃避現實」之名，而何況是直接指導、影響和干預並為文學創作和批評規定方法、方向和原則的文學理論呢？如果說作品是間接地反映創作主體所屬集團和階級的觀念和願望，那麼文學理論則是明白宣告理論家所屬集團和階級的要求和觀念。比如，無產階級的文學理論，首先就要求這種理論具有鮮明的無產階級的革命性，要求這種理論是馬列主義在文學方面的體現、它的價值判斷必須符合無產階級和廣大勞動人民利益，必須服從社會和歷史發展的總方向等等。而臺灣50年代一度實行的文學理論，稱為三民主義文學理論。這種理論的要求是，文學必須為國民黨的政治路線服務，必須符合「反共抗俄」與「反攻復國」的政治前提。這種文學理論指導下產生的文學作品是「反共八股」。作為文學原則和靈魂的文學理論是絕不能，也不會不受一定的集團和階級的政治理想和願望干預和制約的。我國古代文學史上第一位大理論家、批評家、《文心雕龍》的作者劉勰就有過：「文變染乎世情，興廢繫乎時序」的論斷。那麼宣佈為文學而文學、為藝術而藝術和政治絕緣的文學理論，作為一種障眼法和隱匿手段，是說得過去的，在某種情況下不但無害反而有益，我們不應一概否定和反對。比如在極端的白色恐怖下，政治要置文學於死地時，文學也要用政治手段保護自己。此時為文學而文學，為藝術而藝術的宣言往往會產生一定效用。不過從文學的原理和千千萬萬的文學實踐看，那種完全脫離現實、脫離政治、脫離人生理想和意志的文學創作和文學理論是不可能存在的。有時候，某種大環境和小環境，險風疊起，惡浪頻仍，當

事者需要隱匿，好心者需要裝傻。為文學而文學、為藝術而藝術之說，僅僅是一種隱匿和裝傻的需要，從某意義上說，這也是文學的一種功用，因而可以這樣說，通常情況下無意義的為文學而文學，為藝術而藝術，在特定環境下，它可以成為有意義的文學藝術時效性的特定功能。

三

　　文學批評是文學家族中極為重要的行當。它是文學殿堂的法庭；它是文學法庭的判官；它是文學產品的檢驗科；它是文學前線的哨兵；它是文學市場的公平秤；它是文學水準的界尺；它是文學自我審視的明鏡。丈量高下，品評優劣，拓展視野，追本溯源，聯類對比，剔除瑕疵，張揚精萃，扶持幼弱，它肩負著神聖、繁雜而精細的文學史命。我國古代的文學理論家、批評家劉勰，不僅在他的《文心雕龍》中全面地總結和論證了文學的發生、發展、創作、聲律、閱讀、審美、語言等等文學內容、形式、接受諸方面的理論，而且在他的〈知音〉篇中，較全面地論證了文學批評的理論，奠定了我國文學批評理論的基礎。劉勰的文學批評論，雖然距今已有一千多年的歷史，但他闡釋的原則和內涵至今還閃閃發光。它雖然是古代的文學批評理論，但對我們今日的新文學批評，仍然十分有用。它是我國幾千年文學寶庫中一塊瑰寶；是我國文學批評史上一塊堅穩的基石。在這篇立論中，作者開篇即驚呼：「知其音難哉！音實難知，知實難逢。逢其知音，千載其一乎！」劉勰認為，文學批評首先應該是作家和批評家互相之間瞭解的關係。像俞伯牙與鍾子期一樣，他們必須是知音。作為批評家，必須全面透徹地理解和貫通作家的作品。而能達到如此之程度者，千年逢一。接著作者批評了既往和當時的文學批評和文學評價中「多賤同而思古」的厚古薄今之偏頗。即：「故鑒照洞明，而貴古賤今者二主（秦皇、漢武）是也；才實鴻懿，而崇已抑人者，班曹（班固、曹植）是也；學不逮文，而信偽迷真者，樓護是也，醬瓿之議，豈多歎哉！」

秦始皇和漢武帝，他們能夠「鑒照洞明」但卻因世俗偏見而厚古薄今；班固、曹植，他們雖然博大精深，但卻自私自利而揚己抑人；更糟糕的是那些才學不逮，自以為是的偽批評家，他們根本就讀不懂作品，更辨不出作品的優劣，就信口雌黃，糊塗官打清楚百姓，以致「信偽迷真」，令人啼笑皆非。劉勰在一千多年前嚴肅批評的上述偽批評現象，在當代文學批評中不但沒有絕跡，而且在某些方面恐怕是更加發展和突出了。上述偽批評現象，都是非知音之表現。因而劉勰哀歎「逢知音者，千載其一乎！」

那些糊裡糊塗的偽批評家，使自己名譽掃地，不齒於人倒是小事，更為嚴重的是將文壇弄得黑白顛倒，真偽不分；優劣難辨，美醜互混。出現了「魯臣以麟為麛，楚人以雉為鳳，魏氏以夜光為怪石，宋客以燕礫為寶珠。」的魚目混珠的極度混亂局面。目睹此種情況，人們豈不悲歎，偽批評家可惡！雖然文壇上發生的種種有眼無珠的現象，多是因為「文情難鑒，誰曰易分」之故，但作為專業讀者，作為頭上戴著「批評家」桂冠之人，混同於普通讀者，為這種文壇的混亂現象推波助瀾，添薪加油，卻是罪責難逃。因而，劉勰在這裡提出了一個十分重要的問題，即批評家的素質和條件。作為一個真正的批評家，應該是知識豐富，廣見博聞，人品高尚，才氣過人，公平正直，而不偽心。只有這樣，才能「凡操千曲而後曉聲，觀千劍而後識器。故圓照之象，務先博觀。閱喬嶽以形培塿，酌滄波以喻畎澮，無私於輕重，不偏於憎愛，然後能平理若衡，照辭如鏡矣。」作為一個合格的批評家，一要具有淵博的學識，掌握豐富的參照係數，在自己評論和解讀作品的時候，能開能合，運用自如，作到準確地把握作品的外延和內涵。二要具有敏銳而鋒利的眼光和開闊的視野，能洞察作品的本意和象徵意；能夠剖視出深埋在作品文字內外的東西；能夠看到作品的歷史地位和時代價值；能夠開掘出作品的確隱含的，但卻連作者自己都未覺察的內涵和意義。三要具有一顆公正的、實事求是的心。不揚己愛，不抑己惡，不因心偏而使手中的文學界尺和度量衡失靈。不效秦皇漢武，不學班固曹植；不厚古薄今，也不厚今薄古；不揚己，不抑他，也不揚他而抑己，以一顆無私的心靈，準確地判斷作品的思想和

藝術價值，擺正其歷史和現實地位。四要有堅韌不拔的精神和敢於戰鬥的勇氣。因為批評也是一種發現和創造，比起創作來，批評可能是一種更深刻，更本質，難度更大的發現和創造。因而它需要契而不捨，堅忍不拔的精神；需要有一思二思再思；肯定否定，再肯定再否定，再肯定的反反覆覆的鑒別和思索。批評自身就包含著揚善美抑醜惡，肯定正確，否定錯誤的內涵。在一般情況下，揚者易喜，抑者易怒，否者易憤，是要得罪人的。如果沒有不怕得罪人的勇氣，就當不了批評家。一次，在和白先勇先生交談時，談到了拙作《臺灣小說發展史》，先生客氣地讚揚了拙作之後以調侃的口吻說：在臺灣他不能作批評家，他沒有勇氣寫像古先生《臺灣小說發展史》這樣的書。那會四面樹敵，得罪完所有的朋友。威脅最大的是女作家，如果批評了她們作品的不足，她們會圍著不讓你走，讓你講個水落石出，說個清楚明白，不到你乖乖求饒，不會放你。更可怕的是那些女記者，走到哪裡，她們會跟到你哪裡，你就只有認輸的份兒……白先生一面哈哈大笑，一面侃侃而談，最後還說古先生你可得為我保密，千萬不能把我今天的話洩露出去，更不能傳到臺灣，不然再去臺灣可夠我受的了。今天我未徵得白先生的同意，竟私自把他的秘密寫進了我的著作中。在此先請白先生諒解，再求求臺灣的女作家、女記者們開開恩，放白先勇先生一馬。不然他可能真的不敢再去臺灣了，那麼，你們也就見不到這位舉世聞名而又那麼親切和藹的中國當代文壇的大作家了。上述雖然是個笑話，但從笑話中可以得知在臺灣作一個批評家，要比當一個作家難得多的資訊。有不少人對女批評家龍應台有這樣或那樣的著法，但對她作為一個批評家的超人的勇氣，卻是人人都讚賞的。五要有溫暖的愛心。批評家拿到一部作品時，首先不能先入為主地懷有敵意，以攻擊和找毛病的心態來閱讀它。而應該首先以愛心來對待文學作品，以收穫的心情來接納它。即使對那些內容上、藝術上不好的文學作品，也應該是在閱讀的過程中和閱讀之後，自己的真感覺真思維無誤地告訴自己，其劣劣在何處，其壞壞在哪裡，有了真憑實據，才能作出判斷。如果這種判斷僅僅封閉在自己的思考中，無需去細酌深究。但是，如果這種判斷是要向社會公佈的，就要慎之再慎，不僅作到言

之有理持之有故，而且從文字表達上細緻推敲，不要造成文字冤案，不要給作家和作品造成傷害。這種細緻和慎重與勇敢無畏是兩回事，風馬牛不相及。可以這樣說，一個好走極端、缺乏愛心的人，是沒有資格作文學批評家的。否則，秦始皇的「焚書坑儒」也算是「文學批評」了。

劉勰在〈知音〉篇中深入觸及到了作家和批評家兩者的逆向思維問題。即：「夫綴文者情動而辭發，觀文者披文以入情，沿波討源，雖幽必顯。遠世莫見其面，覘文輒見其心。豈成篇之足深，患識照之自淺耳。」作家創作，是先有內在情感的激動，然後再進行書寫，變成作品。如果把這看作成是順向思維的話，那麼批評家的思維活動則與此相反。他們是披文以入情。他們是從閱讀剖析文本開始，然後摸清作家表達的情感和內容，進入作家和作品的世界。如此，才能沿波討源，進入作品的核心，條分縷析，撥冥顯幽。達到，雖然隔世不能見其面，但卻觀文而能知其心。這樣，豈只創作能夠深入，批評將更加深刻。劉勰為批評家如何去閱讀、剖析和理解作品，繪製了一個並不詳細，但卻具有巨大啟迪性的藍圖。

劉勰在〈知音〉篇中，最為難能可貴的，是為批評家怎樣去進行批評工作，從文學作品的哪幾個方面和角度入手展開論述，作了明確的規定。他說：「是以將閱文情，先標六觀：一觀位體，二觀置辭，三觀通變，四觀奇正，五觀事議，六觀宮商。斯術既形，則優劣見矣。」這六觀，既是剖析作品的六個方面，也是評價作品的六條標準；既是作品的六項內容，（形式和內容兩方面），也是批評家的六項任務。一觀位體，應該是指作品體裁而言；批評家要從作品的體裁方面進行分析論證。二觀置辭，指的是作品的文學語言，分析作家運用語言的能力和技巧，遣詞造句的功夫如何。三觀通變，是指作家在繼承和發揚前人的傳統和成就方面有否突破和創新。四觀奇正，即作品在運用正反的表現手法和技巧上達到的水準。五觀事議，指作家在作品中的敘事而言，包括敘述事件的真偽和敘事結構是否妥貼。六觀宮商，指的是作品的聲樂和韻律運用得是否和諧得體等。劉勰認為，只要這六項具備，把這六項分析論證清楚了，作品的優劣好壞自然就出來了。這

裡需要說明的是，在劉勰生活的魏晉南北朝的梁之前，中國文學的品種雖然有詩、辭、樂、賦、論等品種，但詩是主要品種，是當時中國文學的大宗和主體。而且由詩演變而來的辭樂和賦，基本上也屬詩的總體範疇。基於這種文壇歷史和現狀，劉勰在《文心雕龍》各篇中多是從詩出發和偏於詩評的論述。對當時尚未出現，或者雖然出現而未成熟的文體，比如：小說、敘事詩、戲劇等敘事性的文學體裁的故事、人物、情節等，沒有也不可能加以論證和涉獵。這不但是無可非議的，而且是符合事物規律的。不過即使如此，劉勰為文學批評規定的六項標準，對今日文壇來說，也不僅僅適用對詩歌的批評，而且對別的文學體裁的批評，也不無補益。當然，我們所說適用於今天的詩歌批評和對別的文學體裁的批評也有所補益，絕沒有用它來代替或以它來貶抑今日五花八門，豐富多彩的文學批評方法。但是，我敢說，不管今日的結構主義批評法，還是象徵主義批評法；不管是新批評法，還是解構主義批評法；不管是寫實主義的批評法，還是超現實主義批評法；不管是存在主義批評法，還是後設主義批評法等等，沒有一種批評法可以完全擺脫和超越中國一千多年以前這位批評大師為文學批評規定的精神和原理。這是我們民族文學引以驕傲和自豪的。試問今日所謂第一世界的發達國家，有哪一個在一千多年以前就為人類文學寶庫貢獻過這樣的奇珍異寶？有哪一個國家在那時候就出現過像劉勰這樣獨一無二的文學理論批評天才？因此，本著此節中特意用劉勰《文心雕龍》的〈知音〉篇來闡明文學批評的任務、功能和標準；用劉勰為我們提出的線索來闡述作為一個真正文學批評家的條件和素質；像劉勰指出的那樣，要以公正無邪之心來穩操手中的文學天平。

四

　　臺灣文學是中國文學有機的組成部分。日據之前不應該也沒有任何必要把臺灣文學與大陸文學對稱。因為那時臺灣的古代文學講的就是大陸的古代文學。不僅僅是那時，即使今天臺灣所講的古典文學仍

然是詩經、楚辭、漢賦、唐詩、元曲、《西遊記》、《水滸傳》、《三國演義》、《儒林外史》、《紅樓夢》等等。所以，我們今天所謂的「臺灣文學「這個概念既是有時限性的，又是有文類性的。其時限性，是指臺灣成了日本的殖民地後，日本人統治下的臺灣文學和臺灣仍是資本主義制度下的文學。如果將來臺灣和大陸的社會制度和意識形態走向一致，那時臺灣的文學還要不要和有沒有必要單獨稱謂，是值得研究的。我以為到了那時，「臺灣文學」這個概念，已經沒有存在的價值，它的實和名，均已融入性質相同的「中國文學」概念和實際之中。就像一條大河，流到某一個地段，突然出現一個沙洲，使其中的極小一股水流，暫時繞過那個沙洲，之後再匯入主河道，中間分開的那很小的一段，人們以它流經的地域之名以名之，但它和主河道分開之前和匯流之後，均無必要，也無法單獨稱謂。臺灣文學這個支流的流程就是從日本佔領臺灣開始，到臺灣、大陸的文學性質相一致為止。這就是它的時限性。這樣說是有根據的，比如，臺灣新文學史家陳少廷在他的《臺灣新文學運動簡史》一書第七章〈臺灣新文學運動的歷史意義〉的第七條講的就是這樣的內容。他寫道：「很明顯的，臺灣新文學運動因臺灣光復，重歸祖國懷抱而永遠結束了。臺灣新文學本就源自中國的文學，臺灣重歸祖國，自然就再沒有『臺灣文學』可言了。（鄉土文學應當別論）。這也就是說，獻身於臺灣新文學運動的先輩，已經光榮地完成了他們歷史的使命。」陳少廷的這一論斷，由於大陸和臺灣兩種社會制度的出現發生了變化。它的文類性，應該是指臺灣的新文學和日據時期一部分古詩詞創作。而它的古典文學研究的全部內容，和大陸的古典文學研究內容完全一致，均是古、近代文學，即使研究方法和觀念上有所區別，但目的都是為了繁榮和發展中華文學，發揚古、近代文學的優秀傳統，因此，在古典文學研究領域裡，過去、現在和今後都沒有必要將大陸和臺灣分別稱謂。它們都只能稱為「中國古典文學研究」或「中國古典文學批評」。

　　既然中國古典文學，大陸和臺灣應該是統一稱謂，在將來兩岸文學性質統一之後新文學又歸入統一稱謂，「臺灣文學」只是一個時限性和文類性的概念，那麼，其文學的傳統和一脈相承的民族精神，無疑

始終是貫通的，一致的。因而不管在任何時候，任何情況下，考察臺灣的任何文學現象，都不但不能脫離，而且必須考慮和對照中國文學的整體性和中華文學的大格局。把臺灣文學看作中國文學整體中的一部分，大格局中的小格局來看待。把國家的，民族的，親情的「內」和社會制度的，意識形態的「外」進行唯物辯證的分析，從國家、民族、親情的「內」中，去探求相同的共性，去認識民族的傳統和中國文學的性格；從社會制度，意識形態的「外」中，去辨識和排拒不良意識的侵襲和影響。

　　臺灣的文學理論批評，是中國文學理論批評主河道的一段支流；是中國文學理論批評整體中的一個局部；是中國文學理論批評大格局中的一個小格局。因而在論述這個支流、局部、小格局的時候，不可不將主河道、大格局和支流、局部的關係疏通。這種關係，劉勰在《文心雕龍》中稱為「通、變」。即，既有全局整體的「通」，又有支流、局部的「變」；既有歷史的「通」，又有現實的「變」。要弄清局部和整體，歷史和現實的「通、變」，就要簡要地敘述一下作為歷史的和整體的發展演變情況。中國是一個文明古國，具有光輝燦爛的五千年文明傳統。在文學上，是個名副其實的泱泱文學大國。它的第一部散文總集《尚書》，第一部詩歌總集《詩經》，第一部長篇抒情詩《離騷》等，在世界東方光照千古的時候，世界許多地方不僅還是蠻荒之地，而且也是一片原始未墾的文學荒原哩！在文學理論批評方面，隨著文學創作的出現，在《尚書》、《詩經》、《論語》、《孟子》中，都有了雖然簡單，但卻是具有實質性的論述。例如：《尚書・虞書・舜典》有「詩言志，歌永言，聲依永，律和聲」的記載。這裡將詩、歌、音樂、韻律的作用和功能都作了簡明扼要的論述。雖然有人考證這是後人偽託，但在未有確切判斷的情況下，這應是我國最初的文學理論的誕生。如果說《尚書・虞書・舜典》中關於文學理論功能論述，可能是後人所偽託，堯、舜時期還不大可能有那樣的文學認識，那麼，稍後的，產生於東、西周至春秋中期時代的《詩經》中的作品，對文學理論批評的論述，卻是無可懷疑的。據統計，《詩經》中有十多處論到詩的詩。例如：《魏風・園有桃》「心之憂矣，我歌且謠」。這裡既揭示了詩歌創

作乃是「詩言志」，有感而發，又說明了形式上詩和歌的關係。又如《小雅・節南山》「家父作誦，以究王洶」。它說明了詩應該干預時政，批判和揭露統治者的無道和殘暴。再如《大雅・丞民》「吉甫作誦，穆如清風」。這裡初步涉獵了對詩的藝術風格的批評。以詩論詩，以詩評詩，是《詩經》為中國文學理論批評開創的一種重要形式，也是點撥式或啟發式文學理論批評的主要手段。這種形式的理論與批評，在中國文學理論批評史上屢見不鮮，甚為流行。著名的如後世鍾嶸的《詩品》、杜甫的〈戲為六絕句〉、陸游的〈示子遹〉、〈六藝示子聿〉、〈九月一日夜讀詩稿有感走筆作歌〉等，元好問的〈論詩三十首〉、王若虛的〈論詩〉等等。這種以詩論文學的形式是中國人的獨創，是中國文學理論批評的重要的傳統形式。直到現、當代詩壇的新詩論中，還有不少人運用這種形式。這種形式簡練、扼要、方便，具有啟迪性和激發力。這是它行數千年而不衰的生命力之所在。以詩的形式論文學者，大都是詩人，他們形象思維比較發達，而又厭煩冗長論述和考證，此種形式用來得心應手。

　　春秋戰國時期，是我國奴隸制向封建制的社會制度轉型期，生產力的發展，社會的進步，帶來了文化學術史上的一個空前活躍的百家爭鳴的局面。這時，社會上出現了一個文化知識階層「士」，他們能言善辯，奔走著述，大大地推動了我國文化學術的繁榮和發展，自然也包括文學理論批評的繁榮和發展。此時重要的文化學術代表人物有孔子、孟子、墨子、老子、莊子、荀子、韓非子等，學術上構成儒、道、墨、法諸家共榮並存的局面。但在文學理論批評方面，最重要、最系統、影響最大，後來成了統治我國文壇幾千年的，是以孔、孟為代表的儒家學說。孔子最重要的文學理論是：一、強調文學巨大的社會作用和功能。如：「不學詩，無以言」（〈論語・季氏〉）。「弟子入則孝，出則弟，泛愛眾而親仁。行有餘力，則以文學」（〈學而〉）。「興於詩，立於禮，成於樂」（〈泰伯〉）。二、強調文學和現實與時政的密切關係。如；「小子何莫學夫詩？詩可以興，可以觀，可以群，可以怨。邇之事父，遠之事君。」（〈陽貨〉）。三、強調文學的高雅純正。如：「詩三百，一言以蔽之，曰：詩無邪」（〈為政〉）。這實際上是孔子關於文學批評

的標準與原則。四、強調文學內容和形式的一致。如:「文,猶質也;
質,猶文也」(〈顏淵〉)。又如:「辭,達而已矣」(〈衛靈公〉)。再如:
「質勝文則野,文勝質則史」(〈雍也〉)。孔子的這些文學理論雖然只
是片言隻語,沒有,那時也不可能加以透徹的論述,但文學理論批評
的基本內涵,在這裡已作了奠基。孔子的文學理論後經歷代儒家的文
人和信徒們加以擴展和補充和當政者的推行,它們實際上變成了中國
文壇的金科玉律。孔子的文學理論,特別強調文學的社會功能。在他
看來,詩不僅可以觀察時政、體察民情、批評時弊,而且是一切禮教、
法度、事業、修身、養性等成功的根本。「不學詩,無以言」,如果不
學習詩歌,甚至對一切都會喪失發言權。孔子這種文學的社會功能論
述,後來變成了現實主義文學理論的基本精神。不管後世怎樣利用、
歪曲孔子的文學理論,也不管孔子的文學理論自身就含有某些偏頗和
消極的因素。比如把文學功能強調得太過分等,但孔子作為我國文化
思想史上偉大的奠基人之一,中國的傳統文學理論批評的許多重要閃
光部分,是由他發難的。對他這方面的功績,我們應該給以充分肯定。
孔子一方面強調詩可以興觀群怨,另一方面又主張詩應該「發乎情,
止於禮」和「溫柔敦厚」,批評時政不要過火,不要劍拔弩張,應該保
持溫文爾雅的風格和風度,不要在詩中鬧「暴力」事件。這是孔子為
保護統治階級利益而創造的文學理論和批評原則,這也是孔子學說被
封建統治者定為萬世之尊的所在。

　　春秋時期的諸子百家中,創立文學理論、發表文學主張的並非孔
子一家,其他各家,或多或少,或強或弱都有自己的文學,或與文學
相關的理論建樹。比如孟子的「知人論事」,荀子的「明道」,韓非子
的自然天成,反對雕琢,即所謂「夫物之綺飾而後行者,其質不美也」。
老莊的辯證和奇想及莊子首創的,嶄新的文學樣式寓言等等,他們的
這些文學主張對後世都產生了不同影響。尤其是孔、孟和老、莊相對
立的儒、道兩家,幾乎貫穿在中國整部學術史中。雖然由於儒學作為
歷代的官學,對道學進行壓抑打擊,但作為民間學說以無為而治的道
家,不僅沒有被消滅,而且始終或明或暗地與儒學對抗,使我國古代
文壇,在獨尊儒術,或儒家獨霸的情況下,也不時有道家的聲音。值

得一提的是，在我國文學理論批評誕生初期的春秋戰國時代，這種理論就蘊含了樸素的唯物論和辯證法的因素。那時傑出的唯物主義思想家荀子，針對孔子的天道、天命提出了人道和制天的思想。美學上，他承認事物的自然美和客觀美「天之所覆，地之所載，莫不盡其美」（〈王制〉）等。在樸素的辯證法方面，莊子有許多論述，例如：「筌者所以在魚，得魚而忘筌；蹄者所以在兔，得兔而忘蹄；言者所以在意，得意而忘言」（〈外物〉）。又如：「道隱於小成，言隱於華發」（〈齊物論〉）。再如：「臭腐化為神奇，神奇化為臭腐」（〈知北遊〉）等。雖然荀子的唯物主義和莊子的辯證法，都是樸素的初生形態，都是很不成熟的，尤其當他們運用各自的觀點論證事物的時候，不僅會帶有不良傾向和認識上的偏頗。比如荀子的「王道」說，莊子的不可知論等。但是，作為一種學術理論的偉大奠基，這兩種理論，一是認識論，一是方法論，卻具有巨大的意義。它們不愧為中國文化理論和文學理論的兩塊閃光的基石。

中國的文學理論批評自春秋戰國時期，由孔子和其他諸子百家奠基誕生後，在幾千年的漫長時日中，在發現、創造、發展、論爭、低潮、高潮、激流、細流、逆境、順境中前進著，完善著。在它的發展長河中，有過幾個比較突出的輝煌、繁榮的高潮期。一是魏晉南北朝。以我國文學史上第一個大文學理論家劉勰的文藝理論批評巨著《文心雕龍》和我國文學史上第一個大詩評家鍾嶸的詩評專著《詩品》為中心的文學理論批評的巨大高潮。匯成這個高潮的還有著名的曹丕的文學理論專論《典論・論文》，有陸機的《文賦》，有葛洪、摯虞、沈約、裴子野、蕭統、顏之推等群星拱月般的文學理論批評家。二是明朝。這個時期的特點是，中國文學理論批評的全面發展和繁榮。這個時期，有我國古代屈指可數的有骨氣的文學理論批評家李贄對《水滸傳》的批評，這是我國小說批評的第一次崛起。他的《焚書》是一部具有綜合性的文學理論專著；戲劇方面有湯顯祖、徐渭、何良俊等人的戲劇理論批評。此時，有了我國戲劇理論史上第一部專著，即徐渭的《南詞敘錄》等。明朝也是我國詞曲理論批評的大繁榮時期，此時出現的詞曲理論批評專著有許多部。比如有王世貞的《曲藻》，王驥德的《曲

律》，徐復祚的《曲倫》，凌蒙初的《譚曲雜札》，張奇的《衡曲塵譚》
等。在民間文學理論批評方面，有小說家、小說批評家，同時也是民
間文學理論家的馮夢龍的民間文學理論。他的《序山歌》中對民歌的
發展歷史、民歌的特徵進行了論證。明朝是我國資本主義工商業的萌
芽時期。資本主義經濟的萌芽，必定伴隨著具有某種特點的資產階級
意識形態的萌芽。這種狀況對文學和文學理論批評的發展創造了較為
有利的條件。因此，明朝時期，我國文學理論批評呈較全面的繁榮和
崛起，小說、戲劇、詞曲、民間文學理論批評的創立，絕不是偶然的。
它是當時的社會、經濟、文化發展演變的總背景下的產物。

　　我國文學理論批評發展的第三個高潮是清朝。清朝出現了許多大
理論批評家，比如；葉燮、王士禛、沈德潛、翁方綱、袁枚、章學誠、
姚鼐、黃遵憲、梁啟超、王國維等等。此一時期關於小說的理論批評
尤為繁榮和發達。《聊齋志異》、《水滸傳》、《紅樓夢》等的批評，尤為
熱烈。金聖歎批《水滸傳》，燕南尚生反批金聖歎，王鍾麟的《中國三
大家小說贊論》和《中國歷代小說史論》，王國維對《紅樓夢》的評論
等，都產生了相當的影響。尤其是梁啟超的〈論小說與群治之關係〉
一文，雖然偏頗，但極具震撼。清朝關於散文理論和詞論也有相當的
建樹。關於文學創作論方面，先有袁枚的「性靈說」，後有王士禛的「神
韻說」，再有翁方綱的「肌理說」。此一時期，各種文學理論批評與早
期的文學理論批評相比，有著長足的發展和演變，不僅有眾多不同流
派、不同觀點的針鋒相對的論爭，而且各派各家在論證和闡述自己觀
點時，彷彿再不是那種點到為止的做法，而是盡可能地闡述道理，提
供論據，使自己的主張得到較充分的表達和證明。哪怕是錯誤的，偏
頗性的主張，也不是三言兩語的口號，而是在論辯、設證的情況下進
行指陳。

　　在對我國古代文學理論批評進行了簡略的縱的描述，陳述了它發
展、演變的三個高潮時期之後，現在有必要把我國古代文學理論批評
的分部門、分體裁的發展狀況進行簡單而概略的敘述，以便從這種敘
述中看到它對臺灣文學理論批評的澤潤和影響。關於我國古代文學理
論與批評的分類，我想是否可以從下面幾個方面來講。一是文學的普

遍原理和綜合成就；二是詩論、詩評的成就；三是小說理論批評的發展狀貌；四是散文理論批評的發展脈絡；五是戲劇的論證；六是詞曲理論批評的演變；七是民間文學理論萌生。我國文學門類的萌芽和誕生，最早應該是散文，第二是詩歌，第三是辭賦，第四是小說，第五是戲劇，第六是話本，第七是詞曲。

1. 文學原理和文學研究的綜合成就方面，歷史上發表和出版的專論和專著不少。例如：曹丕的《典論‧論文》、陸機的《文賦》、劉勰的《文心雕龍》、劉熙載的《藝概》、李贄的《焚書》、陶曾佑的《中國文學之概念》等。這些專論和專著，對文學的各個方面，各個角度，各種已誕生的體裁，文學的萌芽、誕生、發展和演變，文學的社會功能、認識功能、審美功能、教育功能，文學的理論批評，文學的語言和音韻，文學的結構佈局，文學作品的孕育和構思，文學的內容和形式，文學的情感和文彩，文學的繼承與創新，文學與時政的關係，文學的現實性和歷史感等等問題，均進行了或繁或簡，或詳或略的陳述和論證。上述著作中，對文學論述得最全面、最系統、最深刻、影響最大的是劉勰的《文心雕龍》。劉勰是我國古代文學史上最偉大、最傑出的文學理論家。他的巨著《文心雕龍》，是我國古代文學理論著作中最輝煌的一部。該著共五十篇，放在書尾的〈序志〉是該著的序言，敘述該著創作的動機，目的和思想原則，即所謂「本乎道，師乎聖，體乎經，酌乎緯，變乎騷」。劉勰為批判和校正此前文壇上的「文體解散，辭人愛奇，言貴浮詭，飾羽尚畫……」等弊端而「搦筆和墨，乃始論文」。他寫此書是有著內心遠大而深沉的寄託和使命的，即「文果在心，余心有寄！」《文心雕龍》成書之後，得不到人們的承認和重視，作者十分苦惱，於是不得不低聲下氣地帶著它去求文壇顯貴沈約。「乃負其書候約出，幹之於車前，狀若貨鬻者。約便命取讀，大重之……」如此，劉勰才有了出頭之日，《文心雕龍》才得到承認。其後，又得到很高評價。胡應麟稱為「議論精鑿」（《詩藪‧內篇》）、臧琳稱之為「體大慮周」（《經義雜記》）、章學誠評價為

「籠罩群言」(《文史通義・詩話》) 等。《文心雕龍》之所以光輝，是因為它對文學的許多重大問題和重要方面，都進行了深思熟慮地挖掘和論述，發表了許多獨到而精闢的見解。在談到文學與時代的關係時，他說：「時運交移，質文代變」，「文變染乎世情，廢興繫乎時序」(〈時序〉)。在談到文學與大自然的關係時，他說：「物色之動，心亦搖焉」，「情以物遷，辭以情發」，「流連萬象之際，沉吟視聽之區；寫氣圖貌，既隨物以宛轉；屬采附聲，亦與心而徘徊」(〈物色〉)。在談到內容與形式的關係時，他說：「故情者文之經，辭者，理之緯；經正而後緯成，理定而後辭暢，此立文之本源也」又說「水性虛而淪漪結，木質實而花萼振，文附質也。虎豹無文，則鞹同犬羊；犀兕有皮，而色資丹漆，質待文也」(〈情采〉)。在談到作家的創作個性和學術修養與創作的關係時，他說：「夫情動而言形，理發而文見，蓋沿隱以至顯，因內而符外者也。然才有庸儁，氣有剛柔，學有深淺，習有雅鄭，並情性所鑠，陶染所凝，……各師成心，其異如面」(〈體性〉)。又說：「夫薑桂同地，辛在本性，文章由學，能在天資。才自內發，學以外成」(〈事類〉)。在談到文學發展變化時，他說：「夫設文之體常有，變文之數無方」，「名理有常，體必資於故實；通變無方，數必酌於新聲。故能騁無窮之路，飲不竭之源。」又說：「文律運周，日新其業，變則其久，通則不乏」(〈通變〉)。劉勰關於文學批評的功能和標準，上面已經說到，這裡不再贅述。《文心雕龍》雖然還有不足和糟粕，那是作者的時代局限性造成的，今天我們不會再去接受那些東西。我們要吸收和借鑒的，是對我們有用之物。不管是文學的創作論、批評論、發生發展論、體裁論、風格論、認識論、表現方法論等等方面，《文心雕龍》對我們今天來說，仍然是一個巨大的寶庫。

在談到我國古代的文學理論批評時，我國現實主義文學理論的奠基人白居易的充滿人民性，對後世產生巨大影響的現實主義文學理論不能不提到。白居易是我國古代的現實主義大詩

人之一，不僅他的創作和他倡導的新樂府運動，是我國文學史不能忽視的，而且他的文學理論亦是彪炳史冊的。他在〈採詩官〉中講到「欲開壅蔽達人情，先向詩歌求諷刺」。他在〈與元九書〉中提出：「文章合為時而著，詩歌合為事而作」「補察時政，洩導人情」等等。在白居易之前，還沒有一個人的文學理論有如此明確而堅定的人民性；沒有一個人有如此光輝的現實主義思想；沒有一個人對文學的社會功能，特別是它的批判功能有如此深刻的認識；沒有一個人像他這樣理論和創作實踐結合得如此緊密。他的文學理論不僅影響了古代文學，而且影響現當代文學；不僅影響了大陸，而且影響了臺灣。臺灣的文學理論批評家尉天驄在 1977 年的「鄉土文學論戰」中，寫過一篇戰鬥性極強的文章，標題用的就是白居易的兩句詩「欲開壅蔽達人情，先向詩歌求諷刺」。白居易的現實主義文學理論應該引起我們特別的注意。臺灣許多文學理論專著從中國古代文學理論中吸取豐富營養。比如：姚一葦的《藝術的奧秘》一書的〈論境界〉一章中，全面吸收了王國維之境界六論。比如古添洪就主張用中國的「肌理說」、「神韻說」、「性靈說」研究世界文學等等。

2. 古代的詩歌理論批評。翻開我國的文學理論批評史，關於詩歌的理論和批評，會給你分外突出和強烈的印象。不僅崛起早、開拓深，而且著述之多，理論批評家之眾，成就之斐然，均不得不令人肅然起敬，歎為觀止。且不說零星、相關和綜合文論中涉及到對詩歌的論述和批評，就是專門性的詩論、詩品、詩話、詩評著作，就難以一一列舉。但是為了摸清我國古今詩歌理論批評承繼的線索和脈絡，為了總觀這一理論發展變化之全程，這裡列舉一些我國古代詩歌理論批評方面的重要著作。比如：毛萇的《毛詩序》、王逸的《楚辭章句序》、鍾嶸的《詩品》、司空圖的《詩品》、歐陽修的《六一詩話》、張戒的《歲寒堂詩話》、姜夔的《白石道人說詩》、嚴羽的《滄浪詩話》、李東陽的《懷麓堂詩話》、王士禛的《帶經堂詩話》、葉燮的《原詩》、翁

方綱的《神韻論》、《詩法論》、沈德潛的《古詩源序》、袁枚的《隨園詩話》、梁啟超的《飲水堂詩話》、丘逢甲的《論詩次鐵廬韻》等等。在詩論專著方面，以鍾嶸的《詩品》成就最高，影響最大。《詩品》是評論五言詩的專著。他評論的範圍起於漢魏，止於作者生活時的梁代。被評的詩人122家。鍾嶸把詩分為上、中、下三品，即三等、追其源流，品評其優劣高下，以達到「辨彰清濁，掎摭利弊」的目的。《詩品》較完整地表達了作者的文學觀念和主張，批判了「膏腴子弟，恥文不逮。終朝點綴，分夜呻吟。」的無病呻吟的詩風。講述了詩人創作的衝動和主客觀的關係「氣之動人，物之感人，故搖盪性情，形諸舞詠」。鍾嶸在該著中反對用典，反對玄談，都是針對當時文壇之流弊而發的。鍾嶸還第一次在該著中提出了「滋味說」，即寫詩要有滋味，要有詩意，他認為「五言居文詞之要，是眾作之有滋味者也。」《詩品》之重點在它的122家詩人作品論。如此集中地品評論述這麼眾多詩人的作品，在我國古代文學批評史上實屬罕見。而他對許多詩人的評論相當精彩而準確。比如，評謝靈運有句無篇，評謝朓虎頭蛇尾，評沈約平淡無奇等。但鍾嶸也有不少敗筆之處，比如把陶淵明列為中品，把曹操列為下品等，都很不公平。清朝文論家章學誠，曾給《詩品》很高評價，把它與《文心雕龍》並列：「《詩品》論詩，視《文心雕龍》之於論文，皆專門名家，勒為成書之初祖也。《文心》體大而思周，《詩品》深思而意遠，蓋《文心》籠罩群言，《詩品》深從六藝溯流別也。」(《文史通義‧詩話篇》)。臺灣許多詩歌論著都直接繼承和發揚了古代的詩歌理論。如李春生的詩論專著《詩的傳統與現代》便大量地引證了《毛詩序》、《滄浪詩論》等古代詩論來論證詩的原理。

3. 古代的小說理論批評。我國古代之小說理論批評比起詩歌理論批評來，出現較晚，成果也沒有詩歌理論批評多。我國最早關於小說理論和功能的論述是道家鼻祖莊子，他在《莊子‧外物》篇中提出「飾小說以干縣令，其於大達亦遠矣」但那時的小說

並非今日之小說，只不過是：「小說者流，蓋出於稗官，街談巷語，道聽塗說者所造也。」中國小說成熟於唐人傳奇，而真正的小說批評恐怕是自明朝李贄對《水滸傳》的批評起。其後，這一文學樣式便迅猛發展，很快有不少專論專營和大規模的批點問世。我國古代小說理論批評方面的專論和專著主要如：李贄的〈忠義水滸傳序〉、〈雜說〉，袁宏道的〈聽朱先生說水滸傳〉、金人瑞（金聖歎）的〈水滸傳序〉，馮夢龍的〈今古奇觀序〉，燕南尚生的〈新評《水滸傳》三題〉，王鍾麒的〈中國歷代小說史論〉、〈中國三大家小說贊論〉、〈論小說與社會之關係〉，俠人的〈小說叢話〉，陶曾佑的〈小說原理〉、〈論小說之勢力及其影響〉，梁啟超的〈論小說與群治之關係〉，王國維的〈紅樓夢評論〉等。我國古代的小說研究，大都集中圍繞著幾部古典名著，尤其是《水滸傳》和《紅樓夢》進行爭論。關於小說的綜合性理論研究和史的研究十分薄弱。小說的社會功能研究以梁啟超的〈論小說與群治之關係〉和王鍾麒的〈論小說與社會之關係〉為代表。作為社會改革家梁啟超的小說理論偏頗得驚人，其震撼力和影響力也十分驚人。關於小說史方面的研究，王鍾麒的〈中國歷代小說史論〉是不多見的一種。作者認為，中國小說的誕生是：「自黃帝藏書小酉之山，是為小說之起點。此後數千年，作者代興，其體亦屢變。」在作者的眼裡，凡是記事體、傳記體、雜記體、神怪體、戲劇體、辭曲體、章回體等均可稱為小說。其種類「已不下二百餘種」。歷代小說作家的創作動機大概均係「窮而在下，有所不能言，不敢言，而又不忍不言者，則姑婉篤詭譎以言之。」王鍾麒認為：「古先哲人之所以做小說者，蓋有三因。」即，一曰：憤政治之壓制。二曰：痛社會之混濁。三曰：哀婚姻之不自由。王鍾麒為古代小說下的定義和作的分類，恐怕許多人都不敢苟同，但他從小說社會學的觀點出發為古代小說家概括的三種創作動機和小說創作代興不衰的原因，卻是頗為深刻而符合實際的。作者在文中把《水滸傳》、《三國演義》、《金瓶梅》、《紅樓夢》與西洋小說比較，認為西

洋小說不能與中國小說匹敵，一無其影響大，二無其冊數眾。
作者感慨道：「此吾國小說界之足以自豪者也。」王鍾麒的見解
對歷代的西化派不能不是一聲警鐘。

4. 關於我國古代詞曲和戲劇理論批評。我國古代的詞曲戲劇批評
十分發達，歷代有許多專論和專著問世。我國古代的詞曲和戲
劇是聯繫在一起的，有著很深的淵源。幾乎所有的戲劇家都同
時也是詞曲家，比如關漢卿、王實甫、馬致遠等等，而且元雜
劇的重要組成部分——樂曲，大多來自唐宋的詞曲。此外元雜劇
還把詞曲的優秀詞章，熔合到曲文中來，提高了質量，增加了
表現力。由於這種原因，我國古代的戲劇和詞曲研究，也往往
是連在一起的。因而我們這裡把戲劇和詞曲的研究成果放在一
起。這方面的專論和專著，如：李清照的《詞論》，晁補之、胡
仔的《詞評》，徐渭的《南詞敘錄》，何良俊的《曲論》，王世貞
的《曲藻》，王驥德的《曲律》，孔尚任的《桃花扇小識》，朱彝
尊的《詞綜發凡》，鄭文焯的《鶴道人論詞書》，況周頤的《蕙
風詞話》，陳廷焯的《白雨齋詞話》，沈祥龍的《論詞隨筆》，周
濟的《介存齋論詞雜著》，譚獻的《復堂詞話》，王國維的《人
間詞話》、《元雜劇之文章》，吳梅的《顧曲塵談》等。中國古代
的戲劇詞曲理論批評，是隨著元雜劇的崛起而繁榮起來的。由
於戲劇詞曲和詩詞是近親，相連相伴，其理論批評的繁榮和發
達，不僅受益於詩詞的理論批評，而且對詩詞的理論和批評也
有促進作用。

五

臺灣的早期文學和大陸古典文學的關係比起來，其他省份比福建
省還要密切。那時大陸向臺灣的移民，雖然以福建省為最多，但中央
政府向臺灣派駐的軍隊和官員，卻不限於福建省，遍布全國各地。那
時將大陸文學帶到臺灣或在臺灣從事文學創作的，絕大多數是這些有

文化的官員和商旅。輪到臺灣去的是全國各地的文學血液，特別是中央政府所在地的文學血液。除了民間和少數民族文學以外，中國古典文學的傳統相當一致，文學的整體風貌相當清晰和完整，並不會，也沒有因地域的差別，文學就劃出明顯疆界。作為更純粹、更高層次的文學理論批評，主要是觀念上和藝術趣味上的差別，而其地域差別更加微弱。為了梳理臺灣地區文學理論批評的發展演變脈絡，勾勒臺灣文學理論批評的全景輪廓，而不是為了將臺灣文學理論批評與大陸文學理論批評相對稱，這裡，將臺灣日據中期之前的文學理論批評情況作一簡略而概括的敘述。應該說，50 年代以前，甚至包括 50 年代，臺灣的文學理論批評是非常微弱的，而本世紀之前，臺灣的文學理論批評只是片片點點之狀，既沒有形成系統，也沒有巨著問世。這種狀況，是臺灣的歷史和現實決定的。從歷史看，作為移民島的臺灣，多數身為過客的臺灣作家，文化和文學的基本建設觀念比較薄弱。因而，作為文學標準、原則和方針的文學理論批評建設，不但很難引起人們重視，而且更難吸引人們去獻身。在這樣的情況下，很難產生職業性的文學理論批評家。從現實看，臺灣那時處於幾個帝國主義輪番侵略、佔領的殖民地狀態下，生活極度困難，形勢瞬息變化，人們很難安定下來，進行深思熟慮的理論批評創建工作。所以那時即使有一些不系統的文學理論批評著作，也多是朋友之間的贈與唱和，和序跋之類，而真正重型的文學理論批評專著則極難問世。現就本人接觸到的一些情況加以概述。

在本世紀之前，除了原住民少量的民間口頭文學和一些散文作品之外，臺灣文壇幾乎是單一品種，即舊體詩。以移民詩人為基本創作隊伍的舊體詩，在臺灣出現較早。生於 1612 年的浙江寧波人沈光文，是臺灣舊體詩的開山鼻祖。他於 1652 年無意間被迫漂流到臺灣，受到鄭成功禮遇。鄭成功死後，沈光文易服為僧，結茅庵以自隱，招徒授書組織吟唱社進行創作。沈光文寫了大量的詩賦作品。比如：《文開詩文集》、《臺灣賦》等。此後，臺灣的舊詩創作逐漸發展了起來。隨之以詩歌形式唱和之詩和序、跋之類的文學批評便出現和逐步興盛起來。比如：六居魯編的《使署閒情》，章甫詩集《半松集》眾序和自序。

此集眾序中，梁上春序三評價章甫詩說：「今讀是集，有體制，有格力，有氣象，有興趣，有音節，五法俱備而不入於俚。」孫元衡詩集《赤嵌集》眾序；季麒光為沈光文詩所作〈題沈斯庵雜誌詩〉；沈光文的〈東吟社序〉；盧若騰的《島噫詩》自序、小引；張湄的《廬百詠》序和自序；王凱泰的《臺灣雜詠合刻》眾序；丘逢甲為丘菽園《菽園贅談》作的序和〈論詩次鐵廬韻〉；王友竹的《臺陽詩話》；連雅堂的《臺灣詩乘》《雅言》；唐景崧的《詩畸》；洪棄生的《寄鶴齋詩話》、〈話詩體裁示及門〉、〈借《長生殿》小簡〉、〈閱《鈞天樂》小束〉、〈還《長生殿》束〉等。此時臺灣有評《紅樓夢》的專著問世，即《紅樓夢》專家張新之的《妙復軒評點石頭記》。本世紀之前的臺灣文學理論批評，雖然成果不是很多，顯得比較薄弱。但是有幾位理論批評家，比如，丘逢甲、王竹友、連雅堂、洪棄生、張新之等，是頗值得重視的。他們的文學理論批評著作中，關於文學功能、性質、思想、藝術、內容、形式等基本方面，都有了敘述。有的理論批評家發表了相當獨到和系統的見解。

　　詩歌理論批評方面以丘逢甲、王竹友、連雅堂、洪棄生等為代表，取得了比較突出的成就。

　　丘逢甲，生於 1864 年，祖籍廣東省鎮平，曾祖時遷居臺灣，定居彰化縣。丘逢甲幼時受到良好教育，九歲能作詩。1877 年參加臺灣院試，1886 年參加臺灣歲試，被唐景松稱為「才子」。1888 年丘逢甲中舉人，1889 年中進士，任職「工部主事虞衡司」。丘逢甲深受鄭成功影響，畢生以鄭成功愛國精神自勉。1895 年中日甲午之戰後，清政府割讓臺灣，丘逢甲出任「臺灣義民各軍統領」，發動和率領臺灣人民進行武裝抗日，成為臺灣人民抗日的領袖。同年 6 月抗日失敗。丘逢甲內渡大陸，還念念不忘「重完破碎山河影，與結光明世界緣」的使命，丘逢甲是文武雙全，大智大勇的愛國志士。他的主要著作有《古香雜拾》，《嶺運海日樓詩鈔》等。丘逢甲有「古詩手」之譽。在晚清的詩壇上，具有相當大的影響。梁啟超讚譽丘逢甲為「詩界革命之鉅子」。丘逢甲在詩歌理論批評方面的成就，主要表現在〈論詩次鐵廬韻〉之中。這是唯一被收入郭紹虞主編的《中國歷代文論選》中的臺灣古代

詩論。丘逢甲在論述到詩界革命時，筆力雄健，慷慨激昂，頗有陷陣之勇和大將風度：「邇來詩界唱革命，誰果獨尊吾未逢。流盡元黃筆頭血，茫茫詞海戰群龍。」他嚴肅批評詩壇自我吹虛的門戶之見，主張共同追求詩的真諦：「北派南宗各自誇，可能流響說淫哇。詩中果有真王在，四海何妨共一家。」他主張詩應該既繼承前人的成就，又吸收外來營養：「芭蕉雪裡共摹寫，絕妙能詩王右丞。米雨歐風作詠料，豈同隆古事無徵。」他主張詩歌必須創新，要不斷發現新的人才：「新築詩中大舞臺，侏儒兒輩劇堪哀。即今開幕推神手，要選人天絕代才。」丘逢甲是主張開新風，創新意，選新人的詩壇革新家。這種開放的、先進的文學觀與他的革命的愛國的政治觀念和革命實踐緊密相連，構成他革命詩人和革命詩論家的恢弘氣質。因而他才受到人們的高度稱頌。柳亞子在〈論詩六絕句〉中論及丘逢甲時說；「時流競說黃公度，英氣終輸倉海君，戰血臺澎心未死，寒甲殘角海東雲。」在柳亞子的眼裡，黃尊憲似乎還稍遜於丘逢甲。

　　臺灣的古詩理論批評方面，另一位大家是連雅堂。連雅堂是臺灣文化學術史方面的大家。著作之豐，貢獻之大，涉筆之廣，鮮有匹敵。他出生於 1878 年，小丘逢甲十四歲。1895 年甲午戰敗之日，他才七歲，他的文化和文學活動主要在日據前期。他是臺南人，1897 年曾內渡入上海聖約翰大學攻讀俄文。辛亥革命前後曾遍游祖國大江南北如：上海、杭州、南京、蘇州、北京、武漢、揚州、九江、瀋陽、吉林、長春等地。1914 年入清史館任名譽協修。同年 10 月返臺。他的主要著作如：《臺灣通史》、《臺灣語典》、《臺灣詩乘》、《雅言》等。連雅堂的詩歌理論批評成就，集中在他的《臺灣詩乘》、《雅言》和《臺灣通史》的有關文藝部分。連雅堂處於新舊文學的轉型和變遷之際，處於臺灣被日本人佔領未穩，而中國人正如火如荼的反抗之際；處於兩種文化形態，即西學和中學互相交流和交戰時期。這種情況，造成了連雅堂學術思想複雜的兩面性。一方面他提出「臺灣詩界革命」和「文學革命」的口號，批評「擊缽吟」為非詩。他在《雅言》中說：「夫擊缽吟之詩，非詩也。良朋小集，刻竹攤箋，鬥捷爭奇以詠佳夕，可偶為之而不可數，數則詩格日卑而詩之道塞矣。」但另一方面，他卻維護舊

文學和擊缽吟，因而成為後來臺灣新、舊文學論戰中舊文學營壘的首要代表人物，受到張我軍等人的激烈批評。一方面他具有反「同化主義」的愛國反日思想，但另一方面他卻對新思潮，對張我軍等倡導的「五四」戰鬥精神抱著抵觸情緒；一方面他提倡「鄉土文學」，編寫《臺灣語典》，抵制日本人的「同化」政策，另一方面，他又「鼓吹舊詩」，維護舊的文學秩序，最終成了新文學運動的革命對象。連雅堂的《臺灣詩乘》，是臺灣舊文學的總匯性的編著。將近代以前臺灣二百餘位詩人的作品用編年形式，加以編彙，並作以簡要的評述。他的另一部書《雅言》，顧名思義，即連雅堂之言。是文學筆記體的語錄，書中有許多關於詩的批評和論述。

如果說丘逢甲、連雅堂的文學理論批評並不是他們事業的主要方面，他們並不是專門的文學理論批評家，他們的文學理論批評只是他們成就的一個方面，甚至不能算是主要方面，那麼洪棄生則可真正稱之為臺灣早期文學理論批評家，他的文學成就主要表現在文學理論批評方面。他的文學理論批評不限於詩歌理論批評，且有戲曲理論批評。在戲曲理論批評方面，他不僅著述多，成就高，而且幾乎是那時臺灣文壇的獨響。

洪棄生，生於 1867 年，具有強烈的愛國主義思想，不與日本官吏交往，不與日本入侵者合作，表現了一個中國作家的高尚情操。洪棄生和連雅堂是同時期人。主要文學活動在 19 與 20 兩個世紀之交。他的主要文學理論批評著作有：《寄鶴齋詩話》、《話詩體裁示及門》、《関（鈞天樂）小柬》、《借〈長生殿〉小簡》、《還〈長生殿〉柬》、《論〈鈞天樂〉與陳墨君書》等。洪棄生的詩歌理論，集中表現在他的《寄鶴齋詩話》和《話詩體裁示及門》中。前者是詩評，後者為詩論。前者對從詩經、楚辭起，漢、魏、六朝，直到唐、宋、元、明、清之詩文，以總述和分述的形式加以評述。從中可看到中國古典詩歌發展之概觀。後者是敘述中國的詩體流變。對樂府、新樂府、古詩、近體詩的詩作、流派和名家之作進行總述和分述。

洪棄生文學理論批評中最引人注目的，是他的戲劇理論批評著作。被他評論的戲劇名作有《西廂記》、《桃花扇》、《牡丹亭》、《長生

殿》、《琵琶記》和《鈞天樂》等。他對這些劇作的篇章、佈局、藝術結構、語言運用、舞臺效果、人物塑造等，均加以評論，並對其中有的作品進行比較研究論述。在評論到尤侗的《鈞天樂》時，他說：「傾目而詞、曲都快，入目而排場俱佳可聽可看者，唯有《鈞天樂》。」在《付〈鈞天樂〉與陳墨君書》中，他說：「詼諧，則曼青復生；謾罵，則東坡未死；操筆，如史公之敘滑稽；填韻，如柳七之譜曲子。忽而哭；忽而笑；忽而歡情；忽而涕淚；忽而才子；忽而佳人；忽而鬼怪；忽而神仙；忽而人間；忽而天上；忽而往古；忽而來今。鬱則極鬱，伸則極伸；痛則極痛，快則極快；盡宇宙間人物情狀，無不供其描繪；盡時俗中人物情狀，無不供其口鐍；登場唏噓，令人欲絕。」洪棄生的戲劇評論善於連類對比，善於抒情寫狀，批評個性鮮明突出，為臺灣的戲劇批評開拓了一條先河。臺灣的戲劇創作和戲劇理論批評，在眾文學體裁中是比較薄弱的環節。洪棄生的戲劇評論批評出生在這樣薄脊的戲劇土地上，其自身就具有獨特的意義。

　　臺灣的早期文學理論批評中，小說理論批評是更加薄弱的環節。這種情況和戲劇一樣，不僅是由於這種文學樣式單薄，而且是幾乎沒有誕生。文學理論批評只能產生在文學創作實踐的基礎上，沒有創作實踐理論批評是不會也不可能憑空出現的。就像沒有土地就沒有莊稼；沒有水就沒有冰；沒有藍天就沒有白雲；沒有人類就無所謂人類社會的政治、法律、宗教、道德等規範。以及對這些派生事物的批評和評論。本世紀之前臺灣文學的品種，除了少量的散文和紀實作品外，幾乎是由舊體詩獨霸文壇。因此，那時臺灣的小說和戲劇理論批評，只能在全中國的小說和戲劇創作土壤上生根、發芽。所以並不奇怪，臺灣最早的戲劇理論批評家洪棄生，評論的作品皆是全國性的古典名著，如《長生殿》、《桃花扇》、《西廂記》、《牡丹亭》、《琵琶記）等；更不奇怪，由大陸去臺的文學批評家張新之，於他去臺的第二年，即1850年完成《妙復軒評點石頭記》，成為臺灣文學史上第一部小說理論批評專著。

　　張新之，號太平閒人。他在為自己的《妙復軒評點石頭記》作的序中，談到了自己評《紅樓夢》與金人瑞評三國、水滸、西廂之根本

不同點。他說:「紅樓夢一書,無稽之說,作者洋洋灑灑,特衍出百二十回絕妙文字,而此百二十回中,有自相矛盾處,有不著邊際處,故作罅漏處,初視之若漫不經心者,然太平閒人乃正於此中得間,為一一拈出,經以大學,緯以周易,較之金氏聖歎評三國、水滸、西廂,似聖歎尚為其易,而太平閒人獨為其難。何也?聖歎之評,但評其文字之絕妙而已,閒人之評,並能括出命意所在。不啻新造作者之室,日接作者之席,為作者宛轉指授,而乃於評語中為之微言之,顯揭之,罕譬曲喻之。」張新之認為金聖歎之評論,只是表面的從文字到文字,沒有觸及到作品的實質,而自己評《紅樓夢》,由於與作者一起生活起居,得到曹雪芹的親授,所以能在微言中揭示本質;能在比喻中曲徑通幽。這裡道出一個真理,批評家應該千方百計與作者聯繫,熟悉自己的研究對象,去活評作品,不應關起門來從書本到書本,從文字到文字地去評論,否則很難真正完成評論任務。

臺灣的早期文學理論批評,大約有這樣一些特點:(1)除少數幾位理論批評家外,很少有專著和專論性的質量較高的理論批評著作。大多是序跋與唱和之作,整個文學理論批評處於初生期狀態。(2)基本上是單一的詩歌理論批評,有許多領域還是一片空白。這種情形反映了一個移民社會和動盪不定的生存環境的整個文學水準和概貌。(3)臺灣的文學理論批評,是全國文學理論批評之樹上的一個枝椏,或者是全國文學總根上長出的一個枝條。它不僅是總根的血統,而且靠總根供血、供養。詩歌、戲劇、小說的主要批評對象,是全國性的文學作品。戲劇、小說理論批評依賴存活和發展的條件是《紅樓夢》、《水滸傳》、《長生殿》、《西廂記》、《桃花扇》。即使比較發達的詩歌理論批評,賴以生存和發展的條件仍然是《詩經》、《楚辭》、樂府、唐詩等。洪棄生的論詩專著《寄鶴齋詩話》,專論《話詩體裁示及門》,均是生長在從詩經到明清的全國肥美而遼闊的詩歌的土壤上。即使連雅堂的《臺灣詩乘》和《雅言》,也脫離不開全國詩歌總根的供養。(4)臺灣的古典文學理論批評逐步地由零星向系統,由片言隻語向專著專論發展。由丘逢甲到洪棄生的發展過程,實際上是向專業化的目標邁進。儘管作為日據期的洪棄生,還不是一個專門性的文學理論批評家,但他的批評

範圍、批評視角和顯示出的批評氣派，都具有那麼一點專門性的文學理論批評家的味道。(5)儘管隔著一道海峽，隔著日本人用刺刀構築的牆，但臺灣的古典文學理論批評始終和祖國的文學理論批評界保持著相當密切的聯繫。海峽兩邊不斷有理論批評家衝破封鎖和禁錮奔波於海濤之上。不要說臺灣多數文人是大陸遷臺的，也有像梁啟超、章太炎之類的大家去臺小住而留下墨蹟的。除了這種人員往來外，還有兩岸文人互相品評作品和交換理論觀點與批評資訊的。比如晚清的著名詩人和詩歌理論批評家黃尊憲，就推崇丘逢甲的詩為：「真天下健者。」

　　世界上從來沒有無源之水和無本之木。祖國幾千年淵源流長，體系完整，規模龐大，內容極其豐富，水平相當高超，分析入裡，論證周詳的文學理論批評傳統和臺灣本世紀之前在祖國文學理論批評之母的哺乳和養護下，剛誕生並初具形態的文學理論批評實踐，是臺灣新文學理論批評的寶庫。日據後期和光復之後，臺灣的文學理論批評，一直在坎坷、顛沛的道路上前進，不斷為臺灣新文學的創建和發展提供傳統營養。1949 年之後，由大陸渡臺的一批古典文學理論批評家和大學教師及他們的弟子成為古典文學理論批評的主要骨幹。他們圍繞著古代神話，古典詩、詞、賦，古典戲劇、話本，古典小說，特別是《紅樓夢》、《水滸傳》、《三國演義》、《西遊記》、《儒林外史》等古典小說名著及古典文論，尤其是《文心雕龍》、《詩品》等，進行深入探討，發表和出版了許多研究成果，召開了許許多多不同形式和內容的古典文學研討會，把古典文學研究推向了一個新的階段，展示了一片繁榮局面。這方面的成就，雖然不是本著的研究對象，無需一一列舉論述，但是文學的親和性、相關性、滲透性告訴我們，與臺灣新文學理論批評並行的現、當代臺灣古典文學理論批評，對臺灣的新文學理論批評，必然會有這樣或那樣的影響。必定會有示範和借鑒作用。有許多當代的臺灣文學理論批評家，自身就是古、今文學理論批評的兩棲人物。比如：張健、魏子雲、尉天驄、呂正惠、何欣、王夢鷗、尹雪曼、王集叢、劉心煌、王志健、黃永武、姚一葦、顏元叔、李春生、周伯乃、田曼詩、丁樹南、鄭明娳。李瑞騰、古添洪、周英雄、龔鵬程、王德威等。這種古、今兩棲的文學理論批評家，往往是古、今互

借和滲透，將傳統和現代或明或暗的融於一爐。最為典型的例子是李春生先生的詩歌專著《詩的傳統與現代》，李瑞騰的《寂寞之旅——中國文學論稿》等，採用了大量的古、今詩歌作為實例來論述詩歌的規律和原理。姚一葦的美學專著《藝術的奧秘》、田曼詩的美學專著《美學》等都大量吸收和引用中國古典哲學、文學的成就；沈謙的文學理論批評專著《期待批評時代的來臨》、柯慶明的文學批評專著《現代中國文學批評述論》等，均以中國古、近代文學理論批評為依據和營養.無數事實說明，中國古代的文學理論批評的輝煌成就，是臺灣新文學理論批評的源泉和基石，沒有這個理論源泉和基石，臺灣的新文學理論批評就很難構架和建築。為了有所對照，本人在此緒論中不厭其煩地開列了中國古典文學理論批評各部門的主要論著。在本書的論述中，我將充分地注意到臺灣的新文學理論批評對祖國文學理論批評傳統的繼承和發展因素。

第一編

臺灣現代新文學理論批評的
歷史沿革和基本內涵

第一章

臺灣新文學理論批評與「五四」運動

第一節　一致的思想理想和相同的理論共識

　　臺灣新文學理論批評，扮演著臺灣新文學的旗幟和導向的角色。在新舊文學交替之際，它起著導引方向和開路先鋒的作用。人類社會的發展史證明，任何一個新的社會形態、社會潮流和大的社會變革到來之際，都必然伴隨著代表其志向的吶喊和呼嘯以掃蕩和衝擊之勢為舊事物送終，為新事物開路。作為社會意識形態範疇的文學也不例外、本世紀初，大陸文學和日據下的臺灣文學都面臨著由舊文學向新文學的質的飛躍和轉變時期、這種飛躍和轉變，需要有明確的理論和深刻的社會文化運動來實現。中國的「五四」新文化運動，便成了實現這種變革的途徑和手段。1919 年，標誌著中國社會形態、思想形態、文化形態發生質的變革的「五四」運動，不僅震撼了祖國大陸，而且搖動了被日本人殘酷佔領下的臺灣、臺灣知識份子的心和祖國大陸知識分子的心，都程度不同地在震撼中蘇醒了。所不同的是祖國大陸的知識份子、青年學生打著旗幟，排著隊伍，呼著口號衝上街頭，既作潮流之水，又做推波之風。他們直接參加了這轟轟烈烈的革命運動，或直接受到革命潮水的洗禮。而臺灣的知識份子，在日本人的刺刀下，行動受到嚴酷抑制。於是，他們許多人渡海來到祖國大陸接受洗禮。而另一些人則去了日本，在那裡間接向「五四」精神求索。1919 年，即「五四」運動爆發當年的秋天，海峽兩岸的知識份子便以血濃於水的情感在日本聯合結社，互相聲援，共探革命救國之道。那時臺灣青年蔡惠如、林呈祿、蔡培火，與大陸中華青年會的馬伯援、吳有容、

劉木琳等，以民族為根本、以親睦為號召，「取『同聲相應』之意」，在日本組織了「聲應會」。同年歲末，臺灣學生又自發組織了「啟發會」。次年，他們又組織了以蔡惠如為會長的「新民會」。以文字形式定下三項行動目標：「第一，為增進臺灣同胞之幸福，從事政治社會改革運動。第二，發行刊物，聯絡同志。第三，圖謀與祖國同志接觸之途徑。」[1]他們還創辦了會刊《臺灣青年》。之後，又改名《臺灣》，再後改刊為《臺灣民報》、《臺灣新民報》。這是臺灣抗日民族運動的唯一理論陣地，也是臺灣新文學的搖籃。臺灣新文學運動萌芽時期的先驅們，一開始就意識到了理論的重要性，他們建立組織後辦的第一件事，就是建立和不斷擴大、鞏固自己的理論陣地。上述事實表明，不僅臺灣新思想的第一顆火花，就是和祖國「五四」青年們的心花開放在一起的，而且，作為臺灣新文學理論批評的襁褓——《臺灣青年》，作為臺灣最早的重要革命學生團體——「新民會」，無疑也受到大陸同名組織和刊物的直接啟發。臺灣抗日愛國青年學生運動的唯一喉舌——《臺灣青年》創刊號的發刊詞，充滿急進、潑辣的「五四」革命精神。該發刊詞寫道：「從這絕大不幸當中，能得保全性命的全人類業已由既往的惰眠覺醒了。覺醒了討伐黑暗，追慕光明；覺醒了反抗橫暴，服從正義；覺醒了擯除利己的、排他的、獨尊的野蠻生活，企圖共存的、犧牲的文化運動。你看！國際聯盟的成立，民族自決的尊重，男女同權的實現，勞資協調的運動等，沒有一項不是大覺醒所賜與的結果。臺灣的青年呀！高砂島的健兒呀！還可以不奮起嗎？不理解這大運動的真義，不跟這大運動共鳴的人，這種人的做人價值，簡值等於零。」這個發刊詞，充滿了新思想，新理論。如果把它與當時大陸《新青年》雜誌上發表的同類文章進行比較，恐怕無需費力就能感受和看到其共同的精神和文氣。現舉陳獨秀〈舊思想與國體問題〉中一段話，相比較：「這腐舊思想佈滿國中，所以我們要誠心鞏固共和政體，非將這班反對共和的倫理文學等舊思想，完全洗涮得乾乾淨淨不可。」[2]陳獨秀這段話寫於1917

---

[1]　陳少廷，《臺灣新文學運動簡史》，第 3 頁。
[2]　《新青年》，1917 年 5 月第三卷第三號。

年,《臺灣青年》的發刊詞寫於 1920 年。一個刊於日本發行的《臺灣青年》,一個刊於在中國發行的《新青年》上,但他們負載的內容,表達的思想,行文的口氣等,何其相似乃爾。這表現了海峽兩岸骨肉同胞當時雖然處於完全殖民地和半封建、半殖民地的不同境遇中,但他們反帝反封建和追求民族解放、追求民主和自由的目標和任務卻是完全一致的;他們有著一致的理想和默契的理論共識。

第二節　臺灣新文學理論批評 在「五四」精神的光照下誕生和成長

臺灣新文學運動不僅是在「五四」運動的影響下誕生的,也不僅是「五四」前後兩岸青年就在日本共同結社,共同探求革命救國之道,有著相當一致和默契的思想理論共識,而且臺灣的新文學運動,臺灣的新文學理論批評,就是在「五四」運動和它的思想理論的直接指導和光照下誕生和成長的。一方面,臺灣新文學運動初期,臺灣的報刊發表了不少對臺灣新文學運動和臺灣新文學的方向、前途、性質、命運發生重大影響的論文。它們有的是介紹「五四」精神和內容的;有的是介紹大陸新文學成就的;有的是介紹大陸白話文運動的等。比如:《臺灣青年》易名為《臺灣》後,於 1922 年 4 月發表的黃呈聰的〈論普及白話文的新使命〉和黃朝琴的〈漢文改革論〉。前者從親眼所見的角度,介紹了大陸白話文運動的盛況,提出了「白話文是文化普及運動的急先鋒」的論斷,號召人們要用「這最快速的方法來普及文化。」後者大論:「漢文改革乃刻不容緩之急務」。並身體力行提出具體實施方案。又如,《臺灣民報》第一卷第四期上發表了秀湖(許乃昌)的文章:〈中國新文學運動的過去現在將來〉。該文除了介紹和稱讚大陸的新文學發展「一日千里之勢」外,還著重介紹了「五四」新文學運動中的兩篇極重要的文章,即胡適的〈文學改良芻議〉和陳獨秀的〈文學革命論〉。這篇文章雖然「沒有直接涉及臺灣新文學運動的問題,但在字裡行間,已經暗示臺灣文學也應朝向中國新文學的路線去發展。」

又如《臺灣民報》二卷十期上發表了蔣雨的文章〈二十年來的中國文學及文學革命的略述〉,《臺灣民報》三卷十二至十七號上發表了蔡孝乾的〈中國新文學概觀〉等。這些文章在敘述「五四」運動,中國新文學的輝煌成就和迅猛發展趨勢及白話文興盛的情況中,處處暗示和明白倡導,臺灣新文學必須走中國新文學之路,必須遵循和發揚「五四」新文學的精神。比如。黃呈聰在文章中說:普及白話上「這是很容易做的,因為臺灣的同胞學過漢文的人很多,並且喜愛著中國的白話小說,只要把這種精神引導去閱讀中國新出版的各種科學及思想的書籍,便可以增長我們的見識了。」臺灣新文學運動史家陳少廷在評價「二黃」的兩篇重要文章時說:「從這兩篇文章,我們可以明白下列幾點:第一、這兩篇是提倡改革臺灣文學最早的文章,可以說是臺灣新文學運動的先聲。第二、他們提倡改革的動機,雖然系出諸當時臺灣社會的實際需要,但直接受中國新文學運動的影響最大。第三、他們所主張的,只限於語言文字的改革問題,尚未涉及文學本身的課題。這在文學素養還很粗淺的當時,毋寧是無可厚非的。然而,臺灣的新文學運動,卻以這兩篇為契機,後來和中國新文學運動發生聯繫,進而開展了熱烈的臺灣新文學運動。」[3]

最能說明臺灣新文學理論批評與「五四」運動的母子和血肉聯繫的,是臺灣新文學理論批評的奠基人張我軍與「五四」新文學的關係。張我軍雖然出生成長於臺灣,但他的文學活動卻是在大陸開始的;他的文學事業是在大陸奠基和發展成熟的。比如,張我軍向臺灣新文學青年們發出的第一聲號召,向臺灣舊文學喊出的第一聲挑戰:〈致臺灣青年的一封信〉和〈糟糕的臺灣文學界〉等文就是在大陸寫成寄到《臺灣民報》發表的。張我軍的長子張光正,在一本書的後記中說:「他投身於臺灣新文學運動,始於十九歲時遇到的一個機緣。那年他被銀行派到廈門的支行服務,得以從日本割據下的臺灣島來到祖籍福建,在人才薈萃,貿易繁榮的廈門港住了兩年,從此不想再回到『如在葫蘆底的故鄉』了。隨後又來到祖國北方文化名城北京,進升學補習班,

---

[3] 陳少廷,《臺灣新文學運動簡史》,第 14 頁。

並返往北京、臺灣之間。這一段經歷使他廣開視野，接觸了祖國豐富的文化遺產，深受當時方興未艾的『五四』新文化運動的薰陶，而成為一生中的轉捩點。」[4]20 年代前後，張我軍發表在《臺灣民報》上的一系列具有爆炸性的、對臺灣舊文學具有致命效應、對臺灣新文學具有開路先鋒作用的文章，就是在受到「五四」精神的直接洗禮之後，傳遞出的「五四」之音。這些文章、如〈新文學運動的意義〉、〈致臺灣青年的一封信〉、〈糟糕的臺灣文學界〉、〈為臺灣的文學界一哭〉、〈絕無僅有的擊缽吟的意義〉和九篇隨感錄等，既是「五四」運動和祖國新文學精神的集中概括和傳導，又是臺灣新文學生命之所繫。可以這樣說：沒有「五四」精神，沒有祖國的新文學，就沒有張我軍，繼之，又可以這樣說，沒有張我軍；臺灣的新文學運動不會誕生和發展得那麼迅速，臺灣的舊文學受不到那麼致命的打擊，臺灣新文學可能要經受更大的曲折和不幸。張我軍直接把祖國新文學的奶汁，化為臺灣新文學的血液；直接把「五四」運動的革命精神，轉化為臺灣新文學發展的方向和指南。

　　臺灣新文學誕生初期，《臺灣青年》、《臺灣》、《臺灣民報》上發表的有關「五四」精神和祖國新文學的一系列理論文章，概括起來，它們向臺灣文壇傳達了以下的理論原則和指導思想。(1)臺灣新文學是中國新文學的一個組成部分。(2)臺灣新文學必須走中國新文學之路。(3)祖國的新文學實踐，是臺灣新文學的最好楷模。(4)祖國的新文學理論，如胡適的〈文學改良芻議〉，陳獨秀的〈文學革命論〉，是臺灣新文學理論的前驅和榜樣。(5)祖國新文學運動的具體經驗，如，要改革文學，必先改革其工具──語言，興起白話文運動，成了臺灣新文學發軔和起動的最有效契機。而這些理論原則和指導思想，又為後來的臺灣文學家們一再強調、補充和闡釋。比如；張我軍在〈請合力拆下這座敗草叢中的破舊殿堂〉一文中說：「臺灣文學為中國文學的一支流。」王詩琅在〈日據下臺灣文學的生成及發展〉一文中說：臺灣文學「又跟『五四』運動的中國大陸新文學亦步亦趨。」陳少廷說：臺灣新文學「是

4　《張我軍選集》後記。

發源於中國新文學運動的支流。」[5]陳映真說:「臺灣的新文學,受影響於和中國『五四』啟蒙運動有著密切關聯的白話文運動,並且在整個發展的過程中,和中國反帝、反封建的新文學運動,有著綿密的關聯;也是以中國為民族歸屬之取向的政治、文化、社會運動的一環。」[6]趙光漢說:「從這些文學作品所表現的內容來看,日據時代的臺灣文學在意義上便絕不僅僅是地方性的,而是很自然的連結在波瀾壯闊的全中國歷史潮裡,作品中的每一個小人物都刻上了近代中國苦難、奮鬥的痕跡。」[7]

---

[5]　《臺灣新文學運動簡史》,第 162 頁。
[6]　《鄉土文學討論集》,第 95-96 頁。
[7]　《臺灣鄉土文學討論集》,第 258 頁。

第二章　臺灣新文學理論批評的萌芽和奠基

第一節　臺灣新文學理論批評的萌芽

臺灣的新文學理論批評，是在繼承中國幾千年的文學理論批評傳統和臺灣日據前期洪棄生等的文學理論批評精神的基礎上萌生的；是在「五四」精神的直接光照下，在臺灣人民的抗日鬥爭由武裝鬥爭為主，轉入以非武裝的文化手段為主要方式的關鍵時期問世的，是在臺灣新文學運動誕生之際，迫切需要自己的理論批評助威和吶喊，公開闡明自己的立場觀點的情況下應運而生的。兩個世紀交接之際，臺灣的政治形勢和氣候，隨著內外條件變化，也在發生著一個重大的變化。從國際情況來看，第一次世界大戰之後，西方和平民主的思潮非常活躍。這種思潮很快輸入了明治維新後的日本，於是日本變成了一個怪胎。一方面是東方和平民主思潮的重鎮，亞洲許多落後國家和地區的知識分子，紛紛去日本尋求革命救國之道，其中也包括中國大陸和臺灣。另一方面，日本又是第二次世界大戰的策源地。本世紀初，日本軍國主義已經開始向外侵略。從中國的情況看，由於「五四」運動的爆發，辛亥革命的進行，科學、民主兩股思潮激蕩全國，革命潮流日益高漲，中國大陸的形勢對臺灣產生了巨大的直接影響。從臺灣來看，1895 年日本霸佔臺灣後，激起了臺灣人民最強烈的仇恨，他們與日本強盜展開了如火如荼的武裝鬥爭，決心要把侵略者趕出臺灣。但是由於敵強我弱，敵眾我寡的形勢戰爭中雖然也有不少戰役的勝利，但總的趨勢對臺灣人民不利。經歷了巨大消耗、犧牲和創傷之後，武裝鬥爭終於失敗。鬥爭的形勢迫使臺灣人民不得不改變鬥爭方式，從以武裝抗日為主要戰場，轉移到以非武裝鬥爭為主的戰場上來。從日本侵略者的情況看，他們侵略臺灣的目的，是為了佔領，是為了妄圖把臺

灣永久地劃入日本版圖。曠日持久的武裝鎮壓和把臺灣變成一片無人的赤土，也與他們的侵略目的相悖。在經歷了武裝鎮壓的消耗和臺灣人民基本上被鎮壓下去的情況下，他們要配以懷柔政策，把臺灣建成一個適合他們需要的殖民地。就是在上述多種因素的作用下，臺灣人民的抗日方式，由武裝轉入非武裝，由地上轉為地下，才有可能成為事實。而文化和文學在這種革命方式的轉型期，就承擔起了革命主角的重任。臺灣文學評論家黃忠武在〈烽火下的文學尖兵〉一文中寫道：「日本帝國主義佔據臺灣五十年間，在殖民地統治下的大多數臺灣同胞，無時無刻不在抗日，這五十年間的抗日血史，大致可分為兩個階段：一、自 1895 年日本帝國主義者佔據臺灣開始，至 1915 年是武力抗日時期。二、自 1915 至 1945 年臺灣光復，其間雖然仍有零星的武力抗日事件發生，但大體說來，是屬於非武力抗日時期。在非武力抗日時期中，臺灣新文學活動從萌芽、奠基、以致於蓬勃，產生了深遠的影響。」在新文學充任革命主角的情況下臺灣的新文化、新文學團體便紛紛成立。除了我們上面提到的，在日本成立的早期組織：「聲應會」、「啟發會」、「新民會」等之外，當時臺灣還出現了最重要的文化社團「臺灣文化協會」。上述背景既是臺灣人民抗日方式轉換的原因，也是「臺灣文化協會」臨盆之肇因。

「臺灣文化協會」於 1921 年 10 月 17 日，在臺北市成立，會員有一千餘人。他們中有知識份子、工人、農民等，是臺灣各界人民的聯合團體。吸收了當時臺灣所有著名的進步人士。出席成立大會的有三百餘人。通過了會章，選出了領導機構。大會推選林獻堂為總理，楊吉臣為協理，蔣渭水為專務理事。理事有：蔡惠如、黃呈聰、賴和、林呈祿、楊肇嘉、連溫卿、陳逢源、謝春木（追風）、王敏川、林茂生等，共 33 人。其中代表右翼勢力的是林獻堂，代表左翼勢力的是蔣渭水、連溫卿等。臺灣日據末期最後一個作家葉石濤在談到「臺灣文化協會」時說：「由於第一次世界大戰後，民族自決的論調高唱入雲，臺灣又受到『五四』運動的影響，因而逐漸採用新形式的抗日民族運動。許多在東京留學的臺灣舊紳士階層的子弟，聯絡大陸來日的留學生或朝鮮的革命青年共同組織結社，傾向於臺灣的民族自決運動。他們的

這種思想動態在臺灣也引起了廣泛的共鳴，凝結為臺灣議會設置運動的規模宏大的政治性運動，接著 1921 年民族主義文化啟蒙運動的大本營臺灣文化協會宣告成立，跟朝鮮的三一運動互相呼應，成為民族解放運動的據點。臺灣文化協會採用的是漸進、溫和、迂迴的方式，以便灌輸民眾以民族精神，打破迷信和陋習，改革臺灣社會以造就擁有新知識，有現代性格的民眾。而這個文化啟蒙運動所面對的最大課題，跟大陸的『五四』運動如出一轍。那便是改革舊語文採用口語化的白話文，促使民眾透過易學易寫的白話文，去接受和吸收世界新思潮，發揚民族精神，擺脫日本殖民統治，進入文化抗日新階段。」[1]臺灣文化協會中許多骨幹成員，都是臺灣新文學的發難人和創始者。比如：黃呈聰是倡導臺灣白話文運動的發難人；謝春木（追風），是臺灣新詩和小說處女作的作者；賴和，被稱為「臺灣新文學之父」等。由此可以看出，文學在文化協會中占的地位和這個協會的成立，對臺灣新文學運動和臺灣文學理論批評的催生，具有的重要意義。

　　《臺灣青年》、《臺灣》和《臺灣民報》，是臺灣新文學的搖籃。自然，這個搖籃中搖醒的，也有臺灣文學理論批評這個文學幼嬰。《臺灣青年》從 1920 年 7 月 16 日創刊發行至 1922 年 2 月 15 日易名《臺灣》為止，一共出版了 18 期，這 18 期中，發表的關於文學的論文共 4 篇：(1)陳炘的〈文學與職務〉；(2)甘文芳的〈實社會與文學〉；(3)日本人小野村林藏宗的〈現代文藝的趨勢〉；(4)陳瑞明的〈日用文鼓吹論〉。除了日本人寫的一篇外，臺灣人寫的三篇論文各有側重。刊登於創刊號上的陳炘的〈文學與職務〉，是結合中國文學之實際，論述和探討文學的性質和任務的。作者認為，只追求形式和華麗詞藻而忽視內容的文學，不過是一種「死文學」，它是無法實現文學的任務的。真正的文學，應該承擔起傳播文明思想和社會改造之使命。中國的白話文學，是符合文學的性質和使命的。作者號召臺灣文壇「也應朝此方向去努力」。發表在《臺灣青年》第三卷第三號上的甘文芳的論文〈實社會與文學〉，主要是探討文學的社會性，即文學社會學的問題。作者第一次明確地

---

[1] 《臺灣文學史綱》，第 20-21 頁。

抨擊了臺灣文壇的舊文人們吟風弄月，無病呻吟的文風和「風流韻事，茶前酒後的玩物」性的文學。作者在稱讚了中國的新文學之後說：「在這迫切的時代要求和現實生活的重圍下，已不需要那種有閒的文學──風流韻事，茶前酒後的玩物了。」發表於《臺灣青年》第四卷一號上的陳瑞明的〈日用文鼓吹論〉，是一篇探討寫實和紀事文學的文章。這篇文章的重點在論述文體的性質，批判文言文、提倡白話文。在批判了文言文不能充分表達思想，不易普及和阻礙進取三大弊端之後，提出；「改革文學，以除此弊，俾可啟民智」的主張。這三篇文章，涉及了文學的性質、任務、方向、風格和載體等實質問題，從理論和實踐兩個方面切入，做到了理論和實踐，文學理論和文學批評的結合。觀點明確，論述清晰，這在文學萌生的低幼期，是難能可貴的。如果找其缺點，等於是在搖籃中的嬰兒身上去挑毛病，母親聽到幼嬰的哭聲像美妙絕倫的歌唱，別人聽到可能是煩人的噪音。不過有幾點是誰也否定不了的，而且對今日文壇還有現實意義的是：(1)臺灣新文學理論批評，從它誕生的那一天起，便顯示了其強烈的現實主義性質。(2)臺灣新文學理論批評，從一誕生，便特別強調內容的重要性和文學的社會性、實用性。(3)臺灣新文學理論批評一出世，便表現出了生機勃勃的戰鬥性，批判性，勇敢地向形式主義和守舊傾向等進行挑戰。(4)臺灣新文學理論批評一哇哇墜地，便帶著鮮明而突出的中國胎記，明確表示必須走中國文學之路，把大陸新文學作為榜樣。因此，我們可以毫不誇張地說，萌生在《臺灣青年》上的臺灣新文學理論批評，是一個十分健碩、美麗而令人酷愛的文學嬰兒。

第二節　臺灣新文學理論批評的奠基

臺灣新文學理論批評於 1920 年前後萌芽，它比追風（謝春木）創作於 1923 年，發表於 1924 年的臺灣第一組新詩〈詩的模仿〉，誕生早四年；它比同是一個作者追風 1922 年創作的臺灣第一篇白話小說〈她要往何處去──給苦惱的姊妹們〉出世早兩年。那麼臺灣這種新文學理

論批評早於臺灣新詩和小說的創作實踐而誕生，是否就違背了理論產生於創作實踐，反過來又指導創作實踐的規律呢？從表面上看來是這樣，但從實際上看卻並非如此。因為臺灣是中國的一個省，臺灣文學是中國文學的一部分，雖然臺灣那時是在日本佔據下與祖國形成軍事、政治割據，但是臺灣同胞的心靈和情感是中國的；臺灣的文學傳統是中國的臺灣同胞讀的書是中國的，因而那時臺灣同胞在文學上還沒有大陸文學和臺灣文學區分的概念。在他們心目中，中國文學是一個整體。雖然他們已經意識到和擔心這種區分的出現，從臺灣的文學理論批評誕生的那天起，臺灣文人們便反覆強調臺灣文學應走中國新文學的路線。臺灣文學應朝中國新文學的方向發展。因此臺灣文學理論批評誕生的文學土壤，是整個中國文學的創作實踐。《臺灣青年》上發表的中國人寫的三篇文學論文，均是以中國的古典文學和新文學作為論證對象，就是十分明顯的例證。臺灣新文學理論批評誕生的另一片土壤是本世紀之前臺灣地區的古典文學。這一點從萌芽期的文論中也獲得證實。

臺灣新文學理論批評產生的基礎，與臺灣文學的奠基有直接關係。我們談到一個事物的奠基，也就是指這個事物在其崛起和誕生之初，有沒有牢固而堅實的基礎。像建造大樓的地基，是用磚頭壘砌，還是用石塊鋪墊，是用混泥土澆鑄，還是用鋼鐵堆築。選用什麼材料，採用什麼工藝構築基礎，是關係大樓的性質和壽命之所在。臺灣新文學理論批評的奠基是高效而優質的。由於它和臺灣的整個新文學一樣，有一個良好的奠基，即使經受了無數次大大小小的風雨考驗，但仍然風雨如磐，巍然不動。即使日本帝國百倍瘋狂的推行所謂「皇民化文學」，西方世界極力使臺灣文學西化，但臺灣文學始終保持著鮮明的中國品格而不變色。即使有過某種彎路，也很快覺醒，迷途知返，來一個回歸民族，回歸鄉土，回歸母體文學的運動。本人在拙作《臺灣新詩發展史》中，有過這樣的論斷：「不管是帝國主義的武裝佔領和文化滲透，都無法將臺灣從中國的版圖上抹掉；不管是刺刀和鮮花，都無法將中華民族的詩魂從臺灣詩壇上驅走和誘離；不管經過什麼曲折

和磨難，臺灣的詩園總是貼著母親的胸懷開放出中國的民族之花。」[2]那麼臺灣文學理論批評是用怎樣的材料和工藝奠基的呢？

1. 明確的中國方向和中國藍圖。張我軍在〈文學革命運動以來〉一文中說：「文學改革的是非論戰，在中國是七、八年前的舊事，現在已進到實行期，建設了。所以文學改革的是非用不著我們來討論，已有人替我們討論得明明白白了。我們只消把他們所討論的文字讀一讀便了然了。我們現在欲使臺灣人用最簡捷的方法來明白文學革命運動的經過，故把胡適的五十年來中國之文學的一節，關於文學革命運動經過錄在下面，以供大家的參考。」[3]張我軍這段話講得十分明白，關於文學革命的必要性和怎樣革命的理論，都是現成的，只要拿過去用就行了。關於臺灣新文學應走中國新文學的方向和路線的內容，上面已經說過，不再贅述，只想從臺灣新文學走過的實際路程，作點論證。和大陸新文學一樣，臺灣新文學邁開的第一步，首先是工具革命——即語言革命，變文言文為白話文。開展白話文運動，是大陸新文學的經驗和臺灣新文學教訓的共同產物。《臺灣青年》發表的陳瑞明的文章〈日用文鼓吹論〉，第一個提出要在臺灣進行文學語言革命的問題。接著由黃呈聰的〈論普及白話文的新使命〉和黃朝琴的〈漢文改革論〉，掀起推廣白話文的高潮。葉石濤在談到臺灣的白話文運動時說：「臺灣的白話文運動便是在大陸『五四』運動的刺激下開展的。」[4]黃呈聰在〈論白話文普及運動的新使命〉一文中，更表明，他這理論的源泉便是來自祖國大陸。他寫道：「我今年6月有到過中國的地方，看過了這個白話文普及的狀況，一般得著利便很大，更加確實感覺有普及的必要。這個白話文，不但是民國採用作國文，使全國的學堂，將這個文編做教課書，以普及全國的民眾，其他新報、雜誌、

2　《臺灣新詩發展史》，第 8 頁。
3　《張我軍選集》，第 37-38 頁。
4　《臺灣文學史綱》，第 21 頁。

著書、譯書大概也都是用這個白話文做的。所以這個白話文不是一部分好奇的人偏要做的，現在已經普及到全國。」

臺灣新文學運動的第二個步驟是展開新舊文學論戰，給舊文學以掃蕩，為新文學開路。中國新文學運動初期，發生過以林紓、劉師培、黃侃等為代表的舊文學反對陳獨秀、蔡元培、魯迅、胡適、錢玄同為代表的新文學的復古與反復古的鬥爭。之後又發生了許多前進和倒退，創新與守舊的論爭。這種論爭是中國新文學前進的直接動力。臺灣新文學運動初期也發生了同樣的論爭。陳少廷在《臺灣新文學運動簡史》一書的「新舊文學論戰」一節中，開頭便這樣敘述：「正如祖國的新文學運動發生過新舊文學之論戰一樣，臺灣的新文學運動亦復如此。」[5]臺灣新舊文學論爭雙方的陣容是這樣的：新文學方面以張我軍為首，成員有：張我軍、蔡孝乾、前非、賴雲等舊文學方面以連雅堂為首，成員有：鄭軍我、蕉麓、赤嵌王生、黃衫客、一吟友等。這次以新文學陣容勝利告終的新舊文學論爭，最大的成果是張我軍在〈新文學運動的意義〉一文中，把胡適的「國語的文學，文學的國語」具體化為臺灣新文學建設的兩項任務，即：(1)白話文學的建設；(2)臺灣話語的改造。而這兩項任務達到的共同目的是：「我們的文化不與中國文化分斷。」

2. 大陸培養出來的文學設計師和工程師。臺灣新文學理論批評誕生前後出現的一些理論批評家，幾乎都是從大陸學成後用於臺灣文壇的。尤其是幾位大設計師、工程師黃呈聰、黃朝琴和張我軍。黃呈聰到大陸學習訪問回臺後，創作了〈論普及白話文的新使命〉定下了臺灣新文學工具改革的使命和基調，而張我軍的文學生涯是從大陸開始，然後奔波於大陸和臺灣之間，後來又在大陸求學定居。他利用在《臺灣民報》當編輯的有利地位，將在大陸學習、孕育和繪製的臺灣新文學的發展藍圖和實施方案，在《臺灣民報》發表、宣傳，使之轉化為臺灣文學的

5　《臺灣新文學運動簡史》，第 21 頁。

現實。此外，臺灣同時期的幾位文學理論批評家，比如：秀湖（許乃昌）的重要論文〈中國新文學運動的過去現在將來〉等，就是在上海讀書時撰寫而寄到臺灣發表的。

3. 確定了白話文而不是臺灣的土語為表達工具。和臺灣新、舊文學論爭相聯繫，發生在 1930 年前後的名為「鄉土文學論戰」實為文學語言之爭的論爭中，以黃石輝、郭秋生為代表的一方極力主張「用臺灣話做文，用臺灣話做詩，用臺灣話做小說……」而以毓文、林克夫、朱點人為另一方堅決反對用臺灣土語創作，極力主張用中國白話文創作。他們認為：臺灣話粗雜，不足為文學利器；臺灣話分歧，無所適從；大陸人看不懂臺灣話，作品無法流行。他們實際上繼承肯定和推行了張我軍的變臺灣土語為國語，以國語取代臺灣土語的主張。語言是文學的物質形態，把心靈中精神的東西轉化為怎樣的物質形態，從而使它成活和得到傳播，關係到文學的生存和壽命。用白話創作還是用臺灣土語創作，在當時不單單是個文學自身的形式問題，更重要的是關係到祖國民族的文學和語言傳統能否在臺灣延續和發展；關係到臺灣文學的發展路線和方向等。因而能把臺灣文學的物質形態——語言，確定為白話文，具有重要的文學意義和政治意義。

4. 確定了以批判、揭露、反抗為職志的現實主義文學理論批評精神和原則。臺灣新文學誕生之際，正是臺灣的抗日民族運動由武裝抗爭向非武裝抗爭形態轉換時期，因而它特別需要文學衝鋒陷陣。在這種情況下，宣揚文學脫離現實鼓動作家吟風弄月，實際上就是幫了敵人的大忙。因而臺灣的新文學理論批評誕生之際，便死死揪住舊文學的形式主義弊端進行猛烈批判和轟擊，反覆強調要活文學不要死文學，突出地表現了這種現實主義文學理論的強大威力，顯示其犀利的戰鬥鋒芒。這種精神，集中地表現在張我軍的一系列「檄文」式的論著裡。我們從他的文章標題：〈為臺灣的文學界一哭〉、〈請合力拆下這座敗草叢中的破舊殿堂〉、〈揭破悶葫蘆〉等，就可以強烈地感受到文章中那槍、彈交加，戰火熊熊殺得敵人片甲不存的戰鬥氣息。

第三章

臺灣新文學理論批評的奠基人張我軍

　　張我軍是臺灣新文學運動的急先鋒，是臺灣新文學的處女詩集《亂都之戀》的作者。但是他對祖國，對臺灣的最大貢獻是在文學理論批評方面。在他之前，臺灣新文學理論批評雖然已經在《臺灣青年》上萌芽，但它的真正誕生，它作為一個無畏的勇士和驍將衝上文壇，殺入舊文學的重圍並得勝回朝的戲，是由張我軍來演出的。張我軍不僅具有優秀的理論素質、高尚的理論品格、深厚的理論素養，而且具有先進的革命家的光輝思想和寬闊胸懷；他不僅具有高遠的革命理想，而且具有不怕困難，不怕犧牲，敢於衝鋒陷陣的革命實踐家的風範；他不僅善於攻擊敵人，而且善於團結朋友。在臺灣新文學理論批評史上，他是第一面光輝的旗幟，第一尊不朽的雕像，第一盞閃亮的燈塔。葉石濤在評價張我軍時說：「張我軍敢於批判舊知識份子，這說明了張我軍的民族主義已經不同於舊文人所懷有的『清朝遺民』似的民族主義，而是受到大陸辛亥革命與五四運動激勵下產生的近代民族主義，傾向於民主與科學的民族主義。」[1]

第一節　張我軍走向文學理論批評的勇士之路

　　像雨繫著雲，像河連著泉，像火起源於鑽木，像舞產生於勞動的姿態一樣，一個科學家、文學家、作家、詩人、文學理論批評家的出現，都有他相關的根系和道路；都有他成長和成熟的內在因素和客觀條件。

---

[1] 《臺灣文學史綱》，第 23 頁。

　　張我軍，1902 年出生於臺灣省臺北縣的板橋鎮，1955 年因肺癌病
逝於臺灣。他本名張清榮，筆名有：一郎、迷生、野馬、劍華、大勝、
老童生等。從小家境貧寒，其父張阿昌在板橋鎮開一家雜貨鋪。張我
軍幼時讀過私塾，曾在一家鞋店當學徒。後來，進入臺北新高銀行服
務。由於他勤奮好學，不久由工友升為雇員。1921 年，該銀行派遣張
我軍到廈門支行工作。張我軍在〈南遊印象記〉中談到他在廈門工作
的那段情況時說：「自今五年前，我從基隆搭船到廈門，這是與海接近
的第一次。自是，在廈門、鼓浪嶼輾轉過了兩年。這兩年之間，我受
了海的感化和暗示不少。早上，太陽將出未出之時，我站在岩仔山腹
的洋樓的欄杆之旁，兩眼注視那蒼茫的大海，一直到盡處──是海是天
已分不出的地步──凝視著，放歌、馳想……晚上，月亮剛剛上了山頭
照得一面白亮亮的銀海，我站在山腹，兩眼注視那白茫茫的銀世界，
一直到盡處，凝視著、放歌著、馳想著……自從領略了海的感化和暗
示之後，我就不想回到如葫蘆底的故鄉了。」[2]張我軍從板橋到廈門，
看到和領略了兩個大海的奇麗景觀，一是真的自然之大海，二是祖國
這個人生的大海，轟轟烈烈的「五四」運動拓展的新思潮，新文學之
大海。因而他心曠神怡，浮想聯翩，要投入這海之潮，吸吮這大海之
氣，不想再回被日本人奴役的故鄉了。這就是大海對張我軍的啟發和
暗示。然而廈門的鼓浪嶼並不是這大海的中心，只是大海餘波蕩及的
海濱。於是兩年後新高銀行廈門支行停業關門之際，張我軍拿著不多
的遣散費由海濱向大海的中心──北京去接受洗禮了。1923 年他進入
北京高等師範學校的升學補習班讀書，在這裡親眼目睹，親身所歷了
「五四」運動掀起的新文學運動的熱潮。在此期間，他與同班同學羅
文淑（心鄉）女士相戀，遭到女方家長反對，他們雙雙私奔臺灣。張
我軍又有了「五四」運動重要的內容之一，反封建婚姻禮教的親身體
驗。回臺灣後，張我軍任《臺灣民報》的編輯，正好將他在北京所學、
所歷、所感的新思潮、新事物，連續撰寫成文章，在《臺灣民報》上
發表。不長的時間內，他發表了 20 多篇文章，炸開了臺灣舊文學的營

---

[2]　《張我軍選集》，第 117-118 頁。

壘，掀起了轟轟烈烈的新文學運動。1923 年前後，同時與張我軍在北京讀補習班的洪炎秋回憶這段經歷時寫道：「兩人決定同奔臺灣，免除糾葛。可是我軍兄沒有這筆路費，向我求教，我也愛莫能助，乃轉向法政大學的鄉友陳棧治兄借到四十塊大洋，供他們先到廈門投奔林木土先生，辦理結婚入境手續，然後回臺灣民報社工作。我軍兄利用臺灣民報介紹祖國的新文化運動和陳獨秀、胡適之先生的新文學主張，對臺灣青年極有影響。」[3] 1925 年，張我軍二度回到北京求學，曾在中國大學國文系、北京師範大學國文系讀書。1929 年大學畢業，定居北平。之後曾在北平大學法學院、中國大學、北京工業大學等高校任講師和教授。直至 1945 年臺灣光復之後，張我軍才率家回臺，任臺灣茶葉公會秘書和臺灣合作金庫研究室主任等職。張我軍在北京期間，最值得驕傲的一件事，是 1926 年 8 月 11 日，他曾會見了中國新文化的偉大旗手魯迅。那一天，張我軍去魯迅寓所拜訪。魯迅熱情地接待了他。張我軍贈送魯迅四本《臺灣民報》。張我軍之長子張光正在《張我軍選集》後記中，談到這次會見時，寫道：「這裡，還應當提到魯迅先生給予他的鼓勵和支持。在魯迅先生 1926 年 8 月 11 日的日記裡有『張我軍來並贈《臺灣民報》四本』的記載。經歷了半個多世紀之久的這四本《臺灣民報》，現仍珍藏在北京魯迅博物館。然而張我軍到尊師魯迅先生寓所登門求教時，究竟談到些什麼呢？從 1927 年 4 月魯迅先生在廣州寫的一篇文章中可知其梗概：『還記得去年夏天住在北京的時候，遇見張我權（按：是張我軍之筆誤）君，聽他說過這樣意思的話：中國人似乎都忘記臺灣了，誰也不大提起。他是臺灣的一個青年。我當時就像受到創痛似的，有點苦楚，但口上卻道：不，那到不至於的，只因為本國太破爛，內憂外患，非常之多，自顧不暇了，所以只能將這些事情暫且放下……但正在困苦中的臺灣青年，卻並不將中國的事情暫且放下，他們常希望中國革命成功，贊助中國改革，總想盡些力，於中國的現在和將來有所裨益，即使是自己還在做學生。』（《而已集・寫在勞動問題之前》）」這段記述，大體上可以看出，張我軍與魯迅交

---

[3] 〈懷才不遇的張我軍兄〉

談的並非閒情小事，而是關於中國革命和臺灣前途的大事。在張我軍的道路上，魯迅產生過重要影響。

張我軍除了直接聆聽魯迅的教誨，受到魯迅的影響之外，還受到了辛亥革命和孫中山先生的影響和啟蒙。孫中山先生去世後，張我軍用新詩的形式寫過一篇〈孫中山先生弔詞〉。弔詞的第一段和最後一段是這樣寫的：

> 唉！
> 大星一墜，東亞的天地忽然暗淡無光了！
> 我們敬愛的大偉人呀！
> 你在三月十二日上午九時三十分這時刻已和我們永別了麼？
> 四萬萬的國民此刻為了你的死日哭喪了臉了。
> 消息傳來我島人五內懼崩，
> 如失了魂魄一樣，
> 西望中原禁不住淚落滔滔了。
> 中國的同胞喲！
> 你們要堅守這位已不在了的導師的遺訓：
> 革命還未成功
> 同志尚須努力哪！
> 先生的肉體雖然和我們長別了，然而
> 先生的精神，
> 先生的主義，
> 是必永遠留著在人類的心目中活現。
> 先生的事業，
> 是必永遠留著在世界上燦爛！
>
> 1926 年 3 月 26 日

孫中山先生之死在臺灣同胞中引起的震撼，表明了臺灣同胞心中深藏的強烈的愛國主義和民族主義激情；表現了臺灣同胞反對日本佔領和回歸祖國的決心，因而日本人非常害怕。他們不但禁止開追悼會、

講演、唱歌，不准念悼詞，而且連張我軍這首詩也禁讀。臺灣《傳記文學》第六卷第三期刊登的黃季陸先生的文章，談到了張我軍這篇悼詞時說：「這份被日本員警禁讀的弔詞，是臺灣同胞熱愛祖國，嚮往自由，崇敬總理的心聲。弔詞作者是幾年前去世的張我軍先生，亦即是最近由美返國的本省學人在臺大任教的張光直博士的尊人。這一弔詞雖然被日本員警署禁讀了，但它卻很快地傳到祖國同胞的耳朵裡，凡是讀到這一弔詞的人，莫不為臺灣同胞愛祖國，愛自由，崇敬總理的至誠而感動。」張我軍在他的《隨感錄》之四中，以更加悲慟和崇敬的心情在「常使英雄淚滿襟」一節中寫道：「孫先生實在是我們所崇拜，他是弱小民族之『父』。他的一生是革命的歷史，他一生為自由而戰，為正義而戰，為弱小民族而奔走，而盡瘁。他叫出來的聲，就是自由、正義之聲，又是弱小民族悲鳴之聲。唉！現在他已和我們長別了！我們往後當自奮，以報先輩的崇高之志！」[4]

　　張我軍的獨特經歷和他所受的革命教育和薰陶，聆聽的偉大革命者的教誨及他自己積極追求光明、探尋真理。尋求革命救世之道的堅定而執著的決心和信心，以及他為自己的理想靠近的每一步付出的高昂代價和真誠，決定了他在臺灣新文學史上的不朽地位：臺灣新文學的急先鋒和新文學理論批評的奠基人。

第二節　張我軍文學理論批評的基本內容

　　張我軍的文學理論批評之所以深刻，就在於他不是就文學而論文學，而是把文學革命看作是社會革命的一部分，又把社會革命作為文學革命的前提來考慮的；他不是從文學到文學，就文學而論文學來看待文學革命的。因而他認為要想改革文學就必定先改造社會。他的〈致臺灣青年的一封信〉，實際上是一篇關於社會改革的政治論文。在這篇論文中，他引用馬克思、恩格斯《共產黨宣言》中關於階級鬥爭的理論說：「馬克思甚至說：『人類的一切歷史。都是階級鬥爭的事蹟』。」

[4]　原載《臺灣民報》，三卷十號，1925 年 4 月 1 日。

張我軍運用這一理論分析臺灣社會說:「其實我們所處的社會是老早就
應該改造的,但換了湯而不曾換藥,所以我們今日仍處在不合現代生
活的社會,就如坐在火山或炸彈之上,不知道幾時要被它爆碎。與其
要坐而待斃,不若死於改造運動的戰場,倒還乾淨得很。況且今日要
改造社會,實有充分的可能性。」他分析說:「自由和幸福是要由眾人
自己掙得的,才是真正而確固的,絕不會從天外飛來,或是由他人送
來的。猶如麵包是勞動者額上流了汗才得來的。捨著這條大路不走,
終日只在神前祈禱,或是在路上叫討,哪一個肯大發慈悲給你吃一頓
飽?」[5]在《隨感錄》之一中,他開頭便說:「文學是文人造出來的,所
以文學糟糕是由於文人糟糕,這是不消說的。」[6]張我軍從來不把文學
作為一個孤立的事物來看,總是把它與社會和人,尤其是人的世界觀
聯繫起來,因而他的文學理論的核心是破和立。破,即破除舊社會、
舊觀念、舊思想,以及在這些舊基礎上建築起來的舊文學;立,即立
新社會、新觀念、新思想,以及在這些新的基礎上誕生的新文學。因
而使得他的文學理論顯得非常深刻而紮實。張我軍的文學理論概括起
來有以下一些基本內容:

1. 內容第一,形式第二。在〈詩體的解放〉一文中,他說:「詩是
以感情為性命的,感情差不多就是詩的全部。然而感情若只在
心裡高潮而沒把它表現——醇真地表現——出來,還不成為詩。
所以有了高潮的感情更醇在地把它表現出來,便自然而然的有
緊迫的節奏了,便是詩了。」[7]因而他把詩的創作概括為這樣的
公式:高潮的感情+醇真的表現=緊迫的節奏詩。

　　張我軍在〈絕無僅有的擊缽吟的意義〉一文中,對文學的
形式和內容的關係論述得更加清楚。他說:「詩和其他一切文學
作品的好壞,不是在字句聲調之間,乃是在有沒有徹底的人生
觀和真摯的感情。所謂字句聲調,乃是技巧上的功夫。不消說,
技巧也是不可全缺的,不過技巧在文學上的地位並不是什麼重

5　《張我軍選集》,第 1-2 頁。

6　《張我軍選集》,第 82 頁。

7　《張我軍選集》,第 41 頁。

要的。然而有了徹底的人生觀和真摯的情感——內容，若有更洗練的表現功夫——技巧，這是再好沒有的了。」[8]接著，他嚴厲地批評了臺灣舊文學重形式而忽視內容的形式主義弊端。他說：「歷來我臺灣的文人把技巧看得太重，所以一味的在技巧上弄功夫，甚至造出許多的形式來束縛說話的自由。他們因為太看重了技巧和形式，所以把內容疏忽去，即使不全疏忽去，也把內容看得比技巧和形式輕低。於是流弊所至，寫出來的詩文，都是些有形無骨，似是而非的。既沒有徹底的人生觀以示人又沒有真摯的感情以動人。」[9]在另一篇文章：〈請合力拆下這座敗草叢中的破舊殿堂〉中，張我軍說：「感情是文學的生命，思想是文學的血液，文學沒有感情，沒有思想，則如人士沒有性命，沒有血液。沒有生命沒有血液的人，也從根本上已失掉其做人的資格了；沒有感情沒有思想的文學，從根本上失掉其為文學的資格。」[10]

張我軍這種內容和感情第一，形式和技巧第二的文學理論，無疑是正確的。這種結論是他在與舊文學的極端形式主義作鬥爭中總結出來的，它不僅具有很高的理論價值，而且具有很強的實用價值。這一理論不僅成了臺灣新文學戰勝舊文學的理論武器，而且成了臺灣新文學自身建設的重要指南。張我軍的這一理論，雖然不無偏頗和片面之嫌，比如感情差不多就是文學作品的全部等，但這種偏頗和片面，是矯枉過正之需；是與舊文學的極端形式主義鬥爭所需；是與舊文人激烈論爭所需，因而是可以理解的。後人雖然不必照抄張我軍的理論，但似乎也沒有必要去指責他。正像勇士身上也沾有無賴的血一樣，誰能詛咒勇士的過分和殘酷呢？

2. 文學要真誠，說真話。這一內容雖然和第一點，文學內容和形式的關係有所連繫，但兩者並不是一回事。第一點就內容和形

---

[8] 《張我軍選集》，第 21 頁。

[9] 《張我軍選集》，第 22 頁。

[10] 《張我軍選集》，第 16 頁。

式、情感和技巧的關係出發，強調情感和內容比形式和技巧重要。而這裡不僅強調感情的重要，而且強調感情的真實。只有說真話、表心聲、寫出真實情感，才是真文學、活文學，不然，仍然是假文學和死文學。張我軍在〈請合力拆下這座敗草叢中的破舊殿堂〉中說：「夫文學最重要的是誠實，文學也是藝術的一種，所以不說誠實話的文學，至少也可以說不是好文學。我們應當留意這一點，有什麼話才說什麼話，切不可滿口胡說，無病呻吟。」[11]在〈詩體的解放〉一文中，張我軍強調詩要表達心聲，即「內在律」。他說：「真正的韻律是音樂，是從內心響出來的音樂，即所謂心弦。什麼一種東西觸著心弦而彈響出來的音色，就是節奏（或韻律）就是詩。重複一句，內容律就是我們的情感的波動之表出於外的，這同時也是詩。」[12]張我軍之強調文學作品要說真話、要誠實，詩是表達內心情感波動而激出的一種心聲，是針對當時舊文學的內容假，感情假，互相吹捧唱和，歌功頌德的情況而發的。這種強調文學作品要說真話，詩要表達「心聲」比強調內容和情感第一，更深化了一步。

3. 文學要有獨創，不能滿紙套語爛調。文學是一種獨創的事業，它既沒有成規，也沒有公式。每一句詩，每一個意象，每一個形象，每一個人物……都必須自己獨特的塑造出來。而不是照別人的樣子模仿下來，或者改頭換面地改造過來。因而八哥、畫眉和鸚鵡都當不了文學家；裁縫師、數學演算家也當不了文學家。唯有默默孕育和無私創造生命的母親，唯有永不知疲倦，永不停止創造，用自己的成果養育全人類的大地，才是真正的文學家。文學家既然這麼崇高和尊嚴，這麼偉大和不朽，因而這項事業的選擇也是十分嚴格的，並不是所有的舞文弄墨，搖響筆桿者都能戴上文學家的桂冠的。張我軍在批評和分析臺灣舊詩時，著重指出，他們的致命弱點是滿紙套語爛調，沒有任

---

[11] 《張我軍選集》，第 16 頁。
[12] 《張我軍選集》，第 43-44 頁。

何創造。他說：「臺灣為什麼詩社那麼多？應之者說：因為詩人太多。為什麼詩人那麼多？應之者說：因為胸中記得幾個文學的套語，便稱詩人，所以會詩人滿市井。什麼『蹉跎』、『身世』、『寥落』、『飄零』、『蟲沙』。『寒窗』、『斜陽』……等等。他們把這些套語找合起來，便說是詩，難怪乎詩人那麼多，真是令人作嘔！有一種人不知道雪和柳絮之為何物，也要作雪和柳絮的詩，他們作得搖頭擺尾，念來念去，不過是一大堆爛調套語，哪裡有什麼意味？第一他們已違背了作詩的原理，一味地在紙堆裡專攻抄襲的功夫，所以不會產生好詩，……」[13]張我軍認為；「我們作詩作文，要緊是能將自己的耳目所親聞親見，所親身閱歷之事，個個自己鑄詞來形容描寫，以求不失真，而求能達狀物寫意的目的。」[14]

4. 文學要厚今薄古。「五四」運動的基本精神，是進行一場空前的文化和文學革命，是推陳出新，是創造新文化和新文學。因而，這一運動的本質就是厚今薄古。張我軍是臺灣新文學的急先鋒，是臺灣文學中「五四」精神最堅定、最徹底、最勇猛的代表者和實行者，所以他對文學的厚今薄古觀念是必然的。他在談到這一理論時說：「有人說『無古焉有今』、『無前焉有後』，但我要問道『無今焉有古』，『無後焉有前』。歷史告訴我們說，我們今日的文明是自古變遷進化而成的，倘沒有變遷進化，如何有今日之文明？生物學者告訴我們說，人猿同祖。你揚古抑今，情願守古的人，那麼你何不如猿類用四蹄在地上匍行？」[15]

5. 確立白話文，即普通話為文學語言。語言雖然是文學形式之一種，但它在文學的形式中處於首要地位，因為它是文學顯形的物質外殼。在某種意義上，文學語言具有形式和內容的雙重性格，它不完全是脫離內容的外在物，它以一種巧妙的修辭手段進行結構和組合，輻射出的思想，強化、演化和引伸作品的內

---

13 《張我軍選集》，第 18 頁。
14 《張我軍選集》，第 18 頁。
15 《張我軍選集》，第 82-83 頁。

容；它以自身的語義附著於作品描寫的對象，構成作品內容之
一部分。文學語言在文學中具有陰、陽兩性的職能。因此之故，
「五四」新文學運動中，人們雖然輕視文學形式，但卻特別重
視文學語言。所以新文學運動的先驅們花了很大的精力和代
價，進行白話文論爭，全力推行文學語言革命。張我軍的文學
革命理論，最重要的內容和文學革命實踐的首要戰役，就是進
行文學語言革命。他把胡適的「文學的國語，國語的文學」具
體化為臺灣新文學的兩項基本使命：「一、白話文學的建設。二、
臺灣話語的改造。」張我軍說：「我這二條是從胡適的『建設新
文學』的『國語的文學，文學的國語』出來的。他說：『我們所
提倡的文學革命，只是要替中國創造一種國語的文學。有了國
語的文學，方才可有文學的國語。有了文學的國語，我們的國
語才可算得真正國語……』我們主張以後全用白話文做文學的
器具，我所說的白話文就是中國的國語文。」[16]張我軍在同一篇
文章中又說：「所以我們的新文學運動有帶著改造臺灣語言的使
命。我們欲把我們的土語改成合乎文字的合理語言。我們欲依
傍中國的國語來改造臺灣的土語。換句話說，我們欲把臺灣人
的話統一於中國語；再換句話說，是用我們現在所用的話改成
與中國語合致的。這不過我們有種種不得已的事情，說話時不
得不使用臺灣之所謂『孔子曰』罷了。倘能如此，我們的文化
就得以不與中國文化分斷，白話文學的基礎又能確立，臺灣的
語言又能改造成合理的，豈不是一舉三、四得嗎？」[17]為了在臺
灣推行白話文運動，實現臺灣文學的國語化，張我軍還專門撰
寫了一部《中國國語文作法》（又名曰《白話文作法》）。張我軍
在這部書的導言中說：「我們在臺灣提倡白話文學，叫人寫白話
文，大家也都贊成了，其結果『然則白話文要怎樣做』的疑問
便由許多人發出來了。常有許多相識和不相識的朋友寫信相詰

---

[16] 《張我軍選集》，第 61 頁。
[17] 《張我軍選集》，第 64-65 頁。

問，我大都是將上面的話說給他們參考，並點幾部好書給他們讀。但是究竟中國書不易入手，況且更沒有適合臺灣人學做白話文（初步）的書，於是我便不得不再想一個較好的方法，使臺灣人都會正確地寫作白話文，所以我才敢『婢作夫人』學起著書來了。」[18]

除了上述五點主要內容之外，張我軍的文學理論還有其他一些內容，比如關於向西方優秀文學借鑒問題關於作者與讀者、作者與作品的關係問題，關於詩歌中的韻律、節奏、平仄等的運用問題，關於文學流派的認識問題等等。總之，張我軍作為臺灣新文學理論的奠基人，他的文學理論產生於新文學和新文學理論誕生的初期，幾乎涉及到了文學的每個重要方面，有的方面論述得相當明晰和深刻，有的方面剛剛涉獵。他的許多論述雖然已經過半個多世紀歲月風雲的淘洗，但至今仍具有很強的現實意義。

第三節　張我軍文學理論批評的特色

張我軍的新文學理論批評具有以下鮮明的特色：
1. 強烈的戰鬥性。張我軍的全部理論批評文章，都是適應臺灣新文學戰鬥和建設的需要而創作的。沒有一篇是為文而造文之作。因而他總是愛恨分明，該批駁的無情批駁，該掃蕩的無情掃蕩。他的許多文章的風格和口氣，都明顯帶有魯迅雜文的特色。揭露，揭得敵人體無完膚。比如在揭露臺灣的舊詩「擊缽吟」時他寫道：「擊缽吟是什麼一種東西，大概用不著我來說明了。因為他們的缽聲擊得很響亮，所以苟是住在臺灣的人，大概已沒有不知道的了。若強要我說一句，那末這所謂擊缽吟是詩界的妖魔，是和我在前段所說的『人為什麼要做詩』的原意相背馳的。我們如果欲掃除涮清臺灣的文學界，那末非把這詩

---

[18] 《張我軍選集》，第67頁。

界的妖魔打殺，非打破這種惡習慣，惡風潮不可。」[19]攻擊敵人，鋒芒所向，痛快淋漓。比如他在〈揭破悶葫蘆〉一文中寫道：「悶葫蘆生，我的臉不如你們那麼厚，所以絕不敢自稱『新文學家』。你引了我一段罵舊文學的話，是我之以為虛榮的。我又謝謝你替我多說了兩句即『呼吸困難，並屁亦不暇放了』。真的，是這樣，若如你要有放屁之暇，所以臭屁放得滿紙令人聞之欲窒息。」[20]真是嬉笑怒罵皆成文章，打得敵人只有招架之功而無還手之力。

2. 鮮明的民族性。張我軍在戰鬥中，面對兩個方面的敵人，一個是臺灣的舊文學營壘，這是新文學革命的主要對象，只有把舊文學掃蕩，把舊文人的囂張氣焰打倒，新文學才能誕生和發展。雖然一部分舊文人依附於日本佔領者，並為民族敵人歌功頌德，令人噁心，但新舊文學的矛盾畢竟是中國人內部的矛盾，是中國新、舊文學之間的矛盾。另一方面，臺灣當時是日本的殖民地，日本帝國主義為了永遠吞併臺灣和鞏固它們的殖民政權，他們一方面支持舊文學跟新文學交戰，另一方面還直接對新文學進行打擊。他們尤其不能容忍的是臺灣新文學以中國新文學為榜樣，走中國新文學之路。在這種情況下，臺灣的新文學，和它的急先鋒張我軍，就要面對日本佔領者的挑戰。在進行文學戰鬥的同時，還要進行政治戰鬥；在與舊文人們鬥爭的同時，還要展開與民族敵人的鬥爭，以確保這場新文學革命的民族性質。張我軍對一些賣國求榮，崇日辱華的漢奸們鼓吹和散佈的所謂「東洋文明」，極為憤慨，對之進行了嚴厲批駁。他說：「東洋文明的缺點比比皆是，而其不合現代人的生活，也是眾人所公認而且痛感的。日本之所以有今日者，──一躍而為三大強國之一──與其說是東洋文明之力，倒不如說是東西文明之合力。與其說是東西文明之合力，倒不如說是西洋文明之力。

---

[19] 《張我軍選集》，第 23 頁。
[20] 《張我軍選集》，第 28 頁。

這絕不是我一個人的獨斷，乃世人所公認的。凡是有良心的日本人，哪一個敢不承認伯爾利卿是日本國的恩人。」[21]張我軍對美化日本，鼓吹東洋文明的漢奸辜博士之流（辜鴻喜，清朝官吏，北京大學教授）進行了猛烈攻擊和批判。他說：「偏有一班沒有廉恥的東洋學者，硬要張冠李戴，把這段功勞欲盡歸於東洋文明的身上去，我們的這位老博士就是此中一人。」「夠了夠了，我們臺灣已用不著你來鼓吹東洋文明，提倡東洋精神了。我們臺灣的東洋精神，東洋文明，是嫌其太多不嫌其太少呵！辜老先生，你還不覺悟東洋文明或精神之不合現代人的生活麼？你還不承認東洋文明或精神誤了中國麼？要記得！輸入西洋文明太遲的中國，是被東洋文明弄壞了的，而且連你本身也被它弄得無可容身之地，如此你還不夠嗎？你還想帶它來弄壞日本、弄壞臺灣嗎？」[22] 1926 年孫中山去世的消息傳到臺灣，臺灣同胞要開追悼大會，日本統治當局和親日派進行阻撓和禁止，張我軍憤怒地寫道：「可是當局禁止我們這樣說，這簡直是不准我們哭偉人了！甚至如臺灣《經世新報》裡頭，好像說我們這次的舉動為『非國民』的舉動。呵！真夠狗！我想，沒有感情的人不能算是人，對於偉人之死，沒有一掬哀悼之淚的，也不能算是人。那末《經世新報》那位記者不但『非國民』，並且『非人類』，是獸類。」[23]張我軍還把矛頭直接指向日本帝國主義在臺灣的最高統治者——伊澤總督。他說：「伊澤總督新到任便在訓示裡頭說，臺灣統治的對像是三百八十萬的本島住民。又說，欲聽於無聲，取於無形欲儘量地聽取臺人的意見，這是怎樣好聽的話呵！可是，到最近考其政跡卻如何？如官有地之『拂下』，如對於臺人的言論的壓迫，及其他不容我們在這裡詳說的弊政，於是我人對於這位『賢明不過』的總督不得不發生疑問了。他一方面向臺灣人民賣好，一方面卻向臺灣人民

---

[21] 《張我軍選集》，第 9 頁。
[22] 《張我軍選集》，第 9-10 頁。
[23] 《張我軍選集》，第 94 頁。

射冷箭，故他當日所聲明的話，不但沒有實現，並且有變本加厲之嫌。賢明的總督呀，肯聽我這幾句微話而稍稍反省嗎？」[24] 前面我們已說過，張我軍的文學理論批評是從社會發展和需要出發的，他認為，要改革文學必得先改革社會，因而他不是孤立地看文學，更不是脫離社會而看文學。正因為如此，他的文學批評是社會批評之一部分，他的社會批評是為文學批評開路的。在日本人殘酷統治臺灣人民，阻撓和破壞臺灣新文學革命的情況下，張我軍對所謂東洋文明、東洋精神和對日本總督的批判，是和他的文學理論批評緊密連在一起的。甚至是互相依存互為裡表的。他一方面激烈地攻擊所謂東洋文明、東洋精神，另一方面又大力鼓吹臺灣新文學必須走中國新文學的道路，這是他文學理論批評民族性體現的兩個方面。

3. 藝術性。張我軍的文學理論批評論著，十分講究藝術性，講究對讀者的感染力，講求讀者接受時的藝術效果。那麼要使自己的文章有感染力，獲得預期的藝術效果，就必須運用一定的藝術方法和表現手段。張我軍在文章中運用的藝術手段之一是：幽默。這種幽默趣味和文氣的形成，主要是靠文和意之間相逆的反差效果。如：他在〈糟糕的臺灣文學界〉一文中說：「這幾年臺灣的文學界要算是熱鬧極了！差不多是有史以來的盛況。試看各地詩會之多，詩翁、詩伯也處處皆是，一般人對於文學也興致勃勃。這實在是可羨可喜的現象。那麼我們也應能從此看出許多的好作品，而且乘此時機，弄出幾個天才來為我們的文學界爭光，也是應該的。」[25]文章的標題是〈糟糕的臺灣文學界〉，是對臺灣舊文壇徹底否定之意，而在這否定之中卻又要弄出許多好作品，弄出幾個天才來，使臺灣文壇風光風光。其濃烈的幽默感不是從諷刺的字裡行間透射而出了嗎？這種藝術上的反差效果，使人想笑而又不至開懷大笑，造成一種情緒上的

---

[24] 《張我軍選集》，第 93 頁。
[25] 《張我軍選集》，第 4 頁。

活躍和內心的暢快。之二是，嬉笑怒罵。這種手段是經過敘述，把讀者的情緒引向高潮，達到爆發點，使人感到不罵不足以平民憤，不罵不足以消解心中淤積之悶氣，於是江河決堤，大壩傾倒，感情一洩而痛快淋漓。如：「總之，現在的時代，無論什麼都以世界為目標，如政治，如外交，如經濟等等都是世界的，文學也不能除外，所以現代文學，已漸趨於一致，而世界的文學的成立，也就在眼前了。然而，還在打鼾酣睡的臺灣文學，卻要永被棄於世界的文壇之外了。臺灣的一班文士都戀著塋中的骷髏，情願做個守墓之犬，在那裡守著幾百年前的古典主義之墓。」[26]之三是，正反論辯，不走極端。比如：「我們雖然不可無條件容納西洋的精神或文明，但也不當固守著東洋的精神或文明來頑拒它。須知世間事沒有絕對的好，也沒有絕對的壞。我們處今日之世，當取長補短，不該拘執一言，以致得此失彼，誤己誤人，誤了社會。」[27]之四是，語言明白曉暢，風趣果斷而富攻擊力。比如：「我們回顧這座敗草叢中的破舊殿堂，禁不住手癢了。我們因為痛感這座破舊的殿堂已不合現代的臺灣人住了。倘我親愛的兄弟姊妹們還不知醒過來，還要在那裡貪夢，就有被其所壓的危險了！我不忍望視他們的災難，所以不自顧力微學淺，欲率先叫醒其那裡頭的人們，並請他們和我合力拆下這所破舊的殿堂。」[28]

張我軍為臺灣文學理論批評規劃了近景和遠景藍圖；確立了戰鬥的、批判的現實主義文學聲音和基調；指出，並實踐了臺灣新文學必須走中國新文學之路的方向和原則；批判了所謂的東洋文明和精神，維護了中國文學的精神和自尊。他當之無愧地成為臺灣新文學理論批評的創始者和奠基者。他自謙地說：「只是我不敢以文學革命的大將自居，不過是做一個導路小卒，引率文學革命軍到臺灣來，並替它吶喊

---

[26] 《張我軍選集》，第 5 頁。
[27] 《張我軍選集》，第 9 頁。
[28] 《張我軍選集》，第 14-15 頁。

助攻罷了。」但實際上，他不僅是日據時期，打破日本人的刺刀封鎖，把「五四」精神和中國新文學引向臺灣，武裝臺灣人民的文學革命使者，而且是臺灣新文學陣前的號角和統帥，是身先士卒向敵人營壘衝鋒陷陣的急先鋒。張我軍充滿戰鬥和批判精神的文學理論批評，照耀和影響了一整部臺灣新文學史。

第四章　臺灣現代新文學思潮和論爭

第一節　臺灣新文學誕生初期的思潮和論爭

臺灣新文學誕生初期，文壇上出現的文學思潮和論爭，主要是在「五四」運動的激勵和光照下，為了適應文學作為抗日鬥爭形式轉變後，作為非武裝抗日武器的需要而展開的。因而它的主要內容和實質，是把舊文學趕出歷史舞臺和迎接新文學的誕生。這個時期的文學思潮和論爭雖然名稱不同，形式有別，涉獵的對象也不一樣，但其實質是一致的。概括地講，可稱之為「除舊布新」。那時文學思潮和論爭的主要陣地是具有銜接和傳承關係的《臺灣青年》、《臺灣》、《臺灣民報》。新、舊文學思潮的鬥爭過程和時序是：輿論革命－工具革命－內容革命。我們首先敘述輿論革命。

《臺灣青年》於 1920 年 7 月 16 日在日本東京創刊，高高地舉起了臺灣新思潮和革命輿論的旗幟。它以一種嶄新姿態，站在新潮流的前列，呼喚著，迎接著大潮的到來；它以實踐者的姿態衝向大潮，去追求光明，聲討黑暗。在它的創刊號上，發表了銓釋其宗旨的卷頭語。因為這是臺灣文化新軍的宣言書，是臺灣新文學思潮的潮頭浪，所以把它全文錄下：

> 空前而且可能是絕後的世界大戰亂，已經成為過去的歷史了。
> 幾千萬的生靈，為了戰亂而流血，為了戰亂而化為枯骨，何等
> 的慘絕！人類的不幸，還有比這種不幸來得更大嗎？從這種絕
> 大的不幸當中，能得保全性命的全人類，業已由既往的惰民覺
> 醒了。覺醒了討伐黑暗，追慕光明；覺醒了反抗橫暴，服從正
> 義；覺醒了擯除利己的、排他的、獨尊的野蠻生活，企圖共存

的，犧牲的文化運動。你看！國際聯盟的成立，民族自決的尊重，男女同權的實現，勞資協調的運動等，沒有一項不是大覺醒所賜予的結果。臺灣的青年呀！高砂島的健兒呀，還可以不奮起嗎？不理解這大運動的真義，不跟這大運動共鳴的人，這種人的作人價值，簡直等於零，況且做一個國民的價值。很不幸，我臺灣在地理上位為偏陬的絕海。面積很狹小。因此，吾人在這世界文化大潮流中，已經成為落伍者。想起來，多麼痛心呀！諸君！我們因為成為落伍者的結果，假如除了只影響三百萬的同胞之外，再也不會影響到別的，那還可以。萬一，因為吾人的缺陷，致使國中失去了平衡，並且破壞了世界和平的基石，那種罪惡，真是可怕的。吾人應該三省四省。吾人應該以愛護和平為前提，講究自新自強的途徑才對。吾人深思熟慮的結果，終於這樣覺醒了。即廣泛地側耳聽取內外的言論，應該攝取的，則細大不漏地攝取，作為自己的營養份。而且把所養得的力量，盡情向外放注。這正是吾人的理想，也是吾人所邁進的目標。我所敬愛的青年同胞們！一齊站起來！一齊前進吧！

　　以新思想、新潮流、新文化倡導者、發難者之一的黃呈祿為主編的《臺灣青年》，在臺灣新文化和新文學運動中，扮演著大陸《新青年》的角色。它的這篇卷首語，既是該刊的宗旨，也是臺灣新文化、新文學運動的綱領。臺灣新文學運動史家陳少廷對它這樣評價：「這篇卷頭辭，雖然著重於新文化、新思想的全面建設，對於文學方面並沒有特別提及，但這種討論黑暗，追求光明，反抗橫暴，尊重自由的覺醒，實對於後來的新文學運動，指引了一個應走的方向。」

　　臺灣新文學運動的實質，是要推倒異族的侵略和統治，恢復和建立中華民族的新文學。所以這一運動首先體現了其鮮明的反對異族入侵和佔領，嚮往、回歸祖國和民族的民族特性。《臺灣青年》創刊後，從理論和創作實踐兩個方面，向日本帝國主義進攻，以圖清除這個新政治、新文化、新文學面前最大的敵人和障礙。臺灣的民族主義者、

新文學革命的先驅蔣渭水就以「賦」的形式，模仿陶淵明的〈歸去來辭〉創作〈快入來辭〉，模仿蘇東坡的〈赤壁賦〉，創作〈入獄賦〉，在《臺灣青年》上發表，對日本帝國主義進行揭露和抨擊。《臺灣青年》於 1921 年 3 月刊登的《新四書》，對日本當局進行了尖銳的嘲諷和攻擊。該作如下：

> 曾子曰：「吾日三省吾身，為臺謀而不忘乎？與六三戰而不勇乎？行不健乎？」
> 小子曰：「吾日三省吾生：為人奴而不忠乎？賣祖求榮名不得乎？利幾多乎？」
> 子曰：「青年慟則治，逸則死；謹而慎；傾全神，對六三。行有餘力，則以學文。」
> 子曰：「酷矣，六三矣；傷矣，吾不復言西庵。」
> 子曰：「六三不撤，議會不設，文化不能進，經濟不能立，是吾憂也。」
> 子曰：「朝撤廢，夕死可矣。」
> 子曰：「六三之為虐也，其至矣乎！民鮮不怨矣！」
> 子曰：「獨立吾不得而夢之，得真自治者，可矣！」

　　文中所說的「六三」，乃指日本帝國主義侵佔臺灣的第二年，1896 年在臺灣實行的侵略條文：《法律第六十三號》，簡稱為「六三法案」。這一條文授予日本在臺灣的最高統治者──總督，對臺灣擁有行政、立法、司法等至高無上的特權。這個條文成了壓在臺灣同胞頭上的一塊巨石，激起了臺灣同胞的極大義憤。文中提及的「西庵」乃是反映 1915 年 7 月，由臺灣愛國志士余清芳、江定、羅俊等領導的西來庵起義。他們以臺南縣的西來庵為根據地，以「吃菜教」為掩護，建立抗日組織，號召臺灣同胞「奮勇爭先，盡忠報國，恢復臺灣」。參加者遍及臺灣各地。不幸走漏消息，數千人臨時起義，直搗噍吧年日本人的員警廳。血戰數晝夜，被日本人鎮壓下去。日本帝國主義借此事件殺害無辜群眾數萬人，余清芳等 903 人被判死刑。「死刑者超過千人，為世界

裁判史上未曾有過之大事件。」臺灣人民對日本帝國主義這一滔天罪行不共戴天。1923 年 3 月 10 日出版的一期《臺灣》雜誌上，發表無知的一篇小說：〈神秘的自製島〉，以寓言的方式痛斥日本帝國主義。那個島上男男女女，人人項上都戴著一個枷鎖。無知先生感到奇怪，請教一位紳士，那紳士勃然變色道：「這個東西是我們求之惟恐不得的，你怎麼顛倒來說解放的話。」接著歷數那東西的神奇效用。它能使人餓了不想食飯，寒了不想穿衣，勞不知疲，辱不知恥，使人不要新學問，不要新思潮……書中狐假虎威的那個黃巾力士，顯然是日本鬼子。臺灣新文學運動的第二項重要任務是反封建和依附於封建制度的舊文學。《臺灣青年》發表的四篇關於文學的論文中，日本人寫的一篇〈現代文學的趨勢〉是介紹現代文藝的；陳瑞明的一篇〈日用文鼓吹論〉是談白話文的。其他兩篇，即：陳炘的〈文學與職務〉和甘文芳的〈實社會與文學〉都是批判舊文學的。陳炘攻擊舊文學是「矯揉造作，抱殘守缺」的「死文學」。甘文芳痛斥舊文人皆是吟風弄月，無病呻吟之徒。他們的作品不過是「風流韻事，茶前酒後的玩物」。臺灣新文學萌芽之日，一方面從理論上向舊文學開火，另一方面從創作實踐上向封建禮教開炮。《臺灣》（1922 年三年四至七號）上發表的臺灣小說發展史上的處女作，追風的〈她要往何處去──給苦惱的姊妹們〉，是向封建婚姻制度發出的第一炮。這個時期的三篇小說，除了柳裳君的未完成之作〈犬羊禍〉外，其餘兩篇小說，一篇是擲向日本帝國主義的投槍，一篇是扔向封建主義的炸彈。它們正好反映了臺灣新文學反帝、反封建的兩項主要使命。

　　臺灣新文學輿論革命另一個重要方面，是從祖國大陸引來文學革命新軍。除上面我們提到的那些介紹陳獨秀的〈文學革命論〉、胡適的〈文學改良芻議〉和介紹大陸新文學革命的情況和實踐的論文外。當時《臺灣民報》還大量轉載發表了大陸作家的新文學作品。比如：胡適的〈終身大事〉、〈李超傳〉和默劇〈說不出〉。魯迅的〈狂人日記〉、〈故鄉〉、〈阿 Q 正傳〉和冰心的小說〈超人〉等。這些「五四」新文學運動時期的代表作，不僅是「五四」新文學運動的光輝成果。而且

從創作實踐上反映了新文學思潮的實質。引進這些作品，也是臺灣新文學輿論革命的需要。

　　臺灣新文學，從崛起之日起，便閃射著強烈的反帝反封建光芒，以反帝、反封建，特別是反帝為中心任務。臺灣文學史家葉石濤對「搖籃期」的臺灣新文學評價道：「1920 年的搖籃期文學是屬於由資產階級與知識份子領導的民族運動的一翼，這只要看到臺灣文化協會的政治運動揭櫫的啟發民智、灌輸民族思想、提倡破除迷信、建立新道德觀、改造社會為其目的就不難明白。因此反映在文學上的是革新的、進步的反帝反封建思想。」[1]

　　臺灣的新文學思潮，經過一個階段的輿論準備之後，便開始了其第一戰役，即工具革命，亦即白話文運動。本人在拙作《臺灣小說發展史》中，曾對臺灣新文學運動為何從語言革命開始，以工具革命開路，作過這樣的論述：「新文學運動的目的，在於創造從內容到形式都全新的文學，不僅要表現新生活、新思想，而且要用新技巧、新語言作載體。這些新內容，新形式之創造，尤以語言為當務之急。不解決語言問題就無法和人民相溝通，就談不上將新思想傳輸給他們，贏得他們的擁護和支持；更不可能將新文學運動變成廣泛的群眾運動；進而也就無從實現更大的目標和理想，完成民族解放、民主自由等歷史使命。因而新文學運動開始於白話文運動是歷史和文學之必然。」[2]《臺灣青年》、《臺灣》、《臺灣民報》是臺灣新思潮的前沿陣地，1921 年 12 月 15 日出版的一期《臺灣青年》上，就發表了陳瑞明的一篇鼓吹白話文的文章。但因那一期《臺灣青年》被日本人查禁，未能在臺發行。接著下一期《臺灣青年》又刊登了陳瑞明提倡白話文的文章〈日用文鼓吹論〉，因怕日本人查禁，這篇鼓吹白話文的文章自身卻是文言文寫成的。《臺灣青年》於 1922 年 2 月易名《臺灣》，1923 年 4 月 15 日便出版白話文增刊《民報半月刊》，一色刊登白話作品。並在其增刊預告中，明確表示其使用白話文的宗旨和意義。預告說：「所以用平易的漢

---

[1]　《光復前臺灣文學全集總序》，第 22 頁。
[2]　《臺灣小說發展史》，第 22 頁。

字，或是通俗白話，介紹世界的事情，批評時事，報導學界的動靜，內外的經濟，株式（股票）糖米的行情，提倡文藝，指導社會，連絡家庭與學校……」「目的是要普遍使男女老少均知。」《臺灣民報》自創刊之日全部使用白話文，一直到 1932 年之前，它是臺灣唯一使用白話文和發表白話文作品的刊物。

臺灣的白話文運動是在《臺灣青年》上發難，在《臺灣》上展開，在《臺灣民報》上完成的。1923 年 2 月出版的《臺灣》上，同時發表了兩篇被稱為「臺灣新文學運動先聲」的文章，即：黃呈聰的〈論普及白話文的新使命〉（四年一號）和黃朝琴的〈漢文改革論〉（四年一、二號）。「二黃」的文章，雖然內容講的都是普及白話文的問題，但黃呈聰的文章，主要從他個人在大陸的親身觀察和體驗出發，從理論和實踐兩個方面闡述和論證進行語言改革不僅必須，而且迫在眉睫，及其實踐的可能條件。他說道：「然則言文不一致的漢學，中國已經著手改良了。像現在這種文話兩樣的寫法。日後欲叫那地方的人給他保存呢？我替他答道：可以送到臺灣去給他們保管吧！為什麼哩！因為臺灣自割給日本以來，一般的讀書人，仍然照著八股做法來教後輩，所以到如今，全島新聞雜誌，社會應酬，無不仍用這種言文不一致的漢文。偶看像本家的中國，尚且知道改用白話文，區區的一臺灣，仍然守著它，豈不是做個漢文的守舊派嗎？」這篇文章最後說：「這個白話文是作文化普及的急先鋒，所以自今以後，要從這個很快的方法來普及，使我們的同胞曉得自己的地位和應當做的，就可以促進我們的社會了。這個事是很容易的，因為我們的同胞已經學過了漢文的人很多，常常愛看中國的白話小說，將這個精神引到看現在中國新刊的各種科學和思想的書，就可以增長我們的見識了。」而黃朝琴的文章，共十八節，一萬餘字，著重從文化的角度，講述漢文改革的意義，並提出具體實施白話文改革的辦法和方案。他提出如下辦法，即對同胞不寫日文信；以後寫信全部用白話文；用白話文發表議論；自願身體力行擔任白話文講習會的教師；設立白話文講習會。

臺灣的白話文運動一面從理論上倡導宣傳，一面從實踐上推廣運用。除了《臺灣民報》從創刊之日起全部使用白話文外，在該報的大

力鼓吹和推動下，1924 年 2 月在臺南市設立了白話文研究會，具體負責白話文的研究、推廣和普及工作。在普及和推廣白話文運動中，臺灣新文學的急先鋒張我軍是大功臣。他從理論上把胡適的「國語的文學、文學的國語」具體化為臺灣新文學白話文的建設和臺灣語言的改造的兩項使命。並明確而堅定地提出：「依傍中國的國語來改造臺灣的土語。」「把臺灣人的話統一於中國語。」在張我軍之前，雖然有過不少論述白話文的文章，但是，包括「二黃」的文章，也未能如此明確的指出，臺灣話語必須納入中國國語的主張。關於臺灣白話文運動的理論，可以說是自陳瑞明發難，而至張我軍完成。張我軍對臺灣白話文運動的巨大貢獻不止於理論，甚至主要不在理論，而更重要的在於他的卓越實踐。他的語言學專著《中國國語文作法》及其導言，把理論化為實踐，成了臺灣同胞學習和運用白話文的指南和應用手冊；成了中國白話文通向臺灣千家萬戶的橋樑。

　　臺灣文學的工具革命，分為前後兩個時期。前期革命的內容，是解決白話文與文言文的關係，改革的目的是要達到語文一致，是要文學語言適應新的文學內容。而後期的內容是要處理白話文與臺灣土語的關係。即臺灣新文學究竟應該用白話文作文學語言，還是用臺灣的土語作表達工具。其實，這一問題，在張我軍的〈新文學運動的意義〉一文中，已經作了十分明確的回答，即把臺灣的土語統一於中國的國語。但時序演變到 1930 年前後，臺灣文壇上卻又掀起了一場以「鄉土文學論戰」為名，以文學語言選擇為實的文學語言論爭。這一論爭起始，本來是從保存臺灣語，以防止日本人同化臺灣出發的，但在演變過程中，逐漸轉移為使用白話文和使用臺灣語誰優誰劣之爭。堅持用臺語創作的有黃石輝、郭秋生、鄭坤伍等。反對用臺灣語創作，主張用白話文創作的有敏文、林克夫、朱點人等。黃石輝於 1930 年 8 月 16 日起，在臺灣《伍人報》9 至 11 期刊登〈怎不提倡鄉土文學〉一文，提出：「用臺灣話作文，用臺灣話作詩，用臺灣話作小說，用臺灣話做歌謠，描寫臺灣的事物」。郭秋生自 1931 年 7 月 7 日起，在《臺灣新聞》連載〈建設臺灣白話文一提案〉。全文有二萬七千字，連載 33 期。提出了臺灣話的五項優點。即：(1)臺灣話易學。(2)臺灣話可隨學隨寫。

(3)臺灣話較易發揮獨創性。(4)讀者易瞭解。(5)能充分表達意思。而持相反觀點的毓文發表〈鄉土文學的吟味〉、林克夫發表〈鄉土文學的檢討〉、朱點人發表〈檢一檢鄉土文學〉等。他們一致認為：(1)臺灣話粗雜，不足為文學利器。(2)臺灣話分歧不一，無所適從。(3)臺灣話中國人看不懂不便於普及推廣。比如林克夫在文章中說：「臺灣和中國直接間接有很密切的關係，所以我希望臺灣人個個學中國文，更去學中國話，而用中國白話文來寫文學。」

　　這一論爭持續了兩年之久，但沒有什麼結果。陳少廷在評價這一論爭時說：此次論戰「充分顯示這些在異族統治下的臺灣知識分子對自己的臺灣話文處理的困惑和苦悶。在當時，這種論戰自然不會有結果的，而隨著抗戰勝利，臺灣重歸中國版圖，此一問題也就不復有意義了。然而，這場論戰對於臺灣新文學的發展，在創作的意義及形式上，卻發生了很大影響。」[3]這次臺灣話語論爭，形式上雖然未顯示出勝負，論爭的雙方都秉持著良好的動機，是屬於臺灣新文學內部的論爭，但實際上這場論爭對臺灣新文學的文學語言的使用，有巨大影響。我們只要從當時和後來，臺灣新文學一直是以祖國的白話文為主要表達工具的事實，就可看到歷史潮流滾動的方向。臺灣語一直作為臺灣新文學的附屬語言，或者次要語言而存在的事實表明，歷史也並沒有對主張用臺語創作的人，給予徹底否定。

　　臺灣新文學的工具革命先於內容革命而起，但兩者在征程上幾乎是並駕齊驅的。臺灣新文學的內容革命，表現的具體形式為「新舊文學論戰」。臺灣的新舊文學論戰，可以說是貫穿於整個臺灣現代新文學時期，即：本世紀 20 年代初至 40 年代中期。從廣義角度看《臺灣青年》創刊之日，便是新舊文學之論戰之始。陳炘的〈文學與職務〉、甘文芳的〈實社會與文學〉等，均是以新思想為武器，向舊文學進行挑戰之作。不過他們批判的對像是大陸的古代文學，而不是臺灣的舊文學。到了《臺灣民報》時期，臺灣新舊文學的論戰便進入了真槍真刀時期，兩個文學營壘都拉開了戰旗，兵對兵將對將地進入了戰地。新、

---

[3]　《臺灣新文學運動簡史》，第 75-76 頁。

舊文學論爭是文學革命的必經之役；是新文學取代舊文學的必由之路；是臺灣非武裝抗日鬥爭導致的必然結果。日據初期，臺灣的一些古典文學家，用古典文學作武器，攻擊略侵者，保護祖傳文化，與日本帝國主義相對抗。但是，隨著形勢的發展變化，舊文學不僅變成了新思想、新文化、新文學、新時代的絆腳石，而且，一部分舊文人，為日本人歌功頌德，向日本人討封獻媚，他們變成了日本人的奴才，變成日本侵略政策的附庸。關於臺灣舊詩社的情況，連雅堂在〈臺灣詩社記〉中說：「顧念海桑以後，吟社之設，先後而出，今存者六十有六。」[4]廖漢臣說：「民國二十五年，臺灣有一百八十多個詩社。」[5]在談到臺灣舊詩社演變的情況時，陳少廷說：「臺灣詩社原來的本質是清高的，其意識是反抗異族統治的。但末流所趨，卻失去了原來的宗旨；變質為趨炎附勢，獻媚權貴的工具。民國十五、六年，可以說是臺灣詩社的全盛期，全臺灣估計有百餘所，有人戲稱比生蕃社還多。言不由衷，莫名其妙的歪詩，散見於各報上，所謂『擊缽吟會』逐漸變本加厲，風靡全島。甚至有一些不肖之徒，成群結黨。利用詩社的招牌，到處招搖，以二十八字換取一席酒席，因而有了『遊食隊』的綽號。」[6]臺灣的舊文學到了這般地步，就像歷史車輪前的一堆垃圾，就像歷史航船前的一灘污泥，不清除不足以前進了。於是新文學向舊文學展開了猛烈的攻擊。在這攻擊中，張我軍充當了急先鋒和統帥的角色。他的〈糟糕的臺灣文學界〉、〈為臺灣文學界一哭〉、〈請合為拆下這座敗草叢中的破舊殿堂〉、〈絕無僅有的擊體吟的意義〉、〈揭破底葫蘆〉、〈覆鄭軍我書〉等文章，真是一文一顆重磅炮彈，個個在敵人的營壘中開花，炸得敵人屍橫遍野，骨碎四方。在這一論戰中，舊文學的首領連雅堂率領大將鄭軍我、蕉麓、赤嵌王生、黃衫客、一吟友等，以臺灣《日新報》、《臺灣新聞》、《臺南新報》為陣地頑抗。新文學方面以張我軍為代表，出陣的有蔡孝乾、前非、賴雲等，以《臺灣民報》為戰場，節節勝利。在這一論戰中，臺灣新文學方面誕生了兩

---

[4] 《臺灣詩薈第二號》（1914 年 3 月）。
[5] 《臺灣通史稿史學藝志文學篇》。
[6] 《臺灣新文學運動簡史》，第 30 頁。

份新雜誌,即:楊雲萍和江夢筆主辦的《人人》雜誌,(1925年3月創刊);另一份是張紹賢創辦的《七音彈》雜誌,(1925年10月創刊)。在這一論戰中,新文學陣營攻擊舊文學的要害是:(1)形式主義,束縛思想。(2)內容空洞,胡說八道、(3)依附權貴,自甘墮落。(4)出賣靈魂,向民族敵人獻媚。(5)抄襲模仿,不思創造。《臺灣民報》於1924年的三卷17~23期,連載了張梗的一篇長文〈討論舊小說的改革運動〉,以科學的態度向舊小說射出一箭,提出了對舊小說的改革意見。這是新文學陣營的有力助友。臺灣新、舊文學論爭的主戰役,從1923年開始到1932年元月《南音》半月刊創刊,陳逢源在該刊第二、三期上發表〈對於臺灣舊詩壇投下一巨大的炸彈〉,猛烈攻擊舊文壇已墮落成為「鴉片窟」,舊文人不但「失去遺民的風骨,而且還阻擋著青年一代的革新和努力」。一下把舊文學飄搖的船隻炸沉,從此他們便偃旗息鼓了。

經過新、舊文學的十年論戰,原來的文學陣容逐步發生了變化。舊文學營壘中,有的人物在受到震撼以後,幡然悔悟,認識了舊文學的致命弊端。比如黃衫客覺醒後,於1941年以元園客筆名在《風月報》六月號(後易名《南方》)上發表了〈臺灣詩人的毛病〉。文章以「懺悔錄「的方式,歷數了臺灣舊詩人犯的七大毛病:(1)作者多於讀者,根抵薄弱;(2)模仿古人,失卻天真爛漫的性靈;(3)借用成句,不重創作;(4)偽託他人之作,以造成兒女、門徒、情侶之名氣;(5)僅仰詞宗鼻息,以邀膺選;(6)無中生有,描寫景物,多出虛構;(7)如同商人廣告,一詩連投數處。其他舊文人們如果與黃衫客一樣有所悔悟,以這七條仟悔為契機,說不定會有棄舊圖新之舉。但是這篇文章發表後,卻引來了舊文人們的激烈圍攻。鄭坤五發表〈臺灣詩人七大毛病再診〉,對黃衫客進行反擊接著新文學陣營中的醫卒(吳松骨)發表〈三診臺灣詩人七大毛病〉,第二傍觀生(黃啟明)發表〈臺灣詩人七大毛病再論感言〉,對鄭坤五等進行回敬。引起了一場更加尖銳、激烈、互相進行人身攻擊的論爭。這一論爭雖然激烈,但它只是作為臺灣新舊文學論爭的尾聲和餘波進入臺灣文學史冊。

第二節　臺灣左翼文藝思潮的勃興

　　本世紀 20 年代至本世紀 30 年代，是世界形勢變化多端和各種思潮勃興、高漲、起伏的活躍期。受到蘇聯十月革命的影響，中國共產黨於 1921 年 7 月 1 日在上海成立。從此在共產黨的發動、組織和領導下，中國的工人、農民和學生運動具有了鮮明的無產階級的革命性質和方向。中國左翼文化運動，以上海為中心逐漸的興起和展開。到 30 年代「左聯」在上海成立，達到高潮。中國政治形勢和文化形勢革命性質的變化，直接影響了臺灣政治形勢和文化形勢的動向。隨著革命的深入和形勢的演變，1921 年 10 月在臺北成立的資產階級文化啟蒙團體「臺灣文化協會」，到 1927 年發生分化。其左翼勢力蔣渭水等，脫離該組織另建「臺灣民眾黨」，代表著新興的資產階級利益登上歷史舞臺。1931 年該黨被日本人解散時，蔣渭水等發表聲明說：「臺灣人的解放，不能單靠知識階級及有產階級完成之，全臺灣人的自由，必須俟工人、農民、無產市民之奮戰。唯其如此，方能獲取解放運動之完善結果。」作為愛國的激進民主主義者的蔣渭水等，此時已明確認識到工農和無產者是革命的依靠力量。1927 年在郭沫若等人的影響下建立的「廣東臺灣革命青年團」，派出一批成員返回臺灣參加共產黨領導的革命活動。同年 12 月，「臺灣農民聯合會」（臺灣農民組合）舉行了第一屆代表大會，明確了革命方向，健全了組織迅速發展會員達數萬人。1928 年，臺灣共產黨在中國共產黨的幫助下，在上海成立，並舉行了第一次代表大會，建立了領導機構。出席的代表有：林木順、翁澤生、林日高、謝雪紅、潘欽信、陳來旺和張茂良七人。大會通過了黨綱黨章，以及關於臺灣工、農、青、婦運動、赤色救援會和國際問題六項提案。中共代表在會上介紹了大革命失敗的教訓。1929 年 11 月，「臺灣文化協會」在彰化舉行代表大會，改組領導機構，修改了章程，明白提出「糾合無產者大眾，參加群眾運動，以期獲得政治、經濟、社會的自由。」上述種種情況表明，臺灣的抗日群眾運動，到 1927 年前後，逐步地納入了共產黨和左翼革命團體的指導之下，帶有了濃郁的

無產階級的意識和色彩。另一方面,在世界無產階級革命的帶動下,
第二次世界大戰發源地之一的日本,無產階級的政治和文化運動也蓬
勃開展。這種形勢也直接推動了日本政治、文化革命形勢的轉變。日
本學者松永正義在〈臺灣文學的歷史與個性〉中談到當時的情況時說:
「在上述歷史的動態中,20 年代後半,臺灣的無產者文學運動不斷活
化起來。在日本青年當中,也有像戰旗社支局的組織,和普羅文學雜
誌《無軌道時代》的創刊等活動。在臺灣人當中,從臺灣共產黨人王
萬得等人刊行的《伍人報》開始,其他普羅文學系的雜誌如《臺灣戰
線》、《洪水報》、《明日》、《現代生活》和《赤道》等陸續創刊。1931
年,由臺灣革新系日本人和臺灣人合作,組織了受日本『納普』(譯著:
『日本無產者藝術聯盟』的簡稱)影響的『臺灣文藝作家協會』,並發
行機關雜誌《臺灣文學》。」[7]因中國革命形勢和中、日無產階級文化運
動的影響,臺灣於 20 年代後期至 30 年代中期,出現了一個時間不長,
但卻聲勢不小的帶著濃鬱無產階級革命色彩的左翼文學思潮。這一思
潮有以下幾個特點:

1. 它以臺灣共產黨和其他左翼勢力為領導和骨幹。比如:臺灣共
   產黨員王萬得領導創辦的《伍人報》,以王萬得為首,同仁有周
   合源、陳兩家、汪森鈺、張朝基。該報於同年 12 月易名《工農
   先鋒》,之後又因資金短缺合併於《臺灣戰線》。再如,由臺灣
   共產黨的創始人之一,參加過臺共上海成立大會的女共產黨員
   謝雪紅(阿女)為首,聯合郭德金、林萬振、張信義、王敏川,
   賴和、陳煥奎等,於 1930 年 8 月創辦了綜合性文藝刊物《臺灣
   戰線》。

2. 明確提出了無產階級文學革命的口號。比如:《臺灣戰線》在發
   刊詞中說:「從前文藝只是少數的布爾喬亞、貴族階級獨占、鑒
   賞,現在已經喪失其存在價值,也已經衰微不堪,自掘墳基,
   已經沒有手段可以拯救,來到死滅期了。當這時候,我們不再
   事躊躇,應該覺悟,要一致努力,把文藝奪到普羅列塔亞利的

---

[7] 許南村譯,載於臺灣《夏潮論壇》,1984 年 7 月號

手中來，作為大眾的所有物，而且來促進文藝革命。我們深知；在這過渡期，倘沒有正確的理論，更沒有正確的行動。故要使勞苦群眾能夠發表馬克思主義理論和普羅文藝，如此才能使無產階級的革命理論和無產階級革命運動匯合起來。」

3. 來勢迅猛，同盟者眾。臺灣左翼文藝思潮，是一個包括各種進步的、抗日的民族主義和愛國主義的革命文藝潮流。既有主力軍，也有同盟軍，其來勢之猛，聲勢之大，在臺灣日據時期的新文學史上，是空前而絕後的。匯入這一洪流的文藝刊物除了上面提到的具有明顯無產階級色彩的《伍人報》、《工農先鋒》、《臺灣戰線》、《明日》、《洪水報》、《赤道》、《現代生活》、《曉鐘》、《臺灣文學》和《臺灣新文學》外，還有《臺灣新民報》、《南音》半月刊、《先發部隊》、《第一線》、《臺灣文藝》、《福爾摩沙》等，顯示了臺灣左翼抗日文學的一時之盛。

4. 著名的臺灣作家擔當著左翼文藝思潮的中堅和骨幹。比如：賴和，楊逵、吳濁流、張我軍、葉榮鐘等，臺灣文學史上的第一流大作家，均匯入了這股潮流，成了這一潮流的骨幹和後盾。這裡最值得頌讚的是充分體現中國人壓不垮、打不倒的硬骨頭精神和具有輝煌戰略眼光的革命鬥士楊逵。楊逵是「臺灣農民組合」的中央常務委員，「臺灣文化協會」的議長。其妻葉陶是「臺灣農民組合」的婦女部長。他們的婚禮就是在日本人的監獄中舉行的。楊逵先後被日本人逮捕十餘次而絕不屈服，與妻子自創「首陽農園」效仿古代伯夷、叔齊拒食周粟的榜樣與日本人抗爭。他的作品於 30 年代前後就明確地表現出了這樣偉大的戰略思想：即；被壓迫民族只有團結和聯合帝國主義國內人民進行鬥爭才能獲勝（〈送報夫〉）；帝國主義不過是泥塑巨人，（〈泥娃娃〉）。在長期殘酷的鬥爭環境中，楊逵實際上已成為一個具有戰略眼光和堅韌不拔的無產階級革命精神的革命家。

5. 由城市向農村中發展。30 年代前後，當抗日鬥爭遭到日本帝國主義殘酷鎮壓，許多抗日團體被日本人解散之後，臺灣的革命者認識到，革命必須依靠廣大農民、由農民作抗日的主力軍。

於是以「臺灣農民組合「為代表的革命團體，逐步地向農村發
展革命勢力。此時的革命文藝適應這一形勢，也開始大力向農
村推進。比如楊逵就先後到農村演出自己的革命戲劇《撲滅天
狗病》、《皇民化劇》、《怒吼的中國》等。這些戲劇在農民中引
起極大反響。臺灣愛國抗日作家葉榮鐘，發表於 1932 年 5 月 25
日出版的《南音》上的〈知識分配〉一文寫道：「假如我們的知
識份子能夠大悟一番，不以裝飾品的地位為自足，向前到民間
去，到農村去，到鄉裡去，由家庭，由鄰里，由鄉落切實地去
指導，勿泥於高遠的理想，毋惑於玄虛的批評，由日常茶飯屑
事做起，以身作範去指導民眾，庶幾這臺灣的文化才能夠脫離
這畸形的現狀，而上正常的、健康的發達途上去，然後大多數
的同胞才能夠享受所謂文化的恩澤哩！知識階級喲！到民間
去！去！去！去！去分配你的知識給你的鄰人！給你的鄉里！
這是新臺灣建設的捷徑！！！」這些情況說明，革命的文藝思
潮已注意到了自己對象的轉移，要突破知識份子的圈子，形成
一個更廣泛的群眾運動。

左翼革命文藝思潮雖然於 1936 年前後，遭到日本人殘酷地，絕滅
性的打擊，以廢止中文的方式摧毀了它生存的陣地，但正像楊逵小說
《萌芽》所揭示的真理，革命的潮流是撲不滅的，它以日本帝國主義
的徹底滅亡迎接了自己更大的勝利。

第三節　臺灣現代派文藝思潮的顯影

由於某些文藝史實提供的證明和某些左的觀念的影響，一提起現
代派，就給人一種不良的印象，馬上便想起空洞晦澀、形式主義、玩
弄技巧、逃避現實等現象。於是毫不容情地把它置於現實主義的對立
面，排除在革命文藝之外。這種情況，既是可以理解的，但又是不夠
全面的。上述不良現象，雖然是現代派的短處，但不是所有現代派均

如此；雖然是相當一大批現代派作家、作品的弊端，但不是所有現代派作家、作品的毛病。現代派是一個非常豐富、龐雜而又變化不定的文學流派。在不同的社會背景下，它有著不同的意義；在不同的作家筆下，它有著不同的面貌；在不同的時空中，它有著不同的作用。現代派第一次在臺灣崛起的時間是 30 年代中期和 40 年代初期。詩歌方面，是以楊熾昌（水陰萍）為代表的「風車詩社」；小說方面，是以龍瑛琮和翁鬧為代表的小說作家。本節標題用的顯影，表示這種思潮那時還不是一股旋風，也沒有形成一股熱潮，但它的確有過短暫存在。

任何一種社會和文藝思潮的出現，都有其社會的或文藝的原因。現代派文藝思潮之所以出現於 30 年代中期的臺灣，就說明當時的臺灣社會和文藝為這種思潮提供了生成的土壤和條件。那麼，這種條件是什麼呢？本人在拙作《臺灣小說發展史》中，有過這樣的敘述：「1937 年的『七·七』盧溝橋事變之後，日本帝國主義要全面實施它吞併亞洲和全世界的侵略計畫，其侵略野心膨脹到了極點。他們對中國採取了速戰速決的方針，妄圖在極短的時間內，將中國納入日本版圖，因此更加瘋狂地鎮壓臺灣人民的反抗，並全面推行『皇民化運動』。臺灣局勢變得更加血腥和黑暗，非武裝抗日活動越來越困難。尤其是禁用中文，大搞文字獄，迫使大批不願用日文創作的作家失去了陣地，知識份子進一步發生分化，有的陷入了頹廢、動搖、彷徨和苦悶之中。這種政治形勢和高壓氣氛，就成了回避和淡化政治，表現手法較為灰色、隱敝的現代派小說孕育和萌芽的背景。」[8]這裡講的雖然是臺灣現代派小說萌芽的背景，但實際上也是包括現代派詩在內的，臺灣現代派文藝思潮出現的歷史和社會背景。我們在敘述這一背景時，彷彿這一思潮的出現；其基本目的是為了逃避日本人的無恥和殘暴。不錯，這是無可否認、也不必回避的歷史事實。不過，這只是事物的一個方面。事物還有其相反的一面，即與逃避相對立的迂迴──進攻的一面。事物發展的法則是一緊一鬆，一退一進。鬆是為了緊，緊是為了鬆；退是為了進，進是為了退；沒有鬆就沒有緊，沒有退就沒有進。出現

---

[8] 《臺灣小說發展史》，第 78-79 頁。

在臺灣 30 年代中期嚴峻形勢下的現代派文學，表面上看是逃避，是退讓，而實際上卻包含前進和進攻的動因。是一種變換了形式，讓敵人難以捉摸和不易找到藉口的進攻；是一種保護自己和打擊敵人的進攻；是一種以退為進的進攻。1986 年，年近八十歲的楊熾昌，在接受訪問時，談到了他在 1935 年，從日本引進超現實主義的創作方法時的動機和想法，他說：「在日本統治下的臺灣殖民地，從事文學創作的處境困難，實非局外人所能瞭解。我雖然專攻日本文學不成，但也體認文學寫作技巧方法很多。寫實主義必定引發日人殘酷的文字獄。因而引進法國正在發展中的超現實主義手法，來隱蔽意識的表露。當時我的詩多在日本詩志發表，進攻日本詩壇，為日本文壇所肯定。由於在殖民地寫文章的困難，提筆小心，如能換另一個角度來描寫，來透視現實的病態，分析人的行為，思維的所在，則能稍避日人的兇焰。」[9]楊熾昌的這段話，不僅為我們提供了臺灣現代派產生的真實背景，而且講明了他引進超現實主義是為了「換另一個角度來描寫，來透視現實的病態」的迂迴──鬥爭的辯證哲學。此外，由於日本帝國主義的外部高壓，使抗日文學在心理和物理的雙重作用下向內心收縮，而現代派表現心理活動，描寫內在意識的表現方法和開掘領域，也正好適應了當時政治、軍事和文學環境的需要。

現代派文學思潮雖初次在臺灣文壇上顯影，但它仍表現在不同的文學樣式上。仍然降生了一對雙胞胎，即詩歌和小說。臺灣現代派詩歌，於 1935 年像一支文學的小分隊，在楊熾昌的率領下，大搖大擺地闖進了臺灣文壇。它們成立了自己的組織「風車詩社」；它們建立了自己的陣地《風車詩刊》；它們有了自己基幹隊伍，比如：張良典、李張瑞、林永修等；它們有了自己的創作主張和策略。和現代派詩歌相比，現代派小說則像地下工作者，不聲不響地潛入了臺灣文壇。雖然龍瑛琮和翁鬧的小說反映了現代派文學思潮，但他們一沒有自己的組織，二沒有自己的陣地，三沒有明顯的基幹隊伍。我們不是從他們的聲明中聽到他們是現代派；而是從他們的作品中看到他們是現代派。風車

9　《臺灣文藝》，第 102 期，113-114 頁。

詩社像一條活躍過但已乾枯了的小河，我們如今還能從河的故道上追溯出曾經有過的生命；甚至可以幻覺似的聽到那早已消失在時空分子中的水聲。而最初的臺灣現代派小說，卻像一眼曾湧現過但早消逝的有氣無力的地泉，它只將地皮濕潤後就很快地退潮了，沒有在地貌上留下什麼顯著的標誌。我們今天是扒開草叢，用放大鏡去辨識那泥土的色澤，艱難地找尋出乾涸多年後的水跡。

　　出現在日據末期臺灣文壇上的現代派文藝思潮，雖然表面上提倡為藝術而藝術，但實際上它是作為非武裝抗日武器的現實主義文學的同盟軍出現的；它雖然沒有為臺灣文學立下顯赫功績。但從藝術方法上卻豐富了當時的臺灣文學創作；它雖然只是臺灣日據時期新文學史的一個插曲，但從流派的意義上卻表明那時臺灣文學中已經有了這一品種。

第四節　臺灣新文學與日本「皇民化」文學的鬥爭

　　1895 年，日本初占臺灣，採用的是以暴力為主，企圖使臺灣同胞訓服，以戰爭手段屠殺了大批革命者和無辜群眾。到了本世紀初，一方面臺灣人民的武裝鬥爭基本上被鎮壓下去，另一方面，日本也經不起長久的戰爭消耗和為了更大的侵略圖謀，對臺灣改變佔領策略，即以武治改為文治。1919 年，日本在臺灣頒佈了《教育令》，該《教育令》規定：「臺灣之教育，以啟迪島民智能、涵養德性、普及國語（日語），使具備成為帝國主義臣民之資質與特性。」這一教育法令，變肉體屠殺為靈魂消滅，企圖從精神和靈魂上進行佔領。為實施這一佔領策略的轉變，日本帝國主義一方面建立偽社會文化團體，妄圖欺騙和奴化臺灣同胞。如：1923 年 11 月，利用漢奸辜顯榮在臺灣創建：「臺灣公益會」與「臺灣文化協會」相抗。另一方面，鎮壓和取締抗日群眾團體。比如：1923 年 8 月，查禁「臺北青年會」，1930 年 2 月，「臺灣工農總聯盟」剛剛宣佈成立，旋即被日警強行解散；1931 年 2 月以蔣渭水為首的「臺灣民眾黨」被日本人解散等。

　　1937 年，是臺灣新文學最艱難、最黑暗的時期。這一年的「七‧七」事變，標誌著中國人民的八年抗戰全面爆發日本的侵華戰爭進入最殘暴、最瘋狂的階段。此時，日本人為了配合侵華戰爭和實施全面的侵略計畫，在臺灣宣佈進入「戰時體制」。解散「臺灣自製聯盟」，實行漁火管制，變文官總督為武官總督，全面推行「皇民化」、「地基化」、「工業化」的「三化」政策。「三化」之中「皇民化」居首。其戰時體制的基本內容有：剝奪臺灣同胞集會、結杜、言論、出版等自由；禁止使用中文，改學校的中文教育為日文教育；改中國風俗、習慣、節令為日本風俗、習慣和節令；改中國名為日本名；改中國服為日本服。一句話，企圖變中國人為日本人，進行最徹底的精神和靈魂侵略。

　　在文藝方面，為了實現其「皇民化」的總目標派遣一批日本作家來臺灣，主持推行臺灣文壇的「皇民文學」運動。1941 年 1 月，在日本總督的授意下，日本作家西川滿等，組織了「臺灣文藝協會」，創辦了《文藝臺灣》和《文藝臺灣通訊》。同年 4 月，日本人在臺灣組織「皇民奉公會」，創辦刊物《新建設》。同時在日本召開第一次「大東亞文學者大會」。1942 年 2 月，「皇民奉公會」設立所謂臺灣文學獎。1943 年春天，日本文學報國會在臺灣設立支部，召開第二次「大東亞文學者大會」。同年，臺灣文藝家協會解散，歸入「皇氏奉公會」下的臺灣文學奉公會。從此，臺灣的皇民化文學由日本文學報國會臺灣支部和臺灣文學奉公會兩個機構管轄。1943 年 11 月，建立「決戰文學體制」，並於 11 月 13 日在臺北舉行「決戰文學會議」。其目的是「展開所謂思想戰，建立決戰文學體制，以配合武力戰爭。」1944 年，日本人垂死掙扎，在臺灣各地設立「皇民訓練所」，訓練「標準皇民。」同年 6 月，日本人派出作家到臺南，高雄等地參觀，佈置他們寫供宣傳用的報告文學等。這次活動後出版了《臺灣決戰小說集》兩冊。

　　在日本人的高壓政策下，當時臺灣的時局非常複雜和險惡。陳少廷在談到當時的情況時說道：「檢討這時期的文學狀況，一個最顯著的現象就是文學活動完全被日本政府控制。從臺灣文學奉公會，到大東亞者文學大會，到臺灣文學決戰會議，無一不暴露出日本帝國主義為遂行其侵略戰爭的目的而控制並利用文藝之手腕。處於如此惡劣環境

下的臺灣作家，他們內心的沉悶和痛苦是可以想像的。一種偽裝的理性和感情，以及世紀末日的灰暗氣氛籠罩著作家的心靈，扭曲了他們的創作意識。」[10]但在這種情況下，臺灣的作家是否就放棄了反抗呢？不，越是在殘酷中爆發的反抗越可貴；越是在黑暗中閃爍的火星越明亮。葉石濤在〈一九四一年以後的臺灣文學〉一文中說：「雖然皇民化運動已突入強制階段，臺灣人的言論自由完全消滅，而且被徹底摧殘，但依然有無形的活動存在著。」據有關資料顯示，此時的抗日文學不僅沒有被斬草除根，而且在某種時空中反抗仍然十分英勇和曲折。1937年以前的文學反抗暫且不說，僅從 1937 年進入「戰時體制」後的文學反抗看，也是可歌可泣，可敬可佩的。

1. 楊逵的反抗。1941 年，楊逵利用日本推行的皇民化劇運動，巧妙地進行抗日文藝活動。他創作了兩個話劇劇本《皇民化劇》和《撲滅天狗病》，到農村，到群眾中廣泛進行演出，與皇民化文學進行對抗。如《撲滅天狗病》表面上是描寫消滅臺灣農村流行的一種傳染病，實際上是諷刺和攻擊一個壓榨和迫害臺灣同胞的名叫李天狗的日本走狗。日本作家尾崎秀樹說：「楊逵表面上遵循國策路線，背地裡卻積極深入民間。假借『演劇報國隊』的名義，在農村巡迴演出。其演劇內容，貫穿以臺灣人嚴屬的眼目。在臺灣有『皇民化』問題苦惱的作家，相反的也有像楊逵這樣的作家，他的批判朝向高利貸，也朝向日本帝國，用撰寫《皇民劇》的方式，反砍過來。這是楊逵深受挫折後的反抗。」楊逵 1942 年以日文發表於《臺灣時報》上的中篇小說〈鵝媽媽出嫁〉，痛斥了日本帝國主義所謂「東亞共榮圈」的殖民理論。小說把日本帝國主義象徵為野草，把臺灣知識份子象徵為被野草纏枯的禾苗。小說寫道：「被野草搶奪了陽光和肥水的這些花苗，都變得又細又黃，非常軟弱。正像那些蒼白的知識青年一樣，一點朝氣都沒有，因而枯死了也不在少數。」為了將象徵日本帝國主義的野草清除，楊逵說：「我像個決鬥的

---

[10] 《新文學運動簡史》，第 149 頁。

人，站好馬勢，雙手緊握著牛屯鬃（野草），再運用全身的力氣使勁地拔，拔得滿頰通紅，汗流浹背。」當他們父子合力把野草拔掉後，表現出無比暢快的勝利笑聲：「好像是費盡心機和力氣之後，終於把欺負善良的惡勢力除掉時的那種輕鬆愉快的心情，而欣然大笑。」這裡把「欺負善良的惡勢力除掉」一句，透出了作品中野草和拔草人各自深刻的象徵意義。這篇小說的後記說：「七七事變後，戰役一直擴大，延伸到東南亞，日本軍閥陷入泥沼不可自拔，才知道人民力量的不可欺；這只狼便穿上羊皮，假慈悲起來了，高唱『東亞共榮圈』、『打倒英美帝國主義』。動員文化界提倡『共存共榮』。有些人投機，有些人被罵入殼，而大唱『共存共榮』的高調……我的意圖是剝掉他的羊皮，表現他這隻狼的真面目。」這段話不僅表明了楊逵寫這篇小說的動機，而且清楚地講明了這篇小說的深刻主題。1942年發表於《臺灣文藝》上的小說〈無醫村〉，對日本帝國主義把臺灣人民弄得貧病交加，在死亡線上掙扎的罪行提出抗議。發表於 1942 年《臺灣藝術》上的小說〈萌芽〉，以花苗的萌芽歌頌革命意志不可滅。張良澤在評價楊逵的抗日愛國作品時寫道：「每篇主角都是勇者的畫像，亦即從作者心象中描畫出各種不同的抗日志士，其共同的特性在於勇敢、積極、邁進。」楊逵的小說〈萌芽〉於 1944 年被禁後，遂取祖國烈士抗日之意，發起組織抗日團體「焦土會」，創作臺語劇本：《怒吼的中國》鼓動同胞的抗日鬥志。

2. 吳濁流的反抗。這段時間內，吳濁流在日本的刺刀下，在毫無發表和出版希望的情況下，創作長篇抗日小說《亞細亞的孤兒》，塑造一個從彷徨到覺醒，堅信「漢魂終不滅」的知識份子胡太明的形象。在小說〈先生媽〉中，吳濁流以辛辣的筆觸刻畫和揭露了日本人的奴才錢新發，遵奉主子的指令，帶頭搞「皇民化」運動，不僅自改名為金中新助，而且強迫其母也穿日本和服。但母親是個「皇民化運動」的反對者，她拿起菜刀將和服砍得稀爛，並說：「留著這樣的東西，我死的時候恐怕有人給

我穿上了，若是穿上這樣的東西，我也沒有面子去見祖宗。」
從這篇小說可以看出吳濁流以文學作武器反對皇民化的事實。

3. 李欽明弟兄的反抗。1940年臺灣總督府借改訂「戶口規則」，推行改換日本姓名運動，禁止臺胞過農曆年，激起臺灣同胞的抵制和反抗。臺灣愛國知識份子，臺南東石郡樸子街小學教師李欽明及其弟李啟明組織抗日志士成立「臺灣民族主義青年團」，後被日本人發覺，李氏兄弟被殘害死於獄中，李欽明臨終前遺詩一首：

> 勝敗兵家不可期，含羞忍恥是男兒。
> 江東弟子多豪傑，捲土重來未可知。

　　這首詩表達了詩人至死不屈和期盼著後來者繼承抗日事業獲得最後勝利的信心。

4. 臺灣愛國詩人利用舊詩詞獲得存在的優惠條件，寫詩抗日。1942年12月，「櫟社」在菜園舉行40周年紀念大會。次年該社將會上的唱和詩編成《櫟社第二集》印行。詩集剛剛印出，日本人以「該書內容多與現下非常時局不合」為由禁止發行，並將印成的書全部沒收。[11]

5. 《臺灣文學》與《文藝臺灣》相對抗。日本人於1940年1月創辦皇民化文學的工具《文藝臺灣》後，臺灣作家張文環、王井泉、黃得時於1941年5月另創《臺灣文學》。「直至戰爭末期為止，這兩大雜誌甚且成為戰爭時期的兩大對立陣容。」

　　在日本帝國主義企圖從語言、文學、風俗習慣上徹底斬斷寶島與祖國的臍帶時，臺灣的文人們進行了艱苦卓絕的鬥爭，也收到一定成效。但是，由於敵人過於兇殘，形成了當時臺灣文壇極低沉和慘烈的局面。臺灣文評家黃忠武說：「這時期的作家，知識分子，創作的心路

---

[11] 鍾美芳，〈日據時代櫟社之研究〉(《臺北文獻》，第78至79期)

歷程必然複雜，他們努力過，但是在層層封鎖和壓制之下，前期的銳利抗議減滅了，冷嘲熱諷也沒有了，形成了較為複雜的面貌。」[12]

1945 年 8 月日本帝國主義無條件投降，結束了他們在臺灣的五十年統治，臺灣重回祖國懷抱，臺灣同胞欣喜若狂，慶祝重見天日。此後臺灣政治上開始了新的階段。但是從 1945 年 8 月至 1949 年國民黨去臺之間，是一個語言、文學、文化的過渡期。這期間文化和文學上的一個顯著特色是，一批有成就的大陸文人去到臺灣，開始了兩岸文學的交流和融合。1945 年 11 月，由游彌堅、許乃昌、陳紹馨、王白淵、楊雲萍、沈相成和蘇新等人以清除日本的殖民文化和創建中國的新文化為目的組成了「臺灣文化協進會」，發行《臺灣文化》雜誌。這時在《臺灣文化》周圍集中了一批從大陸來臺的知識份子。例如：魯迅先生的同鄉好友許壽裳和臺靜農、袁珂、李何林、李齊野、黎烈文、黃榮燦等。他們大都是魯迅的朋友和學生，給臺灣文壇帶去了魯迅的精神。該會還出版了許壽裳的著作《魯迅的思想與生活》。《臺灣文化》還擁有一批大陸的撰稿人，比如：魯迅的夫人許廣平和田漢等。這個文藝沙龍是魯迅精神在臺灣的體現。

另外，此時期創辦的刊物還有：1945 年 8 月 15 日，楊逵創辦的《一陽週報》，1947 年楊逵創辦的《文化交流》，1948 年楊逵創辦的《力行報》和同是楊逵創辦的《臺灣文學叢刊》。此一時期，楊逵是臺灣文化和文學建設的主導人物。

如果按照《臺灣文化》和楊逵主辦的幾種報刊精神發展下去，臺灣的文化和文學將會健康地彙入中國文化和文學的大潮中去。將會走向一條光明的大道。但是，由於國民黨的腐敗政策，導致了 1947 年的「二‧二八」事件，對臺灣人民和大陸去臺文人們進行了血腥屠殺，引起臺灣社會、文化、文學界的極大動盪，破壞了抗日戰爭勝利帶來的大好形勢，給臺灣同胞和臺灣的文學事業造成了巨大破壞，也惡化了臺灣的文化生態環境，使臺灣文學走入最低的穀底。在這種情勢下，為了反抗和鬥爭，為了讓黑暗中的人們看到光明，以楊逵為代表的臺

---

[12]〈烽火下的文學尖兵〉。

灣作家，提出了「新現實主義」的口號。「他們主張文學干涉生活，文學為弱小者代言。」他們主張作品「應為讀者提一個光明的遠景……讓讀者知道，人類的前途是光明的。」楊逵明確指出：「新寫實主義文學不應該『黑麻麻』黑漆漆一片，而應該對歷史的發展抱有一種期待和希望，對歷史的新生跟人的自由，應該懷抱著堅定的理想，把這個理想跟希望帶給讀者，然後跟讀者一起鬥爭。」[13]楊逵等於 40 年代末期提出的新寫實主義，也曾發生過某種爭論，這是日本人投降後關於臺灣文學方向和前途問題的第一次討論。但無疑，楊逵的觀點代表著主導方向。楊逵關於「新寫實主義」的主張是臺灣日據時期新文學的基本精神和傳統的總結。雖然有過曲折和彎路，但楊逵的這些主張，實際上成了後來臺灣鄉土文學的一盞明燈。

---

[13] 陳映真，〈40 年來的臺灣文藝思潮〉。

第二編

臺灣當代新文學理論批評的
發展概況和走向

第五章　臺灣當代新文學理論批評概述

第一節　臺灣當代新文學理論批評與時政

　　和臺灣近、現代文學理論批評的個性一樣，臺灣當代新文學理論批評仍然表現出鮮明的移民文學的特質，即文學與時政的關係極為密切。雖然從 50 年代後期起，以學院派為代表的一部分學者開始大量地向西方尋求借鑒，引進西方的存在主義哲學和種種的文學理論、批評方法，企圖使文學遠離政治在自我的軌道上前進，並且各自產生了不同的影響，但是，從總的趨勢看，臺灣當代的新文學理論批評並沒有能遠離政治，實現它獨善其身的夢想。相反地，就像有人認為的那樣，臺灣的文學史，幾乎是穿連在臺灣社會、經濟、政治、文化史的主線上，成為臺灣社會、經濟、政治、文化史的一個組成部分。臺灣時政的每一個變化和轉型，像樹幹搖動而樹的枝葉也跟著搖擺一樣；像山搖而石必動一樣，臺灣文學的各個部分都隨時跟著臺灣時政的變化而變化。臺灣現代文學史上有過抗日鬥爭由武裝向非武裝的轉變，新文學隨這一轉變呼之而出作為它的武器而問世；日本帝國主義投降，臺灣文學回歸祖國之時，臺灣文學的表達工具和創作題材等，也隨之變化。1949 年之後，臺灣文學進入當代時期，從此，它隨時政變化的軌跡更為明顯。從 50 年代至 80 年代，在臺灣時政的變遷中，臺灣文學表現出 10 年一個時期，10 年一個時期的「竹節式」發展階段。就文學思潮看，50 年代是三民主義的反共八股期；60 年代是現代派的繁榮期；70 年代是鄉土派的崛起期；80 年代是相對的多元化時期。臺灣當代文學，為什麼會表現出各領風騷 10 年的現象呢？

　　任何事物現象的背後和深層，都有其本質和規律的東西在起作用，就像電燈亮了，是因為有看不見的電流存在；就像葉子綠了，是

有看不見的地溫在催生。臺灣當代文學 10 年一輪 10 年一輪的「竹節式」變化，是因為有政治、經濟、文化的電流、地溫發生作用。50 年代，國民黨遷到臺灣，立足未穩，剛剛失去「天堂」的仇恨和恐懼心理迫使他們強化政治賭注，在失望中進行絕望掙扎，在危難中作出振興姿態。於是「反攻復國」,「反共抗俄」、「臥薪嘗膽」之類的壯膽豪語便喊得震天價響。在此形勢下，軍事、政治、經濟、文化、文學一起被調動為這些口號服務。比如，國民黨遷到臺灣的第二年，即 1950 年 5 月 4 日，在臺北成立的第一個文藝團體「中國文藝協會」就在宣言中寫到：「今天的臺灣，是西太平洋一個最雄偉最堅強的堡壘，不僅維繫著全中國人的希望，實在是指引全人類自由幸福的燈塔。我們幸運地做了這座燈塔的守護者，要為它燃起永不熄滅的火炬，照亮世界上每一個黑暗的角落。這是我們義無旁貸的天職，也是我們在艱苦的反共抗俄戰爭中神聖的任務。」[1] 1955 年春，蔣介石發出「戰鬥文藝」的號召，同年 7 月反共詩人和反共理論家葛賢寧便出版了闡釋「戰鬥文藝」的專著：《論戰鬥的文學》。該著提出四大主題：「其一是中國文學中的戰鬥精神；其二是歐美文學中的戰鬥精神；其三是今日戰鬥文學的反共任務；其四是幾種錯誤觀念的糾正。」[2] 1965 年 4 月，在臺北北投召開了「第一屆國軍文藝大會」，蔣介石親自到會作了十二條訓示，其中最後三條為：「十、強固雪恥復仇精神；十一、砥礪獻身殉國精神；十二、培育成功成仁精神。」[3] 由上述引證可以看出，50 年代的反共八股文藝的政治背景。就像冬天的土地上開不出鮮花，反共的政治背景下只能產生反共的文學理論。60 年代臺灣現代派繁榮的政治、經濟、文化背景，是臺灣當局實行經濟開放政策，大力吸收外資和引進西方技術而同時向西方開放文化、文學市場，西方思潮衝擊臺灣，臺灣社會發生轉型。現代派成為臺灣社會轉型期的產物。70 年代鄉土文學的崛起，是因為臺灣被迫退出聯合國，日本、美國和中國建交，臺灣的國際地位土崩瓦解，引起全臺灣人對臺灣前途和命運的

---

[1]　《中華民國文藝史》，第 79-80 頁。
[2]　《中華民國文藝史》，第 85 頁。
[3]　《中華民國文藝史》，第 104 頁。

憂慮，在這種背景下又爆發了反帝愛國的「保釣運動」，喚起了臺灣同胞民族意識的覺醒。80年代臺灣文學結束主潮更迭進入多元化時期的政治背景是：國際政治風向的變化和臺灣的困境，促使臺灣當局實行「革新保臺」方針，於是解除戒嚴、解除黨禁、報禁、海禁、言禁，使臺灣的輿論進入一種較為寬鬆的氣氛，如此，各種思潮都有了合法的市場。

　　屬於上層建築和意識形態範疇的文學，不可能脫離政治、經濟、文化背景，不受任何制約和干擾而獨善其身。就像和尚出家，尼姑進庵那樣，潔身自好，與塵世絕緣。何況和尚和尼姑有時還要受到塵世的干擾而偷吃禁果呢？不管任何時代和任何流派文學，都不可能與時政斷然脫離關係，都是要受政治、經濟、文化制約的。這種情況有其絕對性和相對性的差異。制約是絕對的；不受制約或不受嚴酷制約是相對的。在時政允許文學自由的範圍，文學可以充分利用這種機制發展和完善自身的功能，但當文學的自由超出了時政容忍的量度，制約便要發揮作用。文學自由天地的大小，與政治、軍事、經濟形勢有密切關係。一般來說太平盛世是文學的天堂，是文學的自由天地最寬闊的時期；而政治、軍事的多事之秋，是文學的冬季，此刻，時政必然要求文學為其服務，作其工具，文學如果抗拒，就可能遭致非文學手段的抑制。從50年代至80年代，一直是臺灣時政的動盪期，因而表現出頻繁的主潮更迭，這正是文學與時政關係密切，隨著時政的動盪文學發生的煩躁和不安的顯示。而這種煩躁和不安，在文學理論批評中，表現得尤為突出。因為每一種主潮登場，都要進行輿論宣傳，都要闡發自己的意志和主張，都要用自己的觀點和標準去評價文學。臺灣50年代至80年代文學理論批評觀念和標准的演變，是反映各主潮文學的本質的，這種本質可用最集中、最精練的語言概括。反共文學的理論批評要求「文藝與武藝合一」，現代派的文學理論批評要求「探索人的內心世界」，鄉土派的文學理論批評，強調突出社會批判主題。文學理論批評既是論戰的武器，又是佈施主張的擴音器。文學與時政的關係，在文學理論批評身上體現得尤為突出。

第二節　臺灣 50 年代的文學理論批評

　　臺灣 50 年代的文學理論批評主要是反共文學理論批評，又稱之為「三民主義」的文學理論批評。它誕生於 50 年代初期，盛行於 50 年代中期，衰竭於 50 年代末期。

一、「三民主義」文學理論批評的性質

　　這種文學理論批評在特殊的歷史背景下，是政黨和政權主導下的政治化的文學理論批評；是傳導政權、政黨政策和意圖的文學工具。在形式上，有時以官方面目出現，有時又以民間形式登場。由臺灣《中華民國文藝史》編纂委員會編纂的《中華民國文藝史》，在第一章導論中，用第十一節「戰鬥文藝的倡導和興起」，第十二節「文藝批評的蓬勃發展」，第十三節「進步的人文主義的倡導」，對臺灣的反共文藝理論批評，進行了較系統的敘述。作者毫不隱諱這種文藝的官方色彩。(1)1950 年春國民黨的首席文藝官員張道藩主持成立了「中國文藝協會」，舉起反共文藝的旗幟，這個協會下負責反共文藝理論批評的「文藝評論委員會」，標幟反共文藝理論宗旨。(2)1965年 4 月蔣介石對反共文藝作了十二條訓示，即：「一、發揚民族仁愛精神；二、復興革命武德精神；三、激勵慷慨奮鬥精神；四、發揮合群互助精神；五、實踐言行一致精神；六、鼓舞樂觀奮鬥精神；七、激發冒險創造精神；八、獎進積極負責精神；九、提高求精求實精神；十、強固雪恥復仇精神；十一、砥礪獻身殉國精神；十二、培育成功成仁精神。」蔣介石為反共的「三民主義文藝」規定的這十二條綱領性的訓示，如果作為一個政黨的黨綱，或作為一支軍隊的宣言，是可以理解的，但是這種與文藝不沾邊的訓示，卻是作為文藝的「明燈」和「方針」來貫徹實施的。作者如此寫道：「蔣總統這十二項文藝工作精神指示，對於當前正在創作途徑上傷惶、摸索的文藝作家，不啻是一盞明燈，一個指南針，使大家頓時看到一個光輝燦爛的將來；也把當時文壇上或多或少存在的雜亂、分歧思潮，

一掃而空！」[4] (3)作為國民黨的決議公佈。1967 年 11 月，臺灣國民黨召開了九屆五中全會。該會通過了《當前文藝政策》。其中的「基本目標」有五條：即：「實現康樂理想」；「充實建設國家的精神條件」；「適應國防民生需要」；「達成光復大陸、重建中華的任務」；「導向三民主義文藝主流」。該會議為反共文藝規定的文藝方針有四條，即，「提高作家對時代、國家、民族的責任感」；「確定文藝創作應以服務人生為主旨」；「重視文藝創作的社會性」；「創造純真優美至善的文藝」。臺灣當局的首席文藝官出面組織「中國文藝協會」，國民黨的總裁對反共文藝親作訓示，國民黨中央全會對反共文藝的目標和路線作出決議，說明「三民主義文藝」是一種地道的政權文藝、官方文藝、政黨文藝。

二、「三民主義」文學理論批評的宗旨和任務

葛賢寧是臺灣跟隨政治最緊的一位反共文學理論家，他有兩種三民主義文藝論著，即《論戰鬥的文學》和《民族復興與文藝復興》。《論戰鬥的文學》，是作者以最快的速度詮釋和論證蔣介石提出的「戰鬥文藝」的論著。蔣介石於 1955 年春天提出這一口號，葛賢寧的《論戰鬥文學》一書於同年 5 月脫稿，7 月出版。該著的引言中寫道：「本年春間，總統蔣先生有『戰鬥文藝』的提倡，文藝界人士私下反應，頗不一致。我覺得總統雖然不是文學家或藝術家，但他在文藝方面的眼光，和他在政治方面的眼光一樣的銳利而深遠，〈民生主義育樂兩篇補述〉中對文藝方面的指示與設計，已為未來歲月中中國文藝的復興展開一種燦爛的遠景，令人多麼興奮！……從這裡看，總統豈僅是 20 世紀政治上的先知？也復是 20 世紀文藝上的先知。」[5]葛賢寧這部拍馬屁的書共分八章·第六、七兩章是〈今日反共文學的戰鬥任務〉。作者為這種文學提出了五種任務。即，第一，「以人文的民主的民族主義，去消滅唯物的侵略的大斯拉夫主義。」第二，「以人文的民主的民權主義，去消滅唯物的專制的集權主義。」第三，「以人文的民主的民生主義，去

---

[4] 《中華民國文藝史》，第 104 頁。
[5] 《論戰鬥的文學》，第 1 頁。

消滅唯物的奴役的共產主義。」第四,「以宗教信仰的自由主義,消滅共產黨殘酷的唯物主義。」第五,「以滌除共產黨徒獸性和奴性的改造的污腥」,「並發揚人的文化來消滅獸的文化和奴的文化。」這五種所謂「戰鬥」任務,很難與文學藝術搭界,比前面引證的蔣介石的十二條訓示和國民黨九屆五中全會通過的《當前的文藝政策》距離文藝的影子還要相差十萬八千里。它充滿仇恨和殺機充滿污濁和血腥,是一種脫離美學原則的政治叫喊。這五條任務,可以幫助人們更清晰地理解這種文藝的本質。1950 年 5 月創刊的「中國文藝協會」的所屬刊物《文藝創作》,於 1953 年 5 月出版了「戰鬥文藝論評專號」,其中包括張道藩的〈論文藝作戰與反攻〉、虞君質的〈論文學與戰鬥〉、梁宗之的〈論小說的戰鬥性〉、王聿均的〈論詩歌的戰鬥性〉等共七篇文章。這些文章對反共文學的任務,也作了論述。張道藩的文章說:「今日為民族自衛的反共的戰鬥的文藝,敵人並不完全在國境之外;國境之內有著更多的敵人——中共匪徒,敵人不僅是軍事上的武力,而且在廣大國民的思想與意識裡,也佔有了據點。我們要想喚起國民,集中力量,驅除所有的外部和內部的敵人,是非常艱巨的。」張道藩的言論與葛賢寧的觀點是一轍而出,但作為國民黨首席文藝官的張道藩彷彿更有高明之處,他提出了思想與意識據點問題,要從意識上對革命和進步力量進行攻擊。雖然這只是一種恐懼心理的表現,但它可以啟示人們:文藝領域的鬥爭實際上是一種政治鬥爭的反映,純而又純,不沾政治塵埃的文藝是不存在的。

　　1954 年 9 月司徒衛在他編的一部書評集中寫了一篇序言,這篇序言是當時少有的專門論述文學理論批評的文章。這篇序言的標題是:〈文藝理論與批評的建立問題〉,該文寫道:「我們要求自由中國純正的文藝工作者和有志於研習文藝理論及批評者的互助合作。作家不一定能發揮理論或擅長批評,可是,創作的甘苦與心得,卻正是建立理論與批評的最寶貴的資料和養分。理論家批評家不一定能創作,設若他能充分認識作家的創作經驗,感想或心得,那末,立論、解釋或判斷的標準與根據,才可能不是觀念的搬弄,教條的堆積,以及成見的作祟。而研究的方式,服從真理的態度,砥礪的精神,是他們三者互

助合作的基礎。出色的創作，正確的理論與批評，尤其是現階段，是在這樣交互影響，互相激勵之中才有可能產生的。我們希望從時代與現實生活中，有優美的創作出現；而在優秀的作品中，正確的理論與批評又於焉逐漸形成而臻完善。」作者論述的雖然主要是創作、理論批評和作家、理論批評家的互相關係，和在互相調適基礎上建立文學理論批評，但是可以看出，這篇文章是在努力讓當時過於政治化的文學理論批評，向文藝自身靠近；作者的意圖是提醒減輕文藝理論批評的政治負荷，多承擔點文藝自身建設的任務。這是一篇較接近文藝理論批評自身的文論。

三、反共文藝理論批評的作者和著作

反共文學理論批評的作者，基本上都是 1949 年跟隨國民黨去臺的文藝理論批評家。他們在大陸時期就登上文壇，多數為國民黨的文藝官員。1950 年張道藩發起、組織成立的「中國文藝協會」下設的「文藝評論委員會」集中了當時重要的文藝理論批評家。其主要成員有朱辰冬、趙友培、王聿均、王集叢、王夢鷗、杜呈祥、許君武、何鐵華、潘重規、羅敦偉、黃公偉、石叔明、王偉俠、何容、葛賢寧等。那時出版的反共文藝論著主要有：葛賢寧的《論戰鬥的文學》，馬存坤的《中國赤色內幕》，王集叢的《三民主義文學論》、《三民主義與文學》、《論戰鬥文藝》、《民族文藝與戰鬥精神》，丁淼的《中共文藝總批判》、《評中共文藝代表作》、《中共工農兵文藝》、《中共統戰戲劇》，史劍的《郭沫若批判》，簡宗梧的《三民主義文藝的內容》，張肇祺的《三民主義文藝的民族觀》，周學武的《三民主義文藝的社會使命》，宋叔萍的《三民主義文藝的思想》，宋瑞的《三民主義文藝的道德觀》，王更生的《三民主義文藝的創作原理》，鄔昆如的《三民主義文藝的價值》，劉德漢的《三民主義文藝的題材》，趙友培的《三民主義文藝的創作論》，王志健的《三民主義文藝運動》等。這些從不同方面論述三民主義文藝的著作，大體上涉及了這樣一些問題：(1)從政治的三民主義到文藝的三民主義，即如何用文藝形式來實施三民主義；(2)強調三民主義文學的人文主義精神，論證文學應為三民主義的政治服務；(3)強調文藝的

社會使命，認為文藝正是社會現象的反映；(4)論證三民主義文藝「統一」中國的作用；(5)認為三民主義文藝的價值取向是「文以載道」，指導人類從「求生走向求仁」；(6)論證三民主義文藝的體系是以民族主義為前提，以民權主義為手段，以民生主義為中心，以民生哲學為基礎；(7)三民主義文藝的「重大目的，是進軍大陸」。

　　三民主義的文學理論批評，的確表現了其官方色彩，復仇反共色彩，非文藝的政治化色彩，和千篇一律的八股教條色彩。但是任何事物都不可能是鐵板一塊的。上述傾向如果是三民主義文藝理論批評的主導方面，那麼還有其非主導一面；上述傾向如果是三民主義文藝理論批評的前、中期現象，那麼到了後期，文藝自身的分量便逐漸在增殖和強化。而且有時候，垃圾中可能會發現並非垃圾之物。因而才有揀破爛、扒垃圾討生活的人。比如，王聿均是一個三民主義文學理論批評家，但在他的文學理論中，特別強調文藝應該植根於現實生活，他在〈紫色的愛〉一文中寫道：「一部堅實深刻的作品，是誕生於實際生活的體驗中的。沒有豐富的戰鬥生活，便無法激起充沛熱烈的情感，那麼任憑怎樣熟練的技巧，也不過僅能在蒼白的幻覺虛無的想像中繞圈子，又怎能予讀者以親切真實的共鳴？所以，真實的創作需要植根於真實的生活，這幾乎是一條鐵律。」[6]又如，王集叢寫了許多三民主義的文學論著，是三民主義文學理論的中堅人物，但是，他也寫過一些政治性較淡，文藝性較強的文藝論著。比如他的《文藝新論》，雖然也是從三民主義的民生論出發探索文藝的功能，認為文藝的最大目的在於「發揚人性，消除獸性」；文藝的最高境界「是仁，是博愛」。但他在這部二十章的著作中，從方法論、本質論、起源論、發展論、功能論、價值論、關係論、創作論、批評論等方面，對文藝進行了全方位的探討，在有些方面也觸及了文藝的本質問題。比如文藝的真、善、美問題。作者寫道：「文藝要善，傳達善良的感情和思想，就能增進人的道德、人格的感情和思想。文藝還要真要美，把所寫的生活寫得真切美妙，通過此真切美妙的描寫而對人生起著善的影響。」儘管三民

6　《文藝創作》第三期 1951.7.1。

主義的文藝理論批評家所謂的文學要植根於生活，文學要傳達真、善、美的思想和情感的內涵與我們並不一致，甚至根本不一致，但是在人類生活中，在人類的交往中，從廣義的層面看，對真、善、美的認知還是同中有異，異中有同的。比如，人類的互相殘殺，大自然的嚴重污染，黑社會的嚴重犯罪和破壞等，是人類共認的醜惡，人類的自由和平等，大自然的清新和美麗，社會的公平和正直等是人類共認的善美。因此，對真、善、美的追求和對假、惡、醜的憎惡，恐怕是人類共同的願望。我們指出三民主義文學理論批評中存在的並非本質的一面，只是為了給人們提供另一種參照。

第三節　臺灣 60 年代的文學理論批評（上）

　　60 年代的臺灣文學理論批評，主要是現代派的舞臺。隨著臺灣社會、文化的西化和人們對反共八股文學的厭惡和唾棄，西方現代派的文學理論和批評方法大量引進臺灣。於是 60 年代興起了一個文學理論批評熱潮。這種熱潮首先導源於人們哲學觀念和思想方法的變化。臺灣文論家周伯乃談到 60 年代人們哲學觀念和思想方法變化的背景時說：「在 60 年代，人類所面臨的生存環境，雖然沒有頻仍的戰禍，但冷戰的訊息仍不斷地透過大眾傳播工具，夜以繼日的向現代人的心靈侵襲。再加上現代科技的急速發展所衍生出來的諸多問題，如機械工業的噪音、自然的污染，使人類感到焦慮不安，生命受到威脅，太空科學的發展，導致宗教的式微，人類夢想了數千年的天國，突然崩塌了，神不再是人類最後的皈依。他們給神一個新的道德律，一個新的詮釋。重新賦予神一個新的意義，這個意義不是數千年來所謂神是萬物的主宰，是一切的創造者，而是逐漸將神趕往人的道路上，和人並駕齊驅，讓人成為自己的主宰……於是存在主義哲學家告訴人類，把視線從外在的物象中抽回，而重新注視自我的存在。」[7]熱戰、冷戰、工業污染、科技以空前的速度和規模對原有的世界進行否定，引起了

---

[7]　〈西方文藝思潮對我國 60 年代文學的影響〉，《文訊月刊》，1984 年 8 月第 13 期。

人們對人生的重新思考；對自我價值的重新評估；對如何生活的重新選擇。但是作為主觀唯心主義的存在主義哲學，對人的價值的重新評估，卻不是自我信心和力量的一種顯示，而是對外在客觀世界失望後向內心逃遁的行為；是一種孤絕、失落、迷茫、焦慮下的逃避。這種抽離外在返回內心的存在主義哲學，是一種主觀精神的憂鬱和執迷；是一種自我的無限擴張和膨脹，因而他們認為自我就是一切。佛洛伊德的精神分析學，夢的解析學和種種色色的以原我為中心的西方學說，均是以主觀唯心主義哲學為核心的。存在主義哲學認為：無所謂社會，無所謂集體，無所謂聯繫，我就是一切，除我之外一切都是烏有。作為人，是一個一個孤立的東西，他沒有過去，也沒有將來，人只是一個個存在的瞬間。存在主義者認為：「人首先必須存在，才談得上有關人生的一切。如果人自己就不存在，那麼，一切也就不存在。存在主義者認為，以往哲學的根本錯誤，就是脫離人的存在這個最基本的前提而抽象地討論世界的本原，認識的本質，人生的本性等問題的。因此，他們的一切爭論，最後都導致最抽象的『形而上學問題』，無助於解決各個人的具體的生存問題。所以在存在主義看來，在這個世界上，唯一值得研究的問題，是每個人的現實存在問題——他的存在狀態怎樣？他是自由自在地存在嗎？他的現在的存在距離「不存在」——死亡還有多遠？在人的趨向『死亡』的存在過程中，人應該採取什麼樣的存在方式？……」[8] 這種哲學之所以於 50 年代末 60 年代初在臺灣風行開來是因為臺灣經歷動亂、遷徙，又經 50 年代的政治高壓，面前又出現美援的斷絕，人們對他人、對政權、對外界感到無奈和絕望，於是便與這一哲學發生強烈共鳴。臺灣文評家王尚義說：「20 世紀是一個幻滅的時代，也是一個充滿掙紮和痛苦的時代，人們集體意識中表現出來的是失去了信仰的空虛；是失去了道德的彷徨，是失去了價值的反叛和墮落。」[9]

8　高宣揚：《存在主義概說》，香港天地有限出版公司，第 13 頁。
9　1962 年 7 月，紀念海明逝世一周年講話，〈達達主義與失落的一代〉。

　　羅門說：「此悲劇（現代悲劇）一邊是由不可抗拒的時空所形成的擊力，加速地自上面直擊下來；一邊是由戰爭死亡及現代物質文明帶來的動亂，不安與破滅感，加速地自下面衝擊上去，現代人便是置在這中間被擊而感到迷失的。現代藝述家與現代詩人便是領略這被擊的痛苦與抱住現代悲劇在藝術的世界裡逃亡的。」[10]這種在雙重夾擊下無奈逃亡的藝術靈魂，選擇了存在主義哲學和佛洛伊德學說作為自慰和避難的處所。因而存在主義哲學和佛洛伊德的精神分析學才有幸成為臺灣現代派文學本源的哲學和理論基礎。臺灣文論家周伯乃在論及它們的關係時寫道：「如果說超現實主義是文學技巧的表現，存在主義應該是哲學思想的導向。」在論及佛洛伊德的精神分析學說對臺灣60年代文學理論批評的影響時，周伯乃說：「也許佛洛伊德的學說，並沒有直接影響到我國的文學創作，但無可否認的，當時有許多文學批評的方法，卻是援用了他的學說，使我國新一代的文學批評開拓了更為遼闊的視境。」其實佛洛伊德的精神學說，不僅影響了臺灣的文學理論批評，也突出地影響了臺灣的文學創作，在有些臺灣現代派作家的作品中，化作了活脫脫的主人公和令人撲逆迷離的故事情節。比如七等生的《精神病患》中的賴哲森，《我愛黑眼珠》中的從幻境到現實的李龍弟，施叔青的《約伯的末裔》、《夾縫之間》，及叢甦、東方白的許多夢幻作品等，都明顯地露出佛洛伊德的精神分析學、泛性主義和夢的解析等學說的影響痕跡，有的作品幾乎可以說是佛洛伊德學說的形象化。不過，存在主義和佛洛伊德學說對臺灣現代派創作的影響，有理論化作形象的間接過程，而對文學理論的影響卻更直接。在談到存在主義哲學對60年代臺灣文學的影響時，臺灣文論家何欣有過這樣一段生動的描述：「在這個時期，對於歐美文學思潮有極大影響力的無神論存在主義被評介到國內來，那時節存在主義像一陣狂風一般，其力似乎是不可抗的，存在主義哲學方面的著作有了譯本，獲得了廣大讀音的喜愛。沙特和卡繆的作品之分析介紹出現在雜誌上和報紙副刊上，沒有讀過《嘔吐》、《異鄉人》，甚至卡夫卡的小說的文學愛好者，彷彿

---

[10] 《現代人的悲劇精神與現代詩人》，1964年6月。

就像沒有讀過好作品似的。為什麼臺灣的讀者會那麼熱烈地接受存在主義哲學，多少有些令人不解，但這個哲學思想確曾迷醉了年輕的一代。」[11]

　　50 年代後期，當三民主義文學理論批評沒落之時，一些研究和喜好西方文學理論批評的作家、學者便逐漸創辦文學期刊，進行翻譯和引進工作。首先是香港的《大學生活》半月刊和《文藝新潮》兩種雜誌在臺灣公開發行。對現代文學有濃厚興趣的知識分子中，幾乎沒有人不知道這兩份刊物的。而這兩份刊物使年輕一代的知識份子在文藝觀念上產生最大轉變的潛在力量。也是促使我國文藝批評轉位的主要因素。(1)接著是《文星》雜誌和《文學雜誌》的創刊，它們成了評介西方文學的主要陣地。1956 年 9 月由夏濟安主辦的《文學雜誌》創刊，標誌著臺灣的三民主義文學向現代主義文學轉換的一個過渡。這個刊物文學理論批評文章占的份量極重，開始有比較多地評介西方的文藝理論批評文章。經常在該刊上發表評論的有：林以亮、夏濟安、梁實秋、周棄子、余光中、林文月、鄺文德、陳世驤、劉紹銘、朱立民等。而梁實秋、朱立民、陳世驤、林以亮、夏濟安、余光中、鄺文德等，都是對西洋文學研究有相當造詣的人，所以他們的文學評論也部分是涉及西洋文學方面的作品，縱使評論的是國內作品，也大都援用西洋的文學理論。值得注意的是，《文學雜誌》還是孕育臺灣現代派小說和文學理論的襁褓。後來成為現代派發難人、《現代文學》創辦者的白先勇、歐陽子、陳若曦、李歐梵、王文興等，均是臺大外文系教授夏濟安的學生，他們此時已加入《文學雜誌》的作者隊伍。50 年代末 60 年代初，為現代派文學推波助瀾的刊物還有《文匯》月刊、《現代文學》、《創世紀》詩刊、《現代詩刊》、《藍星詩刊》等。1960 年，《美國文學批評選》在臺灣翻譯出版，共收入 14 篇文章，由夏濟安、梁實秋、陳文湧、思果、夏志清、余光中、張愛玲、吳魯芹等人聯合執譯。對西方文學譯介比較著力的文學刊物還有 1967 年創刊的《純文學》及瘂弦主持的《幼獅文藝》，張漢良主持的《中外文學》等。

[11] 《中華民國文藝史》，第 90 頁。

從上面敘述中可以看出，臺灣 60 年代的文學理論批評發展演變的哲學基礎和理論核心，是西方的存在主義哲學和佛洛伊德的精神分析學、泛性主義和夢的解析學。這些在西方並不新鮮而在臺灣卻相當時髦的理論，像水滲入泥土，像空氣散於空間，潛移默化於文學青年的觀念中，文學著作的字裡行間，就像陳映真在〈唐倩的喜劇〉中塑造的那位在男人中間流浪的風花女郎唐倩那樣，莫名其妙地在存在主義者老莫和新實證主義者羅大頭之間流轉。崇洋媚外是唐倩的靈魂，而存在主義是現代派文學的靈魂。雖然兩者不能相提並論，但兩者對西洋的崇拜卻是一致的。

第四節　臺灣 60 年代的文學理論批評（下）

60 年代是臺灣的西方文學理論批評熱，凡是西方曾經流行過，有一定影響的主要文學理論和文學批評方法，都要被引入臺灣，均有人進行實驗。統觀臺灣文壇，那時匯入這個文學理論批評潮流的主要有這樣幾種：

一、新批評

新批評誕生於本世紀三四十年代的歐美，是現代派文學理論批評的一個分支，其奠基人為艾略特、李查士、龐德等。美國新批評的代表人物為藍蓀，英國和法國新批評的代表人物為艾略特。艾略特是英國跨世紀的詩人兼評論家，生於 1888 年，卒於 1965 年，被譽為「英國、法國 20 世紀現代派文學和新批評派批評理論的開拓者」。

這種批評方法，由顏元叔於 60 年代引進臺灣。為推行新批評法，顏元叔曾撰寫了〈新批評學派的文學理論與手法〉、〈就文學論文學〉等專論，全面系統地對新批評法進行了介紹，並與反對新批評者進行了論爭。在《中外文學》、《幼獅文藝》等刊物的支持下，新批評風行一時。但有人支持和認同，也有人反對和批判，形成毀譽摻半之勢。新批評理論的哲學根源和美學根據是：「由康德所提出的美感經驗系

統，糅合了浪漫主義詩的把詩人提升為一個創造者的地位；用詩人獨有的靈視和想像力締造一個在客體世界之外而獨存的幻想世界。」[12]這種新批評的內涵和中國的傳統文學批評理論也有相通之處。臺灣詩人、文論家張健說：「新批評的方法在中國的文學理論中，即是印象法、比較法、指疵法，有時亦用溯源法，不過通常為前三者；印象法不免見仁見智，故只能儘量求其客觀。指疵法為指出作品的缺憾，比較法則是與其他作品或作者作一比較。此外，還有形構批評法，亦可縮小為起承轉合。此法相當重視作品的內容與結構，將以上四五種方法合起來，便是西方的新批評法。」[13]張健的說法雖為一家之言，不一定十分準確，但是新批評與中國的傳統文學理論並非絕緣，卻是事實。新批評法的主要特徵是：(1)注重作品的文本研究。即就作品的文本本身研究作品，切斷與其他作品和事物的聯繫。顏元叔說：「一個作品即是一個完整的結構，此即完整之整體，在這個整體中可能牽涉到局外的問題，譬如它可能有政治影射或宗教影射等，然而，這些影射並不是批評的中心，批評工作所要問的是：作品之內涵是否完全體現於形式之中，如果是，我們給予它很高評價；所謂就文學論文學也只能談到這個程度為止，並不是說它與其他一切歷史文化斷絕關係，這絕不可能，文學作品本身也是一種文化精神之投射，必植根於文化之土壤中。」也就是說，新批評的理論家也承認文學與政治、宗教等有著千絲萬縷的聯繫，但新批評的理論是要視而不見或有意排除和割斷這些聯系，而只就作品文字表現出的內容進行評價和分析。這種批評可以避免評者「下筆千言離題萬里」的現象發生，可以避免有的人未解讀懂作品自身就雲山霧罩地大發議論。文評家王建元說：「我認為顏氏的貢獻在於由他力倡新批評以後，國內批評家再不能不重視文學的內緣研究和分析，再也不以只做考據版本和作者生平背景為最終目的。」但是這樣的批評法的弊端也引起了人們的不滿。「顏氏用新批評的方法將一首詩從時空完全孤立架空，使之絕緣一切，然後專以其內在文字結構加

---

[12] 《三十年來我國人文及社會科學之回顧》，第 136 頁。
[13] 《文學長廊》，第 42 頁。

以理性的分解。這個方法卻因為中國文學家對傳統淵源之重視和愛惜而在國內觸發極大波動。」「更成問題的，卻是顏氏因要完全忠於新批評將作品孤立的要求，往往妄視與這作品生生相息的一切文字，甚至在上文提過姚一葦的文學欣賞，第一個語文層面上，都發生錯誤，造成了以承傳中國文學傳統之士引以為憂。」(2)顧及文學作品的整體性。新批評法認為文學作品具有整體性美感，即「統一性」。因而在批評作品時，要以全景視野進行透視，不使作品在評析中被肢解。新批評「摒棄了經驗主義從客體世界找尋美的來源和因素，轉而將重心放在人的主體心靈和心理活動的真正過程。」也就是說，新批評以評論者的美感經驗，導入批評對象之中，從而將批評引向主體化。但是新批評在理論上遇到難以克服的矛盾，即「一方面採用以美感經驗為重點的形式批評，把作品架空孤立，與歷史及其他任何外在因素，包括作品與客體世界的關係絕緣，但另一方面卻不能忘懷於文學有道德理性的內容主旨；一方面要用現代（其實是主觀）的眼光看作品，另一方面卻不能不將設身欣賞的感性活動棄置批評門外，才可以強調邏輯認知分析的客觀標準。」[14]新批評由顏元叔引入臺灣後，對臺灣僵化的、政治化的反共文學理論批評起了相當大的衝擊作用。它把文學批評引入了對文學作品自身重視之境，使文學批評脫離了政治教條的束縛。因此，儘管這種批評法缺陷不少，但人們還是競相使用，歷經十餘年而不衰。儘管有些學者指出新批評的不少弱點和局限，但卻不能不承認新批評在文學研究中的功效和作用。從臺灣文學研究實際看，新批評超過任何一種從西方引進的批評方法的影響。

二、神話原型說批評法

　　神話原型說文學批評法，是運用心理學和神話原型的結構相結合，構築成的一種文學批評原理。這種批評法是一種「從繁到簡的文學模式」。這種批評法「直追人類人性原始心態根源，在理論上使意欲引入西方批評方法的學者能輕易地避開了環繞在不同傳統體系的國家

---

[14] 《三十年來我國人文與社會科學之回顧與展望》，第 137 頁。

文學周圍模式的排外性。」李達三的《神話的文學研究》和顏元叔的《原始類型及神話的文學批評》等論著，對這種興起於西方的文學批評法進行了介紹和評述。神話原型說文學批評法，涉及到人類學、心理學、語言學和哲學諸範疇。「在心理學方面，從佛洛伊德的白日夢、伊底帕斯的弒父戀母和性的壓抑心理觀念，到 Yung 的集體潛意識中的種族記憶與原始類型理論，以及『夢是個人化的神話，神話是非個人化的夢』等等界說，都得到批評家的回應和加以利用。」[15]神話原型文學批評法主要是脫去時代和歷史的積澱，拂去彌漫於文學中的雕琢、裝璜、粉飾性的塵埃和迷霧，去探索和追尋人類原始的，樸拙的，內在的，潛意識的和未經雕琢的真、善、美，以探究人的最原始和本能的東西，去尋求人類最原型的藝術創作，來考察現代藝術的歷史演變規律和軌跡。李達三的文章說：「神話批評於當前臺灣文壇上尤其需要，因為它是將我們內心隱含的主題提升到知覺意識的領域，一旦語言上的障礙、文化差異、與心理上的困擾得以去除，我們則可能發現，基本上的相似處多於相疑處，因此，我們願意看到人類團結的現實。」臺灣學者於 60 年代把這種批評方法引進臺灣後，主要運用它進行古典文學研究。比如：顏元叔的〈薛仁貴與薛丁山──中國的伊底帕斯衝突〉，論述《薛仁貴征東》中的薛家父子關係。繆文傑、馮明惠譯的〈試用原始類型的文學批評方法論唐代邊塞詩〉，樂蘅軍的〈從荒謬到超越──論古典小說中神話情節的基本含意〉，董挽華的〈聊齋志異的冤獄世界和奈米斯基型及其現實揭示〉，黃美序的〈紅樓夢的世界性神話〉，侯健的〈野叟暴唁的變態心理〉、〈三寶太監西洋記通俗演義──一個方法的實驗〉，張漢良的〈楊林系列的故事結構〉等。無疑，臺灣學者的這些論著一方面證實了神話原型批評法，可以運用在中國文學研究的實踐中，另一方面的確從一個新的角度拓挖了中國古典文學的豐富內涵，重新發現了它更大的意義和價值。一種有效的批評方法的引入和運用，不僅會給人耳目一新，言前人所未言，發前人所未發，而且更重要的在於發現一個新的價值觀。就像蘇東坡詩云：「橫看成嶺側成

---

[15]《三十年來我國人文與社會科學之回顧與展望》，第 140 頁。

峰，遠近高低各不同，不識廬山真面目，只緣身在此山中。」一個事物具有多種內涵，具有多側面的影相，具有多種美的素質，人們是不可能一下窮盡的，故有常見常新之說。因而從不同角度、用不同的方法去分析，都不會是毫無意義和毫無價值的。不應拒絕任何一種對我們認識事物有效的方法論。在運用神話原型理論研究臺灣當代文學方面，臺灣的不少學者也進行了嘗試。比如：蔡源煌的〈從顯型到原始基型——論羅門的詩〉，陳慧樺的〈從神話的觀點看現代詩〉，李瑞騰的〈說鏡——現代詩中一個原型意象的試探〉等。這種嘗試更值得鼓勵，因為他們把這種批評方法直接導入臺灣當代文學，可以推動臺灣文學的發展，幫助人們深入認識當代文學作品的意義。運用神話原型理論來研究當代文學作品的難度，比之研究古典文學要大，需付出更多的智慧，因而我們更看重它的意義。我們一方面要充分肯定臺灣學者在運用神話原型原理研究臺灣文學取得的突出成績，另一方面我們也要看到這種批評方法的局限性。在文學研究領域，任何一種方法論都是有用的，但任何一種方法論都不是十全十美的。神話原型批評法對一些古典神話，原始心態，生存和生殖探索，心理的鞭笞和內省等方面作品的研究，可能是得心應手的，但對於那些並非偏重心理和原始人性、民族尋根等方面作品的研究，可能就不那麼順手了。這種研究方法需要把研究對象與方法中的成規相對應，也就是說，評論家是提著鳥籠去捉鳥，拿著成衣去找模特兒，凡合我規則者方能入選，不合我條件者請君走開，它帶有相當的排斥性，所以不能誇大它的效用。蔡源煌對神話原型理論的倡導者傅來批評說：「傅來說，所有人類文化的表現，都是同一個神話的變形，這個神話就叫原始類型，怎麼變法？例如：傅來一口咬定說，馬克吐溫的《湯姆歷險記》，書中的湯姆出沒之處就是西臘神話克裡特迷宮的變形……一切文學理論研究，或文學批評，如果一定要大而化之，那麼，我們就要注意它的破綻。」[16]真理跨越一步便是謬誤，更何況有些並非真理的東西而作無限誇大呢？

---

[16] 《文學的信念》，第 8-9 頁。

三、比較文學批評法

　　比較文學批評法產生於 18 世紀的歐美。1886 年英國學者波斯奈特
出版了本學科的第一部專著《比較文學》。從此，比較文學成了一個國
際性的文學學科，在美國和法國形成了不同的流派。法國學派的代表
人物有范提坤、凱雷、戈耶等。美國學派的代表人物有雷麥克等，此
外還有介於法國和美國學派之間的中間學派，其代表人物有魏勒克、
華倫等。法國學派的范提坤認為比較文學為：各種不同文學互相關係
的研究。研究對象為：不同古典文學作品彼此間的關係；古典文學與
近代文學的關係；現代各文學作品間的關係。而美國學派則把比較文
學著作是：超越國界的文學研究；文學和其他學科，比如宗教、政治、
哲學等互相之間關係的研究。雷麥克在〈比較文學──定義與功能〉一
文中說：「比較文學是越過國家界限的文學研究工作。一方面它是研究
文學之間的關係，另一方面它又是研究文學與其他學科或信仰之間的
關係，諸如藝術（繪畫、雕刻、建築、音樂）、哲學、歷史、社會科學
（政治學、經濟學、社會學）、純科學、宗教等等。簡而言之，它是一
種文學和另一種或多種文學的比較；它同時也是文學與人類各種思想
感情表達的比較。」而處於美國、法國學派之間的中間學派，則把口
述文學的研究──以民俗故事為題，探討其伸延與發展；關係研究──
追究兩種或兩種以上文學彼此間的關係；文學整體研究，作為比較文
學的中心任務。魏勒克認為，比較文學的定義應該受到文學自身的制
約，在此前提下，他把比較文學的範疇分為下列七個方面：(1)影響與
模仿；(2)各文學間的接受關係；(3)文學時代與潮流；(4)文學種類；(5)
文學主題；(6)各種藝術間互相闡明的關係；(7)文學史演變。由於比較
文學概念含蓋的內容極多，範圍極廣，幾乎包括了文學的一切領域和
現象；文學的一切時空和範疇；文學和文學以外的學科、人文、地理、
風俗、科學等等的關係，所以沒有一個統一的定義。各學派為其下的定
義既是也非既優也劣，見仁見智。不過由於這一學科的特性決定，這是
一個開放性的邊緣的學科，其定義和任務應該是比較寬泛的，凡與文學
發生比較關係和文學自身發生比較關係的事物，應該均是它的子民。

　　從比較文學中分裂出來的一個分支，稱之為「中西比較文學」。關於中西比較文學研究的目的和任務，鄭樹森在《中西比較文學論爭》的前言中如是說：「傳統的文化遺產必須以現代的眼光再加界定或闡釋，以期與縱串古今，甚至橫貫中外的整體思想相配合，這種整體性的重估，便是中西比較文學的理論根據所在。」當然，這個定義並不十分科學，它只抓住了該學科的部分本質。因為比較文學不僅是對傳統文學遺產的重新審視，它還要鑒往開來。關於中西比較文學起始時間，臺灣文論家袁鶴翔認為：「一般來說，中西文學比較研究始於明清之際。」[17]中西比較文學在臺灣興起於 60 年代中期，主要由一批臺灣留美學者為骨幹。比如：鄭樹森、周英雄、袁鶴翔、葉維廉、張漢良、楊牧、周兆祥、張炳祥、蘇其康、於漪、顏元叔、周樹華、李達三、古添洪等。從 60 年代至 70 年代，臺灣各報刊發表的關於論述和介紹比較文學的理論文章主要有：張心滄的〈介紹比較文學〉、王李盈的〈談比較文學〉、陳世驤的〈中西文學的互相影響〉、鄭臻的〈訪歸岸教授，問比較文學〉，袁鶴翔的〈略談比較文學──回顧現狀與展望〉和〈中西比較文學定義的探討〉、〈他山之石：比較文學、方法、批評與中國文學研究〉，顏元叔的〈何為比較文學〉，周樹華的〈比較文學的影響研究〉，賴山舫的〈比較文學與中國文學〉，張漢良的〈比較文學研究的方向與範疇〉、〈比較文學影響研究〉，馮靜二的〈研究比較文學的途徑〉，馮明惠的〈翻譯與文學的關係及其在比較文學中的意義〉，李達三的〈比較文學研究之新方向〉，葉維廉的〈比較詩學〉，古添洪的〈中西文學比較：範疇、方法、精神的初探〉等。除了對比較文學的定義、任務、方法範疇、影響等進行理論探討外，臺灣學者還把比較文學的方法運用到實際研究中去，用它研究中國文學。這方面的成果如：王潤華的〈西洋文學對中國第一篇短篇白話小說的影響〉，方重的〈十八世紀的英國文學與中國〉，林綠的〈徐志摩與哈代〉，羅錦堂的〈歌德與中國小說和戲劇的關係〉，張漢良的〈灰闌記斷案事件的德國變異──比較文學影響觀念之探討〉，鄭臻的〈龐德與詩經〉，黃維樑的〈歐

---

[17] 《中西文學比較論集》前言，第 1 頁。

立德和中國現代詩學〉，鍾玲的〈王紅公英詩裡的中國風味〉，葉維廉的〈陶淵明的「歸去來辭」與庫萊的「願」之比較〉、〈比較的方法論中國詩的視境〉，陳世驤的〈時間和律度在中國詩中的示意作用〉，林綠的〈從比較文學看現代文學創作〉，顏元叔的〈《白蛇傳》與《蕾米亞》——一個比較文學的課題〉，林婉玲的〈伊麗沙白詩歌與晚唐五代詞之比較〉，吳汝欽的〈李商隱與雪萊的愛情詩〉，劉滄浪的〈李賀與濟慈詩中的亞奈科雷昂色彩〉和〈李賀與濟慈〉等等。臺灣出版的關於比較文學的專著和論著有：鄭樹森、周英雄和袁鶴翔合編的《中西比較文學論集》，其中收入袁鶴翔、葉維廉、周英雄等關於比較文學的論文 15 篇，陳慧樺與古添供合編的《從比較神話到文學》，古添洪著的《比較文學‧現代詩》，葉維廉編的《中國古典文學比較研究》，古添洪、陳慧樺合編《比較文學的墾拓在臺灣》等。

臺灣的比較文學研究從 60 年代到 80 年代，大約經歷了二十餘年的時間，目前已經進入比較開闊和深入的境界。鄭樹森等在《中西比較文學論集》的前言中，對臺灣的比較文學狀貌作了簡略的描述，他們寫道：「早在 70 年代早期，臺大比較文學博士班，與第一屆淡江國際比較文學會議，經朱立民、顏元叔諸先生的精心策劃而一一開辦舉行，中西比較文學在中國從此步上軌道，略具規模，不僅限於以往的個人興趣或學養。這幾年來，中西比較文學的工作由國內而至海外，甚至蔚成風氣。不論功過是非如何，中西比較文學研究，無疑已由紮根而茁長，成了一門不容忽視的學問。」[18]鄭樹森在〈比較文學中文資料目錄〉一文的引言中，也談到了臺灣比較文學的狀況。他說：「及至 60 年代中葉，臺灣學界開始提倡比較文學。經過十多年的經營，比較文學研究頗為興旺，但大多數論文都傾向平行研究，影響研究相對地減少了。」[19]

比較文學研究，或稱文學之比較研究，是文學研究領域的一個重要方法，它不僅可以拓展人們的文學視野，還可打通作家與作家之間、

---

[18] 《中西文學比較論集》前言，第 1 頁。
[19] 《中西文學比較論集》，第 361-362 頁。

作品與作品之間、國家與國家之間、民族與民族之間文學的通道；它不僅可以揭示文學的共性和個性，而且可以使各種文學之間取長補短，促進全人類文學事業的發展；它不僅可以作文學的橫向溝通，而且可作文學的縱向比較，使人們看到文學演變發展的軌跡和狀貌。比較文學研究，是文學研究中含納很寬的一種方法，它與新批評、神話原型批評等排斥性的批評理論相反，是一種包容性的批評理論，可以含納一切文學比較範疇，因而，我們不必用某一家下的定義和定的範疇所局限，應該使這門科學得到廣泛應用，發揮最大的服務效應。但是，也應該注意其適應性，因為從另一個角度看，任何事物都在其特定內涵，都不可能是包羅萬象和包醫百病的。文學領域有許多東西也是無法比較的。比如小說和詩歌孰優孰劣？浪漫主義和現實主義誰高誰下？東部文學和西部文學誰更應該受到重視等等。無法比的和不能比的就是比較文學的「禁地」，所以比較文學並沒有掌握著全方位全天候的通行證，勉強比較必定貽笑大方。

四、結構主義

　　文學作品的層次結構和文學批評方法的結構主義是兩回事，它們既有區別又有某種聯繫。文學作品和任何事物一樣都有其組合和結構的機制和方式，比如文學作品的組合機制有言語的字、詞、句；有文體的起、承、轉、合；有情感的強弱；有內容的取捨；有主題的隱顯等。也有「外結構」，「內結構」或外在機制和內在機制之分。沒有一定的組合機制和結構方式，任何簡單的事物都無法存在。這種與生俱來的結構形式，是事物自身的組成部分。結構主義是分析、研究、評價事物的一種方式，這種方式是以事物的外在結構和內在結構所衍生出來的。沒有事物自身的內在和外在機制，也就不可能有分析研究事物方法的結構主義。結構主義最早出現於本世紀初，結構主義成為思潮興起於 60 年代中期的法國，然後很快盛行於西方世界。哲學、社會學、文學、語言學、歷史學等領域，均有它的市場。結構主義認為，事物的本質是由它結構的方式和層次產生的綜合效應決定的。因此結構處於一切事物的中心部位。根據事物內部機制的運轉關係，結構主

義把這種機制分為三個部分：整體性，即整體機制；轉換性，即活動機制；自調性，即自我調節機制。文學理論家們把結構主義方法引入文學研究，建立了結構主義詩學，即文學結構主義研究法。結構主義認為，文學是一種符號系統，通過語言的組合產生出意義。因而它對文學的研究方式，是採用破譯法，即把文學作品分割為最小的語言單位，進行剖析，然後再進行複合研究。它們把文學作品看成一個獨立的封閉系統，就文本研究文本，不涉獵作品之外的世界。結構主義在破譯作品時，把作品的結構分為若干層次。比如：作品構造層次；人物功能層次；敘述者、作品人物、故事的關係層次；故事產生的時序層次；故事產生的環境和空間層次等。這種破譯和綜合的符號系統研究法，可以使研究時刻貼著作品自身進行。始終保持文學在自身的軌道上運轉。比如法國結構主文學批評家羅朗、巴特就把文學作品劃分為「功能層」、「行動層」和「敘述層」三個層次。以此作為文學批評的固定模式。結構主義被引入臺灣，是在神話原型批評之後，主要實驗者有：葉維廉、張漢良、鄭樹森、周英雄、浦安迪、梅祖麟和高友工等。結構主義批評法在臺灣獲得的主要成果有：周英雄著的〈結構主義與中國文學〉、〈結構主義是否適合中國文學〉，鄭樹森著的〈結構主義與中國文學研究〉，張漢良的〈論詩中夢的結構〉、〈楊林故事系列原型結構〉、〈唐人傳奇「南陽士人」的結構分析〉等。周英雄、鄭樹森還合編了〈結構主義的理論與實踐〉等。張漢良是臺灣結構主義最早的發難者和最勤的實驗者，他把結構主義文學批評理論運用於分析研究中國古典小說和詩歌，獲得了令人注目的成果。王建元說：「其實張漢良在上述的文章中所提出來的『深層結構』已經多少透露他對西方結構主義發生興趣的徵兆了。而事實上張氏以後的文評路線亦很自然地（沿著原型結構以至 Levi-strauss 的結構人類學的發展）踏上了這一方向。」[20]王建元在評價鄭樹森的〈結構主義與中國文學研究〉和周英雄的〈結構主義是否適合中國文學〉二文時稱之為：「是一個意欲對這方面有所瞭解的中國學者必讀之作。」周文以俗文學和文人文學兩

---

[20] 《三十年來我國人文及社會科學之回顧與展望》，第 145 頁。

個方面，運用結構主義理論對唐人傳奇、漢樂府、唐詩和明清小說，進行了結構分析。鄭樹森的文章，「精闢透徹地分析了近年引用結構主義在中國文學的重要研究，詳盡地論述張漢良在〈唐傳奇「南陽士人」的結構分析〉中以雷蒙的『事構』，李維史陀的『語意』和托鋒洛夫的奇幻的『文類』三種結構層次來分析這篇唐人傳奇。」蒲安迪的〈談中國長篇小說的結構問題〉，以陰陽五行和「二元補襯」觀念說明《紅樓夢》等的結構特色的獨特循環觀念。運用結構主義研究中國文學的例子還有鄭明娳的〈儒林外史的單體結構〉，張淑香的〈從戲劇的主題結構談竇娥的冤〉，程包一的〈四行的內心世界〉，運用了迴環連鎖結構，破譯李白的〈玉階怨〉。梅祖麟與高友工的〈唐詩的語意研究〉用語言學中的對等原理探討近體詩中的隱喻、典故的語言特性等。王建元認為，結構主義傳入臺灣後，獲得了兩個裨益，其一是出版了《結構主義的理論與實踐》一書；其二是批評的風氣被確立。他認為：「綜合地說，結構主義在臺灣文評發展中是繼神話原型後最受注目的一門學問。一方面它吸引了一批對現代文評理論有偏好和有研究的學者，而另一方面卻也招致了許多非議和詰難。不論如何，它在探討中國文學獲致具體而又洋洋大觀的成果卻是鐵一般的事實。」[21]結構主義的局限性在於它是用語言學的模式作研究基礎，過於講求形式的二元對位，而把活生生的文學作品作形構上的約化；它過於注重作品的形式結構，而忽視作品的內容研究，導致形式主義弊端。它的弱點，限制了它的生命。

五、解構主義批評法

除了上述幾種從西方引進的文學理論批評之外，臺灣的文學理論批評界還從西方引進瞭解構主義批評法。解構主義批評法和結構主義批評法是相對立的。「解構主義之所以反對結構主義，即是要文學作品表現出其變與不常的一面」。「解構主義者認為作品本身是活的，其欣賞、評鑒、批評皆應隨時變化，不是死板的，故批評欣賞時不拘泥於

---

[21] 《三十年來我國人文及社會科學之回顧與展望》，第 145 頁。

一格。」[22]解構主義研究方面廖炳惠一馬當先，他出版了《解構批評論》
一書。此外，西方的符號學也被引進臺灣。古添洪著有《記號詩學》
一書，他的論著〈從雅克慎底語言行為模式以建立話本小說的記號系
統──兼讀《碾玉觀音》〉是一篇符號學批評力作。作者運用雅克慎提
出的六面及相對之六功能的模式，「逐一引證於宋人說話和話本小說，
從而考察口頭文學與書寫文學因其在整個語言行為的區別而做成的差
異。古氏又引用洛特曼的『強調形式與內容的相互作用，強調形式上
的各因素得以作語意上的解釋而成為內容層，使到詩容納更多的資
訊，並以此為詩的定義。』然後就《碾玉觀音》作樣本，古文隨之逐
一搜索足以構成詩功能的成份外，更進一步從『說話人的白話敘述』
中加以整篇的語意分析，並以此為據，證實了詩功能外的五種功能，
亦可轉化為詩功能。」[23]古添洪關於符號學文學批評理論的研究和運
用，在臺灣獨樹一幟，做出了較突出的貢獻，古氏在比較文學研究方
面，《比較文學‧現代詩》一書，也引人注目，他是一位很有潛力和實
力的文學理論批評家。關於引進西方的文學批評方面，還有蔡源煌作
橋樑的「語言行動理論」寫的〈語言行動理論與虛構敘事文研究〉一
文，對語言行動理論進行了詳細介紹。語言行動理論是英國人奧士丁
所創，1966 年瑟爾的《語言行動》一書的出版，完成了這一理論的造
型。語言行動理論，是利用語言的行動功能，來研究文學，也是以語
言學作為基礎的批評方法，這種批評方法在臺灣沒有引起多少反響。
60 年代是臺灣文學理論批評最活躍的年代，臺灣的文學理論批評家不
斷地從西方吸收和引進新的文學理論和文學批評方法。引進文學理論
批評方法和引進西方的文學作品不同，引進作品易導致文學的西化之
弊，而引進西方的文學理論批評方法，來分析、解剖和評價中國的文
學作品和文學現象，可以更加深入地發現中國文學的深邃內涵和偉大
意義；可以更加認識中國人的聰明和才智；可以更好地發揮古為今用
洋為中用之功效；可以增強我們民族的自豪感。在這方面，臺灣的文

---

[22] 張健：《文學的長廊》，第 44 頁。
[23] 《三十年來我國人文及社會科學之回顧與展望》，第 153 頁。

學理論批評家們較為自覺地貫徹了洋為中用，和他山之石的研究方針，獲得了一定成就。他們中還有人用理論的鏡子探索了中國文學精華在西方文學中的表現。這種引進和導出的雙向交流，表現了臺灣理論批評家一體兩面的研究關照。

第五節　臺灣 70 年代的文學理論批評

隨著新詩論爭和鄉土文學論爭的進行，臺灣的現代派文學於 60 年代末開始衰落，鄉土文學從 60 年代中後期開始崛起，又經 70 年代初期掀起的巨大的臺灣文學向民族向鄉土的回歸運動，形成了 70 年代現實主義文學理論批評的蓬勃潮流。這一理論批評潮流在尉天驄主編，遠景出版社 1978 年 4 月出版，厚達 850 頁的《鄉土文學討論集》中，大體上獲得呈現。匯入這一潮流的主要理論批評家有：尉天驄、陳映真、王拓、葉石濤、胡秋原、何欣、蔣勳、趙光漢、徐復觀、陳鼓應、王曉波、侯立朝、高準、黃春明、唐文標、李慶榮等等。現實主義，或稱之為鄉土文學，是在反對西化，批判現代派的虛無、晦澀、形式主義的鬥爭中崛起的。因此這一理論批評潮帶有強烈的戰鬥性，鮮明的民族性，濃郁的鄉土性。關於這一文學理論批評潮流的名稱，曾有過不同的意見。人們普遍地，習慣地稱之為鄉土文學，但從事這一理論批評的當事者王拓、黃春明等卻顧及到讀者可能誤解其為偏狹的鄉村文學，而極力反對稱「鄉土文學」，主張名曰：「現實主義文學」。為此王拓曾寫過一篇〈是現實主義文學，不是鄉土文學〉的文章，進行否認。文學在實質不在名稱，臺灣的鄉土文學的精神和實質與現實主義文學一致，人們已習慣地稱之為鄉土文學，按照約定俗成的原則，也就只好稱之為鄉土文學了。臺灣的新詩論戰從 50 年代末期至 70 年代，前後持續了近 20 年，臺灣的鄉土文學論戰從 1977 年至 1978 年，持續了兩年。這兩個論戰的實質均是代表民族的、鄉土的現實主義文學為一方，而代表現代派，或者具有官方背景的為另一方的文學朝、野，關於臺灣文學的道路和方向問題的論爭。這兩個論爭都導致了對

臺灣文學西化的根本否定，也同時從理論和實踐上確立了臺灣文學必須走中國文學的民族化和鄉土化之路。如果說臺灣的新詩論爭和鄉土文學論爭主要傾向於文學理論和批評方面的破和立，那麼出現於 70 年代初，延續到 70 年代末，以青年詩人運動為主體的巨大規模的新詩回歸運動和小說方面以黃春明、陳映真、王拓、楊青矗、曾心儀、季季、洪醒夫、宋澤萊等一批鄉土作家於 70 年代取得的輝煌的創作成就，則是從實踐上進行的鄉土文學的建構工作。

　　鄉土文學，同時也可稱之為民族主義文學，匯入這一潮流的文學理論批評家，無一不是主張臺灣文學必走中國民族文學之路的。大陸 1949 年去臺的文學理論批評家們，把大陸文學理論批評的精神和原則帶到了臺灣，與臺灣本土的文學理論批評觀進行了融合，形成了大中華民族文學的統一精神，這種精神是臺灣鄉土文學理論的主導靈魂。

　　臺灣鄉土文學理論批評的主要精神和內涵有以下幾點：

1. 它是中華民族的，而不是某一個階層和某個地區性的。雖然這種文學理論和它的論爭在臺灣地區進行，但其基本主張和精神，卻是中國新文學理論批評傳統的繼承和發揚，是龍的精神和意志在臺灣文學中的體現；是五四精神在新的條件下的繼續。陳映真在〈鄉土文學的盲點〉一文中說：「臺灣新文學，受影響於和中國五四啟蒙運動有密切關聯的白話文學運動，並且在整個發展過程中，和中國反帝、反封建的文學運動，有著緊密的關聯也是以中國為民族歸屬之取向的政治、文化、社會運動之一環。」[24]王拓說：「我們看清了美國與日本互相勾結侵略中國的醜惡面孔，使我們長久在美日兩國的經濟掠奪下昏睡的民族意識遽然地覺醒了！於是幾十年來難得過問國事的國內外大學生們紛紛在校園裡舉行國事座談，舉行示威遊行，也公開地援引了當年五四運動的愛國口號：『中國的土地可以征服，而不可以斷送！中國的人民可殺戮，而不可以征服！』同時也喊

---

[24] 《鄉土文學論集》，第 96 頁。

出了對日抗戰時『一寸山河一寸血；十萬青年十萬軍』的口號，以表示他們誓死捍衛國土的決心，以抗議侵略者；以激發全國民眾的民族自覺。我和許多朋友都是在這個運動中被教育過來的人。」[25]尉天驄說：鄉土文學「它是民族精神在文學上的表現，而且是民權主義和民生主義精神在文學上的表現。這話怎樣講呢？因為三民主義是進取的、樂觀的，因此我們所說的鄉土文學絕對不應該僅僅停留在懷舊的夜郎作風上；因為三民主義是在爭取國家的獨立和民族的生存；所以，我們所說的鄉土文學也必然是反對分裂的地方主義的。」[26]

2. 反對崇洋媚外，熱愛中國。林義雄在〈知識份子的崇洋媚外〉一文中說：「新中國的知識份子將是莊嚴而謙虛的，不是崇洋媚外的；是勤勞而努力的，不是認洋作娘的；是具有真正智慧的，不是虛驕而浮誇的。至於今日知識份子的崇洋媚外，就讓它成為歷史的陳跡吧！」[27]王曉波說：「具有民族風格的愛國寫實文學，更自覺地關懷民生疾苦，並對與外國勾結以魚肉我同胞的買辦財閥有一定批評。對於欺壓百姓或勾結外國資本家的官僚也有一定批評。這些或多或少的都反映在文學作品中，而引起了既得權益者及其幫閒文人的不滿。但是，這樣的文學卻是重新回到了中國文學歷史的主流。」

3. 鄉土文學必須與現實緊密結合。陳映真在〈文學來自社會反映社會〉一文中說：「這是三十年來第一次在臺灣的青年詞典中有了一個新的辭彙——社會意識、社會良心和社會關心。在這樣的思潮下，臺灣文學也有了轉變，那就是以黃春明、王禎和為代表的『鄉土文學』。這個時期的文學作家，全面地檢視了外來經濟、文化全面支配下，臺灣的鄉村和人的困境。他們不再借西方輸入的形式和情感，而著手去描寫當代臺灣的現實社會生活

---

[25] 《鄉土文學論集》，第 102 頁。
[26] 《鄉土文學論集》，第 162-163 頁。
[27] 《鄉土文學論集》，第 20 頁。

和生活中的人。」[28]王拓說:「文學必須根植於廣大的社會現實
與人民群眾的生活中,正確地反映社會內部的矛盾,和民眾心
中的悲喜才能成為時代與社會真摯的代言人,而為廣大的民眾
愛好和擁戴。」[29]

4. 鄉土文學的描寫對象和任務,是以勞苦大眾為主體的各種人
   物。王拓在〈是現實主義文學,不是鄉土文學〉一文中寫道:「這
   樣的文學不只反映、刻畫農人與工人,它也描寫刻畫民族企業
   家、小商人、自由職業者、公務員、教員以及所有在工商社會
   為生活而掙紮的各種各樣的人。也就是說,凡是生活自這個社
   會的任何一種人,任何一種事物,任何一種現象,都是這種文
   學所要反映和描寫,都是這種文學作者所要瞭解和關心的。」[30]
   趙光漢說:「鄉土文學即是能反映吾人生長地方的民族、民權、
   民生等種種問題的文學而言,地理上包括鄉村、也包括城市,
   人物上包括了士農工商軍各種成份,也就是包括了知識份子、
   農人、工人、商人、軍人。」

5. 鄉土文學的表達工具[31]──語言,是中國的白話文。黃春明說:
   「因為臺灣是中國的一部分,我們用中國的文字語言來寫自己
   周遭環境的生活和問題,這就是我們的民族文學,臺灣地方土
   生土長的文學,也是我們中國的文學……有人說我們雖是用中
   國的文字語言寫臺灣環境的生活和問題,而這問題是否太狹隘
   了,不能代表中國的問題,我們要明白中國的問題,也就是中國
   各區域所集合而成的問題,臺灣的問題,也就是中國的問題。」[32]
   陳映真在〈建立民族文學的風格〉一文中說:「在已經發表的作
   品中,他們使用了具有中國風格的文字形式,美好的中國語言,
   表現了世居在臺灣的中國同胞的具體的社會生活,以及這生活

---

[28]　《鄉土文學討論集》,第 64 頁。
[29]　《鄉土文學討論集》,第 777 頁。
[30]　《鄉土文學討論集》,第 119 頁。
[31]　《鄉土文學討論集》,第 289 頁。
[32]　《鄉土文學討論集》,第 777 頁。

中的歡笑和悲苦；勝利和挫折⋯⋯」並說：「在臺灣新一代的中
國作家，要以自己民族的語言和形式，在臺灣這塊中國的土地
上，描寫他們每日所見所感的現實生活中的中國同胞、中國的
風土，並且批判外國的經濟、文化之支配性的影響，喚起中國
的、民族主義的、自立自強的精神，是斷然不假別人的批准和
認可的。」

6. 強調鄉土文學的鄉土性，即這種作品要努力描寫出臺灣的泥土
氣息和風土人情。[33]臺灣文評家董保中寫過一篇〈我們當前的一
些文藝問題〉，該文是貶斥鄉土文學的，他為臺灣的鄉土文學概
括了幾個特徵。我們可以從反面文章中來印證鄉土文學的精神
和實質。董保中為鄉土文學概括的特徵是：(1)認為中國（實指
臺灣地區）社會的現實是封建的，階級的，自私的，病態的⋯⋯
(2)鄉土文學理論家愛好的另一個題目是「西方的沒落」；(3)由於
對資本主義及中產階級的反對，鄉土理論家自然而然的對知識
份子抱著否定的態度；(4)因鄉土理論家的勞動觀只滯留在原始
性的雙手體力勞動，因此對體力勞動者的階級性格有一種浪漫
蒂克的美化；(5)鄉土文學另一理論是要求文學正確地反映社會
內部的矛盾；(6)最後是鄉土文學與工農兵的關係。從一個反對
鄉土文學作者所精心地為鄉土文學總結的六大特徵，我們可以
反證出鄉土文學關注現實、關懷勞動人民，反對資本主義的剝
削和腐朽，反對帝國主義擴張侵略的批判性、戰鬥性的現實主
義文學的本質。董保中總結的六條並不全面，比如鄉土文學突
出的民族性和強烈的愛國精神就未涉及。而且由於立場之不
同，有的斷語，就不符合實際，比如說鄉土文學否定知識份
子。不過董保中這六條的確為我們瞭解鄉土文學提供了另一
種參照。

縱觀鄉土文學的戰鬥性、民族性和鄉土性的主要特徵如下：

---

[33] 《鄉土文學討論集》第 335-336 頁。

1. 強烈的戰鬥性。文學理論批評的性質和它生成和發展的背景有密切關係。鄉土文學的理論批評是在反對西化，反對崇洋媚外的歷史背景和現實條件下誕生和成長的。那種理論上的刀光劍影和觀念上的血雨腥風的搏鬥，使這種理論批評具有一種不是你死便是我亡的戰鬥性格。比如：高準在〈中國文學的主潮〉一文中說：「在這樣的大革命時代裡，作為反映時代的文學主潮，就不能不是革命文學……就新詩方面來講，20 年代的聞一多，30 年代的王統照，40 年代的臧克家，50 年代的楊喚，都代表性地顯示了這一發揚民族、民權、民生的革命精神的時代主流。可是從 50 年代的末期起，卻忽然掀起了一股打著『前衛』與『現代』的招牌而否定三民主義革命精神的文藝逆流。竟數煊赫一時，一直蔓延到現在。在詩界則更特別厲害。這不能不說是中國現代文學史上的一大黑暗。這種逆流專以配合西洋文藝市場為目的，撿起人家零售攤上的一些貨色，就作起他『嬉皮』式的文藝掮客來招搖惑眾，從『現代』而『超現實』從『超現實』而『虛無』從『虛無』而『搖滾』，完全不關懷中華民族自己的歷史與命運……歸根結底，其所謂藝術性，只不過是一套輕佻的雜耍，其與藝術的本質──表現人民真正的心聲與民族真正的願望，實屬風馬牛不相及。」[34]這裡需要注釋的是，高準文中提到的三民主義與 50 年代官方倡導的三民主義文藝內容是不一樣的。從他列舉的聞一多、臧克家、楊喚等例子和特別強調民族性看，高準所談三民主義是指孫中山三民主義之本質。尉天驄在闡釋鄉土文學的性質時寫道：「我們要關心我們的現實，寫我們的現實，這就是鄉土文學。它主要的一點，便是反買辦，反崇洋媚外，反逃避，反分裂的地方主義。」蔣勳在〈灌溉一個文化的花季〉一文中說：「凡是與生存與發展有助益的，就保有和吸收；凡是與生存與發展有害的，就統統踏倒，不管

---

[34] 《詩潮》，詩刊第二期。

它是封建餘孽與假洋鬼子。」[35]鄉土文學理論批評家的文章，有感而生，有事而發，因而不僅針對性特別強，而且如風暴似烈火，呼嘯而出，所向披靡，使對手只有招架之功而無還手之力，虎虎然置敵於死地，顯示出鋒利的批判鋒芒和強大的戰鬥威力。

2. 鮮明的民族性。鮮明的民族性，不僅是鄉土文學理論批評反對崇洋媚外、反對西化的出發點，而且是鄉土文學建構自己理論體系的必然歸宿。這種鮮明的民族性，不僅貫穿於鄉土文學理論批評的整體建築之中，而且表現在作為它整體構築部件的每一篇文章中。直接論述鄉土文學民族性的文章多不勝數。比如：尉天驄的〈我們的社會和民族精神教育〉、〈鄉土文學與民族精神〉，吳明仁的〈從崇洋媚外到民族精神的覺醒〉，陳映真的〈建立民族文學的風格〉，王曉波的〈中國文學的大傳統〉，胡秋原的〈談民族主義與殖民經濟〉、〈中國人立場之復舊〉等。陳映真在〈建立民族文學的風格〉一文中透闢地論證了在臺灣建立民族文學風格的迫切需要，他理直氣壯地說：「然而，一個中國人要當中國人，是他神聖不可侵奪的權利，是不假別人的認可和批准的。」[36]趙光漢在〈鄉土文學就是國民文學〉一文中，指出了鄉土文學的四條內涵，即，民族的、寫實的、前進的、知恥的。他說：「以民族問題而言，就是周氏文學中的民族文學，用理性的態度，描述當前或歷史的民族際遇及這些際遇中強大民族對弱小民族的欺負事實，弱小民族對強大民族的反映。因此，一方面要反對阻礙民族主義前途的文學，暴露違犯民族主義的醜態。排除一切阻礙民族前進的思想，一方面要喚醒民族感和意識，促進民族向上發展的意志，表現民族在增長自己光輝的進程中一切奮鬥的歷史，所以民族文學不僅表現在已經形成的民族意識，並創造出民族的新生命。」[37]

---

[35] 《鄉土文學論集》，第 47 頁。
[36] 《鄉土文學論集》，第 336 頁。
[37] 《鄉土文學論集》，第 286 頁。

3. 表現方法上的寫實性。文學的寫實與超現實是相對而言的。超
現實主義在創作上關於表現人物的心靈世界，寫潛意識、寫夢
幻、寫心理變態等，而寫實文學則主張描寫典型環境中的典型
人物、典型事件；注重生活真實和藝術真實的結合；注重對社
會黑暗的揭露和批判；注重對社會本質的開掘和揭露；注重故
事情節和人物情感的真摯感人等等。因而寫實文學特別要求作
家要深入生活和熟悉生活，觀察人物和瞭解人物。特別要求作
家對廣大下層勞動者賦予愛心和同情心。待別要求作家熱愛自
己的民族、國家、土地和人民。王拓在〈擁抱健康的大地〉一
文中寫了一段非常動情的話，他說：「基於這種血肉相連、生死
與共的密切關係；基於我們祖先開始就已經在這塊土地上播下
的愛心和期待，我們對這塊土地的深情厚愛是堅定的、不可動
搖的！我們願意跟她同生共死！因此我們要加倍地愛護她，希
望她能更茁壯、更堅實、更豐富、更健康！」[38]黃春明在〈一個
作者的卑鄙心靈〉中說：「作為一個寫作的人，現在我知道，他
和站在講臺上的老師，枕戈待旦的將士；和匍匐在田裡的農夫，
緊盯著生產的工廠工人，以及所有為我們社會努力的人們，是
沒有什麼分別的。把我們的民族，把我們的社會，比喻做一棵
神木的軀幹的話，作為一片葉子的我們，在枝頭上的時光，我
們只是努力經營光合作用，當我們飄落地面的時辰。我們即是
肥料。我們個人的生命雖然短暫，但是神木的軀幹，即是每一
片葉子的努力和盡職。五千年的神木，就意味著有五千梯次的
發芽和落葉。我的寫作經驗是徹底的失敗了，我仍然希望成為
一個作者，作為神木的一片葉子，和大家一起來為我們的社會，
為我們的國家，為我們的民族獻身。」[39]像鄉土作家王拓、黃春
明如此為國家、為民族、為人民、為足下的土地獻身的精神，
以畢生的才華和智慧來反映和描寫他們的意志、願望和風貌
的，在其他作家群裡，恐怕是不多的。

---

[38] 《鄉土文學論集》，第 361 頁。
[39] 《鄉土文學論集》，第 646-647 頁。

第六節　臺灣 80 年代的文學理論批評

　　80 年代，是一個經濟、文化、文學等全方位開放的年代，臺灣的文學理論批評隨著這開放的形勢也進入了一個新的境地，即突破了多年來單一式的主潮轉換，進入了多形式、多媒體階段，出現了現代派、鄉土派、後現代派等理論批評並行的情況。80 年代前期，是承接 70 年代餘波和生長新的生命期。就詩壇情形看，有現代派的小小復甦，停刊多年的《現代詩》詩刊、《藍星》詩刊在舊部和新人主持下重新復刊，秉承著早期現代派的創作和評論路線，它們與「長命貓」《創世紀》詩刊繼承和維繫著 60 年代現代派的主張。而繼承和發揚 70 年代青年詩人運動的中國傳統詩路線的有《傳說》、《漢廣》、《春風》、《臺灣詩季刊》等。比如《漢廣》詩刊在發刊辭中寫道：「本社名為《漢廣》乃取自詩經周南漢廣篇，該篇所述之事本只是一名男子追求不到漢水邊女孩的詠歎，多少有點浪漫情懷。本社之所以取用於它，乃就其字面之意而言，漢是中華民族，廣是廣博，合起來就是抒發中華民族之情思，廣大包容各種風格。這是我們不變的宗旨，不是現在既有的成績。」《春風》詩刊發刊詞為〈詩史自許，寫出詩史〉，高擎現實主義詩的大旗，發揚臺灣日據時期新詩的革命精神，繼續沿著反對新詩西化的道路前進。他們在發刊詞中寫道：「第一，在形式上，要繼承優美的韻文傳統，走向平民化社會化。並吸收民間歌謠的精華，以更精練有力的技巧，使詩成為文藝壓縮的最高形式，適切表達時代中的人與思想。揚棄沒有生活內涵的文學。第二，在內容上，秉承優秀的現實主義傳統，及其抗爭精神，勇邁前行。並認識社會的動因和方向，仔細觀察省思現代社會的人民處境，從而表現人民的心聲，傳達文學力量。揚棄一切個人化的文學觀、價值觀、生命觀。第三，在方向上，繼承新詩發展以降的人民性、運動性、批判不義，擁抱臺灣，參與改革。用詩喚醒沉睡者，鼓舞前進者，使詩成為全面的進步運動的一環。」而《風燈》詩刊則標榜：「風燈沒設門戶，不立派別」。此時復刊的《草根》則在復刊宣言中說：「在詩的選題上，要小我、大我、臺灣、大陸並重。」

而於 80 年代中期創刊的《地平線》詩刊、《四度空間》詩刊,則是向後現代派實驗的開始。《地平線》在創刊宣言中列出三條主張:「(一)開放的精神與聯合的態度;(二)把中國傳統現代化,西方影響中國化;(三)廣義的鄉土與大中國意識。80 年代初期臺灣文學就像大樹分枝,巨筆分岔,禾苗分蘗那樣,朝向了多元化、多向化方向發展。隨著主張和內容的多向化。表現形式上也趨於多形化。此時出現了錄影詩、錄音小說、視覺詩,有聲文學與無聲文學的結合等。臺灣 80 年代文學理論批評方面,林燿德的《不安的海域》和《一九四九年以後》羅青的《什麼是後現代主義》,林燿德和孟樊編的《世紀末的偏航》,陳辛惠編的《1984 年至 1988 年臺灣文學理論批評年選》,李瑞騰主編的《中華文學大系》評論卷兩冊,孟樊的《後現代的併發症——當代臺灣社會文化批判》,李瑞騰的《臺灣文學風貌》,齊邦媛的《千年之淚》,劉菲的《詩心詩鏡》,鍾玲的《現代中國的繆司》,李魁賢的《臺灣詩人作品論》,文曉村的《橫看成嶺側成峰》,鄭明娳的《現代散文類型論》、《現代散文構成論》、《現代散文縱橫論》,羅門的《詩眼看世界》、《時空的回聲》,瘂弦主編的《如何測量水溝的寬度》等等,均為重要的文學理論批評論著。這些論著中與上述所舉臺灣 80 年代詩歌創作一樣,表現出多元化、多向化的狀貌。比如:李魁賢的《臺灣詩人作品論》、文曉村的《橫看成嶺側成峰》、齊邦媛的《千年之淚》等,屬於比較傳統方面的現實主義批評;而羅門的《時空的回聲》、《詩眼看世界》等,則是現代派的論評;羅青的《什麼是後現代主義》、孟樊的《後現代的併發症》和瘂弦主編的《如何測量水溝的寬度》、林燿德、孟樊主編的《世紀末的偏航》等,是後現代派方面的理論批評著作。

　　後現代派是臺灣 80 年代中期以後新崛起的一個文學流派。臺灣許多有才華的青年詩人、小說家、理論批評家,一時都蜂擁而至,向這個領域探索實驗。在後現代派的理論批評實驗方面,以羅青、孟樊、蔡源煌、張惠娟等最為突出。他們關於後現代派的理論批評著作,從不同角度和層面,向人們闡釋了後現代之謎,使人們對這個穿著一層後資本主義社會神秘外衣的文壇來客,在廣大讀者面前,像新娘一樣落下了面紗。

　　臺灣後現代派的發難人——羅青，他的論著《什麼是後現代主義》一書，是全面論述後現代主義的專著。羅青，本名羅青哲，湖南湘潭人，1948 年 9 月出生於山東青島，在襁褓中被父母帶去臺灣。臺灣輔仁大學英語系畢業，美國華盛頓大學文學碩士，現任臺灣師大教授。他的《什麼是後現代主義》一書從後現代主義產生的淵源和發展脈絡以及它在歐美、在亞洲、在臺灣的傳播，在文學、藝術、繪畫、哲學諸領域的運用和表現進行了全面深入的理論探討和論證。羅青認為：後現代主義一詞最早出現於 1930 年，到了 1960 年左右，開始有文學批評家以比較嚴肅的態度使用這一術語。1975 年左右，有關於討論後現代主義的專書問世。1980 年左右，後現代主義一詞，開始全面性地受到歐美批評家們的重視。尤其是最近兩年，後現代主義「已成為近代學術文化中的顯學」。羅青在論證後現代的「後」字時，有一段十分有趣，又可使人對後現代主義晃然了悟的解釋。羅青說：「英文 post 這個『後』字，是表示在一個時代結束之後所出現的新時代，因為特色太多，無法用一個名稱加以概括，因此只好用『後』字，表示此一時代與前一個時代已完全不同，但卻還沒有找到一個足以涵蓋此一時代全部特色的名稱。就好像『吃飯』與『吃飯以後』的關係一樣。我們在『吃飯時』，其組成的因素如菜、飯、筷子、桌子、椅子、碗、吃飯的人等等。都是固定的，形成一個完整的結構，缺一不可，特色顯明。可是『吃飯以後』這一段時間則不然。人們可以打球、讀書、看電影……等，從事各種活動。因此，我們無法把『吃飯以後』這段時間，稱為『打球時代』或『電影時代』。因為無論如何稱呼，都只是描述部分，無法涵蓋整體。因此只好稱之為『後吃飯時代』。因為『吃飯以後』的活動，多元化了。兩段時間的關係，只是『飯』在從事各種活動的人的『肚子』裡的關係。這也就是說『現代工業社會』為『後工業社會』提供了許多『飯』，許多養料，而由於這些養料，『後工業社會』如虎添翼，功力大增，幾乎變成了一個無所不能的『超人』。因此，『後』字也包涵了與『以前』完全不一詳的意思。如『後漢』已不是『漢』，『後唐』、『後周』，更是與周朝，唐朝無涉了。」[40]羅

---

[40] 羅青：《什麼是後現代主義》，第 8-9 頁。

青的這段話不僅使我們明白了後現代主義文學的含意，也使我們清楚了，凡是後現代主義所包涵的東西，比如，後現代哲學、後現代繪畫、後現代文明、後現代工業社會等，大體上是怎麼回事了。後現代實際上是一個不成熟的，沒有固定形態、沒有固定實質、沒有固定概念、沒有固定主張的承前啟後的過渡形態。它既不是「吃飯時代」，又不是「看電影時代」，但它既與「吃飯時代」相連，又與「看電影時代」相關，它吃的是「吃飯時代」的「飯」，而屙的卻是「看電影時代」的「屎」。羅青認為，後現代主義於 80 年代中期進入臺灣，目前在臺灣的哲學、社會學、文學理論、文學創作、戲劇、舞蹈、電影、藝術、攝影、建築諸領域，均有其代表人物，均獲得了不同表現和成果。羅青所列文學創作方面的後現代派詩人、小說家有：夏宇、黃智溶、林燿德、鴻鴻、歐團圓、羅任玲、西西、黃凡、張大春、白靈、羅青、林群盛、陳裕盛。而文學理論批評方面的後現代主義則有：姚一葦、鄭樹森、蔡源煌、廖炳惠、高天恩和孟樊。羅青對他列舉的名單把握性較小，因此他特意說明：「上面這個名單，雖不完備，但已大致勾畫出臺灣目前研究後現代主義的狀況。希望這個名單，在不久的將來，能夠不斷修訂擴大，變得更有參考價值。」

　　臺灣從事後現代派詩歌研究方面成就比較突出的是青年文學理論批評家孟樊。他的《後現代的併發症──當代臺灣社會文化批判》一書，從思想、社會、文化諸方面，對後現代派的表現和弊端進行了論證和批判。作者在該書序言中說：「本書雖為我近幾年來對臺灣社會文化現象的『觀察』所得，卻自寓有批判的內在意義；在觀察之餘，我的態度是很明顯的，而我必須承認，這種批判的觀點受到新左派不少影響。」[41]孟樊關於臺灣後現代詩的全面批評是收入在他與林燿德編的《世紀末的偏航──八〇年代臺灣文學論》一書中的〈臺灣後現代詩的理論與實踐〉。這是臺灣近年來研究臺灣後現代派詩的一篇力作。它從臺灣後現代詩的發難、萌芽到發展，以及其特徵、內涵等等，均進行了具體而深入的論述。孟樊是一個誠實而敏銳的批評家，他自己是後現代主義

---

[41] 《後現代的併發症》，第 5 頁。

詩人，但他並不隱諱後現代的弊端。他列舉了大量事實和作品，對後現代派詩進行了深刻而令人信服的批評。蔡奉杉在評價孟文時指出：「孟樊先生的論文洋洋灑灑三萬餘言，相當於一篇臺灣後現代詩的狀況報導。從縱的方面，旨在交待臺灣詩壇從現代到後現代的演化；橫的方面，則援引西方後結構主義以及美國後現代詩的若干採樣，來印證後現代詩的走向。橫豎來說，孟樊親自創作並評論臺灣後現代詩，同時還要從詩的歷史這一角度來考察自身所處的運動，如此的意圖十分值得肯定。因此，即使有若干關節沒扣緊，如理論（西方）與創作（臺灣），現代與後現代的斷續，這都難以掩蓋孟文的實質貢獻。」[42]在臺灣後現代詩的研究方面，孟樊既有理論論證，又有實際作品批評，不管在理論和實際批評方面，都表現了一個極富朝氣和勇氣的青年文論家的魄力和氣度。

　　從事後現代小說研究方面，女評論家張惠娟的〈臺灣後設小說試論〉具有較完整的系統性。張惠娟認為：「臺灣後設小說的濫觴，當在1985 年至 1986 年之間。」而臺灣第一篇後設小說的處女作是黃凡的〈如何測量水溝的寬度〉。關於後設小說的特點，張惠娟認為：「後設小說的勃興，乃承襲現代主義抬頭以來對於寫實傳統的拒斥。寫實主義強調文學反映人生，作品即是鏡子，足以全盤掌握人生的真相。後設小說則凸現小說的虛構性，強調小說是人工堆砌文字的成品，進而質疑、虛構和真實之間的關係，明陳二者之間輕易畫上等號的不智。臺灣後設小說家多嘗試以各種方式處理虛幻和現實的交融和衝突。」[43]她認為黃凡在〈如何測量水溝的寬度〉中「大玩其文字遊戲，一意強調作品的故事性，是文字堆砌的產物。」而另一位後設小說作家張大春的小說：「亦揭櫫其對於寫實傳統的質疑。」而作為評論家蔡源煌寫的後設小說〈錯誤〉中，「更是自覺地體現後設小說的旨趣。」張惠娟此文對臺灣正在實驗期的後設小說的呈現風貌和優劣進行了實事求是的論證，對人們瞭解臺灣後設小說的狀貌起到了一面鏡子的作用。馬森在

---

[42] 《世紀末的偏航》，第 221 頁。
[43] 《世紀末的偏航》，第 300 頁。

評價這篇文章時說：「張女士的論文，基本上以派特蕾霞・伍的《後設小說》一書中所列舉的種種後設小說的技巧，諸如運用後設語言，自我指涉，對異質的讚頌、諧擬、框架的運用等，拿來印證目下臺灣小說作家的作品。作者所挑選的作家可以說是受過西方後設小說影響，或是相當自覺地撰寫後設小說作品的人選，因此與後設小說的表現技巧彼此印證時，均若合符節。」[44]

臺灣文學批評家吳潛誠在〈80 年代臺灣文學批評的衍變趨勢〉一文中，對 1980 年代的臺灣文學理論批評進行了概括性的論述。他說：「在西方文學批評蓬勃發展的衝擊下，80 年代的臺灣文學批評，比起 70 年代來，可以說是分歧繽紛，熱鬧非凡，變化急遽而多端。「新批評、結構主義、後結構主義、深層心理分析、解構批評、記號詩學、詮釋學、讀者反映理論、新馬克思主義批評都曾多少有所表現。而這十年，臺灣文學理論批評演變的總趨勢為：「一、質疑語言的傳達，溝通功能；二、從摹仿再現論到虛構說；三、從藝術標準到社會文化考量；四、作者之死與讀者的誕生；五、多元取向。」[45]

縱觀臺灣 50 年代至 80 年代末的文學理論批評發展演變趨勢，可以概括出以下幾點：(1)由政治理論批評包攬文學理論批評到比較純正的文學理論批評；(2)由主潮文學理論批評到多元化的文學理論批評；(3)由封閉的文學理論批評到開放的文學理論批評；(4)從主要關注思想和內容的文學理論批評到主要講求形式和技巧的文學理論批評；(5)從重視傳統的文學理論批評到兼取並蓄的多元型的文學理論批評。

---

[44] 《世紀末的偏航》，第 325 頁。
[45] 《世紀末的偏航》，第 420 頁。

第六章　臺灣當代文學思潮和文學論爭

第一節　50年代反共文學思潮的起落

1949年12月7日，國民黨政府從大陸遷往臺灣，從此開始了飄搖在茫茫大海上的歷史。失敗的恐懼，失落的悲哀和喪家的仇恨與憤怒，交織地凝集在一起，在國民黨的遺老遺少及其跟隨者中，形成了一股頑固的反共思潮，這種思潮擴展到臺灣政治、軍事、經濟、文化、文學各種領域。這種思潮不是一種社會和民間的產物，而是一種官方意識、官方政策、官方法規和命令的強制物。在各個領域均表現為官方形式和官方色彩；表現為一切均服從於和服務於反共的政治需要。在人文和社會科學方面，更表現出一種從內容到形式的官方化政治化性質。臺灣大學教授，心理學系系主任楊國樞在〈人文及社會科學研究的臺灣經驗〉一文中說：「政府遷臺後一直十分強調政治的安全與穩定，政治因素的考慮與作用幾乎無所不在，其影響並不限於政治層面本身。且已進到經濟與社會的範疇，甚而侵入文化與學術領域，形成了相當強烈的泛政治主義……在泛政治主義的現實環境中，影響臺灣學術發展的因素之一是政治禁忌。三十多年來，政治禁忌對人文學及社會科學的作用同時發生在客觀層次與主觀層次。就客觀層次而言，基於政治立場的考慮，在大學院校與研究機構中有些課程是不可開授的；有些課程是必須開授的；有些書是不可閱讀的，有些書是必須閱讀的；有些課題是不可研究的，有些課題是必須研究的；有些結論是不可寫出的，有些結論是必須寫出的。如果有人觸犯了這些禁忌，就會為他個人（甚至家庭）帶來不利或不便。就主觀層次影響而言，基於政治後果的考慮，人文學及社會科學研究者常心存政治禁忌，在開課、研究及寫作之時，會自我檢查、設限及控制，儘量自動避免直接

或間接涉及政治因素的課題或內涵。在客觀和主觀兩方面受政治禁忌
影響最大的學科，是文學、政治學、法律學、歷史學、教育學及社會
學等。」[1]上面講的是觀念上、心靈上、政治上的禁忌。此外，還有組
織上的控制：「政府又將各公立大學院校與研究機構視為公署的一部
分，將這些機構的主管也視為一種官位，納入整個政府的官僚體系，
其職務全由政府派任，而且派任時主要考慮當事人的政治成分與思
想，對其學術上的成就、地位、聲望反不重視。這些人一旦靠政治因
素派為學術機構的主管，便儼然當官來做，希望從此為過渡的跳板，
將來好更上一層樓，派上政府官僚體系中更高的位階。」[2]楊國樞把臺
灣政治影響和控制最嚴重的學科中的文學超越政治學、社會學而擺在
首位，不是一種隨意性，而是有其特定含意的。在 50 年代臺灣的人文
及社會科學中，臺灣的文學是個寵兒，倍受官方重視和青睞，上一章
在敘述臺灣 50 年代的文學理論批評的性質時，我們講到，作為國民黨
的首席文藝官的張道藩，於逃臺的第二年，在立足未穩時便親自出面
組織「中國文藝協會」，主持創立「中華文藝獎金委員會」，頒發政府
文藝獎。國民黨中央全會作出決議，為臺灣文藝規定政策方針，蔣介
石親自為臺灣文藝作十二條訓示。這些異乎尋常的舉動和把文藝抬高
到超越人文社會科學之一切學科之上，尊為人文社會科學領域之王的
最重要的原因，是他們認為在大陸的滅亡，共產黨武裝之外的另一種
武器——左派文藝，是他們的剋星；他們認為文藝——心理戰、思想戰，
是他們的救命武器。比如《中華民國文藝史》的序中這樣寫道：「當然·
在這四個時期的先後發展中，亦曾發生過不少逆流，遭受到不少的挫
折。而最大的一次挫折，就是所謂『30 年代』毛幫文人所掀起的黑潮。
從民國十五年創造社的變質提倡所謂『普羅文學』，到民國十九年所謂
的『左翼作家聯盟』成立，形成了中華民國文藝發展初期的一股逆流；
使中華民國的青年，受到很深的毒害。這不僅是毛共份子的一大罪惡，
也是俄帝陰謀殘害我國的一大明證。所幸這股逆流，很快的便為對日

---

[1]　《三十年來我國人文學及社會科學之回顧與展望》，第 14-15 頁。
[2]　《三十年來我國人文學及社會科學之回顧與展望》，第 16 頁。

抗戰的民族主義文藝思潮所淹沒；但其餘毒，卻不料竟一直蔓延到對日抗戰勝利後，突然爆發，致使大陸沉淪，迄今未復。」[3]僅僅革命文藝思潮的「餘毒」就導致國民黨「大陸沉淪」，那麼假如是洶湧的革命文藝主潮衝來，豈不更有滅頂之災？之所以厲害，才產生恐懼，之所以恐懼，就更覺其厲害，所以有倍加重視，極力控制之舉。僅僅認識到革命文藝之革命功效，恐怕還不致於達到全力經營，更具有吸引力的是國民黨看到了反共文藝的所謂「救命」作用。還是那篇序中又說：「前事不忘，後事之師；我們受了這個教訓，又想到中華民國的創建，許多革命先烈都是以筆代槍，向腐敗無能的滿清政府射擊；終使愛新覺羅王朝為之崩潰！今天為了消滅殘民以逞的毛共份子，剷除大陸上的偽組織，我們的作家更應提起如椽之筆，用文藝的力量，向大陸進軍；以期毛共偽朝的早日煙消灰滅。」[4]這便是 50 年代臺灣官方熱，民間冷；上面熱，下面冷；表面熱，實質冷的反共文藝思潮出現與動盪的最根本原因。

　　50 年代反共文藝思潮出現和發展的具體過程，《中華民國文藝史》中有明確的敘述。該著寫道：「當中華民國政府播遷到臺灣省以後，執政黨才深深地體會出文藝工作的不可忽視。於是從民國三十八年三月起，中國國民黨中央改造委員會即在政綱中列入文藝工作一項。接著，蔣總統復於民國四十二年在著手《民生主義育樂兩篇補述》一書中，提示『民生主義社會文藝政策』的重點與方向；對各項文藝工作都有極明確的指示，為後來的『戰鬥文藝』運動，展開了主導作用。民國四十五年元月，中國國民黨遵照蔣總裁的指示，正式揭櫫了『戰鬥文藝』運動，並由中常委會通過了《展開反共文藝戰鬥工作實施方案》。而這一方案，亦可說是中國國民黨文藝政策的始基。」[5]

　　反共文藝思潮是一項有組織有計劃的政治性的文學運動。當時捲入這一反共文學思潮的文藝刊物主要有：(1)《半月文藝》，1950 年 3 月 16 日創刊，其辦刊宗旨是：「嚴正地批判赤色思潮，並提出建立民

---

[3] 《中華民國文藝史》，第 2-3 頁。
[4] 《中華民國文藝史》，第 3 頁。
[5] 《中華民國文藝史》，第 977-978 頁。

族文學,以恢復民族自信心,加強愛國意識。」薛茂松在〈臺灣地區
文學雜誌的發展〉一文中介紹這份雜誌時說:「當時他(主編程敬扶)
覺得在保衛民主自由,與共產極權的鬥爭中,除了加強軍事力量之外,
精神鬥爭也是十分迫切需要的。因此他創辦《半月文藝》,為了批判打
擊敵人的虛偽宣傳,使一般青年能辨清敵我。」[6](2)《文藝創作》,1951
年 5 月 4 日,由中華文藝獎金委員會創辦,頭目是張道藩。這是反共
文藝思潮的主要宣傳陣地之一。(3)《晨光》,其宗旨是:「提高人群驚
覺和文藝素養,更要堅定軍民反共抗俄的信心。」(4)《幼師文藝》,1954
年 3 月 29 日創刊,是國民黨反共救國團主辦的刊物。(5)《新文藝》,
1952 年 3 月創刊,是國民黨軍隊總政治部主辦的刊物。(6)《中國文藝》。
(7)《軍中文藝》等等。當時彙入反共文藝思潮的文學社團主要有:(1)
「中國文藝協會」,發起人張道藩,1950 年 5 月 4 日成立,簡稱「文協」,
其宗旨為:「團結全國文藝界人士,研究文藝理論,從事文藝創作,展
開文藝運動,發展文藝事業,實踐三民主義文化建設,完成反共抗俄
建國任務,促進世界和平。」(2)「中國青年寫作協會」,1953 年 8 月 2
日成立,該會屬反共救國團主辦,其任務是:「A.建立三民主義文藝理
論。B.團結青年作者,加強反共復國宣傳工作。C.編印書刊提高青年寫
作水平……」(3)「中國文藝界聯誼會」,其宗旨是:「為了整個文藝界
的力量能夠配合軍事、政治、外交、經濟、教育等各方面的進步,共
同圓滿完成反攻復國的偉大任務,則團結中國文藝界人士工作,乃屬
極重要的急務。」等等。由上述反共文藝刊物和反共文藝社團鼓噪發
起,由官方在後面操縱和支持,從 50 年代初期起,在臺灣刮起了一股
復仇反共的文藝運動。其內容主要有:第一:從 1950 年至 1958 年,
掀起一股軍中文藝運動,高喊:「到軍中去」,「兵寫兵、兵畫兵、兵迎
兵、兵唱兵」的口號。這個運動有四項要求:「(一)、使官兵都能為愛
國主義、愛領袖而創作,主動的為仇匪滅匪而創作;從個人創作而群
體,從操場創作到戰場。(二)、使官兵的作品和演出,主題正確,感
情豐富,有內容,不但使人被動的欣賞,而且要使人主動地爭著欣賞。

6　《文訊月刊》,1986 年 12 月號。

（三）、使軍中與社會的文藝工作者，結成堅強的文藝陣線，對準敵人
——萬惡的共匪，展開文藝大進軍。（四）、使各階段的創作任務，能與
建軍運動和復國運動密切呼應，不斷發揮『革新』、『動員』、『戰鬥』
的主導作用。掀起革命高潮，完成復國任務。」[7]第二：1954 年 8 月 9
日發起「文化清潔運動」，大肆宣傳和高聲喧嚷「清除三害」即：「赤
色的毒」，「黃色的毒」，「黑色的罪」。實質上是向進步的民間文學和民
眾文學進行的一次政治圍剿運動。第三：舉辦所謂「戰鬥文藝營」和
「復興文藝營」，對青年文藝愛好者灌輸反共文藝思想。第四：編輯出
版反共文藝作品，如出版《反共抗俄詩選》等。第五：獎勵反共作品。
比如譚峙軍的詩《反攻大合唱》，潘人木的小說《蓮漪表妹》，王藍的
《藍與黑》，俞大中的樂曲《反攻進行曲》，白馬的電影劇本《青天白
日滿地紅》等均獲「中華文藝獎金委員會」頒發的文藝獎。

　　50 年代的反共文藝思潮，是由國民黨上層一手導演，由臺灣當局
的反共文藝官員和反共作家充當前臺演員，演出的一場以文藝為名、
以政治為實的政治劇。其目的，一是為了發洩對共產黨的仇恨，二是
為了無望的政治企圖，這是一次假借文藝之名，妄想達到非文藝目的
所謂「文藝運動」。連國民黨自己都承認，反共文藝是一種沒有生命力
的「八股」。因而理所當然地被否定、被取代。

第二節　現代派文學思潮

　　臺灣現代派文學思潮，是一種「輸入」的舶來品。是臺灣文學界
要衝破禁錮，尋找新的出路，實現新的創作理念，讓文學從非文學境
況回到文學自身的一種思想、文學運動。文學是上層建築的一部分，
是上層建築中社會學母系統中的子系統，它的發展變化與經濟基礎和
上層建築中其母系統和其他子系統的發展變化密切相連，就像有了雲
才可能下雨，有了雲也可能不下雨，但沒有雲絕對不會下雨一樣，文
學和經濟基礎和社會母系統的關係不一定是亦步亦趨，但經濟形態和

---

[7] 《中華民國文藝史》第 985 頁。

社會形態發生了質變，文學卻不可能固守不變。反之，假如經濟形態和社會形態不發生質變，那麼文學的性質也就不會變化。60 年代是臺灣經濟形態和社會形態發生質變的年代，即通常說的「轉型期」，由農業社會向資本主義社會過渡期。而這一過渡的基因，如果說是臺灣社會經濟自身的動力，倒不如說是從西方引來的一種「魔術」。臺灣實行經濟開放政策，大力引進外資、僑資，全面發展加工出口業，經濟很快起飛，躍入亞洲「四小龍」的行列。轉眼之間由一個貧困破落的農業社會，魔術般地被「編入世界資本主義加工碼頭這樣一個行列裡面，而且因為當時全世界資本主義經濟的興旺，連帶也使我們的加工出口碼頭也興旺，也賺了下少的錢。」[8]臺灣經濟社會的「轉型」，雖然是由外資、僑資推動的，但它是通過臺灣社會，經濟自身機制的活動實現的，其手段便是加工出口行業的大規模發展，使臺灣變成資本主義世界生產和流通的中間環節。臺灣的社會，經濟開放，一方面刺激了意識形態，誘發出了其欲變，求變的意念，另一方面，毫無節制的引進了西方的精神產品，為臺灣意識形態的變化，即西化，提供了主觀和客觀條件。因此，變在必行。社會意識形態的變化，首先是哲學思想，這個意識形態總管的變化。臺灣引進的現代派文學思潮的哲學基礎，是存在主義哲學。存在主義哲學的創始人和大師們，基本上都同時也是現代派文學的創始人和大師。比如：法國的薩特，既是存在主義哲學最具聲望的代表人物，又是現代派文學的大師。他的哲學著作《存在與虛無》，是存在主義哲學的名著，而他的小說《嘔吐》、《牆》等也是現代派文學的奠基之作。他的長篇小說《嘔吐》既是存在主義的哲學著作，又是現代派典範的文藝作品。「1938 年，發表的哲學性的長篇小說《嘔吐》，如果從內容來說，應該歸入哲學著作，但如果從題材、語言、體裁來看，則是很好的小說。小說的主人公羅桂思丁寫了一部很長的日記，記述自己在一個小鎮的生活。其中有一段寫的特別精彩，描述了羅桂思丁的空虛、煩悶、無可奈何、彷徨、厭世的情緒，所有這些都可以用『嘔吐』來概括。」[9]比如，

---

[8]　陳映真：〈四十年來臺灣的文藝思潮〉（《批評家》91.1）。

[9]　高宣揚：《存在主義概說》，第 138 頁。

法國的卡普里爾・馬塞爾，既是存在主義哲學家，又是現代派劇作家。比如阿爾及利亞的阿爾伯特・卡繆，他的小說：《薛西弗斯的神話》、《鼠疫》等是現代派的精典著作，均是含有深刻存在主義哲學思想的文藝作品。比如捷克的弗蘭茲・卡夫卡，他的哲學著作《格言》他的文學作品《城堡》等，均是存在主義哲學和現代派文學的名著。因此，存在主義哲學家和現代派文學家，在這些大師身上幾乎無法區分。沒有他們的哲學思想，也就沒有他們的文學成就，沒有他們的文學成就，他們的哲學思想就不能得到充分發揮和表達。在他們身上，存在主義哲學與現代派文學的根和枝與火和煙關係表現得那麼鮮明和突出。

　　基於存在主義哲學和現代派文學無法分割的關係，臺灣現代派文學思潮的引進，必定是以引進存在主義哲學為前提的。周伯乃說：「重視自我，認識自我，一切以自我為重心去創造生命的意義，才是人的意義。這就是存在主義在 60 年代風行的真正原因……在這一時期影響我國文藝創作最深廣的有佛洛伊德的精神分析學說和超現實主義，以及存在主義哲學。」[10]這三種影響是三位一體的，中心是哲學觀念的影響。目前本人接觸到的臺灣出版的介紹存在主義的專書有周伯乃編的《存在主義與現代文學》、尹雪曼著的《現代文學與新存在主義》和胡品清的《現代文學散論》等。這幾部書都是論文集。尹雪曼的書中收入七篇評論文章。尹雪曼認為，新存在主義的基本內涵實際上就是中國傳統的儒家思想。是否有必要套取別人的容器來放置自己固有的東西！況且主義云云多是外來的專有名詞，加上一個「新」字，不但看了不像，而且讓原本就名目紛紜的現象更亂人耳目，比如說，當我們要明白「新存在主義」是什麼，就必須追溯源頭，有必要給自己辟這麼一條漫漫長路嗎？就算一定要有個專稱，也不必揀人家的現成，那不是顯得自己矮人一截嗎？顯然尹雪曼是批判存在主義哲學的；他批評有些作家故弄玄虛，把文學作品生硬地套上外國的理論，以自己的屁股去對人家的座號。其積極目的是希望作家們能走中國文學的路，繼承中國文學的傳統，到中國的儒家思想中去吸取營養。這是對西化，

---

[10] 《文訊》，1984 年 8 月號，第 29 頁。

對引進西方的五花八門的精神產品的一種批判和否定。和尹雪曼持不同態度的周伯乃，則認為：「這就是存在主義者所要肯定的生存意義和生命價值，在生活著的每一分每一秒，都必須掙扎，都必須清醒，就是死到臨頭，也要清清楚楚，不能迷迷糊糊地去死。死是每一個人都必須面臨的結局，只看你如何去掌握那有限生命中的生命，使其發揮生命的價值，猶如《牆》裡的囚徒，明知當他們親友聞知他們的死訊時會哭、會傷心，甚至連幾個月都無心再活下去，但必須死的仍然是他們（囚徒），於是，他們對死就不再有畏懼，只想在未死之前能擁有自己，擁有絕對自由生命之抉擇。」他認為：「如果說超現實主義是文學技巧的表現，存在主義應該是哲學思想的導向。有人認為存在主義只是戰後情緒——消極、頹廢、苦悶、傷感、懷疑、悲觀、絕望、迷失——之表現。甚至有人更惡毒地指責，以為西方的嬉皮乃是存在主義衍生而來的行為，這是對存在主義的最大誤解。」[11]存在主義於 60 年代被引進臺灣，雖然在青年中一窩峰，一邊倒，風行若狂，但在一部分具有濃厚中國傳統文化觀念和堅持臺灣文學應走中國文學之路的相當一部分人中，是存有疑義或明確反對和抵制的。只是當時在西化之風勁吹的情況下，這種聲音是處於弱勢，甚至被當作一種「不識時務」的笑料。

　　哲學是意識形態學科中比較高層和深奧的學科，也是比較專門的學科，比起文學來，專門涉足者比較少。許多小說家和詩人，都是在接受現代派文學時，或閱讀現代派文學名著時，受到存在主義哲學的感染。而真正把存在主義哲學當作現代派文學的理論基礎進行認真研究和介紹的，基本上都是具有較深哲學和文學修養的哲學和文學理論批評家。尹雪曼和周伯乃等均屬此列。周伯乃是臺灣文學理論批評家中比較注意哲學基礎研究的，他編的《存在主義與現代文學》一書，屬於臺灣《立志譯叢》中的一種。其中收受了翰鷗著的〈存在主義的特徵〉和〈存在主義的代表人物〉，有鄭恒雄翻譯的〈存在主義即是人文主義〉，有趙雅博著的〈存在主義與文學〉，有金恒杰的〈由卡繆說

---

[11] 《文訊月刊》第 13 期，1984 年 8 月號。

起〉，有方其著的〈何謂存在主義的文藝〉，有方莘譯的〈表現的存在——貝克特〉，有何欣譯的〈工作中的藝術家〉，有沈氏著的〈杜斯妥亦斯基的批判〉，有周伯乃譯的〈論卡夫卡〉，有周伯乃著的〈薩特對人性的批判〉。這十一篇文章，從各個不同角度和不同側面對存在主義進行了評價和敘述。在談到存在主義的特徵時，翰鷗的文章講道：「存在主義者第一個大的共有特徵，是將價值之源歸於『主體』，亦即是『歸於自我』。」「存在主義所講的自我，是具體的自我，是落在情意活動的主體之上，也就是只講一個『情意我』。」存在主義認為：「人——即是全部而唯一的實體，且依照它自我而決定存在它適應的地位。自由即是人，人根本就是一個沒有先定本質的純粹存在；存在亦是自由；自由、存在、人是異名而實同的東西。」[12]趙雅博的論文《存在主義與文學》，彷彿是針對臺灣文壇有人不承認存在主義是一種哲學，更不承認存在主義與文學的淵源關係而寫的。文章一開頭便批駁了這兩種觀點，肯定了存在主義的哲學地位，接著從多方論證了存在主義與文學的關係。他認為：「存在主義與文學的關係，除去就美學與哲學一般的觀點的關係外，更有特殊關係，特別是在法國的存在主義與文學的存在主義去看，存在主義與文學幾乎成了一而二、二而一的事。」[13]他不僅認為存在主義與文學有密切關係，還提出了「存在主義文學」的概念。他認為「存在主義文學的用語是暗晦與理智的虛無，在道德秩序方面和在形上學方面是有其原因的。存在主義的文學作家，大都是虛無主義，走向了無神的唯物主義，否認一切，否認精神；其在形式上表現的暗晦而不可理解，在其骨子內是因為存在主義哲學家對於宇宙與人的條件的信念是悖理與不可瞭解。」「在存在主義的文學中，特別是觀看假和醜、善和惡；積極的真、美、善被指定沉沒於消極的價值中，不和諧，一切在否定的價值中。」[14]該文是臺灣存在主義風行時，把存在主義和現代派文學結合在一起的有力的理論論證。周伯乃在〈西方文藝思潮——對我國六十年代文學的影響〉一文中，寫有〈存在主義

---

[12] 《存在主義與現代文學》，第 2-5 頁。
[13] 《存在主義與文學》，第 88 頁。
[14] 《存在主義與文學》，第 92-93 頁。

與現代文學〉一節，介紹了卡繆的《異鄉人》，卡夫卡的《變形人》等現代派的哲學性的文學名著，在臺灣文壇「掀起的最大震撼」。臺灣文論家何欣，在〈六十年代的文學理論簡介〉一文中說：「在這個時期，對於歐美文學思潮有極大影響力的無神論存在主義被介紹到國內來，那時節存在主義像一陣狂風般，其力似乎不可抗的，存在主義哲學方面的著作有了譯本，獲得了廣大讀者的喜愛，薩特和卡繆的作品之分析介紹，出現在雜誌上和報紙副刊上，沒有讀過《嘔吐》、《異鄉人》，甚至卡夫卡的小說的文學愛好者，彷彿就像沒有讀過好作品似的。為什麼臺灣的讀者會那麼熱烈地接受存在主義哲學，多少有些令人不解，但這個哲學思想確曾迷醉了年輕一代。」[15]

存在主義哲學進入臺灣，對臺灣的文化、文學界都引起了動蕩，由李敖主持創刊於 1960 年的《文星》雜誌，主要以引進和介紹西方思潮、文化、文學為宗旨。該刊首先提出臺灣要西化的問題。於是引起了以堅持中國傳統文化為宗旨的胡秋原主持的《中華雜誌》的不滿，雙方發生一場西中文化論戰。一方是被稱為「文化頑童」的李敖的西化派，一方是中國文化派胡秋原、徐復觀。「胡秋原先生提出超越前進論——超越西化、俄化而前進；徐復觀先生是更新的儒學，批評西化派對中國傳統儒學的誤解。」[16]臺灣介紹和推行西方文學思潮比較突出的刊物，除了李敖的《文星》外，還有《現代詩》詩刊、《創世紀》詩刊、《文學雜誌》、《現代文學》、《自由中國》、《筆匯》等。像《現代詩》詩刊、《創世紀》詩刊、《現代文學》、《文學雜誌》等刊物，均曾大量譯介西方現代派的文學作品和理論文章，並出刊過不少西方現代派文學大師，如：卡夫卡、卡繆、湯姆斯曼、吳爾芙、喬哀思、葉慈、波特萊爾等等的專欄或專集。

現代派文學思潮，在臺灣詩和小說中表現形式有所不同。在詩歌界，以紀弦為代表的於 50 年代中期便提出了「新詩乃橫的移植，而非縱的繼承」的民族虛無主義的口號，導致了臺灣新詩論爭，起起伏伏

---

[15] 《文訊月刊》，1984 年 8 月第 13 期。
[16] 陳映真：〈四十年來的臺灣文藝思潮〉（《批評家》89.1）。

持續二十年。而臺灣的小說界情況不同，以白先勇為代表的《現代文學》集團，雖然總體上趨於文學西化，但其中有一部分人，甚至包括白先勇本人，是主張中西結合，或以繼承中國文學傳統為主的。只有少數人，比如王文興等的西化情緒較烈。因而關於現代派小說雖然也有《文季》對歐陽子作品的批評，《文學界》對王文興的批評，但沒有出現過大規模的中國小說論爭。

　　以存在主義為思想導向的現代派文學思潮，雖然衝破了臺灣當局的思想和文學禁錮，為臺灣文壇輸入了新鮮空氣，結束了反共八股文學時期，對臺灣文學的發展找到了一條新路，但它也給臺灣文學帶來了嚴重的、致命的弊端，那就是全盤惡性西化和有些作品的極端形式主義。這種嚴重弊端，又幾乎葬送了臺灣文學。因而，它遭到臺灣有識之士和廣大讀者的唾棄和激烈批評，是理所當然的。

第三節　臺灣的新詩論爭

　　1949 年國民黨遷臺之後，臺灣現代派新詩比臺灣現代派小說的崛起要早七年。早年曾在大陸與徐遲、戴望舒一起創辦過《新詩》月刊，為大陸現代派成員之一的詩人紀弦，1948 年去臺灣後，一直想繼承和發揚大陸現代派的餘緒，在臺灣組織一個現代派，實現他在大陸未能實現的願望。1953 年 2 月，他在臺灣創辦了《現代詩》詩刊。1956 年，他舉起了現代派詩的旗幟，聯合了 83 位詩人成立了「現代派」，並將《現代詩》詩刊從 13 期起改為現代派同仁詩刊，封面印上「現代派詩人群共同雜誌」字樣，刊登了《現代派公告》第一號。同年 4 月 30 日出版了《現代詩》詩刊第 14 期，該期上刊登了《現代派公告》第二號又有加盟者 19 人，至此，「現代派」已有 102 個成員。「現代派」成立之日，公佈了現代派的綱領《六大信條》。在紀弦的「現代派」成立之前的 1954 年，屬於現代主義的另兩個詩社：即以覃子豪為盟主，有余光中、周夢蝶、鍾鼎文、鄧禹平、夏菁等為骨幹的「藍星詩社」和瘂弦、張默和洛夫等軍中詩人辦的「創世紀詩社」已宣告成立，並各自

辦起了自己的同名詩刊。50 年代是臺灣政治、經濟、軍事、文化諸方面最困難、最貧窮、最落後的時期。此前，1947 年，臺灣經歷了「二·二八」的一場血雨腥風的浩劫，人民啼饑嚎寒，處於渡日如年的水深火熱之中。1949 年，國民黨又拖帶二百多萬人逃到臺灣，一下使臺灣的人口劇增了三分之一，而且其中相當一批是奢侈無度的高薪貴族。新增的三分之一人口，比原有的三分之二人口的消耗量還大，實乃雪上加霜，使臺灣貧上加貧，困中加困。現代派文學是產生在資本主義比較發達，物質生活比較富裕的壟斷資本主義階段的富貴藝術，50 年代幾乎赤貧的臺灣社會經濟，怎麼能夠栽活這株富貴之苗？養活得起這朵富貴之花呢？因而，現代派詩於 1954 年至 1956 年之間陡然在臺灣赤貧的土地上無根而起，實是人為之作用，而非臺灣社會、文化、文學發展的水到渠成之物；實是移植之苗，而非土生土長之物。這種藝術，就像從亞熱帶的植物園中移植一株亞熱帶的花草栽到冰天雪地的寒帶野地裡一樣，那裡的氣溫和養分均不適合這花草的生存，周圍的人們也視其為怪物，與當地傳統和人們意願相抵觸和對立，於是引起了人們的憂慮和不滿。一場論爭在所難免。紀弦的《六大信條》，成了二十年臺灣新詩論爭的根源，或者叫「禍端」，這裡抄錄如下：

1. 我們是有所揚棄並發揚光大地包含了自波特萊爾以降一切新興詩派之精神與要素的現代派之一群。
2. 我們認為新詩乃橫的移植，而非縱的繼承。這是一個總的看法。一個基本的出發點，無論是理論的建立或創作的實踐。
3. 詩的新大陸的探險，詩的處女地之開拓，詩的新內容之表現，新的形式之創造，新的工具之發現，新的手法之發明。
4. 知性之強調。
5. 追求詩的純粹性。
6. 愛國反共，追求自由與民主。

這《六大信條》中，最引起人們爭議的是，拜西方現代派的大師為老祖宗；是「新詩乃橫的移植，而非縱的繼承」。這是臺灣新詩西化

的綱領，是徹底的民族虛無主義的表現。雖然，紀弦也為自己的主張冠上「領導新詩再革命」和「推動新詩現代化」的口號，但這些口號卻統統成了西化的代名詞。紀弦的這《六大信條》一公佈，立即把臺灣詩壇引入了一個爭論不休的動盪之局。

首先站出來反對和批判紀弦《六大信條》的是「藍星詩社」的盟主，曾與紀弦合辦《新詩週刊》的老搭檔覃子豪。覃子豪於 1957 年在《藍星詩選獅子星座號》上發表〈新詩向何處去？〉的長文，批判《六大信條》民族虛無主義的西化實質。他寫道：「詩人們懷疑完全標榜西洋的詩派，是否能和中國特殊的社會生活所契合。」「中國新詩應該不是西洋詩的尾巴，更不是西洋詩的空洞渺茫的回聲，而是中國新時代的聲音，真實的聲音。」「若全部為橫的移植，自己將植根何處？」覃子豪針對紀弦的《六大信條》，提出了中國新詩的「六項正確原則」：

> 第一條：詩的再認識。詩並非純技巧的表現，藝術的表現離不
> 　　　　開人生，完美的藝術對人生自有其撫慰與啟示，鼓舞
> 　　　　與指導功能。
> 第二條：創作態度的重新考慮。一些現代詩的難懂不是屬於哲
> 　　　　學或玄學的深奧的特質，而是屬於外觀的，即模糊與
> 　　　　混亂，暗晦與曖昧。詩應顧及讀者，否則便沒有價值。
> 第三條：重視實質及表現的完美……
> 第四條：尋求詩的思想根源……
> 第五條：從準確中求新的表現，樹立標準，有了標準才能有準確。
> 第六條：風格是自我創造的完成。自我創造是民族的氣質、性
> 　　　　格、精神等等在作品中無形的表露，新詩要先有屬於
> 　　　　自己的精神，不能盲目地移植西方的東西。

覃子豪的文章發表後，紀弦立即發表兩篇萬言長文應戰；〈從現代主義到新現代主義〉[17]〈對所謂六原則之批判〉[18]。這兩篇文章，一方

---

[17] 《現代詩》詩刊，1957 年 8 月第 19 期。

面為《六大信條》辯解，說自己倡導的是所謂「新現代主義」，是揚棄了消極因素的「現代主義」，是所謂「中國的現代主義」。不管紀弦怎麼解釋，但《六大信條》的民族虛無主義和西化傾向是抹不掉的，這一解釋給人欲蓋彌彰之感。後文是對覃子豪的「六項原則」的皮毛之議。針對紀弦的兩篇文章，覃子豪又在《筆匯》第 21 期發表〈關於新現代主義〉一文，批評現代派的錯誤是：「沒有從象徵派以降的許多新興詩派中去整理出一個新的秩序，把握時代的特質，創造一個更新的法則，作為前進的道路。」隨之紀弦又在《現代詩》詩刊第 21 期發表〈兩個事實〉，在《筆匯》第 24 期發表〈六點答覆〉。關於《六大信條》的論爭前後經過了四個回合。這是臺灣新詩論爭的第一個戰役。

　　臺灣新詩論爭的第二個戰役，將論爭推進縱深，戰鬥更加激烈。這個戰役轟擊的對象，由紀弦的《六大信條》轉向了整個現代派詩。1959 年 11 月邱言曦發表了〈新詩閒話〉，批評現代派的詩「弊病百出」，「最大的一種危險是本無可以捕捉的詩境，而不得不再以艱澀的造句來掩其空虛。」這篇文章「捅了詩人的蜂窩，激起了詩人們的圍攻，參加論戰的詩人與非詩人的人數眾多，爭論的程度的激烈，可以說是前所未有。」為回應現代派詩人們的暴跳，接著寒爵以〈四談現代詩〉為題，對現代派進行解剖，並把矛頭直指現代派的領袖紀弦。寒爵認為現代派的詩是「頹廢和無病呻吟，我們的詩人不應該把這種頹廢的意識移植到我們的詩園中來。」現代派的詩是一種「叛逆時代的走向」，是一種「不應有的逃避現實」。此時論戰已成全面鋪開之勢，捲入的刊物和人數之多，均是空前的。捲入的刊物有《現代詩》詩刊、《藍星詩刊》、《創世紀》詩刊、《文學雜誌》、《現代文學》、《劇場》、《筆匯》、《文星》等。第二戰役論爭的問題，基本上還限於現代派詩自身的弊端，主要是：空洞、晦澀、無病呻吟、逃避現實，以及詩歌怎樣寫和為誰而寫，詩人遵循什麼原則，走怎樣的創作道路問題。經過爭論，戰場上或許勝負未明，但許多人心中卻明白了是非。廣大讀者受到了啟發和教育，他們對現代派詩的弊端也表現出強烈不滿。當時就有自稱為

---

18 《現代詩》詩刊，1957 年 12 月第 20 期。

「門外漢」的讀者，投書《自由青年》，呼籲詩人們要「走下象牙塔尖」，不要再故弄曖昧玄虛，應該「把詩的鑰匙交給讀者」。

新詩論戰的第三個戰役，出現於 70 年代初。這一戰役把新詩論爭引入更加深廣之境，深入到對現代派詩的本質的討論。論爭的主戰場和論爭主將都有了變化。論爭的主戰場由臺灣詩壇擴大到文壇；論爭的主將由主要是詩人之間轉向了非詩人的教授、學者參戰；論戰由一般的詩歌創作進入了理論辯證階段。1972 年 9 月，在新加坡大學執教的教授關傑明，連續在《中國時報》人間副刊上發表文章：〈中國詩的困境〉、〈中國詩的幻境〉、〈再談中國現代詩〉，批判臺灣現代派詩，是西方詩的模仿和抄襲，是「文學殖民主義產品」。不久，臺灣大學客座教授唐文標，又連續在《文季》、《中外文學》、《龍族詩刊》上發表了〈僵斃的現代詩〉、〈詩的沒落──臺灣新詩的歷史批判〉（上篇〈腐爛的藝術至上理論〉〈下篇〈都是在逃避現實中〉）、〈先檢討我們自己吧〉、〈什麼時候什麼地方什麼人〉、〈實事求是，不作調人〉、〈日之夕矣──平原極目序〉等。唐文標的文章像幾枚核彈，發表後立即引起了巨大的核衝擊波，被稱之為「唐文標事件」。唐文標毫不客氣的叫現代派詩靠邊站，號召青年們要從現代詩的屍體上「踏屍而過」。在談到唐文標文章的影響時，何欣在〈三十年來臺灣的文藝論爭〉一文中說：「當時雖有不少文章攻擊唐文標的『一竿子把現代派都打翻』的作風，但謾罵洩憤者多於冷靜理智的討論。顏元叔的文章還算是一篇沒有直接冷嘲熱諷罵作人身攻擊。唐文標的幾篇文章衝擊力和影響力相當大，逼得詩人們不得不做一些反省，而逐漸地擺脫開病態的現代主義的束縛，另闢蹊徑，重返傳統，──不是形式，而是一種自覺的認知。於是討論文學裡的時代社會意識的文章便多起來了。不染人間煙火的作品開始受到嚴厲批判。詩人們也喊出『唯有真正屬於民族的，才能真正成為國際的了』。」（余光中語）。

臺灣的新詩論爭，先後持續了二十年。除了上述論爭的簡略敘述外，在新詩論爭中，雖然沒有捲入論爭的中心漩渦，但對論爭有相當參與，對臺灣新詩走向民族、鄉土回歸有過重要貢獻的詩人、學者，我們亦應注意到。比如，「葡萄園詩社」社長文曉村，曾寫過不少論文，

並為《葡萄園》詩刊寫過許多社論，批判臺灣新詩的西化和晦澀，大
聲疾呼詩人們回到中國詩園中來，並且提出「明朗、健康的中國詩的
路線」。

臺灣的新詩論爭，對臺灣新詩的發展具有重大意義，本人在拙作
《臺灣新詩發展史》中概括為五條：(1)引起了臺灣各方人士對新詩命
運的關注。(2)豐富了人們的詩觀，使人們對現代派詩的實質有了較為
真切的認識。(3)促進了臺灣新詩朝向民族化、大眾化方向發展。(4)催
生了臺灣 70 年代初期規模巨大，多姿多彩的青年詩人運動的爆發。(5)
促進了臺灣新詩的理論建設。看來，這個概括大體上是不錯的。

第四節　現實主義文學思潮和鄉土文學論戰

雖然隨著臺灣社會、經濟、文化的全面西化，60 年代從西方引進
的現代派文學統治了臺灣文壇，但是中國文學的傳統並沒有，也不可
能在臺灣文學中死去。相反的，在遇到外來文學的壓力和打擊時，它
以頑強的毅力和不屈的姿態，默默耕耘，積極奮進，表現出了相當強
大的生命力。還是在現代派文學風行之時，許多誤入歧途的文學青年
和青年作家們便紛紛醒悟，反戈一擊。小說界的鄉土文學主將陳映真、
黃春明、王禎和，詩歌界的施善繼、蔣勳、吳晟等，在他們創作起步
的年代，均曾對現代派有過某種迷信，他們的初期作品，都曾染上了
撲朔迷離的現代派的色彩。後來，他們紛紛覺醒，站在了現實主義文
學的立場上，向曾迷信過的現代派發出挑戰。在倡導、宣傳和推行現
實主義文學主張方面，在推進中國文學精神的復歸，和創建中國文學
風格方面，他們立下了許多汗馬功勞。那時堅持現實主義文學方向的
刊物也不少。比如，尉天驄、陳映真等主辦的《文學季刊》，吳濁流創
辦，後來由鍾肇政接棒的《臺灣文學》，桓夫、林亨泰等創辦的《笠》
詩刊，王在軍、文曉村主持的《葡萄園》詩刊，陳芳明、施善繼、林
煥彰等創辦的《龍族詩刊》，古丁、綠蒂、涂靜怡創辦的《秋水詩刊》，
高準主辦的《詩潮詩刊》，黃勁蓮、羊子喬等主持的《主流》詩刊，古

添洪、李弦、秦嶽等創辦的《大地詩刊》，羅青、張香華、詹徹等創辦的《草根詩刊》等等。這股現實主義的文學洪流，實際上在臺灣新詩論戰中就已經孕育和崛起。像唐文標。關傑明、邱言曦等，以及在新詩論戰中批判西化，主張中國詩風的詩人們，都是卓越的現實主義的代表。這種現實主義精神，在 60 年代中期以後，便明顯地、默默地被一批很有才華的青年作家、理論家，比如尉天驄、陳映真、黃春明、王禎和、王拓、楊青矗等，在他們的作品中體現出來。尉天驄在〈以民族文藝促成民族團結〉一文中說：「而鄉土文學正是在西化的商業主義的潮流中興起的。像黃春明的《莎喲娜啦，再見》，王禎和的《小林來臺北》，陳映真的《夜行貨車》，都是對商業主義破壞人性、扭曲倫常的反映。它們不僅批評，還具有理性主義色彩，像黃春明的《看海的日子》就把一個可憐的妓女提升到純潔的母性。王拓的《金水嬸》，刻畫一個在商業社會中不變的偉大母性，都給人光輝的啟示。比起要『把靈魂嫁給三藩市』的作品真是有意義多了。這些作品真是一方面去批評社會的某些病態，另一方面則去宣示它的光明面。」[19]當時不僅是鄉土文學作家在現代派文學稱霸之時，就寫出了一批光輝的現實主義作品，而現實主義的文學理論批評家，更是入木三分地批判現代派的作品，大力闡發現實主義的文學理論。這裡舉一篇尉天驄在鄉土文學論戰爆發前夜，即 1977 年 2 月寫的評論文章〈什麼人唱什麼歌——讀許潮雄〈寫給戰爭叔叔〉〉。這篇文章評論的是越南的一位華僑女學生陳慧琴寫的反映美國侵越戰爭的一篇小說〈西貢無戰事〉。作為對比，尉天驄一方面肯定陳慧琴的描寫：「有人在戰爭的背後獰笑著，他們口頭上喊的是但願無戰事，而內心盤桓的又是另一戰役的快點爆發。另一方面批判了余光中同題材的詩〈雙人床〉。乍看起來，這位詩人好像充滿了人道精神，究其實，不過用他『高貴』的感傷抬高他床上遊戲的身價而已。如果他所說的那個戰爭是殘酷的、反人道的，在這首詩裡我們找不到一絲一毫的譴責；如果那場戰爭是反侵略的、不得不行犧牲的，我們在這首詩裡也找不到一個字的讚美。整篇看來，

---

[19]《民族與鄉土》，第 17 頁。

不過是：你們在遠方的戰場打仗，我在床上打仗，如此而已。」尉天聰還針對當時臺灣文壇的不良現象批評說：「他們只需要幾條美學的、尤其什麼『純粹美感經驗』的大論，就可以像蚩尤大放煙霧般逃遁了。然而，他們的衛道的喊叫雖然喊叫得很響，但卻比什麼更顯露出自己的狡猾和惶恐。因為在言辭之外，還有更深一層的，被人揭了面皮的難堪。」[20]

在現代派逐漸衰落，鄉土文學實際上占了強勢，而鄉土文學描寫的題材又都是關懷社會，關懷人生，批判黑暗和不公，反映中下層勞動者的意願和不滿，這種情形就趨使了這樣一種現象的出現，即政權與文人們的結合。本來，依附於臺灣當局的反共文學作家們，對現代派取代自己懷有不滿；對現代派朦朧、晦澀的表現方法，也持有異議；對文學的西化更是心有憂慮，但是，臺灣當局出於政權利益，對鄉土文學描寫社會現實、反映人民願望的作品感到恐懼，於是便與現代派文學中的一部分文人們結合在一起，形成了一股以官方作後盾，出謀劃策，以一部分反共文人比如彭歌等，和少數現代派文人比如余光中、王文興等為前臺的，政權和文學相結合的反對鄉土文學的勢力。他們策劃醞釀著一個圍剿和迫害浪潮，即鄉土文學論戰。

作為臺灣文學的現實主義運動，新詩論爭和鄉土文學論戰的本質是一致的，它們在精神上，都是反對西化，反對崇洋媚外，而主張中國精神的復歸；在文學上，都是反對「橫的移植」，反對極端形式主義的。因此鄉土文學論戰實際上是新詩論爭的擴大、繼續和伸延。陳映真在〈四十年來臺灣的文藝思潮〉一文中說：「這次鄉土文學論戰的針對性，完全是對西化的文學而言。就是說從經濟的依賴，到文學的依賴這種批判中，自覺到二十年來臺灣的文學沒有自己的個性，都是別人的感情、形式、內容的一種支借。要特別指出的是，它有非常大的針對性，比方說，晦澀對清晰，歷史的逃避對歷史的重視，文學裡面沒有思想，沒有人的生活相對於文學要傳達入世的思想等等，都是非常有針對性的，這個針對性都是對西化的文學而來。再過來，我個人

---

[20] 《民族與鄉土》，第 35-36 頁。

以為鄉土文學論戰，並不是獨立於現代詩論戰以外的一個論戰。我個人的理解鄉土文學論戰，基本上是現代詩論戰的延長。」關於鄉土文學論戰，本人在拙作《臺灣小說發展史》中，專設〈臺灣文學回歸的總樞紐──鄉土文學論戰〉一章，進行了闡述。本人在這一章的第二節〈鄉土文學論戰的起因、過程和實質〉中寫道：「發生在 1977 年至 1978 年之間的鄉土文學論戰，實際上是臺灣兩種政治勢力、兩種意識、兩種文學主張、兩種文化心理等，經過多年的淤積、磨擦、交戰之後，彙聚成的一次總較量。從 50 年代紀弦的現代派詩〈六大信條〉一發表，對現代派的批判就開始了。之後，這種批判和反批判雖然時緩時急，時高時低，但其總趨勢是規模越來越大，範圍越來越廣，程度越來越深，直到唐文標要現代派諸君們靠邊站，甚至號召青年們『踏屍』而過，釀成『唐文標事件』，矛盾已趨激化。在此以前，雖然小說家沒有介入這場論爭，但詩界經過多年的交鋒，實際上已經潛伏和醞釀著一場超越詩界，甚至超越文學界的洶湧暗流。」[21]鄉土文學論爭的經過，簡要如此：臺灣《中央日報》的總主筆，反共作家彭歌，於 1977 年 8 月 12 日下午，在臺灣《中國論壇》雜誌召開的「當前中國文學座談會」上作了一個簡短的發言，可是會後，他把這個發言寫成一篇題為〈不談人性，何有文學〉的長文，在 1977 年 8 月 17 日至 19 日的《聯合報》上發表。彭文直接點名攻擊鄉土文學的主將們陳映真、尉天驄、王拓。該文第二、三節批判王拓，彭歌說：「不以人，而以物為標準，這種論調很容易陷入『階級對立』，『一分為二』的錯誤。這種態度上的偏差，延伸到文學創作，便會呈現出曖昧、暴戾、仇恨的面目。」[22]該文第四節專批判陳映真，彭歌說：「作為一個小說作者，陳映真大約感到文字不足以『暢所欲言』的苦悶，所以他不得不變作另外一個人，用許南村來解說自己的作品。但無論怎樣解說，他所給予讀者的，只是一個『偽先知』的印象。他一面危言聳聽地宣告了『舊世界』的預見其必將頹壞，一面又說不出來他所謂的『新世界』是什麼，究竟有什麼足

---

[21] 《臺灣小說發展史》，第 330 頁。
[22] 《鄉土文學討論集》，第 249 頁。

以吸引他如此嚮往。」[23]該文第五節，專批尉天驄，彭歌說：「他雖然時時以狂熱的民族主義者的身份出現，但他這些高見對中國文學、歷史、文化的誣衊與損害，恐怕比那些被他詬罵為洋奴買辦的現代派，有過之無不及。」[24]彭文最後說：「我不贊成文學淪為政治的工具，我更反對文學淪為敵人的工具。如果不辨善惡，只講階級，不承認普通的人性，哪裡還有文學？」彭歌的文章發表後，當時在香港中文大學教書的余光中立即參戰，迅即寫成了鄉土文學論戰中恐怕也是臺灣文學史上火藥味最濃的文章〈狼來了〉，從香港送至臺灣，於 8 月 20 日在《聯合報》刊出。這篇文章很像臺灣當局保安機關的一道通緝令。什麼「工農兵文學在臺灣登陸了」，什麼「不叫戴帽子叫抓頭」等等。彭、余的兩篇文章掀開序幕，接著雙方便擺開陣勢，你來我往激烈地爭鬥了整整一年。這一論戰不僅席捲了臺灣的文壇、政壇，而且波及到海外的華人世界。最後由官方出來收場。表面看，彷彿未分勝負，但實際上是以鄉土文學的勝利告終的。尉天驄在《民族與鄉土》一書的序言〈鄉土文學論戰的餘話〉中說：「鄉土文學雖然屢次遭到攻擊和污蔑，卻相反更苗壯起來，《聯合報》和《中國時報》的小說獎入選作品就是最好的說明，有了這些，一些爭論也就沒有意義了。」[25]鄉土文學論戰，把現實主義文學更穩固地推上了臺灣文學主流的地位，並帶動了臺灣文化、文藝全面的回歸民族，回歸鄉土的回歸運動。臺灣的戲劇、繪畫、雕塑、音樂諸領域均興起了一個回歸母體，面向基層的現實主義熱潮。

關於鄉土文學論戰，在時過十三年的 1991 年元月，臺灣《中國時報》的人間副刊，又組織了專題的回顧和討論。該報 1991 年元月 4 日至 7 日闢《走過七〇年代的文學標竿——回顧鄉土文學論戰專輯》。該報在專輯前面發表編者按說：「民國六十六年的鄉土文學論戰，震撼當時臺灣文化界，從文學觀念之爭到意識形態的質疑，爭論兩造各持已見，互不相讓。喧嚷之聲震天價響，餘波蕩漾，數年未絕。鄉土文學

---

[23] 《鄉土文學討論集》，第 255 頁。

[24] 《鄉土文學討論集》，第 262-263 頁。

[25] 《民族與鄉土》，第 16 頁。

的深遠影響遍及文化各個層面，殆無疑義。十三年後的今日，我們願以心平氣和的態度，重新檢討此一文學運動的體質和功過。乃特在這深具回顧與前瞻意義的年度之初，製作了三天的《鄉土文學論戰回顧專輯》。分請當時實際參與該次論戰的作家、學者，葉石濤、黃春明、陳映真、蔡源煌、張大春、應鳳凰等執筆，希望借重他們深入的瞭解與研究，使重出土的『鄉土文學論戰』能成為刺激臺灣文壇往前邁進的良性酵素。」[26]參與這個專輯的作者，當時捲入論戰中心的只有陳映真、黃春明；葉石濤、應鳳凰處於論戰的邊緣地帶；而張大春、蔡源煌因年紀尚小還未趕上那次論戰，而當今又屬於後現代派作家，與前面四位作家，不屬於一個層次和流派。因此，他們各自表現了不同的觀點。陳映真認為：1970 年代臺灣鄉土文學的提起，是針對 1950 年代以降支配臺灣文壇二十年之久的、模仿的、舶來的現代主義文藝思潮的批判和反論。「他認為 1977 年的鄉土文學論戰不夠深入，理論發展不足，鄉土文學、民族文學、民眾文學缺乏理論定位，對現代派文學的分析批判理論也嫌貧弱。「由於政治上嚴苛的反共禁忌，爭論無法有系統地縱深發展，使鄉土文學論戰，現代主義批判無法發展成體系性的理論構成。理論的發展不足，對於其後臺灣文學迅速的商品化，和荒廢化，以及運動的不曾持續發展，起到主要的影響。」[27]葉石濤認為：「陳映真、王拓、尉天驄等作家只是努力要把以往 50 年代白色恐怖的時期的反共八股文學及 60 年代的西化的無根的放逐文學，從歧路上拉回傳統的寫實主義文學的路上來，反映這塊土地的人民真實的生活狀況而已……不幸昧於知悉海峽兩岸文學寫實主義發展歷史的一部分作家，卻指控鄉土文學有與『共匪』隔海唱和，提倡『工農兵文學』之嫌。由兩岸文學交流日漸頻繁的今天來看，這有些顯得荒謬而滑稽。」[28]陳映真和葉石濤雖然有過文壇爭論的記錄，但他們二人對鄉土文學論戰的看法，至今還是一致的。在他們眼裡，毫無疑問，鄉土文學論戰是迫害和反迫害、壓抑和反壓抑、進步的文學主張和荒謬的文學主張的尖

---

[26] 《中國時報》，1991 年 2 月 4 日。

[27] 《中國時報》，1991 年 1 月 6 日。

[28] 《中國時報》，1991 年 1 月 4 日。

銳鬥爭。在這一鬥爭中，鄉土文學作家是正義之師，而另一方卻是邪惡勢力的代表。但是在年輕一代的張大春、蔡源煌的眼中，卻是同一事物的另一種風景。蔡源煌在評價鄉土文學論戰時說：「如此一來，壁壘分明，筆仗已在所難免，加入論戰的人愈多，意見愈雜，雙方都說了好些有道理和無道理的話，而且往往只凸顯了情緒上的立場，理論基礎卻很薄弱，離題的言論也很多。情急之際，『三民主義的文學』這番大道理也讓『被告』的一方搬出來解危、辯護。連什麼『社會寫實』，『社會主義寫實』，兩者如何區辨，竟然成了一時的熱門話題，大夥兒不厭其煩地競相申論。」[29]而張大春說：「那場論戰並沒有使真理愈辯愈明，也沒有刺激爾後繼起的鄉土寫實作品突破前人的成就或格局，更沒有從體質上對箝制言論的咒籙造成一丁點兒撼動……依我看，『鄉土文學』四個字的匾是被『自己心裡明白』的兩面掛起來了，可兩面的眼力都聚不到匾上，便都急慌慌地誤以為對方是來摘匾的，爭吵之間，也無可質證，索性把匾砸了，然後互相埋怨對方是存心來砸匾的。一場論戰搞砸一塊招牌，真是不堪回首得很。」[30]顯然，未設身處地的年輕一代的蔡源煌、張大春，秉承的是中庸哲學，客觀敘述客觀評價，客觀結論，各打五十大板。在他們眼裡，時過十三年的一樁無意義的事的重新提起自身就是一種多餘。如若不是《中國時報》得罪不起，他們未必會參加這樣的「回顧」。像蔡、張的看法，可能具有相當的代表性，這不是因為鄉土文學論戰自身不具有深邃的歷史意義，而是由於時間的衝洗，事件自身印象淡化；而是由於時代的變遷，歷史的是非在現實生活中變得不那麼重要；而是由於時代注意力之轉移，敵對意識的淡漠和消解，人們不再用非對即錯的一元觀點看待問題；而是由於人際關係，人們犯不著去討好一方得罪另一方。但不管這些時代的因素如何變遷，觀念形態如何演變，鄉土文學論戰自身的意義和已經顯出的影響的事實本身，是不會變的。

---

[29] 《中國時報》，1991 年 1 月 4 日。
[30] 《中國時報》，1991 年 1 月 7 日。

第五節　80 年代臺灣「本土化」文學思潮辨析

　　進入 80 年代以後，臺灣出現了一股「本土化」文學思潮，或者稱之為「一島論」文學思潮。陳映真在〈四十年來的臺灣文學思潮〉文中說：「1979 年『美麗島事件』挫折以後，臺灣的文化人和知識份子受到很大衝擊。這種衝擊所得到的結論就是，不想當中國人，中國人最好不要管臺灣的事情，我們自己來搞。這是一種臺灣、臺灣人，臺灣政治觀點的興起，我個人在感情上是同情的，因為它背負著漫長的歷史遺留下來的很複雜的問題。但是理智上卻沒有辦法贊同……『一島論』認為臺灣文學就是臺灣文學，它的針對面是中國文學。過去鄉土文學的討論的針對面是西化的文學，現在的臺灣文學的論爭的針對性是中國文學，對西方文學根本不談。對西方文學的支配性等等統統不談。他們非常看不慣中國，一提到中國就討厭。這是很大的問題。」[31]在這一思潮的衝擊下，進入 80 年代以來，臺灣曾發生過「臺灣文學前途問題」的爭論；「臺灣意識」的爭論；「邊疆文學」的爭論；「統獨」問題和「非統非獨」問題的爭論等。但是應該看到鬧「本土化」的人，既不是多數也不是半數，而是少數具有分離主義傾向的人。他們一方面散佈分離主義言論，另一方面對堅持中國文學方向的臺灣知識份子大加攻擊，這是一股不健康的文學思潮。

　　臺灣文學「本土化」或「一島論」文學思潮最有代表性的文章大概是彭瑞金的〈臺灣文學應以本土化為首要課題〉和宋冬陽的〈現階段臺灣文學本土化的問題〉等。彭瑞金說：「臺灣文學的承傳確定我們是有詩有歌的民族，我們在這裡可以找到我們是個有自己文學的民族的自信。同時，按著歌聲尋去，我們又要發現，無論苦難多深，災禍多深，這樣的歌聲並不曾稍輟，也不曾變調，它是整個臺灣土地的聲音，我們有責任吟唱下去。」[32]宋冬陽說：「臺灣作家不必過分自卑，不要認為臺灣文學永遠是人家的『支流』或『末流』；但臺灣作家也不

---

[31] 〈四十年來臺灣的文藝思潮〉（《批評家》，1991 年 1 月）。
[32] 《文學界》，1982 年 4 月。

必過分自負，認為臺灣文學是優於世界任何一個地區的文學。臺灣作家需要的是自信，要做到這點，便是確認本身在開創臺灣前途的過程中所佔據的地位；同時也應放眼第三世界每一個國家——包括中國在內——的處境。」[33]彭、宋二文所涉及的主要問題有：

1. 關於臺灣文學的定義。按照一般情況，臺灣文學的定義彷彿十分簡單，即臺灣人寫的文學就叫臺灣文學。非臺灣作家寫的臺灣題材方面的作品，就不能算臺灣文學。比如近年來海峽兩岸交流日漸頻繁之後，大陸作家寫了許多兩岸骨肉親情的作品，也有一些大陸通俗作家通過想像，用虛構的方式描寫的高山族同胞生活的作品和描寫臺灣搶劫、走私等題材的作品。這些作品雖然是臺灣題材，但卻不是臺灣人寫的，恐怕不能算是臺灣文學。還有一些臺灣作家出國定居，成了外籍，他們寫的一些作品恐怕也不能算是臺灣文學。正像臺灣作家寫的外國題材的作品只能算中國文學而不能算外國文學。因此文學的屬性應該以作者的籍貫定位，而不能以作品的題材和作家的創作方法和創作傾向定位。關於臺灣鄉土文學的定義，葉石濤早在 1977 年 5 月發表於《夏潮》第 14 期的〈臺灣鄉土文學史導論〉一文中有過這樣的說法：「臺灣的鄉土文學應該是以『臺灣為中心』寫出來的作品，換言之，它應該是站在臺灣的立場上來透視整個世界的作品。盡管臺灣作家作品的題材是自由、毫無限制的，作家可以自由地寫出任何他們感興趣及喜歡的事物，但是他們應具有根深蒂固的『臺灣意識』，否則臺灣鄉土文學豈不成為某種『流亡文學』？」[34]請注意，葉石濤在這裡講的是臺灣的「鄉土文學」，而不是整個臺灣文學。而葉石濤的這一定義和對於這一定義的限制，到了彭瑞金〈臺灣文學應以本土化為首要課題〉一文中，不僅內涵被擴大，而且對象被改變，由「臺灣鄉土文學」變成了「臺灣文學」了。彭文說：「我們追溯到『臺灣文學』

---

[33]　《臺灣文藝》，1984 年 1 月。
[34]　《鄉土文學討論集》，第 72 頁。

這一稱呼的確立，作為在臺灣這塊地域上出現的文學的檢視網的重要性，不但可以刮清內聚力渙散的疑慮，也可以透過這個名分的確立建立一質分確定的檢視網，作為我們尋覓臺灣文學源頭，為長期潛藏中發展而顯得面孔不夠朗廓的臺灣文學理出明確的面目來。也可以作為對現代作品自我檢查的信條。只要在作品裡真誠地反映在臺灣這個地域上人民生活的歷史與現實，是植根於這塊土地的作品，我們便可以稱之為臺灣文學。因之有些作家並非出生於這塊地域上，或者是因故離開了這塊土地，但只要他們的作品裡和這塊土地建立存亡與共的共識，他的喜怒哀樂緊繫著這塊土地的震動弦律，我們便可將之納入『臺灣文學』的陣營；反之，有人生於斯，長於斯，在意識上並不認同這塊土地，並不關愛這裡的人民，自行隔絕於這塊土地人民的生息之外，即使臺灣文學具有最朗廓的胸懷，也包容不了他。有人把這樣的檢視網稱做臺灣文學本土化的特質，其實這只是一項特質而已，應該是臺灣文學建設的基石。」[35]文學是一種藝術，而藝術不同於歷史，不同於地方誌不同於特寫，不同於新聞報導。它是由最廣闊的題材、最豐富的表達方法，眾多的藝術領域，不拘一格的藝術風格，以及各種作家群落的作品彙聚而成的。有的作家崇尚寫實，奉行現實主義的創作方法，他們與人民與泥土打成一片，為土地而歌，為人民而呼。這樣的作品我們應當充分肯定，高度評價，比如許多臺灣鄉土文學的作品。但是，那些奉行超現實主義的創作方法，和土地和人民和現實結合得並不緊，甚至談不上結合，但它們反映了人們某種健康的意念和情緒，藝術上相當高超，給人以豐富的美感享受，文學不應當排斥，也排斥不了它們，比如30年代以楊熾昌為代表的臺灣「風車詩社」的作品，比如60年代臺灣許多現代派的優秀之作和詹冰的許多詩等。「本土化」是一種地區的概念，不是文學的歸宿和容器，因而用「本土化」來匡限，

---

[35] 《文學界》，1982年4月。

檢視、辨識和選擇文學作品，等於是用瓦罐來裝月亮和星星；
等於是用刀剪去剪裁陽光和氧氣，那分明不是一碼事，也是很
難辦到的。設若如此，除了鄉土文學作品外，臺灣其他大量的
文學作品都要被排斥在臺灣文學之外了，許多有才華的臺灣作
家將要無家可歸了。看來，實難行通。為一種文學下定義，應
該從文學自身的審美功能出發，在審美的前提下，考慮到文學
的認識和教育作用。就一個社會、一個地區的文學來說，任何
時候都不可能是一種風格，一個流派，一種創作傾向，一個創
作模式，一個作家群落，而是由多元構成的文學世界。即使在
主潮更迭的情況下，以一種文學為霸主，也有其他非主流，甚
或是逆流文學存在。人們可以用不同的眼光去審視、去分析、
去評價各種文學現象和作家作品，稱它們為主流、支流、逆流；
稱它們為好文學、次文學、劣文學；稱它們為革命文學、中間
派文學、反革命文學等等，但卻不能無視它們的存在，不能不
承認它們是本地區、本社會文學的一員。否則，那只能是一種
自我封閉和逃避，只能是一種盲人看世界，瞎子摸象。這種排
他主義和不承認主義是解決不了任何問題的。

2. 臺灣意識。臺灣意識在葉石濤的〈臺灣鄉土文學史導論〉一文
中，是作為臺灣鄉土文學的基礎，或者是必備條件提出的，但
是到了彭、宋二文中，卻又擴而大之，變成了整個臺灣文學的
基礎了。比如宋文說：「彭瑞金在這裡提出一個很重要的概念，
那就是『臺灣意識』。這點其實是申論葉石濤在〈臺灣鄉土文學
史導論〉一文提出的觀點，亦即惟有具備堅強臺灣意識的作家，
才能夠紮根於臺灣的社會現實，揭露社會內部的矛盾，而成為
臺灣民眾的代言人。彭瑞金主張應該以臺灣意識作為一個檢視
網，不僅用來考察近數十年來的臺灣文學運動，而且也用來檢
驗三百年來自荷鄭以降的所有臺灣文學作品。這種看法無疑是
在鄉土文學論戰中建立起來的；精確一點來說，要評價臺灣文
學的作品，應該是從它本身固有的歷史背景和本身立足的現實
環境出發，而不是站在臺灣島嶼以外的土地上來觀察臺灣文

學。」[36]意識是人們精神活動的總稱，與思維、內宇宙、精神等是同意語。在學科上屬於哲學、政治學和心理學的範疇。它更多的是指人們的政治傾向、階級意識而言。一個大國，包括許多地區、許多民族、許多語種區和許多不同的特殊經歷，因而不可避免地會在全國和全民族的意識下，出現許多地區意識、行業意識、行會意識、宗派意識、宗族意識等等，這是不足為奇的。像「臺灣意識」就是如此。這些所謂地域和集團情緒，只要不影響別人的生活，不影響國家、民族的利益，是可以存在和發展的，但是，有些地域和集團意識，妨害了別人的生活，對國家和民族產生了不利影響，民眾和國家的職能部門就會利用各種方式進行調適。這完全是政治和社會學範疇的東西，距離文學比較遠。但是，由於文學是一種精神產品，是屬於意識範疇，因而和思維、意識、心靈也有密切關係，它們常常是作品內容、主題、情感的體現，這是一方面。從另一方面講，文學是一種藝術，其自身的功能是審美。因而意識、思維、心靈又不能等同於文學。文學應該放在藝術的範疇，用藝術價值判斷去檢視。所以嚴格的說來，用意識作為文學的基礎，作為某個地區和某個歷史階段文學的「檢視網」，即考察此種文學的唯一標準，都有不倫不類之嫌。我們以為，考察某種文學還是用文學自身具有的雙重屬性，即：內容和形式，思想和藝術進行檢驗比較好。假如用一種地區意識、集團意識、行業意識來作為衡量文學的標準，一方面只抓住了文學兩種屬性中的一種，而漏掉了主要一方的藝術，另一方面，會導致文學自身的分裂和文壇糾紛的發生，產生不同流派、不同傾向、不同風格、不同群體作家之間的互相攻擊，互不承認的可悲情況的發生。因而「臺灣意識」作為臺灣鄉土文學或臺灣鄉土文學中的某一部分的文學內容要求，還是可以理解的，若是作為整個臺灣文學的基礎來規定，就不免失之偏頗了。如果把它作為臺灣文

---

[36] 《臺灣文藝》，1984 年 1 月。

學的「檢視網」，那就無疑是魚網扣大海，容器和容積太不相
稱了。

3. 關於臺灣意識與中國意識的關係。在宋冬陽的文章中，始終貫
穿著揚葉（葉石濤）抑陳（陳映真）的觀點，激烈地批判和攻
擊陳映真的大中國文學觀念。比如宋冬陽說：陳映真「凡提到
臺灣文學之處必然是以『在臺灣的中國文學』來概括。這個名
詞與其說是文學語言，倒不如說是政治語言。在他的思想模式
中，『臺灣意識』既然是屬於『中國意識』之下，那麼，臺灣文
學也就無可避免是中國文學的一個支流了。」宋冬陽還將陳映真
的文學觀與葉石濤的文學觀進行了比較，他寫道：「葉石濤的文
學理論內容，是把過去三百年來的臺灣社會當做一個獨立的，
被迫害的殖民地社會來看，陳映真則把歷史視野放在近百年的
中國，然後把臺灣社會置於中國社會的脈絡裡。出發點既然不
同，雙方所引申出來的理論自然就參差不齊了。」[37]說實在話，
陳映真關於大中國文學的理論，關於臺灣文學是中國文學一支
流的觀點，只不過是繼承和重申了許許多多臺灣文學的創始
者，老前輩、權威作家、理論家的理論和觀點。臺灣新文學運
動的急先鋒，臺灣新文學理論批評的創始者，奠基者張我軍於
1924 年 12 月 15 日撰寫，發表於《臺灣民報》1925 年 1 月的臺
灣新文學理論的奠基之作〈請合力拆下這座敗草叢中的破舊殿
堂〉一文，開篇即說：「臺灣文學乃中國文學的一支流，本流發
生了什麼影響、變遷，則支流也自然而然的隨之而影響、變遷，
這是必然的道理。」宋冬陽一再表揚的葉石濤，也在他的〈臺
灣鄉土文學史導論〉中說：「臺灣獨特的鄉土風格並非有別於漢
民族文化的，足以獨樹一幟的文化，它乃、屬於漢民族文化的
一支流。縱令在體制、藝術上表現出來濃厚、強烈的鄉土風格，
但它仍然是跟漢民族文化割裂不開的。臺灣一直是漢民族文化
圈子內不可缺少的一環，因為臺灣從未創造出獨特的語言和文

---

[37] 〈現階段臺灣文學本土化的問題〉（《臺灣文藝》1984 年 1 月）。

字。」[38]臺灣文學史家、《臺灣新文學運動簡史》的作者陳少廷
也在該書中寫道:「臺灣新文學運動是直接受到祖國五四新文化
運動的影響而發生的,它始終追求五四以後的新文學之傾向,
可以說是發源於中國新文學運動的一支流。」[39]由此可見,大中
國文學的理論和臺灣文學是中國文學一支流的觀點,實非陳映
真的版權,而是臺灣眾多文壇元老的訓示和教導。但宋冬陽為
什麼單單咬住陳映真攻擊呢?宋冬陽的所謂:「在他們的觀念
裡,並非是『以中國為中心』的,他們的中心其實是他們立足
的土地。所謂『以中國為中心』的想法,只不過是知識份子自
我纏繞的一個情結。」和「本土作家把胸襟敞開,並不等於要
把臺灣文學視為中國、亞洲或世界文學的一個支流。」[40]既是違
背歷史事實的,也是強加於前人和歷史的。葉石濤從臺灣文學
的個性出發談臺灣文學,陳映真從臺灣文學與中國文學的共性
出發談臺灣文學,各人的角度不同,談論的問題不同,自然各
有側重。在葉石濤的觀念中並沒有排斥陳映真關於臺灣意識是
中國意識一部分的說法,相反地在上引葉石濤的一段話中明白
地包含了這樣的內容。本人在拙文〈略論臺灣文學研究中的十
個問題〉中說「雖然葉石濤側重強調臺灣文學的『自主性』,陳
映真側重強調臺灣文學與大陸文學的統一性,一個強調個性,
一個強調共性。但他們都是在臺灣文學是中國文學的一部分的
大格局下,各自發揮自己的觀點的。不過,無需諱言,在某些
分離主義傾向抬頭,極少數『臺獨』分子叫叫嚷嚷的時候,強
調臺灣文學與大陸文學的共性,比強調臺灣文學的個性,對維
護民族團結和祖國統一更為有利。而且『臺灣意識』一詞,極
易被『臺獨』分子所利用。從政治和文學的關係看,『臺灣意識』、
『本土性』、『自主性』等,都是政治術語,極易混淆政治和文
學的界限。所以研究大陸文學與臺灣文學的關係時,還是使用

---

[38] 《鄉土文學論集》,第 71 頁。
[39] 《臺灣新文學運動簡史》,第 162 頁。
[40] 《臺灣文藝》,1984 年 1 月。

共性、個性等術語比較好。」該文在論述「臺灣意識」與「中
國意識」的關係時說:「因此我們認為,正像陳映真所說,無所謂
『臺灣意識』,臺灣意識就是中國意識的一部分。就像文學中的一
個品種;小說,不應與文學並列一樣,中國一部分的臺灣,也不
應與中國並列。」[41]

4. 所謂「中華民族主義的壓迫」。在宋冬陽的文章裡,聳人聽聞地
說:「這些作家與知識份子所以受到侮辱,難道是帝國主義帶來
的嗎?事實證明,這些被欺凌、踐踏、損害以至被迫走向死亡
的知識份子(指大陸文革時知識份子的處境),全然是遭到『中
華民族主義』的壓迫。這原是殘酷的歷史的嘲諷,當他們含淚
高舉『中華民族主義』的旗幟時,他們內心必然感到神聖而不
可侵犯;很不幸的,他們的悲劇結局,竟然也是仆倒在『中華
民族主義』的旗幟下。」[42]宋冬陽不瞭解大陸,竟然也拿大陸的
事信口開河,胡亂為其觀點作據。人人皆知「文革」中對知識
份子的迫害,是林彪、「四人幫」和那些別有用心的民族敗類所
為,和「中華民族主義」不但沾不上邊,而且肇事者就是中華
民族的敵人和罪人。假如宋冬陽這種說法成立,那麼中國歷史
上著名的屈原、司馬遷之遭殘害而死;李白、杜甫晚景淒涼,
潦倒而亡,皆是中華民族之罪了。而臺灣「二‧二八」事件和
1979 年底的「高雄事件」中的罪過,也全都是臺灣之罪了。政
權和民族,執政者和人民是兩碼事,有時是一致的,有時是對
立的;有時政權的德政可以載入民族史冊,彪炳萬世;有時當
政者的醜行,恰巧成為歷史的垃圾,供千秋唾罵。再愚蠢的人也
不會把秦始皇的焚書坑儒當作中華民族的罪過;再無恥的潑賴也
不會把迫害屈原的罪過記在整個中國人的帳上。「文革」中的壞事
怎麼能與「中華民族主義」發生聯繫呢?宋冬陽想拿此作為罪證
來為中華民族抹黑,為其分離主義觀點服務,也太不高明了。

---

[41] 《文學評論》,1990 年 5 期。
[42] 《臺灣文藝》,1984 年 1 月。

的確，正像陳映真所說，「本土化」或「一島論」文藝思潮，有其非常複雜的歷史、社會背景，我們不能因此就敵視持這種錯誤觀點的人，他們的身世和遭遇的確有值得同情的一面，他們所進行的反獨裁，反專制主義的鬥爭，甚至不無積極意義，但是不能因自己受到委屈，對某個政權、對某種傾向不滿就連自己的國家，自己的民族也不相認了，連自己先人的遺訓也要推翻了，就可以信口開河了。這樣做就喪失了理智和原則，就從正面走向了反面。他們最終將被歷史唾棄，這是一條十分危險的路。我們希望他們迷途知返，亡羊補牢猶為未晚。

第六節　臺灣的美學理論研究概況

臺灣的文藝美學理論研究，從 60 年代開始，逐漸興盛起來。到目前為止，臺灣已出版的美學著作已相當可觀，比如：王夢鷗的《文藝美學》、姚一葦的《藝術的奧秘》、趙天儀的《美學引論》、黃永武的《詩與美》、田曼詩的《美學》、李安宅的《美學》，劉文潭的《現代美學》、何懷碩的《苦澀的美感》、龔鵬程的《文學與美學》等。有些學者雖然沒有出版美學專著，但他們在關於美學的論文中提出的許多關於美學的系統見解，也把他們推進了美學家的行列。臺灣比較有成就的文藝美學家主要有：王夢鷗、虞君質、姚一葦、葉維廉、田曼詩、高友工、趙天儀、黃永武、龔鵬程、劉文潭等。虞君質於 1963 年 10 月出版了關於繪畫藝術和美學理論的專著《藝術概論》，從藝術的原理論述到藝術的定義、素材、形式、內容、思想、情感、想像、創作、鑒賞和批評，並評論了中外許多藝術家的作品。作者以程顥的「道通天地有形外，思入風雲變態中」的詩句作為自由暢達的美學理想，對中西藝術和人文精神進行了探討。王夢鷗的《文藝美學》，主要探討文學美學的內涵和原理。作者提出了著名的文學美學三原理，即：適性論──合目的性原理；意境論──假像原理；神遊論──移感與距離原理。論述了文學美的主客觀關係。美感精神作用的分類和美感經驗過程的心理活動等。王夢鷗在該著中明確地提出了「文學是表現美的工作」。「是為

表現而設;而表現則又為美的目的所有。倘把文字、表現、美,當作文學的二大要素,則美之要素又統攝其餘二者。有文字表現而無美,不得成為文學,美而不用文字表現,亦不得稱為文學。」王夢鷗把美作為文學的基礎和中心環節,即沒有美便沒有文學。這一理論不僅把文學提高到美的高度,而且限制在美的高度,要求文學真正成為美的工具和美的藝術。

姚一葦在臺灣美學領域處於領先地位,他的兩部美學專著構成了他的美學體系。他在《藝術的奧秘》一書中,論述了藝術美之本質和內涵;論述了作為藝術家的品質與藝術的關係;論述了藝術的各個環節:鑒賞、想像、嚴肅、意志、模擬、象徵、對比、完整、和諧、風格、境界、批評等的內容和互相關係。在〈境界論〉中,一一地闡述和論證了王國維關於藝術境界的六條原理,即:境界之有無;造境與寫境;有我與無我;境界之大小;境界之隔與不隔;境界之高低。這六條原理,實際上成了姚一葦美學理論的基本內涵。有了這六條,就有了藝術鑒賞和批評之準則;有了這六條,就有了和諧和隔與不隔之標誌;有了這六條,就有了完整,高下對比之依據。在《美的範疇》一書中,姚氏發展和引申了《藝術的奧秘》中關於「美的範疇」,把原來的由崇高到秀美,由悲壯到滑稽,增加和昇華到「論秀美」、「論崇高」、「論悲壯」、「論滑稽」、「論怪誕」、「論抽象」之「六論」和緒論:「美的基準和非美的基準」。《美的範疇》是《藝術的奧秘》中部分內容的完善和發展。不僅「美的範疇」姚氏在《藝術的奧秘》中已有論述,就是「美的基準和非美的基準」,姚氏在《藝術的奧秘》中也已提出。比如在〈境界論〉一章中他寫道:「悲壯所引起的感情不是單純的。而是複雜的混合;不只是『美的基準』,而是更容含了『非美的基準』」,「在吾人的概念中,悲壯不屬於崇高,蓋崇高係屬於美的基準之內的單純的美感,而悲壯則係美的基準之外的複雜的美感。其差別處在此。」這兩部專著共同表現了姚一葦美學的理論完整架構。

葉維廉「力陳在文學世界中由抽象思維系統而回到『具體的存在現象』的重要,因而走向中國幾百年來所推崇的無我所追求的『溶入渾然不分的自然現象』之美感意識的闡揚。」葉維廉在〈從比較的方

法論中國詩的視境〉一文中說：「只有把自己忘去，化入萬象萬物，始可以得天機，始可以和自然合一，始可以使物象的本樣具現。」[43]葉維廉的美學追求是中國古代的「物我兩忘」和「天人合一」，是自然的合諧之美。是「具體經驗的美學」。他說「中國詩呈露的是具體經驗。何謂『具體經驗』？『具體經驗』就是未受知性的干擾的經驗。所謂知識，如上面先後指出的，就是語言中理性化的原素。使具體的事物變為抽象的概念的思維程序。要全然地觸及具體事物的本身，要回到具體經驗，首要的，必須排除一切知性干擾的痕跡。」[44]

　　田曼詩的《美學》一書，是作為大學之美學教科書面世的。該著共分五章，加上前言和結語，可算是七章。前三章是從「形而上之方法」，「心理學之方法」以及「社會學之方法」論述西方的美學流派和他們的理論。第五章以後是論述中國美學思想與西方美學思想的對比和當代的美學美育問題。田曼詩認為，美學之所以是一門科學，是一門探討美的學說之科學，是因為：「它不僅僅是探討美之範疇的本體論，同時也是探討美之目的和作用的方法論。……美雖然是一個令人嚮往而引人入勝的題目，但美學卻不是一個隨意編，任意發揮的學說。它必須有其學術發展之體系，以及其研究的方法。」[45]作者論述中國美學的淵源時認為，中國美學的起源，在周易裡已經萌生。「太極」就是美的源頭、美的靈魂：「美在太極境界，是複雜的單純，隱秘的開朗，深奧的淺顯，玄遠的明近，排斥的吸引，對立的統一，萬殊的同體，消滅的生存。」[46]作者認為，周易是「我們哲學的哲學」。「它所含蘊的美學精神，本身有極樞能量，在美學進展中，更屬於中流砥柱。」作者認為，中華美學有三個層次，即「神秘美、自然美、人工美。」周易中天、地、人三才，乃太極之變，亦美的三律，其程序為：

---

[43] 《中國現代文學批評選》，第 340 頁。
[44] 《中國現代文學批評選》，第 337 頁。
[45] 《美學》，第 3 頁。
[46] 《美學》，第 219 頁。

　　天－陰與陽－神秘美

　　地－柔與剛－自然美

　　人－仁與義－人工美

　　用列子的氣、形、質三個放射線來解說它在美的哲學中的太初、太始、太素三個光源，與中華美學的神秘、自然、人工三層面相嵌合。其關係是：

　　氣－神秘美－初

　　質－自然美－素

　　形－人工美－始

　　田曼詩認為，中華美學之產生和發展的軌跡為：「孕育於神秘美和自然美，成之於心智性靈的琢磨。在天人合一的美學哲學中，幾千年來的發展，全靠人的主觀安排。人工美層出不窮的變化，連天然美的標準也由人作揣測、模擬和界定。於是中華美學在實用上，天和人的境界，經匠心獨運的形式後，所謂物之華，天之寶，不再是天造地設，幾乎是人工美了。」[47]田曼詩用中國古代的哲學思想來論證美學原理，又用美學原理來挖掘中國古代美學之寶藏，而且基本能言之有理，這是對美學的一種貢獻。

　　高友工的《文學研究的美學問題》等論著，直接把美學的原理運用於文學研究，提出了獨創的「抒情過程」和「描述過程」的區別，及各種不同文化所形成的「抒情過程」和「描述過程」的不同側重。進而研究中國文化理想形成的「抒情言態傳統」。「全文由美感經驗出發，而緊扣文學的心理與語言的現象，是難得的體系嚴密，分析精微的理論著作。它對文學批評的本身的美學闡釋，確能令人耳目一新，發人深省。」

　　劉文潭的《現代美學》，是美學理論方面的力作。它是具有系統性的著作，包括三個方面：(1)涉及藝術家的創作活動的創作論，即創作

形上學。(2)藝術品，即作品本體論（質－形－意三位一體）。(3)非藝術家的大眾對前二者的感應，即藝術欣賞與批評。他認為藝術品乃是藝術價值和作家理想的體現。他說：「藝術家創作他的作品，他不是在於記錄或描寫純粹客觀的事實，而是在於表現那些認為值得他表現的事物。這即是說藝術品乃是藝術家所作之價值的肯定，或為藝術家所懷之理想之投影。」

　　臺灣的美學研究分為二種傾向。一種是純美學研究，即研究美學自身的特徵、內涵和演變。一種是藝術美學，是從繪畫諸角度，探索美學的各種表現。三是文學美學，是直接從文學創作和文學批評探討文學中的美學表現。

第七章　臺灣當代新文學理論家

　　這一章敘述的對像是對臺灣新文學理論有較突出建樹的文學理論家的代表人物。因而不包括那些專門研究中國古典文學理論和專攻外國文學理論的學者。那些雖然研究的是外國的文學理論，但能將此種理論運用於臺灣文學實踐的，我們仍然將他納入這個範疇。對於那些在文體理論批評方面有較突出的建樹的，比如小說、詩歌、散文、電影戲劇等，我們將把他們放在各文體理論批評的篇章中去敘述。我們對文學理論家的敘述，採取一視同仁的原則，不分流派、門閥，不分寫實、非寫實，不分鄉土和現代，只要他們對臺灣文學理論發展有過較突出的貢獻，我們又有條件敘述的，我們將不會有意地拒絕和排斥任何人。然而，由於我們自己的觀念所系，評論各位理論家時，肯定會有褒貶和輕重之分。這一點雖然是一家之言，一人之觀，一孔之見，但也是本著的生命和靈魂所在。我想這也是不容回避和隱晦的。

第一節　他們支撐起臺灣文學理論批評的大廈

　　臺灣文學理論批評領域，是一個藏龍臥虎之地，有創建、有貢獻、有成就的理論批評家很多，即使專門寫一部專著，也未必能夠全容盡納，因而此章中只能選取其中的一部分人進行論述。為了表示對他們在文學理論批評方面貢獻的認知，除列入專節論述之外，這一節中將對一些主要文學理論批評家的主要成就和觀點，作簡要的敘述。

一、探索中國新文學傳統在臺灣文學中表現活力的——夏志清

　　夏志清和夏濟安是文學理論批評界的雙璧，作為弟弟的夏志清，在文學理論批評的著述上更為突出，他的主要論著有《中國現代小說

史》、《中國古典小說》、《愛情、社會小說》、《新文學的傳統》等。夏志清雖然熟讀西方文學，但他卻一直堅持中國的民族傳統，對那些崇洋媚外者十分鄙視，認為那是一種民族「自卑感」作祟。他說：「我們的作家當然要保持民族精神（原注：哪一種風格才算民族風格很難說），但如專為討好外國讀者，或博取國際聲譽，把中國的情形寫成『新鮮的異國情調』，實在可說是作家人格的喪失。事實上，有些旅美作家，用英文寫此『異國情調』的小說，雖然碰機會可以名利雙收，但到頭總是自己吃虧。」「我國作品的優劣，要洋人鑒定後才肯信得過，這種心理實在是真正『自卑感』的症候。」[1]夏志清認為中國的文學傳統，就是「入世」的儒家思想，就是正視現實和人生。他寫道：「我們認為中國文學的傳統應該一直是入世的，關注人生現實的，富有儒家仁愛精神的，則我們可以說這個傳統進入 20 世紀後才真正發揚光大，走上了一條康莊大道。」他又寫道：「大體說來，中國現代文學是揭露黑暗，諷刺社會，維護人的尊嚴的人道主義文學。」[2]隨著人生閱歷的加深和讀書範圍的擴大，夏志清越來越向中國五四以來的新文學傳統靠攏和認同。他說：「中國新舊文學讀得愈多，我自己也愈向『文學革命』以來的這個中國現代文學傳統認同。比起宗教意識愈來愈薄的當代西方文學來我國反對迷信，強調理性的新文學，倒可說是得風氣之先。富於人道精神，肯為老百姓說話而絕不向黑暗勢力妥協的新文學作家，他們的作品算不上偉大，他們的努力實在是值得我們尊敬的。」[3]夏志清用自己的文學理論，評論了許多當代臺灣作家的創作，比如陳若曦等。他評論臺灣作家作品的目的，是為了探索中國新文學傳統在臺灣文學中的表現。〈臺灣小說裡的兩個世界〉原是劉紹銘主編《臺灣短篇小說選》（1960-1970）英文本的〈導言〉，該文簡要地討論了 60 年代十一位（黃春明、林懷民、白先勇、王文興、於梨華、陳映真、王禎和、七等生、楊青矗、張系國）小說家的作品，主要藉以顯示『新文

---

[1]　《新文學傳統》，第 22-23 頁。

[2]　《新文學傳統》，第 44-45 頁。

[3]　《新文學傳統》，第 47 頁。

學傳統』在臺灣所表現的活力。」[4]從上述引證可以看出,夏志清文學觀的核心,是五四以來中國新文學主流的現實主義。

但夏志清在評論具體作家和作品時,有時觀點過於偏頗,比如他的《中國現代小說史》中許多地方都值得商榷。

二、把文學的始與終都歸結為愛的──王集叢

王集叢,是臺灣的三民主義文學理論家,文學理論批評著述之豐,在臺灣文學理論批評家中名列前茅。他的《文學新論》曾獲 1966 年「中山文藝理論獎」、該著是國民黨逃臺後的第一部系統性的文學理論專著。共分 12 章,即:方法論、起源論、發展論、功能論、價值論、關係論、創作論、批評論等。王集叢這部文藝理論專著,從文藝的發生、發展、創作方法及其本質特徵和作品的研究評論,進行了全面系統的論述。他的主要文藝觀還是三民主義的文藝觀。他認為,文藝的最大目的就是「發揚人性,消除獸性」。人是有道德有人格的,是為善的。在人的道德和善行中,最基本的是愛。而所謂愛:「其最高的境界是仁,是博愛。」王集叢認為,文學是人學,所以文學應該是人生的反映。他說:「所謂文藝。就是作為萬物之靈的人類生活的產物。或者說是人生的反映。雖然文藝創作離不開人的衣食住行的物質生活,其描寫的對象,往往也是自然和人間的物質,但是物質與精神,二者本合為一,文藝中的物質並非獨立的存在,它可說是精神創造的。」這裡王集叢陷入了主觀唯心主義框限,即「世界即我,我即世界」。王集叢基於文學是愛、是博愛的基本觀點,把愛視為文學的原動力和靈魂。在他看來,沒有愛就沒有文學的一切。他認為愛是文學的原始創造力,「沒有愛就沒有情感,沒有情感就沒有思想,沒有思想就沒有想像力,沒有想像力就沒有美的追求和創造,沒有美的追求和創造,就沒有人生,沒有人生就沒有歷史,沒有歷史就沒有人的價值……」在這一系列一環扣一環的因果鏈中,愛是因果鏈的頭和尾,愛是發端,愛是終結。也就是把人的意識形態的諸種表現方式之一的愛,與人類的思想、情

---

[4] 《新文學傳統》自序,第 3 頁。

感、創造、歷史、價值中間劃了一條等號；也就是說愛成了人類有史以來的一切。這實際上又循環到了博愛，又歸入了「我即一切，一切即我」的框限之中。按照這種說法人類的全部歷史就是一條無限美妙的愛的長河；就是愛的花朵鋪成的無比燦爛溫馨的世界。那麼，日本侵略中國，美國侵略朝鮮、越南等都是愛了。如此抽去愛的具體內容，抽掉愛的階級實質，所謂愛實際上就變成了美帝國主義手上的橄欖枝，日本帝國主義口頭上的「大東亞共榮圈」了。王集叢在這部著作中還特別強調了文藝的真、善、美問題。他認為，文藝要善，傳達善良的感情和思想，就是要增進人的道德、人格的感情和思想。文藝還要真要美，把所寫的生活寫得真切美妙，通過此真切美妙的描寫而對人生起著善的影響。王集叢這部專著雖然許多觀點值得商榷，但比起那些赤裸裸反共叫喊的所謂文藝論著，它更貼近了文藝自身，它是一種比較認真的文藝理論研究，是臺灣文藝理論界此時此地的一部重要論著，有些論述對人們不無啟迪作用。

三、認為文學自有提升人類精神表現複雜人性的——柯慶明

　　柯慶明是臺灣的一位重要文學理論批評家，他的理論專著有《文學美綜論》和《現代中國文學批評述論》，前著側重於文學一般理論的論述，後著側重於文學批評的解剖。《現代中國文學批評述論》共分三輯十二節，雖然是專著，卻又帶有論文集的性質。第一輯內，現代中國文學批評述論，比較系統地論述了中國現代文學批評的發生、發展和基本內涵。值得注意的是作者把關於文學史，文學批評史的寫作放在了比較突出的地位。這一輯中更為引人注目的是作者聯繫臺灣文壇實踐，對臺灣有影響的理論批評家逐個地介紹了他們的主要理論觀點。被介紹的理論批評家有：陳世驤、王夢鷗、夏志清、姚一葦、顏元叔、葉維廉、侯健、楊牧。這個名單雖然已經具有相當的代表性，但熟悉臺灣文學理論界的人一看便明白，這個名單不無遺珠之憾。第二輯：中國文學批評的兩種傾向。這一輯中，作者的筆伸入到中國近代文學領域，對梁啟超，王國維的文學批評傾向進行了深入論述。作者之所以論述梁啟超和王國維，目的在於「從梁啟超與王國維的文學

批評——試論中國文學批評的兩種典範。」作者在分析了梁啟超和王國維的文學理論批評特點，並作了互相對比之後認為，「由於文學正是一種位居哲學、歷史、藝術的三角地帶的中央，因此作為一種材料，它是容許成為多種不同知識的對象的。因而，基於不同的知識立場，經由不同的程序，我們往往就會形成種種不同類型與典範的批評。由於文學所處地位的開放性，或許我們也可以容許文學批評在此一開放空間，『肆行無礙憑來去』。但是自己所從事的這種批評的從何處來，往何處去，卻是必須有所自覺的。至少在面對『道不同』之際，雖然未必『不相為謀』，但知道彼此『謀』些什麼，然後在意圖『相為謀』之際，設法去尋找一個溝通的可能起點，總是重要的。」[5]第三輯是短論與講演。這一輯看來像是附錄，但實際是這部專著的有機部分。因為其內容是論證文學的基本功能，文學的欣賞和文學的時代使命。柯慶明認為文學的功用在於提升人類精神，反映複雜人生，而不在於反映社會現實。他寫道：「文學自有其提升人類精神，表現複雜人性，觀照人生的諸般可能的遠大功用與獨立價值。但若一定要勉強文學去擔負起反映社會現實的任務，恐怕就算它不是『偽證』，大約也無法保證它是一種強而有力的證據，一種清楚而全面的關照，一種明白而確切地表達。」[6]文學的功能雖然不能局限於反映社會現實，但柯慶明把文學反映現實視為一種「偽證」，恐怕也是對文學功能的一種主觀限制，也未必就符合文學自身的情況。而且，社會是人生的劇場和舞臺，如果絕對禁止描寫舞臺，舞臺上的角色又在哪裡活動呢？將人生和社會斷然割絕，等於是只要星星不要天空，只要江河不要大地。在談到文學的目的和功能時，柯慶明在《文學美綜論》一書中寫道：「文學的直接目的在呈現我們的生命目的。因為語言作為一種符號系統的實質，它所代表的正是我們的意識，也就是意義化了的感知。當我們將經驗或感受加以言語化，我們正是將我們的感知意義化，而使它轉化為一種明顯的意義，就在這一點上，文學顯示了它的迥異於其他藝術的特質；

5　《現代中國文學批評述論》，第 274 頁。
6　《現代中國文學批評述論》，第 281 頁。

當某些其他藝術，可以就它所觸及的感覺領域去追尋該領域中的純粹美感形式時，文學卻沒有這種獨具的感覺領域，但是其他的藝術只能反映或表現生命感受之際，文學卻可以將這種生命感受意識化，使它具有意義的體認而成為一種生命意識的顯露。」人們的意識和社會現實是不可能斷然分開的，不但不可能斷然分開，而且是必然相連的。因為世界上沒有任何一個人可以離開社會現實而生活在真空中，沒有任何一個人能夠拒絕社會現實的影響，產生出完全不沾社會塵埃的意識。那麼「意義化的感知」和「生命感受意義化」實際上就是將人的認識思想化、精神化，說到底是離不開社會現實的。因而，夢想文學脫離社會現實，是不可能的。

四、視崇高的理想是文學的靈魂的——何懷碩

在臺灣的文學理論批評家中，何懷碩是從藝術契入文學的，他是架在繪畫和文學之間的一座橋；是溝通兩種藝術的靈犀。何懷碩的主要理論批評論著有《苦澀的美感》、《藝術、文學、人生》和《風格的誕生》等。何懷碩是一位既具有豐富的實踐經驗，又具有深刻理論見地的文藝理論批評家，在文藝理論的開掘中既有宏觀的理論概述，又有微觀的理論創造。他認為藝術的創造是以人生的崇高理想為靈魂的，一個人如果沒有人生的理想，就創造不了優秀的藝術。他說：「我以為一個畫家與詩人、文學家、學者一樣，有他自己的方向，有他自己的道路。他不斷往他們嚮往的目標一步步往上走，以達到最充實、最成熟、最卓越的峰頂為至上，藝術不是變戲法，更不是廣告與時裝。沒有崇高的理想與堅定的目標，而不斷『變』，只是商業性藝品的噱頭，以新聞性的怪異來引起大家的注意，譁眾取寵。現代主義的藝術只是西方大都會畸形的文化。我們頗有不少模仿西方現代主義噱頭的畫家，那只是自欺欺人。」[7]在談到文藝傳統和借鑒的關係時，他認為，既不能拘泥於傳統，又不能拒絕吸收，但必須防止西化。他說：「既要發展傳統，又要掙脫傳統的枷鎖；既要借鑒西方，又要批判西方現代

---

[7]　《風格的誕生》，第 62 頁。

主義。開拓新路者自無可『追隨』；不甘追隨自須尋索、憧憬。對於當代中國人來說，堅持民族藝術的本質，實在是一種艱苦卓絕的理想主義。」[8]在批判西方的頹廢沒落的現代藝術方面，何懷碩尖銳、犀利、一針見血。他說：西方現代主義是「極端個人主義無意識的嘶叫與嘔吐」，是「現代心靈的污染。」他稱這種藝術為「文明的雜耍」和「癡狂者的自瀆。」他主張從中國的藝術傳統出發，借鑒外來藝術的精華，建設中國民族現代的藝術。他說：「這個方向，簡單地說，從中國藝術傳統出發，堅持中國文化的人文主義精神，借鑒西方藝術，批判地吸收，以建設現代中國藝術。這個方向與中國文化現代化的大方向一致；中國藝術家不能自外於這個歷史使命。」他還說：「我認為真正具有世界性的藝術，絕不誕生在民族藝術貧乏頹萎的地方，而必是誕生在民族藝術繁榮茁壯的土地上。」[9]除了關於文學藝術的一般理論論述外，何懷碩在許多文藝的部門理論和創作理論方面的論述，也是非常精到的。比如對於「典型」的論述，他就以辯證的觀點，把藝術的普遍性和藝術的特殊性溶入典型的創造之中。他認為藝術典型必須是具有普遍意義的，是含納和包容許多生活內容的。因此普遍性是理性的觀念。而藝術典型又必須是特殊的，是具體事物的感性創造。他寫道：「普遍性在於分析，領悟而成理性的觀念；特殊性在於觀察、感受而為感性的經驗。前者是抽象的，後者是具體的；前者是客觀的，後者是主觀的。故創造性正表現於作家對物象特殊性的捕捉是否敏銳，同時也表現作者對特殊性的感受是否具體而豐富。」[10]再如關於風格的論述也頗給人啟示。他認為風格是類比的結果，是一種建立在普遍性基礎上的特殊性，因而它包含著時代、民族和個人的三種因素。他寫道：「很明顯的，風格是兩個以上的不同種類比較的結果。只有一人存在，則無風格的概念產生。有兩個以上的不同，才產生風格的概念。風格就是藝術創造的獨特的、完整的、自成體系的體式的總稱。一個藝術家追求風格，就是追求自我完成，追求個人獨特性從時空交匯中顯突出來

[8]　《人生、文學、藝術》，第28頁。
[9]　《人生、文學、藝術》序，第9頁。
[10]　《人生、文學、藝術》，第9頁。

的努力。風格的本質是特殊性，但風格是建立在普遍性的基礎上面（如美的原理、藝術價值的客觀標準、藝術史的成就）。若只有特殊怪異的性質，離開了普遍性的基礎（比如有人以牛糞為對象，企圖以怪異來建立『特殊性』，以求『創造風格』），則是撲空，因為這是對藝術風格的無知。風格包含三個構成要素，一是時代性，一是地方性（或民族性，因為民族性常常是從同住一起的一群人所共有的血緣，語言、歷史等共通性中產生出來的。還有就是個人性。」[11]何懷碩的文藝理論既深刻又鮮明。既不保守又堅持中國的民族風格和傳統，它是在充分對比了東西方文藝現實後的一種選擇；它是民族愛國情感的一種理論體現；它是一種深邃的理論思考。何懷碩跨越文學藝術兩種理論疆界，對許多問題觀察得比較清晰。

五、貫通中西文學理論的──周伯乃

　　周伯乃是臺灣文學研究界的資深學者。他的研究面相當廣闊，從下面的書單中可以透露出他在文學研究方面的深廣程度。他出版的文學理論批評論著很多。比如：《二十世紀的文藝思潮》、《中國新詩之回顧》、《古典與現代》、《早期新詩批評》、《存在主義與現代文學》、《現代小說之研究》、《現代小說論》、《現代文藝論評》、《近代西方文藝思潮》、《現代詩的欣賞》（一、二）《創造幻想的人》、《論現實主義》、《孤寂的一代》等。周伯乃是引進西方文學最得力的一位學者，也是臺灣對西方文學研究最深，最廣、最系統的人。他的《二十世紀文藝思潮》、《論現實主義》、《存在主義與現代文學》、《孤寂的一代》等，全是研究西方文學的專著和專論。在《孤寂的一代》、《近代西方文藝思潮》、《現代小說論》中，周伯乃「著重於當代西方的文藝新潮與作家思想淵源的發展，以及有關代表作品的評價。」這部書是他在臺灣《文壇》月刊上連載文章的合集，評價了這樣一些有代表性的西方作家。他們是：卡繆、薩特、貝克特、艾略特、薩赫斯、吳爾芙夫人、卡夫卡、湯姆斯等。在《現代小說論》中，周伯乃著眼點主要放在現代小說創

---

[11] 《人生、文學、藝術》，第48-49頁。

作的背景和形成他們作品中象徵、意象符號、無意識、精神分析和反故事、反情節、反結構等創作傾向和方法的原因和狀況。在《二十世紀的文藝思潮》一書中，周伯乃分別介紹了西方現代派各支派的特徵、作家和作品。比如惡魔派、立體派、未來派、表現派、達達派、超現實主義和意象主義。周伯乃在臺灣老一代的文藝理論批評家中是比較「開放」的，他不但沒有把西方文藝思潮看作惡魔，而且給予了相當肯定的評價。在談到佛洛伊德學說對臺灣 60 年代新文學批評的影響時他寫道：「當時許多文學批評方法，都是引用了他的學說，使我國新一代的文學批評開拓了更為遼闊的視境。」[12]當存在主義哲學在臺灣遭到批評時，周伯乃寫道：「如果說超現實主義文學是技巧的表現，存在主義哲學應該是哲學思想的導向。有人認為存在主義哲學是戰後情緒——消極、頹廢、苦悶、傷感、懷疑、悲觀、絕望、迷失——之表現。甚至有人更惡毒的指責，以為西方的嬉皮乃是存在主義衍生而來的行為，這是對存在主義的最大誤解。」[13]顯然，從周伯乃為存在主義打抱不平的態度看，他與其他堅持中國文學傳統的文學理論批評家的觀點是大相徑庭的。比如在對待存在主義哲學的態度上，他與尹雪曼的觀點就大不一樣。他對西方文藝思潮一些消極頹廢現象雖然也有某些批評，但他對西方文藝思潮基本上是持肯定態度的。

第二節 暴風雨中高擎現實主義文學大旗的尉天驄

尉天驄是臺灣現實主義文學的一面旗幟。在反共八股文學時期，現代派文學時期和血雨腥風的「鄉土文學論戰」時期，他都堅定不移地宣傳、闡發、捍衛現實主義文學的原則。

尉天驄，1935 年出生於江蘇省碭山縣，1949 年隨著流亡學生隊伍流浪去臺灣。臺灣政治大學畢業，現任臺灣政治大學教授。他的著作有《文學札記》、《路不是一個人走出來的》、《理想的追尋》、《民族與

---

[12] 《現代文學》，第 30 期，1984 年 8 月。
[13] 《現代文學》，第 30 期，1984 年 8 月。

鄉土》、《荊棘中的探索》等，曾主編《鄉土文學討論集》。除文學論著
外，他還寫小說雜文等。陳映真為《民族與鄉土》寫的序言〈那殺身
體不殺靈魂的，不要怕他──代序〉中，對尉天驄作過這樣的評價：「《筆
匯》到今天，是一段漫長的歲月。以私人說，固然經歷了一些事物，
就臺灣的中國新文學說，也是一段發展和成長的時期。在這個時期中，
以及以後可遇見的時日中，尉天驄這個名字，代表著團結、代表著熱
情、也代表著進步。」出於對戰友和同志的敬仰，評價和鼓勵，陳映
真將自己用過的一句格言贈送尉天驄：「『那殺身體不能殺靈魂的，不
要怕它……』是的，不要怕地。並且輕蔑之以最冷、最深的輕蔑。」[14]
尉天驄在 1977 年至 1978 年的鄉土文學論戰中，首當其衝，是對手點
名批判和攻擊的三個重要目標之一。彭歌〈不談人性，何有文學〉的
第五部分是送給尉天驄的禮物。彭歌攻擊尉天驄：為了要突出小知識
分子的作家先天性是註定要遭到挫敗的命運，尉先生對《紅樓夢》與
《儒林外史》也大張撻伐。攻擊尉天驄：企圖從唐詩描寫燈紅酒綠的
妓女生活中，去尋找唐朝覆滅的原因等。對彭歌的攻擊，尉天驄毫不
示弱，他專門寫了長文〈鄉土文學餘話〉，一一進行反駁。比如在批駁
彭歌對尉天驄評唐詩的攻擊時寫道：「不顧農民辛苦而剝削如此嚴重，
焉能不演出大崩潰？在這種情況下那些唐詩傳奇之妓女生活背後是什
麼，不是稍知中國歷史與文字的人都明白的嗎？何以被人稱為『讀書
人的讀書人』的彭歌竟然如此無知，不令人咄咄稱奇了嗎？」[15]在回答
彭歌攻擊尉天驄對海明威的評論時，他寫道：「這些最起碼的對海明威
的認識，彭歌竟然不知（不知他連最基本的一本《海明威創作論》──
何欣著──讀過沒有？），真不能不令人『咄咄稱奇！』所以，如果彭
歌還要到處宣揚『尉天驄連西班牙和葡萄牙都弄不清楚』，以顯示他的
勝利，讓他繼續在那種偽造的英雄之夢裡自我陶醉吧！」[16]尉天驄在該
文中以不屑的口氣說：「彭歌很得意於他自創的名言：『不談人性，何
有文學』，我真不知道他說這些話是建立在怎樣的『人性』基礎上？雖

---

14 《民族與鄉土》，第 4 頁。
15 《民族與鄉土》，第 10-11 頁。
16 《民族與鄉土》，第 12 頁。

然彭歌在鄉土文學論戰中最早以先鋒姿態出現，但由於認識了他的為人，也就不願意浪費時間去和他爭論什麼，這就是我寫那篇〈欲開甕閉達人情，先向詩歌求諷刺〉略略表明態度外，不再想批評他的原因。然而彭歌有一次在臺大講演竟指出我已經認錯了；為了讓大家瞭解彭歌是如何『勝利』的，我來引幾段他的話與事實對照一下。」（即指彭歌對尉的攻擊）

在鄉土文學論戰中，尉天驄對付的不光是一個彭歌，他面對的是一群對手的挑戰。他寫道：「謠言終有被攻破的一天，但我們卻認識到一件事實：今天臺灣的所謂大眾傳播並不是代表大眾的，誰有地盤誰就有權力去污蔑別人；而為了既得利益，朋友有時會變得比敵人更可怕。」為了配合對尉天驄進行打擊，「某單位硬對新竹某文藝營課表中我的課程刪掉，某文化團體公開指示連中國古典文學也下准我參與研究時我也一笑置之；致於有人一方面污蔑臺灣地區的增額民意代表選舉，一方面把他的污蔑放在鄉土文學頭上，其用心為何，當然不必去浪費口舌了。執筆至此，對於那些知識份子的墮落，除了無言，還能有什麼表示呢？」[17]然而尉天驄也清楚，在鄉土文學論戰中，他並非孤軍奮戰，他旁邊有許許多多的朋友和同道與他一起戰鬥，因而他總是樂觀、自信，並且一針見血地指出對手攻擊鄉土文學的目的和實質。在《鄉土文學討論集》出版說明中，他說：「透過一些文學的爭辯，使人看到一些可怕的現象，那就是：有些人借批評鄉土文學而擴大苟安逃避心態，有些人借批評鄉土文學來反對民族主義，並企圖在與自己的民族歷史文化斷根後，又一次推展全盤西化運動；更有些人透過批評鄉土文學把三民主義曲解為壟斷資本及買辦資本辯護的工具，並污辱那些終日操勞的農人、工人、漁民和戰士對經濟的成長沒有多大貢獻……這才是貨真價實的分裂主義和賣國主義。所以，正如《夏潮》雜誌（第 24 期）所說：『鄉土文學的藝術性並非不可批評，但其民族精神是不可侮的。然而『從香檳來的』人，要『嫁給三藩市』的人，抱漢奸胡蘭成大腿的人，拿 CIA 津貼的人，你們憑什麼資格來此地侮

---

[17] 《民族與鄉土》，第 15-16 頁。

辱鄉土文學。」[18]在鄉土文學論戰中，尉天驄一直站在論戰的前列，表現了一個現實主義文學理論家，不卑不亢、據理力爭、無怨無悔、正直果敢的品格。

尉天驄之所以在鄉土文學論戰的血雨腥風中，始終不屈不撓，樂觀自信，是以他對自己奉行的文學理論和堅持的文學觀念的自信為基礎的。尉天驄的現實主義文學理論的基本內涵和他對這種理論的卓越貢獻，有以下幾個方面：

1. 堅持文學的革命性和人民性的高度統一。在尉天驄看來，對文學作品不是看其名稱，而是看其實質；不僅是看其形式，而且是看其內容。他主張用這樣的標準來檢驗、分析、評判文學作品：「看它是公正的還是自私的？是勤勞生活的還是專享現成的？是艱苦奮鬥往前邁進的，還是悲觀頹廢對人生感到無望的？在這檢討中，如果我們還要建立關心現實，改進現實的鄉土文學，這文學就應該多向農村、工廠、軍中，學習那種樸實的勤勞做人的精神，而不應向商場，向所謂商業化社會學習浮華頹廢的生活態度；應該向傳統中學習『一絲一飯當思來之不易』的勤勞精神，而不應該模仿士大夫遊手好閒的人生態度。基於此，一些把農村等落後地區的事物當成小擺設的態度寫出的作品，也不應該列入鄉土文學之中了。」[19]他在《文季》的發刊辭中強調作家創作出來的作品，要「真正對人類產生虔誠和愛心，形成一種前進的力量。」尉天驄不僅主張文學應該表現勤勞、樸實、刻苦、奮鬥的上進精神，形成一股推動社會前進的力量。而且，一再強調，中國的文學必須具有反帝、反封建和反對崇洋媚外的品格。尉天驄在〈鄉土文學論戰的餘話〉一文中說：「我們要關心我們的現實，寫我們的現實，這就是鄉土文學。它最主要的一點，便是反買辦、反崇洋媚外、反逃避、反分裂的地方主義。「尉天驄強調現實主義文學的革命性，不僅

---

[18] 《鄉土文學論集》，第 2 頁。
[19] 《民族與鄉土》，第 125 頁。

是革客觀外在世界的命，而且也包括革主觀內在世界的命。他在給陳映真的論文集《知識人的偏執》作的序中說：「我們與其把文學當作高不可攀的東西，不如說，借著文學的工作，使我們更進一步去清楚地認識這個世界，瞭解這個世界，然後在改造現實中把自己的自私等不良因素也一併改造過來。」認識到改造客觀世界的同時，也必須改造自己的主觀世界；而且敢於在改造客觀世界的同時，改造自己的主觀世界。這是相當清晰、理智、冷靜、無私、無畏的革命者才具有的品質。尉天驄處在那樣腐敗的社會中，能夠如此嚴格的要求自己，能夠如此明確而堅定地提出自我革命的口號，實在難能可貴。尉天驄提出改造客觀世界的同時，改造自己的主觀世界，是與他堅持文學的人民性，主張為普通老百姓服務的先進的文學觀分不開的。在尉天驄的文章中，他總是把關懷和愛心，投注於受剝削、受欺凌的小人物身上，把未來和希望也寄託在他們身上，鼓勵作家們去描寫和讚頌他們。尉天驄在〈王禎和小說的現實意義〉一文中說：「我們相信，只有瞭解了自己民族的歷史，認識到它過去所受的痛苦，尋到了它的理想。我們才能在建立了人與人的彼此關心上，開創我們的未來。在這種歷史的發展中，我們相信王禎和筆下的小人物應該成為前進的力量，而不是像蟲豸那樣任人擺佈。如果如此，王禎和不是應該更進一步在現實中透過那些人物發掘有力的形象嗎？事實上也是如此，當哲人們一再教人『生而不有，為而不恃，長而不宰』時，在廣大的人間，無數的默默無聞的人物正在日曬雨打，早起晚睡，任勞任怨地工作著。中華民族之歷久不息，不正是這些人物的辛勞造成的嗎？然而，幾千年來，有誰注意到這些人呢？因此，我們等待王禎和這樣的作家為我們從這些人物中塑造出新的形象。我們等待著。」[20]

2. 堅持文學的民族性。民族性應該是一個國家、一個民族文學的首要標誌。然而在臺灣文學西化中，在「文學乃橫的移植，而

---

[20]《民族與鄉土》，第 160 頁。

非縱的繼承」的喊叫中，臺灣文學卻一度離開民族文學的主航道，受到人們的激烈批判。在批判臺灣文學西化，重建民族文學中，尉天驄始終旗幟鮮明地堅持臺灣文學的民族化方向。他在〈民族文學與民族形式〉一文中說：「一個作家如果要自己的作品成為大眾的聲音，便不能不在自己民族的形式中建立個人的風格。」還說：「今天，文學之必須回歸自己的民族是無法否認的趨勢，要文學與民族的生命結合，就必須用民族的語言，這不是關在書房裡或躲在咖啡室所能辦到的，它必須真正深入大多數人的生活中，才能從那些生活中認識到動人的畫面，學習到真摯的語言，而鄉土文學不過剛剛開始而已。」[21]在〈一個德國朋友引起的感想〉一文中，尉天驄說「沒有民族文化，不但今天的生存尋不出方向，而且新的事物也建立不起來·老實說，如果沒有屈原、杜甫……我們就產生不了今天的大詩人；如果沒有孔子、老子、墨子……我們就產生不了今天的思想家。那麼，讓我們從我們的鄉土出發，努力開發我們的民族文化吧！」[22]

3. 生活是文學的源泉。文學是對生活的反映，生活是文學的洶湧源泉，恐怕是所有現實主義文學理論家的共識，也是文學的最主要的本質之一。這也是尉天驄對文學的一貫認識。他在〈寫實主義的必要與偏差〉一文中說「我們在生活中對人、對物、對這個世界所抱持的態度如何就是決定我們感情和氣度的根本原因了；也就是說，一個人的人生觀和世界觀是決定一個人生活境界高低的因素，而生活境界的高低；又是造成他的作品境界高低的因素。一個在生活上關懷萬物，也就必然會『登山則情滿於山，觀海則意滿於海』。」[23]在尉天驄看來，僅僅承認文學是生活的反映，還遠遠不夠，還要看作家是以怎樣的情感反映什麼樣的生活。尉天驄認為，作家必須以健康的情感反映人民大眾的生活。他在〈文學為人生服務〉一文中說「我們應該

---

21 《民族與鄉土》第 140-147 頁。

22 《民族與鄉土》第 112-113 頁。

23 《民族與鄉土》第 175 頁。

做兩件事：(1)我們應該鼓勵我們的農人、工人、軍人努力創作。(2)我們應該走出象牙之塔，多關心工人、農人、軍人的生活這樣有助於知識份子良心的發現。我們批評一個人或一部作品，應該看這個人或這部作品所堅持的理想對不對，合不合乎多數人的利益。談到一部作品的內容，更應該給予檢查，如果這部作品所讚揚的，是合乎多數的利益，就值得讚揚，如果它所批判的，是違犯多數人利益的，就應該批判。」[24]尉天驄在〈走出塔的困難〉一文中說：「今天的文學不是不可以反映工農兵以外的人物，而是透過他們，今天我們的文學所要反映的應該是什麼樣的思想和感情。」[25]

4. 樸素的唯物論和階級觀。一個把握歷史方向，關懷現實，關懷人民，關懷國家和民族利益的文學評論家，從歷史、從人民、從民族、從現實的觀點和立場出發去考慮、觀察和判斷問題的本身，就必然的含有較為鮮明的樸素的唯物論和階級觀。因為唯物論和階級觀是和這些事物的根本利益連在一起的。尉天驄的所有論著中，都貫穿著這種觀念。他在評論《紅樓夢》時，說林妹妹的〈葬花詞〉，與林妹妹具有相同生活層次和地位的姑娘一定覺得很美，但劉姥姥就不會有那種美的感覺，除非把劉姥姥的生活和地位也提到林妹妹的層次。在〈談境界〉一文中尉天驄說：「就反映現實來說，同樣是一盤蔬菜，肉吃得多的人和滿臉菜色的人就不會有同樣的感覺。就建造理想來說，住久了高樓大廈的人嚮往竹籬茅舍。屋漏常逢連天雨的人則希望有一天能住進高樓大廈之中。」[26]尉天驄對現實主義文學理論有較全面而深入的論述，在他的文學理論中，民族性、鄉土性、人民性、現實性是四大支柱。而對「鄉土」二字的考察，特意表明這種「鄉土」是反分裂的地方主義的，不是所謂的「狹隘的地域性的」。他說：「所謂鄉土，不只是寫農村，寫鄉下，鄉土

---

[24] 《鄉土文學討論集》，第 159 頁。
[25] 《鄉土文學討論集》，第 159 頁。
[26] 《民族與鄉土》，第 49 頁。

文學應是我們關心自己的國土、家鄉、土地。」「鄉土文學絕不是復古，也不是戀舊。」它是「推動社會前進的力量」。尉天驄的貢獻，不僅牢固地確立了他臺灣文學理論家的地位，也奠定了他在中國文學史上文學理論家的稱號。尉天驄理論上的弱點在於沒有真正構成較為完整的現實主義理論體系，基本上是在分散論述中顯示出理論個性。在許多理論問題上雖然論述尖銳、潑辣、深邃、強烈，但在有些理論問題上，比如現實主義的表現藝術方面等，就顯得比較薄弱。

第三節　文學的民族論和社會寫實論者顏元叔

　　一提起顏元叔，人們便以一種強固的眼光把他與「新批評」牢牢地掛在一起。彷彿除了「新批評」之外，顏元叔的文學理論中再無其他內涵，其實，這是一種集體無意識的誤解。顏元叔在臺灣文壇上是個文學理論大家，他的文學理論建樹是豐富而多面的。「新批評」只是屋宇之一角而已。顏元叔的文學理論之重點，還在於他的關於「民族文學論」和「社會寫實文學論」諸方面。

　　顏元叔倡導的「新批評」，是排斥文學的週邊研究的，也就是排斥研究者對作品之外的作者創作和人生經歷及作品的歷史和社會背景等的聯繫分析，主張就文本論文本。但中國之傳統文學研究，則是把文學的週邊研究也作為考查的一個重要方面。如今我們研究新批評家顏元叔的文學理論，仍走傳統研究之路，先介紹點顏元叔的生平和著作概況，以適應中國人願意全面瞭解整體風貌的心理。顏元叔，1933 年生於湖南省茶陵縣，1956 年臺灣大學外文系畢業，1962 年獲美國威斯康辛大學英美文學博士學位，曾任臺灣大學外文系系主任，現任該系教授。曾創辦《中外文學》和《淡江評論》等刊物。主要論著有：《文學的玄思》、《談民族文學》、《何為文學》、《文學的史與評》、《文學批評散論》、《社會寫實及其他》、《顏元叔自選集》、《文學經驗》等。譯著有《西洋文學批評史》等。顏元叔在文學理論方面的主要主張和貢獻有：

1. 文學必須是民族的。顏元叔認為：「大抵言之，任何文學皆是民族文學，文學之創作必定是某個人的產物，這個人必定屬於某民族。他的一切情感思想及表達方式，必定屬於他的民族；尤其是與其他民族相比較更能顯出其民族之特性。」[27]顏元叔關於民族文學的理論，既是對中國傳統文學研究的結晶，也是對世界各國文學觀察之結論。這一理論含納的內容相當豐富。(1)他認為，民族文學的職責在於發掘民族意識，塑造民族意識，而民族意識是一個文化含義的名詞。它的內涵是經由各種文化形式進行表現，在諸多文化因素中，藝術是其中堅，藝術表現之中文學又是中堅。所以「民族文學汲源於民族意識，創造了民族文化。」也就是說，民族意識是民族文學之源，而民族文化又成形於民族文學。(2)民族文學不僅僅是一個價值名詞，它包含一個民族的成員創造的一切文學。無論是好文學或壞文學、優文學或劣文學。(3)民族意識與民族文學的關係，是互相依存、互相吸收和補充的，不是互相矛盾和對立的；是你中有我我中有你的，不是各不相干和各行其是的。他說：「其實，民族意識與民族文學，相互提供，相互塑造。民族意識需要以民族文學為表達，民族文學也為民族意識塑造了形象。」[28]顏元叔認為當今的中國文學沒有妥善負擔起塑造中國民族意識的大任。中國近百年的巨變，大聲疾呼文學進行表達，而作家們卻多數充耳不聞。(4)民族文學與民族文化的關係。顏元叔認為，一個沒有民族文學的民族，它就沒有文化；一個沒有民族文化的民族，它就沒有民族歷史；一個沒有民族歷史的民族，它就沒有民族的自我。那麼民族文化、文學、歷史和民族本身關係的公式便是：民族文學＝民族文化＝民族歷史＝民族自身。民族文學作品和民族文化的轉變關係是「讀者群愈大的文學作品，其形成文化格式之力量愈大；讀者群愈小的文學作品，其形成文化格

---

[27] 《談民族文學》，第2頁。
[28] 《談民族文學》，第7頁。

式的力量亦愈小。」[29]顏元叔運用其民族文學之理論，對中國整
個現代文壇和臺灣當代文壇的現狀進行了分析。他認為，由於
外國文化的侵襲，已使中國人的腦海裡和心靈中，裝滿各種混
沌的觀點和看法，情操與感受。於是什麼是中國性的，什麼不
是中國的，便喪失了明確的界說。由於外來文化之侵襲，造成
民族自信心的喪失。所以當今中國作家需要以意志的力量去發
掘中國的民族意識，力求瞭解這種民族意識為何不同於外國的
民族意識。他肯切地說：「當今的中國人想得到民族意識，就非
得追求不可了。」[30]他預言：中國、西洋、東洋意識雜陳的局面，
「應是一個過渡時期的現象。而且這個過渡時期可能是另一次
大融合的前奏。」[31]接著顏元叔分析了臺灣文壇西化的情況。他
認為：「我們的作家無論在文學形式與文學題材上，大體皆為西
洋的文學所征服，以致有些文學作品似乎只是用中國文字寫成
的西洋翻譯品。譬如說，近 20 年來在詩壇上彌漫著處理死亡的
詩篇，而其對死亡的態度，顯然抄襲了西方的詩人……近年來
許多藝術形式中，我們發現一個相當奇異的現象，即以西洋
人的價值尺度來評估中國的人生，完全忽略了中國的價值觀
念。」[32]顏元叔幾乎以疾呼的口氣說：「我認為積極發掘中國意
識是當前文藝工作者的急務。我們並不排斥外來的影響，我們
的文化應有包容性。但是，我們應當知道什麼是什麼。」[33]顏元
叔和廣大臺灣有識之士一樣，看到臺灣文學中惡性西化，民族
意識、民族個性、民族自我淪喪的嚴重情況，憂心如焚，並大
聲疾呼。這充分表現了一個愛國知識份子的愛國情感和良知，
代表了受挫的中國民族意識和民族靈魂的吶喊。它對促進臺灣
文學向民族。向母文學的回歸，有著良好的影響、顏元叔關於
民族文學理論的論述，尤其是關於民族文學與民族意識的論述，

29　《談民族文學》，第 2 頁。
30　《談民族文學》，第 6 頁。
31　《談民族文學》，第 10 頁。
32　《談民族文學》，第 11 頁。
33　《談民族文學》，第 11 頁。

是在臺灣建設中國民族文學，恢復臺灣文學的民族精神，體現中國文學價值觀的主要理論依據。這一理論在以往的反西化鬥爭中和當前的反「臺獨」文學思潮的鬥爭中，均是有力的武器。

2. 文學必須反映時代和人生。文學是一個十分廣闊而遼遠的世界。文學的主張和理論五花八門，但是，凡是積極的、進步的文學理論，都必定是推動歷史和時代前進的；都必定是關懷和反映現實人生的。顏元叔說：「文學有許多功用，其中之一應當是幫助讀者瞭解周遭。習而不見是人類的通病，缺乏透視與反省，使人們渾噩漂浮於時流之上。社會意識文學是一塊磨刀石，它磨利讀者的感受與觀察，加深他們對周遭世界的瞭解；社會意識文學是一架顯微鏡，幫助讀者觀察到微末而重要的東西。文學應當引領讀者注視社會現象，並且透過社會現象做深沉的觀察。」[34]在顏元叔看來，一個社會意識文學作家，還應該是一個社會批評家，他不僅進行一般的社會批評，他還必須「以永恆的人性應證當代的表現，顯露出一些今朝再現的人生永恆的矛盾或難題。「也就是說，文學必須寫出社會最本質的，有永恆價值的東西，使人們從中受到啟示，獲得深邃的哲理感受。因而顏元叔提出兩個口號即「文學是哲學的戲劇化」和「文學批評人生」。他認為兩者應當互相配合和呼應。「文學是哲學的戲劇化」是指文學作品的創作經過；而「文學批評人生」是指文學的創作目的。而這種文學創作「不能單憑感受，更不能單憑所謂純粹經驗；它必須是以知性領導感性的創作活動，它必須是為人生而創作的藝術。它有一個使命，便是反映與批評人生。」[35]一個社會意識作家應是「心懷悲憫與愛憐，為當前的人生留下忠實的畫像。」顏元叔所主張的這種文學，其實就是關懷下層勞動者生活和命運，為他們而歌而唱的寫實文學。他說：「我們期待的文學，應是寫在熙攘的人行道上，寫在竹林深處

---

[34] 《談民族文學》，第 14 頁。
[35] 《談民族文學》，第 16 頁。

的茅舍裡。」他認為當前的臺灣文學，還遠遠夠不上社會意識
文學的標準。因為它「普遍缺乏時代之反映，缺乏當代的社會
意識——至少多數作家如此。」他認為習常見到的臺灣文學作品，
大體上分為兩類，「一類是古遠的，一類是內向的。古遠的在於宣
洩鄉愁；內向的近乎編織夢昧。」顏元叔這裡所說的臺灣文學作
品，大概是指的 50 年代的反共八股作品和 60 年代臺灣現代派的
小說作品，而沒有把目光投注到鄉土文學的小說。比如那時黃春
明、陳映真、王禎和、王拓、楊青矗創作的關於臺灣農民、小知
識份子、工人、漁民的小說，恐怕就不能歸入古遠和內向之列了。

3. 文學的主題論。顏元叔所倡導的「社會意識文學」似乎就是現
實主義文學，或者叫做寫實主義文學，這種文學與超現實主義
文學是相對立的、這種文學主張「文以載道」；主張「為生命」
而反映人生作為文學的「道德的基石」；主張文學作品必須有明
確的主題。顏元叔說：「文學的中堅如悲劇、史詩、小說等，莫
不有其主題，果然，許多作品在寫作之初，只有一個萌芽的主
題，或者一個非常朦朧的概念，但是在寫作的過程之中，這個
主題便會發展開來，明朗起來。有時候一個主題已經確定，在
寫作過程中卻被另一個主題取代了，或者修正了。然而，無論
如何，寫作必有主題作為起點，作為歸宿。即使那些信仰自動
寫作的人，自稱完全依下意識的驅使而隨意地寫，然而他的作
品終必有一個主題，否則可能潰散不成篇章。有些作家常說靈
感創作，可以不經過構思或組織程序。其實，靈感只是有意識
長期培養的結果。一個文盲會有文學靈感嗎？此外神來之筆也
只是有一筆兩筆吧，誰能靠靈感一氣呵成一部史詩或小說？因
此，想建造一艘文學的海輪，先敷一條主題的龍骨似乎是必要
的。我以為一篇作品的偉大與渺小，與其主題的深廣成正比——
注重形式的新批評家一定不會同意我的觀點。我以為技巧是附
帶的，是為主題服務的。」[36]

---

[36] 《談民族文學》，第 30 頁。

　　文學的主題論或主題文學論，都是文學創作的最基本理論，是醫治文學的貧血症，反對文學的極端形式主義的最佳良藥。它既是文學創作的動機，也是文學創作的過程，更是文學創作的歸宿。一部文學作品的主題，就是一個人的靈魂，一個國家的精神，一個民族的信仰，一部作品的生命。假如一部作品沒有主題，就像一串項鍊沒有主線，一輛車子沒有主軸，一個爐子沒有火焰。靈感是什麼？靈感往往就是作品的最初主題；神來之筆是什麼？神來之筆往往就是作家思想之茅塞頓開，對某個事物的突然醒悟。這種頓開和醒悟，多數情況下也是主題明確和明朗的一種表現。一部作品的博大、深邃最主要地體現在主題思想開挖程度和主題思想的質量。一部沒有主題的作品，絕對成不了世界名著，那些淡化主題的作品，其實是一種自我貶值的行為。不過主題有隱、露之別，有的作品主題十分突出和鮮明，有的作品主題埋藏得很深，需要挖而得之。隱主題和顯主題的作品各有長處，但正像顏元叔所說，一部作品不能沒有主題。那種排斥主題的作法，只是文壇的一種時髦病而已。

4. 社會寫實文學論。顏元叔在《社會寫實文學及其他》一書中講的社會寫實文學理論和他在《談民族文學》一書中所講的「社會意識文學」其實是一碼事。它們的內涵基本上是一致的，只是提法不同罷了。所不一樣的是顏元叔在「社會寫實文學」的概念下，把這一理論論述得更系統和更完整了。顏元叔認為，社會寫實文學有其特定的內涵和定義。「社會寫實主義便是擺脫任何政經的或理念的成見或視角。就事論事捕捉當前的社會人生真相。於此，社會人生的含意有三：其一，社會寫實文學描寫的人生應當具有社會性；無社會性的人生，如隱士生涯，不是社會寫實文學的對象。其二，社會寫實文學描寫的人生應當具社會代表性，凡屬一人之私而無共同性的人生，不包括在內。其三，社會人生也意味著個人與群體之間的交互關係，也就是說，是社會寫實文學應該探討個人與社會間盤錯的網路。所以，社會寫實文學焦點是個體與群體的關係及處於群體內的個體反

映。」[37]顏元叔倡導的社會寫實文學有以下主要內容：(1)人本主義為思想基礎。在顏元叔看來，文學是人本主義的產物，文學總是以人為中心，從不描寫人以外之物，即使寫天堂寫地獄，寫上帝寫魔鬼，也是人的影射物。因此「人是文學的唯一主題，文學的唯一題材是人。人本主義的價值觀，應該就是文學的價值觀。」從這一觀念出發，顏元叔把「人本主義」作為文學的思想基礎。他寫道：「我以為社會寫實主義若是需要一個基本理念，還是以人本主義較佳。因為，人本主義是最遼闊的一種視角──甚至可以容納各種視角。」[38] (2)把作家的思想與人格分為兩個區域，即「創作區」和「意識區」。「創作區」是作家個人的人生經驗層面，這是一個有限的，作家熟知而能運用自如的生活時空。但是這個小天地可能局限作家的創作目光和視野，會導致作品的片面和狹隘，因而需要一個以「創作區」為中心向外擴展和擴張的更大的時空，這個時空就是「意識區」。如果把「創作區」稱之為「點」，那麼「意識區」就是「面」，作家進行創作活動時，需要把「點，面」結合起來，以點為依據，以面為參照，如此才能使作品既紮實又深廣。顏元叔說：「一個好的寫實作家以人為中心區，以人性為核心，次第以同心圓的方式，擴大他的興趣──這也是『組合』與『思考』的功夫。」[39](3)社會寫實文學應該有廣博的知識作為基礎。因為這種文學描寫的不僅是人的感情層面，也不只是人性的永恆現象，它必須著力認知一個特定時空中的現象和問題。它會涉及到社會、經濟、政治等問題。「構成了達呈人生人性的格式，對這些形式缺乏確實的瞭解，人性人情無法表現其時空性。」(4)社會寫實文學止於「只說不做」之境。也就是說，作家只管指出社會問題，而不要動手去解決社會問題。「文學的實際效益在於形成認知，造成心態，而認知和心態則是一種潛能的積累」。「當然，他可以

---

[37]《社會寫實文章及其他》，第 31 頁。

[38]《社會寫實文學及其他》，第 32 頁。

[39]《社會寫實文學及其他》，第 39 頁。

說了又做，採取行動去解決社會問題，這時他的身份已變，已經由文學變成社會工作者。」[40](5)社會寫實文學的題材有一定的範圍和限制，這種文學的題材大體上可分為兩類：「一類是以社會問題為背景，去探討其間的人性運作，已如上述；另一類是描繪並無問題存在，其間的一般社會人生。我甚至認為後者比前者，更應是社會寫實的題材。」[41](6)社會寫實文學作品，必須同時具備社會寫實性和表現方面的藝術性。而藝術性的要求是：「文學的藝術條件最終極者，在全篇上，必須具備有機統一性；在局部上，必須具備生動性。」[42]

顏元叔倡導的社會寫實文學有許多優越性，它在臺灣文壇西化之風勁吹，歐風美雨齊下，現代派極端形式主義的作品風行的背景下提出，不僅具有相當的理論價值，而且具有切實的實踐意義。它把文學從「山在虛無縹緲間」拉回到大地上來，拉回到人的社會中來，強調文學是人學，應以社會活動的人為中心等，都具有十分重要的意義。但是這種社會寫實文學理論以「人本主義」為思想基礎，也有一定的消極性。人本主義哲學是興起於 18 世紀，以費爾巴哈為代表的一個哲學流派。它在反對唯心主義和宗教迷信方面起過積極作用。它把人放在第一位，強調萬物以人為中心，這對建立文學的主體觀念，確立作家在文學活動中的主體作用有積極意義。可是這種哲學只把人當作動物的人看待，在對人的分析時，看不到階級社會中人的根本的階級屬性，只把人當作一般抽象的概念，而且過分強調人的個體性，這又使它陷入混沌而矛盾的狀態。在人的總體中，有前進的人，有倒退的人；有剝削的人，有被剝削的人；有壓迫的人，有被壓迫的人；有戰爭的人，有和平的人；有為富不仁的人，有窮而為公的人等。在一定的社會發展階段，人處於兩極對立之中，揚善必抑惡，扶良必懲邪，沒有抽象的「人

---

[40] 《社會寫實文學及其他》，第 43 頁。
[41] 《社會寫實文學及其他》，第 50 頁。
[42] 《社會寫實文學及其他》，第 52 頁。

本」，沒有代表全體的主義。因而這種哲學實際上是行不通的，看似唯物主義實則導致唯心論。把這種哲學作為社會寫實文學的思想基礎，必定導致這種文學對社會本質的揭露的阻礙，很難體現社會寫實文學真正的價值觀。而且，臺灣50年代的反共八股文學也是以「人本主義」哲學為思想理論基礎的。比如：《中華民國文藝史》的第二章，「文藝思潮與文藝批評」一節中說：「國軍文藝大會在宣言中，嚴正地提出了『進步的人文主義』……這個進步的人文主義，也就是進步的人本主義。它注重人，是人性，也是仁愛，所以不同於那些從西方傳來的，各種各樣的文藝思潮。」[43]這樣，社會寫實主義文學似乎與反共八股文學就有了某種哲學思想上的聯繫，而降低了社會寫實文學的價值和意義。

5. 新批評。顏元叔是臺灣文學理論批評領域最有影響和建樹的理論批評家。他於60年代把美國的新批評學派引進臺灣曾風行一時，造成了廣泛影響，在臺灣文學理論批評的發展中起到了一定的震撼作用。雖然褒貶不一，但正像顏元叔所說：「新批評的理論與手法，作為文學的內在研究，仍然是最好的與最有效的途徑。」[44]顏元叔不僅大力倡導這種新批評的理論和方法、撰寫了〈新批評學派的理論與手法〉和〈就文學論文學〉等專文，對新批評的源起、內涵、功能等進行了透徹的介紹和論述，而且承受了厭惡這種理論的批評家們的批評。顏元叔說「新批評的第一原則便是就文學論文學。何謂就文學論文學呢？第一，承認一篇文學作品有獨立自主的生命。第二，文學作品是藝術品，它有自己的完整性與統一性。第三，所以一件文學作品可以被視為獨立的存在，讓我們專注地考查其中的結構與字質等等。因此新批評所強調的縝密細緻地分析文學作品的本身，考察一篇作品優良或偉大的因子何在，而這些因子都存在於作品

---

[43] 《中國民國文藝史》，第106頁。
[44] 《新批評學派的理論與手法》，(《文學的玄思》，第109頁)。

的結構與字質中。」[45]由於新批評強調作品自身的完整性，因而它不重視作品的外在和週邊關係。而這種外在和週邊關係又分兩個方面，一方面是歷史的，一方面是傳記的。歷史的外在關係指的是作品的時空背景；而傳記的外在關係指的是作家的生命因素，即生平和創作經歷。在新批評者看來，時空與傳記因素，對創作是有影響的，但是，新批評強調「創作過程的轉化」。也就是說，在創作過程中，一個惡人也可以寫出善作。作家的自然人格和創作人格在創作過程中會產生分離，因而使作品呈現出「文並不如其人」的現象。新批評法承認時空背景與作者的生命意識的研究，對文學作品研究有一定的參考作用。但它不把這種研究列入作品研究的過程；不把這種研究視為文學研究的一部分；而把它看作是「文學研究的準備工作的一部分而已。」要分清主次，不能造成喧賓奪主的情形。

　　新批評法，在文學研究實踐中的確有其價值和作用。它重視文本研究的觀點，對那些「下筆千言，離題萬里」，更有甚者，不看作品也能評論和讀不懂作品也要評論的不良現象，有很好的抑製作用。但是這種新批評法也有不足之處，它容易局限批評家的批評視野，容易使作品的許多輻射內涵，即「意在言外」部分得不到充分開挖和揭示。某些與歷史和現實結合得相當密切的作品，某些主觀色彩極強的自傳性和半自傳性作品，時空背景和作者的生命歷程甚至就是作品的基本內涵，此種情況下研究時空背景，分析作者的生命過程和創作動機，自身就是作品分析的極重要內容。而不是研究的資料準備和附加參照了。對新批評法要進行實事求是的分析和評估，既不可武斷否定，也不可一好百好。

　　顏元叔作為臺灣文學理論批評大家他的貢獻是多面的。對於結構主義理論，對於神話原型理論，對於語言格式理論等，他不僅均有所

---

[45] 《談民族文學》，第48頁。

涉獵，而且均有較突出的成果。他不僅在臺灣文學理論批評史上，而
且在全中國文學理論批評史上，都應有較為顯著的地位。

第四節　打通藝術和文學理論通道的姚一葦

　　文學和藝術既是母子關係，又有姊妹關係。文學和藝術的母子關
係有兩個層面：其一，文學是藝術的一種，它是文字和語言藝術；其
二，有些藝術門類跨越文學和藝術的兩個階段，比如電影、戲劇，在
文字創作階段是文學，而進入舞臺和銀幕就變成了造型藝術。從藝術
的兩大門類，即語言藝術和造型藝術看，它們雖然表現形式和表達方
式不同，但它們都有相通之處，尤其是文學和繪畫，更是你中有我。
我中有你了。俗話說：詩中有畫，畫中有詩，而在創作中常常有詩配
畫，畫題詩，就更能說明它們之間的關係了。姚一葦既是文學家又是
戲劇家，身兼雙職，經營二業的特點，為架設文學與藝術之間的橋樑，
打開它們之間的理論通道，創造了條件。

　　姚一葦，原名姚公偉，江西省南昌市人。早年畢業於廈門大學。
1949 年去臺灣。到臺灣後曾在銀行任職，曾代白先勇主編過《現代文
學》，現任臺灣中國文化學院藝術研究所教授。曾獲吳三連文藝獎。他
的主要論著有《藝術的奧秘》、《戲劇論集》、《文學論集》、《美的範疇
論》、《戲劇與文學》、《欣賞與批評》等。姚一葦最有影響的論著是 1968
年出版的《藝術的奧秘》，該著共十二章，依次是：論鑒賞、論想像、
論嚴肅、論意念、論模擬、論象徵、論對比、論完整、論和諧、論風
格、論境界、論批評。在談到該書的創作宗旨和動機時，姚一葦說：「本
書的論旨容有不同者，即本書係自藝術之本位出發，以藝術作為獨立
思考對象，故雖亦涉及各種知識與各種學問，但繫寓知識與學問於藝
術之表現方法與形式之中，故絕非空泛泛之理論。」[46]姚一葦此著的目
的，不僅是單一的理論目的，而且考慮到創作實踐的應用，因而他在
論述中，十分注意理論和實踐相結合。他說「本書係將理論與實用相

---

[46] 《藝術的奧秘》序，第 3 頁。

結合，目的在除可供閱讀或研究外，亦可供應用，不僅對從事理論或批評的工作者可用，對從事創作者亦可應用。」[47]該著運用作者所掌握的廣博知識，從各種不同角度，比如人類學、歷史學、民俗學、社會學、心理學、生理學等，對藝術進行抽象論證。由於姚一葦是從藝術本位出發，從知識中提取和抽象藝術，因而其視角主要是在表現手段之闡論。也就是說重點放在獲取藝術的途徑方面。不過姚一葦亦非常注意藝術本質的搜索，在該著中有幾點是很有見地的。

1. 藝術是藝術家人格的體現。在「論嚴肅」一章中，姚一葦論述了作品和作者的關係。姚一葦認為，藝術就是表現，藝術即是藝術家自身的表現。這種表現，是通過藝術品顯露出藝術家的人格，所以只有一個真誠的藝術家，才能具現出他的人格來。他在「論嚴肅」中說：「當一個藝術家的目的只求表現，把自身的生命與外界融合，他所產生的藝術品非僅與他自身血肉關聯，而且形成他生命中的一部分，這便是藝術家的真誠。藝術品的真誠性與嚴肅性可以看成是同義字。反之，一些形式的眩耀，一種遊戲的態度，一種為名利的目的，除了表現少些的聰明、廉價的感情、流俗性的傾向外，最多只能作為商品，而非藝術品。因為其中缺乏一個藝術家的人格，它是不真誠的，不嚴肅的。」[48]

2. 藝術是創造性的表現。所謂創造是要在作品中創造一種秩序創造一種生命。那些缺乏創造的模仿品，抄襲行為均不能列入藝術品。因此：「如何走出前人的規模，推陳出新建立一個完整的，可以傳達的全新秩序，系作為一個藝術家的基本條件。」

3. 內容和形式的關係。姚一葦認為，藝術的內容和形式是一個完美的整體，血肉相連，不可分割。而藝術家創造性的表現之中就同時包含了內容和形式兩個方面，構成了形式和內容間的完美與和諧。他說「所謂形式，即藝術品所具現的人類的行為的

---

[47] 《藝術的奧秘》序，第 3 頁。
[48] 《藝術的奧秘》，第 62 頁。

模式或完整的動作；所謂內容，即藝術家的人格，藝術家自身
的性格、思想、情感、意志、愛慾和偏見。二者屬血肉不可分
割的關係，形成一個問題的兩個方面。」[49]

4. 藝術的創造性和真實性的關係。藝術的創造性和真實性是相輔
相成、不可分割的，但藝術的創造性必須以藝術的真實性為基
礎。姚一葦說：「創造性不能脫離開真誠性而存在，當創造性脫
離真誠性時，一切的虛偽欺騙混跡其間，一切的邪魔外道跟蹤
而至。反之，真誠性亦不能脫離創造性而存在，當真誠性脫離
創造性時，最多只能產生樸素的藝術……是故，藝術品的創造
性與真誠性為一個問題的兩個方面，形成藝術家的個性和人
格。」[50]

5. 藝術家的品格和胸懷是決定藝術品質的重要因素。姚一葦認
為，決定藝術品價值的基準有：創造性、真誠性、普遍性和豐
富性四種因素。凡創造性越高，真誠性亦高；凡普遍性越大，
豐富性亦大；凡境界越高，價值亦越大。所以「凡只表現一己
的情感，私人的際遇，無論其表現如何巧妙，均不能為偉大。」
而一個偉大的藝術家：「必具備豐富的創造力，敢於突破前人的
樊籬，同時必具備偉大的人格，懷有悲天憫人的抱負，而且對
於他所處的世界與人生有他自己的信守與哲學，方能創造藝術
中的偉大境界，證諸中外古今的偉大藝術家莫不如是，捨此別
無任何他途可循。」[51]

　　姚一葦沿著藝術自身的本質和特性，苦心探索獲取它的途徑和手
段，從論證中把藝術家的高尚人格和優秀品質放在打開藝術奧秘通
道，進入藝術殿堂的首位，而把其他的方法論放在各自適當地位，這
是藝術家的經驗和借鑒的結晶，也是藝術之真諦所在。關於創造藝術
之目的，姚一葦亦有較適切的認識。他認為，藝術之創造，是「形成

---

[49] 《藝術的奧秘》，第 323 頁。
[50] 《藝術的奧秘》，第 329 頁。
[51] 《藝術的奧秘》，第 334 頁。

人類精神文明的重要環節」。此外，姚一葦對藝術的內省型、非內省型、寫實型和反寫實型的闡發，雖然並不盡善盡美，而且頗有可商榷之處，但這一論述對我們理解文學中的內省和非內省，寫實和非寫實諸常見的文學現象，頗有啟示作用。姚一葦說：「作家在不斷地追求自己，發掘自己，於是他的作品便成為某一階段的思想、情感、心理狀態的反映，此所謂內省型；有的作家則儘量不把自我浸沉於所塑造的那一藝術品的世界之內，盡可能游離出來，此所謂非內省型；有的作家盡可能逼真真實，把個人的想像約束到最大限度此所謂寫實的；有的作家則盡可能背離真實，把想像發揮到最大限度，此所謂反寫實的。這種區別確屬存在，但只是相對的存在；它僅涉及一個時代或一個藝術家的創作的風格，而不涉及任何價值判斷。吾人決不能以為內省型優於非內省型，或寫實的優於反寫實，吾人不能作這種斷判。」關於內省型和非內省型作品之區分，姚一葦的說法是有一定道理的，但恐怕也不儘然。不管是內省型和非內省型作家，只要他創造的作品是真正偉大的藝術品，這作品無論如何必定表現了作家自己的思想、情感和心態，只是表現的程度、方式和效果不同罷了，很難設想維納斯和蒙特麗莎不表現作者的思想和情感；很難設想《嘔吐》和《鼠疫》只是一種純客觀的描寫、就臺灣作家作品舉例，黃春明的《鑼》和七等生的《我愛黑眼珠》，它們都是浸透作家情感和思想之作。那麼內省和外省型作品的區分，我以為主要是體現在表現方法上，有的作家善於通過人物的外在形體活動表現生活，從而也表現出作者對生活的價值判斷；而有些作家則善於通過人物內在的心理活動，或意識活動表現生活從而也揉進作者自己的情感和理想。這種表現方法和手段之不同使作者思想情感體現的形態也就不同。一般來說外省型的作品，作者的思想情感比較外露，讀者比較易於感觸；而內省型作品，作者思想情感體現比較隱秘，需要努力細緻分析才能了然。但不管以何種手段和方法表現，那情感和思想必須是真實的，是與作品中的人物情感和形象融合在一起的，而不是游離和外加的，否則，將是失敗之作。不管是內省型還是外省型作品，均必定體現出作家對生活、對人物、對真理的價值判斷。姚一葦對「內省型」和「非內省型」的提法也有辯證

的論述。他說「然而我必須鄭重地指出：在此我不是提出一種庸俗的二分法，不能機械的瞭解。所講『內省型』與『非內省型』雖是代表不同的『類』，表現為一種對立的形式，但是它只表現為對立的兩極，在對立的兩極之間容許各種不同形式的『內省型』和『非內省型』的存在。」[52]也就是說「內省型」和「非內省型」還是一個商榷的課題。和內省型、外省型作品相聯繫、寫實作品、非寫實作品的區別，也主要是在表現方法上，而不在「背離真實」與否上、真實一詞在藝術品中有兩層含義，即生活真實和藝術真實。任何一部稱得上藝術品的作品，都必須把生活真實轉化為藝術真實，作家的任務說穿了就是一件，即把生活真實轉化為藝術真實。沒有這個轉化，或者完不成這個轉化，就不成為作家。因此，任何一個作家都不可能「盡可能背離真實」；任何一個作家都必須通過生活真實去追求和靠攏藝術真實、那麼寫實和非寫實怎樣區分呢？主要在藝術手段，在於達到藝術真實的不同途徑。比如《紅樓夢》、《水滸》是通過萬花筒般的現實生活，去追求藝術真實；而《西遊記》則通過現實生活的折射之光去體現藝術真實，結果他們殊途同歸，都是偉大而不朽的古典藝術名著。

　　姚一葦的藝術理論打通了藝術和文學的通道，使之互相貫通，互相借鑒，對臺灣文學理論的發展有一定的貢獻。其從各個不同學科概括和論證藝術理論之方法，也使人獲得豐富知識之汲取和觸類旁通的啟示。姚一葦在該著中非常注意吸收古今中外前人的成果。幾乎每一章論述中都引用了西方相應的理論。但姚著對吸收中國傳統理論方面也下了功夫。在「論風格」一章中，他引用了劉勰關於文學的「八體」，認為「劉勰所謂體性實即吾人所謂之風格」、在「境界論」中姚著基本上是以王國維《人間詞話》之境界六說為綱進行闡述發揮和創造。姚著重要特色是廣引博採，多方吸收，建立自己的體系。不過在姚一葦的理論論證中很少涉獵臺灣文壇的文學現象和作品，使人無法把這種理論與臺灣文學聯繫認識，這不能不是一個缺憾。

---

[52] 《藝術的奧秘》，第 298 頁。

第五節　臺灣當代文學理論研究的先驅王夢鷗

　　王夢鷗，1907 年生，福建省長樂縣人，早年在家鄉上學，後去日本留學，畢業於早稻田大學。之後曾任教於日本廣島大學、福建廈門大學、福建師範學院。去臺灣後任臺灣政治大學教授、臺灣中興大學文學院院長、臺灣中央研究院研究員等職。他是著名的文學理論批評家，其文學論著主要有《初唐詩學考述》、《唐人小說研究》(1-4 集)、《李益的生平及其作品》、《文藝技巧論》、《文學概論》、《文藝美學》等。

　　王夢鷗的文學理論集中地體現在他 1964 年出版的《文學概論》和1971 年出版的《文藝美學》兩部著作中。前者是後者的基礎，後者是前者的發展和完善。王夢鷗在《文學概論》一書中，聯繫西方的文學和美學理論和中國傳統的文學理論，提出了語言藝術、記號作用、語言界線、韻律的形式和可變性，以及其變的限制；提出了文學中的意象和意象表現的層次等。而在《文藝美學》一書中，王夢鷗發展了《文學概論》中的觀點，提出了文藝美學理論的三大原理，即：「適性論——合目的性原理」，「意境論——假像原理」，「神遊論——移感與距離原理」。在《文學概論》中王夢鷗對「文學」的含義和定義進行了界說，他認為：從歷史上來看，文學一詞是代表著當時人對於「文學」的整個觀念。他們的觀念，各個時期不盡相同，因此文學一詞的涵義也跟著時代有所嬗變。而從現代的觀點看，文學又接近語言藝術。而現代的所謂語言藝術，「一面是說心意的活動，一面是說言詞的活動；言詞固是記號，而心意之現形，其實也是記號。然而構成文學的原理，實際只是記號（文義的）構造的原理了。語言是一種心意外現的符號，是人類內在心意的表達工具。無論是口號的聲音記號或書寫的圖式記號，都只不過是個人心意的記號或符號而已。而文學作品的主要工具，就是依賴於文字語言來表現的。」在王夢鷗看來，文學是一種「語言藝術」，而語言是人們的心靈活動外化的一種符號，這種符號有兩種形式，即口頭形式和書面形式，文學就是用這兩種形式的符號記載和表現人們的心靈活動的。這裡講的實際上是文學形式和內容，語言和心

靈的關係問題。不過王夢鷗如此論述的目的還在說明作為文學形式之
一的語言，在文學創作中所處的地位。如果說王夢鷗在《文學概論》
中主要是從符號學的角度破譯文學，為文學下定義。那麼到了《文藝
美學》一書中，王夢鷗對文學的看法，又有了深化。這裡他把審美看
作了文學的主要內涵。他寫道：「所謂文學也者，不過是服務於特定的
審美目的下之文字系統或文字的構成物而已。它之不同於其他藝術，
在於所用的符號不同，但它所以成為藝術品之一，則因同是服務於審
美目的。是故，以文學所具之特質而言，重要的即在這審美目的。」[53]
王夢鷗的《文藝美學》發展了《文學概論》中以語言為中心議題，探
討語言和心靈、形式和內容的關係，把論題引向了對主客體在審美中
的互相關係和如何實現審美過程的論述。王夢鷗的《文藝美學》分上
下兩篇，上篇七題下篇四題。上篇像論文集，下篇像專著。該著的中
心在下篇。下篇四題是：一、美的認識。二、適性論──合目的性的原
理。三、意境論──假像原理。四、神遊論──移感與距離原理。這三
大原理中，「意境論──假像原理」處於三大文藝美學原理的中間鎖鏈
環節，也是文學創作，體現審美價值的中心環節。「意境論──假像原
理」實際上講的是作家創作活動的孕育和物化的兩個階段。作家在構
思孕育階段，是心象活動階段，就是作者在《文學概論》中所說的在
語言外化之前的「心意活動」。這個階段雖然是創作全過程的組成部
分，但它只是作者個人的一種意識的內在活動，它還不是作品，它還
沒有實現文學的審美價值。而進入創作的第二階段，即作品已經孕育
成熟，要通過一定物質外殼──語言，進行表現，這才進入物化階段。
也就是王夢鷗在《文學概論》中所說的「口頭的聲音記號或書寫的圖
式記號」階段。王夢鷗的「意境論──假像原理」把從意象到物象，即
從精神活動到物質活動的過程分為兩個階段進行探討。第一階段，即
意象醞釀和顯形階段。王夢鷗認為，當外物刺激人們的感官系統後，
在心靈中留下的只是一些有意義的符號，這符號有時是具體的，可感
的形象，有時只是一種空洞的概念。這種形象和概念稱為「意」這是

---

[53] 《文藝美學》，第 131 頁。

「意象」的初級階段。而這種稱為「意」的東西，是進一步物化的基礎，作家在這個基礎上進一步思索深化，用語言形式表現，就變成了作品。而讀者的鑒賞則以原有的意象為前提，與新接受的物象（作品）互相交流、印證和補充，便形成了一種存留於想像之中的意境，便實現了文學審美的創造過程。第二階段，是由意象階段向物象階段轉化和過渡。這種物化過程包括文字學、語義學、修辭學等方面的塑造、修飾、練意等功夫。王夢鷗認為，文學創作中重要的在於意境的創造，而意境是人們的主觀和客觀相結合的產物。他寫道：「文學創作，重要的在乎意境，沒有意境的符號，至多是個未與主觀目的性發生關係的客觀物，它只是主觀感覺的形式或材料，不算是完全的表現。這感覺的材料與形式，是包括景物與感情而言，前者直是外界現象的記錄，後者直是心理狀態的記錄；前者是無感情的形象，後者是無形象的感情……意境者，是由客觀物依其自身法則，呈現為合目的性的結果，與主觀的目的性相配合而後成立的東西。」[54]王夢鷗在《文學概論》中講的文學「接近於語言藝術」，主要意思是語言是意義的符號，是社會發展中人們通過精神創造和積累不斷使心意外化而創造出來的符號系統。因而社會中的每一個活動著的個體都借助語言使自己的感受得到表達，又借助語言去接受外物，增加自己的知識，深化自己的感受。作家通過語言，使自己的創作活動得到完美的體現，而讀者通過語言去閱讀、欣賞、批評文學作品。這實際上是將主觀和客觀統一；將「意象」和「物象」統一；將創作和欣賞統一的過程；也是將瞬間的靈感通過語言的物質外殼轉化為永恆，實現文學審美的過程。「適性論──合目的性原理」講的就是主觀和客觀之統一。是主觀之「固有」與「外在」現象相吻合而構成的聯合表像。也就是作家在意象階段所孕育和構思之腹胎，在轉化為物質外殼的文學時，達到的和諧性。換句話說，就是作者的主觀構想適應了客觀情況。這種「合目的性原理」與姚一葦在《藝術的奧秘》中的「論和諧」原理相似。王夢鷗說：「發生於主客關係上之合目的問題，可分為兩面，一面是『客觀的合目的性』，另

---

[54]《文藝美學》，第 186 頁。

一面是『主觀的合目的性』。所以我們對於外美的省察,雖以主觀之稱心合意為主體,但亦不能不包括客觀自身的合目的性在內。換言之,凡審美之『美』,並非專恃主觀方面的任意構成,而是依從相對之間的相應法則來構成的。說得粗淺一點,客觀之美與不美,固然依靠我們個人的『看法』,但這看法之『法』本身即已含有客觀物所具之相應性質在。」[55]王夢鷗認為,「客觀物自身的合目的性」。是屬於哲學上的目的論和本體論範疇。客觀的外在目的性,就是事物呈現出來或授予我們的意義和價值,也就是人們對事物的經濟目的。而客觀內在的目的性,就是事物的本質特徵。所謂「理想」,是「由我們多次經驗所得而為記憶所保存的客觀物之形式或材料。而這形式或材料,也許只是一種輪廓或特殊的符號被記憶貯藏心裡,遇到我們再接觸客觀現象時,借著想像力從記憶中拿出來那輪廓或符號——愛爾斯脫謂之『典型』,歌德謂之『主觀的某未知名的法』——來與客觀現象相比較配合。合則成立了主客之合目的性關係。」[56]那麼,這種主觀和客觀之合目的性原理運用在文學上,就必須首先「打通這符號作用是隔膜」。王夢鷗寫道:「那麼文學作品究竟授給我們一些什麼呢?我們一定回答:第一眼是符號的印象,接著是符號意義的表象,接著是像我們省察自然現象一樣,由一些有意義的符號形式之不斷補充加詳,而構成了我們內在的一個完滿的符號意義。然而這完滿的內在符合意義,與其說它完全是作品所給予的,不如說是主觀所固有的某種符合與之相應而成立的結果。換言之,在文學作品的省察上,是我們主觀所『固有的』與『外在的』相應而構成的聯合表像,也就是我們用主觀所想像的形象來轉化那外在的文字使其成為我們所領略的意義。簡言之,這種轉化就是康德所說的『要把對象扯到可以滿足的關係上』,因為扯了,所以主觀與客觀之間遂成了合目的性的關係。」[57]自然的合目的性原理和文學的合目的性原理之區別,在於中間擋著一個文字語言符號,打通這個符號的所在,就是要使我們腦中儲存的符號意義與文學作品呈現的意義

---

[55] 《文藝美學》,第 151 頁。
[56] 《文藝美學》,第 155-156 頁。
[57] 《文藝美學》,第 166-167 頁。

相統一。以主觀想像的形象來融解作品呈現的形象意義，從而發現文學形象中所能含蘊的更為深廣的內容。王夢鷗的所謂「神遊論——移情原理」，講的是對象的精神內容與我的價值感情融為一體。王夢鷗說：「我們常說，藝術作品貴在『傳神』。實則藝術品本身，何神之有？必待作者寄其生命精神於藝術品中，而欣賞者與作者之元神會合，神遊於藝術品中而後乃見其『神』、此種『神會』或『神遊』的作用，19世紀以來有數種重要學說。」[58]通過作品之精神內容，即作家賦於作品的情感和主題，與讀者之領會體驗，即讀書心得相融合，產生出一種昇華了的意義，引起讀者的快感和傳神，使情感產生移位，達到天人合一，物我兩忘之境。於是「神遊」於無極無終的時空中。

王夢鷗的文學理論在臺灣發生了相當的影響力，《中華民國文藝史》在評價其《文學概論》時說：「王夢鷗這部書，幾乎全是圍繞著語言這一中心論題，加以引證、比較、闡釋。他提出了許多獨特的見解，可以說這是他傾畢生精力所完成的作品，也是我國近數十年來較為獨特而完整的文學理論。」

第六節　志在構建自我文學理論批評體系的沈謙

企圖從中外古今之文學理論批評中吸取營養，建構起自己文學理論批評大廈，是沈謙的文學理想，也是他多年來孜孜以求的奮鬥目標。因而他古今關照、東西相兼，將自己筆的鑽竿，在古代、在今朝、在東土，在西方的文學原野上，四處鑽探，並獲得了可觀成果。

沈謙，筆名思兼。江蘇省東臺縣人，1947年出生，1949年隨家人去臺灣。臺灣師範大學國文研究所畢業，獲文學博士學位。先後任教於臺灣師範大學、東吳大學、淡江大學、靜宜學院等。現任教於臺灣中興大學和高雄師範學院。主要論著有《中國的小說》、《書評與文評》、《文心雕龍批評論發微》、《文學批評》和《期待批評時代的來臨》等。

---

[58] 《文藝美學》，第121頁。

　　沈謙在《期待批評時代的來臨》一書的序中講:「我忽發覺,自己
好像具有多重身份、一方面是學生、一方面是教師,身兼讀者、作者、
編者,既要從事專門的學術研究,又要致力於現代文學的實際批評。
腳踏幾條船,難怪忙了十幾年,而今一事無成。唯一幸運的是,這所
有的一切,看似龐雜紛亂,其實卻是殊途同歸,直接或間接朝向一個
目標——妄想在建立中國現代文學批評理論體系上有所效力。這本《期
待批評時代的來臨》,就是朝此方向努力的一些記錄。」[59]從作者的話
語中看,我們把這部著作看成是沈謙文學理論成果之集中體現和代表
之作是無疑了。沈謙這部書,共分十個部分,第一部分為「理論、批
評、文學史和考證——文學研究的幾個主要部門」。這一部分中主要論
述文學理論和文學批評的基本概念和範疇。作者在分別介紹了中外古
今文論家劉勰、姚永樸、郭象升、韋勒克、華倫和劉若愚對文學研究
的範疇、門類後,取長補短提出了自己的見解。他說:「盱衡以上各家
之言,斟酌損益。再加上多年來的思慮,依個人管見,文學研究似乎
可分作:文學理論、文學批評、文學史和文學考證四個主要部門。」[60]
作者列表如下:

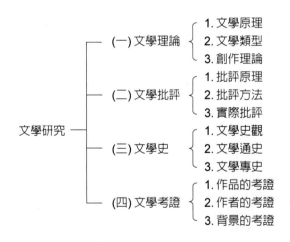

---

[59]《期待批評時代的來臨》,第 2 頁。
[60]《期待批評時代的來臨》,第 10 頁。

　　按照作者所列的這個表，把文學研究分為四大類，十二種。這實際上概括了文學理論批評之全部內容。沈謙通過對前人成果的吸收，明確地將考證也列入了文學研究的一個重要門類。考證，特別是古典文學的考證，是一項十分繁瑣細緻的工作，在文學研究中，確真辨偽的考證，實際上就是一個研究過程，而且是比某些分析評價更為重要、更為有意義的研究。沈謙鄭重地將考證列入研究範疇是很有見地的。在談到文學批評與文學的關係時，作者在書的開頭有一段話，非常有趣。作者寫道：「這個世界原來是銅做的，詩人卻為我們創造了一個黃金的世界。文學批評的工作，就是這個黃金世界的導遊，希望能幫助讀者，睜亮眼睛，從各種角度仔細欣賞詩人們所創造的黃金世界，是如何地美妙和可愛。」[61]第二部分是「文學的傳統與創新」。作者認為傳統是一條流動的活水，不斷匯聚豐富壯大。任何作家均「存在於文學傳統之中，無法置身於傳統之外，他既難以擺脫傳統給予的影響，也難以被孤立起來予以評價。」在談到文學傳統與創新的關係時他認為，文學傳統之所以能顯示活力，煥發異樣的光彩和創造力，是因為一代代作家都在傳統的基礎上作了創新，他們創造的文學體裁和表現方式，都增加了傳統的活力。第三部分是「批評的態度」，作者認為文學批評應該破除六條蔽障：(1)貴古賤今。(2)喜新厭舊。(3)崇己抑人。(4)厚外薄中。(5)信偽迷真。(6)深廢淺售。破除了這六條蔽障之後，批評家應該堅持和實行什麼樣的正確批評態度呢？沈謙開列了三個方面六種傾向。其一是客觀公正。要作到客觀公正就必須去個人偏嗜，由各種角度而臧否；衡鑒作品整體，由內質外飾而批評。其二是深入熟悉。即由精研達詁而深識鑒奧；由知識詮別而性靈感受。其三是謙虛誠敬。即知識上的謙虛和品格上的誠敬。第四部分是「文學批評的層次──從夏志清、顏元叔的論戰談起」。這一部分是沈謙結合臺灣文學理論批評實際，對顏元叔和夏志清之間，因批評觀念和批評方法引起的一場論爭的分析。顏、夏二人均是臺灣文學理論批評界之重要人物，他們的論爭雖然是因為中國傳統詩話、詞話引起的論爭，但卻直

---

[61] 《期待批評時代的來臨》，第 1 頁。

接涉及到臺灣引進西方的文學批評理論問題，比如關於「新批評」、「比較文學」。夏志清責備臺灣文學批評中「過分重視方法學，好像會一套法術，文學上一切問題就可迎刃而解。」責備有些人從中西方文學中「看到一兩點相似之處，就機械地寫長文硬比，反而弄巧成拙，貽笑大方。」而顏元叔反駁夏志清是「印象主義的復辟」對夏志清的觀點一一批駁。沈謙雖然指出雙方都有缺點和不足，但顯而易見，對顏元叔反駁較多。沈謙在文學理論批評研究中能聯繫臺灣文壇實際，對兩個重要人物的論爭進行評論，這種理論連繫實際的作法，是值得肯定和歡迎的。沈謙認為批評有五個層次，即(1)闡釋。即帶領讀者進入作品的內層，充分瞭解作品的語言效果和震撼力。「傑出作者，常運用神秘的，比擬的，富有高度暗示性的語言，燭幽顯微，尋根探源，以進窺作者的心境。批評的第一步，就是要解釋並闡揚文學作品奧妙之所在。」[62](2)衡鑒。「批評者既要明察秋毫而不忘輿心，又要見樹而得林。舉大而不略小，品優而抉劣。在白碧中剔出微瑕，從泥沙中淘出黃金。」[63]批評的第二步就要從整體上鑒別作品的優劣和真偽。(3)比較。比較包括同一作家其他作品比較，同時代其他作家比較，不同國家文學比較等。作到「博覽參閱，研精窮照」，把作品放在適當地位上。(4)評價。對批評對象作出適當結論。(5)立論。就是要點明理論依據。作到「綱舉目張，言之成理」。不但要明其妙，而且名其妙。沈謙認為批評層次有三個。第一是主觀欣賞。第二是客觀研析。第三是透過客觀研析後得出主觀結論。第五部分是「從批評原理論鄉土文學」。這一部分是作者運用文學理論分析臺灣的鄉土文學和發生於 1977 年至 1978 年的鄉土文學論戰。沈謙雖然在文中一再顯示「客觀」和「公允」，但實際上是站在官方一邊對鄉土文學持批判和攻擊態度的。比如在「鄉土文學的批判」一節中，作者寫道：「從本質上看，鄉土文學是無可非議，無論是創作鄉土文學的作品，或是提倡鄉土文學的意見，都應該是不成問題的。問題是：目前有極少數號稱鄉土文學的作品，似乎偏離正規，

---

[62]　《期待批評時代的來臨》，第 89 頁。
[63]　《期待批評時代的來臨》，第 90 頁。

滲入其他若干不良成份；有一些名為鄉土文學或現實主義文學的倡導者，有著偏頗的趨向。這種情況如果不及時加以正視與檢討，恐怕不僅僅侵害到鄉土文學這片純真可愛的園地，甚且影響到整個民族文學的正常發展，使我國的民族精神受污染。職是之故，有識之士，紛紛挺身而出，針對鄉土文學的弊病，加以批判。他們並不是批鄉土文學本身，而是在替鄉土文學除莠草、驅蟲害，至少是在未雨綢繆，糾正若干可能發生的偏差。」這段話等於是說，對鄉土文學圍剿有理。鄉土文學論戰和對鄉土文學的討論，早已是真相大白了。文學有許多流派，各種文學都應該自覺地接受歷史和時代的選擇，人為的以政治手段去打擊某種文學，既是政治上的一種專制，又是文學發展之大敵。沈謙所說的「除莠草、驅蟲害」指的正是陳映真、王拓、黃春明等那些生機勃勃的鄉土文學作品，它們正是臺灣文學中的精華，比之那些反共八股和崇洋媚外之作，分離主義之作，它們簡值是臺灣文學的驕傲了。把精華當莠草，哪裡還有批評家的理智和眼光呢？文學批評要看清歷史發展的潮流，凡推動歷史發展的是好文學；凡阻礙歷史前進的是壞文學。文學家要站在廣大人民的立場上，決不能背離人民的利益和違背歷史潮流，否則將會走向反面，徹底葬送掉文學事業。理論是觀念和立場，而不是技巧，因而研究理論首先要有正確的觀念和立場。第六部分是「幾種文學體裁下的楊貴妃」。作者通過古代的詩、戲劇、小說等文學體裁所塑造的同一個人物進行比較，這是從文學體裁角度進行縱向的比較研究。第七部分是：「精神的關照，文學的感染」，這實際上是一篇關於臺灣報導文學創作的評論文章，作者通過古蒙仁《黑色部落》一書的實際批評，探討了報導文學的定義、精神實質、藝術形式和表現手法。第八部分是「中國文學的呈現語態」。作者之用心在於「就中國文學描寫技巧最精粹的一環，探尋隱藏在藝術作品背後的金針。一則幫助欣賞文學之奧秘，一則提供現代創作之借鑒。」第九部分是「中國文學比較研究之途徑」。宗旨是「擷取比較文學的理論和方法，應用在中國文學本身的研析上。」第十部分是「期待批評時代的來臨」。這是一篇綜合性的論述。「旨在將中國文學批評作一番回顧與前瞻。」作者認為臺灣文學的理論批評「目前最迫切的工作，

一方面是徹底衡量審視西洋的文學理論和方法，哪些適用，哪些不適用，哪些需要調整和修正後，在可能情況下，可以幫助我們開發中國文學寶藏，一方面要從中國文學中擷取若干獨到的理論與方法，貢獻世界文學。例如神韻、肌理、風骨、妙悟等中國文學理論的觀點，對西洋文學作一番重估。如此，不但使中國文學批評煥發出燦爛的光輝，且將在整個世界文化的溝通和文學的發展上放一異彩。」[64]

沈謙的文學理論批評，可以說是比較系統，但還未能構成體系。綜合觀察《期待批評時代的來臨》一書中所闡述的文學理論有以下幾個特點。(1)企圖建立理論體系，但因未能擴展和深入，使作者的意圖未能完全實現，但即使如此，作者對許多理論問題所作的闡釋顯示出的獨到見解，已經是功不可沒。(2)注意東西方理論的交彙和融合工作。特別注意開掘中國傳統的文學理論，比如《文心雕龍》營養的吸收和運用。(3)方法論研究比較充分。(4)比較注意聯繫臺灣文壇實際和理論與批評相結合，但作者在聯繫實際中某些觀點很值得商榷。(5)回顧過去，立足今天，展望未來，在這種意識活動中，把中國放在中心地位，突出開發中國傳統的理論寶庫。

第七節　初試鋒芒的臺灣青年文學理論星群

一、理論和實踐緊密結合的──李瑞騰

臺灣青年文論家中的佼佼者，他理論敏感度較高，拓展面較寬，尤其是詩歌理論批評，十分引人注目。李瑞騰，臺灣省南投縣人，1953年 8 月出生。臺灣中國文化學院中文系畢業，臺灣中國文化大學中文研究所碩士、博士。曾先後任中國文化大學講師、德明商專講師、《商工日報》副刊主編、淡江大學中文研究所副教授。現任臺灣中央大學中文系副教授、《文訊》雜誌總編輯、《臺灣文學觀察》雜誌發行人等。他出版的學術論著有：《六朝詩學研究》、《一曲琵琶說到今──白居易

---

[64] 《期待批評時代的來臨》，第 248 頁。

詩賞析》、《水晶簾捲──絕句精華賞析》、《詩的詮釋》、《寂寞之旅──中國文學論稿》、《詩心與國魂》、《披文入情》、《文學思考》、《晚清文學思想之研究》、《臺灣文學風貌》等。文論選編方面有《抗戰文學概說》、《當前大陸文學》和《中華現代文學大系・評論卷》（上下兩冊）。

　　從學術經歷和論著目錄看，李瑞騰原是中國古典文學，特別是古典詩歌研究領域裡的一名強將，但是由於時代和社會之需要和本人對時代和社會命運之關注，他逐漸地將陣地轉向了臺灣文學理論之探討。與許多青年文論家不同，李瑞騰的文學理論研究具有幾個鮮明的特點，其一是現實性。現實性中又有兩個內涵，一是論述的課題大都是現實中出現的，二是圍繞著現實的需要進行研究。他始終圍繞著文壇當前出現的問題，適應大眾傳播系統的需要，選擇自己研究課題，進行開掘。因而不管是當代眾說紛紜的文學現象之理論梳竣；還是海峽兩岸文學匯流形勢之研究；不管是報導文學現象和本質及文體職能的探討，還是臺灣女性文學特質之總結和辨識；不管是文學創作狀況的分析，還是文學理論批評特點之抽象，均在他的理論視野之中。比如李瑞騰在論述到臺灣新興的，但並非興旺的文學品種──報導文學功能的演變時說：「然則報導文學發展至今，早已跳脫了這種規範（即新聞文體），因為它不一定以『新聞現象』做題材，只要是我們生存空間既存的事實而且具報導價值的，皆可取為對象；其次，它不一定是記敘文，可以夾敘、夾議、夾感。」[65]李瑞騰在論述文學與現實生活的關係時，他寫道：「我們確信，文學可以記錄當代，書寫前代，所以當臺灣出現了嚴重污染，自然生態無情地被破壞，就會出現重新反省人與自然關係的生態文學或環保文學；當政黨抗爭形成街頭運動，就會出現紀實的抗議文學或政治文學；當婦運把男女平權觀念不斷宣揚，可是仍有婦女在社會或家庭受到不平等待遇，就會出現女性觀點的文學；當政府開放大陸探親、文化交流，自然形成探親文學，或文化尋根之作；當人們短視近利、竟逐金錢遊戲，社會亂象必現，人際極端疏離，人的心靈逐漸空洞化、性愛與婚姻愈來愈不能獲得合理的規範，

---

[65] 《臺灣文學風貌》，第 102-103 頁。

文學就像鏡子一樣，一一把這種種現象反映了出來。」[66]其二是，實踐性。這實踐性也有兩方面的內涵，一是作者在陳述理論時，處處注意聯繫文學創作和文學批評的實踐，二是作者身處臺灣文壇，不離開腳下的土地，不脫離臺灣的文學實踐。李瑞騰幾乎所有關於文學理論批評的觀點，都是在評述臺灣文學的現象、作家、作品中概括和抽象出來的，幾乎沒有一篇是由抽象到抽象，由理論到理論的。比如在研究什麼是文學時，以臺灣文學作為論據，在研究什麼是臺灣文學時，又從文學的基本原理說開。作者寫道：「所謂『臺灣文學』，簡單地說就是在臺灣這個地方所形成發展出來的文學。文學是以文字作為表現媒介，而在臺灣的人民是講中國話，寫中國字的，所以『臺灣文學』的先決條件就是用中文寫作。」[67]再比如，在論述到文學的傳達工具——語言問題，即共同語和方言的關係時，李瑞騰寫道：「我贊成從教育著手推行全國性的共同語——國語，但堅決反對對方言的漠視或壓抑。」「日據下的臺灣普遍都是文盲，而今天的臺灣則是普遍識字，而且各省人縱有方言（譬如『臺灣國語』、『廣東國語』等），但都不妨害溝通對話。所以，臺語被當作學術層面一個重要的研究課題，是應該不斷加強，持之以教子弟，亦可妥善規劃，但是把它社會化變成一個運動，在此時此地，是否確有必要？」[68]其三是，學術性和通俗性相結合。在許多人的理論著述裡，常常把本來非常淺顯的東西，弄得十分古怪和玄奧，把明亮弄陰暗，把清澈弄混濁，從而故作不凡和高深。而李瑞騰卻是相反，把學術性和通俗性結合起來，化暗為明，化深為淺，使人們能夠迅速接受和理解他所講的理論。在談到文學創作和文學批評的關係時，他說「文學的書寫行為，包括了創作活動和論述活動。前者乃是作者將其內在的思想和情感以一組可以有效傳達的文字往外表現，後者主要是針對文學活動空間的個別和整體現象，加以詮釋並從事價值評判。通常，創作者需特具對人世現象的靈視巧思，從選擇素材到經營篇章的書寫過程，他必須把握住原創性；而論述者，他當然

[66] 《臺灣文學風貌》，第 182-189 頁。
[67] 《臺灣文學風貌》，第 9 頁。
[68] 《臺灣文學風貌》，第 54-55 頁。

也需要有創意，或者可以說他其實也正參與作品的創作。」⁶⁹在論述到文學評論的特點時，他寫道：「文學的論述既單純且複雜。說它單純，是著眼於它只不過是個人主觀認定的客觀化而已，只不過是閱讀中所發現的意義之陳述而已；說它複雜，主要是因為它會因論述者個人的性情、經驗、知識、道德信念等方面的差異，而有不同的論述內容和結果，有時甚至會形成眾說紛紜的局面。」⁷⁰其四是：聯繫性和通變性。李瑞騰在論述文學現象時，常常後有回顧，前有瞻望。把自己論述的問題安放在具體的歷史、現實的社會和文學環境中，在演變和發展中去進行考察。比如，對「臺灣文學」概念的考察是如此，對臺灣文學中的白話語言和臺語的考察亦如此。例如在談到臺灣文學的內涵和風貌時，他寫道：「這樣的文學究竟會是一個什麼樣的風貌和內涵呢？由於任何一個特定空間的文學，隨著政經結構的進展必然會有階段性的變化，所以要談『臺灣文學』，就一定要認識臺灣的歷史，大體來說，臺灣史可以說是：漢人流遷此地，從事各種墾拓，為了生活而與環境互動的歷史，這之間有與原住民及異族相對的抗爭關係。漢人中又有來源不同，也有先來者與後來者的差別，整體形成非常複雜而且變動的政經結構……日據中期以後，祖國大陸在五四的新文學運動開始衝擊此地的漢語文學，新的白話中文出現，而且逐漸成為文學表現的主流……」⁷¹如果說突出的歷史回顧是李瑞騰理論批評的一個鮮明特徵，成為他理論論證的堅固基礎；那麼強烈的前瞻性是李瑞騰文學理論批評的又一特點，成為他理論批評廣視的眼睛。李瑞騰有一篇文章為〈對於未來文學發展的預測〉，用的是未來學的理論觀點來研究文學。他說「這已經是一門科學——未來學，主要是對於未來的社會進行可能性的提出並分析，甚而針對各種預測從事研究。在文學領域，這是一個整合性新學科，稱為『文學未來學』，除了以文學與社會之關係為基礎建立系統理論，更重要的是實際進行文學預測。」⁷²運用「文學未來學」

---

⁶⁹ 《臺灣文學風貌》，第 121 頁。

⁷⁰ 《臺灣文學風貌》，第 121-122 頁。

⁷¹ 《臺灣文學風貌》，第 9-10 頁。

⁷² 《臺灣文學風貌》，第 181 頁。

對文學的發展前景和演變軌跡進行分析判斷和預測，是李瑞騰文學研究的重要方法之一，在他的許多文章中，比如〈臺灣文學的歷史考察〉、〈現階段幾個文學現象的思考〉、〈尋找新的詮釋體系〉等文章中，都有較突出的運用。「文學未來學」的方法研究文學，有的是從歷史和現實的文學事實出發去分析、判斷未來的文學方向；有的是運用推理和演繹法，預示文學的前景；有的是憑經驗對未來文學提出方案和設想等。李瑞騰在〈臺灣文學的歷史考察〉一文中，從臺灣文學的歷史考察出發，對臺灣文學的前景提出了這樣的建議和設想，他說：「本文夾敘夾議，對臺灣光復前後迄今的文學發展略作考察，最後想特別指出的是：為了讓臺灣地區的文學，在整個中國新文學史上獲得公平合理的地位；為了它能夠有更豐美的未來，我們不能不作各種可能的努力……」李瑞騰提出五條，大意是：把臺灣有文學以來的文學資料攤開，讓專家學者憑學術良心和方法去作歷史評判；建立完善的研究系統，重視人力培養，讓學術和創作結合；消除文壇的意氣之爭，把文學當文學處理，消除語言暴力，尊重別人的發言權；對文學的商業化、消費化採取制衡措施，企業應回饋社會，贊助精制文化，推動文化品格上升；打破「島國心態」，立足臺灣，心懷大中國，放眼世界，對大陸文學作冷靜評估。

二、擅於獨立思考和研判的──蔡源煌

　　1948 年生，臺灣省嘉義縣人，臺灣大學外文系畢業，美國紐約州立大學英美文學博士，現任臺灣大學外文系教授。出版的論著有：《寂寞的結》、《文學的信念》和《當代文學論集》等。比起臺灣青年文論家群體中的其他人，出生於 1948 年的蔡源煌彷彿稍年長了一點，但是文學理論研究不比文學創作，可以不經正規的科班訓練和比較刻苦的理論攻讀，就能憑靈感，在一個早上成為文學理論批評家的。文學理論的出道成熟期較長，較緩慢，因而我們適當的將理論批評的青年期放寬點，想來也是合理的。況且從實際的學術活動和學術思想來看，蔡源煌無疑是屬於此一群體的。蔡源煌不僅留學美國，而且獲得的是英美文學博士，對西洋文學理論修養較深，在他的文學理論批評世界

中，寸步不離的是西方理論和西方作品的印證、不過蔡源煌並不是西方文學理論的崇拜者，他用分析、鑒別和選擇的目光去看西方的任何文學理論，實事求是地批評它們的缺欠，指出它們的優劣。蔡源煌的文學理論批評的主要內容是：

1. 文學是人生的一面鏡子，它不僅能夠反映人的活動，而且能夠反饋人生。在〈文學閱讀與自我教育〉一文中他說：「積極地說，文學作品呈現的人物和行為，是人生的一面鏡子。文學閱讀能夠輔助自我教育，理由也在於此。我們可以參考模仿書中人物的典例，看到作品中為人所不齒的人物之作為，便警惕自己。甚至當書裡描寫人物的理想抱負與現實原則不符，都可供作個人自我期許的參考。」「文學中呈現細膩的情感，可以消除暴淚之氣，作品中處理善惡對峙的主題，使人明判是非；書中正人君子的行為又可拿來檢查我們自己。更重要的是，文學作品讀多了可以彌補經驗之不足……」[73]

2. 文學批評是一種主觀的活動。因為文學批評是一種文學評價活動，必然受到作者的觀念和學識的影響。蔡源煌在〈文學批評的信念與態度〉一文中說：「我敢說文學批評是主觀的，因為一個批評家的選擇總難免受他所背書的理論典範影響。正因為如此，每一種批評意見都是局部的。」[74]蔡源煌從他對文學批評的認識出發，為文學批評家提出了三個條件：即「一、在揭櫫一項批評理論的時候，不妨先自問：我信不信？如果信了，這個模式所固有的局限該如何克服？二、即使信了，不妨提醒自己是否尊重到多數讀者的心理？別忘了，文學批評要成為氣候的一個主要條件是它必須有影響力，也就是說，必須引起共鳴。三、一項批評手法之抉擇（甚至執著）是要付出代價的，而且選擇之後也未必有用。文學批評不妨採取多元化方針。每一項批評方法固然有其局限，也必然各有優點……」

---

[73] 《文學的信念》，第 2-3 頁。
[74] 《文學的信念》，第 115 頁。

3. 文學研究，要把外緣研究和內在研究結合起來。所謂的文學內在研究，是指用新批評法等，對作品進行的文本研究，即在形構主義規範下，相信作品本身的自給自足，自成格局，考察和研究作品的當務之急是分析它自身的雋語，反諷效果，暗喻等。主張作品應有和諧的統一性和完美的造型等。而所謂文學的外緣研究，即指對作品歷史、時代背景的考察，作者思想觀念對作品的影響等。蔡源煌在〈文學的外緣研究和內在研究〉一文中說「文學研究的最高理想乃是內在研究與外緣研究相容並蓄。我說它是理想，理由在於，外緣研究──尤其是思想史──不容易做好。一方面我們鼓勵多元的研究方針，則不宜只抱持某一項理論模式，而妄圖定於一尊。一項理論模式是否管用，不僅因作品而異，也因研究者的需要和主觀的預期而定。另一方面，我們必須肯定內在研究與外緣研究同時並存的優點。內在研究──特別是作品闡釋──變成是考察一部作品時最基本的功夫，也許應該算是一種技巧、方法，只是做學問的出發點。外緣研究所涉獵的佐證資料（例如傳記、心理學、歷史背景、政治與文化思潮、思想主流等）一則成為跨行的訓練，可以拓展文學的領域；一則可以彌補內在研究之不足。」[75]

4. 文學理論應該聯繫創作實際。蔡源煌認為，文學研究的範疇離不開作者、作品和讀者三個媒體，而文學作品之意義有三層：一是作者的意義，即作者創作意圖傳達之資訊；二是作品自身的意義，即文學傳統與成規所賦予文學表現之意義；三是讀者的意義，指讀者的閱讀效應。蔡源煌在〈讀者‧作品‧作者〉一文中批判了形構主義和主觀批評兩者的偏頗（前者只注意作品；後者否定作品的存在，認為一切都是讀者的意識活動。）後，為理論聯繫實際的批評法，提出了兩條原則：「(1)闡釋必須以作品為依據──雖然未必局限於作品中明文部分的意旨。任何闡釋若不以作品為主，便可能是別有居心；(2)任何閱讀方法之準確度以文學傳承為

---

[75] 《文學的信念》，第 123 頁。

準。讀者所出具的參考構架必須有『歷史』的背書。」蔡源煌將文學研究中讀者、作品、作者的互相關係具現為以下圖表：

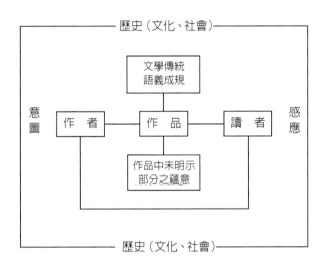

該圖示把整個文學創作活動放入歷史、文化、社會之整體構架中，來說明文學傳統、語義成規與作者、作品、讀者之相互關系。此表不夠完整，未將批評家和讀者與作品中未明示之意蘊關係，即批評家和讀者根據作品的啟迪之再創造的關係示明。

5. 文學是虛構的現實。文學中的世界和現實世界不同，它是經過思維和語言過濾的，在這一過濾中，作者的觀念和語義的成規，都已經滲入到這個世界中了。蔡源煌說：「我們會發現：語言文學本身可以構築成另一個『現實』，從文學的觀點說：這種『現實』本是一種虛構。是以從型構的觀念來看：作品能夠達成一模仿的現實感，也是圓滿的條件之一了。──但是『虛構』這個前提的觀念則必須固守，因為作品中本來就是用語言鋪陳出來的。我們讀一篇小說，不能武斷地說，它就是現實！──生命中的現實一旦經由語言文字加以傳遞，就已經被過濾了。[76]

---

[76] 《文學的信念》，第 267-268 頁。

6. 反對文學「綁票」。文學綁票之說是一種形象的比喻，就是指批評家不分青紅皂白，硬以自己的主觀方法和主觀意志去解釋、評價一部文學作品。蔡源煌在〈文學綁票〉一文中說：「什麼是文學綁票呢？就是以個人主觀的意識形態或批評模式，去誘拐、綁架一部作品。為了遷就自己的意識形態或批評模式，批評家往往把作品揪來印證自己的理論。結果，批評家說明的不是作品，而是自己的理論。如果作品能夠印證批評家的理論，或者說，印證的可信還高，那就算交了贖金，而作品也可以『放生』。萬一印證得不妥，作品恐怕就會活活地被糟蹋了。更不幸的是，作品若無印證他的理論或模式，批評家『索不到贖金』時，便只好把作品扭曲、分屍。也就是『撕票』了。」

三、研究是為了創新的——龔鵬程

1956 年出生，原籍江西省吉安縣人。臺灣師範大學國文研究所博士班畢業。現任臺灣淡江大學中文系副教授和《國文天地》月刊總編輯。他的論著有：《孔穎達周易正義研究》、《中國詩歌中的季節》、《蘇軾詩選析注》、《詞選注賞析》、《讀詩偶記》、《江西詩社宗派研究》、《詩史本色與妙語》、《中國小說史論叢》、《歷史中的一盞燈》、《文學散步》、《文學與美學》等。龔鵬程的文學理論集中地表現在他的《文學與美學》和《文學散步》等著作之中，在《文學與美學》這部專著中，作者集中論述了文學與美學的關係，文學美學的基本內涵現代戲劇與人生哲學；中國哲學之美，書法與美學，小說美學及中國古代詩詞中美感表現等。在論述文學美時，作者認為「探討文學美的發現和發展史，最重要的事，就是觀察產生美學觀念的條件和原因」[77]作者把這種條件和原因概為四條，即：(1)作者的心理。作者在美感活動中的心理因素是美學關心的重要內涵，特殊的心理因素，會產生特殊的美感觀念，進而可創造特殊的美的形態。(2)時代的一般的審美趣味。時代和社會的審美趣味，對文學家的審美觀念有著重大的影響，任何作者都不可

---

[77] 《文學與美學》，第 8 頁。

能在真空中創作，因此，「許多美學觀念，本是時代趣味的細繹或呈現。」
(3)所處社會的客觀環境。社會政治、經濟等結構和政策，對美學觀念
產生重要影響，不同的意識形態，不同的社會制度就會有不同的審美
認識和審美標準。(4)哲人及一般思想的感應。哲學是美學的中堅，而
美學思想又是人類思想中的一環，因此研究文學美學不可脫離哲學和
社會思想環境。龔鵬程認為：美的性質和美感的價值判斷，是進行文
學美學研究的基礎。因為「文學作品常因其美感性質之不同，而呈現
不同範疇的美的形式，細繹這些不同的範疇，而給予價值判斷，便常
是文學理論家之能事……而美感價值之標準不同，其所形成的理論也大
相徑庭。因此，我們要瞭解文學，必須先瞭解他們對文學的看法；而要
洞察其文學觀念的底蘊，又得探索它背後據以成立的美感價值。」[78]龔
鵬程這種把美學和美感經驗之產生和性質放在整個社會、政治、經濟
的背景下來考慮，並認為社會意識和哲學思想是美學的中堅，是很有
見地的看法。美學是觀念形態的上層建築，它不可避免地要受到經濟
基礎的制約；生活在階級社會中，每個人都歸屬於一定的階級群體和
社會階層，文學家和美學家也不例外，因此，他們的文學觀、美學觀
絕不可能不染上任何階級的和社會的色彩，從這個角度講，美的形式、
美的範疇、美的價值判斷，都不可能是純客觀的，都是一種社會價值
的體現。所以不同美感的價值標準就產生不同的文學美學理論。

　　龔鵬程的《文學散步》，實際上是一部文學概論，研究的是一般的
文學理論。龔鵬程認為，研究文學理論的目的，並不在於宣傳和認定
某種既存的文學理論，而是為了催開新的文學理論之花。他在〈序〉
中講道：「寫文學概論的目的，並不在於宣楊某一家的文學理論；反之，
他毋寧是以他本人所代表的一套文學理論為基底，向讀者簡單鋪陳並
解說有關文學內在知識論規律及方法學基礎的所有問題。只要讀者熟
悉，並初步瞭解了這些問題，則他可以以他自己的思索，重新處理這
些問題，而構成一種新的文學理論或培養出新品種的文學之花。研究
理論不是為了固守理論和純粹的闡釋介紹理論，而志在現有理論的基

---

[78] 《文學與美學》，第 11-12 頁。

礎上加入自己的認識而產生新的理論，這是一種進取性的和創造性的研究，它比那種被動的、移植性的研究要優越得多。龔鵬程在這部書中，對文學的目的、意義、價值、功能，以及文學與其他各社會科學的關係進行了論述。他認為，文學是研究人生的價值和意義的，文學的審美判斷也是一種意義和價值的判斷，文學批評是建立在對作品意義的判斷上面。讀者對作品意義的認識，不只是對客觀材料和對象的理解，還在於對內在普遍的共同生命意義的認識。龔鵬程對文學作品的認識，與蔡源煌的認識基本上是一致的，包括三個內容，即：(1)社會文化意義；(2)作者自身意義；(3)作品本身的明示意義。他認為「文學作品的創造，本身就是一種已經自我體現了的價值。一幅畫，不能吃，不能賣錢，作者也死了，可是畫本身仍然能夠具現為一種『藝術』；所以藝術本身即是自我顯現的目的，非任何其他目的的工具。」在談到文學的目的性時，他說「文學不能是為了某些特定的目的外在目的而作，否則，便成了政治宣傳、經濟論述或道德講議之類。但是，假如我們能真的完成一篇文學創作，卻可以有美感、道德、政治、經濟等各種功能……」龔鵬程的這種文學目的說是值得深討的。文學創作「不能為了某些特定的目的的外在目的而作」，也就是說要「為文學而文學」，「為藝術而藝術」，但創作出的作品卻又要有政治、美感、道德、經濟的功能，這沒有目的和有功能之間靠什麼來衡量和測試呢？顯然有自我矛盾之處，這實際上是文學創作的動機和效果分離理論。在一般情況下，文學創作的動機和效果應該是一致的，作家怎樣取材，怎樣構思，要體現什麼樣的思想，都是一種自覺狀態的活動。這樣創作出來的作品動機和效果大體上應該是一致的。而只有在不自覺的狀態下，作品產生多義和歧意，出於作家的意料的情況下，才可能產生動機和效果的部分分離。而這種情況既不是必有的，也不是普遍的，而動機和效果、目的和功能的統一性卻是具有普遍性的規律。我們不反對作品的主題論，而且提倡作品主題論，但我們卻反對狹隘的作品主題論，對那種泛泛地反對的文學的目性的理論也是不敢苟同的。

第三編

臺灣文學史的研究

作家論、作品論、流派論、風格論等不同，它必須是在全視觀點和整體關照統攝下的階段和個體研究。這種全視觀點和整體關照有以下幾層制約：(1)作家、作品、流派在階段性中的地位；(2)作家、作品、流派在群體中的地位；(3)作家、作品、流派在體裁中的地位；(4)作品、作家、流派在全程中的地位。根據這幾層制約對他們進行多角度和多時空的交錯定位。文學史的研究，可分為：(1)全程性的文學史；(2)斷代文學史；(3)分類文學史，(4)地方文學史。全程文學史又可以稱為文學通史，這種文學史具有規模宏大，視野開闊，縱橫交織，前後呼應，是以表現一個國家一個民族，一個地區文學的全景風貌，體現出該國家，該地區，該民族歷史性整體性的文學的水平、成就和素質。體現出該國家、該民族、該地區文學的傳統特徵和發展演變軌跡。由於文學具有綜合性文化效應，它包含了語言、文學、文化水準、理論水平、心理素質、思維敏鈍、甚至涉及到自然科學的水準等。所以一部文學通史實際上是一個國家、一個民族、一個地區精神文明和文化素質整體風貌的體現。斷代文學史，是階段性的文學史。比如：漢代文學史、魏晉南北朝文學史、唐代文學史等。這種文學史，目的在於呈現某一段文學整體風貌。這種文學史的特點是便於更廣地呈現文學的橫面狀態。許多文學現象、作家、作品在全程文學史中提不上日程或一帶而過的，在斷代文學史中可以安排敘述。這種文學史和全程文學史的宗旨有所不同，雖然它也有總結和概括該階段文學發展的內部規律的使命，但比起全程文學史來，它的側重點卻是呈現文學風貌，表現這個階段的文學成就為主要任務。或者重點呈現該階段文學的某種重要特徵。比如唐詩、宋詞、明清小說等某種體裁的特殊繁榮。分類文學史，又可稱之為體裁性文學史。比如詩歌史、小說史、散文史、文學理論批評史等。這種文學史志在總結、概括某些重要文學體裁歷史發展的突出成就。這種文學史，比起綜合文學史來，它是文學史的輕騎兵，便於單刀直入，深入這體裁的縱深地帶，探索該體裁發展的內在規律。地區性的文學史，一般是由於該地區因歷史的和現實的，風土的和人文的多種原因，使該地區的文學在全國、全民族的文學中展現出某種個性特色。比如，臺灣文學在中國文學中就由於歷史的、社會的和意

識形態的諸種特殊性，使它在文學的題材、風格、流派、思想主題等方面，表現出與大陸文學一定的差異性；表現出在中國文學的共性中的某種地方色彩和個性。再比如西部文學。由於西北地處黃土高原、大沙漠和草原地帶，以及長期乾旱和比較粗放的耕耘方法和流動的放牧生活等等，形成該地區人與內地人不同的粗獷、豪放、豁達、開朗的性格，這種生活和性格形成了他們文學與內地文學較明顯的風格和氣質的差別。國家、民族文學的共性和地區文學的個性，是很正常的，是符合歷史唯物主義和辯證唯物主義的。尤其對一個大國來說，可以說是必然的現象。在這種情況下撰寫地方性的文學史，不僅可以總結該地區文學的特殊成就和風貌，表現出該地區文學的個性，對該地區文學發展有利，而且對整個國家、民族文學的發展和繁榮也十分必要。可以呈現出國家、民族文學大花園中百花齊放，各種風格的文學爭芳鬥豔的繁榮局面。所以在有條件的情況下，撰寫斷代文學史、地方文學史和分類文學史是很必要的。它對全程性綜合文學史是眾星捧月。而且有了斷代文學史、分類文學史、地方文學史、全程性綜合文學史的寫作才有基礎和依據，就像沒有條條江河就沒有大海，有了條條江河才有大海一樣，全程性綜合文學史應該而且必須吸收其他多種文學史的成就。對於一個國家、一個民族來說，全程性綜合文學史不必太多，多了既勞民傷財又不易寫出特色，而斷代文學史、分類文學史、地方文學史則具有特色，可以各展其長。

　　上面講的是文學史的體裁分類。就綜合性文學史講，還有一個結構分類的問題。文學史的結構分類，講的是編寫原則。依據和方法。我國當代文學理論家錢中文，把這種結構分類劃為五種第一種是編年史的方式。把文學發展進程中的較重要事件及作家、作品等，按年代順序編排。這種文學史，不受改朝換代的限制，以年為單元，把重要文學事件寫成條目，按時序先後進行組接。這種文學史，資料紮實，清晰明白，但事件與事件之間、作家與作家之間、作家與文學現象之間缺乏內在的必然的聯繫，實際上是文學史形式的大事記。它對總結和概括文學發展的內在規律，充分展示作者的觀點和溝通文學諸現象之間的聯繫等十分不利，它帶有一種自然和原始形態的性質。第二種

是進化論原則。即依照達爾文和斯賓基生物進化的學說，把文學的歷史發展看成一個生命的有機體；看成一個生命產生、繁榮和衰亡的過程。這種用生物進化理論來研究文學，用在某些作家、作品、某種文類的研究上或許有用，但把它作為一種模式用來套文學，就不一定是普遍真理了。生物是物質，文學是精神，物質的個別生命的轉化方式和過程與精神東西的轉化方式和過程不可能是完全一致的，甚至是完全不一致的。一株小草從生到榮到衰到化為泥土，可能只幾個月的時間；而一部文學作品卻可傳之千秋萬代。生物的整體進化是一個十分漫長的過程，而文學則不會作那樣慢性的整體進化。第三種是文化學派原則。錢中文舉出法國文學史家朗松的例子。他把文學史直接納入文化史中。他說：「文學史是文化史的一部分。法國文學是法蘭西民族生活的一個方面；它把思想和感情豐富多彩的漫長的發展過程全部記載下來。」他又說：「我們的最高任務就是要引導讀者，通過蒙田的一頁作品，高乃依的一部戲劇，伏爾泰的一首十四行詩，認識人類、歐洲和法國文明史上的某些時刻。」[1]錢中文說：「朗松的文學思想影響巨大，在這種思想指導下，大量文學研究和文學史著作，都紛紛把注意力集中於文學所反映的政治、思想、道德、風尚等等方面，作家的歷史傳記方面，而把文學的審美特徵、形式結構等因素置於一旁。」[2]第四種是社會學派原則。馬克思主義文學史觀為這種原則的主導學派。這一學派以經濟基礎和上層建築的觀點來分析文學，認為文學是社會生活在作家頭腦中的反映。因此文學是有階級性的。主張用歷史唯物主義和辯證唯物主義的觀點分析、鑒別和評價文學現象和作家作品。這種方法是最能透視文學本質的研究方法。第五種是形式主義文學史原則。「形式主義崇尚『文學性』與『變異』（奇特化），它把作品與作者的生平、社會現實的關係，置於自己的視野之外。」錢中文說「形式主義文學理論在探索文學發展的內驅力，這較之過去專注於文學發展的外因，無疑是一種進步。但是也應指出，由於形式主義總的來說

---

[1] 錢中文：《文學原理——發展論》，第 381-382 頁。
[2] 錢中文：《文學原理——發展論》，第 382 頁。

肢解了文學，所以它在文學史方面的主要貢獻是在技巧、體裁演變方面的著述，它未能寫出總體文學史來。」[3]第六種是，接受理論的文學史原則。這種接受理論的文學史原則，是依照接受美學的理論，從讀者閱讀文學作品的眼光、目的、效果、反應來研究文學。錢中文說：「照我看來主要是在觀念方面的意義（接受理論），使用這一理論寫出來的文學史，實際是讀者的文學接受史，它無異擴大了原有文學史的理解，但只是文學史的一個方面。」[4]第七種是全景文學史觀。即由前蘇聯 1983 年出版的九卷本《世界文學史》。「這部著作力圖從世界文學的最古老時期一直寫到本世紀 50 年代，來探討世界文學運動的主導規律性。」

　　文學史創作的結構、形式、方法、理論指導原則和所要達到的目的，是千變萬化多姿多彩的。上述幾種，僅僅是很不完全的歸納。不同的創作方法、結構形式、指導理論之間，既互相區別，又互相交錯。所以不必那麼黑白分明，斤斤計較。人類精神的東西本來就是互相聯繫、互相滲透的。

　　文學史的寫作應該儘量避免常見的偏頗：(1)有史無論，成了大而空，長而虛的空洞教條；成為沒有瓜的藤。文學史，尤其是綜合性全程文學史，應該成為穿滿珍珠的，閃閃發光，炫人眼目的項鍊。有些文學史，作者不去認真研究文學現象和作家作品，在重要的作家作品方面，人云亦云或互相轉抄內容，這樣就很難提出新穎獨到的見解，也很難總結概括出該文學發展演變的真實規律。文學史家應該把作家和作品研究看作是最基礎的基本功，不閱讀好作品，不認真研究作家，怎麼能準確地給作家和作品定位呢？(2)有論無史。有論無史會使你寫的文學史變成一個拼盤，變成一堆沒有軸心的車輪，沒有鏈條的念珠，實際上是一部互不相連的論文集。這種情況，既不能很好地展示文學的整體成就和風貌，也概括不出文學史必須具有的該文學發展的規律性。(3)既要防止貧理論現象，又要注意理論色彩過盛。貧理論現像是許多文學史的通病，這種文學史就事論事，不能高瞻遠矚地運用理論

---

[3]　錢中文：《文學原理——發展論》，第 385 頁。
[4]　錢中文：《文學原理——發展論》，第 387 頁。

武器把文學事實進行理論歸位和對文學現象進行本質透視。使文學之鳥插不上翅膀，使文學之水濺不起浪花。歸根到底作者歸納的還是一堆缺乏靈魂的死資料。但文學史也要防止理論色彩過盛的現象，因為文學史是以文學的歷史事實和作家，作品、流派、思潮為依據的，過多的理論闡述會擠掉和淹沒文學史實的地位，變成空泛的理論叫喊，實際上改變了文學史的性質。(4)文學與文學背景的關係要適切。文學史的寫作不能離開歷史和時代背景，不能拒絕社會意識形態的浸入。以歷史唯物主義和辯證唯物主義的觀點看，文學是上層建築中的一個部門，是社會意識形態的組織部分。是經濟基礎的派生物。文學與時政有密切關係，屈原的《離騷》，杜甫的〈三吏〉、〈三別〉、〈聞官軍收河南河北〉，白居易的〈賣炭翁〉、〈秦中吟〉，黃巢的〈菊花賦〉，文天祥的〈正氣歌〉，岳飛的〈滿江紅〉等，無不是當時時政的直接反映。因此研究文學史不聯繫當時的歷史、時代和政治背景，不但解讀不了這些傳世的經典之作，而且也無法概括當時的文學成就和文學特色。研究文學史不研究當時的歷史、時代、政治背景，就等於一幅風景畫不要背景一樣，就等於研究一個詩人，不研究他成長為詩人的家庭培養和社會教育背景，以及他的詩所反映的時代內容一樣。弄清一種文學的歷史時代背景，是文學史家的必修課。但是，另一方面又要注意不可喧賓奪主，不可以歷史、時代、政治背景的研究代替文學研究，也不可給它過多的篇幅，只在講明問題為止。文學自身始終應是文學史的當然主角。(5)文學史要有統一的體例、統一的觀點、統一的指導思想、統一的敘述風格。有許多文學史是集體創作，各人的取材角度、審視方法、指導思想、文字風格自然會各自有別。但一部文學史應該具有整體性的和諧，應該是一個完整的整體，不能各唱各調，一人一個樣，一章一個樣；必須作到體例一致、觀點一致、指導思想一致、文字風格一致、取材標準和角度基本一致。如是，主編就必須是實幹的真主編，而不是掛名的假主編。主編在統稿和疏峻中，要進入創作視景，要大力地進行修改和調適工作。而個人獨力完成的文學史，這方面的問題就可能要少得多。

第二節　臺灣文學史研究概況

　　臺灣的文學史研究包括三個方面的含義。(1)臺灣文學史家寫的中國綜合性文學史。其中有的有臺灣文學部分，有的沒有臺灣文學部分。這樣的文學史很多：比如：陳紀瀅的《百年來中國文藝的發展》和《文藝運動二十五年》，這兩部著作均不是文學史，但均具有文學史的性質。前者是從清朝寫起，以文藝思潮和政治思潮為線索，敘述中國一百多年文藝發展的情形。後者是以「臺灣文藝協會」為敘述對象，談臺灣文藝一個時期、一個方面的發展狀況。由於陳紀瀅是反共作家，他的敘述觀點和取材不無偏頗。李英輝的《中國現代文學史》。該著分三編十六章，從五四新文學革命寫起，到抗日戰爭時期的中國文學發展情況。該著沒有臺灣文學部分。劉心皇的《現代中國文學史話》和《抗戰時期淪陷區文學史》。《中國現代文學史話》除了序（胡適〈中國文藝復興運動〉）外，共分五卷。第一卷：新文學運動面面觀；第二卷：新文學運動面面觀；第三卷：三十年代文學對我國的影響；第四卷：抗戰時期文藝評述；第五卷：自由中國時代文藝。該著粗涉臺灣文壇。夏志清在評論這部《史話》時說：「我認為四種巨型文學史（周錦的《中國現代文學史》、尹雪曼任總編纂的《中華民國文藝史》、司馬長風的《中國新文學史》。）間，他那本《現代中國文學史話》最令人滿意，雖然劉先生寫的是『史話』，沒有把主要的作家一一評論一番。惟其如此⋯⋯劉心皇對新文學運動初期，30 年代，抗戰時期，以及政府遷臺後自由中國初期的文壇作了概括的論述。」[5]司馬長風的《中國新文學史》，該著除導言外。分上、中、下三卷，共 30 章。把現代文學劃分為：誕生期、成長期、收穫期、凋零期、沉滯期。這部文學史，比其他幾部較為客觀些，也比較注重作家、作品的深入探索，但對現代文學的分期卻值得研究。《中華民國文藝史》，是臺灣出版的幾部現當代文學史中規模最大的，從五四時期敘述到臺灣六、七十年代的文學。但這部書政治性過於強烈，對資料的運用、作家、作品的取捨和

---

[5] 《新文學的傳統》，第 15-16 頁。

評價完全用政治的眼光觀察，而把藝術排擠到看不見的小角落，忽視
文學的審美特性，就喪失了文學史的真正價值。藍海的《中國抗戰文
藝史》，主要敘述抗日戰爭期間文藝創作和文藝思潮的概況。周錦的《中
國新文學史》，除了〈自序〉和人名索引外，共分八章。即：緒論，中
國新文學運動史，中國新文學初期，中國新文學二期，中國新文學三
期，中國新文學四期，中國新文學大事記，中國新文學重要論文。此
著淺涉臺灣文學。它以政治和社會作背景，勾勒了中國新文學的大致
輪廓。夏志清在評價這部文學史時寫道：「周錦偏愛『戰鬥的』、『民族
的』新文學，他不僅反共愛國，對徐訏、無名氏那類『海派』作家，
也特別痛恨，認為《北極風情畫》、《塔裡的女人》是『抗戰期間最惡
劣的小說』。周錦先生態度是絕對嚴肅的，但作家天賦有別，功力不同，
最具戰鬥性、民族性的作品不一定就是最佳的作品……」由夏志清的
評價中，便可看到這部文學史的政治性質。王志健的《文學四論》。該
著分上下兩冊，上冊為新詩論、戲劇論；下冊為小說論、散文論。該
著從近代黃遵憲的詩，論到臺灣當代詩壇。第一章詩的源流，是史的
追溯和探索，從古代詩的發展脈絡，尋找中國詩的傳統。戲劇部分亦
是從晚清追述到當代臺灣劇壇。小說和散文亦然。這部著作的特點是，
重點放在作家作品的舉例和簡要評述上。涉及的詩人、小說家、散文
家、戲劇家是諸書中最多的。對作家作品的評價多係蜻蜓點水，未有
深入和系統論述。對其他文學現象，比如流派、社團、文學運動等基
本未加涉獵，每一部分雖然有一定的歷史回顧，但卻未能從歷史、時
代、社會諸背景和每個時期文學的內在發展概括出規律性的東西。(2)
臺灣文學史家撰寫的中國分類性文學史，或叫分類性文學史。例如：
夏志清的《中國現代小說史》。這部作品原是用英文寫成再翻譯成中文
的，除序外共 19 章，從五四寫到抗戰勝利後，敘述中國小說的發展情
況和文藝思潮論爭，也約略地談到詩歌、戲劇和散文狀況。作者偏重
於部分作家作品的敘述，缺少史的概括，沒有構成史的體系。對有些
作家的褒貶頗有值得商榷之處。張健的《中國現代詩》。全書分三編，
第一編為詩論，論述現代詩的特質，中國現代詩與中國文字，與反傳
統、與中庸詩觀、與中國詩的傳統、詩與詩人等之間的關係。第二編

為詩史，共分五個時期，即五四、30年代、40年代和國民黨遷臺後，主要論述詩人和作品的特徵和代表作品。第三編為詩選，選錄了自五四至臺灣當代詩人的作品。上官予的《現代中國詩史》。該著以詩論為重點敘述現代詩的發展。周麗麗的《中國現代散文的發展》。該著包括緒論和結論共五章。中間三章為：「現代散文的萌芽」，「現代散文的成長」和「現代散文的鍛煉。」這是一部中國現代散文史，但政治情緒強烈，標準不一，觀點混亂。該著竟把魯迅的雜文打在散文外，顯得過於主觀偏頗，只有史的形式，而無史的實質，很難構成一部客觀的史著。(3)大陸學者寫的《臺灣文學史》。到目前為止，已經正式出版的綜合性臺灣文學史有王晉民的《臺灣當代文學》。白少帆、江玉斌、張恒春、武治純四人主編，由北方十多所高等院校教師合著的《現代臺灣文學史》，公仲、汪義生合著《臺灣新文學史初編》。莊明萱、黃重添、闕豐令撰寫的《臺灣文學概觀》，劉登翰、莊明萱、黃重添、林承璜主編的，由多人撰寫的《臺灣文學史》，目前只出了上部，即古近現代部分。潘亞暾主編的，由盧青光、翁光宇參加撰寫的《臺港文學導論》。除了上述幾部綜合性臺灣文學史外，大陸學者還出版了臺灣的分類文學史。比如：豐祖盛的《臺灣小說主要流派初探》，古繼堂的《臺灣新詩發展史》和《臺灣小說發展史》。(4)臺灣學者撰寫的臺灣文學史。較為完整和系統的目前有三部。即：陳少廷的《臺灣新文學運動簡史》，葉石濤的《臺灣文學史綱》，彭瑞金撰寫的《臺灣新文學運動四十年》。

　　上述四類文學史中，第一類臺灣學者撰寫的中國綜合性文學史，有的未涉及臺灣文學，有的粗粗涉獵臺灣文學也是戴著有色眼鏡，從門派或政治觀出發，只涉獵了作者感興趣的那一部分臺灣文學，重點放在官方文學。第二類，臺灣學者撰寫的中國分類文學史，其情形和第一類相似。因此這兩類均不是本著要研究的對象。此節中稍稍提及，是為了讓讀者對臺灣文學史研究有一個全貌性的概觀。第三類是大陸學者寫的臺灣文學史和臺灣分類文學史。此類著作也不是本書研究的對象，因為它們雖然是臺灣文學史，但並不是臺灣人寫的文學史，它不能顯示臺灣文學研究的水平和成就。本節中簡略提及，是為

第九章　臺灣的文學史家和文學史著

第一節　陳少廷的《臺灣新文學運動簡史》

陳少廷原任臺灣《大學雜誌》社社長，在文學領域活動較少，因而他的生平資料知之不多，在被稱為「資料大全」有書必錄的周錦三卷本《中國現代文學作品書名大辭典》中，連他這部十分重要，臺灣文學破天荒第一部文學史著，都未收入。唯一的解釋是陳少廷的名字在臺灣文壇沒有引起注目，使許多該提及《臺灣新文學運動簡史》的著作，留下遺珠之憾。不過從陳少廷的《臺灣新文學運動簡史》的自序中，和他曾任《大學雜誌》社社長的職務中，我們可以稍稍觀察出他的資訊。他在自序中寫道：「筆者個人是學政治學的，文學是業餘興趣。」而臺灣的《大學雜誌》是個倡導愛國民族運動的活躍陣地，當年「保釣運動」中，它是一面高高的旗幟。陳鼓應、王曉波等愛國民族主義的先鋒人物，都是在這塊陣地上崛起的，並是該雜誌的主持者和骨幹。陳少廷作為社長，應該是這群愛國知識份子中的中堅人物。

陳少廷作為一個活躍於臺灣六、七十年代愛國民族民主思潮十分高漲期的知識份子，他具有強烈的愛祖國、愛民族、愛鄉土的思想和情感。愛國主義和民族主義，是《臺灣新文學運動簡史》的指導思想和理論基礎。在自序中談到寫這部書的目的和動機時，他說：「臺灣新文學運動，直至臺灣光復的前一年，因受日帝統治者的壓迫，不得不宣告中止，歷時二十五年。在這一段時期，優秀的作家輩出，他們的作品，無論在量和質方面，都是相當可觀。這些創作，充分反映了在日帝統治下，臺灣同胞所受的迫害和痛楚，顯示了臺灣同胞，為了維護人性的尊嚴，和自由與幸福，所經歷的堅韌的奮鬥過程；所以，這些作品，也可以說是一部臺灣同胞的自由奮鬥史。尤其在異族的殖民

統治下，這些知識分子所表現的熱愛鄉土故國的民族精神，特別令人敬佩！他們以無比的熱情和毅力，借著一支筆，伸張民族的正義，表露了同胞的手足之愛，這段光輝的歷史，是值得大書特書的。」[1]陳少廷認為，臺灣文學是中國文學的一個支流，而臺灣新文學運動是中國新文學運動的一部分，臺灣抗日民族運動的本身，就是表現對祖國民族主義運動的認同。他在該書的引言中這樣寫道：「臺灣新文學運動，在臺灣的文化啟蒙運動和抗日民族運動史上，均有重要的意義和貢獻。同時，我們還應該瞭解的是，臺灣的抗日民族運動，不僅是臺灣同胞反抗日本帝國主義殖民統治運動，也是認同祖國的民族主義運動。所以，從大處著眼，臺灣新文學運動可以說是我國五四運動的一環，也是五四前後文學革命的一個支流。」[2]

陳少廷的《臺灣新文學運動簡史》共分七章。第一章：臺灣新文學運動的歷史背景。主要介紹了 1895 年，清朝政府割讓臺灣後，臺灣同胞進行的武裝抗日和非武裝抗日激發的臺灣文化思想性的政治社會運動和辛亥革命後祖國的政治形勢，以及偉大的五四運動的爆發掀起的愛國民主的新文化思潮，對臺灣文化界的巨大衝擊和影響，對臺灣新文化和新文學運動產生的催生作用。在當時的形勢下，臺灣大批愛國青年知識份子渡海來到祖國大陸，各地紛紛成立臺灣青年會、臺灣自治會、臺灣同志會等等。另一部分臺灣青年知識份子東渡日本，在那裡和祖國留日學生結合成立了「聲應會」等組織，溝通了臺灣和大陸的民族解放運動和新文化運動。臺灣成立了由蔣渭水和林獻堂領導的抗日文化團體「臺灣文化協會」。陳少廷在敘述了上述背景後概括說：「而臺灣新文學運動，便是在這個新文化啟蒙運動和抗日民族運動中產生出來的生力軍。這支生力軍的成長，反過來在新文化運動和抗日民族解放運動史上扮演了重要的角色。」[3]陳少廷在這一章中，著重敘述和強調的是臺灣當時的政治和文化形勢與祖國的五四運動及兩岸知識份子的交流和結合，對臺灣新文學運動產生的內外動力作用。在

---

[1] 《臺灣新文學運動簡史》自序，第 1-2 頁。
[2] 《臺灣新文學運動簡史》引言，第 1 頁。
[3] 《臺灣新文學運動簡史》引言，第 5 頁。

談到辛亥革命對臺灣的影響時，他說：「辛亥革命成功，中華民國誕生。祖國革命的勝利激發了留日臺灣學生的民族意識，同時增強了對祖國的向心力，使他們把解放臺灣同胞的希望寄託在祖國的將來。」[4]

該著第二章是：臺灣新文學運動的萌芽──《臺灣青年》及《臺灣雜誌》時期。這一章敘述了臺灣新文學運動萌芽期的情況。由於臺灣特殊的歷史條件，即日帝統治特別嚴酷和臺灣與祖國分離的情況，使得臺灣新文學運動的孕育和誕生不一致。臺灣新文學運動孕育於臺灣政治、經濟、社會、文化諸綜合基因的內部，這是毫無疑問的。但是，臺灣新文學運動在形式上，卻是誕生在大海東邊的日本。日本當時既是第二次世界大戰的東方策源地和侵略戰爭的大本營，又是和平民主思潮的東方集散地。當時臺灣大批愛國抗日青年到日本去尋求救亡之道。在日本又受到五四運動的影響。這些因素使得臺灣新文學的誕生地選擇了帝國主義國家的日本。臺灣新文學的搖籃──《臺灣青年》、《臺灣》、《臺灣民報》均創刊於日本。臺灣新文學初期的許多作家，也是在日本起步的。這是一種歷史的罪孽造成的歷史的奇特現象。

該著第三章為：臺灣新文學運動的開始──《臺灣民報》時期。這一章，又分為三個小節，即：中國新文學運動，新舊文學論戰，新文學運動的開始。第一小節中，主要敘述中國新文學運動對臺灣新文學運動的巨大影響。敘述了臺灣文學家引進祖國新文學的情況。胡適的〈文學改良芻議〉和陳獨秀的〈文學革命論〉在臺灣發表後產生的導向作用。這一節突出地介紹了臺灣新文學運動的急先鋒張我軍從祖國引進文學革命軍的貢獻。第二小節敘述了以張我軍為代表的新文學向臺灣舊文學進行的致命攻擊，為臺灣新文學開路的戰況。第三小節中敘述了臺灣文學初期獲得的成就。這一章中作者反覆強調的仍然是祖國新文學對臺灣新文學的示範和引導。強調張我軍把胡適的建設新文學的兩項內容：「國語的文學，文學的國語」化作臺灣新文

---

[4]　《臺灣新文學運動簡史》，第 2 頁。

學建設的兩項任務：即：「一、白話文學的建設。二、臺灣話語的改造。」

　　該著第四章是：臺灣新文學運動的成成──自《臺灣民報》遷臺發行至日刊《臺灣新民報》的誕生。這一章中作者著重敘述《臺灣民報》自 1927 年 8 月由日本遷到臺北，至 1932 年 4 月 15 日更名為《臺灣新民報》，由週刊改為日刊的五年期間，臺灣新文學在小說、詩歌、散文、民謠、戲劇、文學評論諸方面取得的創作成就。這一章的重點是「臺灣話文與鄉土文學大論戰」一節。實際上敘述的是鄉土文學內部的文學語言之爭，即：臺灣文學到底是應該用祖國的白話文，還是用臺灣的方言作為文學語言的問題。以張我軍為代表的一方主張用中國的白話文，而以黃石輝、郭秋生為代表的一方主張用臺灣的方言土語。

　　該著第五章是：臺灣新文學運動的高潮。這一章在此著中敘述的內容最多，占的篇幅量也最大。主要敘述 30 年代初期至中期，臺灣新文學發展的蓬勃趨勢，比如文學社團的紛紛成立，文學刊物的大量創刊，文學作品之大量問世。抗日民族情緒的高漲等等。具體講到了《臺灣新民報》在臺灣新文學中的主導作用。和《南音》、《福爾摩沙》、《臺灣文藝》、《臺灣新文學》、《先發部隊》、《第一線》等文藝刊物的創刊和臺灣文藝協會，臺灣藝術研究會，臺灣文藝聯盟等抗日文藝社團成立和發展的情況。

　　該著第六章是：戰爭時期的臺灣新文學。這一章敘述的是日據末期臺灣新文學之最困難、最低潮階段。日本帝國主義亡期將近，瘋狂掙扎，極力推行「皇民化文學」，企圖以文學作救命稻草挽救危局。雖然日本人於 1937 年下令全面禁止中文，剝奪臺灣愛國作家的創作權利，創辦「皇民化文學」的工具《文藝臺灣》，成立「臺灣文學奉公會」，召開「臺灣文學決戰會議」，但也未能給侵略者帶來任何起死回生之望，1945 年 8 月 15 日，日本帝國主義無條件投降之日，「皇民化文學」也如期壽終正寢。

　　該著的第七章是：臺灣新文學運動的歷史意義。這一章是對臺灣新文學的歷史概括。陳少廷為臺灣新文學運動總結了七條經驗教訓。

第一、二、三條，講的均是臺灣新文學運動和祖國新文學運動的血肉和母子關係。比如在第一條中寫道：「臺灣新文學運動是直接受到祖國五四新文化運動的影響而發生的，它始終追求五四以後的新文學之傾向，可以說是發源於中國新文學運動的支流。首倡新文學運動的黃朝琴、黃呈聰、張我軍都是在中國新文學運動後到過祖國的本省青年。」[5]第四條講的是臺灣新文學運動的特殊性。第五條講的是臺灣新文學運動中隊伍分裂，少數人走上歧途的教訓。第六條講的是臺灣文藝聯盟對臺灣新文學發展的巨大作用。第七條中陳少廷提出一個很值得思考的問題，即臺灣光復，重回祖國懷抱之後，臺灣文學的任務已經完成，「自然就再沒有臺灣文學（鄉土文學除外）可言了。」[6]

　　《臺灣新文學運動簡史》，是臺灣文學史上開創性的著作。(1)它以文學史運動為主線，十分簡明和清晰地展示了臺灣新文學誕生到臺灣光復二十五年間的文學發展、演變概況。(2)它以愛國主義和民族主義兩條紅線作為指導思想和理論依據，辨識、概括和評價了二十五年間臺灣的眾多作家、作品和文學現象，觀點明確，研判得當，令人信服。(3)他把臺灣新文學運動的萌芽、成長、發展、繁榮，放在祖國五四運動和新文學運動的大格局下論述，既符合歷史事實，又定位準確無誤，把臺灣文學放在了最恰切、最適合的位置上。(4)這部文學史結構嚴密，文字和語言精省簡練，讓讀者感到輕鬆和舒適。(5)史料可靠，內容充實，寫作態度嚴謹，絲毫不給人分生枝節的感覺。這部文學史得到了臺灣文壇前輩、臺灣新文學運動的主將之一的黃得時的首肯。黃得時在序中寫道：「我細細地讀過之後，覺得這本簡史，總字數雖然只有八萬多字，但是能夠提綱挈領，把光復前的新文學運動情形作一次鳥瞰，敘述得很扼要而清楚。令人一讀，對於該時期的文學運動，可以得到明確的輪廓。」[7]陳少廷的這部文學史，也有較明顯的不足。由於它是以文學運動為主線，所以對作家和作品的評介、論述，顯得過於薄弱，

---

[5]　《臺灣新文學運動簡史》，第 162 頁。
[6]　《臺灣新文學運動簡史》，第 165 頁。
[7]　《臺灣新文學運動簡史》序，第 3-4 頁。

因而影響了對臺灣日據時期新文學整體成就的展示；對文學現象的研究，介紹多，評論少，有些問題上看不見作者的明確態度；有的資料敘述得過於簡略，使一些想知其詳的讀者和研究者，得不到滿足。但總體觀之，這是一部優秀的文學史著，在開創臺灣文學史研究方面，功彪其首。

第二節　葉石濤和他的《臺灣文學史綱》

葉石濤在臺灣文學史上佔有重要地位，他既是日據末期最後一位抗日作家，也是臺灣卓越的文學評論家；既是臺灣的文學理論家，又是臺灣文壇上數得著的文學史家。就臺灣新文學發展的階段來說，他跨越了日據時期，光復前後和當代文學，是屬於「跨越語言」一代的老作家。

葉石濤，1925 年 11 月出生，臺灣省臺南人。幼時讀私塾學漢文，1931 年入公學校受日文教育，1943 年臺南二中畢業。臺灣光復後，一直任小學教師。葉石濤的主要著作有，小說集：《葫蘆巷春夢》、《羅桑榮和四個女人》、《晴天和陰天》、《鸚鵡和豎琴》；文學評論集有：《葉石濤評論集》、《葉石濤作家論集》、《臺灣鄉土作家論集》、《小說筆記》、《文學回憶錄》和他的「集大成」著作《臺灣文學史綱》。葉石濤的文學史觀和文學史創作成就，不僅僅表現於《臺灣文學史綱》中，還表現在他的關於文學史研究的許多系統性文論中。比如：〈鄉土文學史導論〉（即：〈光復前臺灣文學全集總序〉）、〈日據時代新文學的回顧〉、〈論臺灣文學的走向〉等。葉石濤 1977 年 5 月 1 日發表在臺灣《夏潮》雜誌第 14 期的〈鄉土文學史導論〉，實際上就是《臺灣文學史綱》的雛型，兩者所概括的時代和基本內涵是一致的。不同的是《臺灣文學史綱》中溶入了非鄉土文學部分的資料。但葉石濤的文學史觀在〈導論〉中已經初具規模。這裡我們以《臺灣文學史綱》為中心，把他的其他文學史著也融彙敘述。葉石濤的文學觀和文學史觀貫穿在他所有的文學史著之中，加以歸納，可以分為以下幾個方面：

1. 臺灣文學是中國文學的一部分。葉石濤從臺灣歷史發展演變的
   事實，自遠而近進行探索，從地緣、血緣、親緣關係論證了臺
   灣是中國的一部分，臺灣文學是中國文學的一部分。臺灣文學
   最早的開山祖沈光文，就是明鄭時期由祖國大陸漂流去臺的。
   葉石濤論證臺灣文學是中國文學一部分的著述很多，列舉幾點
   如下；葉石濤在〈日據時代新文學的回顧〉一文中說：「臺灣
   新文學運動始終是中國文學不可分離的一環，它蘊藏著強烈的
   民族精神，富於豐富的鄉土色彩，充分表達了在異族殘暴統治
   下痛苦呻吟的臺灣人的心聲。」[8]葉石濤在〈鄉土文學史導論〉
   一文中說：「臺灣獨得的鄉土風俗並非有別於漢民族文化的，
   足以獨樹一幟的文化，它仍是屬於漢民族文化的一支流。縱令
   在體制、藝術上表現出來濃厚、強烈的鄉土風格，但它仍然是
   跟漢民族文化割裂不開的，臺灣一直是漢民族文化圈子內不可
   缺少的一環。」他在 1988 年發表的〈論臺灣文學應走的方向〉
   一文中寫道：「擁有幾達六十年歷史的臺灣文學，一直屬於中
   國文學的一部分，從來沒有脫離過民族文學的立場，所有臺灣
   作家都因臺灣文學是構成中國文學的一個重要環節而覺得驕
   傲自負。我們在臺灣文學裡看到的是中國文學不滅的延續。」
   葉石濤在 1980 年發表的〈論 1980 年的臺灣小說〉一文中說：
   「臺灣文學始終是傳達中華民族心靈的文學，有濃厚的民族
   性格。」

2. 批判的寫實主義文學理論。他在〈鄉土文學史導論〉中寫道「我
   們的寫實文學，寧願描寫冰山浮現在海面上的那一部分可視的
   一角，而冰山隱沒在海裡的那不可視的部分，只是我們的掌握
   之中罷了。我們雖不否認那潛藏的深層心理的存在，但這部分
   並不成為主要描寫的對象。」葉石濤這段話，鮮明地將自己與
   現代派文學回歸心靈、表現潛意識的文學疆界分割開來。葉石
   濤接著寫道：「我們的寫實文學應該是有批判性的寫實才行……

8　《臺灣鄉土作家論集》，第 41 頁。

以冷靜透徹的寫實，同被殖民的、被封建枷鎖束縛的人民打成一片，去描寫民族的苦難才行。須知寫實主義之所以發揮它的真價，就在於反對體制的叛逆所產生的緊張關係存在的情況下，始有可能。寫實主義手法裡一向存在著明、暗兩個層面，那明的一個層面是簡潔、清晰、富有詩意的；而在暗的那一個層面卻是諷刺、曲解、幻想以及陰森的。而唯有統合明、暗兩個層面的寫實文學，才夠得上是完美的寫實文學。」

3. 臺灣鄉土文學應有根深蒂固的「臺灣意識」。葉石濤在〈臺灣鄉土文學史導論〉一文中，專門寫了「臺灣意識」一節。他在這一節中寫道：「儘管我們的鄉土文學不受膚色和語言等束縛，但是臺灣的鄉土文學應該有一個前提條件：那便是臺灣的鄉土文學應該是以『臺灣為中心』寫出來的作品；換言之，它應該是站在臺灣的立場上來透視整個世界的作品。儘管臺灣作家作品的題材是自由、毫無限制的，作家可以自由地寫出任何他們感興趣及喜愛的事物，但是他們應具有根深蒂固的『臺灣意識』，否則臺灣鄉土文學豈不成為某種『流亡文學』？我們以為一部分留美作家的作品，假如缺少了這種堅強的『臺灣意識』，那麼縱令他們所寫的在美國冒險、挨苦、漂泊、疏離感等的經驗和記錄何等感動人，也不算是臺灣鄉土文學。因為他們的作品跟居住在此地的現代中國人的共同經驗，壓根兒扯不上關係，無異是使用中國語言去寫的某種外國文學罷了。」葉石濤如此來界定臺灣鄉土文學，是很有見地的，他仍然是從中國臺灣的經驗和中國臺灣的鄉土文學出發的，僅僅是為了區別遊離於「居住在此地的現代中國人的共同經驗」的「流亡文學」而發的。葉石濤還進一步強調：「不過這種『臺灣意識』，必須是跟廣大臺灣人民的生活息息相關的事物反映出來的意識才行。既然整個臺灣的社會轉變的歷史是臺灣人民被壓迫、被摧殘的歷史，那麼所謂『臺灣意識』──即居住在臺灣中國人的共同經驗，不外是被殖民的，受壓迫的共同經驗。換言之，在臺灣鄉土文學上所反映出來的，一定是反帝、反封建的共同經

驗以及篳路藍縷以啟山林的，跟大自然搏鬥的共同記錄，而決
不是站在統治者意識上所寫出來的，背叛廣大人民意願的任何
作品。」葉石濤在這裡又提出了另一個標準，即表現官方意識
的作品，不是鄉土文學。概括起來，葉石濤所說的「臺灣意識」
的鄉土文學，是反映臺灣廣大人民生活疾苦和願望的文學作
品，而流亡文學、官方文學排除在外。這個臺灣鄉土文學的
標準和界定，既是全面的，又是準確的。但是有人把這個界
定擴大到整個臺灣文學，就改變了葉氏的原意，也違背了葉
氏的意願。

葉石濤的《臺灣文學史綱》，除序和附錄外，共分七章。第一章：
傳統舊文學的移植。這一章中，作者從地緣、血緣、史緣上追溯臺灣
與大陸的關係，敘述三國時代中國大陸就向臺灣移民，1297 年正式歸
入中國版圖。1662 年沈光文漂流去臺，建立了臺灣第一個文學社團「東
吟社」，臺灣始有文學。這一章敘述了中國古典文學在臺灣的傳播和
發展情形，敘述了日據初期臺灣舊詩等的創作情況。第一章可算是臺
灣的古、近代文學史部分。第二章：臺灣新文學運動的開展。這一章
敘述的是本世紀初到 1945 年日本人投降期間的臺灣文學，包括了臺
灣的新、舊文學論戰，白話文運動，臺灣文學語言論爭，臺灣愛國作
家與「皇民化文學」的鬥爭等，比較詳細地舉出了此時期臺灣文學的
作家和作品，充分地估計了此期臺灣新文學的創作成就。葉石濤在評
價臺灣作家和作品時，不是就人論人、就作品論作品，而是把作家和
作品放在歷史和時代的座標上，來界定他的地位，肯定它的價值和意
義。比如他在評價楊逵和他的小說〈送報夫〉時，這樣寫道：「〈送報
夫〉這篇小說的出現，使臺灣新文學運動發展達到尖峰……是所有反
帝反封建為主題的臺灣小說的集大成。楊逵的這篇小說的最大貢獻，
在於他把臺灣新文學作品的反帝反封建的主要思想，以巨視性的觀點
跟全世界被壓迫的農工階級的解放運動連結起來，使得臺灣新文學運
動，成為世界性被壓迫的所有農工和弱小民族的抗議運動的一環。這
篇小說也附帶地闡明了臺灣新文學運動，不但是臺灣資產階級文化啟

蒙運動的一部分，同時它也是臺灣無產階級心聲的真摯的代言人。」[9]第三章：40年代的臺灣文學──流淚撒播的，必歡呼收割。此章敘述的是日本人投降到 1949 年國民黨遷臺五年間的臺灣文學概況。這裡講到了兩岸文學的交流，講到了「二‧二八」事件的發生和對臺灣文學的影響等。第四章：50年代的臺灣文學──理想主義的挫折和頹廢。這一章敘述了國民黨遷臺和官方倡導的反共八股文學的情況，也講到了處於艱難困境中的臺灣鄉土作家的默默耕耘和突破。葉石濤在評價反共八股文學時寫道：「不幸，他們的文學來自憤怒和仇恨，所以 50 年代文學所開的花朵是白色而荒涼的；缺乏批判性和雄厚的人道主義關懷，使得他們的文學墮落為政策的附庸，最後導致這些反共文學變成令人生厭的，劃一思想的、口號八股文學。」[10]在談到當時的反共作家時，葉石濤寫道：「他們來到這陌生的一塊土地上，壓根兒不認識這塊土地的歷史和人民，也不想瞭解此塊土地上臺灣民眾真實的現實生活及其內容，生活的理想和心願，更不用說和民眾打成一片……實際上他們生活的根還留在大陸，在夢裡縈繞的莫非是未被中共佔據前的那榮華富貴，快步愜意的大陸的舒適生活……」葉石濤對反共八股文學是厭惡和蔑視的，這表現了一個文學史家的敏銳眼光和豪勇氣概。第五章：60年代的臺灣文學──無根與放逐。這一章中敘述的是臺灣經濟開放之後，臺灣社會的變化，和由此而導致的臺灣文學的「橫的移植」，「無根文學」的出現，同時敘述了臺灣本土青年作家的崛起。葉石濤是站在臺灣的座標上，以現實主義的批判性來評價文學的，因此對「橫的移植」和「無根與放逐」文學持批判態度。他在評價現代派文學時說：「他們不但未能接受大陸過去文學的傳統，同時也不瞭解臺灣三百多年被異族統治被殖民的歷史，而對日據時代新文學運動更缺乏認識。他們跟文化傳統雙重的隔絕，使他們同樣陷入『真空狀態』。這種『無根與放逐』的文學主題脫離了臺灣民眾的歷史與現實，同時全盤西化的現代前衛的文學傾向，也和臺灣文學傳統格格不入，

---

[9]　《臺灣文學史綱》，第 52 頁。
[10]　《臺灣文學史綱》，第 88 頁。

是至為明顯的事實。」[11]第六章：70 年代的臺灣文學——鄉土呼？人性呼？這一章中，作者突出地敘述了鄉土文學論戰和鄉土文學的繁榮。葉石濤在鄉土文學論戰中，雖然沒有捲入風暴的中心，但他是反對圍剿鄉土文學的，是明確支持尉天驄、陳映真和王拓的，這是非常明白的事實。他對臺灣 1977 年至 1978 年間發生的鄉土文學論戰的評價，從下面一段話中便可明白：「有了 70 年代的鄉土文學論爭，才使臺灣作家越來越明白，鄉土文學必須有超越，應走向接近文學本質的，注重個人資質、自由、多元、寬容的表現。臺灣文學必須透過描寫臺灣特殊現實的鄉土文學更上一層樓，描寫普遍的人性。尋求更哲理性的境界，使臺灣文學脫離狹窄的視野，成為具有寬廣視野的巨視性文學，才足以躋身於世界文學之廣大森林。」葉石濤從論戰中看到，臺灣文學必須擴大視野，必須是巨視性文學，而不能坐井觀天；必須成為自由、多元、寬容的文學，不能是單純、單調的文學，這是一條十分重要的內省性的經驗。在談到鄉土文學論戰是怎樣結束的，葉石濤說：「繼續有一年半多，如火如荼的鄉土文學論戰，終於得到一個官方的答覆：那裡面最重要的一點含有警告意味：便是鄉土文學不可為某一個特定的階層為具描寫的主要對象，不可在唯物史觀的意識形態下寫作。」「給鄉土文學論爭帶來真正結果及多少有蓋棺論定意味的，是 1978 年 1 月 18、19 日兩天在臺北召開的『國軍文藝大會』……」[12]實際上，葉石濤認為鄉土文學論爭的結束，是臺灣當局壓制的結果。對鄉土文學論爭的性質，葉石濤認為，它已經不只是純文學路線之爭，而是關係到經濟、文化、教育等各個層面。他說：「鄉土文學論爭已經不是文學路線的爭執而已，它關係到戰後整個臺灣的經濟、政治、文化、教育各個層面，代表了人民在日趨孤立的環境下企求創新和突破，民主與自由的革新思想。」[13]第七章：80 年代的臺灣文學——邁向更自由、寬容、多元化的途徑。這一章是屬於展望性質的敘述。對

---

[11] 《臺灣文學史綱》，第 116-117 頁。

[12] 《臺灣文學史綱》，第 149 頁。

[13] 《臺灣文學史綱》，第 150 頁。

臺灣 70 年代末和 80 年代新崛起的更年輕一代的作家的情況進行了介紹，並對 80 年代臺灣文學的方向和路線進行了探索。葉石濤認為：「作家的無力感及理想主義的挫折，使得 80 年代作家走向兩大互有關聯且有歧異的路線，一部分有深刻使命感和歷史感的作家，隨著言論自由的擴大，趁機開拓政治小說和政治詩的領域，突破了若干政治的禁忌，把作品的題材紮根於以前未敢踏進的 40 年代和 50 年代的黑暗、荒蕪的政治環境，勇於揭發政治迫害的現實……這一種傾向是自日據時代新文學運動開展以來，未曾有過的，對於臺灣歷史埋藏在晦暗的水面下冰山部分的描寫，的確在文學史上開闢了另一方廣闊的寫作領域。但另一部分作家卻抱持『作家必須立志成為時代良知，不接受任何人施捨的機會，獨立於權力團體之外，超越政治所有各種干擾，以不屈不撓的毅力，埋頭於創作』（黃凡語）。這一類型的作家儘管對政治持有批判的態度，但避免直接碰擊，站在高處，俯視社會百態，做客觀的描寫。」還有一部分作家認為，「把文學帶到民眾裡面去，必須修正『純文學』曲高和寡的形態，使文學走向更能投大眾嗜好的路線去，於是從 1984 年以來文學作品逐漸成為電影的題材。」[14]這是葉石濤為 80 年代的臺灣文學發展趨向概括的三個方面。

　　葉石濤這部十二萬字的《臺灣文學史綱》，自臺灣有文學時寫起，一直敘述到 80 年代，跨時三百餘年。它十分清晰地勾勒了一個臺灣文學全景圖，並把從明鄭至 80 年代的臺灣文學發展、演變線索描繪得井井有條，對許多文學現象進行了剖析和證論，使雜亂無章的文學大雜燴，變成了條塊分明的完整體系。對有些作家、作品的分析一針見血，要言不繁。雖然作為文學史綱，對作家作品的分析評價要求不是甚嚴的，但葉石濤在這部文學史綱中對許多重點作家、作品的分析評價，雖然話語不多卻能單刀直入，迅速揭示其要害和本質。比如對楊逵〈送報夫〉的分析。這種對質的開門見山的揭示，需要具有文學評論家和文學史家的雙重素質，既要有評論家入裡的剖析，又要有文學史家整

體的歷史關照。不然很可能是難以迅速抓住要領，或者即使能迅速抓住作品的本質，但也難以給以準確的意義評價和史學定位。《臺灣文學史綱》中許多問題的處理，顯示出葉石濤作家、評論家、文學史家的不凡素質。作為文學史家，最重要的是認清自己所論對象的縱橫方位和座標，即它所處的時空位置。葉石濤在論述臺灣三百多年文學史的過程中，時空座標始終堅定而明確，那就是把臺灣文學放置在數千年中國文學發展史的縱時性上，又把它放在中國 960 萬平方公里的橫空間上，把古、今和大陸、臺灣，進行時空的交錯論述，並時而把臺灣文學放在第三世界和全世界的空間進行透視，使讀者感到他論述對象的空間感和時間感相當清晰。由於葉石濤所選體裁，即「史綱」的限制，也給這部文學史帶來了許多不足。最突出的是：(1)對所有研究對象都不能展開論述，使作者的許多精彩見解埋進了無法言談之中。(2)大部分資料無法詳加交待，作家、作品只能點到為止，有的只能出現一個名字，有的連名字也出現不了。於是許多問題的來龍去脈都無法講清楚，讀者只看到一個作家名字，或一部作品名字，或一個事件的名稱，有一種莫名和遺憾之感。(3)也是由於上述原因，翻開這部著作，許多地方成了人名和書名的堆積，拉開了與「史」的距離。(4)此著中偏重於作家、作品的交待，而對於文學中的其他現象，比如流派、文體、風格、思潮等，相對的交待較少。

　　葉石濤經歷了臺灣新文學的大部分歷程，是臺灣文壇上對臺灣新文學經歷最長、瞭解最詳、看得最深的作家、評論家、文學史家，掌握的資料也非其他人能比，因而是最有條件寫出和寫好臺灣文學史的學者。而《臺灣文學史綱》已經是文學史的初級形態，只要再加以擴充、拓展、深挖、進行文學上的物化，將是一部比較好的、全程性綜合臺灣文學史。不過要把《臺灣文學史綱》變成一部真正的臺灣文學史，還需要在史觀上有更大的包容性，能夠容納臺灣鄉土文學以外的，其他流派的文學和非土生土長，但如今已是臺灣居民的同胞創作的文學。在人群的概念上，隨著臺灣社會的資本主義化，過去農業社會的人民的群體應該有所發展，作品反映的生活面和意識傾向也應該趨向多元。不然可信的作家群體和應該肯定的作品就太少了。

第三節　彭瑞金和他的《臺灣新文學運動四十年》

　　彭瑞金的《臺灣新文學運動四十年，闡述的內容主要是 1945 年 8 月 15 日日本人無條件投降，臺灣回歸祖國懷抱，至 80 年代中期的臺灣文學。而陳少廷的《臺灣新文學運動簡史》敘述的則是 1920 年至 1945 年二十五年間的臺灣文學。兩者合起來正好是一部臺灣六十五年的新文學運動史。不過這僅僅是一個時間上、形式上的概念，細讀兩書，它們在許多根本問題的認識上觀點不一致。例如，在全書的理論原則、指導思想上，陳著以鮮明而堅定的愛國主義和民族主義為依據，而彭著則露出較明顯的分離主義傾向。陳著始終把臺灣新文學運動作為中國新文學運動的一部分進行論述，認為臺灣文學是中國文學的一支流；而彭著則憑空地提出所謂「臺灣民族」並對愛國主義作家比如陳映真進行撻伐。在許多文學史實的闡述上，彭著和陳著都有顯著的差異，因而從根本上來看，這兩部史著是不能同日而語的。

　　彭瑞金，1947 年生，臺灣省新竹縣人，高雄師範學院中文系畢業，現任高雄市左營高中教師。主要著作有：《泥土的香味》（評論集）等。彭瑞金是臺灣光復以後出生，七、八十年代出現於臺灣文壇的評論家。80 年代以來，表現出比較明顯的分離主義傾向。1982 年 4 月，他發表在臺灣《文學界》上的論文〈臺灣文學應以本土化為首要課題〉，就是最露骨的分離主義之作。《臺灣新文學運動四十年》中，彭瑞金將他的分離主義思想和言論附著於文學史而系統化了。由於這種觀點與臺灣自身的歷史相左，因而顯得很不協調。

　　彭端金這部書除序外，共分六章。第一章：臺灣新文學運動的起源。作者此著的任務雖然是敘述 1945 年之後的臺灣新文學運動，但是為了追根溯源，接上歷史的香火，特意增設了這麼一章。這一章中敘述了臺灣新文學發難時的文壇狀況。值得注意的是彭瑞金在這一章中借史的敘述，摻入了非史的觀念。把自己擱置在了與歷史很不協調的地位。彭瑞金在這一章中多處提及所謂「臺灣民族」的問題。比如，他寫道：「這些最早的新文學規模，的確透露了臺灣新文學的原始性

格，首先，它是臺灣民族運動覺醒的一環，擔負民族意識振興的旗手……當然，它更是臺灣人意識的堡壘，有強烈的自我期許的民族使命。」[15]他又說：「臺灣新文學運動的反抗精神傳統，不是單一直線的反日本帝國主義殖民統治，它同時也是民族的意識覺醒和成長運動，所謂戰時體制下的臺灣新文學運動，雖然沒有扮起積極反日的角色，但通過另一內省式的覺醒，它卻擔負起自己民族內部白血球的功能，作為反封建、反落後體質清掃的先鋒。」[16]在另一處，他引用了 1947年 12 月 21 日《南方週刊》創刊號中發表的歐明〈論臺灣新文學運動〉中的一段話後寫道：「這段旁觀者的論述，除了高估了臺灣知識份子的覺醒速度和主觀地以祖國意識認定臺灣新文學運動正與中國革命的歷史的任務不謀而合地取得一致外，的確是一語洞燭了臺灣新文學運動主要受日本帝國主義殖民統治壓迫而產生的前景。」[17]這就明白地告訴人們，彭瑞金筆下的「臺灣民族」指的並不是中華民族和漢民族，而是子虛烏有的，杜撰的根本就不存在的所謂「臺灣民族」。稍有歷史常識和民族學常識的人都知道，民族是歷史長期形成的一種人類現象，它有特定的歷史內函和必具的要素。比如：共同的語言文字、共同的地域、共同的生活習慣。共同的心理素質、共同的經濟生活經歷和祖先等等。豈能隨心所欲，自我封賜，自我杜撰，如果真有什麼「臺灣民族」的話，那也僅能是臺灣的原住民高山族，沒有彭瑞金的份兒。彭瑞金在這一章中也講到日據時期臺灣新文學運動的先驅們提出並爭取「民族自決」的問題。不錯，臺灣新文學運動的先驅們是提出過「民族自治」，「民族自決」的問題，但那時是針對異民族的殘暴統治，為了反對和驅逐異民族的佔領而提出的。比如，1919 年前後，臺灣留日學生成立「新民會」，創辦《臺灣青年》。他們在討論臺灣前途問題時，就一致通過改革社會，反對同化，提倡民族自治、民族自決，要求民族平等的決議。那時針對日本人提出的民族自決、民族自治、民族平等，是要求臺灣漢民族、高山族同胞的自決、自治，是反對大和民族

---

[15] 《臺灣新文學運動四十年》，第 10 頁。
[16] 《臺灣新文學運動四十年》，第 27 頁。
[17] 《臺灣新文學運動四十年》，第 11 頁。

的迫害。不要忘記，當時臺灣留日學生為了得到祖國的幫助和聲援，不但與大陸留日學生一起組織了「聲應會」，而且在他們的每個決議中均有與祖國取得聯絡，爭取祖國同胞支持的條款。難道這種不能更改的歷史事實也能硬加更改來為今天的某些分離主義觀點服務嗎？彭瑞金在該書的序中寫道：「真正值得我們關心在意的，還在四十多年來，甚至可說是整整七十年來，臺灣人如何經由文化創造運動中的文學創作，去思考，尋找自己民族靈魂的經驗，以及尋獲的是什麼？而文學又如何具體地去描繪記錄這樣的經驗與心靈探索的果實？或許 80 年代經由世世代代的犧牲和努力啟開了的一扇窗，可以肯定地告訴我們這樣的探索不是出自假想或幻覺，已經證明無論文化運動中，抑或文學運動中的臺灣經驗是有血有肉的實存。」[18]這就是彭瑞金撰寫《臺灣新文學運動四十年》的目的和動機。但令人費解的是，四十年，抑或七十年的臺灣文學歷史都是公開的在大風大雨中走過來的，臺灣作家作品也都是公諸於世的，而且經過同時或異時文學評論家的分析和評價，它們所表現的精神和主題也是舉世皆知的。有許多作品，比如：張我軍的《亂都之戀》、賴和的《訴訟人的故事》、巫永福的《祖國》、陳秀喜的《我是中國人》……都無需破譯。精神、靈魂、思想、經驗都是那麼明確，彭瑞金為什麼還要懷疑自己的探索會是「假想和幻覺」呢？前人已經講得那麼清楚，陳少廷的《臺灣新文學運動簡史》和葉石濤的《臺灣文學史綱》這些不朽的著作中早已把臺灣文學史上的大是大非，來龍去脈論述得那麼清楚，彭瑞金到了 80 年代何以又要「打開一扇窗戶」呢？這到底是一扇什麼樣的窗戶，作者要通過這個窗戶看到什麼呢？毫無疑問，臺灣文學應該描寫和反映臺灣同胞的生活經驗和生活現實，反映臺灣同胞的願望和要求，而且臺灣歷代許許多多作家們已經這樣做了，今後的作家還要繼續做，不然，臺灣文學不寫臺灣經驗和生活，不反映臺灣同胞的意願和要求，那還叫什麼臺灣文學呢？中國其他省份的文學也都如此。這裡有一個文學的個性與共性問題。彭瑞金的要害在於企圖扭曲臺灣文學的歷史，讓它成為中國之

---

[18]　《臺灣新文學運動四十年》，第 17 頁。

外的所謂「臺灣民族」的文學，讓它成為剔除「祖國意識」的臺灣文學。這不是等於要把水說成是火，要把火說成是水，怎麼可能辦到呢？這樣探索的結果不是「不是出自假想和幻覺」，而是必定是一種「假想和幻覺」。該著第二章：戰後初期的重建運動。這一章中敘述的是 1945 年至 1949 年，五年間的臺灣文學狀況。這一章中作者批判了「二・二八」事件對臺灣文學的摧殘，講到了臺灣光復後兩岸文學交流的情況，但有些觀點很值得商榷。比如作者講到大陸去臺作家時這樣說：「歸納外省作家的臺灣文學的建設之路，完全是為了建立主觀的文學和為文化的祖國化大纛鋪路。」大陸作家作為兩岸文學使者，自身就有溝通兩岸文學的史命，「為文化的祖國化大纛鋪路」不是過而是功。至於「為了建立主觀的文學」則是一種不實之詞。這種言論無疑會傷害在當時極艱難環境中與臺灣作家並肩戰鬥，甚至為臺灣新文學的發展和建設獻出寶貴生命（比如：許壽裳等）的大陸作家的心。葉石濤談到當時的文壇情況時說：「從 1945 年到 1948 年大約兩年多的時間，大陸 30 年代的著名作品陸續的輸入臺灣而且大陸的一部分進步的文化人士來到臺灣做事，任教或觀光。因此，在民生極端困苦的狀況，乃有許多臺灣知識份子重新吸收了大陸近代文學的精華：從魯迅、茅盾、巴金到《紅樓夢》、《水滸傳》、《金瓶梅》……大陸文學的輸入，給臺灣知識份子帶來一把解決問題的鑰匙，深刻地認知了大陸近代社會的變遷狀況。」[19]那時去臺灣的大陸作家中，有些人早已和臺灣文學融入一起，成了地道的中國臺灣作家。比如臺靜農等，把自己生命的大半交給了臺灣。臺靜農躋身臺灣文壇時，彭瑞金還未出生，具有臺灣文壇五十餘年經歷的臺靜農，不是比只有二十年臺灣文壇經歷的彭瑞金更有資格代表臺灣作家嗎？該著第三章：風暴中的新文學運動。這一章中敘述的是 1950 年至 1959 年的臺灣文壇狀況，作者激烈地批判了國民黨推行的「戰鬥文藝」。作者在批判反共八股文藝中，發表了很有見地的觀點。比如，他寫道：「不但左翼作家、作品受到清除，在所謂『戰鬥文藝』、『反共抗俄文學』的一元化文學政治下，過去三十年的臺灣新

---

[19] 《臺灣文學史綱》，第 74 頁。

文學命脈，被強硬切斷。」「臺灣文學發展的根基和理想可以說被完全清理乾淨了。」[20]他諷刺說：「放著眼前的敵人不打，拼命逃跑，卻叫別人武裝上前線的筆部隊，臺灣作家中是沒有人願意奉陪的。」在談到軍中的反共文藝時，他說：「以槍桿與筆桿結合的假設理想，硬把識字不多的軍人，培養成可以提筆上陣，既能武鬥，又擅文鬥的筆隊伍，使軍中文藝自成體系，這在世界文學史上都是空前絕後的，值得一記。」在談到反共八股文藝的實質時，他寫道：「反共文學大鍋菜式的同質性（公式化）、虛幻性和戰鬥性等反文學主張，是它的致命傷，所以儘管它霸佔了整個臺灣文學的發展空間，文學的收成還是等於零。」[21]這一章中作者還敘述了以紀弦為代表的現代派詩的產生情況和在艱難環境中鄉土派作家的創作狀貌。彭瑞金在談到現代派的詩時說：「現代派在詩歌主張和詩創作上所挑撥的反抗精神而言，現代詩在臺灣具有反叛的本質，且不管它的叛逆是多麼的曖昧，多麼詭異，不濟事，但它所挑起的反叛情緒，絕不屬於『反共抗俄文學』的嫡系，則毋庸置疑。而它與深受壓力，幾乎偃旗息鼓的臺灣新詩運動失去了一個交會的機會，錯身而過，的確可惜。」[22]在總結概括整個 50 年代的臺灣文學時，彭瑞金有一段話頗能再現當時的實際，並有較準的概括性。他寫道：「50年代的臺灣文學，可以說是在基於政治目的，以枉顧文學生產、成長、演變的一定背景條件，以蠻橫的政治力製造的反共文學潮流，直接而深重地傷害了臺灣文學。反共文藝動用了所有的社會，文學資源，費盡苦心，殺伐異己，結果製造出來的文藝，終不免被評為，吃臺灣泥土種出來的五穀長大，卻和臺灣的土地脫節：呼吸臺灣的空氣，卻與臺灣人民永遠隔閡；喝臺灣的水卻不唱臺灣的歌；作品既不屬於臺灣這塊土地，也不屬於他們自己生活的時代。這樣的文學當然讓一向就是從土地裡吸吮蜜與乳汁，具有銳利寫實性格的臺灣作家摸門不著，乾脆放棄文學。於是歷經數劫的臺灣新文學運動，可以說是進入了最寒冷的一季。前一代的作家幾乎全面消失，戰鬥文藝充斥下，臺灣新

---

[20] 《臺灣新文學運動四十年》，第 66 頁。
[21] 《臺灣新文學運動四十年》，第 75 頁。
[22] 《臺灣新文學運動四十年》，第 84 頁。

文學的歷史都失流而空白了。」[23]第四章：埋頭深耕的年代。這一章中敘述的是 1960 年至 1969 年的臺灣文學概況。主要敘述臺灣現代小說創作情況。作者認為「60 年代臺灣現代主義文學，所以被形容是既反叛又逃避，理由便在於它放棄了來自政治、社會、階級解放未盡的文學傳統使命。」「臺灣現代主義文學信仰者，顯然忽略了這樣一個重要的歷史，環境背景，只是乾啞著喉嚨學著吼叫：荒謬、苦悶、迷失、頹廢、死亡。事實上，他們有不少人經歷過戰火，至少他們還生活在法西斯統治下，他們有人詆稱自己的文學是『肩負歷史和民族的重量』，其實連誠實地反映自己的時代都沒有做到。」「假設反共文藝是以橫暴的態度插在臺灣土地上的一束人工塑膠花，那麼西化派和現代主義文學也只是插在花瓶裡的一朵鮮花，不曾在土地上生根，終究要枯萎的。」這種看法既符合歷史事實，又非常準確而形象。第五章：回歸寫實與本土化運動。這一章講的是 1970 年至 1979 年的臺灣文壇情況。這一章中敘述了臺灣現實主義文學的回歸和鄉土文學論戰。在這一章中，彭瑞金的矛頭主要指向堅持臺灣文學民族主義方向的陳映真和尉天驄等。他寫道：「他們一再提醒鄉土文學論者別忘了民族國家大義，因此，民族主義的主張，根本算不上從鄉土文學接枝。其實從頭開始民族主義文學就是論戰的影武者。這也就是為什麼尉天驄、陳映真等人的鄉土文學論戰，在高呼文學反映現實、文學反映人生、文學批判現實、文學擁抱社會、文學為人生服務的激情中，卻冷靜地留下伏筆，他們從未跟在王拓後面呼喊；《擁抱健康的大地》。因為他們清楚的認識到，日據時代的鄉土文學運動，是以文化區分民族的抵抗運動，具有強烈反日的政治意義，而他們只想用鄉土文學抵抗西化對臺灣的影響，卻故意避開鄉土文學保鄉衛土本土意識的傳統特質。而製造了一場真正的鄉土文學缺席的鄉土文學論戰。」彭瑞金前面講到：「從 1976 年開始，朱炎、彭歌、余光中、顏元叔、尹雪曼、趙滋藩、朱西寧、董保中等人輪番出擊，動用了《中央日報》、《中華日報》、《中國時報》、《聯合報》、《青年戰士報》等官方民營媒體，以及軍系報紙

---

[23] 《臺灣新文學運動四十年》，第 86 頁。

雜誌，對鄉土文學進行圍剿。主要的矛頭指向尉天驄、王拓等人的論文，以及王拓、楊青矗、陳映真、王禎和、黃春明等人的小說。」[24]而這裡又說尉天驄、陳映真「製造了一場真正的鄉土文學缺席的鄉土文學論戰。」豈不自相矛盾？首先這場論戰是不是陳、尉二人製造的？其次，既然「缺席」又何言「遭到圍攻」？作為文學史如此來寫，怎麼能構成史實呢？是叫讀者信任前者還是後者？文學史是冷靜沉澱後的真實文學歷史，不管史家怎樣評價歷史，但事實不能任意更改，任意更改還叫什麼歷史？文學史家可以有不同的史觀，但必須是在對歷史客觀敘述和冷靜分析的判斷，而絕不能是情緒化的東西。彭瑞金在談到陳映真與葉石濤的論爭時，態度也不夠冷靜客觀。比如，他寫道：「然而，陳映真卻處心積慮在這篇（指葉石濤的〈臺灣鄉土文學史導論〉）作品中找盲點。陳映真首先以批改作文的耐心，將葉石濤行文中的『臺灣人民』逐筆修改為『在臺灣的中國人民』，把『臺灣鄉土文學』扭曲為『在臺灣的中國文學』。最荒唐的是說：『所謂臺灣鄉土文學史』其實是『在臺灣的中國文學史』。陳映真用心良苦，一再對葉石濤曉以「民族大義外，真正目的是要把以『臺灣意識』作為行文樞紐的葉石濤，戴上一頂當時還極其敏感的『分離主義』的帽子……」陳映真和葉石濤論爭的文章大家都看過。葉石濤寫：「臺灣人民」，陳映真寫：「在臺灣的中國人民」；葉石濤寫：「臺灣鄉土文學史」，陳映真寫「在臺灣的中國文學史」都沒有錯，不存在誰批改誰的問題。大家各自寫文章發表，誰也無需經過誰批准，怎麼會出現「批改作文」的情況呢？豈不太誇大其詞了。葉石濤在自己的文章中也多次使用陳映真使用過的句式。比如葉石濤在〈論臺灣文學應走的方向〉一文中說：「它是反映在臺灣的中國人過去與現在真實生活的寫實文學。」在〈臺灣小說的遠景〉一文中說：「臺灣文學是居住在臺灣島上的中國人建立的文學」[25]在〈臺灣鄉土文學史導論〉一文中，葉石濤寫道：「那麼所謂『臺灣意識』——即居住在臺灣的中國人的共通經驗。」等等。如果查查版權，作為

[24]《臺灣新文學運動四十年》，第157頁。
[25]《文學界》，第一期，第2頁。

臺灣文學元老派的葉石濤此種用法要比陳映真早得多。葉石濤的〈臺灣小說的遠景〉發表於 1982 年 1 月 15 日，《臺灣鄉土文學史導論》，發表於 1977 年 5 月，陳映真的〈鄉土文學的盲點〉發表於 1977 年 6 月。請問：這到底是陳映真批改葉石濤呢，還是陳映真抄襲葉石濤呢？彭瑞金在這樣的細尾末節問題上為何如此下功夫？彭瑞金以為 80 年代：「分離主義還極其敏感」，那麼分離主義是否今天就可以暢行無阻了呢？否也！分裂祖國的言行任何時候都是罪過，都將遭到批駁和反對。分離主義昨天是敏感的，今天是敏感的，明天仍然是敏感的，勸君切莫誤入泥潭。第六章：本土化的實踐與演變。這一章敘述的是 80 年代的臺灣文學。作者更充分地發揮了他的臺灣文學「本土化」觀點。他寫道：「就文化的產生而言，絕沒有由生活在臺灣的人去創造中國文化的道理，同理，主張臺灣作家去寫中國文學，根本就是荒謬的說法……」這裡，彭瑞金弄錯了分母和分子的關係。臺灣只是中國的一部分，而不是也不能和中國並列。因此臺灣的任何東西就像湖北、湖南、廣東、廣西的任何東西一樣，都自然地是中國的一部分。臺灣人創造的文化就是中國文化，而不是叫臺灣人來創造中國文化、中國文學。只要不故作糊塗，這是極明白的道理。彭瑞金在批判反共文學時，有些批駁十分精彩，比如對反共文學一統天下的問題的批判。但是在此章中，彭瑞金企圖以「本土化」統攝臺灣文學時，卻又不准別人反叛了。他寫道：「但這樣的預警的確提醒了一種值得注意的現象——『新人類作家』的反叛，或許正是一種新的逃避口實。他們試圖在自主化、本土化的趨向、使命之外，找到一些可以向自己的離經叛道交待的藉口……當然，借反叛作為逃避的口實，也逃不過臺灣新文學運動的篩網，新人類作家提供的反叛意義，需要的不是評價，而是選擇，新人類作家選擇自己的文學，臺灣文學也有他一貫的選擇性，臺灣文學也在撿選屬於它的作家。」[26]從口氣上看，彭瑞金大有以自主化、本土化為標準對臺灣文壇進行一次大清查之勢，不夠此標準的「新人類作家」等，大有被開除臺灣文籍的趨勢。這種殺氣騰騰的論調，彷彿有點脫

[26]《臺灣新文學運動四十年》，第 232 頁。

第四編

臺灣的小說理論批評

第十章　臺灣的小說理論批評概述

第一節　臺灣小說理論批評的歷史演變

　　小說是文學國度內涵豐富，體大思深，歷史悠久的大家族。一個國家、一個民族、一個地區，一種文學，如果沒有小說，是很難想像的。這種狀況起碼說明，那種文學尚未進入較為成熟的時期；起碼說明，擁有這種文學的人群的精神文明程度還相當低。因而從某種意義上說，小說之有無和創作水平之高低是檢驗一種文學是否成熟和質地高下的重要標誌。各種文學體裁相較，小說具有無可比擬的優越性，它通過審美主體對審美客體的觀察、體驗、認識、梳理、概括、再現，把現實生活中的客觀世界，通過語言文字的媒體；通過故事、情節、人物等的塑造手段，轉化為審美的藝術世界，使之產生時間的延續和空間的共振，把咫尺擴充到宇宙，把瞬間轉化為永恆，使之產生常讀常新，延綿不息的認識價值和審美效應。小，它可描寫一個人一秒鐘內產生的情感波折和心理感應；大，它可運用神話童話和想像手段囊括整個宇宙；近，它可描繪身邊事；遠，它可上溯盤古下達萬未成為現實的遙遠。小說的想像和虛構，使它擺脫一切枷鎖，在任何時空的疆場中自由馳騁；小說的細節描寫和人物塑造又使它必須具象而細緻地展示客體。這就使它具有了既波瀾壯闊，又微波蕩漾；既囊括世界，又具現世界的特徵。

　　小說描寫和反映客觀世界，是通過小說家的審美感受和審美體驗進行的，是主體的審美觀念和審美素質與審美客體相結合相同行的過程。因此小說象描寫出的生活已不是素材，而是主觀審美認識後的物質外化，其中滲透了作家主觀的思想和情感。在剪裁過程中，又經過作家思想律條和藝術律條的選擇和過濾，所以一切創作成功的小說，

都不是一個純然的客觀世界而是一個主觀的外化世界。不過，凡是稱得上傑出和偉大的作家，都不能，也不允許離開和違背歷史和現實的客觀真實，離開和違背歷史和現實的主人——廣大勞動人民的利益，去完全杜撰一個主觀的作品中的世界。在創作過程中，作家的主觀世界必須與符合歷史總潮流的客觀世界相吻合。如是，它的作品才有意義，才被承認。由於小說創作包含了客觀的反映和主觀的表現兩個方面的內涵，就出現了不同的作家有不同的反映方法，不同的作家有不同的表現內涵。儘管他們反映和表現的均可能是符合歷史發展總方向的是符合廣大勞動者利益的。於是就有了不同的小說理論和小說技巧。

　　小說理論和小說技巧，有理論批評家筆下的和作家實踐中自覺和不自覺運用和遵循的兩個方面。這兩個方面在文學實踐中既是有區別的，又是互相聯繫的，它們互相作用，又互相反作用。但理論批評家筆下的小說理論批評，不管任何時候，只要它一出現，便是一種自覺的理論批評狀態，而作家實踐中運用的小說理論，則是有時處於自覺狀態，有時處於不自覺狀態；有的人處於自覺狀態，有的人處於不自覺狀態。臺灣的小說理論批評，比較明顯的分為兩個階段，即：自覺狀態階段和非自覺狀態階段。一般來說，自臺灣的小說誕生，即 1922 年由追風（謝春木）發表於《臺灣》雜誌上的〈她要往何處去——致苦惱的姊妹們〉，到 1949 年，大約近三十年的時間裡，臺灣的小說創作處於非自覺的理論狀態。而 1949 年之後，臺灣的小說創作進入了自覺和非自覺相交錯的理論狀態。非自覺的理論狀態，不是沒有理論，也不是貧理論，而只是沒有專門的小說理論家去對這種理論實踐進行專門的總結、概括和論述。1949 年以前，臺灣出現過一些文學理論批評家，比如，臺灣新文學運動之前的洪棄生、連雅堂、張新之和臺灣新文學運動中崛起的張我軍、黃朝琴、黃呈聰、黃石輝、郭秋生等等。但那時的文學理論集中在三個方面，其一是，詩歌理論的闡述；其二是，文學運動和思潮的論辯；其三是，祖國文學發展概況的介紹。而真正的小說專論，特別是關於臺灣小說的專論，彷彿還未出現。有個別理論批評家的小說評論、已具規模，比如，張新之等，但他們論述的是祖國的大陸的作品。所以 1949 年之前，臺灣的小說理論批評著述

還是空白。不過，沒有小說理論批評專著和專論，不等於沒有小說理論，凡是有小說存在的地方，就有自覺或不自覺的小說理論，有形的或無形地存在著。因為寫小說的人，從作品孕育、構思到成形，用什麼方法創作，按照怎樣的思想和原則描寫生活和塑造人物，在作家的意識中是存在的，只是他不一定意識到那就是小說理論罷了。1949 年之前，臺灣小說基本上是適應抗日形勢的需要，進行創作的。他們小說創作的原始模型和楷模，是祖國古典小說《紅樓夢》、《水滸傳》、《儒林外史》等和五四以後小說的現實主義傳統和方法。所以 1949 年之前，臺灣的小說創作，基本上遵循的是現實主義的文學理論和方法。但那時，臺灣的小說家也開始向日本和西方的小說學習，吸收外來的小說理論和方法。日據後期，臺灣有的作家和作品明顯地受到西方現代派的影響，在作品中運用了象徵、暗示、意識流和心理描寫等技巧和逃避現實的傾向，比如翁鬧和龍瑛宗的小說，就明顯地表現了這種思想和藝術的追求。本人在拙作《臺灣小說發展史》中，把這種現象，稱之為「臺灣現代派小說的萌芽」。

　　1949 年之後，臺灣的小說理論批評開始顯露頭角。不僅有了小說專論發表，而且逐漸有了小說理論批評專著出版。1949 年以後的臺灣小說理論批評伴隨著臺灣文學總的步伐，出現十年一個時期，十年一個時期的「竹節式」主潮更疊發展狀貌。大體上說來，50 年代是反共八股小說期，60 年代是現代派小說期，70 年代為鄉土派小說期，80 年代為多元化小說期。這種十年一個改朝換代的變化，基本上是以小說理論批評和小說觀念的變革為動力和前提的。1950 年 3 月，臺灣成立的「中國文藝協會」下面就設立了「小說研究組」。1950 年 5 月 4 日，臺灣的《文藝創作》創刊號上，就發表了反共作家、文論家陳紀瀅專論反共小說的文章〈論小說創作〉。1952 年反共詩人、文論家葛賢寧出版了《現代小說》一書。該書談到了小說的流派和發展，評介了歐、美、日和我國清末以來的小說創作。1953 年臺灣出版了文論集《文藝寫作與修養》，其中就有兩篇小說專論，即朱磊的〈略論小說創作的幾個主要問題〉和羅念沙的〈短篇小說寫作技巧〉。1956 年 7 月孫旗在香港出版了《論中國文藝的方向》一書，其中有三章是論述小說的，即

〈論小說的新趨勢〉、〈現代小說缺少些什麼〉和最後一章美國海明威小說的探討。50 年代臺灣的所謂「三民主義」小說理論，是一種赤裸裸的政治，這種小說理論，摒棄小說自身的審美功能，以「反共抗俄」為中心，以謾罵攻擊為能事。比如反共文藝理論家司徒衛在他的小說專論：〈泛論自由中國的小說〉中寫道：臺灣的反共小說家們「開始有較為冷靜的觀察和思索；他門減少了對匪共獸性的描寫與詛咒，轉而宣揚人間的愛。認為發源於善良人性內的愛，才是消滅匪共最龐大雄厚的力量。」

　　60 年代是現代派小說的繁榮期，由反共八股小說轉向現代派小說，其原因當然是內因和外因雙重演化的結果。除政治、經濟、文化等外部條件外，小說自身的理論演化，是起決定作用的因素，即人們通常所說的小說功能的「向內轉」，亦即對人物心靈的揭示和潛意識的開發。臺灣文論家丁樹苗，把傳統小悅和現代派小說的區別劃分為二。他寫道：「一般說來，意識流小說與傳統小說的主要不同，可以從兩方面來看：（一）、作者除刻畫人物的意識活動外並描繪人物的潛意識生活。（二）、呈現潛意識生活部分以自由聯想的方式去加以表達。」[1]

　　70 年代是臺灣鄉土小說的大崛起時期，王拓的〈是現實主義文學，不是鄉土文學〉一文，明確地把鄉土文學定位於現實主義文學之中。而王拓在這篇文章中，又為鄉土文學，即現實主義文學規定了「不僅反映，刻畫農人與工人，它也描寫刻畫企業家、小商人，自由職業者公務員、教員以及所有在工商社會裡為生活而掙扎的各種各樣的人……」而這種文學「是植根於我們所生長的土地上，描寫人們在現實生活中的種種奮鬥和掙扎，反映我們這個社會中的人的辛酸和願望，並帶著進步的歷史的眼光來看待所有的人和事，為我們整個民族更幸福更美滿的未來而奉獻最大的心力。」[2]實際上，王拓在這裡把鄉土小說的任務、特徵和創作方法，都講得非常清楚了。70 年代鄉土小說的崛起，是伴隨著人們對現代派的批評和「保釣運動」的震撼，要

---

[1]　《文藝選粹》，第 2 頁。
[2]　《鄉土文學論集》第 119 頁。

而上述男性小說理論批評家中，有的屬於元老人物，有的是中年的理論中堅，有的是年輕的理論才俊。從觀點上看，有人奉行現實主義文學理論，有人是現代派文學理論的信徒，有的人是後設小說理論的倡導者。臺灣的小說理論批評家們創作的小說理論批評專著和專論令人眼花繚亂。比如：何欣的《中國現代小說的主潮》、《當代臺灣作家論集》，王鼎鈞的《短篇小說透視》、《小說技巧舉隅》，周伯乃的《現代小說之研究》，葉維廉的《中國現代小說的風貌》，夏志清的《中國現代小說史》、《新文學的傳統》，隱地的《隱地看小說》，葉石濤的《鄉土作家論集》、《葉石濤作家論集》，魏子雲的《小說之演談》、《小小說的寫作與欣賞》，彭歌的《小小說寫作》，楊昌年的《小說賞析》，楊耐冬的《現代小說散論》，紀乘之的《小說寫作的技巧》，羅盤的《小說寫作基本論》，尹雪曼的《五四時期的小說與作家》、《抗戰時期的小說與作家》，水晶的《張愛玲的小說藝術》，唐文標的《張愛玲研究》，張健的《詩與小說》、《張愛玲的小說世界》，戴杜衡的《小說寫作技巧》，劉紹銘的《小說與戲劇》、《唐人街的小說世界》，黃麗貞的《小說創作、鑒賞與批評》，鄭永孝的《陳若曦的世界》，齊邦媛的《千年之淚》，林海音的《中國近代作家與作品》，歐陽子的《王謝堂前的燕子》，張素貞的《細讀現代小說》，龍應台的《龍應台評小說》等。上述著作中，屬於小說理論和技巧研究，或者側重於小說理論和技巧研究的有：王鼎鈞的《小說技巧舉隅》，周伯乃的《現代小說論》，葉維廉的《中國現代小說的風貌》，魏子雲的《小說之演談》，彭歌的《小小說寫作》，紀乘之的《小說寫作的技巧》，羅盤的《小說寫作基本論》，戴杜衡的《小說寫作技巧》，顏元叔的《談民族文學》一書中的小說論，黃麗貞的《小說創作、欣賞與批評》等，劉紹銘的《小說與戲劇》，丁樹南的《作品的表現技巧與效果》等。而這一類小說理論批評論著中，又大都重視小說寫作技巧的探討，而真正系統論述小說這種文體的理論內涵，比如：孕育、誕生、發展、結構、人物、語言、功能、審美特徵、文體演變等等的專著，幾乎還未看到。當然，上述著作中在論述到小說的寫作技巧和概述小說的創作情況時，也往往涉及到這些問題，有的著作談得還比較深入，但屬於系統、深邃的小說理論專著還未看到。

上述小說理論批評著作中屬作家作品批評的，或主要屬於作家作品批評的有：何欣的《臺灣當代作家論》，隱地的《隱地看小說》，葉石濤的《鄉土作家論》、《葉石濤作家論集》，楊耐冬《現代小說散論》，尹雪曼的《五四時期的小說與作家》、《抗戰時期的小說與作家》，齊邦媛的《千年之淚》，歐陽子的《王謝堂前的燕子》，張素貞的《細讀現代小說》龍應台的《龍應台評小說》，高天生的《臺灣小說與小說家》等。這一類著作在小說理論批評論著中的比例最大，許多論著都具有鮮明的個性和特色。像葉石濤的鄉土作家作品論，在臺灣獨樹一幟，無人能出其右；李元貞之女性作家作品研究，綱目鮮明，鋒芒犀利，在臺灣文壇可謂獨步；齊邦媛之深沉的歷史感，震撼心靈；龍應台風暴般的潑辣奔放和自由自在地品評褒貶，引起眾目投注；歐陽子知人論事，獨評一家，引起重大反響。這一類著作包含著一個多姿多彩的世界。上述著作中屬於小說史、類小說史和小說思潮方面的著作有：夏志清的《中國現代小說史》，何欣的《中國現代小說的主潮》和林海音的《中國近代作家與作品》等。這一類著作是比較薄弱的一環。夏志清的《中國現代小說史》，雖然涉獵到臺灣作家，但主要不是為臺灣小說寫史，而且由於作者的政治偏見浸入文學，使手中的文學天平有較嚴重的傾斜。林海音的《中國近代作家與作品》從歷史演進的軌跡看待作家作品，具有一定史的意義。何欣的《中國現代小說的主潮》是從作家和作品出發研究小說思潮方面的力作。上述著作中屬於小說欣賞，閱讀指導方面的有：魏子雲的《小小說寫作與欣賞》，楊昌年的《小說賞析》等。這一類著作主要著眼於讀者，從讀者的閱讀和接受角度，對小說進行解剖評析。一般說來，這類著作比較注意小說的細緻分析，少有艱深的理論論證。

　　大陸學者，近年來也深入到臺灣小說領域進行了該文體的深入研究。出版的主要論著有：封祖盛的《臺灣小說主要流派初探》、《臺灣現代派小說評析》，張默芸的《鄉戀、哲理、親情》，汪景壽的《臺灣小說作家論》，武治純的《臺灣鄉土文學初探》，古繼堂的《臺灣小說發展史》，黃重添的《臺灣當代小說藝術採光》、《臺灣長篇小說論》等。

第十一章　臺灣小說理論批評的成就和特色

第一節　文學理論批評家筆下的小說理論批評

　　臺灣的文學理論批評家，多數人具有全才的特質，他們既研究文學的一般理論，也研究文學的部門理論；既進行文學的理論研究，也進行作家作品的批評；既對文學的發展進行縱向研究也對文壇進行橫面掃瞄。他們中許多人在小說理論批評領域取得了注目的成就。尤其是老一代文學理論批評家，像夏志清、葉石濤、尹雪曼、周伯乃、何欣、丁樹苗、魏子雲、顏元叔等，大都著作等身，廣研博採，為文壇所敬。臺灣的文學理論批評家筆下的小說理論批評具有這樣一些特點：(1)視野比較開闊，理論的包容度和汲取面比較廣。(2)他們中幾乎所有的人，對西方文學和小說理論有較廣的涉獵和較深的凝視，在理論闡述中，能作到中西結合。(3)他們中多數人中國古典文學的理論根基豐厚，有的本身就是從中國古典文學研究中崛起的，因而他們又能做到古今關照。由於臺灣的小說理論批評家很多，成就甚廣，這裡只能敘述他們中一部分人關於小說理論批評的主要觀點，以眾多人的主要觀點，來展示臺灣小說理論批評的歷史風貌。

一、臺灣小說中兩個世界的並存論者──夏志清

　　他是從大陸到臺灣，再從臺灣去美國定居的「三段式」文論家。他的《中國現代小說史》上面已提及，這裡僅簡略介紹他對臺灣小說的評論。夏志清著有《愛情、社會、小說》和《新文學的傳統》兩部小說評論集。《新文學的傳統》第三輯：《當代小說》，是臺灣小說專論，評論了十多位臺灣作家的小說。比如：陳若曦、王禎和、白先勇、黃春明、王文興、楊青矗、張系國、於梨華、陳映真、林懷民等的作品。

其中用筆墨最多的是陳若曦。這些臺灣作家大都是夏志清的胞兄夏濟安在臺灣大學外文系教書時，教出來的學生和親自培養出來的作家。比如：白先勇、陳若曦、王文興、叢甦、張系國、王禎和等。夏志清對這些夏門子弟，表現出一種特殊的親切和關愛。夏志清說：「1962年我來哥大任教後，沾先兄濟安最大的光，即是交識了不少他臺大的學生，其中好幾位早已變成我的至交，陳秀美（若曦）也在其內。家搬到紐約，鄰居間即有兩位是濟安的高足，石純儀和叢甦，他們都在哥大圖書館工作，可說日常見到。叢甦是性格豪爽的山東女子，出國前即在《文學雜誌》上寫小說，師友交譽。那篇〈雨〉……我讀後特別激賞……先兄當年對她特別器重。她未能繼續創作真是我國文壇的損失。」[1]夏志清對這批夏門子弟雖然感情關愛，但對他們作品的評價，卻是實事求是的，並不因情親而膨脹。比如他對陳若曦評價道：「陳秀美不能算早熟的捷才，早期作品並未引起廣大注意。她不像魯迅、張愛玲，一上文壇即能建立自己風格，令人刮目相視。」夏志清的評論表現了一個資深學者紮實而沉穩的學風。夏志清在評介了上述作家之後，提出了綜合分析，即臺灣當代小說中兩個世界的看法。他寫道：「稍為涉獵過現代中國文學的西方讀者，見到當今臺灣小說中有這兩個世界並存——一個是絕望的知識份子世界，一個是人道主義式充滿希望和樂觀的世界——大概不會感到詫異。西方讀者早已在西方文學中見慣了更極端的虛無主義及絕望的思想，我們相信他們談到臺灣小說刻畫貧苦生活的作品，見到他們所描寫那些單純的人物遇到的痛苦和歡樂，以及這些人在逆境中，為求生存、求尊嚴發揮的驚人的力量，會特別為之感動不已。這些臺灣鄉土小說雖然採取了西方的形式和技巧，卻是地道的中國文學宗嗣，承繼著詩經以還的傳統平民文學精神。」[2]夏志清所說的臺灣小說的兩個世界，主要是指作品中主人公的狀況，其中知識份子的絕望世界，主要是頹廢、沒落的現代派小說所呈現的；而另一個充滿樂觀和希望的人道主義世界，主要是鄉土作

---

[1]　《新文學的傳統》，第 209-210 頁。
[2]　《新文學的傳統》，第 203-204 頁。

品中刻畫的社會底層的勞動者。夏志清特別稱讚了第二個世界中貧苦人民求生存，求尊嚴表現出的驚人的力量。並肯定他們是地道的「中國文學宗嗣」。表現了夏志清小說觀念的核心，還是中國的現實主義傳統。從他的肯定和否定與喜好和厭惡中，他的文學觀念表露無疑。

二、把中國的大經驗轉化為小說題材的──顏元叔

　　顏元叔是文學理論批評大家。文學上有過許多新穎而獨特的建樹。比如：在文學理論的闡述中提出了「文學是哲學的戲劇化」和「定向疊景」等具有創意性的文學理論概念，這些前面已經敘述。顏元叔不僅在一般的文學理論批評方面有許多突出的見解，他在部門文學理論批評方面也引人注目，他的〈談短篇小說──技巧與主題〉一文，是臺灣研究短篇小說方面不可多得的收穫。顏元叔在這篇文章中談到了短篇小說的語言、密度、旋律、意象、象徵、結構、題材、主題等問題。他認為：短篇小說是介於長篇小說及詩之間的文學類型；它同於長篇小說，因為它有一個敘事的結構；它同於詩，因為它有詩的稠密度。稠密度所指是語言的稠密度，而短篇小說的語言應該如詩的語言一般的稠密──即是精粹之意。但精粹不足以完全攏括稠密之息與影射，短篇小說的語言，也應該推敲，也應該精粹，或者說它具備更大的稠密度，理由很簡單，短篇小說的篇幅雖短，主題的企劃卻大，以短的篇幅為大企劃的主題服務，自必每字都要精粹，都要煥發出豐富的智力，才能為主題成功的服務。短篇小說固然要有故事構架，但也必須有稠密的語言作為肉體。只有肉體與骨架結合在一起，才是活生生的人體──即，一個短篇小說的全部和總效果的來源。換句話說，一個短篇小說既要有邏輯結構──故事，又要有局部字質──語言的稠密度。顏元叔認為：短篇小說對語言旋律的要求最迫切，而長篇小說旋律稍為鬆懈，可以故事情節和讀音的寬恕來補救。短篇小說一旦破壞了旋律，就破壞了氣氛，氣氛被破壞，便很難產生「單一效果」。而短篇小說的旋律，也可以說就是說話的口氣，說話人的口氣應與說話人的身份相符合。顏元叔認為，意象與象徵是最能增加語言稠密度的兩

種手段。因為意象與象徵本身就是濃縮的語言。短篇小說這種「有大企劃的小東西」必須借助意象與象徵，只有這樣才能通過一字、一詞、一事，來影射出那遼闊的人生意義、因為意象與象徵，就是人生意義之結晶。但一個短篇小說中的意象和象徵不可太多，多了則阻礙故事的發展，造成局部字質壓倒邏輯結構的現象。如此就不是短篇小說而變成散文了。一個短篇小說最好只矗立一個中心象徵，然後一再重複和變化地使用這個象徵。顏元叔認為：短篇小說的結構，大致分為兩種，一種是一個情節被擴大渲染而成；另一種是聯貫許多的情節而成，即所謂「情節串聯式」。而「情節中聯式」結構，多半採取旅行的格式，即作品主人公由甲地到乙地，故事情節由甲種事物轉變為乙種事物，即用主人公的肉體移位襯托其心理移位，表現出作品的起伏變化。顏元叔認為，短篇小說既短且小，必須增於把握高潮，應該從高潮處下手，在高潮處結束。文學作品的價值，與題材深廣成正比，而題材的產生仰賴作家對人生的透視，對自身與周圍環境的反省。一個真正的中國作家就要寫中國文學，就要認清什麼是中國性，瞭解中國人與外國人之不同。真正的中國文學，應該發掘深植之的文化思想格式，作為文學的控制格式。他批評臺灣作家的題材貧乏主要是缺乏中國意識，沒有魄力去認識和消化近百年來中國的大經驗，將之轉化文學題材。不認識歷史，就無法把握現實。因而他說：「我覺得短篇小說以其謹嚴的結構與主題的豐富潛能，很可以作為發掘中國意識，創作真正的中國文學的起點。」[3]顏元叔的小說理論內容是非常豐富的，限於篇幅，這裡只介紹了他的短篇小說理論。他的短篇小說理論全面而系統，尤其是關於中國人要寫中國文學，要把文學植根於文化思想格式之中和把中國意識和中國的大經驗轉化為文學的題材的意見，十分重要。這不僅是文學理論的獨特見解，也是可貴的中國知識份子的中國良知所在。這樣的理論是治療小說主題瘦弱，題材狹窄病症的有效良藥。

---

[3]　《談民族文學》，第 281-290 頁。

三、學貫中西但中國文學觀念不移的──何欣

何欣是臺灣文學理論批評大家，在臺灣乃至全中國的文學理論批評行列中，他的名字足可與夏志清、顏元叔、周伯乃、王夢鷗、姚一葦、尹雪曼、尉天驄、葉石濤等人的名字並列。與上述許多文學理論家的不同之處，還在於何欣的學識雖然淵博，學貫中西，但他卻始終視中國優秀的文學傳統為神聖；他雖然文學觀點比較中和，但他卻始終堅持文學的正義，以文學的品質評價優劣；他雖然是大陸去臺文學理論批評家，但他卻能與臺灣的土地和文學相結合，不但不以文學的高傲判官姿態輕視臺灣的鄉土文學，而且成為臺灣鄉土作家的知音。何欣，河北省深澤人，1922 年 3 月出生。西北師範學院英文系畢業。抗日時期在重慶開始文學生涯。1945 年光復時去臺灣。歷任臺灣《公論報》副刊主編，臺灣編譯館編纂，臺灣政治大學西語系教授。他的主要著作如：《史坦貝克研究》、《梭爾，貝類研究》、《海明威創作論》等。這些均是西方文學研究的成果。近二十多年以來，他把自己的主要研究目光，投注向臺灣的小說研究，先後出版了《現代中國小說的主潮》、《從大學生到草地人》和《當代臺灣作家論》等。他是大陸去臺文學理論批評家中唯一獲得過巫永福文學評論獎的學者。何欣學的研究的和在課堂上教的雖然是西方文學，但何欣卻是主張文學介入社會、反映社會的現實主義學者。他在〈現代作家的任務〉諸文中，特別強調作家的社會和歷史責任感。強調作家的人格和社會理想的結合。他認為，作家生活在一個社會和經濟的世界裡，這世界是十分真實的。而個人的人格和意識，是一種社會的產物。這種創造不僅繼承了過去社會的成就，而且就個人來說，他與周圍環境，即家庭、社會等聯繫在一起。而個人既參與社會又影響社會。「小說家們在敘述人與人和人與社會之間的關係就基於這種信念。」何欣文藝觀念和小說觀念的核心是，作家應對自己的民族和民族的文化充滿強烈愛心。他認為，文學的最基本問題，是作家的立場和態度問題，同樣的現實生活，在不同作家頭腦中反映出來，必定會有差異。作家從現實中選擇素材和人物時，不同的人會有不同的愛憎。對一件事物的美化和醜化過程，

作家必然將自己的思想意識注入其中，因此作家的個人態度在創作中佔有很重要的地位。「今天我們所要求作家的是他個人必須有強烈的愛心與信心，他對自己的文化、自己的民族精神要有愛心，對自己的民族的前途有堅定的信心。具有了這樣的感情，他的作品才能產生震撼的力量……我們不希望我們的作家們懷著自卑感及羨慕的眼光向國人介紹那些使他個人眼花繚亂的舶來品，硬塞進自己同胞的生活裡。但這不意味著盲目的排他，作者站穩了自己的立場時，必須辨別哪些是善，哪些是惡，必能辨別哪些是健康的，哪些是病態的。」[4]何欣在批評現代派女作家歐陽子小說的文章〈歐陽子說了些什麼？〉中，也明確地表明了他的小說觀念。他寫道：「因為他們浸淫在西方現代文學作品裡，相對地遠離了五四運動後中國文學的傳統，所以他們的作品中缺乏中國讀者習見的現實，而對中國一般讀者就有了疏離感。「而何欣在評論臺灣鄉土文學作家時，卻完全是另一種觀照。他的《中國現代小說的主潮》一書，共收入九篇論文，其中〈三十年來的臺灣小說〉，將臺灣 1949 年以後的小說創作劃分為三個階段：即：「對過去生活的依戀和懷鄉病的階段；迷戀於舶來品的虛無迷失的階段；重返現實的階段。」〈七〇年代的使命文學〉評價了楊青矗、王拓的小說，認為他們「關心社會，敢於逼視現實中的問題。」〈鄉土文學怎樣鄉土〉，論述了鄉土文學「應該是就整個民族精神和文學來看，不應該自囿於保守、偏狹、懷舊的鄉村地域或小城生活。」這部著作和《當代臺灣作家論》是何欣獻給臺灣鄉土文學的兩份厚重禮物，表現了他熱愛鄉土文學的情懷。他在《當代臺灣作家論》一書中評論的臺灣作家有：葉石濤、鍾肇政、黃春明、楊青矗、洪醒夫、宋澤萊、陳映真、魏偉琦、陳冠學。他對黃春明評價道：「黃春明是土生土長的作家，他認識也瞭解生活在鄉村中的這些小人物，所以寫來頗不費力，使他們活生生地表現在讀者面前。我們看到一個慷慨樂觀的黃春明，他永遠在這些小人物身上發現做為一個人的可愛又可敬的性質，他們有悲哀、有埋怨、有氣憤，但這些都沒有把他們壓死，也沒有使他們對生命失去信心，

4　《當代臺灣作家論》，第 36-37 頁。

他們設法去適應生活……黃春明從樸實的鄉民中得到他的靈感與想像，這是他的創作活動的活水源頭，」[5]他對洪醒夫評價道：「他也和當今許多年輕作家一般，運用語言文字的能力比起前一代的較老作家要強得多，也已經能隨心所欲地操縱著它。他在寫作技巧方面也很注意而不只是單調的直線平鋪直敘，對於事件的選擇，也能和主題配合，或使人物突出。」[6]何欣在評論鄉土作家的作品時不管是讚美優點或批評不足，都顯得非常親切、樸實而誠懇，抱著一種親敬和期待的情感，從沒有像批評現代派作家作品那樣使用「×××說了些什麼？」或把什麼強加於什麼的口氣。這自然無可諱言地表現了何欣的喜惡和愛憎。

四、視覺傾斜於西方的──周伯乃

周伯乃著作十分豐富，研究領域擴及古今中外。他的《孤寂的一代》是評論諾貝爾文學獎獲得者的作家，重點在於探討作家思想和文藝思潮的淵源及對作家代表作品的評析。他的《現代小說論》，討論了小說發展的理論問題，其中詳盡地論述了小說的語言、形態、無意識和精神分析理論。並指出了現代派小說存在的缺陷，比如，語言的晦澀與曖昧，刻意追求表現，象徵和意象的誇大，以及現代派小說的反傳統、反故事、反情節、反結構等為現代小說造成的苦悶。周伯乃寫道：「現代小說給這一代的苦悶，是由於現代小說本身具有前人所未經驗過的人類的內在真實──包括人類無意識的心理世界，自我的解剖靈魂的探討等──現代小說家們為了傳真屬於這一代的內在世界的記錄，他不得不運用諸多象徵的、神秘的、意象的符號，以期更確切地抓住這一代的聲音。因此，古代的神話，超越的語言，象徵的場面，詩中的意象，都被現代小說家們大膽運用，這也是現代小說不易被讀者所接受的最大苦悶。」周伯乃的小說理論雖然對臺灣的小說不無影響，但它既不是對臺灣小說實踐的理論概括，也未能針對臺灣小說實踐出發。這些理論基本上是由西方來到西方去，缺少臺灣小說的實踐性。

---

[5] 《當代臺灣作家論》，第 150 頁。
[6] 《當代臺灣作家論》，第 198 頁。

五、從比較文學角度切入小說研究的——劉紹銘

劉紹銘 1934 年 7 月出生於廣東省惠陽縣，臺灣大學外文系畢業，美國印地安那大學比較文學博士學位獲得者，現任美國威士康辛大學中文系教授。他出版的論著有《涕淚飄零的現代中國文學》、《唐人街的小說世界》、《小說與戲劇》等。劉紹銘身為比較文學博士，所以他的研究方法總是從文學的比較角度切入。他研究小說的長篇論文〈現代中國小說之時間與現實觀念〉就是從比較角度出發研究臺灣小說。他在對臺灣的一些小說家，比如，七等生、王文興、叢甦等的作品與西方現代派小說作了比較研究之後，概括式地寫下了一大段話。他說：「如果視一個身份曖昧不明，使用殘缺的語言，以中文寫作，卻對中國的風俗習慣毫無興趣，對文化和道德毫無敬意，視鄰居的狗比自己的生命還重要的作家為某種精神上的救星，實在是對自稱為儒家文化堡壘的臺灣可悲的評論。在讚美七等生之際，魏仲智也表白了他個人的文學嗜好。很明顯的，他身處無法無天的夢的世界，遠比身處公開的行動世界要自在得多。在本質上，這是一個取辭讓、棄委身的抉擇。就此而論，七等生的出現與受人歡迎，正確地標示出臺灣年輕的一代，潛在著的憮然冷漠與挫折感。七等生以及其他寓言作家與五四作家相形之下是多麼地不同啊！不錯，那些革命作家可能由於過分關懷時事，而忽略了藝術的表現。但是吾人讀他們作品時，永遠會受到他們充沛的精力與生命力的激蕩，不論他們的文體多麼粗糙，內容多麼膚淺。即使在最黑暗的時刻，我們仍然可以在他們的作品中聽到生命微弱的跳動。因為革命與改革是浪漫熱情的事業，既會消耗，也會滋生精力。相反地，臺灣的青年作家競相仿尤卡夫卡與喬埃斯，並未顯示他們有意致力於文體的精練與技巧的捉磨，卻無意地流露出絕望、迷失，以及對未來失卻信心。當一件藝術品缺乏人性價值時，技巧只不過是櫥窗的虛飾，是死者的油膏。」[7]上面的精彩論述，凸現了劉紹銘主張積極向上的藝術作品，厭惡灰色頹廢作品；注重作品健康的內容，反對空洞形式主義的小說價值觀。他認為，七等生的出現，是臺灣青

---

[7]　《中華現代文學大系》，評論卷一，第 242 頁。

年一代的冷漠和挫折感的表現和革命作家的作品即使藝術粗糙，但內容卻激動人心的觀點，是一體兩面地表明了他對小說內容、形式、關係的看法。而一件藝術品缺乏人性價值，只不過是櫥窗的虛飾和死者的油膏，把這一看法推上尖端。劉紹銘留學美國又長期在美國教書，不但不被西化，反而堅定地信奉中國文人的觀念，這是比較後的堅定，抉擇後的清醒，十分可貴。

六、主張小說是人的藝術的──魏子雲

　　魏子雲的研究視野，囊括古今中外，著作十分豐富。他有一篇專論小說時空處理的論文，比較全面系統地論述了小說作為時空藝術的諸種條件。尤其對小說構成的最基本條件，進行了深入淺出的論證。魏子雲認為，小說應是寫人的藝術，小說是以描寫人物為主的藝術。小說如不以描寫人物為主要觀照，那就是散文了。散文以敘事為主，小說以寫人為主；縱有個人抒情，也有基點上的觀照不同。正因為小說是寫人的藝術，所以形成小說的題材，是人與人所發生的事件。「凡是一個事件的發生，總離不開人、時、地三大要素。也就是說：形成小說的主要內容，是某些人在某一些時間，在某些地方發生的事件。任何一篇小說的形成，都離不開這三大要件。」[8]魏子雲認為，雖然現代小說中要有所謂：「反小說」和「排斥故事」的理論，但是，小說總不能沒有事件，沒有故事，沒有情節。寫小說如建築師設計藍圖，如廚師烹調菜肴，都要經過「構成」階段。這個「構成」階段就是作家處理題材成敗的決定條件。如果把上面所說的看作是小說構成條件的形式和技巧部分，那麼小說的構成還有更為重要的條件，即主題和內容。「那就是小說家的人生觀、藝術觀、宇宙觀。人生觀是小說家的天稟、學識、生活等積累而成的一種人生態度。這種人生態度，就是決定小說主題的基心。我們每在一篇小說中去探討那小說家所謂『哲學基礎』，所謂『思想淵源』，就是指的這一人生態度。」[9]魏子雲認為：

---

[8]　《中國現代文學評論集》，第 11 頁。
[9]　《中國現代文學評論集》，第 13 頁。

藝術家處理題材應有藝術觀，即審美觀念，但從根本上說，藝術觀也是人生觀的一部分。文學作品要傳達真、善、美。但美必須服從真與善的前提，不真不善的東西就無所謂美。他認為小說對時空的處理有兩種：其一是以時間為基點；其二是以空間為基點。以空間為基礎的小說是屬於現代派的意識流小說。「由於他們要表現意識的流態與拼射，遂不以時間進行為則，只以腦中的意識進流所及的事件為小說的題材，所以處理時空是以腦意識為基點。」[10]魏子雲，既研究西方小說，也研究中國小說，既研究古典小說，也研究當代小說，因而在他的小說觀念裡，雖有多方吸收，但仍然以中國傳統的小說理論為核心，他所說的小說構成的三大要素：人、時、地和強調小說要有故事、情節、人物，與現代派的小說理論是相左的，而這種觀點，正是中國傳統小說所必須具備的內涵。

七、主張小說是表現而非宣洩的──丁樹南

丁樹南原名歐坦生，1923年生，福建省福州市人，暨南大學畢業。1949年去臺後，以「江上秋」筆名寫小說，1956年開始用丁樹南的筆名、從60年代初期開始文學理論批評生涯，他的主要論著有《小說淺談》（上、下集）、《小小說的寫作與欣賞》、《人物刻畫基本論》、《作品的表現技巧與效果》等。丁樹南的小說觀念比較中和，既不拒絕傳統小說的規範，也可容納現代派小說的主張。他認為小說是表現，而非宣洩。表現是指有秩序的表現，表現與宣洩的主要區別在於，前者含有影響他人的意圖，後者則不然。藝術家所表現的意象、意念、情感，均有賴於一中心意識以維繫全體，以造成整體的秩序。此中心意識自覺不自覺的控制著整個創作過程，溶化於整個作品之中，便形成了作品的主題、有的現代派小說，因採取現代的特殊表現手法，一時看不出其主題，但實際上主題仍然是存在的。關於小說的結構問題，他認為，結構一詞原本就是含有策劃、圖謀之意，同樣一個題材，採取不同的結構方式，必然產生不同的效果，因此，小說必須講求結構。對

---

[10]《中國現代文學評論集》，第19頁。

於現代派小說，我們一時對它的內客或形式瞭解不透，認為它缺乏結構，但實際上只是我們看不出其結構的脈絡而已。小說雖有「傳統」和「現代」之別，但本質上它們仍是一家，因為絕對摒棄了小說基本原理的小說，在本質上已成為非小說，不應再稱之為小說。他認為傳統小說和意識流小說，主要有兩點區別，就意識流小說論，其一，作者除刻畫人物的意識活動外並描繪人物的潛意識生活。其二，呈現潛意識生活部分以自由聯想的方式加以表達。但是，他認為，潛意識理論家必須要解決一項基本難題，小說是一種藝術創造一切藝術創作基本上無不依賴一定的媒介以溝通作者與欣賞者的心靈，然而潛意識在本質上是不能直接溝通的。丁樹南小說理論研究另一個見長的領域，是極短篇小說，或微型小說，或小小說。他認為，小小說雖然極短，而作者卻不宜以其「短」而掉以經心。嚴格說來，小小說越短越難寫，「麻雀雖小，五臟俱全」，凡是一小說所應具有的各項素質，小小說同樣不可缺。而完整又是任何小小說共同的基本要求。就形式言，構造要求完整，才能造就應有的效果；意念完整，才能表達明確的主題。一篇完整的小小說，必須包含首、中、末三部。首部介紹主要人物、場景，並提示情勢或問題。中部是情勢的鋪述或發展。末部為結局和問題的解決。

八、超越現象直抵本質的——呂正惠

呂正惠是臺灣省嘉義縣人，1948 年出生，臺灣東吳大學中國文學研究所博士，現任臺灣清華大學中國語文系教授兼系主任。主要論著有：《小說與社會》、《杜甫與六朝詩人》、《政治現實與抒情傳統》等。呂正惠的小說評論擅長背景和主題結合研究，從社會的大變動去尋找各種小說興衰起伏的脈絡和意義。他的〈八〇年代臺灣小說的主流〉一文，清晰地梳理和論證了臺灣小說創作發展演變與臺灣社會變化的內在聯繫。他把 80 年代的臺灣小說分為：認同小說，即認同臺灣土地的小說；社會小說，即描繪社會現實樣相的小說；政治小說，即專寫臺灣的政治問題，把矛頭指向國民黨政權的小說。他認為：從相對客觀的立場看《趙南棟》（陳映真）、《寒夜》三部曲（李喬）無疑代表了

80 年代臺灣政治認同小說的兩極，同樣值得我們重視。和認同小說相類似，但並沒有認同小說那種鮮明立場的，是社會小說。這類小說企圖描寫臺灣當代社會的全貌而黃凡小說的企圖心之大，含蓋面之廣，在 80 年代的政治、社會小說中首屈一指。與社會小說的「曖昧」態度相反，攻擊目標非常顯著的是政治小說。揭發、譴責，以及突破禁忌，成為 80 年代政治小說的基本樣態。「小說家們好像在比賽誰比較勇敢似的，爭先恐後的去控訴國民黨三十年統治的『黑窩』。」林雙不「將文學推為改革現實近身肉搏的工具」，他「好像刻意找上國民黨的每一致命點一樣，火紅著眼睛拼命射擊。」[11]呂正惠認為政治批判色彩過於濃烈的臺灣政治、社會小說，水準一直不能提升，並且在短短的時期內就要被淘汰，其根本原因還在於 70、80 年代這二十年內的臺灣社會、政治改革運動本質上的限制。在論述到女性小說時，呂正惠認為，從 70 年代末，女作家成群地壟斷文藝界的暢銷排行榜，讓人覺得當前文壇是女作家的天下。這種現象主要是因為男性讀者逐漸遞減，女性已變成文學作品的主要購買者和閱讀者，女作家的興起，不過是這種讀者群結構的轉變之反映而已。從文學的角度著，處理女性問題的小說比起政治小說更容易細膩地處理人性與人際關係的變化在實際社會結構運作的情形，而比較不會成為意識形態爭執的傳聲筒。但是臺灣女性小說觀念保守，而且越來越趨於保守，這使它和政治、社會小說逐漸消退的情形成為平行現象。在談到臺灣的後現代派小說時，呂正惠認為：他們把好玩和有趣當作要務，認為這是新時代的敘述藝術，實在是買櫝還珠，是對文學的極大扭曲。但是他們宣稱一切小說都是以騙人的方式把自己「解構」掉，並稱作者為「大說謊家」。它的更大的解構力在於告訴人們，臺灣的一切書寫都是謊言，不必相信。臺灣小說中這種「輕鬆」的虛無主義流行和政治、社會小說的消退，是二十年來臺灣改革運動開始進入「暫時休止」階段的某種信號。[12]呂正惠的小說研究，不是把小說作為一種孤立的文學現象進行分析，而是把它

---

[11]《世紀末的偏航》，第 278 頁。
[12]《世紀末的偏航》，第 291 頁。

作為社會、歷史大背景下人類意識、行為演出的一部分，一個側面進行剖析，因而常常一針見血，抓住本質。臺灣小說不斷高低起落，興衰絕續，但這種文藝現象卻無法從文藝自身獲得解決的問題。在呂正惠的背景分析下，一切都變得清晰可見。這是一種超越現象的本質研究。

第二節　小說家筆下的小說理論批評

小說家筆下的小說理論批評和理論批評家筆下的小說理論批評相較，其優點是將自己豐富的創作經驗糅進小說的理論批評中，使他們的小說理論批評變得更加有血有肉、有理有據，因而也就更具有說服力，不會出現那種談起理論有聲有色，聯繫起實踐捉襟見肘的現象。由於他們豐富的小說創作實踐經驗，對作品的各項素質，比如人物的選擇和塑造，故事的確定和剪裁，小說語言個性化的處理等等，都感受至深、心領神會，只要把它們納入理論系列，便如魚得水、魚水俱活，不會像理論批評家那樣提著鳥籠到作品的森林中去捉鳥，選擇了半天，捉到的鳥還不一定適合手中的籠子。臺灣的小說家兼小說理論批評家的能人甚多，有不少人在小說創作和小說理論批評上都有較突出的建樹。比如：葉石濤、尹雪曼、陳映真、白先勇、子敏、馬森、王鼎鈞、隱地、王拓、墨人、張放、彭歌、吳錦發等等。現將他們中一部分人的主要小說理論批評觀點介紹如下。

一、把對象和背境融合研究的──葉石濤

葉石濤是臺灣日據末期最後一位小說家，他的生平上面已作介紹。他的小說理論批評在臺灣的小說理論批評中具有重要特色。他筆下的研究對象基本上是臺灣省籍小說家。凡臺灣省籍的重要小說家，幾乎很少缺漏，男女作家全在他的批評視野之中。老一代的小說家中如賴和、楊逵、吳濁流、王錦江、張文環、翁鬧、龍瑛宗、鍾理和、鍾肇政等。中生代小說家如：李喬、鄭清文、鄭煥、林懷民、七等生、

黃春明、陳映真、王禎和、王拓、楊青矗、洪醒夫等，更年輕一代的
如宋澤萊、吳錦發、黃凡等。女小說家中的林海音、季季、曾心儀、
黃娟等等，他都一一加以論述。葉石濤的小說理論批評，營養的吸收
面很廣。他既熟讀西方現代派小說的理論，對卡夫卡、斯湯達、卡繆
等人的作品甚為熟知，對俄國 19 世紀的批判現實主義文學理論也有涉
獵，在多元而廣泛的文學理論參照下形成了他自己的小說批評風格。
臺灣文學理論批評家何欣，曾以專文探討葉石濤的文藝觀和小說批評
風格。他寫道：「對於當前年輕一代的作家中有卓越成就者，葉先生以
最誠摯的態度予以分析解說，指出其成就表現在哪一方面。對於時下
某些作家的缺點，葉先生也是以真誠的態度指出來，而他所談到的這
些弊病，正是今天許多文學作品的致命傷，雖然這些作家被捧起來，
像時裝模特兒般扭扭晃晃走一遭，也曾博得掌聲，葉石濤先生熱愛文
學、忠於文學，才嚴正地指出時弊，這是一般書評家不願做的。為此，
我們應該特別感激葉先生。」[13]葉石濤的小說批評，實事求是，一針見
血，一觸及對象便能抓住要害。現舉數例如下。他評呂赫若：「呂赫若
卻是一個很懂得技巧的人，他的小說較有明潔的輪廓，有完整的結構。
因此他的作品，每一篇都很能引人入勝。他的小說《牛車》、《廟庭》
等都具有郁馥的鄉土色彩，不過，他的思路卻相當清晰，表現方法是
寫實的。呂赫若把本省落後的封建意識放在解剖臺上，加以無情地剖
析指出了病源所在，舉凡贅夫、養女、迷信、愚昧等封建的諸樣相，
無一能逃脫他的緊追不捨的跟蹤。」[14]他評吳濁流的長篇小說《亞細亞
的孤兒》：《亞細亞的孤兒》道出了日本統治下六百萬本省人的控訴，
也象徵著本省人在異族統治下的悲慘命運。這部小說也許是吳濁流的
自傳，但何嘗不是整個臺人的寫照呢？」[15]他評鍾理和的小說。「鍾理
和的作品，可說已經達到臺灣鄉土文學的高峰，他攝取、消化、熔鑄
了所有鄉土文學的菁華，獨創自己的風格，鍾理和的作品既不叫喚也

---

[13] 《當代臺灣作家論》，第 48-49 頁。
[14] 《臺灣鄉土作家論集》，第 30 頁。
[15] 《臺灣鄉土作家論集》，第 31 頁。

不抗議，肺病和生活折磨養成了他的忍耐和謙虛。」[16]他評論鄭煥的小說：「鄭煥的風格別樹一幟，他寫小說的手法令人憶起法國作家都德，而他的詼諧頗像法國作家盧那爾，但一切都統一於唯一的主題『鄉土』。鄭煥是成功的旁觀者，作品裡的人物服服貼貼任他擺佈、支配。他的小說技巧之佳令人叫絕，在短篇小說的成就方面，很少有幾個作家可以同他較量。」葉石濤評論的特點是，對作家和作品瞭若指掌，十分自信有把握，因而用語清晰，論述明確，判斷果決。由於葉石濤奉行現實主義小說理論，也由於痛苦坎坷和複雜的人生經歷，在葉石濤的記憶中留下的忘不了，驅不去的烙印，他在評論多災多難的臺灣作家創作的記錄多災多難生活的作品時，總是抱著深厚而真摯的愛心，把作家、作品和背景融彙敘述。這樣的評論把臺灣文學與時政結合得異常緊的特點；無意間也作了真實的表達。由於這樣的特點，葉石濤的文學批評就自然地具有深重的歷史感。

二、以描寫入評論活化文體的——隱地

隱地本名柯青華，浙江永嘉人，1939 年 11 月生於上海、14 歲開始文學生涯。他既寫小說，也寫散文和小說評論，是臺灣爾雅出版社的老闆，身兼小說家、散文家和小說批評家。他出版的小說評介、作家評介、小說批評集有《隱地看小說》、《快樂的讀書人》和《作家與書的故事》等、《隱地看小說》是隱地小說批評的核心論著。該著是隱地在臺灣《自由青年》雜誌上寫的專欄文章《讀書報告》和在《徵信新聞》副刊及《大華晚報》的「讀書人」專欄發表的書評的合集。這些書評在報刊上發表時曾引起臺灣讀者的廣泛注意，有較大的反響。這個集子共評論了 28 位作家的三十一篇小說。概括地講隱地的小說批評有如下特點：

1. 他批評的幾乎全是短篇小說。由於《自由青年》雜誌的《讀書報告》專欄是每月一期，必須定期送稿，要求評論的週期短、速度快，不可能讓隱地有十分充裕的時間主閱讀評析中長篇小

---

[16] 《臺灣鄉土作家論集》，第 35 頁。

說。一般報刊的專欄文章字數限制極嚴，也不可能讓評論家放開筆墨自由抒寫，如此中長篇作品的評論受到限制。按照隱地自己的說法，還有另外的原因：「不過後來我把重點放在短篇小說上，理由是，長篇小說較引人注意，而且有電臺廣播，短篇小說卻似乎從來很少有人當作一個問題拿出來討論過，以至於連書店都不敢出短篇小說集，真正說起來這也是一個很畸型的現象。」[17]隱地把評論的對象選擇為短篇小說，目的在於為短篇小說打抱不平，為了開拓這一片被人冷漠的文學原野。

2. 隱地的小說評論對象專一，文字精練集中。一般來說，像新批評要求的內象批評那樣，他只評書，而不論人，極少交待作品時代背景和作者的背境資料。凡是需要對作者作些交待的，也把作者的簡介放在附錄中，而不放在正文中。這樣既節省了篇幅，可以更充分的評析作品，又可以避免千篇一律地在文章開頭先介紹作者的套式，還可以免除有時介紹的情況與作品並無血肉相連的遊離感。

3. 隱地小說批評具有作家評書的顯著特色。即：不像理論批評家批評小說以條塊分割，開列：一、二、三、或甲、乙、丙；以意蘊分割：第一層次、第二層次、第三層次等。隱地評小說大量的運用形象和比喻，把比較枯燥的理論文字溶入大量的描述性語言，使他的小說批評顯得生動而親切。比如他在評論於梨華的短篇小說〈等〉時，這樣寫道：「每次讀於梨華的小說，就彷彿嗅到那股人生的辛辣。於梨華的文章，是一杯酒，一杯濃烈的高粱酒。從《夢回清河》……都給我這種感覺。這種感覺在我讀大仲馬的《基度山恩仇記》時也有。於梨華身上彷彿流有一個豪邁男子的血。她從來不告訴我們人生應當如何，但激情就在我們讀完她的小說後升起。即使流淚，也要往前走。生活是赤裸的，我們應該勇於面對它，一股毅力在膨脹……」[18]又

---

[17] 《隱地看小說》，第 17 頁。
[18] 《隱地看小說》，第 94-95 頁。

如在〈林文昭（他和她）〉一文中，隱地在評論作者的表現手法時寫道：「〈他和她〉的故事，如果要按舊時有條不紊的傳統手法敘述起來，七千字是不夠的，並且要失去現在所特有的這股風格，我想，必是作者不願意的。如今拘束人的時間、地點完全拋掉，不再受那限制。彷彿飛出了動物園的雲雀，在晴朗的藍色天空自由翱翔，要飛向東、或南、或西、或北，你心如意。不再是那只被關在籠子裡的可憐小鳥。」[19]再如，他在評論季季〈假日與蘋果〉一文中寫道：「於是季季像一張每個角落都被大風吹得無比飽滿的新帆，那樣使人羨慕又使人妒嫉地開進了文壇的海洋。」[20]

4. 擴大參照係數。在隱地的小說批評中，一方面不把外象研究，即時空背景，作者生平等放入文章中，節省篇幅，但另一方面為了使評論的觀點準確和更有把握，他在評論某個作家的某一篇作品時，常常引證該作家的其他作品，或者引證別的作家的同類作品進行論述。這樣作可以擴大和加厚評論家觀點的基座，豐富參照係數，不至於使自己評論的大廈只有那麼一根細小的頂樑柱。比如在評論林文昭的小說〈他和她〉時，隱地提到了同是臺大出身的白先勇的〈香港・1960〉，荊棘的〈南瓜〉，並各作簡要敘述比較。在評論鍾理和的〈雨〉時，他提及了鍾理和有關的作品〈貧賤夫妻〉、〈同姓之婚〉、〈奔逃〉和〈錢的故事〉等。評論一篇小說，以同一作者的其他小說，或以不同作者的同類小說拿來參照印證，自身並不是一件難事，難就難在評論家要有廣泛閱讀，庫中要儲存著大量的多品種的「糧食」，而且，非常熟悉這些「糧食」的營養成份和醫藥功效，供評論家隨時調用。或者評論家在評某篇作品時，要有意識地去閱讀有關作品備用。而這種作為參照的作品，往往是費了大量的時間閱讀、分析，但真正派上用場的，可能

---

[19] 《隱地看小說》，第 26 頁。
[20] 《隱地看小說》，第 52 頁。

就那麼三、五句話。這是很「化不來」的事。隱地這樣作難能可貴。

5. 隱地的小說批評觀念靈活、開闊。他以研究客體自身的好、壞、優、劣為轉移，而不以評論家的主觀好惡喜厭為標準。這對一個評論家來說十分重要，它是文學評論的生命。一個信奉現實主義的評論家如果連現代派的優秀之作也不能容納，一概否定；一個現代派的評論家，視現實主義作品為仇敵，這兩類人，均沒有資格當評論家，他們不具備評論家的起碼素質。真正的評論家不應以流派和表現方式劃界，不應有事先劃定的禁區，藝術上應該具有無比廣闊的胸懷和無限廣闊的包容度。自己可以有流派、風格的內心喜好，但不能把這種喜好作為裁判一切文學作品的法律。真正的藝術價值不在評論家的心目中，而在研究對象的品格之中。評論家喜好的流派、風格中，會有低劣之作；評論家厭惡的流派、風格中也會有優秀之作。評論家既要有眼力，又要有勇氣和雅量，不然就很難作到公正而準確。隱地評論的作家中有現實主義的，也有現代派的。比如，他對傳統現實主義作家鍾理和的作品，給予充分肯定。他寫道：「能感動人，永留讀者記憶裡的文章，首先是表達真情真意的。鍾理和把浮泛在心頭的事忠實地寫下來。他的作品，在感情上毫無虛構，他將內心的真實，依自然的律動，流露於字裡行間。生命之流借文學的形式表現出來，我們讀他的文章，自然而然地彷彿接觸到他的生命，而不得不怦然心動，在他的心抽緊時，我們的也抽緊了。樸實的文學，卻寫盡了人間的貧病交迫……」[21]而地對現代派的意識流作品，也一樣給予好評。比如在評論林文昭的〈他和她〉時，他寫道：「現代小說主張意識流，這篇小說的情節的確隨了主角（秀美）的意識在流，帶了讀者向前流，向深處流。它打破時空，將目前與過去融而為一。作者告訴我們一個複雜而感人的愛情故事，同時，也使我們聯想作者自己

---

[21] 《隱地看小說》，第 64-65 頁。

還有一個沒有說出來的真實故事。這篇第三人稱的小說，由於加入了作者的旁白與敘述實景，更增加了細細品賞的價值。」[22]從評論的主導傾向看，隱地是現代派小說的喜好者，但他並不以自己的喜好去貶低現實主義小說的價值。

　　隱地除了以大量的精力評論臺灣的短篇小說外，近年來，他還對臺灣的極短篇小說進行了編選研究，出版了《爾雅極短篇》一書。隱地為該書寫的〈天地乾坤（代編後）〉中，發表了他對小小說的看法。他認為：「有人喜歡極短篇，因為一篇就是一粒米，沒有隱藏在『一升糠』裡面。而我認為好的極短篇小說，完全和長篇小說、短篇小說一樣，隱喻和烘托氣氛都是必要的。高潮迭起，扣人心弦，在結尾處製造驚人之舉，引人入勝，固然是極短篇創作之一法，然而只是敘述故事，能自圓其說，自成一格，仍然可能是一個好的極短篇。簡單的說，極短篇除了字數少之外，和其他小說類別完全沒有兩樣，麻雀雖小，五臟俱全，極短篇的極致，還是貴在創作。」他還認為：「極短篇雖短，卻上至天文，下至地理，任何人情、世故都可往這捧短短的文字裡傾倒，注入情節，加入故事，最後都可以變成一篇有吸引力的小說。袖珍的文類，小中見大，自有天地。」[23]隱地對極短篇小說，結合他選編的一冊臺灣極短篇作品進行闡述，自然表達了自己真切的體會和心得、隱地的小說批評，曾得到臺灣小說家邵僩的好評。邵僩在為〈隱地看小說〉一書的序言〈隱地那傢伙的書評〉一文中寫道：「隱地的〈讀書報告〉，大概已寫了二十多篇，每篇都有它的特色，送到放大鏡下可以看到：隱地不用洋文嚇唬本國黃面孔同胞。隱地有年輕人的誠懇。隱地的血滾熱，滾熱的。這樣的人寫書評，有活力的人，誰不喜歡看呢？」[24]

---

[22] 《隱地看小說》，第 27 頁。
[23] 《隱地看小說》，第 255-268 頁。
[24] 《隱地看小說》，第 11 頁。

三、將創作經驗轉化為理論批評的──白先勇

　　白先勇有小說評論集：《驀然回首》，書中〈驀然回首〉一文談到
了小說的戲劇化和敘事等問題。他認為：所謂小說的戲劇化，就是場
景的製造和運用對話。一篇小說敘述與對話的比例安排是十分重要
的。而中國小說家大都擅長戲劇法。偉大的小說家沒有一個不是技巧
高超的，小說技巧不是「雕蟲小技」，而是表現偉大思想主題的基本工
具。白先勇的小說批評中寫得比較精彩的是評論施叔青小說的文章〈施
叔青的（約伯的末裔）。這篇評論對施叔青小說的分析和概括不僅獨
到，而且十分準確。白先勇對施叔青小說語言的評價，實際上也是對
施叔青小說風格的準確概括。他說：「施叔青的小說語言，有她非常獨
特的風格。這不屬於中國典雅平順的傳統語言，似乎也不是受西方作
家影響的語句，而是施叔青為了表現她那奇異的個人世界，而創出的
一種語言。」「施叔青的小說語言是彆扭的，乖張的，因為她所表現的
世界就是這種夢魘似患了分裂症的世界。像一些超現實主義的畫像（如
達利 Dali）的畫一般，有一種奇異、瘋狂、醜怪的美。在中國文學傳統
中，唯一與這種作風相近的，似乎只有李賀的詩：『南山何其悲，鬼雨
灑空草。』」[25]白先勇在這裡道出了一個基本的，具有規律性的道理，那
就是文學的語言受內容制約，由於施叔青表達的是鬼怪世界，因此她
小說的語言也就有了濃郁的鬼怪味。在談到施叔青小說的內容和主題
時，白先勇也進行了非常精練而清晰的概括。他說「施叔青的小說世
界中，死亡、性、瘋癲──幾乎無時無地不在，因此她所用的明喻、暗
喻、象徵、意象，都是在表現這樣的主題：染料像血漿──用小孩的鮮
血來染白布……」又說：「死亡、性和瘋癲是施叔青小說中循環不息的
主題，而這幾個主題又是密切相關，互為因果的。死亡和性這兩種神
秘而不可解的生命現象，在任何文學傳統中，都是經常出現的兩則主
題，但在施叔青的小說中，卻挾雷霆萬鈞之勢出現，它們震傷了人的
心靈，粉碎了社會的道德秩序。」[26]白先勇對施叔青的小說評價道：「施

---

[25] 《中國現代作家論》，第 526 頁。
[26] 《中國現代作家論》，第 536 頁。

叔青的小說世界，是透過她自己特有的折射鏡所投射出來的一個扭曲，怪異、夢魘似的世界。光天化日之下社會中的人倫、道德、理性，在她的世界中是不存在的。那是一個不正常、狹窄的、患了分裂症的世界。但是它的不正常性，正如同鹿港海邊在不正常的天氣時，那些颱風，海嘯一般，有其可怕的真實性。施叔青曾嘗試寫正常世界，但並不成功，因為那個受人倫及習俗拘約的社會是不屬於她的。「白先勇認為施叔青作品中性、死亡和夢魘的世界，一方面是虛幻的，但另一方面死亡又是真實得可怕的。因為它有著可以想見的不正常社會的不正常現實的基礎，這些作品用折射的方法反映了臺灣社會的某種真實。因而虛幻並不可怕，而真實卻是最可怕的。不僅臺灣有那樣可怕的社會真實，而且施叔青曾嘗試寫正常世界而不成功，原因是：「因為那個受人倫及習俗拘約的社會是不屬於她的。」也就是說，有那樣真實的社會生活，有屬於那個世界的作家，才會有那樣的作品，這正表現出白先勇的文學作品是社會生活的反映的文學觀念。白先勇許多小說批評文字，都具有自我總結和現身說法的性質，他往往將自己的創作經驗和體會融入對別人作品的評論和對小說理論的闡述中，因而他的理論，是充滿經驗和體會的理論。

四、勇於從理論上自我剖析的——陳映真

陳映真雖然是臺灣著名鄉土小說家，但也涉獵文學理論和小說批評。出版有評論集《知識人的偏執》和《孤兒的歷史、歷史的孤兒》。陳映真的小說觀念是典型的現實主義理論。他有一篇論文《文學來自社會反映社會》論證了文學與社會生活的關係。他認為，「社會或經濟是思想的或精神生活（當然也包括文學）的一個比較重要的因素。」70 年代以後，楊青矗的工廠，王拓的漁村成了小說的主要場景。他們在現實生活中找題材，找典型人物，在現實的生活語言中，調取文學語言豐富的來源。在這個意識上，王拓說「是現實主義文學，不是鄉土文學」。陳映真認為，從日據時代的愛國抗日作品那裡繼承過來的最寶貴的東西就是現實主義的文學傳統。他寫道：「先行代抵抗的民族文學家給予我們的教育是什麼？首先，是他們有明確的歷史意義，他們

的文學，強烈表現了整個近代中國抵抗帝國主義的歷史場景。其次，
這些作家表現了勇於面對當時最尖銳的政治、經濟、社會和文化諸問
題，不逃避，不苟且，在抵抗中，正面表現了人類至高的尊嚴；再次，
他們毫不猶疑地採取具有強烈革新意識和傾向的現實主義，作為他們
文學的表現工具。對於臺灣先行代民族抵抗作家的再認識和再評價，
無疑地將成為新一代在臺灣的中國文藝家最好的教材，承傳這一偉大
而光輝的傳統，發揚而光大之。」[27]他認為，臺灣文學應該「以臺灣的
中國生活為材料，以中國民族風格和現實主義為形式，創造全新的文
學發展階段。帶來中國新文學在新階段中的一次更大的豐收。」他認
為，臺灣作家「描寫激變中的臺灣農村、漁港和無數的廠礦中，為生
活而奮鬥的人們，描寫處在社會轉型期中鄉村同城市中人的困境；描
寫外國的經濟和文學的支配性勢力下中國人的悲楚歪扭反抗和勝利，
不為別的什麼，而為的是他們在這一切之中，看見了人性至高的莊嚴，
從而建造了以這莊嚴為基礎的自己民族的信心。」[28]陳映真認為，光復
以來，臺灣的新生代作家，已經用優美的中國語言，寫出了可以獻給
中國文學史的好作品。對於這種用中國語言創作的好作品，應全面給
予肯定。陳映真的現實主義小說觀念，決定了他在分析評價小說時，
總是把作家的出身和社會地位，以及作品的歷史時代背景放在非常重
要的地位。他在用筆名許南村寫的〈試論陳映真〉的文章中，有過不
少這種閃光的分析和評述。他分析階級出身和社會地位對陳映真創作
的影響時，寫道：「在現代社會的層次結構中，一個市鎮小知識分子是
處於一種中間的地位。當景氣良好，出路很多的時候，這些小知識份
子很容易向上爬升，從社會的上層得到不薄的利益。但當社會的景氣
阻滯，出路很少的時候，他們不得不向著社會的下層淪落。於是當其
進升之路順暢，則意氣昂揚，神采飛舞；而當其向下淪落，則又往往
顯得沮喪，悲憤和彷惶。陳映真的早期作品便表現出這種悶局中市鎮
小知識份子的濃重的感傷的情緒。他的父親一代出身於農村的敗落家

---

[27] 《鄉土文學論集》，第 66-67 頁。
[28] 《鄉土文學論集》，第 338 頁。

庭，因著刻苦自修，成為知識分子而向市鎮游移……」[29]這段自我解剖非常真實而精彩，活畫出了一個小知識份子在動盪不安的社會中升降、沉浮被社會擺布、被歷史捉弄、被自我迷惑的絕妙圖畫。自我解部是自我革命。沒有廣闊胸襟、沒有遠大志向、沒有自我超越的人，是很難作到這一點的。如果上面是陳映真對自己社會地位和家庭出身決定了他游移不定意識形態的一種透視，那麼下面一段同樣精彩的分析卻是針對他小說中的人物的。他寫道：「陳映真小說中的小知識份子，便是懷著這種無救贖的、自我破滅的慘苦的悲哀，逼視著新的歷史時期的黎明。在一個歷史的轉型期，市鎮小知識分子的唯一救贖之道，便是在介入的實踐行程中，艱苦地做自我的革新，同他們無限依戀的舊世界作毅然的訣絕，從而投入一個更新的時代。但陳映真世界裡的市鎮小知識份子，卻沒有一個在實踐中挺立於風雨之中，優游於浪濤之間的人物。這也許是客觀上並不存在著這樣的人物罷，而其實也是陳映真自己和一般的悶局中的市鎮小知識份子的無氣力的本質在藝術上的表現。」[30]從評價自己作品中的人物，到聯繫作者自我評價，真是毫下容情他認為自己作品中的人物都是屬於時代黎明前的人物，即被時代拋棄的人物。他們只能逼視黎明的到來，自己卻跨不過黎明的門檻。而這些人物的無能和無力感，正是陳映真自身弱點的一種表現。從陳映真嚴格的自剖中，我們看到的卻是一片童話般無塵的心靈世界。辯證法就是這樣：越自吹自擂者，越污濁不堪；越敢於自我解剖者，越優美而潔淨。像陳映真能如此自我革命的人不要說在臺灣難能可貴，即使換一個環境，也是十分難得的。

第三節　詩人筆下的小說理論批評

　　臺灣詩歌界跳槽研究小說的也大有人在。詩人和詩評家的身份和素養，使他們筆下的小說理論批評別具一番風味。他們把文學中的兩

---

[29] 《鄉土作家論集》，第 164 頁。
[30] 《鄉土文學論集》，第 171 頁。

個大家族——小說和詩結合起來進行對比研究,從另一個角度開闊了研究小說的視野和思路。使人們認為小說和詩;一個敘事,一個抒情;一個講故事,一個寫意象和意境;一個刻畫人物,一個主客體合一。這兩種截然不同的文學樣式之間出現了某種既分割又聯姻,既區別又一致的景觀。臺灣詩歌界客串小說理論批評的主要人物有:葉維廉、張健、王志健、張恒豪、陳芳明、張漢良、古添洪、李瑞騰等。

一、小說的特質在於詩化一瞬頓悟的——葉維廉

　　葉維廉是臺灣旅美著名詩人、詩論家。在臺灣的詩人中,他是涉獵小說理論批評最多、最深的一位。他是廣東省中山縣人,1937 年出生,從臺灣大學外文系畢業後赴美留學,獲美國普林斯頓大學比較文學博士學位。曾在美國加州大學和香港中文大學任教。他出版的文藝論著有:《現象、經驗、表現》、《中國現代小說風貌》、《秩序的生長》、《中國古典文學比較研究》和《飲之太陽》等。上述文藝論著中,《中國現代小說的風貌》一書,是中國現代小說的專論,1970 年由臺北晨鐘出版社出版。這是葉維廉研究小說的唯一論著,其主要內容是關於小說理論的闡述。該著中收入:〈中國現代小說的結構〉、〈弦裡弦外〉、〈激流怎能為倒影造像〉、〈突入一瞬的蛻變裡〉等七篇小說專論。此著曾獲劉紹銘較高的評價。劉紹銘認為:葉維廉以他獨特的美學觀點,替中國小說批評開拓了一條嶄新的道路。他以一個詩人的觀點,強調現代小說的特質在於詩化的一瞬間的頓悟。葉維廉作為一位現代派詩人,他對小說理論的認識,的確像劉紹銘所說,有一種詩的特質。不僅如此,他在論述小說作品和小說理論時,往往是將小說和詩進行對比闡述。開拓人們小說理論批評的視野。他寫道:「小說不能完全割除敘述性;詩可以。小說不能超越文法或錯亂語法;詩可以。小說不能(似乎也不應)放棄某種故事形態的骨幹(事件、行動);詩可以。例外當然是有的,喬義斯對以上三種外在性都打破了。吳爾芙的小說往往只求一瞬的展露,有時幾乎沒有故事,只有情緒的本身。也就是這個緣故,我們有意稱它們為詩小說或抒情小說,(因此我也應稱喬叟的詩為小說。)但即就喬義斯、吳爾芙來說。他們的小說仍不能完全從

內向外的演出，它們仍然保留了許多外在的描述。小說既有了上述限制，它在於捕捉一瞬的內在機樞和詩所採取的方法差別在哪裡呢？小說既無法完全脫離『外在的模擬』的形態，它所依賴的手段往往是由外向內放射的程序，亦即是說，小說家亦非常關心一刻的真實的顯現，但他們往往由外象的經營為開始而求突入內象。他們很少像詩人一樣由內象開始而終於內象。」[31]葉維廉所說的「外象」、「內象」即指人物的外在世界和內在世界，也即是行為和心靈。他認為小說家創作小說是由行為向心靈探素，由外在向內在探求，而詩人則可以由心靈到心靈，不一定要通過由行為向心靈突進。葉維廉認為：「成功的小說，條件當然不是用一二三那種條例式的方法可以繩墨的。但不管小說傲詩的方式是由內象開始終於內象只寫純然的境界，（這種小說目前鳳毛麟角，全世界文學中亦不多見），或是由外象的經營而突入一瞬的蛻變，最基本的條件就是要依循事物、事件進展顯露的弧度，作者必須要溶入其間的律動裡，方可讓其脈搏有聲，方可使其姿態燦然。」[32]葉維廉評聶華苓小說的文章〈評「失去的金鈴子」〉中，談到了小說的語言問題。一個小說家必須使自己的文學語言具有活力，能感動人。但怎麼才能使自己的小說語言獲得活力呢？葉維廉寫道：「要獲致語言的活力，一個作家必須通過其特具的選擇性的感受力，對意象與意象之結合作經常的思索。〈失去的金鈴子〉的語言表像，大致上均能借高度的印象主義之筆觸、與『萬物有靈論』之神秘結合，而伸入某種心理的深處。所謂『印象主義』的筆觸，在此，我尤指印象派畫家用主觀性呈露來獲致畫家與現實間的結合之手法。」[33]在該文中，葉維廉還談及小說中的情感問題，他認為，中國人的情感形態和表露方式與外國人不同，中國人的情感內向，比較含蓄，不易吐露，而外國人的情感比較外露和易於激動。他寫道：「中國人感情的流露與外國人大不相同，中國人是蘊藏的，外國人大多趨向爆發性。所以在上述那個場合裡（即苓子因抗日戰爭在外流浪歸來，在三星寨見到她母親），一個外國人很

---

[31] 《中國現代作家論》，第 348 頁。
[32] 《中國現代作家論》，第 357 頁。
[33] 《中國現代作家論》，第 358 頁。

自然地會跑向前，緊緊把對方擁住，然後接吻；中國人則儘量抑制住欲衝出的激動的行為或說話。當苓子的媽媽故意地接上一句不相干的話時，隱藏在這句話後面的激蕩的喜悅反而更加強烈。」[34]中國人蘊藏和含蓄的情感形態，在文學作品中如能作傳神的表達，其文學上的審美價值和感染力，會大大地超過西方人爆發式的情感形態。蘊蓄的內向式情感形態，如含苞欲放的花朵，雖然還看不到怒放時的全貌，但芳香陣陣襲人遐想；而爆發式的情感形態如同寫白了的詩句，形式上熱熱鬧鬧，細細品嘗卻索然無味。葉維廉讚賞的顯然是中國式的情感形態。

二、寫小說評論如寫詩的──張健

　　張健幾乎是臺灣文壇上的全能批評家，他評詩、評散文、評小說，而且樣樣在行。張健是臺灣詩壇的高產詩人，他的詩人氣質使他的評論大都染上了詩的色彩。其一，他的評論像詩一樣精粹，大都是千字文。其二，詩一樣的語言。用語精練、優美。其三，開門見山，不旁生枝節。張健，字行健，筆名：汶津、嘉山。浙江嘉善人，1939 年 12月出生。1944 年在貴州上小學。1948 年隨父母去臺灣，進鐵路小學。1949 年即 10 歲那年開始寫作生涯。1954 年開始寫詩。1960 年臺灣師範大學畢業，入松山中學教書。同時開始了文學批評事業。1962 年考入臺大中文研究所就讀，1965 年畢業，獲碩士學位。留任臺大中文系講師，任《現代文學》編委和《藍星詩刊》主編。1975 年升任臺大教授。他出版詩集多種。他出版的文藝論著有：《滄浪詩話研究》、《中國文學散論》、《中國現代詩論評》、《普拉茲傳》、《遼、金四家文學批評研究》、《陸遊》（傳記）、《中國文學批評論集》、《文學概論》、《明清文學批評》、《詩心》、《中國現代詩》、《文學批評論集》、《張愛玲的小說世界》、《詩與小說》、《文學的長廊》。他出版的電影評論集有《從湯姆鐘斯到跳灰》。張健是一位著作等身的詩人、小說家、散文家、詩論家、小說批評家。張健的小說理論批評涉獵的範圍比較廣，這方面的論著

---

[34] 《中國現代作家論》，第 360 頁。

大都收集在《詩與小說》和《文學的長廊》二書。近幾年的小說評論均收入《文學的長廊》中。比如:〈七等生的小說〉、〈煥發的隱晦〉、〈從文學類型談到半日〉、〈棋仙・小丑・幽默——評段彩華的兩本小說〉、〈一本奇書——談西西的手卷〉、〈百分之百的迷惘〉、〈我讀「影子」〉等。張健在〈臺灣文學批評史略〉一文中,對臺灣 60 年代的小說狀況,進行了論述。他認為,從 60 年代起,臺灣小說正式進入了現代主義時期。此時期以《文學雜誌》和《現代文學》為代表。但現代派小說不如現代派詩那麼晦澀。主要原因是夏濟安等人的現代主義相當溫和,且以寫實主義為基礎,運用新的技巧。可是也有異端作家,比如七等生。臺灣現代小說之不晦澀,與夏濟安奠定的基礎有很大關係。夏志清的小說理論,也是以寫實為基礎的人文主義路線。故夏氏兄弟二人的文學觀相當接近,二人研究西方文學,及中國小說史,有相當成果,其理論介於傳統與現代之間,他們採用了部分 19 世紀傳統的小說理論,加入 20 世紀的文學觀念及文學理論。張健的小說批評,大都提綱挈領缺乏多方論證。就像冬天的樹沒有葉子;就像枯乾的人沒有肌肉,但是卻觀點異常明確,斷語亦乾脆果決。比如,〈七等生的小說〉一文,總共不到兩千字,觀點就有 22 條。文章開頭寫道:「七等生(劉武雄)的小說,可說是臺灣近三十年來文壇上的一個異數。在內容和形式上,它至少有以下二十二種特質及特色。」接著便依次擺出了 22 種特色。例如:「一,認為生命是痛苦而無奈的。一個人不要太高的理想,不要奢求,只要平安地活著,但求溫飽足矣!這是一種強烈的宿命觀。如〈李蘭州〉即表現此一意旨。二,他的人物往往是孤獨的,離群而落寞,懷疑人生的價值;另一方面,卻又崇尚天真純良。三,講求恕道。認定人必有缺陷,人生亦不可苛求,所以不妨寬以待人;至於對自己,則有時寬大,有時嚴厲。四,許多七等生筆下的人物都樂於過簡樸的生活,甚至終年吃素。這跟他愛護動物的心地自然的很有關係。五,有的小說中主張奉獻自我——愛親人,也愛其他的人。往往以他自己的母親為榜樣。〈老婦人〉一集中尤能洞見此一主旨。六,關心道德問題,並用了很多筆墨來刻畫、剖析悖德——如《我愛黑眼珠》中寫妒忌即是一例……」乍然看來,彷彿是一個評論提綱,作者列出了觀點,尚待

進一步論述。但認真觀察，卻是一篇印在書中的文章，它與提綱之不同點又在於每一條論點都是成熟而肯定的。多數條款中，又都有極精省的論述語言，有的還舉了例子，整篇文章結構完整，自成一統。張健其他評論小說的文章中。有的也分析也引證，也論述；也判斷，但都一概極為簡練，從沒有像純理論批評家的文章那樣，起、承、轉、合旁徵博引，一將評論下來幾乎全都洋洋灑灑，萬言難剎。我想，這一方面表現了張健個人幹練、淨潔、果斷的文風，另一方面也表現了詩人評小說的風格。彷彿作者時時感覺到自己是在寫詩，文字選擇、篇章安排、結構佈局，敘述語氣等環節，一一都注入了詩的素質和特色，於是使評論文章也具有抒情短詩的格局和模式。

三、沿新徑入新境的──古添洪

　　他是文壇多面手，詩人，文藝理論家，詩評家，又兼營小說批評。廣東省鶴山人，1945 年出生，臺灣大學比較文學博士候選人，美國加州大學（聖地牙哥校區）比較文學博士，現任臺灣師範大學英語系副教授。他出版的文藝論著有《國風題解》（碩士論文）、《比較文學的墾拓在臺灣》（與陳慧樺合著）、《從比較神話到文學》、（與陳慧樺合著）、《探索在古典的道路上》、《比較文學·現代詩》、《記號詩學》等。古添洪對文學的主要貢獻是在文學理論領域，尤其是比較文學理論，在臺灣很少有人能與之相匹。古添洪的小說評論分析，清晰、細緻，理論關照性極強。小說中的許多現象，都被他統合於一定的理論範疇之中、讀起來有理有據，有分析有評價。與那些缺乏理論關照，近似小說情節的複述性評論，形成明顯的對照。他評論女作家李昂小說的文章〈讀李昂的殺夫──譎詭、對等與婦女問題〉，突出地表現了古添洪小說批評的風格。他認為，《殺夫》的特點之一，是作品中的「譎詭感」。「譎詭感」是指作品中猶豫和奇幻現象，這種小說在西方被稱為「譎詭小說」，市場上甚為流行。而「《殺夫》中的譎詭感有它屬於中國的本土性，它可以說是中國古典小說裡『超自然』這一小傳統的延續。這小傳統含攝了因果、報應、冤孽等母題，而這小傳統正反映著古典小說的民俗性；佛教在中國民間裡產生『俗化』而散播著報應冤孽等

觀念。在《殺夫》一書裡，除開作者仿製的新聞數則（這可說是繼承了唐人所說的『史筆』）外……『冤孽』二字即洩露了小說背後這一個小傳統，而『鹿城』二字即指陳了這傳統所含攝的民俗性所賴的鄉土。」[35]古添洪認為，《殺夫》裡的譎詭感，是非常濃郁而強烈的，「故事的譎詭情事一波又一波發展下去，並且有愈來愈恐怖之勢，讀者遂為一波比一波強烈的譎詭感所迷住，真可說是恐怖的魅力啊！甚至是故事裡最關鍵的問題，關於林市殺夫的動機，讀者終篇以後，仍不得不徘徊於自然與非自然兩解釋之間。」[36]把事態割裂，然後把各精要的局部再加以重疊，所產生的震撼力的蒙太奇手法，更與譎詭的美學連在一起。《殺夫》中「一再重複『一定又是作夢了，林市想』，深得譎詭小說體特殊的三昧，使人有是耶非耶、現實耶夢幻耶的讚歎」。古添洪認為，《殺夫》的結構很有特點，除了譎詭美學與結構相結合而成為了結構的主導外，《殺夫》結構的另一個特點是記號學的「詩功能」的「對等原理」，所產生的結構效應。就是撇開故事發展順序的軸心，《殺夫》裡表現出的情節、意象、象徵等的「對等」朝向了「平行」。比如：林市母親被姦時，口裡吞白米飯，林市首次與陳江水發生關係時，口裡塞進一塊塊肉。再如，殺豬與性交，殺豬時鮮血噴射，而林市與陳江水性交時也鮮血淋淋等。古添洪寫道：「綜合整篇小說來看，這種對等的安排，有相當的密度，但也不至於密到使小說中故事的順序發展產生障礙。」[37]《殺夫》的另一個特徵是屬於主題方面的，即表現了「女性主義」的反抗。古添洪認為：「就與傳統相連這一面而言，《殺夫》這個篇名，不啻是元雜劇《殺狗勸夫》的一個帶諷的相關語。傳統是殺狗以勸夫，現在是把丈夫當作狗來殺，這兩者的差距，不正顯出了傳統與現代的差距嗎？」古添洪認為，《殺夫》對傳統社會裡男女對峙的婦女問題有「震撼性」的演出。但是「並沒有帶來什麼能使婦女問題與婦女運動向前推進的東西。我們甚至可以說，即使回到這故事的

---

[35] 《中華現代文學大系・評論卷》，第 572 頁。
[36] 《中華現代文學大系・評論卷》，第 574 頁。
[37] 《中華現代文學大系・評論卷》，第 578 頁。

時空點來看，仍然看不出什麼進步之理念。」[38]古添洪把比較文學研究法和記號詩學引進了小說研究從中分析出了別的小說評論未涉及的疆域。他對《殺夫》中「譎詭美感」，「對等原理」的探討，實有超千曲而獨步之境。古添洪對《殺夫》的評論給人啟示，同樣一篇作品，以不同的批評路數和研究方法，卻能沿新徑入新境，在別人開採過的老礦中採出新煤。因而新的研究方法的起用不可忽視。

---

[38] 《中華現代文學大系‧評論卷》，第 578 頁。

第十二章　臺灣女性小說理論批評

第一節　臺灣女性小說理論批評概況

　　臺灣的女性小說理論批評，是臺灣文學理論批評國度中一片豐富而閃光的原野，老中青各代評論家濟濟一堂，為繁榮和發展祖國的文學評論事業，揮舞著生花妙筆。她們中有小說家兼營評論的；有為了張揚女性特有的聰明和才智，展示女性主義威力而握起評論之筆的；有具有理論批評的特殊才華和素質，經過刻苦努力而坐上了小說理論批評家寶座的；有對小說理論批評懷有「一點靈犀」，洞開了才華的湧泉，而一夜之間蜚聲臺灣文壇的等等。臺灣文壇上的女性小說評論家名副其實是臺灣小說理論批評界的「半邊天」。她們中老一代的理論批評家有：蘇雪林、林海音、謝冰瑩、齊邦媛等；中年一代的理論批評家有：歐陽子、李元貞、張素貞、應鳳凰、施叔女、鍾麗惠等；青年一代的理論批評家有陳幸蕙、龍應台、曹淑娟、張惠娟等。她們分佈於臺灣文學理論批評領域的老、中、青各個時空。從著述來看，他們小說理論批評的成果也是最引人注目的。老一代女小說理論批評家蘇雪林出版的論著有《歸鴻集》、《談與寫》、《文壇話舊》、《我論魯迅》。蘇雪林是五四時期的小說家，與謝冰心，馮元君、盧隱、凌叔華等是同時代人，與盧隱、馮沅君同學，1899 年出生，曾追隨胡適，為胡適派小說家，1918 年入北京高等女子師範學校讀書，1921 年赴法國留學，修文學。1925 年歸國從事小說創作。1931 年到武漢大學文學院教書，此時武漢大學文學院院長是陳西瀅。蘇雪林 1949 年去臺灣，曾任臺大中文系教授。蘇雪林學術上是右派保守勢力中的中堅份子，長期以來一直頑固地反對革命文學，反對魯迅。曾寫過不少攻擊魯迅的著作。比如：《我論魯迅》就是其中具有代表性的書。謝冰瑩，是屬於本世紀

20 年代中國歷史上第一個女兵，是著名的母女同時參軍故事的主人公。她將自己的戰鬥生涯寫成日記體小說，在報上發表。這些充滿愛國愛民，具有強烈反封建思想和神祕色彩的作品，一出現在報刊上便引起強烈反響。她的《女兵自傳》、《從軍日記》成了廣為傳播的、群眾喜聞樂見的作品。謝冰瑩到臺灣後，曾任臺灣師範大學教授，後來到美國定居。她的回憶性的著作《作家印象記》等，具有一定的學術價值。林海音是橫跨海峽兩岸的臺灣省籍作家。她的創作起步於大陸，成熟於臺灣。她創辦的純文學出版社和《純文學》雜志，為臺灣培養了不少作家。林海音創作之餘也涉獵小說評論她編著了《中國近代作家與作品》等書。

　　臺灣的老、中、青女小說理論批評家，從理論傾向看大概可以歸納為這樣幾種類型。其一是繼承和發揚中國傳統的現實主義小說理論，老一代的批評家大都屬於這一類型。比如，蘇雪林、謝冰瑩、林海音、齊邦媛和中生代的李元貞、張素貞及青年中的陳幸蕙等。其二是受顏元叔倡導的新批評理論的影響，其論著比較明顯地具有新批評方法實驗痕跡的批評家，比如：歐陽子、龍應台等。其三是受後現代主義影響，在小說理論批評中奉行後現代批評方法，或傾向於後現代批評方法的批評家，比如張惠娟等。這只是一種大致的分類，只是反映批評家的某些論著或某個時期表現出的理論特質和評價傾向。有的批評家可能前、後期，遠、近期，甚至同時期信奉和運用兩種理論，體現出兩種批評傾向，比如歐陽子和龍應台雖然在論著中表現出新批評的影響，但他們的論著中同時也體現了強烈的現實主義傾向，時代和社會背景在她們的批評中仍然占著主要地位。再如，傳統派批評家的論著中，也明顯地有現代西方文學批評理論的吸收。總的來說，臺灣女性小說理論批評中，中國傳統的現實主義文學理論還是佔據主要的和穩定的地位。因為她們從小受這種傳統的現實主義文學理論的教育和薰染，像大廈一樣無可選擇地打下了現實主義文學的根基。一部分中、青年女評論家，她們雖然在西方留學，戴上了美國文學碩士，博士的桂冠，但母體文學的基礎常常站出來與她們後學的西方理論爭奪批評家心目中的位置。因此臺灣沒有一個純粹地屬於某某學派的純

理論批評家，即使新批評的倡導者顏元叔，他的文學理論批評的基礎，也是以傳統為主導的。他的關於民族文學的理論，關於寫實文學的理論等，都是中國傳統文學理論的發揮。因而不少人批評顏元叔「自相矛盾」。其實，並非「自相矛盾」，而是多方汲取，廣泛吸收。任何一個大理論批評家都不可能是單一的、單調的、單純的一種理論，都是廣泛吸收、融合選擇的結果。臺灣的女性小說理論批評家中這種廣泛吸收，融彙選擇的理論批評現像是非常明顯的。因而不能用一條僵死不變的繩墨，去割絕和劃分多彩多姿、鮮活無比的理論批評實踐、對批評家進行歸類區分是相對的，而融合交匯是絕對的、歸類區分在任何時候，任何情況下，都有弊端，都可能被批駁得無言以對，那麼，既然如此，人們為什麼還要作這種勞而無功的事呢？因為歸類區分是研究和識別事物的一種方法和過程，它永遠處於相對的狀態之中，我們只能以相對的態度，去看待這種相對的區分。

第二節　臺灣女性小說理論批評家（上）

　　將女性評論家和男性評論家分開論述，其目的是為了探索女性評論的獨有特點。由於臺灣社會處於由農業社會向資本主義社會過渡的轉型期，女性的社會、政治、經濟、文化，兩性關係中的地位和男性不同，處於發展演變的動態之中，這種變化，不可避免地影響到她們一系列思想觀念和心理素質的變化。從總的趨勢看，由於臺灣社會的開放和經濟起飛以及文化教育事業的發展，女性的社會參與意識大大增強，近年來由女作家呂秀蓮、女評論家李元貞等倡導、發起和不遺餘力推動的以女性解放和提高女權為內容的新女性主義運動，就是臺灣女性地位變化和提高過程的巨大動力。這種新女性主義運動，就整體內涵來看，已不再僅僅是解決女性生活疾苦和婚姻自由自主的較低級的單純物質層面上的問題，而是昇華到女性的社會參與和家庭、社會地位等更高精神層面上的解放。為了實現這一目標，臺灣大批女作家紛紛脫穎而出，躋身文壇，以自己的才華之筆，大量的、反覆地描

寫和表現女性意識的主題。最突出的是蕭颯秉筆寫「外遇」，表現在性壓抑和不平等的家庭關係下，女性的家庭和性的雙突圍；廖輝英反覆描寫現階段臺灣社會的家庭狀況和婆媳關系，探索女性由舊式的閨婦變成現代女性的途徑；李昂一再表現臺灣的性不平等追求由性工具脫變為新女性的人格奮鬥；袁瓊瓊以巨大精力摸索在社會轉型條件下，女性怎樣才能擺脫男性的羈絆而實現獨立和自主；呂秀蓮更直接為女性的獨立和解放樹立標杆和樣板。如果說這些才華出眾的女作家是以形象的方式為婦女解放築路，那麼女性文學評論家則運用她們的理論批評武器，從理論上解開女性地位的謎團，分析評價作家筆下的女性形象的意義和價值。這是臺灣女性小說理論批評中一項極為重要的內容。這方面的理論批評以老一代女理論批評家和中生代女理論批評家李元貞等為主要代表。

一、將女性意識融入小說評論的——齊邦媛

　　1924 年生，遼寧省人，武漢大學外文系畢業，1949 年去臺灣，曾任臺灣大學外文系教授，現已退休，專事寫作。她出版的論著有《千年之淚》等，譯著有《中國現代文學選集》（上下冊），選編有《中國現代文學選集》（詩、散文、小說三卷）。齊邦媛的出身和經歷，是形成她的文學觀念的主要因素。她說：「中華民族特殊的困境，幾乎就全是我個人生長的背景。我出生在繼臺灣之後，被日本人佔領多年的東北。自幼年起全家即隨著一生追求拯鄉救國理想的父親飄泊過半個中國，直到定居臺灣，以此作埋骨之家鄉。我親賞過戰爭的殘酷與恐怖，眼見過生生不息的希望、奮鬥、和更多的幻滅。中國的憂患已融入了我的生命。文學對我來說，從來不是消遣，也不僅是課堂上的教材，它是我一生尋求事實的意義，進而尋求超越的唯一途徑。」[1]正是出於這樣的文學觀，齊邦媛在閱讀、分析、評價文學作品的時候，才不是採取旁觀的冷漠的態度，而是身臨其境的體驗和參與其中；不是純粹客觀的藝術鑒賞，而是與作品的內容發生共鳴。她說；「談文學作品的

---

[1]　《千年之淚》序，第 1-2 頁。

感動總引起我許多聯想；今昔之感，理想與現實差距之感，悲憤昇華為悲憫的智慧，和對人類前途的憂慮等等。這些蜂擁而至的聯想成了我評論的骨血，也幫助我衝出了各種理論的樊籬。」[2]齊邦媛的文學評論集《千年之淚》，共收十二篇論文，其中縱向性和橫向性的綜合性論文五篇。〈時代的聲音〉，是對臺灣小說橫向性的綜合論述，其中既評論了臺灣省籍作家吳濁流、鍾肇政、李喬和陳千武的鄉土文學作品，也評論了陳紀瀅、張愛玲、姜貴、朱西寧、司馬中原和段彩華的反共小說。〈千年之淚——反共懷鄉文學是傷痕文學的序曲〉。在這篇文章中，作者把 50 年代臺灣的反共八股小說，稱之為大陸 80 年代初出現的傷痕文學的序曲。這樣把不同性質的文學拉在一起相比，有點不倫不類。〈閨怨之外——以實力論臺灣女作家〉、〈留學生文學——由非常心到平常心〉，此二篇是該書中的力作，後面將重點敘述。除了這五篇綜合性的論文外，另有六篇單篇作品評論。其中四篇是評反共小說《未秧歌》、《蓮漪表妹》、《荒原》、《狂風沙》的，另兩篇一篇評《城南舊事》，一篇評《寒夜三部曲》。由於齊邦媛的出身和經歷之關係。她對 50 年代臺灣的反共八股小說，一方面給以批判和否定，說反共懷鄉文學「已被新的聲音所掩蓋、淹沒，近於忘了」，另一方面又說其中也留下了一些「不能遺忘的作品」。這樣的評價反映了作者感情上和理智上的某種矛盾狀態。齊邦媛文學評論之精華，集中在對臺灣女作家作品和留學生作品的研究上。她的長篇論文〈閨怨之外——以實力論臺灣女作家〉，幾乎評論了臺灣所有著名女作家的作品，雖然是粗線條的概評，但對多數女作家作品的評價是確當而公允的。例如，她對林海音評論道：「林海音寫作的題材可以分為三大類：童年居住北平城南的景色與人物；民國初年的婚姻故事；光復後十年間臺灣的生活風貌。在她開始寫作的年代（民國四十年左右），西方的種種新文學理論還沒有影響中國作家，除了象徵主義和寫實主義外，所知有限。結構主義尚未聽過。但是林海音的小說都有完整的結構。人際關係和時空背景都能細密配合，循線發展，顯現出欲表現的主題。即使用第一人稱敘事

---

[2] 《千年之淚》序，第 3-4 頁。

手法時，作者持著冷靜、客觀的敘述態度，自己不捲入發議論或作裁判。這一時期的女作家都以文字優美見長，而林海音的文學尤其生動。她不亂用渲染，不多用長句，有力幾筆，情景立現。」[3]又如她對歐陽子的小說評論道：「她在臺大外文系四年間讀的西洋作品與理論對她觀察的角度和表現的技巧都有深刻的影響。最明顯的是她最早的幾篇都嚴格地遵守西洋古典的三一律，對時間、地點和行動都力加約束而成精練的短篇。在取材方面，她敢於作大膽的嘗試，如最受責難的〈近黃昏時〉和〈秋葉〉兩篇中倫常之變，明顯地受到古希臘悲劇和佛洛伊德所倡論的戀母情結的影響。很客觀地說，歐陽子的小說可以說是用中國文學、西方理論混合而成的作品。」[4]再如齊邦媛評論蕭麗紅的長篇小說寫道：「蕭麗紅極擅長運用象徵。她從不單純寫景……她的人物，（尤其女子），在她筆下，言談行動，情致思索，都栩栩如生，這些人和他們有血有肉的『胡亂愁恨』（後記中語）使《桂花巷》對今日和後世的讀者都充滿了難以抵抗的魅力。」[5]齊邦媛對臺灣女作家小說的評論中肯貼切、擊中要害，從不脫離作家和作品實際而滿天風雨和雲山霧罩地作不適當的議論。這一方面表明齊邦媛學風之踏實，治學態度之嚴謹；另一方面表明，作為一個大評論家，齊邦媛是臺灣女作家們的知音。不僅熟讀其作品，而且熟知其人，因而下評語得心應手而合乎分寸。在她的評論中極少出現，一頂帽子戴一群人或一群人共一頂帽子的現象。齊邦媛在對臺灣的女作家作品進行了通評之後，對臺灣的女性作家的小說創作趨勢提出了一個總的看法。她認為臺灣三十年的女性小說的發展，由一個容不下「閨怨」到跳出「閨怨」的演變過程。她寫道：「對臺灣三十年來女作家的作品（此文僅先論小說）略作檢討之後不禁自問：女性文學到底應該寫些什麼？我們期待它是什麼樣子？由婉轉悲啼的閨怨文學到《殺夫》和《不歸路》，女作家的世界經過了怎樣的巨變？……目前僅可自慰地說，至少我們這一代的女子在寫作的時候已跳到閨怨之外，哭泣已不是唯一表達感情的方

---

[3]　《千年之淚》，第 112-113 頁。

[4]　《千年之淚》，第 117 頁。

[5]　《千年之淚》，第 137-138 頁。

式。由女作家的認真寫作態度和作品看，這是個比較健康的、理性的
時代。」[6]《千年之淚》中的另一篇力作〈留學生文學──由非常心到
平常心〉，對許多留美作家，比如於梨華，白先勇、張系國等人的小說，
進行了比較平實的分析和評價。該文中提出了一個十分值得思考的觀
點，即留學生作品中慣常表現的無依、流浪、苦悶、彷徨主題，這已
經成了一個陳規和套式。它們應該走出過去的框框，寫出新的內容和
主題。齊邦媛寫道：「當年的留學生文學也好，今日泛稱為海外華文文
學也好，尤其具有敏銳的時代性和地緣性。隨著臺灣十年來經濟政治
的進步，出國的動機和留學歐美的心態必然不同。對讀者一再重複的
題材和表現形式會產生疲乏厭倦；而作者自覺地創新希望都催促海外
作家（許多已不在學，也非『生』了）從訴說失落之苦的昏暗格調中
走出來，把關懷個人生活的種種抉擇擴大到對世事、國事、乃至人類
共同命運的關懷。」[7]齊邦媛的這一見解值得稱道，二十年前被稱為留
學生文學的時代早已過去，如今，不僅那些留學生早已變成了中年，
甚至老年的各種「家」，而且。他們的思想、事業、興趣、愛好和心志
與當年相比已是十萬八千里。對他們來說，再不是吳漢魂和牟天磊式
的苦悶。那樣的題材、那樣的主題數十年不變，已經不能表現當今人
們的生活和精神狀態，變成了老生常談，也就把這種文學驅趕到了乾
枯和死亡地帶。齊邦媛從文學的創新角度將此問題提得如此明確而尖
銳，的確有眼力。齊邦媛對旅美作家和作品的評價，也是一語中的的。
她認為於梨華的《又見棕櫚·又見棕櫚》是「最早由臺赴美留學生文
學的代表作。她循著留學前的憧憬、異鄉的艱辛孤獨到衣錦還鄉所見
的人性虛榮和幻滅的過程，寫出一個徘徊在兩種文化間的彷徨心態。」
在評論到白先勇的〈芝加哥之死〉時，齊邦媛寫道：「在白先勇的小說
中，死亡主題或隱或顯經常出現，而在這個留學生原該慶祝的時辰，
死亡的念頭卻似抹殺了一切奮鬥的目的（否則六年，兩千多天寒窗怎
麼度過的？）這突然、強烈的結局當然是一種殘忍的不妥協，但是正

---

[6]　《千年之淚》，第 144 頁。
[7]　《千年之淚》，第 160 頁。

由於這種強烈的幻滅和茫然無告的傷慟，給〈芝加哥之死〉震撼難平的藝術力量。」[8]齊邦媛認為，文學作品並非每一篇都必須反映社會現實，但是一個作家如果想到文章千古事的意義，就必須使作品關照的範圍既深且廣，寫實、寓意、諷刺、預言等，都不應該離開現實。而在留學生文學中，做得最好的是張系國。張系國的《昨日之怒》雖然主題意識過於強烈，「但是它確實記錄了留學生所經歷的一個極大的考驗和挑戰，這超過了《又見棕櫚》時期的單純環境，也不僅是留下與回國的單純個人抉擇。」[9]不管是對臺灣女作家小說的剖析，還是對留學生小說的透視，都十分清楚地表現了齊邦媛的主張，小說應該選擇具有歷史和時代意義的重要題材進行創作，表現出較深刻的主題思想和時代意義，而不應該停留在婚姻愛情兒女情長等瑣碎浮乏的個人情感生活的層面上。在評論臺灣女性小說時，她鼓勵女作家們要「跳出閨怨之外」，在評論留學生文學時，她主張題材上創新向上。齊邦媛雖然是個女評論家，但卻頗有魄力和眼光，有一種入世濟時的胸懷和豪情。出於對女性命運的關照，齊邦媛的小說評論中特別注意論證和闡述作品中的女性形象的塑造和女性人物性格的刻畫，並將注意力投向女性形象的社會歷史意義的剖析。她在評論林海音小說時，憤怒的情感與作家的情感交合在一起，向吞食婦女命運的納妾制度進行猛烈攻擊。她寫道：「在那個年月裡，納妾大約是件天經地義的事吧？新文學作家對姨太太的命運無不抱著高度的同情。而林海音在她的短篇小說〈燭〉和〈金鯉魚的百襉裙〉（皆收在《燭芯》中）中有雙重的同情。納妾制是把無情的雙刃劍，揮掃過處，血淚紛紛。不僅作妾的女子屈辱終生，宛轉悲泣；奉賢慧婦德之名放棄一生幸福的『正室』實在更悲慘。」[10]齊邦媛在評論李喬的《寒夜三部曲》時，特別突出地肯定作品中的母親形象燈妹。她寫道：「燈妹在世七十二年，由清朝末年到1895年臺灣割讓日治，到日軍戰敗，見證了一切卑微的苦難，可以說那是貧困與母愛合而為一的化身。也因此，李喬每寫到她，筆鋒飽帶感情，

8　《千年之淚》，第 158 頁。
9　《千年之淚》，第 162 頁。
10　《千年之淚》，第 114 頁。

而且是強烈的，混合著敬重、憐惜的抒情詩般感情，很少用平淡的句子，簡直是極少用純敘事散文來寫她。這種感情豈止是儒慕之情而已……名為燈妹的這個生身的母親，是導引遊子歸來的光……」[11]與作家一樣，評論家的齊邦媛，對作品的女主人公充滿敬重、摯愛和戀慕之情，這正是齊邦媛自身強烈的女性意識與作品中的女性意識產生交織、融合的雙重效應。

二、將女性主義理論引入小說研究的──李元貞

臺灣著名的新女性主義理論家和倡導者李元貞，也是小說批評家，湖北省荊門縣人。1946 年出生，1949 年去臺灣，臺灣大學中文研究所碩士學位，現任臺灣淡江大學中文系副教授。《婦女新知識》發行人。其論著有《黃山谷的詩與詩論》、《文學評論：古典與現代》、《中國古典戲劇三章》、《還鄉與舊夢》、《婦女開步走》、《解放愛與美》等。李元貞身兼文學理論批評家和婦女運動家雙重職業。她把自己的全部身心都融入了這兩項事業。而且將這兩項事業進行了有機結合，把文學評論作為發動、宣傳和深化新女性主義的工具，而又以提高女性文學素質，來推動文學事業的發展。李元貞從事新女性主義運動已有十多年的歷史，她於 1982 年就克服種種困難辦起了臺灣婦女的喉舌《婦女新知識》，之後又成立婦女基金會自任董事長，她對臺灣新女性主義的推動不遺餘力。臺灣的新女性主義運動能夠有今天蓬勃之局面，與她的倡導，組織和推動者李元貞具有密切的關係。然而李元貞對臺灣新女性主義的最重要貢獻還是在女性理論方面。她在這方面的論述將臺灣的新女性主義運動推向了自覺而持久階段。李元貞的女性理論主要圍繞著女性的人權、社會參與、經濟地位、家庭地位、兩性關系、婚姻戀愛的自由與自主、文化素質的提高等問題。她的女性理論論著《解放愛與美》是具有代表性的著作。這部書封底有一段話，基本上可概括這部書的內容。「性解放是解放女性，還是片面便利男性，為什麼性與裸露不是罪惡，而色情卻是？」作者直率地揭發男性名家的沙

---

[11] 《千年之淚》，第 186 頁。

文心態，探索女作家的獨特視野與尚待開發的經驗。透過作者與讀者間對流行文化的反思，女性把愛與美的主體性找回來。從這個簡潔的內容提要中，我們可以發現，李元貞把文學批評與女性主義理論結合得十分密切而自然。這種結合不是勉強的拉扯，而是帶著內在的天然的聯繫。關於藝術與女人的關係，李元貞的認識有一個變化。她在三十歲以前認為「女人即藝術」。「我當時深覺得，女人是藝術創造的泉源及題材，也許女人往往給男人藝術的靈感，男人較難給女人藝術的靈感，故我以為藝術與女人的關係是二者合一的，甚至沒有女人就沒有藝術了。」[12]而三十歲以後，李元貞的觀點發生了變化，她逐漸在生活中發現，不論色情和藝術，大量地以女性裸體為媒介的情況是由於男女不平等造成的。這種無論在色情領域或藝術領域中，以女性為媒介的大量現象，正表現出男人在這社會上是主體的；女人在這社會上是客體（對象）的關係。她認為，色情的性欲與藝術的性慾不同，色情性慾是以性挑逗，將人物化追求性變態，性官能的滿足而產生狂暴力量，使人類陷入墮落。而藝術是提升人類對性的瞭解和交流，具有同情和欣賞的美感。因而反對色情而不反對藝術。她認為「兩性之間的愛可說是從性的吸引力發展至人格的親愛和尊重」。因而她反對任何以女性身體為媒體的裸照、選美、色情電影等對女性形象的破壞和傷害、她嚴厲批評臺灣文學藝術、電影、攝影等領域的侮辱女性的行為。她說「女人如果自覺的話，應當反對這種殘暴的下流文化。」李元貞運用她的新女性主義理論時臺灣當代小說進行了卓有成效的分析和評價。她對表現男女現代生活關系的張系國的系列小說《沙豬傳奇》中的大男人沙文主義進行了分析和批判。她認為，張系國的《沙豬傳奇》的扉頁印了一句俏皮話：「女人是男人世界裡的黑洞」就足以說明這部集子的宗旨。「一方面將現代女性定義在與傳統女性一樣的身體意象『黑洞』上，另方面又借『黑洞』這個解釋字宙的科學名詞，來說明女人的威力無窮，使得現代沙豬一個個掉到黑洞中被扭曲變形，流露出現代沙豬在男女平等思潮下對兩性關係的焦慮與敵意，表面上是恭

---

[12] 《解放愛與美》，第 13 頁。

維女性的威力，實際隱著現代沙豬對兩性關係面臨調整的危機感。」[13]
李元貞在分析了張系國《沙豬傳奇》中塑造的五個女性形象後分析道：
「在男女平等思潮下，女人如何地凌駕男人啊，女人的機會一多，權
利一多，使出女性陰壞（黑洞之意的引申）更容易，且不像傳統女人
那樣受到酷刑（景玉蘭比潘金蓮幸運多了，因其生逢此時吧！）充分
流露出女性權利高張後，男性自然湧現的危機與焦慮感。亦可說明張
系國在現代男女平等的思潮下，對兩性關係的思考程度，正符合美國
華人及臺灣中國人一般男性的反應，即只注意到男女地位升降中誰占
上風的問題，屬於兩性解放思潮下負面的現象，並未掌握到兩性解放
後正負現象混雜調整的複雜內容。作者雖然寫出了部分事實，那男性
地位的下降所引起的危機感，而女性地位上升較可以堂而皇之地與男
性一樣自私自利，但作者只傳達這種負面的訊息，對男女平等與兩性
解放思想及社會發展過程的思考，不免失之片面及單調。尤其在女性
角色的塑造上，缺乏個性及血肉之軀的具體描寫，易給人櫥窗模特的
道具感受。」[14]李元貞以同道和同行的親切情願和對高張新女性主義旗
幟的呂秀蓮的敬意，對呂秀蓮歌頌新女性主義的小說《這三個女人》
給予高度的評價。她認為，在臺灣社會動盪、價值觀念調整的情況下，
不論在現實生活中，或小說世界中，女性的人生觀都出現了不能自我
肯定，感情混亂，新舊價值混雜變貌。在這種變貌狀態中出現了呂秀
蓮的《這三個女人》，「這部小說實有釐清混亂的功能，同時帶出希望
的曙光」。她寫道：「這篇小說，就新女性主義的思想來說，對女性向
前看可說指出明確的方向，即女性應面對真實的自我與人生，同時要
有能力重整自己，並對其他女性應具有姊妹盟的情誼。這種思想正是
我們社會上很多女性欠缺的。」[15]對於表現新女性主義的小說，李元貞
總是以火樣的熱情給予擁抱，以尋寶一樣的愛心給予分析和評價。李
昂的《殺夫》和《暗夜》在臺灣是頗受爭論的作品，尤其是對作品描
寫的過露的兩性關係，幾乎遭到普遍非議，但是李元貞卻能從新女性

---

[13] 《解放愛與美》，第 81 頁。
[14] 《解放愛與美》，第 84 頁。
[15] 《解放愛與美》，第 106 頁。

主義理論的角度力排眾議，給予肯定的論評。她寫道：「她的用意在於從女性主義的角度來寫女性，可算是李昂對女性問題，以小說的手法，女性為主體的這一立場來做一種調整，為女性在性關係中所飽受的壓力——比喻在男女社會關係中女性所受的壓力，作一番揭露。所以《殺夫》與《暗夜》中性的描寫，絕非等同於一般言情小說，或黃色小說中，僅以性刺激作為性描寫的目的，而顯出的單調與空洞。我以為，這是李昂在這兩本小說中最好的一種表現。」[16]李元貞雖然對於表現新女性主義思想。為受壓迫和屈辱的婦女命運仗義執言的小說偏愛不已，但這種偏愛只是一種新女性主義的責任感和事業心的表現，而決沒有因偏愛而袒護，因偏愛而失之公正。恰恰相反，這種偏愛化為她追求更高質量的新女性主義小說的標準和信條，也使她對已經問世的新女性主義小說要求更為嚴格。因而，她在肯定這些小說意義和價值的同時，對每一部小說的瑕疵均沒有放過，一一給予指出，期望著進一步完善和提高。比如，她對自己最推崇和最喜愛的呂秀蓮的《這三個女人》，仍然感到不足。認為這篇小說有簡單化和理論說教的毛病。李元貞寫道：「如果能將事件描寫得更具體，細節更清楚，尤其是許玉芝與汪雲與丈夫兒女的生活細節，若能作更仔細的描繪，則她倆的心路轉折會更加生動、更感人，而高秀如在事業上的堅持努力亦可作更多的展現，讓讀者體會到女人也能享受工作的快樂以及關心社會大眾的親切，那麼小說在事件的交待上，就能避免簡化的缺點，也能避免理論說教代替人物行為的概念化之嫌。」[17]在評論李昂的兩篇影響頗大的《殺夫》與《暗夜》時，李元貞也毫不容情地將作品的不足指明。她寫道：「李昂在《殺夫》與《暗夜》中雖有相當好的企圖——以男女性關係來比喻男女社會關係，由於未將女主角的心理仔細描繪，使人無法真正進入女主角的內心，而使得作者的女性主義觀點顯得乾枯無力，有立場，但沒有能力同清女性沉淪屈從的現象，難以產生描寫女性沉淪世界所影響出的悲劇力量。」[18]李元貞在對臺灣的女性題材小說

---

[16] 《解放愛與美》，第 117-118 頁。
[17] 《解放愛與美》，第 106-107 頁。
[18] 《解放愛與美》，第 121 頁。

進行具體剖析和評價的同時，對臺灣整個女性小說題材和主題的開掘程度和表現狀貌，也進行了總體關照。她認為，目前臺灣的女性小說，在題材方面雖然以男女感情的糾葛為最多，但也有少數女性小說關注到臺灣的社會和政治層面；有許多作家把男女感情題材，上升到了女性的自覺意識上，她們不再陶醉在愛惜的迷夢中，「已開始檢視女性在男女感情中浮沉苦澀甚至反抗的面貌，探觸到女人做為一個人，亦跟男人一樣，會體驗到人生感情的甜蜜與痛苦的複雜性。」[19]她認為「以女性自身的感受來分析女性問題，雖然在突破男性社會所囿限的心理方面，尚未能作全盤透視，但卻已能冷靜地以女性的觀點來看待女性問題，不再是將女性的悲劇當作理所當然的僅令人傷感的題材處理了。」[20]被收入《1986 年臺灣年度評論》一書的〈女性主義文學批評下的臺灣文壇──立基於 1986 年的省察〉一文中，李元貞分別探討了臺灣女性主義文學發萌和發展的狀況，臺灣男性作家筆下的女性主義作品和臺灣女性作家筆下的女性主義作品。她認為，女性主義理論，雖然有數種不同觀點，但性別歧視則為基本共識。由於受性別歧視的意識形態的影響，文學作品裡的女性形象，往往以刻板的模式出現，即女性的類型不是貞女聖母就是妖女蕩婦。作家在描寫聖母型的女性時，由於她符合父系社會對女性的道德要求，通常受到歌頌讚揚。而對妖女蕩婦的角色因部分投合男性性歡愛的要求，只要能約束在最終對男人忠誠的範圍內，也會受到某種讚美。臺灣男作家筆下的女性形象就正好與此相吻合。在白先勇筆下，出身豪門貴族的李彤與出身貧賤低微的玉卿嫂、尹雪豔相同命運，是作家詮釋女性角度的局限，還是在父系社會體制下女性命運永遠類同，值得研究。和白先勇筆下的妖女蕩婦相對照，陳映真筆下的女性偏向於貞女聖母型。陳映真筆下的女性角色「多半具有表達他主題理念的工具性格，加上他所呈現的主題理念，主要以傳統樸實而高貴的價值去批判時髦而淺薄的流行現象，難免他所運用的工具──女性的個性，無論外表多具有現代感，骨

---

[19] 《解放愛與美》，第 97 頁。
[20] 《解放愛與美》，第 109 頁。

子裡是保守傳統的典型。」[21]而以女性角色作為概念工具，完全以主體君臨的態度處理兩性關係的知名作家中，首推七等生。在七等生的小說世界裡，將女性作為男人墊腳石的意義發展到了最高峰，小說中的男人要求女人必須作她們愛情的「珞珈山」。「不管女人原來是少女、妓女、妻子，要做男人的珞珈山，最後都得成為聖母，以無限寬諒慈愛的精神光輝來迎接她的男人、等待她的男人、乞求她的男人賦予她生命的意義。」[22]在這篇文章中，李元貞還考察了瓊瑤、三毛、蔣曉雲、蘇偉貞、廖輝英、李昂、朱秀娟等女性小說家筆下的女性形象。她認為，朱秀娟筆下的《女強人》與呂秀蓮筆下的《這三個女人》「都可說是提出健康又光明的現代女性的典範，在觀念上突破了父系體制下男主女附的窠臼。」李元貞的女性主義文學理論批評，在臺灣文壇上獨樹一幟，它既是整個新女性主義理論的一個組成部分，也是臺灣新文學理論批評中一個獨特的支系。從文學理論批評角度看，它在開掘臺灣女性文學的內涵、特色、價值社會歷史意義和藝術價值方面，有著獨自的貢獻。

三、突出強調小說主題的──張素貞

　　臺灣省新竹縣人，1942 年出生，臺灣師範大學國文系畢業，該校國文研究所畢業，現任臺灣師範大學國文系副教授。主要論著有《國家的秩序──韓非子》、《毀家憂國一奇人──張人傑傳》、《白話自治通鑒──齊紀》、《細讀現代小說》等，為當代臺灣文壇主要的女性文學批評家。關於張素貞走上小說批評之路的因果，她在該書的序言中有真實的披露。她寫道：「近幾年，我把授課的餘暇幾乎都花在『消閒』作品中，若說是稟性疏懶所致，似乎又太冤抑了自己。事實是：捧讀一篇義蘊豐富的小說，細細品析之後，小說呈現的人生景況，小說人物的生存情境，經常縈繞在心，餘波撼動，久久不能自己。恍惚依稀是少女時代的浪漫情懷，以那樣一顆易感的心，與眾多小說傑作的假想

---

[21] 《1986 臺灣年度評論》，第 225 頁。
[22] 《1986 臺灣年度評論》，第 228 頁。

人物共甘苦，同悲喜！而生就好思多慮的習性，使我執著地想借小說人物的情思，探觸人類心靈，省察人性的複雜深邃，甚至由作者的經歷與作品的旨意，一窺作家的理念抱負。每每思緒起伏，反覆折騰，要等理出條目，有瓜熟蒂落、生命具足的感覺，這才如釋重擔，可以放心去忙別的事。就這樣，我在小說的浩瀚大海中探索著，寫出了一篇篇的『舊作新讀』，是夠樸實，也夠真誠的。」[23]張素貞屬於現實主義的社會意識型小說理論批評家。她既經營小說理論，也從事小說批評。《細讀現代小說》一書共分三輯，即三項內容。第一輯主要是小說理論之探討；第二輯為現代小說作品批評；第三輯是當代臺灣小說作品批評。從該書的含納看，其內容相當豐富和廣泛。在小說理論方面，張素貞探討了小說題材的選擇、主題的呈現、小說人稱的運用，敘事觀點的確定等。她認為，小說應先確定宗旨，「作者確定了題旨之後，他的情節安排與結構佈局，便完全圍繞著題旨去經營。」小說表現主題思想，不僅是作者之必要，也是讀者之需要。因為「讀者除了滿足聽故事的好奇心之外，往往會運用智慧與記憶，去瞭解情節，隨著小說結構的懸疑、衝突、高潮而驚疑、緊張、焦慮，最後完全鬆弛，獲致一種情節宣洩之後的快感。而掩卷嗟歎之餘，細細品賞藝術精品，除了研究文學技巧，也能品味出作家所欲呈現的主題，從而理解到作家的襟懷及對人生社會的特殊看法。」[24]而小說的呈現，創作者和欣賞者處於不同的狀況中，欣賞小說，是全篇看完之後，反覆揣玩、逐步搜尋，由人物、情節、結構、語調綜合起來，得悉了作者所欲呈現的主題。作家寫小說，卻是確定了主題之後，才能機動性地塑造人物，安排情節……如果主題不曾確定，有再好的題材也不能發展為小說。」[25]在小說創作和接受的過程之中，創作者永遠處於主動地位，而接受者并非只能處於被動地位，按照接受美學的理論，接受者也可以由被動變為主動，他可以進行再創造，從而捕捉到連作者也沒有寫出，或沒有意識到的內涵。在張素貞看來，小說中的主題並不是永遠處於

---

[23] 《細讀現代小說》序，第 1 頁。

[24] 《細讀現代小說》，第 4 頁。

[25] 《細讀現代小說》，第 13 頁。

被動地位，等待著小說的技巧來表達和呈現自己，它可以主動地引導
技巧的發揮和發展。如朱西寧改編的《破曉時分》，由於作者把情節安
排得錯綜複雜，因此具有了複雜多面的含義，產生了巨大的衝擊力。
在主題上，大大超過了《十五貫戲言巧成禍》或《錯斬崔寧》的勸戒
的直接目的。關於小說敘述觀點的運用，張素貞認為，敘事觀點和人
稱的選擇並不是無關要緊和隨心所欲的。她寫道：「因著敘述觀點的巧
妙運用，現代小說能由多種層面，深刻細微地呈現現實人生的百態。
中國現代小說家雖以寫實主義為傳統，大都採民族本位，選取中國題
材，錘鍊中國辭語，在寫作技巧上，卻融合了西方小說理論，由敘
事觀點的探討與研習，有助於現代小說的鑑賞與創作，是無容置疑
的。」[26]張素貞把現代小說的敘事觀點劃分為七種：一、第三人稱全知
觀點；二、第三人稱有限全知觀點；三、第三人稱主角觀點；四、第
一人稱自知觀點；五、第一人稱旁知觀點；六、客觀觀點；七、混合
式觀點。一般來說，長篇小說適合採用第三人稱全知觀點，因為第三
人稱全知觀點善於表現龐大複雜的事物，敘述故事，交待背景，轉變
場地都異常靈活方便。第三人稱有限全知觀點，是為了彌補全知全能
觀點與讀者過分疏遠所造成的缺陷，使用的一種折衷技巧。它把全知
觀點加以局限，選擇一兩個特定人物，精細的描繪，深入內心，刻畫
心理，其他人物則用泛筆進行外形勾勒。這種筆法有點類似繪畫的遠
距離透視處理，有濃有淡，產生真實感。第三人稱主角觀點，是指小
說的展開始終圍繞著主角進行。一切情節都圍繞著主角發展，由主角
推動，其他人物不僅服從主角表現需要，而且統攝於主角的視線之中。
第一人稱觀點，是由「我」站出來講故事，講「我」的故事。作家在
作品中把自己化為主角，對自己進行外表和內心的剖析。第一人稱旁
知觀點，是由「我」來敘述故事，但並不是敘述我的故事。我在作品
中只是一個配角而已。客觀觀點，是指敘述者只用「攝取鏡頭的方式，
客觀地呈現人物的言行動作，不加主觀述說。也不加任何說明和譬喻，
算是濃縮的筆法，有緊迫逼人的氣勢」。混合式觀點即在一篇小說中運

---

[26] 《細讀現代小說》，第 26 頁。

用和轉換觀點，以便呈現事物的複雜狀況。張素貞對小說理論的探索相當細緻和深入，並在理論敘述中列舉大量的作品進行論證和分析，讀來不僅清晰可解，而且給人充實可靠之感。張素貞的小說批評，筆觸所及，有現代小說，有當代小說，有大陸小說，有臺灣小說；有長篇小說，也有中短篇小說。她的小說批評特點是十分注意作品題材的選擇和主題的呈現；十分注意對作品結構、故事、情節和人物的細緻分析。這表現了一個現實主義批評家和女性批評家的社會關照和條分縷析的雙重特點。

四、視小說創作為靈魂探險的──陳幸蕙

原籍湖北省武漢市人，1953 年出生於臺灣省臺中縣清水鎮，後來到高雄市讀書，18 歲那年考入臺灣最高學府臺灣大學中文系。在大學期間開始小說創作。臺大中文系本科畢業後，進入臺大中文研究所攻讀文學碩士，開始研究明清小說。陳幸蕙是一位作家型的小說評論家，她出版的著作有：《閒情逸趣》、《採菊東籬下》、《昨夜星辰》、《把愛還諸天地》、《群樹之歌》、《二十年目睹怪現狀之研究》等。編選有 1984 年至 1988 年臺灣年度評論選。其中《把愛還諸天地》一書曾獲 1983 年臺灣中山文藝獎。隱地在《作家與書的故事》一書中對陳幸蕙有過這樣的評價「陳幸蕙生於臺灣，長於臺灣，是典型的臺灣作家。」「陳幸蕙成長的心路歷程，其實就是臺灣優秀青年一代的抽樣。不必留學，不必遠渡重洋，我們一樣產生了傑出的學人和作家。陳幸蕙是臺灣的榮耀，陳幸蕙代表了文壇的新生代。近年來她左手學術，右手文學，她既寫散文，也寫小說，甚至於還編年度散文選與年度評論選……」[27] 陳幸蕙文學理論批評方面，有過許多卓越的見解。她認為，文學忠於人生，文學批評忠於文學，所以，最終文學批評也應是忠於人生的。正因為如此，在文學批評的舞臺上，批評家格外需要將自己「溫暖的心」與「冷靜的頭腦」完全而平衡地結合起來，然後才能開始「靈魂在作品中的探險」工作，並進而提煉出自己在此精神探險的過程中「靈

---

[27] 《作家與書的故事》，第 67-68 頁。

眼覷住，靈手捉住」的精製成果，以呈現給殷殷寄望於她的觀眾──作家和讀者。因此，文學批評具有相當的嚴肅性。她對文學批評的使命和任務，作過這樣的概括：「文學批評是鑒照萬端才思、千般麗藻而盡得風流的一面雪鏡；是詮次高下、品評優劣、指瑕示戒的一管玉尺，是在文學的河水上，沿波討源，將未曾參悟的眾生，引至彼岸的一支長槳；是披文入情，通向幽隱或晦澀朦朧的平夷大道；是金剛怒目背後的菩薩情懷；是鍾期面對伯牙的那片素心；是劉勰《文心雕龍》所說『日月疊璧，以垂麗天之象』的那晴日和朗月。」陳幸蕙對目前臺灣的批評界相當不滿，認為充斥報刊上的批評文章，大都是有介無評、內容空泛的平庸之作。她寫道：「目前臺灣文學批評界的一大困難是，由於實際批評必須涉及作品的評價判斷，因此，一個敢於對作家或作品痛下針砭的批評家，往往容易開罪他人，成為不受歡迎的人物；於是，一股出現在報紙，期刊上的書評、文評，大部分若非流於作品內容的傳遞，有介無評，便是過份稱頌揄揚，充滿空洞浮泛的褒辭而失卻批評的真正意義；唯一尚可慶幸的是，屬於惡意謾罵、人身攻擊或戰鬥意識強烈的文評，尚屬罕見；但真正深入洞察，嚴謹周密的評論文字，還是來自學院；那種坦率誠懇的態度，與夫披文入情，直探本心的周延評析，實在讓人覺得，一個負責的批評家，不只是『作家的鄰居』而已，更是真正愛護作家、支持作家、值得作家信賴的諍友與知音。」[28]由於陳幸蕙的文學批評理論大都是為選集撰寫的序言，所以概括力比較強，而針對性比較差，雖不失之空泛，但也未能更深地切入文學批評的實踐，作為一般批評理論尚有閃光之處，但卻有聯繫具體批評不夠的弊端。陳幸蕙女士連續多年編選臺灣文學批評年度選集，對臺灣文學理論批評現狀瞭若指掌，即使被陳女士慧眼看中的批評文章中，也存在著並非都是珍品，其中有的文章也還患有不良症狀，但序文中卻未加涉及，可見理論聯繫實踐是一段非常崎嶇而艱難的文學山路。直得稱道的是在 1985 年文學評論選的序中，陳幸蕙對龍應台小說批評之批評，讀之，令人感到不失為理論批評家的智勇之作。陳

---

[28] 《七十三年文學批評選》序。

幸蕙寫道:「無論是反對者或認同者——的話題中心;這不僅因為龍應台同時扮演著文學批評家和社會批評家的雙重角色,更由於她一反傳統保守含蓄的作法,而以前所罕見的犀利筆調,逕自揪出許多為人忽略或不敢輕易碰觸的問題,坦率且毫不忌諱地加以討論的緣故。明亮鋒銳的解剖刀,直指痛處的感覺,自是錐心刺骨,疼苦難當,但鮮血淋漓之際,她的批評,多少也為這個有些麻木僵鈍的社會,提供了一個痛定思痛的反省機會。」[29]陳幸蕙女士是一位既有文學理論素質,也有文學批評眼光的文學理論批評家,但遺憾的是她涉足具體作品的批評很少未能充分展現和發揮她的小說理論批評方面的水平和才智,以她之年富力強,今後如能深入到臺灣的小說理論批評之縱深,說不定對臺灣小說理論批評界是一種幸事。

第三節　臺灣女性小說理論批評家（下）

在臺灣小說理論批評星羅棋佈的天空中,閃閃發光的女性理論批評之星,個個耀眼奪目。上一節中我們敘述了四位。如果上面四位在批評理念上傾向於比較傳統的現實主義社會意識型,那麼在這一節中,我們將要進行敘述的幾位女性理論批評家,則傾向於「現代」型,西方的文學批評理論在她們的理論批評著作中表現較為明顯。不過,需要說明的是,我們這裡所講的比較傳統和比較多的吸收和運用西方的文學批評理論,並不表示優劣之分,也並不表示她們的知識修養的薄厚。在上面的論述中,以至在此整部書中,都無此分野之意,比如,我們認為夏志清、何欣和劉紹銘等人的文學理論批評傾向於傳統,不但不表示他們的觀念保守,知識淺薄,恰恰相反,正好說明他們們維護、吸收、繼承和發揚中國優秀文化傳統之功;不但不表示他們知識之淺薄,恰恰相反,正好說明他們對西方文學理論和文學創作耳熟能詳,洞察入微,而同時又是地道的中國文學專家,他們通古博今、學貫中西,在進行了廣泛認知、比較之後,他們認定中國傳統文學理論

---

[29] 《七十三年文學批評選》序。

之優越。在進行了總體觀察研究之後，我們發現一個十分有趣的現象：越是攻讀和熟知西方文學根底的學者、專家，他們越熱愛、越堅持、越發揚中國傳統文學理論，夏志清如此，劉紹銘如此，葉維廉也如此。從表面上看，葉維廉的文學理論和觀念彷彿是比較西化的，但實際上葉維廉的文學理論卻是非常傳統的。他的許多文學觀念和理論，都是從中國古典文學中引伸出來，或以古典文學進行論證的。所以我們絕不能把傳統理解為保守的貶意，而把現代理解為開放的褒意，並將二者比較看待。這種觀點看似有某些道理，實際卻是一種僵化、保守、無知的表現。所謂傳統，其中也有極豐富的現實之內容，所謂現代，其中有更多的是要淘汰和丟棄的東西；凡傳統的東西，都是經過千百次實踐的檢驗、分裂、綜合、淘汰，吸收而存留下來的精華之物；凡現代的東西，均是有待於生活淘洗、檢驗、分裂、綜合、丟棄、吸收、否定和肯定之過程。因而不能一聽說傳統，就定格在保守的圈子之中；一看到現代，就立即入圍於先進之列，如此，豈不正好犯了形式主義的錯誤了嗎？我們就是以這種觀點和原則來看待和評價臺灣的文學理論批評的；也是以這樣的觀點和原則來看待臺灣女性小說理論批評家的。

一、析《臺北人》為今昔之比的──歐陽子

　　本名洪智惠，臺灣省人，1939 年 4 月出生於日本廣島，臺灣光復後隨家人回臺灣。歐陽子於 1952 年，即 13 歲那年開始寫作，16 歲寫詩，18 歲入臺灣大學外文系讀書。1960 年與白先勇、陳若曦、王文興等，在臺大成立「現代文學社」，創辦《現代文學》雜誌。1961 年 22 歲，臺大外文系畢業。在臺大外文系讀書期間，開始寫小說。1962 年赴美留學，1964 年，25 歲，獲美國愛荷華大學小說創作班碩士學位。1965 年，移民德克薩斯州。1973 年開始小說批評，在臺灣《中央日報》和《中外文學》上發表〈也談短篇小說〉和〈論〈家變〉之結構形式與文字句法〉等文章。1974 年發表〈白先勇的小說世界〉等論文。同年開始白先勇的《臺北人》小說研究。1976 年，研究白先勇小說的專著《王謝堂前的燕子》在臺灣出版。《王謝堂前的燕子──〈臺北人〉的研析與索隱》一書，除前言外，共分十四篇，正好是白先勇小說集

《臺北人》每篇小說一篇評論，從各篇獨立的意義看，可看作一個論文集，但就眾多文章探討一部書的主題和藝術角度看，又是一部研究專著。該書的前言極為簡潔，簡潔到賽過一首短小的抒情詩。前言中表達的是作者寫這部書的動機，全文是：「1974 年春暮，我拾起久已擱置一旁的《臺北人》，重新認識一次，卻有了新的驚奇，新的喜悅。近年來，常惋歎時間的激流衝走每一片刻的感觸，乃決定寫成此書，以捕捉這份驚喜，持之久遠。」也就是說歐陽子研究《臺北人》，一非出於職業驅使；二非因為朋友邀約；三非負有什麼使命。而是由於《臺北人》感動了她，有了新的驚奇和喜悅。出於這樣動機的評論往往是深入和可靠的。該書之首篇〈白先勇的小說世界──《臺北人》之主題探討〉，實際上是這部專著的總論，或者通論，以下十四篇等於是專著之分述。我們說《王謝堂前的燕子》既是論文集又是專著，一方面是從該著自身的性質出發，另一方面，是從她評論的對象的性質出發。歐陽子對《臺北人》的認定就是可分可合之作。她說「白先勇的《臺北人》，是一本深具複雜性的作品，此書由十四個短篇小說構成，寫作技巧各篇不同，長短也相異，每篇都能獨立存在，而稱得上是一流的短篇小說。但這十四篇聚合在一起，串連成一體，則效果遽然增加，不但小說之篇幅面變廣，使我們看到社會之『眾生相』，更重要的，由於主題命意之一再重複，與互相陪襯輔佐，使我們更能進一步深入暸解作品之含義，並使我們得以一窺隱藏在作品內的作者之人生觀與宇宙觀。」[30]歐陽子還把《臺北人》中的主角人物概括為兩大共同點，其一他們都是大陸來臺灣的，由青壯年變成了中老年的人物；其二他們都有一段難忘的過去，這過去的重負又影響到他們今日的生活。歐陽子還極而言之：「事實上，我們幾乎可以說《臺北人》一書，只有兩個主角，一個是『過去』，一個是『現在』。籠統而言，《臺北人》中之『過去』代表青春、純潔、敏銳、秩序、傳統、精神、愛情、靈魂、成功、榮耀、希望、美、理想與生命。而『現在』，代表年衰、腐朽、麻木、混亂、西化、物質、色慾、肉體、失敗、委瑣、絕望、醜、現實與死

---

[30] 《王謝堂前的燕子》，第 5 頁。

亡。」[31]實際上還可以進行再概括,即「過去」代表生命;「現在」代表死亡。歐陽子把《臺北人》作為一個整體來分析、評價,把十四篇濃縮成一篇,把眾多人物幻化為兩個人物。這種濃縮和幻化,是為了尋找和評價《臺北人》的主題服務的。即《臺北人》的主題也就是今昔之比,進行傷今吊昔。按照夏志清的說法,《臺北人》的主角還可以再濃縮,由「過去」和「現在」兩個人,變成一個人,即國民黨。這一濃縮把《臺北人》的主題更加突出了,那就是描寫國民黨的由生到死的歷程。歐陽子認為,白先勇在《臺北人》中利用過去和現在的時差,表現出的「臺北人」的外表和實質的矛盾,造成反諷,使主題在今昔之比中顯現。歐陽子寫道:「《臺北人》中的許多人物,不但不能擺脫過去,更令人憐憫的,他們不肯放棄過去。他們死命攀住『現在仍是過去』的幻覺,企圖在『抓回了過去』的自欺中,尋得生活的意義。如此,我們在《臺北人》諸篇中,到處可以找到表面看似相同,但實質迥異的佈設與場景。這種外表與實質之間的差異,是《臺北人》中主要的反諷,卻也是白先勇最寄予同情,而使讀者油然生起惻憐之心的所在。」[32]歐陽子認為,《臺北人》中與今昔對比相對稱的,還有靈與肉之爭。靈與昔相印證,肉與今相印證。她寫道:「靈與肉之爭,其實也就是今昔之爭,因為《臺北人》的世界中,靈與昔互相印證,肉與今互相認同。靈是愛情、理想、精神。肉是性慾、現實、肉體。而在白先勇的小說世界中,靈與肉之間的張力與扯力,極端強烈,兩方彼此廝鬥,全然沒有妥協的餘地。」[33]正像時間上的今與昔之無法妥協和互換一樣,靈與肉也是無法妥協和互換的。因為它們之總象征是生與死。這是一種尖銳、激化、對抗到了極端的兩極矛盾。如果它們之間可以轉化和互換,白先勇的《臺北人》也就失去了魅力和價值。那幫被歷史唾棄的過氣人物,就可以立地成佛。如此,那就必須歷史倒轉。歐陽子對白先勇小說之主題窮追不捨,從各個角度進行追蹤。在「生死之謎」一節中,歐陽子認為《臺北人》中有一種佛家「一切

---

[31]　《王謝堂前的燕子》,第 9 頁。
[32]　《王謝堂前的燕子》,第 10-11 頁。
[33]　《王謝堂前的燕子》,第 18 頁。

皆空」的思想，潛流於底層，同時又有道家「生即死，死即生」滲入其中。從歐陽子選擇的書名《王謝堂前的燕子》來看，歐陽子把《臺北人》的主題的重點，放在「今昔之比」，「靈肉之爭」，「生死之謎」三個主題之首，定然無疑。不過正像歐陽子所說，這三個主題是「互相聯繫，互相擁抱，其實是一體，共同構成串聯這十四個短篇的內層鎖鏈。」說得更確切一點，是一個主題表現的三個方面，三個方面又共同象徵著一個事物。而上述三個方面又是以「今昔之比」為主導和核心。歐陽子採用此書名，實際上也是集中地表達白先勇自己對《臺北人》主題的看法和評價，因為白先勇在《臺北人》書前引用了劉禹錫之物是人非的今昔慨歎的詩〈烏衣巷〉:「朱雀橋邊野草花，烏衣巷口夕陽斜，舊時王謝堂前燕，飛入尋常百姓家。」烏衣巷所見所歷之歷史榮枯，今非昔之境況正好在南京，而國民黨之盛衰也在南京，中國古今的兩段歷史發生在一個地方，均由烏衣巷為見證，這並非歷史之巧合，而是嘲弄歷史者必將被歷史所嘲弄、所唾棄的必然結果。歐陽子對白先勇《臺北人》主題思想的分析是深刻而準確的其中對白先勇在小說中寓入的個人情感的判斷更體現了同窗的知音:「一個作家無論怎樣客觀的寫小說，他對自己筆下人物所懷的態度，(同情或不同情、喜歡或不喜歡)，卻都從他作品的語氣洩露出來。我們讀〈思舊賦〉，可從其語氣感覺出白先勇對李少爺懷著無限的憐憫之情。」「白先勇好像滿懷悲哀無可奈何地承認:人，要活下去，不要敗亡，最多只能這樣。」「我們好像隱約聽到自黑暗古墓後面的白先勇的歎息:唉可憐，真正可憐的人類!如此執迷不悟!卻不知終於死!」「不錯——白先勇是尹雪豔，也是劉行奇。既冷眼旁觀，又悲天憫人。是幽靈。是禪師。是魔。是仙。」從白先勇在他塑造的主人公面前表現出的哀惋、悲歎、憐憫、同情、失望等諸種感情形態看，他的確是懷著「無可奈何花落去」卻不見「似曾相識燕歸來」的情感來塑造那些與他有千絲萬縷聯繫的人物的，回顧那段雖然是「天堂」但卻無法再回來的歷史的。歐陽子對《臺北人》的分篇論述，精心地選擇了各自不同的具有特色的角度。有的著重分析文學語言的運用，如〈永遠的尹雪豔〉;有的著重分析表現技巧，如〈一把青〉;有的著重分析主題思想，如〈花橋榮記〉;

有的著重分析氣氛營造，如〈思舊賦〉；有的著重分析隱喻和象徵手法
的運用，如〈那片血一般紅的杜鵑花〉等等。通過這些各有特點，但
又互相聯繫的思想內容和藝術形式的分析評價,實際上構成了一個包括
各種手法和技巧的小說的全景世界，構成了一部精彩的小說藝術和表
現技巧大觀；構成了一個總主題下各種小主題的眾星捧月。這實際上
是對白先勇小說創作藝術的全面檢閱和評價。《臺北人》不能代表白先
勇小說創作的全部思想成就，但卻可以代表白先勇小說創作藝術的整
體成就。而這種藝術成就雖然是白先勇創造的，但卻是由歐陽子發現
和總結的《臺北人》的創作成就是白先勇寫出的，但《臺北人》的成
就卻是《王謝堂前的燕子》肯定和傳播的；《臺北人》是創作果實；《王
謝堂前的燕子》是研究果實，它們互相依存，互為媒介，但它們卻又
各自獨立，各自體現自己的價值。歐陽子是知名的現代派女小說家，
出版有《那長頭髮的女孩》和《秋葉》等小說集。她的小說在運用西
方小說理論和技巧上，很少有人能比，但卻因缺乏生活基礎和太像西
方作品而受到批評和指責，這種情況雖然與歐陽子把童年丟在了日
本，沒有從小在臺灣泥土中紮根和她在大學裡攻讀西方文學有關，但
也不能說與歐陽子個人的興趣與愛好不無關係。從《王謝堂前的燕子》
一書中表現出的小說批評才華看，彷彿並不亞於她小說創作的功夫，
可惜她在小說批評上只一花獨放，未能更廣的涉獵。

二、寫真實評論掀起文壇旋風的——龍應台

　　原籍湖南省衡山人，1952 年出生於臺灣省高雄縣大寮鄉，1958 年
在高雄市上小學，1964 年轉苗粟縣苑裡上小學和初中，1967 年到臺南
讀女中，1969 年考入成功大學外文系。1975 年赴美國留學，攻讀英美
文學，獲堪薩斯州立大學英文系博士學位，後在紐約市立大學及梅西
大學任教。1983 年回臺灣，任中央大學英文系客座副教授。現任職於
淡江大學美國研究所。她出版的著作有社會評論集《野火集》，小說評
論集《龍應台評小說》。《龍應台評小說》是臺灣文學評論著作中罕見
的暢銷書，1985 年出版後，不到一年就連印 12 版。使龍應台頓時成了
臺灣文壇上的新聞人物。龍應台在這部書前有一篇序：〈冥紙愈多愈

好〉，交待這部書的寫作動機和過程，闡述自己小說批評的目的和原則。在臺灣，呵，不僅是在臺灣，甚至是在世界上，要說真話，寫真實的文學批評是很難的事。像龍應台那樣，因為寫真實的小說批評，有人寄來冥紙一張，並且撕掉一角，進行詛咒和威脅；有人罵她是「妓女」，有人說她是「左派御用文人」和「性冷感」的事，倒不是司空見慣，但也不是絕無僅有。從龍應台寫小說評論的遭遇看，作一個真正的評論家，似乎有時還要冒生命危險，但是龍應台卻希望「冥紙越多越好」，實有文壇巾幗之氣慨。她之所以如此，其目的是為了為臺灣樹立真正的文學批評的風氣。她寫道：「愈是這樣風度惡劣的反應，愈顯出臺灣沒有『文學批評』這回事，也更表示我們多麼迫切的需要批評風氣的樹立。作者可以跳腳、罵罵、詆謗，我只在乎作品，如果臺灣的文學批評真的能夠有一個開始，冥紙，是愈多愈好。」[34]她說：「我寫書評其實抱著一個很狂妄的野心：希望推動臺灣的批評風氣，開始一個鋒利而不失公平，嚴肅卻不失活潑的書評，而且希望突破文壇的小圈子，把書評打入社會大眾的觀念中去。」[35]從上述言語看，龍應台評小說的目的是相當純正的，也是值得稱道的。龍應台認為，她的小說批評是相當冷靜和公允的。她寫道：「這本批評沒有一點人情的包袱，也極少情緒化的褒貶。我寫書評的目的是希望文學批評能在臺灣生根，也就是說嚴肅負責的書評要在每一個買書人的心靈中有一個地位，也就是說，要使每一個讀者在買一本小說之前有『先看書評』的觀念，從而養成習慣。也就是說，書評要和小說本身一樣的普遍、一樣的暢銷。」[36]龍應台的小說評論分為小說批評理論和小說作品批評兩部分。小說批評理論部分是屬於對批評之批評。也就是通過對別人小說批評優劣之分析和評價，探討臺灣小說批評的水準和狀貌。這樣的文章除上面講到的〈冥紙愈多愈好〉外，尚有該書第二輯中的〈文學批評不是這樣的〉、〈我在為你做一件事〉、〈批評不是亂來〉等。龍應台的小說批評之批評與她的小說作品評論文章一樣，開門見山，觀點

---

[34] 《龍應台評小說》序，第 2 頁。
[35] 《新書月刊》，24 期（〈龍應台這個人〉）。
[36] 《龍應台評小說》，第 4 頁。

直率而鮮明。她認為臺灣目前的小說評論，算不上是書評，而只能算是「書介」和「讀後感」。因為前者只是向讀者客觀地介紹圖書的內容，而缺乏主觀評論；後者卻全憑主觀臆測，表現自我好惡，而缺乏客觀準則。龍應台把臺灣的小說批評概括為三種類型。即，第一種：「深不可測型」；第二種：「主題萬歲型」第三種：「溫柔敦厚型」。龍應台對上述三種類型的批評均持否定態度。她認為：「深不可測的書評，別說你怕看，我也怕看──我還號稱是個文學博士呢！除了那些壓死人的大名辭應該在學術專業的論文中出現之外，我也討厭不必要的外文夾註。」「寫溫柔敦厚的書評的人也大多是好人。朋友出了書，寫篇文章捧捧場！中國人不就是這樣可愛嗎？與你結了朋友可以為你拋頭顱，灑熱血，區區一篇書評，小意思！」「主題萬歲型的書評當然問題也很多。每個人的道德立場不同，如果以主題取向，世上就不會有一本公認的好書。」[37]龍應台能夠毫不容情地批評臺灣小說批評中的各種弊端，不僅勇氣可佩，而且頗有透視力，這種膽量和勇氣在臺灣十分可貴。而且她所批評的現象，並不是憑主觀印象，和個別事例引申，而是分析綜合後得出的結論，具有相當大的說服力。不過，龍應臺所概括的三種類型的批評型態，只是個人的一種總結，而不是評論家自己規定的標準和成規。文學評論是一個十分複雜，十分豐富，十分廣泛的事物，不要說把千百個評論家的論著簡單的概括為幾種型態，然後對號入座插標籤是絕對靠不住的，就是把一個批評家的批評論著籠而統之地填入統計表上的一個空格內，也是不能盡如人意的。因此龍應台的概括，只能是一家之言，或者是參考性分類，如果確切認定臺灣的小說批評就是如此，把它當作臺灣小說批評的畫像和寫真，或許會比她批評的荒唐現象更為荒唐。龍應台的小說批評重點在於對臺灣小說作品的具體分析評價。如果作一個概括，是否有以下幾個方面的特點：(1)就作品論作品，不旁涉其他作品之外的東西。頗有新批評的特點。在龍應台的小說批評中很少離開作品去追溯作家出身、經歷和時代背景諸事物。(2)批評瑕疵毫不留情，肯定成績也不吝嗇。比如批評

---

[37]《龍應台評小說》，第 174-178 頁。

白先勇的小說《孽子》先天不足，一是敘述語言上不統一，人物語言個性化不夠；二是情節單調而重複。作品的優點，一是對比與象徵運用成熟；二是愛與恨的處理最為成功。(3)只看作品，不看作家。也就是她自己講的「沒有人情包袱」。在該書的第一輯中，龍應台共批評了13位作家的17篇中、長，短篇小說。其中有名家、有新秀。如果說張愛玲、白先勇、陳映真、王禎和、張系國、馬森等是名家的話，那麼陳雨航、黃凡、劉大任、蕭麗紅、蕭颯等可算是文壇新秀。按一般規律，批評名家比較客氣，手下留情，易說好；批評新秀顧慮較少，比較便於指出不足。從怕得罪人的心理考慮，一般人怕得罪名家，而新秀不易得罪，即使得罪了，也不會有得罪名家的麻煩大。但龍應台的批評中彷彿看不出這樣的思考痕跡。因為她對名家的劈砍比起對新秀的批評來，更加不留情面。白先勇是臺灣赫赫有名的小說大家，但龍應台竟然直截了當地給白先勇的《孽子》下斷語為：「它稱不上是一流作品，因為其中嚴重的錯失不少……」馬森是臺灣文壇名家之一，他的《夜遊》也是名作，但龍應台敢於給它斷評為「好論文不是好小說」。她批評張系國的《昨日之怒》道：「充滿了作者宣洩性的吶喊，因而壓垮了藝術的架子。」從龍應台的批評行文看，開合自如，舒卷無痕，看不到有什麼思想障礙。(4)形象性，描述性增強了評論文章的親近感和可讀性。形象比喻和描繪的句子在龍應台的書中比比皆是。現舉數例如下：她在評論馬森的小說語言時寫道：「作者的文字幻覺般的抽象，卻又牙痛般的真實。」在評論白先勇小說語言時，她寫道：「這些角色像戲臺上的傀儡，受後臺作者的操縱，缺乏屬於角色自己的個性。」在評論黃凡的小說《反對者》時，龍應台寫道「《反對者》有許多技巧上的缺陷與基本邏輯的矛盾，種種問題糾纏在一起像一團被小貓抓亂了的毛線球，使評析的工作也很費力。」在評論蕭颯的小說《小鎮醫生的愛情》時，龍應台寫道：「蕭颯的小說一向瘦挺而精神十足，但是似乎缺少一點『厚』度。或者說，她的小說像一首節奏分明而動人的歌，但是缺少繞樑的餘音。」龍應台這些形象和描繪筆法的運用，使她的評論文章變得生動、形象、感人，不像有的評論文章刻板生硬，如同板起面孔訓人。這種形象和描繪筆法，也使評論文章舒緩了節奏，

具有了一種閒適、優雅的散文性。把論文的內容和散文的描寫方式巧妙而有機的結合起來，使之互襯互補，可能不失為將散文引人評論，把散文和論文的功能結合起來的一種途徑。有許多散文家用散文來寫評論，有不少詩人把詩評收入散文集中，這都表明，散文和評論早已在有意和無意之間進行結合。龍應台的小說評論在臺灣有著相當廣泛的影響，雖然攻擊者不少；但肯評者也大有人在。例如：田新彬對龍應台的小說評論評價道：「龍應台的書評不是捧場文學，也不用一大堆專業術語，或加上外文夾住，使人讀起來莫測高深。她的書評，是站在文學專業角度，以客觀持平的立場對作品做就事論事的多方面探討。」[38]陳幸慧對龍應台的小說評論評價道：「龍評——無論是文學批評或社會批評——一無論從什麼角度去看，都不是一場毫無意義的風暴，而應是撞擊人心、具有相當正面意義和建設性的震盪力量；文學批評界和一般社會大眾，都或強或弱地受到龍評的震盪撞擊；其所以產生、受到矚目、以及一直被廣泛熱烈地討論，都足以顯示出這已不再只是一椿單純偶發的獨立事件，而是其來有自的文化現象；而不論我們是同意她，或反對她，我們都無法漠視此一震盪力量的存在。」[39]陳幸惠把龍應台的小說批評概為五個特點。即：(1)深入淺出平易近人的語調；(2)生動具體，能引起豐富聯想的意象比喻；(3)速戰速決，流暢明快的文字節奏；(4)醒目精緻，能有機申聯各敘述單元的小標題設計；(5)侃侃而談，目中有人，和讀者保持親切對話的平行關係。龍應台不僅是一位文學批評家，而且是一位鋒芒犀利的女社會批評家、她的《野火集》以一把野火把臺灣社會和政壇燒得哇哇亂叫。從某種意義上講，《龍應台評小說》的暢銷，是由《野火集》的社會燒荒帶動的。有人稱之為「龍應台旋風」真是火借風威，風乘火勢，在一個時期內把臺灣的文壇、政壇燒得通紅。彷彿使大多數的臺灣人，尤其是知識份子，均感受了「龍捲風」的威力。

---

[38] 《龍應台評小說》（附錄），第 226 頁。
[39] 《七十四年文學批評選》，序第 7 頁。

三、將客體的隱秘呈露在讀者面前的──曹淑娟

臺灣省彰化縣人。1956 年生，臺灣大學中國文學研究所文學博士，現任臺灣淡江大學副教授。她出版的論著有：《華夏之美──詩歌》、《漢賦之寫物言志傳統》、《晚明性靈小說研究》等，曾獲臺灣金鼎文學獎。在臺灣的女性文學批評家群絡中，曹淑娟的研究具有鮮明的對客體剖析得細膩、周詳、深入，將客體的最隱祕部分也顯露在讀者面前的特點。她十分注意去挖掘和開發別人不太注意或者連作者也可能忽略的部分。如果說一般批評家是用捕魚的網去打撈文學的海洋，小說的湖泊；那麼曹淑娟則是用篩子去篩選含金的文學的戈壁，小說的沙山。在曹淑娟的小說批評中比較突出地展示了女性評論家觀察精細，研析入微的特點。曹淑娟認為：文學創作同時也是語言和境界的探索。作家在表現心靈之際，同時也要尋覓適當的意象、辭彙、章句、佈局……作為表現媒介的過程，其間固然有哪他竭慮的苦思，更應充滿尋幽訪勝的驚喜這份喜悅不只作家自身享有，所有讀者亦能經由作品回溯作家的心靈旅程，同參憂喜。正是出於這樣的理論認識，曹淑娟在研究張愛玲的小說時，他才避開眾多評論家共同走過的作品思想和藝術剖析的老路，選擇了一個嶄新的切入點──《張愛玲小說中的日月意象》。這個題目，一方面由於角度新，另一方面可能因為是日月意象，頗耀人眼目。曹淑娟在文章的起始，就注意到張愛玲小說常以日、月象徵愛情，顯出情慾世界的追尋與挫傷染上中國式的古樸，然而卻是光明無比的色彩的特質。她以盤古開天地，引來日月之光，喚起人間情愛的故事，為張愛玲作品中的情愛故事設置了一個悠遠而廣袤的歷史背景。曹淑娟寫道：「神話中，盤古於混沌如雞子的原始黑暗裡，揮動巨斧，劈開天與地的分界，開劈出了遼闊的天地，然後安慰地躺下了，以他有限的血肉之軀，化作無限的存有，充實這雙手劈建的宇宙，其中左眼為日，右眼為月，以一對清炯炯的眼眸守護著天地與子孫，日月的光輝流漾著這分厚實的人間情愛的溫馨。千萬年後，我們仰望長天，日月閃爍的暈暈，依然散發情愛的召喚。」[40]曹淑娟認為張愛玲小

---

[40] 《七十三年文學評論選》，第 328 頁。

說中以日月為愛情、婚戀的意象比比皆是，有時以日月象徵愛的追尋；
有時以日月象徵愛的挫傷；有時以日月象徵愛的虛幻，有時以日月象
徵愛的衝動等等。「張愛玲處理她小說中的人物，或用日月寫此人之
情，或以寫彼人之欲，在她的遣馭下，日光月影或濃或淡，各有姿態，
也是一種對照。」[41]在張愛玲的作品中還以日月的輪轉和人世的滄桑，
來象徵天地自然的親和與人世的傷害和崎嶇。「張愛玲面對這普通平凡
的素材，曾經如此深耕文學的犁耙，開出一方方田圃，培護著一程程
殊異的景觀，我們一路行來，攀條折榮，採風擷露，莫不有日與月的
光影輝耀於其中。」[42]曹淑娟對李永平的長篇小說《吉陵春秋》的評論，
也有獨特之發現。《吉陵春秋》是臺灣青年作家李永平創作的一部著名
而有爭議的小說。小說的模糊時空背景和怪異的人物刻畫，曾引起了
人們的不同思索。在對該書的時空背景和內容的分析判斷時，曹淑娟
認為，江山如畫，李永平以潑墨的寫意筆法，從千里江山圖卷中截取
一段山水作舞臺，在迷離的時空中，搬演了一出人性的劫難。她寫道：
「《吉陵春秋》時空模糊，書中對山水地形，雨旱氣候的描寫，有時與
作者早期作品《拉子婦》中頗相近似，自然反映了作者南洋生活的經
驗；人物行為的塑造，可能來自旅居沙勞越、臺灣、美國所接觸的華
人印象；對話、貨產則又似大陸風情；作者綜合了他得自生活與學識
的中國經驗，營構了一個可以南、可以北的中國人生存空間。它的模
糊曖昧，正可以捨離明確地點所必然連結的歷史背景和社會制度，成
就一個帶有神話色彩的世界，或許它類似於西方文學中一些虛構的城
鄉，如馬奎斯的馬康多城，但同作者努力讓它呈現中國社會文化色彩，
我寧願說它像是另一個武陵人誤入的桃花園，不知有漢、無論魏晉的
半封閉社會，只是，它是墮落的。」[43]曹淑娟認為，《吉陵春秋》不以
情節取勝，而重在情景的呈現；它不去費力追逐時間快速流轉下帶動
的人事變化，而是抽取幾段遲緩得幾乎停頓的時間，著力顯現各人的
生存姿態。「《吉陵春秋》以完整的結構，通過錯亂失序的倫理關係，

---

[41]　《七十三年文學評論選》，第 339 頁。

[42]　《七十三年文學評論選》，第 357 頁。

[43]　《中華文學大系‧評論卷》，第 614 頁。

探討人性的種種表現，對愚昧荒寒的一面，有著十分深沉的發掘。全書以若即若離的筆調，碰觸令人驚顫的強大黑暗陰影。大抵寫景則濃豔顯明，抒情則淡遠含蓄，但並不多留餘地。作者自身是那最冷漠的旁觀者，或許他正認為：面對人世的盲昧苦難，人通常是插不上手的，或者束手就擒，或者袖手旁觀，無可如何中，唯能作的也只有像魯婆婆對葆葵說一句『保重啊！』那又何等無力，魯婆婆最後也保重不了自己。」[44]曹淑娟對李永平在作品中表現的無力感和絕望情緒，彷彿人欲橫流，天亦無道，人們只能忍耐、承受、掙扎、墮落，除此無第二條路可走的消極、頹廢意識，持不同看法和批判態度。曹淑娟寫道：「作者在自覺或不自覺間完成他理性與非理性的對抗結構，顯示了非理性的必然勝利，同時也斬絕了經由良知自覺可以完成自我救贖的希望，吉陵鎮遂成為一往不復的墮落之城，向更深更暗處墮落。這或許是作者長期接受西方文化薰陶，因而在從事『探入我國舊小說中所呈現的底層文化，去觀照頗為原始的人性』（餘序語）時，仍然流露的人性觀吧！它作為一種個人的人性信念，無所謂是與非，但若企圖是現傳統民族心靈，則不妨再加斟酌。」[45]作為一個認真、負責的女性評論家，曹淑娟的態度是積極的，對《吉陵春秋》缺陷的批評，正好擊中了要害。但曹淑娟所說的「經由良知自覺可以完成自我救贖」，也未必是一副良藥。如此，是把太複雜的問題，看得太簡單了；把太嚴重的問題，看得太輕微了；把主要屬於客觀外在的問題，歸入了主觀內在。試想，吉陵鎮的那些無奈棄良從娼，由安靜的生活捲入被人玩弄的娼妓群的姑娘們，她們僅僅良知發現、自我跳脫就能離開屈辱和苦海，實現革新和自贖嗎？社會的虎狼之群就會放過她們嗎？所以改變吉陵鎮的墮落、頹廢和無奈，既非李永平改寫《吉陵春秋》能實現，也非曹淑娟的獻計可以完成。只是李本平自身之局限未能發現和表達中華民族精神之主流；沒有表現，或許也不願表現真正的吉陵鎮的精神主宰和早已存在的改變那種狀況的強大力量。果真那樣，也就不是《吉陵春秋》了，或許變成了《吉陵變革風雲》了。

---

[44] 《中華文學大系・評論卷》，第 636 頁。
[45] 《中華文學大系・評論卷》，第 637 頁。

四、後設小說批評家——張惠娟

　　臺灣省臺北市人，1956 年出生，獲美國麻州大學比較文學博士，現任臺灣大學外文系副教授。她的主要論著有《昆廷的浪漫特質——福納克（癡人狂喧）之一角探討》、《樂園神話與烏托邦——兼論中國烏托邦文學的認定問題》、《鍾曉陽作品淺論》、《反烏托邦文學的諧擬特質》、《後設烏托邦初探》等。由於張惠娟是學比較文學出身，在她的研究成果中，多數是屬於中西文學之比較性質。她的〈臺灣後設小說試論〉一文，對發難於 80 年代中期，現正處於上升趨勢的臺灣後現代派小說，進行了比較系統的論述。後設小說，即後現代派小說。「後設小說」一辭最早出現於 1970 年的美國文壇，之後引起注意，逐步地使用開來。後設小說的主要標誌是後設語言的運用，即除故事和人物之外，作者常站出來講話敘述小說的構思和寫作過程，把創作與創作過程，主體和客體容入同一作品中。張惠娟在敘述後設小說的特徵時說：「後設小說的勃興，乃承襲現代主義抬頭以來對於寫實傳統的拒斥。寫實主義強調文學反映人生，作品即是鏡子，足以全盤掌握人生的真相；後設小說則凸現小說的虛構性，強調小說是人工堆砌文字的成品，進而質疑虛構和真實之間的關係，明陳在二者之間輕易畫上等號的不智。臺灣後設小說家多嘗試以各種方式處理虛構和現實的交融與衝突。」[46]後設小說除了強調內容的虛構性之外，「自我指涉的特質乃是後設小說的基本元素……縱觀臺灣的後設小說，吾人可見其中大量充斥著後設語言，其運作方式可略分為數個脈絡。它們或凸顯作品寫作的刻意性，展露對於寫作行為的極端自覺與敏感；或者暴露寫作的過程，強調一切尚在進行之中的『未完』特質；或者一意談論作品的角色、情節等；傳統小說的成規——具無上權威的作者，完整的架構。單一的詮釋、被動的讀者等——亦一再被議論及質疑。」[47]這種小說，把小說創作與探討小說理論，把創作小說和談論小說等，都一體化了。後設小說向傳統小說進行挑戰有許多方面，對於「異質」的讚頌；自

---

[46] 《世紀末的偏航》，第 300 頁。
[47] 《世紀末的偏航》，第 303 頁。

覺凸現讀者的角色，力邀讀者介入作品與作者同玩文學遊戲；括弧按語的大量使用，摒斥完整構架，打斷敘述、延緩閱讀速度；刻意離題，諧疑手法和「置框」與「破框」的運用等。對臺灣從 80 年代中期興起的，以黃凡的後設小說《如何測量永溝的寬度》為處女作的後設小說，張惠娟雖沒有大唱頌歌，但也是給予基本肯定的。她寫道「儘管自覺的後設小說家在臺灣並不多見，完美的後設小說亦如鳳毛麟角，然而後設小說的視野確有助於作者和讀者跨出寫實傳統的桎梏。縱觀當代臺灣文壇，吾人欣見各種後設小說手法所帶來的向傳統權威挑戰的勇氣。而此一新氣象對於日漸多元化的臺灣社會，應是大有裨益。」[48]臺灣的後設小說，還處於幼年期，雖然有相當一批有才華的作家競相追逐，但目前很難看出端倪，作為一個小說的新品種，作為一種實驗，還有待時間和讀者的進一步核對總和選擇；作為一種探討精神，是應該給予鼓勵和肯定的。文學無法、無模，精神和藝術創造唯一的鑒衡和裁判是社會實踐，是廣大讀者。任何一種文學樣式、寫作方法、藝術流派均無權，也無法自命為絕對和永恆的時空佔有者；任何一個作家。評論家均無權，也無法自命為超然的上帝，甚至無權自命憂越。即使有某些恬不知恥的人那樣做了，也是無效的，不能算數的。因而在精神和藝術創造上切不可採用武斷的作法，一定要堅持實踐是檢驗真理、判別優劣的唯一標準。作為新生事物的臺灣後設小說，亦應給予公平的競爭機會，讓它到實踐和讀者中檢驗，積以時日、顯示優劣。張惠娟對它的評價既肯定，又留有餘地；既批評，又不造成傷害，是比較客觀而適切的。

---

[48] 《世紀末的偏航》，第 317 頁。

第五編

臺灣的新詩理論批評

第十三章　臺灣新詩理論批評概述

第一節　臺灣新詩理論批評的歷史演變

在臺灣部門文學理論批評中，詩歌是一個最活躍、最豐富、最開放、最有影響和演變最快、成果最多的領城。臺灣詩歌理論批評的發展演變，大體上經歷這樣一些發展階段。1949 年以前，自張我軍作為臺灣新詩理論的奠基人，寫出了《詩體的解放》等詩歌理論論著，大力提倡現實主義的詩歌理論和在新舊文學論戰中，對舊詩進行猛烈批判，寫出的許多詩歌理論批評文章外。由於日本人的殘酷統治，臺灣文人們和全體臺灣同胞一樣，在政治和生活的雙重煎迫之中，他們無暇顧及詩歌理論批評研究。或許有人會問，那麼臺灣詩人為什麼有暇進行詩歌作品創作呢？詩歌創作和詩歌理論批評不同，詩歌創作，當時是作為抗日的武器和工具，來作戰的，而詩歌理論批評卻沒有詩歌作品用於作戰那麼直截；詩歌創作只要掌握一定的文化和技巧，有創意、有激情、有靈感，便可醞釀成篇，而詩歌理論批評相對的要有一定的專業知識，難度較大；詩歌創作與人民的現實生活密切相關，又能隨即給人帶來藝術美感享受，而詩歌理論批評與人民的現實生活距離較遠，又不易立竿見影給人們輸送美感享受。由於上述種種主客觀原因，臺灣的新詩理論批評未能與詩歌創作同步發展。自張我軍奠基之後，除了零星的，並不引人注目的，少量的詩歌批評之外，1949 年以前臺灣的新詩理論批評幾乎是銷聲匿跡的，在二十餘年的臺灣新詩史上，詩歌理論批評處於一種可怕的沉寂狀態。不要說沒有出現過偉大的新詩理論批評家，除張我軍之外，1949 年以前臺灣新詩領域中幾乎極少稱得上詩歌理論批評家的人選；不要說沒有詩歌理論批評專著或專書問世，甚至連高質量的詩歌理論批評論文，也很少發現。臺灣

的新詩理論批評的真正發展期，是 1949 年之後。臺灣詩歌批評家蕭蕭
著有《現代詩批評小史》，對臺灣 1949 年以後的新詩批評作了粗略的
敘述。蕭蕭把 1949 年以後臺灣新詩批評的發展演變，劃分為四個時
期和四大流派，即：「（一）批評的發軔時期，從感覺出發，印象式的
批評，以覃子豪、張默為代表。（二）批評的衝擊時期，以學理為上，
比較式的批評，以李英豪、顏元叔為代表。（三）批評的自立時期，
以經驗為主，見證式的批評，以洛夫、林亨泰為翹楚。（四）批評的
全盛時期，重詩人詩作，分析式的批評，以張漢良、蕭蕭為代表。」[1]蕭
蕭的這一劃分，既以時序為依據，又不以時序為標準；既以流派為依
據，但又不嚴格地限制在流派的框限之內。《現代詩批評小史》的視
野，只局限在 1949 年以後的臺灣詩壇，而 1949 年以前的臺灣新詩，
未予包括。因而他寫道：「有了現代詩就有了現代詩批評」。而臺灣現
代詩批評發難的標誌，是 1955 年覃子豪擔任「中華文藝函授學校」
詩歌班主任時，撰寫的詩歌習作批改示範，這些批改文字於 1958 年
初結集出版，定書名為《詩的解剖》。這是「最早結集的詩評專書。」
按照蕭蕭的說法，臺灣新詩批評的歷史，應該是以 1955 年覃子豪寫
新詩習作批改示範，或 1958 年他的《詩體的解剖》出版，為開始的
標誌。直得商榷的是，這個臺灣新詩和新詩批評的起跑線，是否畫得
太後了點。它漏掉了臺灣 1949 年，或者說 1956 年之前的新詩和新詩
批評。蕭蕭為臺灣新詩批評史確定的第二個時期為「外來的衝擊期」，
其標誌為 1966 年 1 月李英豪的《批評的視角》一書的出版。蕭蕭把
這部書的出版，看作為「無疑是中國現代詩批評史上外來的第一個新
刺激。」[2]蕭蕭為臺灣新詩批評確定的第三個時期是「自立時期」，這
個時期的標誌是 1977 年，洛夫的詩論集《洛夫詩論選集》的出版。
蕭蕭為臺灣新待批評確定的第四個時期為「批評時代的來臨」，其標
誌是 70 年代一大批新生代新詩批評家的崛起，比如，陳慧華、古添
洪、李弦、周寧、掌杉、渡也、蔡源煌、李瑞騰、王灝等。批評時代

---

[1]　《燈下燈》，第 47 頁。
[2]　《燈下燈》，第 52 頁。

的來臨除了上述青年詩評家的同時崛起之外，還有兩個十分重要的標誌。第一，詩史的整理。比如，1972 年 3 月，葉珊（楊牧）在《現代文學》雜誌第 46 期組織的《現代詩回顧專號》。瘂弦的《新詩史料掇拾》、《笠》詩刊上發表旅人編著的《中國新詩論史》，《詩人季刊》發表蕭蕭的《從紀弦到蘇紹連》等。第二，詩人專論的發表。比如，正在撰述中的陳芳明的余光中研究；羅青的瘂弦研究；蕭蕭的洛夫研究等。蕭蕭的〈現代詩批評小史〉，頗有意義，它寫於 1977 年 4 月，發表於 1977 年 6 月《中華文藝》詩專號上，是第一篇系統而有見地地對臺灣新詩批評進行歷史梳理、概括和評價的論文，它可以幫助我們認識臺灣詩歌批評的階段性狀貌和瞭解眾多新詩批評家的詩歌批評方法和傾向。萬事開頭難，在處女地上挖下第一鍬土的耕耘者，比踏著別人的腳印挖十鍬二十鍬的後來者都重要，因而應該給開拓者以足夠的評價。從這個意義上講，我們十分讚賞和肯定蕭蕭這篇雖然還不是專著，但卻是較高質量的詩歌批評專論的意義。但是優點與缺點、成就與不足、正確與錯誤、正與反、好與壞等對立的東西是永遠同時存在於一切事物的軀體之中的，也就是說矛盾是普遍存在的，任何事物都具有兩面性，如果只看到一面，就是片面；如果只承認一面，就叫主觀；如果只有一面，那就是取消了事物的自身。蕭蕭的〈現代詩批評小史〉的主要不足是(1)不完整。它沒有包括整個臺灣的新詩理論批評，儘管日據時期臺灣的新詩理論批評少得十分可憐，但它代表的是一段歷史，不可無視它。(2)不全面。蕭蕭批評小史的重點放在現代派詩歌理論批評上，而對鄉土詩和傳統現實主義的詩歌理論批評敘述的很少，有的未加涉及。(3)時空和流派混雜。詩歌的時空和理論批評流派不是一碼事，任何時空中都不會只容納一個流派。任何一個流派也佔據不了整整一段時空，蕭蕭的〈現代詩批評小史〉把不同質的兩個事物混在一起，不但給自己的敘述造成不便，而且也影響敘述的質量。1949 年以後的臺灣新詩理論批評，從發展進程看，50 年代是現代派詩歌理論批評的準備、思索和奠基期，60 年代至 70 年代既是現代派詩歌理論批評的繁榮期，也是臺灣詩歌理論批評的西化期和中西詩歌理論的交戰期。70 年代是臺灣現實主義詩歌理論批評的崛起期和

向傳統的中國詩歌理論批評的回歸期。80 年代進入了多元化時期、尤
其是從 80 年代中期起，後現代詩歌創作的興起和後現代派詩歌理論
批評的引進，使臺灣詩歌理論批評多元化傾向更為突出。臺灣新詩理
論批評的發展演變雖然和臺灣的新詩創作經歷的「崛起－西化－回歸
－多元」的歷程有某種形式上的相似處，但其內涵卻不完全一樣。其
最本質的差別是表現在 60 年代左右的西化期。此時，臺灣詩歌創作
方面瘋狂西化，整個詩壇幾乎就是一個聲音「橫的移植」，但正是在
這種危機的情況下，中國傳統的詩歌理論批評挺身而出，大聲發言，
經由覃子豪、丘言曦、寒爵、唐文標、文曉村、高準等現實主義詩歌
理論批評家們的頑強戰鬥，才挽狂瀾於既倒，扭轉了臺灣新詩惡性西
化潮流，挽救和喚醒了大批迷途詩人，贏來了 70 年代以巨大規模的
青年詩人運動為核心的新詩回歸運動。使臺灣新詩迷航的船帆，調
轉方向，朝著回歸民族、回歸鄉土的方向前進。在臺灣新詩的反西
化和回歸潮流中，中國傳統的詩歌理論批評，起了起死回生的巨大
作用，立下了不朽的功彪萬世的勳勞。當人們回顧起這一段轟轟烈
烈而又可圈可點的臺灣新詩史，會無比震驚地感到，中國文化和中
國文學的無可比擬的強大威力。歷史上多少次重複演出過這樣的事
實，帝國主義以強大的武力，很快入侵中原，或吞食了半個或大半
個中國的地域，並劃分勢力範圍，進行長期掠奪，但是沒有一個帝
國主義能消滅和征服中國的文化和文學，不但不能征服，相反地，
他們倒被中國文化征服和同化。帝國主義對我們進行武力征服，我
們的文化卻在潛移默化中將入侵者征服。日本帝國主義霸佔臺灣 50
年，極力推行「皇民化文學」，美國利用美援控制臺灣，進行文化入
侵，其結果是日本的「皇民化文學」徹底破產，美國的文化入侵引
來了回歸中國母體文化運動。無數事實證明文化的力量發出的韌性
威力，要比原子彈、氫彈的威力強大到千倍萬倍，臺灣新詩反西化
鬥爭便是一場小小的演習。我們並不主張無選擇、無批判的繼承傳
統，但我們也反對無選擇、無原則的反傳統，對中國傳統的詩歌理
論也是如此。

第二節　臺灣新詩理論批評現狀

　　臺灣的詩歌理論批評呈現出一個十分突出的特徵，即從總體情況看，表現出詩歌創作和詩歌理論批評，詩人和詩歌理論批評家，同步發展和同體發展的現象。臺灣新詩誕生初期在張我軍時代和張我軍身上就表現出這種同步發展和同體發展的特徵。張我軍是在北京上學，又感受了五四運動的理論氣氛，臺灣當時正處於新舊文學交替之時，急需新文學理論進行掃蕩。客觀的，主觀的、歷史的、時代的諸種條件，造成了張我軍既是詩人，又是詩歌理論批評家的同體發展狀況。當時掃蕩舊詩壇，為新詩壇開路之需，又決定了詩歌創作和詩歌理論批評的同步發展現象。詩人和詩歌理論家的同體發展與詩歌創作和詩歌理論批評的同步發展現象，一般來說對詩歌自身的發展是有利的，它可以互促互補，收到雙重之效。但是，臺灣新詩誕生初期形成的好的形勢，卻被日本帝國主義的殘酷統治所破壞。一直到了50年代中期以後，由於新詩論爭和新詩的發展所需，臺灣又進入了新詩的同體和同步發展狀態。正是由於這一特徵，臺灣詩壇上比較著名的詩人中，單一經營詩創作的人比較少，而多數人是身擔詩人和詩歌理論批評家的雙重職務。他們中，比如林亨泰、陳千武、紀弦、覃子豪、鍾雷、墨人、鍾鼎文、余光中、洛夫、瘂弦、羅門、張健、上官予、羊令野、李魁賢、郭楓、白萩、趙天儀、文曉村、古丁、張默、向明、李春生、楊牧、葉維廉、蔣勳、高準、陳慧樺、張錯、羅青、旅人、林煥彰、蕭蕭、楊子澗、羊子喬、蘇紹連、渡也、陳芳明、劉菲、林以亮、李瑞騰、簡政珍、林燿德、杜十三、陳義芝、白靈、游喚、孟樊等等。女詩人兼詩歌理論批評家的，比如：張秀亞、胡品清、鍾玲、涂靜怡、張香華等。臺灣比較單純地經營詩歌理論批評的詩歌理論批評家有：關傑明、楊昌年、劉捷、唐文標、陳鼓應、李英豪、張恒豪、張漢良等。上述詩歌理論批評家們30多年來出版的詩歌理論批評著作約有一百餘部，其中有詩歌史、詩歌理論批評專著、詩歌論文集、詩歌賞析等。(1)屬於詩歌史或類詩歌史的，比如：上官予的《現代中國詩史》、

《五十年來的中國詩歌》、《二十世紀中國詩歌》，旅人的《中國新詩論史》，周伯乃的《中國新詩之回顧》、《早期新詩批評》，陳敬之的《新月及其重要作家》、《首創民族主義的南社》，高準的《中國新詩風格發展論》，張健的《中國現代詩》，舒蘭的《五四時代新詩作家與作品》、《北伐前後新詩作家與作品》、《抗戰時期的新詩作家與作品》，楊昌年的《新詩研究》，葛賢寧的《五十年來的中國詩歌》等。這些詩歌史和類詩歌史，大都是以整個中國新詩或中國新詩的其一時期為研究和敘述對象的，基本上還沒有專門針對臺灣新詩為研究和敘述對象的臺灣詩歌史。而這種以整個中國新詩或以整個中國新詩的某一段為研究對象的詩歌史或類詩歌史，不屬於本著的研究和敘述對象，這裡只能點到為止。(2)詩歌理論論著，如：覃子豪的《論現代詩》，紀弦的《紀弦詩論》，洛夫的《詩的探險》，李英豪的《批評的視覺》，陳世驤的《詩論》，蕭蕭的《現代詩學》，羅門的《時空的回聲》、《詩眼看世界》，陳千武的《現代詩淺說》，羅青的《什麼是後現代主義》，李瑞騰的《寂寞之旅——中國文學論稿》，古添洪的《比較文學‧現代詩》，黃永武的《詩與美》，白萩的《現代詩散論》，劉菲的《詩心詩鏡》，李春生的《詩的傳統與現代》、《現代詩九論》，簡政珍的《放逐詩學》等。這一類詩歌理論著作，是臺灣詩歌理論批評非常重要的收穫。它們體現著臺灣新詩發展的解釋和導向。其中有的是研究古典詩歌理論或從古典詩中抽象出詩歌理論，像黃永武的《詩與美》，李瑞騰的《寂寞之旅——中國文學論稿》等。有的是從古典詩與現代詩的結合研究中抽象出詩歌理論，像李春生的《詩的傳統與現代》，古添洪的《比較文學‧現代詩》等。有的是從詩以外的綜合社會現象中抽象詩歌理論，像羅青的《什麼是後現代主義》和孟樊的《後現代併發症——當代臺灣社會文化批判》便是從文學、藝術、哲學、文化多種角度和它們在東西方的表現來探索後現代理論的。其他基本上都是針對臺灣當代新詩之表現對新詩的現象、本質和美學素質進行理論探索的。(3)詩評集。這一類著作的數量最多，比如：覃子豪的《詩創作論》、《未名集》，紀弦的《新詩論集》，上官予的《傳統與現代之間》，文曉村的《橫看成嶺側成峰》，余光中的《分水嶺上》、《掌上雨》，洛夫的《詩人之鏡》、《孤寂中的迴響》，

李魁賢的《臺灣詩人作品論》，唐文標的《天國不是我們的》、《平原極目》，張默的《現代詩的投影》、《無塵的鏡子》，陳芳明的《鏡子和影子》，陳鼓應的《這樣的詩人余光中》，渡也的《渡也論新詩》，林鍾隆的《現代詩的解說與評論》，蕭蕭的《鏡中鏡》、《燈下燈》、《現代詩入門》，鍾玲的《現代中國的繆斯——臺灣女詩人作品析論》，羅門的《現代人的悲劇精神與現代詩人》、《長期受審判的人》，羅青的《從徐志摩到余光中》林燿德的《不安的海城》、《一九四九年以後》、《羅門論》，李瑞騰的《詩的詮釋》、《詩心與國魂》、《千里相思》，林以亮的《前言與後語》，以及詩論選和綜合性詩論集，如《中國歷代詩論選》（洛夫）、《門羅天下》（張漢良、林燿德等）、《中國現代詩評論》（龍族詩社）、《臺灣精神的崛起》（笠詩社）、《孤岩的存在——有關白萩作品評論的結集》（何再生）。此外，還有一些大型文學評論選中的詩評論部分，如：《中國現代作家論》（葉維廉）、《中華文學大系·評論卷》（李瑞騰）等。這一類詩評集，基本上是論述、剖析、評價臺灣當代詩歌現象、詩人和當代詩歌作品的。比如李魁賢的《臺灣詩人作品論》、鍾玲的《現代中國的繆斯——臺灣女詩人作品析論》、林燿德的《一九四九年以後》等，就是專門論述臺灣詩人詩作的；唐文標的《天國不是我們的》、蕭蕭的《燈下燈》、陳芳明的《詩與現實》、林亨泰的《現代詩的基本精神》、羅門的《現代人的悲劇精神與現代詩人》等，則是針對臺灣當代詩壇的種種詩的現象和詩歌創作，發表的詩評及詩人創作經驗的總結。(4)詩歌品賞性的著作。比如，周伯乃的《現代詩的欣賞》，高準的《中國大陸新詩評析》，彭邦楨的《詩的鑒賞》，游喚的《現代名詩賞析》，呂正惠、何寄澎、林明德等的《中國新詩賞析》（一、二、三）等。(5)詩話。比如：涂靜怡的《怡園詩話》、林以亮的《林以亮詩話》等。此外，還有許多詩論與其他文學品種評論的合集，比如，張我軍的《張我軍選集》、司徒衛的《五十年代文學評論》，葉維廉編的《中國現代作家論》，李瑞騰編的《中華文學大系·評論卷》（一、二），陳幸蕙編的1984-1988年文學年度評論選，張漢良主編的《中國現代文學評論集》，胡品清的《現代文學散論》等。

第十四章　臺灣理論家筆下的新詩理論批評

第一節　現實主義的詩歌理論批評導向

　　臺灣的詩歌理論批評雖然就像貨郎在北京的小胡同中留下的腳印，就像駱駝在起伏的沙丘上走過的路，就像都市的下水道七彎八岔，它的經歷是那麼曲折而複雜，它的道路是那麼崎嶇而不平坦，它的改朝換代是那麼頻繁而多變；但是，只要我們細加分析，仍然有一股主導力量，在變化莫測的風雲中起著磐石般的穩定作用，仍然有一條沒有被多向變換的狂風驟雨吹斷打歪的韌性的線貫穿始終，仍然有一根在風浪中時隱時現但人們卻始終感到它不會消失、必定存在的纜繩連接著歷史的各個板塊。那就是中國傳統的現實主義詩歌理論批評。這種現實主義的詩歌理論批評，在臺灣新詩論爭和回歸浪潮中，顯現了強大的力量，堅持和發揚這種詩歌理論批評的代表人物和理論驍將，在詩論的浪潮中，是乘風破浪的弄潮兒，是戰勝逆境險域的闖將。

一、臺灣現代派詩的剋星——唐文標

　　廣東省開平縣人，1936 年出生，原本姓謝，其父去美國當勞工改姓唐，幼時正逢抗日戰爭，處境困苦，後來隨母到香港定居，讀中學。中學畢業後，入香港新亞書院攻讀中國文史。60 年代初赴美，入美國柏克萊加州大學學習。1968 年獲美國伊利諾大學數學博士學位。之後被聘為加州大學教授。唐文標對西方存在主義哲學，現代派文學藝術非常熟悉，並有過短暫的熱戀和迷信。但在「保釣運動」中受到劇烈的震撼和教育，經過兩種文化的深入對比和反思，在 60 年代的臺灣全盤狂熱西化浪潮中，他和許多人相異走著逆向發展之路。臺灣的許多詩人、學者，此時由東方向西方，由中國到美國，迷信西方文化和文

學，而唐文標則從西方到東方，由美國而中國，走著由西到東的道路，他堅信中國的傳統文化和傳統的現實主義詩歌理論的強大生命力，堅信西化是自取滅亡之路。所以 1972 年，他開始在臺灣大學任客座數學教授起，便客串文學，衝鋒陷陣，成為臺灣新詩論爭的顯赫理論主將之一，在橫掃臺灣新詩西化的激戰中，打出了震驚中外的「唐文標事件」，使唐文標三個字名震邇爾。唐文標身兼文學理論家、數學家、戲劇學家等數職，學識十分淵博。他出版的論著有戲劇專著《中國古代戲劇史》，文學論著《天國不是我們的》、《唐文標雜碎》和《快樂就是文化》。此外還編有《張愛玲資料大全》。他的文學理論專著《天國不是我們的》曾獲 1975 年度中山文藝獎。1985 年 6 月 10 日，年僅 49 歲的唐文標死於鼻咽癌。他的遺著《臺灣新文學史導論》留在了未完中。唐文標去世後，摯友尉天驄曾編《燃燒的年代──唐文標懷念集》一書，進行追思和紀念。

　　唐文標在新詩論爭中的表現，上面已經論及。這裡僅介紹唐文標重要的新詩觀念和詩論成果。新詩理論批評專著《天國不是我們的》，是唐文標新詩理論批評的代表作，是在臺灣新詩論爭的風雨中寫成的論著，篇篇文章的發表，均有核彈之威，震撼整個臺灣詩壇。其中〈僵斃的現代詩〉、〈詩的沒落──臺港新詩的歷史批判〉、〈什麼時候什麼地方什麼人〉、〈日之夕矣──平原極目序〉四篇文章乃是核彈中之核彈，是臺灣新詩理論批評史上罕見的，有影響的論著。唐文標所有的詩論可以概括為四個字，即「批判」和「引導」。批判，即批判臺灣新詩的西化、逃避和晦澀，引導，即為臺灣新詩和青年詩愛好者指明前進的方向。唐文標對臺灣新詩的批判針針見血。唐文標認為，詩是應該介入社會、反映社會，介入生活，反映生活，成為時代的聲音和人民的心聲的藝術，但是臺灣的新詩卻是完全違背了這種詩的本質，變成鴉片和死巷。

　　1. 臺灣現代派詩成了沒有顧客的、廣告牌上的「色」和「情慾」。
　　「今日的新詩，還能在掙扎中真存有一口氣的，恐怕只有廣告牌上那最後的一種，不管賤賣的是『色』，是『情慾』，還是『可

口可樂』。有一點可以肯定的是，它雖有成品，卻永無顧客，永無為它本身著迷的癡人了。」[1]

2. 臺灣現代派詩成了鴉片。「其實他們不過是新一代的文化買辦而已。憑藉外文能力的高強、理論的洋化，於是便可以向中國大販工業時代的文學鴉片了。」[2]

3. 將詩變成特殊階級的玩物。「經過五四運動、我們已覺醒到文學不會再是士大夫們的特權。而新詩最值得批評的地方就在這裡，它妄想再如帝國主義時代的特殊階級的玩物。1956 年後，詩壇開始了一個所謂抽象化的寫法和超現實的表現。語言上要其俏皮，形式上玩弄花招句法，思想以逃避為宗，內容題材卻裝扮超脫、瀟灑的面目，新詩愈走愈死，成為人都不懂的怪物。」[3]

4. 成了反社會、反進步、反平民、反生活的開倒車行為。「五四的控訴是直截的、全民的、現代的。但我們的現代詩要革什麼命呢？事實上它的叛離只是一次毫無理想的、個人的、非作用的、內心逃避的表示而已。由開始到結束它的行動是反社會、反進步、反平民、反生活、開倒車的行為。」

5. 詩成了詩人絕望的死巷。這些詩，這些詩人是沒有希望的，是社會進步的渣滓。詩不是巢，而是他們絕望的死巷。[4]

6. 臺灣新詩是兩面刃，首先殺死的是詩人自己。「詩人們自封成一小群被挑選出的選民，翱翔藝術之宮，與這世界無關，這世界不愛他們也是顯然的了。他們推崇的『追尋已遠』的詩意，事實上正是不可捉摸的兩面刃，最先殺死的可能正是詩人，不管他們逃到哪裡去，一定發現裡面空洞得可怕的，是毫無一物的藝術！」[5]唐文標在〈詩的沒落〉一文的下篇〈都是在逃避現實中〉，一口氣為現代派詩概括了以下六項逃避：個人逃避；

---

[1]　《天國不是我們的》，第 142 頁。
[2]　《天國不是我們的》，第 154 頁。
[3]　《天國不是我們的》，第 158 頁。
[4]　《天國不是我們的》，第 170 頁。
[5]　《天國不是我們的》，第 164 頁。

非作用的逃避；思想逃避；文字逃避；抒情逃避；集體逃避等。
唐文標在對臺灣現代派的詩進行了全面系統而激烈的批判之
後，他認為：「今日的新詩，已遭毒太多了，它傳染到文學的
各種形式，甚至將臭氣閉塞青年作家的毛孔。我們一定要戳穿
其偽善的面目，宣稱它的死亡，而希望中國年輕一代的作家，
能踏其屍體前進。」在另一篇文章中唐文標又寫道：「十多年
來，文學家，尤其是新詩作者們，以為能掙脫了某幾種空寵，
以為自己的年輕和衝動，使自由了，可以表現了。豈知他們
剛脫離了舊的陷阱，卻走上了新的歧路，以至陷溺越來越深，
到了瘤破毒散，不可收拾。但是世界是要進步的，那麼，就
請他們站到旁邊去吧，不要再阻攔青年一代的山、水、陽光
了。」[6]他進一步號召臺灣的青年一代：「你們就勇敢點吧，踢
開障礙你們的，去建立一個活生生的，關連著社會、國家和
同時代人、有生命力的新文學、新藝術吧！年輕的一代，你
們就開始工作吧！」[7]唐文標對臺灣現代派的詩和詩人的批
判，除了臺灣新文學誕生初新舊文學論戰時期外，這是兩種
文學觀、兩種詩觀、兩個詩派、兩條詩陣線空前尖銳、激烈
的鬥爭。唐文標像張我軍把臺灣舊詩判處死刑一樣，將現代
派的詩判處死刑。唐文標與張我軍都把對手看作是對抗性的
矛盾，因而他們文章的格調、氣勢和用語都有相近和相似之
處。張我軍認為舊文學一概都在「踏倒」之列，而唐文標則
號召青年們「踏屍」而過；張我軍要「拆掉敗草叢中的破舊
殿堂」而唐文標則要：「嚴正指出，避世文學，無社會良心的
個人呻吟，發狂詩句，以及因新詩的腐爛影響及其他的文學
要——予以掃除。」[8]；張我軍說打倒舊詩之後，第二步我們
要建設了，建設中國風格的白話新詩，而唐文標則說：「我們
要站穩我們的國民立場，在創造、改革社會，認識民族歷史

---

[6]　《天國不是我們的》，第 190 頁。
[7]　《天國不是我們的》，第 191 頁。
[8]　《天國不是我們的》，第 158 頁。

上，我們來建設我們的文學，開發我們的新詩」[9]唐文標和張我軍兩人進行的新詩論爭相隔半個世紀，他們中間沒有個人聯繫和利益，他們也是不同時代，下同生活環境中成長的詩歌理論家；他們受的教育和經歷也大相徑庭，但是他們的理論內涵、思想傾向、民族風骨，新詩的理想和論爭的用語等，都何等相似，而又一脈相承。這不僅說明五四現實主義詩歌的精神和傳統均在他們的心靈裡深深地紮下了根，而且說明他們愛祖國、愛民族、愛祖國文化的情感也是十分一致的。雖然唐文標的新詩理論與張我軍的新詩理論處於不同時代，他們面對的對手也不一樣，但他們之間卻有十分驚人的相通之處。那就是為中國新文學、新詩的發展開闢道路。可能是由於矯枉而過正的緣故，唐文標在對臺灣現代派詩的批判和對詩人的批評中，有不無過火之處。對有的不該否定的東西也作了否定，對有的應當一分為二看待的東西，作了理論上的一面處理，不無偏頗。但是，任何新生事物的不足總是難免的，雖然我們不應當忽視這非主流的一面，但絕不能因注意到支流影響了對主流的評價。

二、中國詩學體系的創建者——李春生

　　山西省垣曲人，1931 年 2 月出生，筆名李青、晉工、獎旗等。1949 年流浪到澎湖，五年後定居臺灣屏東，曾主編《東海》、《詩播種》、《海鷗》和《屏東青年》等刊物，為「海鷗詩社」社長。他出版的詩集有《睡醒的雨》，出版的詩論集有《現代詩九論》和《詩的傳統與現代》、李春生是臺灣詩壇獨特而重要的詩歌理論家。說他獨特，是因為臺灣大多數詩歌理論批評家是以借鑒和吸收西方的詩歌理論起家的，而李春生的詩歌理論卻是深深地植根於中國五千年古文化傳統底蘊中，從老莊、孔孟，文學、哲學、文化、文字等的表像和深層吸收、總結和概括起來的，並將他總結概括的理論與現代

---

[9] 《天國不是我們的》，第 159 頁。

詩進行融合和鑒照，而形成的一套具有體系性的中國詩歌理論。李
春生的兩部詩論專著，均具有同樣的特點和風格。他的《現代詩九
論》，是為適應臺灣詩壇關於新詩論爭的需要，為反對新詩晦澀西
化，呼喚詩的民族之魂的回歸，應「葡萄園詩社」社長文曉村之邀
而撰寫，於 1974 年 10 月在《葡萄園詩刊》第 50 期開始連載的。1979
年 5 月載畢，出版單行本。最初的標題為《一個遊民的看法和意見
──兼為葡萄園新詩明朗化的倡導箋注》。在出版單行本時接受文曉村
之建議定名為《現代詩九論》。單行本之標題雖然比原標題更學術化
了，但原標題卻更能顯示該著誕生的歷史背景和時代色彩。《現代詩
九論》也就是九章，第一章：獨白。是該著的序言。第二章；文學與
邏輯──詩與邏輯、論述詩與邏輯的關係，批評現代派之不合邏輯。
第三章：詩的本質。以老、莊之禪哲思想溝通新詩的脈絡。第四章：
詩境與禪境。以禪哲之妙悟和新詩連接，把新詩接枝在中國傳統文化
的總根上。第五章：詩底形式。敘述詩的形式的發展演變。第六章：
詩的表現。是關於表現技巧的闡述。第七章：晦澀與明朗。此章與「葡
萄園」主張切題，針對臺灣新詩之晦澀西化而發，現實性、批判性較
強烈。作者認為詩的晦澀是詩人們故弄玄虛，為了顯示莫測高深所製
造出來的贗品。第八章：現代詩的路向。指明臺灣現代詩的方向應該
是：「現代詩的氣根必須觸向西方，觸向世界！現代詩的主根，卻必
須紮根傳統，紮在中國的泥土！」第九章：建議。李春生認為，現代
詩像孫悟空七十二變，或一翻十萬八千里，但是：「仍然跳不出如來
佛的手心，現代詩人何能脫離傳統而自立門戶？只有在傳統大佛的寶
座下，靜心修持的現代詩人，才能修成大聖正果，創造現代詩的不朽，
現代詩的永恆。」李春生此著，比較系統深入地運用中國傳統詩的理
論對臺灣現代派詩進行了理論剖析。比較清晰地闡明了詩的本質、形
式、內涵、意象、意境、通變、借鑒、傳承等根本問題。為臺灣新詩
的發展指出了一個明確的方向，可算是臺灣第一部比較純正和地道的
中國詩論專著。文曉村對李春生的《現代詩九論》給予了比較高的評
價，他說：「純以中國傳統學術思想為基礎，賦以新的意義，為中國
現代詩提供一套嶄新理論體系，提出現代詩接技論者，李春生應是第

一人，亦是一位集大成者。」[10]李春生於 1985 年 10 月出版的第二部詩論專著《詩的傳統與現代》是《現代詩九論》的進一步發展和完善。李春生在該著自序中說：「為了彌補《現代詩九論》中不能圓融貫通而造成的誤會，乃有撰寫《詩的傳統與現代》一書之衝動，以期使二者相輔相成，而為傳統與現代之間，架起紮紮實實、堅堅固固的橋樑。」[11]該著第一部分，除「獨白」改為「前言」外，其他目錄與《現代詩九論》相同。新增加的第二部：揭開詩的面紗──淺談詩的欣賞與創作第三部分：誦詩、弦詩、舞詩；第四部分：附錄，一、五四──一棵尚未長成的樹。二、我們期待新詩的盛唐。李春生的《詩的傳統與現代》，在《現代詩九論》成就的基礎上，進一步圓融貫通，增補調整，豐富發展，成了更加系統全面、完整的中國詩學專著。「揭開詩的面紗」中對詩的本質、詩的語言、詩的欣賞、詩的創作等問題進行了深入論述，並以臺灣詩人的作品為例進行論證。這一部分是對《現代詩九論》某些部分的發展和補充。李春生在從多方面論述了詩的特徵之後，對詩是什麼，或者什麼是詩作了三條界定。他寫道：「第一：詩無新舊之分，只有體裁之別。第二：『傳統詩』，由於時間與背景，所以它的表現方式與『現代詩』不同。但在技巧與本質上，卻毫無二致。第三：詩之為詩，不在押韻否，亦不在形式上的刻求，重要的是從本質來看。明乎此，才能揭開詩的面紗，讓我們認識『詩之所以為詩』，到底是怎麼一回事了。」從李春生的分析看，他認為詩的實質不在形式，而在本質，本質是指詩的思想和內容。所以他是主張內容重於形式的。該著的第三部分是詩歌分類學的探索，重點是朗誦詩的探討。第四部分是中國五四新詩傳統的追溯。由於階級和意識的局限，李春生對五四精神的判斷是值得商榷的。他認為五四運動是一次「不折不扣的文化大革命，固然摧毀了傳統中的癌細胞但對傳統中的優良部分便是斲傷無餘。因而它罪多於功」[12]偉大的五四運動雖然不無消極因素，但這是中華民族的起死回生的革命運動，是一次中國民族精神的大革命，如

---

[10] 《橫看成嶺側成峰》，第 140 頁。
[11] 《詩的傳統與現代》序，第 1 頁。
[12] 《詩的傳統與現代》，第 384 頁。

果沒有這場革命，就不會有中華民族的今天，就不會有新文學和新詩的今天。五四運動中雖然從西方請來了科學與民主二神，但那是國情之需要，是歷史發展之必須，它與 60 年代臺灣的全盤西化有根本上的區別。一個是為我所用，一個是崇洋媚外；一個是為了發展，一個是為了倒退；一個是為了創造，一個是為了抄襲；一個是為了自己的強化和新生，一個是為了否定和泯滅自己、兩個本質上完全不同的事物，是不能扯在一起的。正因為本質不同，他們的歸宿和結果也不一樣，五四運動帶來了中國文明精神的大解放，和新文化的大發展，而臺灣的全盤西化，卻招來了中國知識份子和民眾的強烈反對，不得不來一個回歸民族，回歸母體文化的巨大的回歸運動。從當時的實際情況看，在魯迅、胡適、陳獨秀、李大釗等中國知識份子的努力下，五四運動是沿著中國民族精神發展的，因此才創建了中國的新文化。五四的確是一場推動歷史發展和時代前進的大革命。至於它的消極面和某些過激口號，有的是運動的支流，有的是矯枉過正之需。任何一個複雜的翻天覆地的大革命，作為支流的消極因素都是不可避免的，我們應該看其主流和本質，因為主流和本質決定事物的性質。李春生先生以巨大的精力、耐力和心血研究和建立自己的中國詩學體系，其成就是非常獨特的，對臺灣新詩建設和西化歧途的糾正意義是重大的，我們給以高度的評價和肯定。但是一定要把臺灣新詩的全盤西化和五四革命的吸收和借鑒加以區別。很可惜，李春生的這一觀點像一個墨點灑在一塊白布上，影響了白布的美觀。

三、把純粹的表達工具化為活生生文化化身的——關傑明

　　廣東省人，1939 年 6 月出生，英國劍橋大學文學博士，現任新加坡大學英國文學副教授，臺灣《中國時報》海外版專欄作家。他在新加坡大學任教授期間，積極地參予臺灣正在興起的新詩論戰。1972 年他先後在臺灣《中國時報》人間副刊，《龍族詩刊》等發表了〈中國詩的困境〉、〈中國詩的幻境〉和〈再談中國現代詩——一個身份與焦距共同喪失的例證〉等文章，對臺灣現代派詩進行分析和批判。關傑明和唐文標一樣，均是學西方文學出身，對中國文學也極有修養的飽學之

士。在臺灣的新詩論爭中，有許多反對和批判現代派詩，強烈呼籲臺灣新詩走中國路線、創建中國詩風的，是那些留學西方，主修英美文學、對西方文明瞭若指掌的學者。比如唐文標、關傑明、高準等皆屬此例。正是由於他們熟悉西方，經過兩種思想文化的對比思考，從中看到並確信了優劣他們的立場才異常堅定，他們的觀點才異常鮮明。他們在論戰中，東西方詩作、詩論交錯對比論證，因而不但具有很強的說服力，而且無人敢說他們是無知妄論。關傑明的〈再談中國現代詩〉一文就是從解剖「世界性文學」的內涵和意義開篇的。他批判了西方文學遠離民族性等弊端後引入對臺灣現代詩的批判。他寫道：「中國現代詩（實指臺灣現代派詩）在這方面無疑地也不甘後人，但是有一點必須注意的，那就是西方文學民族性的崩潰，不論是好是壞，都得自於文化的自然演變，而中國現代詩，卻是靠著心甘情願地捨棄傳統來達到同樣的結果……囫圇吞棗地將一件新奇東西和西方事物生吞活剝的結果，使得這些詩人的作品，多多少少都顯出某種程度的不真實與虛浮。假如有人問，中國近代詩內到底有多少社會文化與生活情趣？一定會大失所望的。因為除了用用典故外，新詩裡似乎已不再有屬於廣大民眾的傳統文化。所剩下的只是極端的逃避現實，或在想像中追求所謂更『自然』更神秘的生命形式，甘願在世界性的守舊作風中迷失自我。簡而言之，就是大量抄襲，模仿西方的習慣，風格和技巧。」[13]他認為，一個人可把他傳統式的中國老屋拆除，改建成洋房，但這理論不能推演到文學裡去。「只要中國人仍然使用中文，仍然使用這種與任何一種歐美語文都不相同的語文，那麼作家忽視傳統的中國文學，只注意現代歐美文學的行為，就是一件愚不可及而且毫無意義的事。不幸的是目前我們很多的作家們卻只是如此。」[14]關傑明批判臺灣新詩西化，抄襲、模仿喪失自我，目的並不是拒絕和反對學習，吸收西方優秀的東西，而是告誡人們不要忘記自己的優良傳統。不要只作形式上的模仿。他說：「我並不是說中國詩人不該由外國吸收和學

---

[13] 《龍族評論專號》，1973 年 7 月 7 日，第 9 期。

[14] 〈中國現代詩的困境〉（《中華現代文學大系‧評論卷》，第 881 頁）。

習。但是……認為將近代西方詩技巧及觀念移植到中國的語言上，和法國象徵派及波特萊爾之使用愛倫坡的技巧並無不同之處的說法，卻顯示出在對西方文學發展的本性，以及文學潛在價值這兩個問題上，都有著相當的誤解。」[15]他認為，臺灣現代詩裡寫作形式的崩潰，獨立感的喪失，也許是為了要容納現代知覺的新張力與破碎感受，但其結果並不是一種新的完成，或有意義的延續，卻是隱晦的生命，它們與感受及因果隔絕，置身於放肆而怪異的世界裡，顯然可能在表面上，還使用常見的古典形式或材料，但在行為及語言上，卻標榜著遠離「世俗」，殊不知他們所謂的「世俗」卻正是以前所有偉大作家所屬的世界。他認為，臺灣現代派詩中有許多做作之作，不僅是對生命的逃避，還要加上「玩票式的語言技法」，這些惡習很輕易地導致了詩人們熱衷於飄渺的唯美主義，以及只求出語驚人為目的——也就是傾向於感傷主義和神經質的表現主義。他認為，傳統不只是形式，格律及規矩，而且是個人心裡特殊的歸屬感。」一個擁有傳統意識的作家，應該能具備這種認識，而且想到如何創造或推進某種風格，期能容納紅樓夢或那些傑出中國小說家筆下的人物性格、心理，或周夢蝶作品中一些很複雜的不同內蘊，以及詩經或其他古典作品的典雅厚實，並且對它們同等真摯。只有在這種唯一的情況下，詩才能成為心靈（包括古人和今人）交會之所。它用的語言不再只是表現工具或聯繫介質，更是所謂『文化』的活生生的化身。它是人類生活與發現所得的一切，它的意義與價值更是所有使用它的人所公認的。」[16]關傑明不僅批判了臺灣現代派詩喪失民族性、喪失自我、用玩票的語言追求飄渺的唯美主義、感傷主義和神經質主義的致命弊端而且深入探討和論證了傳統的特質，提出了個人的心理歸屬感風格推進和容納中國古典文化典雅厚實的內蘊，提出並論證了把詩的語言從純粹的表達工具化為活生生的文化化身、這是極有價值的理論探討，它是醫活現代派詩的「失魂症」的一劑良藥。這種既著眼於批判也著眼於療傷的論著，是具有說服力的。

---

[15] 《龍族評論專號》，1973 年 7 月 7 日，第 9 期。
[16] 《龍族評論專號》，1973 年 7 月 7 日，第 9 期。

四、呼喚中國詩魂復歸的——高上秦

　　曾任臺灣《中國時報》人間副刊主編，龍族詩社主要負責人、評論家，編有《中國時報》文學獎小說集等。在 70 年代初的臺灣新詩論戰中，他是「龍族詩社」的主要詩論家，著名的《龍族評論專號》是由他主編的，他為這個「專號」寫了〈探索與回顧——寫在《龍族評論專號》前面〉一文，概括了當時臺灣新詩論爭中的主要理論趨勢。他對 70 年代初臺灣的新詩論爭，有這樣評價：「這次的討論與以往任何一次新詩論戰，都有其顯著的不同——它的評論者，幾乎大部分是年輕一代的學者，詩人，或與詩人關係極為密切，對新詩發展一向關懷的學術界朋友。他們大都對西方現代文學思潮耳熟能詳，對中國新詩的變遷也能歷歷如數……這個組合或多或少透露了一些象徵：一方面，它展示了臺灣現代詩已開始進入學術研究的範疇，不再是詩人自己的事了；一方面，卻也顯現了年輕一代的詩論者、詩作者，對於起步階段的中國現代詩，意圖作一重新估價與認真檢討的試探。」[17]他認為在對現代派的詩進行了激烈批判和抨擊之後的臺灣詩壇，正處於一個文學的「轉型期間」，如果站在問題的核心去凝視它，「不得不承認，中國現代詩似乎仍然置身在一個欲曙未曙的奇異地帶，那個尷尬的起步階段，彷彿依然環繞著我們，未曾跨越過去。」作為起步階段，最起碼的詩的內容和形式「為什麼寫詩？怎樣寫詩？寫什麼詩？」都茫然無識，雖然是個笑話，但它卻的的確確就在眼前。高上秦認為詩應該首先為了大眾，面對大眾，如果一個詩人忽略了，或者不承認這一點，那麼「他實在是忽略了，否定了自己作為一個誠懇的人的屬性，那已不只是他作為一個詩人與否的問題了。」那種以沒有鑑賞力來嚇斥我們的社會大眾，以沒有詩的才情來貶抑我們求知的讀者，這不僅不是倡導文學、倡導詩，「簡值是在扼殺詩的一切可能了」、藝術不是一種嚇唬人、壓低別人抬高自己的工具，它是一種關懷一種愛。高上秦在談到臺灣一些詩人的現況時認為，有許多詩人已經遠離了中國的傳統，忘記了他們生活在群眾之中，也忘記了他們的作品終究還要回到

---

[17] 《龍族評論專號》，1973 年 7 月 7 日，第 9 期。

群眾中去，忽略了他們的詩產生在哪裡，怎樣產生？「他是為誰，為什麼而寫呢？而外來思想。語彙、與創作理論的大量襲用，又使他們混淆了自己生活的時空；簡單地說，他們似已失去了根植的泥土了。這種有意無意對中國的忽視，對於此時此地生活情調的淡忘，實在是詩人們在創作上的一大損傷。讀者們似乎並不希望自己的大詩人們的作品寫得很希臘、很法國、很亞倫・金斯堡，讀者只希望詩人的文字像他們自己。不同的土壤理應有不同的果實生長，那個與讀者們生活在同一天空底下，呼吸著同樣混濁的空氣，背負著同樣沉重的歷史，而又面對一個共同的坎坷未來的中國詩人，他的名字，究竟會標誌在哪裡呢？這種對於我們自身傳統和現實的正視，似乎不能解釋為一種偏狹的地方色彩或功利主義。正好相反，對於自己的中國屬性的再覺悟，以及對我們生活環境與文化背景的關切、探討、發揚，正是我們作為一個世界公民的最大德性與能耐了。」[18]高上秦這種把臺灣新詩論爭後，現代派受到猛烈攻擊而退潮狀態的臺灣新詩稱之為重新起步的初期狀態，要使已經失根的臺灣新詩在中國詩的土壤上重新紮根；要使被西方詩潮麻木了的臺灣詩，再次喚醒中國的屬性，並重新關切現實的一系列驚示性的理論論證，在當時是十分及時的，在現在時和未來時中，都是極為重要，時刻不可淡忘的箴言。因為它是作為一個中國人，作為一個當代的中國詩人，必須具備的起碼條件、高上秦呼喚著臺灣詩人到中國的歷史中去，到生活的現實中去，去感受祖先的勤勞和勇敢；去感受煤礦、鹽村人生的苦難，用自己心靈和情感去呵護祖國的大地，去慰藉自己的同胞。高上秦認為歷史和現實都不允許臺灣新詩「長久停留在閉關自守、孤芳自賞的階段。它必須跨出自己的門楣，望一望外界的實在。投入到生活的原野，與我們周圍的人群同哭同笑，接受我們作為一個中國詩人的歷史背景與現實意義，接受那風雨的考驗……在社會的、生活的、鄉土的諸般層面裡，用自己的筆，傳達出我們這個時代的悲歡與愛恨；用自己的筆推動大夥兒，一步一

---

[18] 《龍族評論專號》，1973 年 7 月 7 日，第 9 期。

步走向前去。」[19]高上秦作為臺灣新生代詩評家，作為一個新詩回歸民族，回歸鄉土的回歸浪潮中一顆閃亮奪目的浪花，他的詩論的最突出的特點是，充滿著熱愛祖國、熱愛民族、熱愛鄉土、熱愛人民的強烈激情，他把理論的冷靜剖析和情感激越迸發結合在一起，使他的詩論既能說服人，又能感動人；使人們從他身上既看到理論家的素質，又感到作為中國赤子的跳動的心。當他看到臺灣詩人們認清迷途改變的氣溫的出現他抱著一種欣喜的情感寫道：「我們看到許許多多的詩作者，已經愈來愈多地在詩中、文中表白了他們———一個群性與個性調適的，思想與語文澄澈的，理解傳統、正視現實、不學樣、不矯情的創作態度。但這只是最近的趨勢，只是一個理想大於實際的種子，它的名份仍然是未知的。我們願它作一守候，並殷殷佇望它的壯大，也許在未來的二十年，它所燃亮的薪火，將熊熊映照到我們整個生活，整個現實的每一片角落，為這個歷經災劫苦難的民族，留下一份深沉莊重的證言。」高上秦的願望在臺灣新詩回歸運動中，逐步地見到了成效。

五、認為詩是心靈淨化劑的———黃永武

　　1936 年生，文學博士，曾任臺灣中興大學文學院院長，臺灣中國古典文學研究會第一、二屆理事長。現任臺灣中興大學中文系教授。他既是詩論家，也是古典文學研究家，著作甚豐。出版的著作有《中國詩學》四書、《詩心》、《詩與美》、《唐詩三百首鑒賞》、《字句鍛煉法》、《載愛飛行》等。他主編的書籍和刊物約有二百種。在黃永武的詩論中《中國詩學》和《詩與美》是代表性著作。其中《中國詩學》四書曾在臺灣獲獎。黃永武是較為典型的中國詩論家，他的詩歌理論的源泉和土壤是中國數千年豐沛遼闊的詩的原野，在這個原野上生根，在這個原野上開花，在這個原野上結果。黃永武從中學時代起就決心要在詩歌王國開拓錦繡新境，成為詩國的王子。中學畢業時他曾信誓旦旦地向繆斯期許：

---

[19]《龍族評論專號》，1973 年 7 月 7 日，第 9 期。

詩的聲息從疲憊之間對我召喚，
我發誓
我要向命運奪回盾、馬、劍和盔甲
終必我要馳騁向詩的王國
開拓錦繡滿畦的領域

　　雖然時過數十年，黃永武對詩的信念更堅，對詩的摯愛更深，他
和詩幾乎難以分割。他在《詩與美》書的序中說：「多少年來，社會的
價值標準改易了。年輕人的夢想樂園也遷移了，我個人的文化興趣及
研究範圍也在不斷擴大，但我對於詩的一往情深，仍一如初昔，芰荷
為衣，芙蓉為裳，初服不改，芳菲彌章！」這一段對繆斯的動人情話，
可說是繼中學畢業那首詩後，又一次期許。不僅是宣言和期許，黃永
武的身心都交給了繆斯。他說：「詩是我心靈的故鄉，不管我是否汗漫
於浩浩的知識瀚海；不管是我是否高馳過邈邈的學術殿堂，無時無刻，
我的心無不臨睨著這個心靈的舊鄉──詩的王國。」[20]黃永武從 70 年
代初期便馳入詩的研究領域，以自己辛勤的耕耘，卓越的才華，淵博
的知識寫成《中國詩學》四書，建構了較為系統的古詩學體系。他的
《中國詩學》四書，分為設計篇，偏重論述詩的結構和形式之美；思
想篇，論述詩的思想和主題的表達；考據篇，追求作品使用材料和題
材的真實；鑒賞篇，主要論述詩的接受和閱讀。作者意欲通過四書的
創作在詩歌王國中建立起以「考據、義理、辭章成為一體的詩學」。無
疑，黃永武《中國詩學》四書，已經實現了作者「商量舊學，彙能新
知，一直想在抽象的詩藝中，發凡起例，建立客觀審美的體系」的目
的。《詩與美》這一詩歌美學專著，把黃永武的詩歌理論，進一步深化
和提升。《詩與美》比較起《中國詩學》四書，是一種理論強度更高的
詩歌論著。這部專著除序外，分為：詩與生活；詩的色彩設計；詩的
具象效用；詩的形式美；詠物詩的評價標準；從科技整合看詩的欣賞；
梅花精神的歷史淵源；詩與神話；詩與傳統（新詩怎樣繼承傳統）；張

---

[20] 《詩與美》序，第 1 頁。

九齡詩中的鳥；白居易的靈肉世界，詩人看月，共十二章。其中比較重要的是第一至四和第九章。黃永武認為，詩是人生的反映，人從詩中照見自己，詩可以淨化心靈，提升愛，鑄造美。他寫道：「生活有時懵懵懂懂，詩則可以清晰地反映人生，從詩中照見自己，教人驚省活著的方向；生活有時卑陋粗糙，詩則可以喚起愛，喚起善，淨化心靈，提升精神至一個較為精緻高雅的領域；生活有時失望悲苦，詩則可以激發共鳴，宣洩幽悶，從生的缺陷中體味美，撫慰每一顆心靈；生活有時窄隘枯澀，詩則可以翻空出奇，新造一個瑰麗的無窮世界，讓一草一木，都通靈氣，將無情的轉為有情，將有限引向無限……」[21]他認為詩可以充實人的生命內涵，可以將人提升到人的境界。黃永武把詩與生活的關係劃分為八個方面。比如；脫離實用關係去欣賞生活；提供心靈以悠閒的片刻舒適；點化自然現實為藝術的美景；以一種新的思想給人以驚悟；借共鳴作用給心靈以宣洩和慰藉等。黃永武對詩與生活的關係概括得很細，但卻沒有注意到詩與非常時期的投槍、號角和鼓點的戰鬥作用，這是一種學院派知識份子的局限。黃永武認為，詩有千種美，但人們對詩美的認知，可以分為三個層次，即；感官，屬於感覺層次；文理，屬於結構層次；心靈，屬於思想層次。感觀的對像是詩的色彩；心靈的對象是詩的思想內容；文理對像是詩的文字語言的結構變換等。而詩的形式美指的主要是文理層次，即詩中表現於文字的圖案美、圖畫美、造形美。黃永武把這種詩的形式美分為十個方面。即；對稱、均衡、反覆、漸展、調和、對比，比例、節奏、變化、統一。黃永武《詩與美》一書的第九章〈詩與傳統──新詩怎樣繼承傳統〉，對臺灣詩壇最具現實意義，也是該書中最有價值的一章。這一章的開頭，黃永武便精略地描述了臺灣詩壇現狀。「新詩到了今天，已走向自我的回歸。一些乞求舶來品作為外爍的風尚，如希臘神話腳色的登場，西方名詩人的暗襲與模擬，各種藝術主義的醉心，以及蟹形文字的直截介入等，幾乎不再是新詩的寵兒了。新詩開始尋回本土，尋向民族的性質，但傳統的基礎已經擴大，腔調與氣質與早期

---

[21] 《詩與美》，第 1-2 頁。

直截從舊詩中蛻化的形貌大有區別……到了今天,矛盾已經逐步統
一,真正成長成熟以後,那種歆羨母親的心情,反而與日俱增,於是
數家珍,排家譜,回歸傳統,竟匯成了一股熱潮。」[22]黃永武為臺灣新
詩回歸中國詩的傳統,回歸到母體詩指出了五個途徑。其一,掌握中
國文字中字形的具象效果;其二,運用中國語辭中聲義關係的音響效
果;其三,認識傳統詩歌中象徵基型;其四,繼承傳統詩歌中的匠心
與技巧;其五,理解中國詩歌的思想形態與人生理想。黃永武這五條
途徑不失臺灣新詩向傳統回歸、靠攏、吸收、融合的一個良方。如果
能從此入手,對新詩進行改造,中國傳統定會為臺灣新詩提供無比豐
富的養料。不過雖然黃永武也注意到了繼承古詩的思想內涵,但卻未
能深入闡述中國精神,中國靈魂,中國命脈,中國風骨的繼承和創新。
中國詩歌傳統中的中國魂、中國風骨、中國精神,既存在於詩的思想
內容之中,也滲透在詩的形式之中。比如,屈原的《離騷》、項羽的〈垓
下歌〉、劉邦的〈大風歌〉、李白的〈蜀道難〉、文天祥的〈正氣歌〉、
嶽飛的〈滿江紅〉等作品中表現出的「力拔山兮氣蓋世」的無比威武、
強悍、堅毅、無畏的傳統精神,就是詩的內容和形式共同凝結的。捨
其內容無其形式,捨其形式無其內容,這樣的魂魄,這樣的風骨,這
樣的傳統,怎樣通過今天的意象和語言化作新詩的內蘊,在黃永武的
論著中缺乏論述。而這應該是新詩繼承中國詩傳統的極重要的部分。
作為詩歌美學專著《詩與美》的體例還不甚科學,其中有些章節不僅
顯得有些疏離,從結構上看也欠嚴謹。不過黃永武的詩學理論,在臺
灣的詩歌理論批評中佔有重要位置,也是整個中國詩論研究的重要成
果。黃永武的詩歌理論的不足處是:學院氣息和書卷氣息太濃,有一
種從理論到理論的傾向,它與詩的實踐,與風雨交加的臺灣詩壇,彷
彿有著較遠的距離,因而很難從實踐中檢驗這種理論的威力和實用價
值。這不能不說是一種遺憾。如何古今結合,將古詩論用於新詩,還
有相當一段路程。

---

[22] 《詩與美》,第 235 頁。

六、為臺灣新詩測試座標的——蕭蕭

　　本名黃水順，臺灣省彰化縣人。他 1947 年 7 月出生，自幼在家鄉讀書，1965 年 9 月考入他夢寐以求的臺灣輔仁大學國文系讀書，1969 年畢業，去服軍役。蕭蕭在金門服軍役期間，臺灣「新象詩社」成立，別人代他簽了個名，他成了該社的同仁，自此跨入了臺灣詩壇。之後，他加入過「詩宗詩社」，又是「龍族詩社」的發起人之一。「龍族詩社」的宣言是由蕭蕭起草的。該宣言中著名的話語「敲我們自己的鑼，打我們自己的鼓，舞我們自己的龍」就是出自蕭蕭的手筆。這是龍的聲音，震撼當時西化的臺灣詩壇；這龍的聲音喚醒了臺灣新詩向民族的、鄉土的方向回歸。蕭蕭還主編過《詩人季刊》。蕭蕭服完了軍役後，又考入了臺灣師範大學國文研究所，獲得文學碩士學位。從該研究所畢業進學校教書，先後在工專、工校任講師，後來又到再興中學、景美女中任教。蕭蕭的文學之路是；散文——詩——詩論。蕭蕭雖然既寫散文，又寫詩，又寫詩論，而且各方面成果可觀，但蕭蕭主要還是一個詩歌理論批評家。他的主要才華和精力，還是奉獻給了中國的詩歌理論批評事業。他出版的詩歌理論批評集有：《鏡中鏡》、《燈下燈》、《現代詩導讀》、《現代詩入門》、《現代詩縱橫觀》等。他曾獲得《創世紀》詩刊創刊二十周年詩歌評論獎和臺灣青年寫作協會三十周年青年文學獎。蕭蕭是 70 年代臺灣青年詩人運動和新詩回歸運動中崛起的年輕的詩論家，在二十餘年的詩歌生涯中，他研析勤奮，視野開闊。蕭蕭認為寫詩不是一種消遣，也不是為了娛樂，而是一種使命，是一種促進人類自身進步的使命。他寫道：「從詩人到時代是一條寬廣的路，詩人來往奔馳，發現、揄揚，不遺其力的創作詩……為了敘述人的存在，證明這個時代的苦難與榮華，為了提升人的內在心靈，開拓人類向內審視向外透視所能呈展的原野，寫詩是一種使命，或許可以為卑微的生命爭取瞭解，為高貴的情操爭取共鳴，為貧乏的心靈爭取水草，寫詩是一種使命。因此，《詩人小集》的編輯，出版，它不是指標，而是歷程，是這個時代踏向前進的一些聲音，請你諦聽。」[23]不僅從詩歌理

---

[23] 《詩人小集》，編輯弁言。

論上論證詩是使命，蕭蕭在詩的創作實踐中也是遵循這樣的觀念寫詩的。詩思翱翔在無垠天際的視境，但最使他動心的還是寫身邊的人。他「寫寂寞，寫沉潛，寫激奮，寫悲苦。」他說：「我有著很深很深的冥合為一的觀念。寫『田間路』因為自小就從阡陌之間站起來，走過來，難以忘懷沒有玩具的童年、泥土、一大片一大片的稻野、父親黝黑的肩膀，讓我獨自飲泣的竹林……舉目，心不能不有所思，我喜歡吳晟的《吾鄉印象》，吳晟或許是現代詩裡的陶淵明，而我不是，不農不耕不淵明，只能把『田間路』當作自述詩處理，以線去串連祖母的苦心，父親的汗水，我的淚水……」[24]蕭蕭還把自己與張漢良相比，認為他與張漢良不同，張漢良是臺大外文系比較文學博士，對西洋文學知之甚稔，如數家珍；他是師大國文研究所畢業，醉心於古典詩話的探討。因而他們「在詩的導讀工作上，顯然有了方法、角度、立場上的不同。」諸方面的因素均可說明，蕭蕭詩觀的主導是中國傳統的現實主義；他所奉行的是中國傳統的現實主義詩歌論。蕭蕭在詩論集《燈下燈》的後記中這樣寫道：「當時所評的現代詩普遍面臨著兩種困境，一是晦澀，一是移植，這兩種困境可以說是二而為一的。但我並不以為困境無法突破，因為，無論如何，詩是中國人寫的詩，語言是中國人使用的語言，亙古不變的必是中國人的詩情與詩思，因此我下了很大決心，有意選擇比較晦澀的詩人，透過中國傳統詩觀詩法加以鑒察，結果發現他們並未產生巨大的偏航現象，現代詩仍然可以接續中國傳統兩千五百年的詩史而無愧」[25]這裡選擇比較晦澀的詩人用中國傳統的詩觀詩法進行鑒察一語，清楚地表明了蕭蕭詩觀和詩論的主導精神。蕭蕭認為：「臺灣的現代詩，無疑的，是承繼胡適以降中國新詩的再突破，再精進。」[26]這一論證，梳通理順了臺灣新詩的起承關係和上下脈絡。為宏觀評論臺灣新詩的發展演變和微觀剖析臺灣詩人的創作確定了座標。蕭蕭在這樣的坐標上，對臺灣鄉土詩和現代派的詩，進行了廣泛的剖析和探討。他在對現代派詩人的研究中，對洛夫和羅門詩的

---

[24] 《舉目》詩集序。

[25] 《燈下燈》後記。

[26] 《燈下燈》，第 95 頁。

評論影響較大。蕭蕭的詩評細膩、深邃、準確，每一個結論性的語句均從深入、細膩的剖析得出。比如對羅門詩中意象的分析，層次明確，脈絡清晰。意象在羅門詩中的產生、變化、效果，以及不同階段和詩中意象的特殊形態和作用，都歷歷皆呈。蕭蕭在分析羅門《曙光》階段的意象時寫道：「意象在《曙光》階段的意義，亦即是羅門意象創造的最初面貌在其創作過程中所顯露的兩個意義，其一為『聯想的飛越』所造成的意義，羅門的意象大抵以此取勝，譬如前面所引的詩句，擁抱與漲潮，蜜吻與帆，即為聯想飛越之所得，聯想飛越由於現階段的『物』的存留，往往容易失其精確，皆如擁抱與漲潮，無論如何不能說是十分妥貼。因此，如果能夠隨物婉轉、與心徘徊，聯想飛越所帶來的意象，則是非常可觀的，這個優點對羅門來說要到《第九日的底流》這本詩集才有所發揮。」[27]蕭蕭很少在自己的詩評中脫離作品和作品時空的具體深入分析而亂下斷語的。他極少想當然地作結論，也不因自己的詩觀和興趣在詩評中出現「偏鋒」現象。蕭蕭在《現代詩批評小史》中，曾對自己的詩評作過評述。他認為，自己的詩評道路是從古典詩詞走出而能銜接現代詩，這條批評路線，他雖非第一人，但卻最引人注目。「他的批評是經由中國遠源流長的詩史正步而出」。蕭蕭在《鏡中鏡》詩評集中為自己的詩歌評論總結了三點特殊意義。他寫道：「現代詩的創作、批評，一直未能超脫『橫的移植』的陰影，到蕭蕭始為廓清，純然站在中國本位的立場，肆力伸延中國詩經以降的詩思、詩法，此為意義特殊之一。中國詩話一向是即興式的、印象式的、史傳式的，如火花一閃，《鏡中鏡》則脈絡分明，秩序井然，是細膩的描述，精確的圖繪，允當的評鑒，現代詩評至蕭蕭而篇幅加長，而有圖表析證，此為意義特殊之二。蕭蕭俯腰去體察、去貼近詩人願意，循此豐富詩的內涵，揆發詩的真貌，所以有人說：『詩人是新秩序的建造者，蕭蕭則是此一新秩序的發現者與詮釋者』，此為意義特殊之三。」蕭蕭的這個自我概括和評鑒，使人覺得稍有言過其實，不過也的確從某些方面顯示了他的詩評的全貌性的特徵和本質。

---

[27] 《中華文學大系‧評論卷》，第 851 頁。

第二節　新詩「現代化」的理論追求

　　新詩現代化的追求，在臺灣有兩重含義，它的第一重含義是紀弦的〈六大信條〉和兩個口號，即：倡導「新詩再革命」，實現「新詩現代化」中的含義。這裡把「現代化」與〈六大信條〉中的「新詩乃橫的移植，而非縱的繼承」的民族虛無主義連在一起，「現代化」一詞就成了「西化」的代名詞，就成了達到民族虛無主義的手段和過程。而這個詞在臺灣詩中還有另一重含義，那便是既發揚自己的傳統，也吸收外來精華。這一重「新詩現代化」的含義，我們認為不僅是應該的，而且是必須的。此地我們採用「新詩現代化」一詞，指的是第二種含義。雖然每一個詩論家的詩歌理想和理論內蘊可能都有差異，但只要不是完全否定和徹底詛咒中國詩歌傳統的人，他們的理論論證中都有積極的成份。

一、試用神話原型說批評新詩的──張漢良

　　山東臨清縣人，1945 年 4 月出生，臺灣大學外文系畢業，比較文學博士，現任臺灣大學外文系教授。主要論著有《現代詩論衡》、《比較文學理論與實踐》，編有《現代詩導讀》、《七十六年詩選》等。張漢良是臺灣當代著名詩評家，蕭蕭在評論到張漢良的詩評時說：「自《創世紀》復刊後，即陸續在該刊上發表論評，如〈論詩中夢的結構〉、〈論詩的意象〉、〈從戲劇的詩到詩的戲劇〉諸論文，均能從西洋文學理論吸取適當的學理，妥切評價中國現代詩。實際應用於評述現代詩時，更能發揮李英豪、顏元叔的長處，避開了他們不能兼顧的缺失。」[28]張漢良的詩論和詩評理論色彩比較濃烈，對許多詩的現象，都盡可能地尋到理論上的對應，或者用作者掌握的理論對一類詩作進行透視。比如，他在評論臺灣 80 年代的詩歌創作時，使用了一個「田園模式」。他在論述「田園模式」時寫道：「無論中外，狹義的田園詩指田園的或鄉土的背景，以及謳歌自然的題材。但廣義的田園模式或原型不僅包

---

[28] 《燈下燈》，第 60 頁。

括上述二者，還兼及詩人對生命的田園式關照與靈視，諸如對故國家園、失落的童年、乃至文化傳統的鄉愁。田園模式的追求，其立足點是現世的，詩人的觀點是故世的。他身處被科技文明摧殘的現世社會，懷念被城市文化與成年生活取代的田園文化與童年生活，於是借回憶與想像的交互作用，透過文字媒介在詩中再現一個由田園式的往昔，其本質是反科學的，反歷史進化的。」[29]田園詩和田園模式詩是兩個不同的概念。田園模式是以田園為原型和基礎，擴大、引伸、發展、把一切對現世不滿而激起的回憶、反思、懷想、追溯往昔的懷舊作品，不管是田園詩、鄉愁詩，尋根詩、憶往詩、農事詩、風光詩、景物詩、山水詩、文化尋根詩等等，均列入田園模式。其特質有二，即立今追昔，針對現世而描寫往昔，不滿現實，懷念過去。也就是描寫昨天而反射今天。如此，臺灣的鄉愁詩、環境詩、批評資本全義文明詩、鄉土詩、懷史詩等在這裡均有了理論歸屬。張漢良把田園模式分為兩類。一類為現實的、文化的層次；一類為心理的、形而上的層次。心理的或形而上的層次為田園模式的第一主題，而現實的，或文化的層次為田園模式的第二主題。根據這樣的理論思考，張漢良把臺灣詩的田園模式分為：鄉土詩，故國的田園鄉愁，地理鄉愁，童年鄉愁，回歸文化傳統，回歸原始狀態等。一般來說，田園模式的時空也由於追憶的對象和描寫的背景不同，在時空上又分為現實時空和心理時空，即特定時空和遊移時空。張漢良的詩評特點之一是，對詩歌創作的諸多現象均企圖用相應的理論進行解釋和概括，因而他的詩評和詩論結合得相當緊密，充分體現了詩論家評詩的特點。比如他在分析洛夫的〈石室之死亡〉一詩時就運用了神話原型批評法。他說：「詩人在〈石室之死亡〉一詩中對生死的看法，與超現實主義的觀點神合溝通，認為在超現實的某一點，生與死、真實與想像，可溝通者與不可溝通者，皆為同一。事實上，這也是一個古今中外相當傳統的說法，所謂『生兮死所伏，死兮生所伏』的原始類型。洛夫在詩中不斷地運用矛盾語法與反諷，也就證明這點。明乎此，如果吾人能運用神話原型批評來探

---

[29] 臺灣《八十年代詩選》序，第 2-3 頁。

討這首蘊含著許多普遍的原始類型，這首對人的存在形而上探討的詩，也就可以把握到〈石室之死亡〉的真貌了。」[30]張漢良認為〈石室之死亡〉含有許多原型，比如：詩人在詩中用詩豎起一座高山的神話創造是該詩第一個原始類型；詩中的墳墓是子宮的原始類型；田畝是一個傳統女性的原始類型等。〈石〉詩中這些有關生死的原始類型，在文學作品中屢見不鮮；就哲學觀念而言，這些生死交替，不朽等概念亦相當通俗。張漢良在詩論詩評中，不僅能熟練地運用從西方引入的文學理論批評法，深入開掘臺灣詩歌的理論內涵，擴展那些詩中深藏的價值和意義，而且也能適切地運用中國古典的詩歌理論批評武器。比如在分析臺灣詩的發展演變和田園模式時，作者引用了劉勰《文心雕龍》的〈時序篇〉和〈通變篇〉中的論述。但在研讀張漢良的詩論和詩評中，彷彿感到一種不足，那便是作者對詩人作品形式和藝術技巧的分析比較重視，有點忽視作品的思想內涵的開掘。或許在張漢良的眼中，思想內容是無關重要的，藝術技巧才是有用的。不過，不管作一個什麼樣的詩評家，如果忽視或輕視詩歌內涵和思想研究，我想，有許多作品是無法剖析深透的。這種分析和評價，可能永遠停留在對作品的外延揣摸上。

二、臺灣第一部詩論專著的作者——李英豪

　　廣東省中山人，1941 年出生；1949 年去臺灣，他的主要論著有《批評的視角》。該著於 1966 年 1 月由臺灣文星書店出版，是臺灣詩歌理論批評中時間較早影響比較大的詩論專著。該書分為三輯，第一、二輯為詩歌理論，第三輯為詩評。在詩評部分，評論了洛夫、張默、葉維廉、商禽、紀弦、方莘等詩人的作品。蕭蕭在《現代詩批評小史》中，對李英豪的詩歌理論批評作出這樣的評價：「縱觀李英豪的論文，頗有引進西洋批評理論的野心，可是應用在實際批評工作上，除了西洋詩論的引述，批評術語的套用外，竟是極為主觀的、自由的、聯想的、讀詩的感受的擴展。」蕭蕭列舉了李英豪批評商禽的〈阿米巴弟

---

[30] 《中國現代作家論》，第 148 頁。

弟〉一詩的析評後指出，李英豪評論的特點有二，一是引導讀者擴大視境，突破作品文字限制的意義；二是豐富詩的內在蘊涵，指明更深層的精神動向，而缺失是含混不明的批評語言，造成了另一種混亂與迷離。他認為「不論是得是失，李英豪罕見而殊異的詞藻，確曾在中國詩壇留下一些動盪的餘波。」李英豪的詩論比較注意論述對象細緻剖析和旁徵博引的論析。他的詩論對 60 年代早中期，臺灣還缺少詩歌理論，幾乎還沒有詩論專著的情況下，不管是對臺灣詩歌創作和詩論詩評都起到一定的疏導和啟發作用。但是由於臺灣詩歌理論當時的貧乏，也由於李英豪缺乏深邃的理論追求和細膩的論證，不論是理論的概括和發現，與作品評析和評價均缺乏明晰而獨特的見解。李英豪的詩歌論評狀況，與他自己對文學理論批評的認識，不無關係。他認為只有詩歌創作才是創造，而詩歌批評不是創造，只是一種「仲介」。比如他在〈略論現代批評〉文中寫道：「一首詩是一種創造。縱使真正的批評並非一種創造；唯其目標不必是創造，或多或少指向創造。批評家雖為『中人』，但並無獨一無二的天秤，『放之四海皆準』。他需要更多的提供，更多的引發，更多的分析，更多的見識……而最終，仍是歸根到個人的啟悟：其對象，仍只是作品本身，捨此無他。」這段話中把詩歌創作視為創造，而把詩歌批評視為「非創造」和把批評的目標稱為「指向創造」，而批評的本身為非創造，不僅值得商榷，而且混亂和自相矛盾得令人難以理解。我們認為，寫詩是創造，寫理論批評也是創造，而且是一種更深層次的創造。假如沒有新的發現，沒有獨到的解見，能夠算是理論批評嗎？什麼是創造呢？創造就是發現，就是發掘，就是開拓，任何一篇有創見性的理論批評文章都含有創造，從創新和發現來看，創作和理論批評都是一樣的，現實中既沒有非創造的創作，也沒有非創造的批評。除非那些模仿、抄襲沒有資格稱為創造的作品。而這種沒有資格稱為創造的作品，文學創作和文學理論批評中皆有。此外，世界上從來就不存在目的指向創造，而自身是非創造的文學理論批評，除非那些志大才疏走向抄襲和模仿之途的批評者。旅人曾在〈中國新詩論史〉一文中批評李英豪的詩論「激進有餘，獨立見解仍嫌不足」。從上面的舉證，除了證明移植說詩論擁有基本共

通的觀點之外，也可證明李英豪的見解，仍然無法超出其前輩詩論家
的觀點。他的批評詩的子彈，固然精銳、射程遠，可惜這子彈自製的
不多見。但無論如何，在移植說詩論家中，他是最年輕的一位，他還
有時間來超越前輩，從「『模仿的批評』跨入『獨立的批評』不是不能
達到的。」[31]這種狀況，恐怕與李英豪對文學批評價值和功能認識的局
限，有較密切的關係。

三、名理前視境詩論的提出者——古添洪

　　古添洪在詩論詩評方面顯示出的才華，使他成為臺灣年輕詩歌理
論批評家中的佼佼者，他的詩論詩評不是以多取勝，而是以質好著稱。
他的《比較文學・現代詩》一書的第一輯，純屬詩論詩評，第一輯中
雖然是比較文學論著但也涉及詩的內容。古添洪學識豐富、淵博。他
主修比較文學，對中國古詩和古詩論，對西方文學甚為熟稔。在比較
文學研究中，他把古詩理論與西方文學進行比較研究。比如他的〈翁
方綱肌理說與藍森字質結構之說比較〉就是很好的例子．而他在研討
現代詩時，常引經據典，把古詩和今詩、中國詩和外國詩互相參照對
比，從廣泛的參照係數中尋求較為妥切的結論。他說：「我們寄望以後
的論文能以中國文學研究作試驗場，對西方的理論與方法有所修訂。
並寄望能以中國的文學觀點，如神韻、肌理、風骨，對西方文學作一
重估。」古添洪的詩歌論評最大的特點是針對臺灣詩壇現實的需要和
臺灣新詩的弊端對症下藥。而不是從理論到理論的不問窗外風和雨，
我行我素說長短。比如為了批評臺灣詩壇超現實主義風行，喚醒現實
之寫作，古添洪寫了〈寫實心態和即物手法的傳統〉，為了糾正和抵制
臺灣詩壇上的無原則吹捧之風，他寫了評論陳明臺和郁詮的詩評。他
寫道：「新生代的詩人，其成就往往未能為詩壇所認可。要成名，則須
聯群結黨、互相吹捧；或大吵大罵，以邀名聲；或求得一兩前輩詩人、
加以提攜。如此，正確的批評便無由產生。筆者有鑒於此，以嚴正的
態度寫成了兩篇詩評。一篇關於陳明臺君的，一篇關於郁詮君的。前

---

[31] 《中國新詩論史》，第 157-158 頁。

者我指出了明臺君兩組詩中的心路歷程及白描的特色，後者我指出了郁詮君詩中神話的本質，如宇宙流轉的籟音。」[32]古添洪的詩歌理論批評的主要特徵有：

1. 新詩和古詩的傳統一脈相承。古添洪認為，中國詩的傳統是一個很複雜的課題，源遠流長的中國詩歌，不可能沒有枝條和主幹，當然也有支流，不過，所有支流和枝條都必定染上主流的色彩。關於臺灣新詩與中國古典詩的傳統，古添洪認為，雖然形式上有了很大變化，也吸收了不少外來的東西，但它們仍然是一脈相承的。他寫道：「新詩與古典詩仍然是一脈相承的，仍然是中國的，雖然在『詩形』上或大大地改變了，甚至大幅度地橫植了外來的傳統。筆者以為這一傳統是不可能磨滅的，因為它源於中國人的心態；因此是值得我們珍惜，並進一步發揚的。」[33]

2. 寫實心態與即物手法是中國詩傳統的主要內涵。古添洪認為，寫實心態和即物手法在詩中是息息相關的。因為寫實，所以傾向即物；因為即物又必然趨於寫實。寫實與即物雖然一是手法、一是內容，但它們不可分割互為表裡。寫實，指的是一種寫作心態，是詩人把自己投入現實世界裡，把自己聯繫於看、聽、嗅、味、觸、感的外界現實裡。由於五官對空間特別敏感，所以空間在寫實心態裡地位特別重要。由於第六官（心靈）的存在，體認了時間的存在，所以空間不是斷絕的，而對在時間之流裡上通過去，下達未來。即物，是從物出發，而物就是現實中的空間，就是面對空間出發。其分兩種類型。一是用時間貫穿，使空間變成一個走廊；二是把意義抽出來，從具體到意義，或從具象到抽象，變成了附於物體的意義，即：弦外音和美感。所以「即物並非模仿，而是一方面從具體到意義，一方面從此刻通向過去及未來；那就是說，它以物為核心，向四處放射。

---

[32]《比較文學‧現代詩》序，第 4 頁。
[33]《比較文學‧現代詩》，第 177 頁。

中國傳統詩中特多詠物類與及特為具體，也就是這寫實心態與
即物手法下的一些結果。」[34]這種寫實心態和即物手法，是以詩
經為源頭，奠定下來的傳統，它是我們面對大千世界的一種基
本心態，並貫穿於中國幾千年詩歌發展史中。臺灣詩壇上「笠
詩社是最富寫實心態與即物手法的，雖然他們或不完全自覺或
未大事宣言。」「我想這種傾向，或由於有意擺脫西方詩壇的影
子，或有意追求自己真實的表現，或兩者兼備，而不自覺地回
歸自己的傳統，回歸『寫實心態與即物手法』的傳統。」[35]

3. 名理前的視境。古添洪在評論葉維廉的詩歌創作中發現了一種
名理前的理論現象。所謂「名理前的視境」就是只覺其如此，
而不知其為什麼如此。也就是只覺得萬物形象的森羅，而不加
以名及理的識別。所謂名的識別，即賦予形象以名稱；所謂理
的識別有兩個階層，前一個階層是概念化，關係化，實用化；
第二階層是感情化和道德化。把道德和感情從形象中引出或附
在人心上。物象的意義就是從形象的世界伸入至道德界和感情
世界。葉維廉的詩難懂，就在「名理前的視境」上。「在某些場
合理，葉氏消除了名障，僅把形象呈現出來，只呈現了『如此』，
而不把形象所指的名說出來，不說明是什麼，因此詩中只覺形
象飄忽，而不知其為何物。形象與名之間的關係，往往就像
默劇、用動作來表示意蘊，動作欠準確時，也就無法指向意
蘊了。」[36]古添洪指出的這種現象，在臺灣現代派詩中，以葉維
廉為最，但其他詩人的作品中也存在。從某種意義講，現代派
詩的晦澀難懂，其主要原因也就出在這裡。

四、認為詩是詩人和語言對話的──簡政珍

臺灣省臺北縣人。1950 年出生，臺灣政治大學西方語文系學士，
臺灣大學英國文學研究所碩士，美國奧斯汀德州大學英美比較文學博

---

[34] 《比較文學‧現代詩》，第 181 頁。
[35] 《比較文學‧現代詩》，第 198 頁。
[36] 《比較文學‧現代詩》，第 200 頁。

士。簡政珍曾任臺灣大同工學院英文講師、臺灣中興大學外文系副教授、系主任。現任中興大學外文系教授，《創世紀》詩刊副總編輯，尚書文化出版社總顧問。出版的學術論著有《愛默生的辯證文體》、《放逐詩學——中國當代文學的放逐主題》、《空隙中的讀者》、《語言——意識——閱讀》、《語言與文學空間》，並與林燿德聯合主編《臺灣新世代詩人大系》（上下冊）。簡政珍認為，詩不是遊戲，它是人生悲喜的反映，它是融入了人生嚴肅課題後的結果，詩應該將社會性的呼喚在藝術性中培養茁壯。詩人們不使詩淪為遊戲，詩方在筆下默默問世。他寫道：「寫詩是極嚴肅的，它並非文字遊戲。詩人面對人生的悲喜和語言沉重對話，詩因此不是逞口舌之便。機智本身也不是詩，除非它融入人生嚴肅的課題。」他認為思維的語法訓練是自我封閉的寫照，這樣的詩也只是雕蟲小技，不能長存。「表面上，符徵似乎掙脫符旨變成自我的縱容，但詩人的符徵到頭來總隱約朝向符旨跳躍。」從上面論述中可以看出，作為臺灣新生代詩論家的簡政珍，是主張詩應融入人生，反映人生，詩應介入現實反映現實的。形式和內容比較起來，內容比形式更為重要。表面看作為符徵的形式，似乎是掙脫內容的符旨而自我放縱，而實際上符徵總是向著符旨跳躍，形式總是向內容靠攏。在談到詩和語言的關係時，簡政珍認為，詩是詩人內心的獨白，而這獨白的唯一聽眾就是語言，詩人和語言對話的結果才有詩產生。現實是詩人和語言對話的內容，但詩人必須以沉默的心情來聽現實的聲音，將激蕩的情緒交付給語言的對話，然後轉化為文字。「大抵情緒的激流會淹沒語言，而語言一旦流失，詩也隨之蕩然無存。」[37]簡政珍認為語言是詩人和詩之間的仲介，詩是詩人和語言對話的結果，現實是詩人與語言對話的內涵，文字是詩人、語言、現實三者的關係對話轉化而成的物質。不過詩人與語言的對話，把現實化作對話的內容，必須是在沉默的心情狀態下進行，而不能是在喧囂和吶喊的狀態下進行，否則，感情的激流會將語言淹沒，一但語言被淹沒，詩也就蕩然無存。也就是說簡政珍主張在情緒冷靜下來的情況下寫詩，不要在激

---

[37]《臺灣新世代詩人大系》序，第 11 頁。

動的狀態下寫詩，只有冷靜才能進行深入的理性思考，詩才有內涵。
簡政珍把詩產生的過程納入這樣一個公式：

詩人——現實——語言——文字——詩。他把這個過程用詩的語言
描繪成一幅圖畫。他寫道：「文字是詩人和語言對話的結晶。詩的成功
與否在於這一場對話。對話之初，語言是一獨立有生命的存在，詩人
以沉默面對語言，在靜止中聆聽語言的呼吸。有時，語言以豐沛的氣
勢試圖將詩人淹沒；有時，語言以柔美之姿向詩人訴求。詩人在這兩
極的拉扯中一方面要把持自我，一方面又要進入語言。」[38]在談到詩的
民族風格時，簡政珍認為，詩的民族風格是中華民族留下來的令人尷
尬但又令人引以光榮的傳統。前輩詩人把鄉愁融入這個綿延的傳統，
寫下了不少成功的作品，但臺灣的新世代詩人詩中表現這個傳統，便
不是明顯的思鄉之情和放逐之感，而是前輩部分詩人從西方文學的詩
風中走失後，新世代詩人在中國文字或形式上的自覺。也就是說，「民
族風不是以詩的題材或詩的主題作為唯一憑藉，而是在詩表現方式，
包括了遣字措詞，長句的控制，詩的韻律感，意象的處理方式上讓人
覺得這是中國人寫的。它可能更像用中文寫的詩而不是西洋句的中
譯，也不停留於潛意識的獨語。不論是前一輩或這一代詩人，要在詩
作中保持中國文字的特色已是近十多年來詩壇共有的自覺。」[39]按照簡
政珍的說法，臺灣詩中的民族風格體現的內容和方面發生了變化，前
輩詩人主要以鄉愁和放逐情緒作為民族風格的內涵，而新生代詩人主
要通過詩的表現形式，即中國文字的使用和調配，以消除前輩詩人的
西化痕跡，讓詩回歸到中國的文字語言傳統中。簡政珍的這一概括是
有道理的，不過作為一種定法似乎還不全面。詩歌民族風格的體現，
其語言和文字的處理方式是極為重要的內容，但民族風格的體現更少
不了詩的內容和主題。即表現中國人的精神和靈魂，體現中國意識和
中國氣質。這方面的內涵實際上也包含在簡政珍的論述中了，但他講
得不甚突出和明白。因為簡政珍在展開民族風格的論述中，談到「事

---

[38] 《臺灣新世代詩人大系》序，第2頁。
[39] 《臺灣新世代詩人大系》序，第2頁。

實上，對現實的關懷是民族風格的延續，詩是和現實交互激盪的結果。」
他又說：「詩的傳統是詩人內在精神的傳遞，所以嚴格說來，並沒有上
一代或這一代之別。」這些都是對上面論述的很好補充。民族風格是
一個十分複雜但又具有一定特質和內涵的事物，並不是三言兩語可以
俱陳的，簡政珍能從臺灣的新詩創作實踐中進行具體的分析和概括，
並看到它的演變情況，是值得肯定的。簡政珍的探索為進一步開拓這
個課題，提供了有益的啟示。

五、後現代派詩的批評家──孟樊

　　他本名陳俊榮，1949 年出生，臺灣省嘉義縣人。臺灣政治大學政
治研究所碩士，曾任《臺北評論》主編，《中國時報》人間副刊編輯、
桂冠圖書公司副總編輯；現任臺灣時報出版公司學術主編，《太平洋日
報》主筆，報紙副刊專欄作家。他出版的論著有《大法官會議研究》、
《後現代併發症──當代臺灣社會文化批判》、《影像社會》。編有《1989
年臺灣年度評論》。他的詩學專著《從鄭愁予到林燿德──當代臺灣
新詩學》尚在著述中，不過從作者的寫作大綱看，這部包括三個部分
共二十六章的詩學專著，是理論和實踐相結合的一部相當宏闊的論
著。這樣的詩學專著目前在臺灣還不是很多。孟樊目前是臺灣詩壇上
稀有的後現代詩歌理論批評家。對後現代詩的評論，不能說是獨步，
但像他這樣深入細緻，有據有論，觀點明確的後現代詩歌評論，恐怕
也是不多見的。後現代派的詩歌 1985 年以夏宇的自費詩集《備忘錄》
為標誌，在臺灣出現以來，孟樊就緊緊地盯住它，把評論的筆尖紮在
它身上進行跟蹤研究，不僅出版了批判整個後現代症狀的綜合性論著
《後現代的併發症──當代臺灣社會文化批判》，而且發表了許多批判
後現代派詩歌現象的專論。比如臺灣後現代詩人論：〈詩人、招貼和害
蟲──中空的臺灣後現代詩人〉、〈從醜的詩學到冷靜的詩學〉、〈夏宇論
──超前衛的聲音〉和長達三萬餘字的專論〈臺灣後現代詩的理論與實
際〉等。這些論著，在臺灣後現代派詩誕生僅五、六年的時間，還處
於貧理論狀態的情況下，已經構成了臺灣後現代詩的注目批評家了。
孟樊認為臺灣的後現代文學，是臺灣的政治、經濟環境由「權威、封

閉日益走上民主、自由、開放」所引起的思潮演變的結果，即「從現代主義走向寫實主義再演變到 80 年代中葉以後初興的後現代主義。」[40]這種後現代主義不是臺灣的土特產品，而是開放的情況下，由西方引進的洋貨。孟樊寫道：「就臺灣詩壇而言，後現代畢竟是舶來品，如同當初對現代主義的引進一樣，西方的後現代詩——尤指美國詩壇，其所呈現的風貌，相信對臺灣的後現代詩人會有所啟示，或至少有某種程度的影響。因為就舶來品的性質來說，向西方的後現代詩的借光，乃勢所必然之事。」[41]那麼後現代主義詩到底具有一些什麼特徵，它與其他流派的作品有什麼區別呢？後現代主義是所謂「後工業社會」的一種精神文明崩潰後的文學現象。(1)它對於文學作品不再稱為「作品」而稱「本文」這一稱謂的變化顯示著內容和性質的異變。本文的含義是無數事物彙集的流動的、不固定複數狀態，也就是說人們不再把作品著作一個完整的，由作者創造的產品。孟樊認為：「被稱為『本文』的後現代詩不是老老實實擺在那裡的單純客體。」(2)後現代詩中的主體已不復存在，也沒有與語言相對應的真理。「後現代詩的語言不像它（寫實主義）那樣透明的，根本找不到語言相對應的真理。在現代主義那兒，上帝被宣判死亡，到了後現代主義，則連宣佈上帝死亡的人本身也宣告死亡，所謂『主體』已不復可尋，詩找不到真理，也因主題的淪亡而失其最終可資依附的意義。」[42] (3)後現代主義詩中，文字符號和意義脫離，結果使文字符號喪失了自身的意義。「意義一旦被抽離，則詩中文字符號更變成了排列組合的遊戲。」(4)即興演出。即詩中的事件和遣詞造句，都帶著極大的隨意性，不再字斟句酌的推敲。這種即興演出的結果，造成「結構的零亂不堪，內容突兀不連貫，斷句不通，標點符號隨意使用（故意放在行首），前後詩行顛倒放置……這樣的寫法是對理性與邏輯的挑戰。」[43] (5)形式和內容分離。過去詩的內容和形式相結合和相輔相成的主張被後現代主義詩瓦解，後現代

---

[40] 《後現代的併發症》，第 197 頁。

[41] 《世紀末的偏航》，第 154 頁。

[42] 《世紀末的偏航》，第 187 頁。

[43] 《世紀末的偏航》，第 199 頁。

詩把圖像詩的組合形式也發展到了巔峰。(6)抄襲、組合、拼貼。即「博議」的運用。「博議在後現代詩中系指異質材料的組合排列，其具體手法必須經過『引用』——從其他文字用語中摘取部分文字，然後再予以拼貼及湊合等步驟。」[44]孟樊在對臺灣後現代派詩進行了細緻深入的析論後，概括地說：「臺灣的後現代詩仍承襲了不少現代詩的手法與精神，同時也自西方吸取不少概念和理論，獲得很多啟示。總結上面的討論，臺灣後現代詩大致有如下的特色：寓言、移心、解構、延異、開放形式、複數本文、眾聲喧嘩、崇高滑落、精神分裂、雄雌同體、同性戀、高貴感喪失、魔幻寫實、文類融合、後設語言、博議、拼貼與混合、意符遊戲、意指失蹤、中心消失、圖像詩、打油詩、非利士汀氣質、即性演出、諧疑、徵引、形式與內容分離、黑色幽默、冰冷之感、消遣與無聊、會話……這樣的一張診斷書，自然無法完全涵蓋所有有關臺灣後現代詩的一切特徵，但相信是『雖不中，亦不遠矣』。」[45]從孟樊給臺灣後現代派詩作的這個診斷書看，已是百孔千瘡無一是處。說它是一堆人類的排泄物；說它是一堆人類精神的垃圾；說它是反人類精神和美學原則的反叛宣言；說它是資本主義走向徹底墮落的見證等等，恐怕不僅是合適的，而且是恰如其分的。如果孟樊不是一個臺灣的後現代詩的評論家，如果孟樊不是後現代詩人群的朋友，如果孟樊自身不是臺灣後現代詩人的一員，真不敢相信有誰會如此不留情面地給予如此抽筋扒皮，斬首斷根式的批判和否定，但是細讀臺灣後現代派的詩作後，又不能不佩服孟樊批評家的銳利目光和深邃的洞察力；不能不佩服孟樊大義滅親的果敢批評風格和勇氣。孟樊的批評在某些用語上或許有過火之處，但他不是洪水、不是風暴、不是信口開河，而是一種細緻深入分析後的科學判斷，是一種冷靜的理論論證。臺灣後現代派詩還有待深入研究，孟樊的論述為我們洞開了一個窗口。

---

[44] 《世紀末的偏航》，第 194 頁。
[45] 《世紀末的偏航》，第 209 頁。

第十五章　臺灣詩人筆下的新詩理論批評

第一節　崇尚傳統和寫實詩人的詩歌理論批評

　　臺灣崇尚傳統和寫實詩人的詩歌理論批評有這樣一些基本特點:(1)他們繼承、發揚和捍衛中國傳統的詩歌理論,包括古詩和新詩的傳統。(2)他們厭惡和反對臺灣新詩西化和洋化。(3)他們的詩歌理論批評大都表現出較強的論辯性和戰鬥性,許多理論是在論爭中形成和誕生的。(4)他們的論著大都實踐性較強,或從詩歌創作實踐中產生,或為解決創作實踐中的問題進行闡發,很少有從理論到理論的高談闊論。(5)主張詩的大眾化,認為詩來源於生活又反映生活。(6)由於是詩人論詩,他們著作中除少量的專著外,多數是不成體系的詩論、詩評或詩歌賞析之類。從非嚴格的意義看,屬於這一類詩歌理論批評家的有:覃子豪、陳千武、古丁、白萩、李魁賢、趙天儀、文曉村、舒蘭、高準、張錯、渡也、劉菲、涂靜怡、羊子喬、白靈、洪叔苓等等。

一、反對臺灣新詩西化的理論主將——覃子豪

　　四川廣漢縣人,1912 年生,1947 年去臺灣,1963 年在臺灣去世,是與紀弦齊名的詩人、詩論家,臺灣「藍星詩社」社長。在臺灣新詩論爭中,他是堅持中國詩歌民族傳統理論,堅決反對新詩西化,針鋒相對地批判紀弦的西化綱領〈六大信條〉陣線上的主將。他的詩歌論著有《詩的解剖》、《論現代詩》、《詩的創作與欣賞》、《詩的表現方法》、《世界名詩欣賞》、《詩簡》(一、二集)等。出版有三巨冊《覃子豪全集》。前面的臺灣新詩論爭章節中,已經談到過覃子豪的詩論,這裡主要敘述上面未涉及的部分。覃子豪在臺灣詩歌理論批評史上的地位十分重要,從某種意義上說,他是 1949 年以後,臺灣新詩進入真正的批

評時代，即詩歌創作和詩歌理論批評同步發展，詩人和詩歌理論批評家同體發展的開拓者和創始人。50 年代中期，覃子豪任臺灣「中華文藝函授學校」的詩歌班主任期間，他像一個詩的傳教士，從詩歌理論和創作實踐兩個方面手把手地培養臺灣詩壇新秀，如今臺灣的詩壇大將，幾乎都是他教出的學生。除了給學生講授詩論詩法之外，還給學生批改作業。他的課堂講授和作業的批語，就是當時臺灣不多的，但卻是最具實效的詩歌理論批評，覃子豪將這些文字分期在臺灣《中華文藝》上發表，產生了相當大的反響，這些作品於 1958 年 1 月結集，定名為《詩的解剖》出版。這就是臺灣詩歌理論批評史上比較早的，真正針對臺灣新詩發出的詩歌理論批評。該書共十九篇，既有理論也有批評，均以立意、內容、結構、句法、節奏、形象和意境七節加以評述。該著可以算是臺灣詩歌理論批評早期的典範之作。覃子豪的詩歌理論批評在臺灣的新詩發展中，是將 50 年代臺灣新詩納入新詩軌道，提升到真正詩的層次和迎來新詩繁榮的重要的動力之一。覃子豪的詩歌理論主要內容和精神，表現在他與紀弦論戰時發表的〈新詩向何處去〉等論著中。他認為：(1)詩的內容和主題比詩的技巧重要，因為詩創作的目的是為了追求真理。他說：「尋求思想根源：強調由對人生的理解和現實生活體認中產生新思想。詩要有哲學思想為背景，以追求真理為目標。故詩的主題比玩弄技巧重要。」[1] (2)詩必須是民族的，中國的，時代的，真實的聲音，而不是從外國移植的舶來品。他寫道：「風格是自我創造的完成；自我創造是民族的氣質、性格、精神等等在作品中無形的表露，新詩要先有屬於自己的精神，不能盲目的移植西方的東西。」[2] (3)詩必須堅持抒情的特質。覃子豪認為詩的特質就是抒情，摒棄了抒情就沒有了詩。他在〈抒情詩及其創作方法〉一文中寫道：「詩的特徵，就是在於抒情，詩如果沒有抒情的成份，也就沒有了詩的本質。」在〈論現代詩〉中他又說：「詩無論進步到如何程度，抒情不會和詩絕緣，除非人類的感情根本滅絕。」覃子豪對詩

---

[1]　《六項原則》之四
[2]　《六項原則》之六

的抒情本質的論述是針對紀弦的「詩是主知」的觀點的。(4)詩的語言
必須是從生活中攝取，必須是適合表達中國人思想和感情的語言。他
寫道：「現代中國的詩，既不能像山歌、戲詞、小調之類的油腔滑調，
亦不能像譯文一般的生澀難讀。那必須由詩人從生活中去攝取新的語
言，從現代多方面的知識裡去尋覓不常用的字彙，加以糅和、鍛煉、
蒸餾和創造，才能產生適合表現中國這一代的情感和思想的語言。」(5)
詩是一種美感的創造。在藝術上要達到三美，即：朦朧美，單純美和
繁複美。朦朧美不是含糊不清，而是由清新到朦朧，達到既不失為視
覺的可感意象，又不失為事物的真貌，也不失為事物的準確性。單純
美是藝術上純淨的表現，是由博而約，由繁化簡的結晶。繁複美「是
寓多化於秩序與和諧之中」，是詩中意象群之突進、奔逐。以動向叢生，
色彩富麗、音響交錯激發讀者心靈多重共鳴。(6)關於詩歌本質的認識。
覃子豪認為，詩是詩人以精練的語言將他對客觀世界的一切事物的主
觀意念，以形象化的手段，通過一定的意境塑造進行富有美感的表達。
也就是說詩是主觀世界和客觀世界結合的產物。主觀世界接觸了客觀
世界，在主觀世界中引起意念，然後用形象的方法加以表達。如果作
一個破譯，其中有五種成份，一是主觀，二是客觀，三是意境，四是
美感，五是語言。五種成份中主觀和美感是內在的，是由詩人發出的，
而客觀和意境是外在的，是作用於詩人頭腦化作詩的原始動因，語言是
外在的媒體，是主客觀統一貫通的橋樑，是思想和美感的物質外殼。覃
子豪這種對詩本質的認識，基本上是符合人們認識和反映客觀事物的規
律的。蕭蕭對覃子豪的詩評有過這樣的評價：「作為現代詩發軔時期的批
評家，覃子豪評價式的文字自然開啟了詩人評詩論詩的興趣。」「早期詩
壇，紀弦以檳榔之姿，昂然自呼，覃子豪以解剖刀之姿，指點瑕疵，兩
相比較，覃子豪是要踏實得多了。」[3]青年詩評家鄒建軍對覃子豪的詩論
進行了比較系統的研究，他評價道：「覃子豪的詩論相當博大，舉凡詩的
內容與形式，本質與技巧，美學特徵與存在價值，都有精道的論述。」[4]

---

[3]　《燈下燈》，第 49 頁。
[4]　《臺灣現代詩論十二家》，第 2 頁。

二、詩必須有動機開導的——陳千武

　　臺灣省南投縣人，1922 年出生，屬於「跨越語言一代」的臺灣詩壇老詩人，「笠詩社」的創辦人之一。他既寫詩，也寫小說，寫詩評。他出版的詩論集有《現代詩淺說》。該著以精練短小的篇幅，明白清晰的語言，以一篇文章談一個主題的方式，用了四十九篇短文，談論了幾乎關於詩的一切形式和內容，外延與內涵。關於詩的本質，陳千武這樣說：「詩就是以主觀的態度，認識宇宙一切的存在，若生活具備理性，而以感情來眺望世界，無論什麼東西，無一不是詩作的對象。換句話說。如此主觀的精神所接觸的一切就是詩的本質。」[5]由於詩是人的主觀接觸和反映客觀的結果，所以有怎樣的世界觀、人生觀就有怎樣的詩。詩的本質追求是無止境的，「追求的意欲越嚴肅越精密越老練，詩的意境便越深奧越廣闊越有彈性」。而這種詩的本質又是社會現實的反映，因而「我們必須不斷地努力，使詩與現實接觸孕育詩的意境，從詩的認識開始，進而能過著詩性美的生活，而充實我們的人生，建立真、善、美的詩的社會。」[6]關於抒情詩，陳千武有簡練扼要的敘述。他認為：一般所講的抒情詩，是持有協和美的詩。「韻律、語言、內容、心象、意義性等詩的要素，協和成一個『美』而有理想的世界，就是抒情詩。」[7]但是，好的抒情詩，均有一個美的秩序被統一化了的世界，這個世界並不是單純的美，而必須造成「美以外的無可言喻的意義性的世界，才符合現代詩的特徵。」關於詩的動機和主題的關係，陳千武認為，有時詩的創作動機和詩的主題是一致的，激發寫詩的動因往往就是詩的主題。但有時誘發詩人創作的動機與詩的主題思想是不一致的。他寫道：「一首詩的出發，當然有其動機，而動機是各種各色的。如在路中看見鴿子，在霧中看見野狼，或一句語言，一朵花都可成為動機。不過這些動機如不連結於詩人內部的理念或主題，是不能成為一首詩的。因此某一動機是照應詩人的內在要求出現的，絕非

---

[5]　《現代詩淺說》，第 6 頁。
[6]　《現代詩淺說》，第 2 頁。
[7]　《現代詩淺說》，第 19 頁。

出自完全空白的狀態的顯現。反過來說，一首詩的主題如無某種動機開導，是無法顯出鮮明的姿態來。」[8]詩的動機和主題的不一致性的原因，在於「現實相」和「實存相」的差別。不管眼前事物的「現實相」如何千變萬化，但事物的「實存相」是不變的。「現實相」只反映了「實存相」的秩序的「生」的圖案變化而已，由於實存相生的圖案的不斷變化，「我們才能把一見與我們毫無關聯的新的存在，完全統一在所謂『生』的積極性的意義上。」一般來說新詩誕生初期，動機和主題比較一致，事物的「現實相」和「實存相」之間關係比較單純明朗。而隨著歷史的發展和事物變化，事物的「實存相」和「現實相」之間的關係越豐富越複雜。詩的動機和主題之間的關係也就更模糊、更複雜，距離就更拉開了。關於諷刺詩，陳千武也有卓越的見解。他認為諷刺詩的實質是社會諷刺，因而諷刺詩在資本主義社會尤為需要。這是因為：「在資本主義社會的制度，若仔細一想就會感到很多場合，人們在不知不覺之中，做著自己創造的文明的奴隸。在資本主義社會，生產不及社會總需要，或生產超過社會的總需要，均會發生所謂恐慌，而混亂起來。人自己造成的商品，反而支配著人，這是非常矛盾的關係。對這種矛盾加以揶揄，而不以正面攻擊的方法，從側面給予嘲笑，是一種明智的方法，會令人感到難堪。諷刺詩，就是這種社會性或政治性批判的變形的表現，必須具有銳敏的批判精神。」[9]陳千武這種將諷刺的本質定格在詩的社會批判和對資本主義根本社會矛盾的揭露的看法，是十分深刻的。關於新詩的語言，陳千武主張運用日常生活中有生命力的口語。他說：「從日常用語世界轉移詩的世界，就必須在那轉移的瞬間使日常用語變成為詩的語言。」陳千武以十分形象的方法來論述詩的語言。他說：「語言是萬人共同的刀片。有人亂用刀片刮傷人家寶貴的面子，有人善用刀片削平人家激動的情瘤。語言的刀片是難予捉摸看不見的嫌犯，經常隱藏在人間感情的末端，或智慧的死角上，閃出許多的矛盾。如果你要做一位詩人，必須要有耐性，必須運用狡

---

[8]　《現代詩淺說》，第 51 頁。
[9]　《現代詩淺說》，第 93 頁。

智，跟看不見的嫌犯，不斷地格鬥而獲得勝利，你才能自由自在地駕馭語言，駛進詩的道路。」[10]陳千武的詩論扼要、精煉、明白、生動而傳神。許多詩的理論都是從他自身的創作實踐中總結和概括出來的，因而，和創作實踐關系密切，有很強的實用價值。

三、視生活是詩的源泉的——古丁

　　本名鄧滋璋，1927 年 12 月生，湖南省瀏陽縣人。1946 年貴陽「中央防空學校」畢業，1949 年去臺灣。1976 年從臺灣空軍退役，曾任工業食品研究所文秘書，1981 年元月遇車禍身亡。古丁從 1946 年開始寫作，1962 年與文曉村、王在軍一起發起創辦「葡萄園詩社」，1973 年任《中國詩刊》主編，1974 年元月與涂靜怡，綠蒂創辦《秋水詩刊》。他出版的詩論集有《新文藝論集》、《筆壘集》、《截斷從流集》、《未名集》等。1983 年其女弟子涂靜怡為古丁出版了精美的《古丁全集》三卷，將古丁的著作全部收入。第一卷為詩，第二卷為詩論，第三卷為其他。其中詩論卷最壯觀，厚達 583 頁。古丁曾獲臺灣《新文藝論》文藝理論獎。古丁的文學成就中以詩論最為突出，詩創作和詩歌理論比較起來，他更像一個詩歌理論家。古丁關於文藝理論方面的論述是多方面的，概括起來，其主要理論觀點有：(1)社會生活是文學的源泉。古丁認為，真正的文藝作品沒有一件不是從社會的現實生活中取材，而將作者的真實感受用一定的藝術形式表現出來，去引得人們共鳴的。歌頌英雄，是因為有英雄存在，引起作者的欽佩之感；描寫道德高尚的人物，是因為有道德高尚的模特兒。一個作家不僅僅描寫自己所受生活的折磨，由於自己的痛苦經歷「常使作者養成一種悲天憫人的胸襟。致使他不計較自己的痛苦，卻關心到人們大眾的疾苦與患難，將眾人的苦難和不幸，視為如同身受一樣，發為呼號，而寫下感人的作品。」[11] (2)文學反映時代指導時代。作家不是孤立的個人，他是民族的一員，群體的一員，他的生命中有祖先遺傳的精神和特色，他生

---

[10] 《現代詩淺說》，第 133 頁。
[11] 《古丁全集Ⅱ》，第 7 頁。

活在一定的時代背景中，又受到時代的制約。文學與時代的關係是，不僅被動地反映時代「文藝還有指導時代的責任，即作家把握時代思想的某種傾向，由自己的觀察和認識的程度去選擇時代的某種傾向，完全站在時代的尖端，做著開路先鋒。」[12]文學反映時代，創造時代的另一種含義是，要排除時代中消極、庸俗、頹廢和懶惰風氣，提倡積極向上的獨創精神。「文藝要在苦悶的時代，不隨著大家一起表現苦悶精神；在逸樂的時代，表現逸樂，而是要獨具慧眼，批評和鼓勵生活在苦悶中的人，使其振作；使生活在逸樂中的人，知所警惕，不是因逸樂而日趨墮落。文藝的力量就是要影響到使軟弱畏縮的人，強項起來；使失望的人看到希望的曙光；使沒有理想的人發現理想；使沒有信心的人建立起信心。這就是文藝對時代的貢獻，它隨時準備將人類從失去信心的黑暗中引出來，生活在自足的快樂的陽光下。」[13] (3)文藝作品必須有主題思想。古丁認為，文藝是一種思想的表現，沒有思想的文藝作品是不存在的。主題是文藝作品的綱，它顯示作者精神和感情的傾向。文學作品的影響力，主要是它思想的影響力。政治、宗教、道德、哲學等均可成為文藝作品的思想。但是「文藝思想，就個人而言，必須是獨創的。獨創的思想才有進步的表現，它受傳統的教養，卻走出傳統的圈子；受時代影響，卻走在時代前面。所以個人的思想，除了具有傳統的氣質，時代的精神之外，還要有他自己的理想。」[14] (4)詩的風格就是詩人的人格。詩歌中思想是骨骼，情緒是皮肉，無法分割。但是詩中的思想必須是高尚的思想，詩中情緒必須是美的情緒，這二者在詩中融彙成作品的風格。「在許多人的心目中，常常把風格誤解為常識上的形式之謂。實際上風格即是作者的人格，或者用比較學究式的名詞來說，就是作者的人生觀，對於人生和宇宙所持的一種看法和態度。因此決定作品的風格，是由作者的思想所造成，有獨特的風格，必先有獨特的思想。」[15] (5)詩必須是愛國的。古丁認為，中國

[12] 《古丁全集II》，第 12 頁。

[13] 《古丁全集II》，第 12 頁。

[14] 《古丁全集II》，第 41 頁。

[15] 《古丁全集II》，第 71 頁。

的五四運動是一次愛國的民主革命運動，新詩從這次運動中誕生，因此新詩的傳統和本質也應是愛國的。「我們回顧五四新文學運動，本來就是愛國運動，所以中國的新文學和愛國是分不開的。我們不從事文學則已，要從事文學，須要先承接這個傳統，認識這個歷史的事件。我們生於中國，創作中國的文學，自不能超然於中國之外。」[16]古丁認為，所謂愛國，不僅是愛臺灣，也不僅是愛大陸，而是包括大陸和臺灣在內的整個中國。除了上述幾點之外，古丁在詩歌的其他方面，比如詩歌語言、詩歌批評、詩歌思潮、詩歌發展、詩人的條件等方面，都發表許多比較積極的意見，尤其關於詩的明朗和晦澀的關係，他力主詩要明朗，堅決反對詩的晦澀。他以自己的理論見解廣泛地評論了臺灣詩人的作品，批評了臺灣現代派詩的西化和晦澀之風。古丁的詩論和詩評，是典型的中國傳統的現實主義詩歌主張。但是他是主張排除傳統中消極的因素，主張不斷地以新的創造、新的發現去補充和發展傳統，主張在原有傳統的基礎上創造新的傳統的。因而他不是守舊的傳統主義者，而是傳統的革新和發展論者。古丁的詩歌理論中有著許多合理的，積極的內容，它對臺灣新詩的發展和理論建設有一定的貢獻。

四、明朗、健康、中國詩路線的倡導者──文曉村

　　河南省偃師縣人，1928 年出生，臺灣師範大學國文系畢業，現任「葡萄園詩社」社長，臺灣新詩學會常務理事，臺北國中教師。他出版的詩論、詩評集有：《新詩評析一百首》、《橫看成嶺側成峰》等。文曉村在臺灣新詩反西化鬥爭中，提出了著名的「明朗、健康、中國詩的路線」，並為貫徹和實現這一路線，進行了艱苦的努力，寫了大量的評論文章。文曉村在《橫看成嶺側成峰》一書的序中說：「為了新詩的前途，希望新詩走一條更寬闊更健康的道路，也為了向讀者推介好書和好詩，二十多年來，我陸陸續續寫了大約五十多萬字評論性的作品。」概括來說，文曉村的詩歌理論有以下一些特徵和內涵。(1)詩必須是中

---

[16] 《古丁全集 II》，第 478-479 頁。

國的，必須是紮根民族土壤的。文曉村的全部詩歌活動有一個十分明確的目標和追求，就是捍衛和發揚詩的中國風貌和民族特色。他寫道：「任何民族的文學，都有自己民族的傳統，任何喪失民族傳統的作品，都難免造成貧血的病態。只有將文學的根，深植於中國民族的泥土中，同時吸取外來文學的營養，才能長出中國現代文學的大樹，收穫豐富甜美的果實。作為文學藝術尖端的新詩，亦復如此。」[17] (2)新詩應該既是中國的，也是現代的。中國的，代表著詩的民族性和傳統特質，現代的，代表著詩的進步和吸收。這是一個事物的兩個方面。文曉村寫道：「今天我們的新詩，應該既是中國的，也是現代的，從建立民族風格上說，更應該強調中國為主，現代為副。語言是詩的媒介，是詩的具體表現。詩的語言，也應作如是觀。具體言之，我們絕不能盲目的追隨西洋的潮流，揚棄中國的傳統。相反地，我們的新詩必須植根於中國的泥土，一方面吸收傳統文化、文學為必須的營養；一方面也吸取西洋近代文學的技巧，作必要的借鑒。」[18] (3)新詩應該明朗化。關於新詩應該明朗化，是文曉村詩論的第二個核心，他曾經寫過許多專論進行闡述。《葡萄園詩刊》的創刊宣言和許多社論都是圍繞此一課題進行的。由文曉村執筆的創刊詞中這樣宣告：「我們是一群新詩的愛好者，對現代詩抱著積極的態度。今天，我們之所以要在詩刊銷路最不景氣的時候，來創辦這個刊物，也就是希望對現代詩的『明朗化』和『普及化』的問題，做一些倡議和推動工作。在這裡，我們願意熱誠地把這個刊物貢獻給所有愛好現代詩的朋友們，使它成為詩人與讀者之間溝通思想的橋樑。」文曉村認為新詩的「明朗化」和「普及化」是相聯繫的，以「明朗化」為手段，以「普及化」為目的，通過「明朗化」達到「普及化」。所以他又進一步申論：我們認為：「如何使現代詩深入到讀者群中去，為廣大讀者所接受，所歡迎，乃是當前所有詩人不可推卸的責任。我們希望，一切游離讀者的詩人們，能夠及早覺醒，勇敢地拋棄虛無、晦澀怪誕；而回歸真實，回歸明朗，創造有

---

[17] 《橫看成嶺側成峰》，第 2 頁。
[18] 《橫看成嶺側成峰》，第 282 頁。

血有肉的詩章。」這裡的「明朗化」的實質是為什麼人寫詩，寫什麼樣的詩的問題。是把詩作為貴族的消遣解悶的工具，還是把詩變成廣大群眾的心聲的問題。(4)生活是詩的源泉。文曉村的詩論和詩評是互相聯繫，互為裡表的，詩論闡發主張、詩評對主張進行的驗證和補充。在他的論著中，不管是理論闡述還是作品評論，觀點和精神一脈相承。他給予好評的詩人詩作，大體上都具有中國的、明朗的、生活的、民族的、進步的特點。一般來說凡是中國的、民族的詩，基本上也是明朗的和生活的；反之，凡是明朗的和生活的詩，大體上也是繼承和發揚中國的和民族傳統的詩。生活是詩的源泉是文曉村詩觀的一個重要方面，而這一詩觀表述得最清楚的是在評論麥穗詩的文章中。他寫道：「生活所及之處，無不有詩。生活，是其作品的源泉，我願意稱其為生活的詩人。自然樸實，不加雕琢，是其作品的特色；溫柔敦厚，富有深意，是其作品的內在物質；清新明朗，平易近人是其作品的外在風貌。」[19] (5)通俗、精練、生動、準確。談到文曉村的詩評，不能不提地的《新詩評析一百首》。這是文曉村廣角的目光對臺灣詩壇進行全面掃瞄後進行深入挖掘和開拓的成果，是臺灣詩評中包含面廣，著述量多，對象選擇嚴格，論述精闢，準確的詩評力作。這部書按評論詩作的題材分類，加附錄共十輯。共評詩作 119 首（附錄 5 首），整稱為百首。這是一部嘔心瀝血之作，幾經周折才得以問世。文曉村體現在這部書上的敬業精神和他寫詩、寫詩論的認真、嚴肅、一絲不苟的態度一樣。首先在選擇對象上他就為自己規定了三條標準即：內容健康，富有情趣，有益於青少年思想情操之陶冶者；語言表達比較明朗，易為青少年所能接受和理解者；表現技巧比較完美，可供青少年及初習新詩朋友之範例者。這三條標準，就基本上保證了這部詩歌評論集的質量，由於該書的閱讀對像是青少年，就為文曉村出了個難題，在行文上既要明白易懂，又要開掘出作品的內蘊。而文曉村在書中突出地體現了這一特色；由於對象多含量大，既要求對象的篇幅不能長，又要求評者書無廢篇，篇無廢句，句無廢字。因而這部書顯得作品短，

---

[19] 《橫看成嶺側成峰》，第 333 頁。

評論精，表現出精巧、細緻、玲瓏、剔透，具有詩中之珠寶一樣的特色。鍾雷在評價該書時寫道：「在《新詩評析一百首》中，他將當代已有成就的詩人及其作品網羅殆盡，而且『認詩不認人』這種公正的氣度和無私的襟懷，無疑是值得我們擊節讚賞的。」他又說：「作者對每一首詩的評析都是一絲不苟，而且極見功力，他對於每一首詩的涵義、結構、意象、境界、遣詞、用典、技巧、方法、以及詩外之意的暗喻與引伸等等，莫不詳加指述……其用功之勤，耐力之大，學識之淵博，與夫態度的負責，實在令人為之讚歎不置。」[20]作為詩評集，文曉村此著令人刮目相著。

五、用剖離法去偽存真的──李魁賢

臺北市人，1937 年出生，臺北工業專科學校畢業，美國世紀大學肄業，臺灣「笠詩社」中堅詩人、詩評家，德國文學專家。他出版的論著有：《心靈的側影》、《德國文學散論》、《弄斧集》、《臺灣詩人作品論》等。《臺灣詩人作品論》曾獲巫永福文學評論獎。這部著作，是李魁賢詩評方面的代表作。李魁賢的詩評，有其獨自的特點。⑴他不做花架子，不以表面的裝飾品作掩蓋，而以實樸之風、敏銳的眼光、深刻透析，去開掘作品的真實思想和藝術。他說：我「發現有些評論家是很好的化妝師，把作者儘量打扮，穿上許多合身或不合身的衣服，有的裝扮成貴族或紳士，有的裝扮小丑或狗熊，令人顧盼自雄或啼笑皆非。我就試想用相反的方式，替作者卸裝，把衣服一件一件脫掉，看真正的本體是什麼樣子。這個比喻也許對詩人們不敬，但我確實很努力去揭露他們內心真實的世界。」李魁賢用加、減，或者稱為塗抹和解剖，兩個比喻，講明了兩種評論作品的方法和風格。一種是採用加或塗的方法，褒者，加上一層美麗的外衣；貶者，塗上一層小丑的油彩。這種方法不但不能反映對象的本質面目，而且會越評越糊塗，以至將對象的本質完全掩蓋起來。而另一種方法是減，是剖離，即透過對象的表像，把研究對象表面的裝飾品剖下來，顯透出其本質。李魁

---

[20] 《新詩評析一百首》序，第 3 頁。

賢用的就是減或叫剖離的方法。比如他在評論拾虹的〈老鷹〉一詩時寫道:「這首〈老鷹〉表現了拾虹思考的纖細,在對立與爭執的關係中,老鷹自迷失、危機,到毀滅。逐步進逼,在無奈中發揮了堅忍不屈服的意志。」[21]迷失、危機、毀滅是老鷹活動的現象,這現象背後的實質是「堅忍不屈服的意志」,而這「堅忍不屈服的意志」卻是李魁賢通過減或解剖獲得的。(2)李魁賢的評詩,特別注意作品思想和深邃內涵的開發。詩評家不注意詩作思想的開掘,就等於一個煤礦工人不挖煤,只挖煤中沾著煤屑的石頭;就像一個挖山藥的人,只摘藤上的山藥蛋,而不去挖根部的山藥。如此評論將不是真正的評論。李魁賢的詩評,十分注重詩作的思想和內涵的分析和評價。比如,他在評論老詩人巫永福〈祖國〉一詩時寫道:「出生即見不到祖國,即使到巫永福寫此詩時,臺灣已淪日四十餘年,除了少部分臺灣人幸而回到大陸外,絕大部分仍與祖國緣慳一面,包括巫永福自己在內,因此,有從書本上去認識祖國,表現著渴望的殷切。在日有所思,夜有所夢的牽縈中,詩人心中一直迴響著祖國的聲音,一方面是祖國在召喚,另一方面是自己在呼喚祖國,表現了超現實的交融。」[22] (3)尊重客觀事實,不因自我愛好扭曲對象。有些評論往往是以評論家的詩觀或愛好,抓住對象中某些非本質的因素,擴而大之,給於定評,結果招至了對象的歪曲,此為文學「綁票」。從李魁賢的詩作和詩評看,李魁賢是一位現實主義詩評家信奉笠詩社絕大多數詩人遵循的即物主義路線。比如他說:「站在適當的角度,去透視詩所隱含的大千世界,然後把自己在令人眼花繚亂的琉璃光彩中定心凝視下的光譜,嘗試描出其心象,好像在實驗室裡不厭其煩地整理出試驗報告一樣。」[23]從作品的光彩中凝視出光譜,然後來描繪出其心象,正是現實主義批評的方法,即由表及裡、去偽存在、透過現象逼視本質,重視作品思想內涵的研究。比如李魁賢評價巫永福的作品時寫道:「民族精神與民權信念是巫永福前後期詩

21　《臺灣詩人作品論》,第 192 頁。
22　《臺灣詩人作品論》,第 14-15 頁。
23　《臺灣詩人作品論》自序。

作中比較突出的主題之一，構成巫永福詩中精神論的支柱。」[24]但作為現實主義詩評家，李魁賢絕不會因詩觀的不同，導致對超現實主義詩作的全盤否定。在他評論的詩人中，有幾位是運用超現實主義方法寫詩的。比如對詹冰等人的詩，他也給予充分的肯定。《臺灣詩人作品論》，曾因選擇對象問題引起一股小小風波，有人批評李魁賢只評臺灣省籍詩人，彷彿有地域觀念，發生爭論。當然詩評家完全有權利，而且必須根據自己的實際情況選擇評論對象，任何人無權干涉和指責。這是文學自身的特點和規律決定的。但是從另一方面看，詩評家應該儘量擴大批評視野，增加自己評論的包容度，在可能的情況下，研究對象應當儘量寬一些。這是對詩評家更高的期望。臺灣文壇上親者愈親疏者愈疏的情況相當突出，如果大家都能擴大包容和視野，對文藝事業的發展和文藝界的團結合作，可能更為有利。

六、忠實於中國傳統詩論的——高準

上海市金山人，1938 年出生，1946 年去臺灣。1961 年畢業於臺灣大學政治系，1964 年臺灣文化學院（文化大學前身）碩士班畢業，後去美國、澳大利亞留學，獲悉尼大學東方文學博士學位。曾任澳洲雪梨大學副教授，臺灣中國文化大學教授等職。現任臺灣「詩潮詩社」社長。他的論著有《繪畫史導論》、《中國大陸新詩評析》、《黃梨洲政治思想研究》、《文學與社會》等。《文學與社會》一書，是其文學理論方面的代表作。高準是典型的信奉和執著於中國現實主義文學傳統理論的詩論家。他的文學理論和詩論的全部內容，甚至是每個論點的每一個元素，都是從中國優秀的文學傳統中吸收、融匯、創造而來的。(1)關於文學和詩的功能以及它們與社會的關係的觀點，可以從劉勰、白居易、魯迅等的文學理論中尋到清晰的脈絡。他認為文學來自社會，反映社會，並且隨著社會的變化而變化。其目的和功能，應該是推動社會的發展和進步。他寫道：「文學不是孤立的存在於象牙之塔裡面的東西，它是社會的產物。」「表現人生以提高人生境界，反映社會以引

---

[24] 《臺灣詩人作品論》，第 10 頁。

導社會進步，就是文學的社會責任；而把這些感受與理想普及於更多
的人心，就是文學的社會功能。」[25] (2)新詩應該是民族的，現實的，
抒情的。高準在猛烈批評了臺灣現代詩的「八大弊端」後為臺灣新詩
提出了五條標準和三項方針。五條標準是：A.詞義清新不作漢語之罪
人。B.情意真摯，不作浮濫之吶喊。C.結構精粹，不以散漫為自由。
D.韻律諧調，不失聽覺之優美。E.境界高遠，不作頹廢之虛無。三項方
針是：A.加強吸收傳統精華，繼承廣大民族的歷史命脈。B.深切地關注
社會現實，堅決在中國的土地裡紮根。C.熱烈地發揮抒情精神，徹底清
除「超現實」之迷妄。高準把這五條標準和三項方針，看作是臺灣新
詩應該遵循的目標和方向，是醫治臺灣新詩西化和晦澀的有效良方。
高準的這五條標準和三項方針與他在該文中嚴厲批判的臺灣現代詩的
八大弊端針鋒相對。這實際上是高準強烈的愛祖國、愛民族的情感在
詩歌理論上的體現。陳映真認為，高準「把臺灣的現代主義詩放在整
個中國新詩地圖上加以說明和批評。論文之末，羅列了現代詩的『八
病』，並且為將來新詩的再建設舉出『五點基準』和『三項方針』極具
參考和研究價值。」[26] (3)把臺灣新詩放在全中國新詩的大格局下進行
論述。認為鄉土文學運動應是一種民族精神的表現，要防止強調過分，
發展了狹隘地方性，甚至被臺獨分子所利用。高準的這一驚覺雖然沒
有把「鄉土」和「臺獨」從理論上加以界定，但這一提醒不是毫無意
義，反映了他對臺灣現實的某種敏感。高準寫道：「鄉土文學運動本是
一種民族主義精神的表現，它本質上是理應涵蓋在民族主義思潮之下
的，是民族文學的覺醒。」但是，「現在，當『鄉土』一詞高唱入雲之
際，就不能不注意有時也可能會流入另一種歧途，那就是過份地發展
了地域性，而助長了一種具有排斥心態的狹隘的地域主義心態，甚至
於被一些政客野心家所利用而成為激化臺獨思想的工具。」[27]「鄉土」
和「臺獨」本質上是完全不同的。前者是親情，是祖國之愛情感的一
種具現。而「臺獨」是分裂祖國的政治惡行，兩者是必須斷然分開的。

---

[25] 《文學與社會》，第 19 至 20 頁。

[26] 《文學與社會》，第 5 頁。

[27] 《文學與社會》，第 287 頁。

我們熱愛鄉土，但我們反對「臺獨」。陳映真評價高準的詩論時寫道：「在臺灣，從事文學創作的人，兼寫文學評論文章的人很不少，但能寫得理路立論言之有物的，並不多見，高準卻是這不得多見者當中的一個。」[28]

七、融入自我生命體驗的女詩話家──涂靜怡

涂靜怡，臺灣省桃園縣人，1942 年出生，是臺灣詩壇上自學成材，在海峽兩岸具有廣泛影響的女詩人。她對繆斯忠貞不二，執著、刻苦而認真。她是《秋水詩刊》的主編，出版有《怡園詩話》。詩話在中國古代相當發達。比較著名的古代詩話，信口數來就是一大串。新詩話雖有，但不發達，即使有不少人寫，但「佳話」不多。因而給人的感覺彷彿詩話既是一個古老的體裁，又是一個新鮮的品種。新詩話不發達的原因，主要是被詩論和詩評職代了。詩話是異於詩論和詩評之間的體裁。形式活潑，說話隨便，篇幅上可長可短，可大可小，理論上可深可淺，可顯可隱，既可評詩，也可論人，以輕盈的形式道淺白的道理。但正因為太隨便，太自由，太不拘形式，這種體裁也就限制了自身周詳、莊嚴、深邃、正規等學術性格，它適合點誤式、啟發式、感覺式評論，而不太適合深邃、周嚴的理論論述。關於詩話與詩評的區別，文曉村曾有論證。他說：「詩話與詩評，貌似而神異，詩評屬於比較嚴肅的文學批評，含有權威和理論的指導性；詩話則是不拘形式的，既可話詩也可話文的雜文，可讀性高。」文曉村論述的比較明白詩話可算是評論和散文之間的文體‧可稱為評論性的散文。這種文體比較適合詩人運用，不甚適合理論家運用。在古代缺少專門的理論批評家，基本上都是詩人兼詩評家的情況下，詩話自然發達，到了現、當代，東西方詩論的結合，大批專門理論批評家的崛起，詩話也就讓位給詩論和詩評了。涂靜怡的《怡園詩話》如果作個題解，就是涂靜怡詩園中的話。涂靜怡自身的特點和話語對象的特點的中和，就構成了《怡園詩話》的特點。(1)涂靜怡是女詩人，她的性情溫柔，感覺細膩，就為她的詩話帶來了同一特點。她在分析洛失〈魚話〉一詩時，

---

[28] 《文學與社會》，第 1 頁。

像母親體會孩子無語情狀下的心態，去體會作品的內蘊。她寫道：「洛夫的〈魚話〉，很顯然是在受了某些無理的謾罵之後所引起的一種反感。他表示自己是一尾魚，從長江頭游到長江尾，他不問頂端是龍門還是窄門，他知道自己是什麼，逆流而上，只為換得鱗甲剝盡時的悲壯，因此，對於那些罵他的所謂詩人，他不忍說什麼……他的這首詩妙就妙在他的『我不曾說什麼』，『我不想說什麼』，『我不忍說什麼』和『我不願說什麼』的幾個層次上。」[29]顯然涂靜怡將自身的生命體驗也大量地融入了她對洛夫詩的分析評說。(2)評價準確，不先入為主。涂靜怡在話詩時，常與人聯繫，有時是詩如其人，有時是詩非其人，因為詩中的內涵遠遠超越詩人生活的內涵，詩中的形象一般是一種社會形象的綜合，評論家既不能總是詩如其人；也不能詩無其人，要根據對象的實際出發。她在分析評論古月的作品時就顯出了實事求是不先入為主的精神。她寫道：「一個已擁有幸福的人，是不該有太多愁緒的。可是為什麼每一次我讀古月的詩，總會那樣清晰地感覺到她的詩裡有痛苦的呼聲呢？我甚至覺得她的詩，彷彿不是用文字寫出來的，而是以無數的痛苦堆砌的。」[30]涂靜怡為了尋找古月詩中「苦」的源頭，她去讀古月的散文，從中得知：「父親逝世那年我才四歲。在戰旅中舉目無親，媽媽攜我扶柩第一次回到父家。沒想到我們寡母孤女受盡了嬸娘的欺凌，並一再逼媽改嫁。在忍無可忍之下，媽只有辭別叔父帶我遠離了家鄉，吃盡了苦……」有時，人的本質隱得很深，詩作有可能正好表現了現象背後深層的「詩如其人」。(3)聯想引申，深拓文外之意。析詩、評詩不能就作品論作品，因為詩的含蓄特徵，使它更深的含義往往埋伏在言外。評論家也要作合理的聯想和引伸才能掘出詩的言外之意。涂靜怡的《怡園詩話》這一特點十分明顯。比如她分析金劍的詩作就是如此。金劍的長詩、短詩、散文中反覆出現「人生之門」字眼。涂靜怡分析說，人生之門是他「追求的一個精神境界，一個人從生下來，就開始走向一道門，每個人都應該有一個精神領域，一個

29　《怡園詩話》，第 22 頁。
30　《怡園詩話》，第 62 頁。

生之意義的門，是靠修煉和領悟，它似可觸到卻又遙遠。但是它總是
開著的，等你進入，一旦進入，你便不朽。而世界也有種種成為不朽
的方法，只要你能看清方向，能看清自己站立的角度，理想的經緯度
能夠牢牢的掌握，然後你就可以一直往前走，你就可以找到進入這一
道『人生之門』的鑰匙。」[31] (4)哲理之追求。詩話具有哲理才深刻，
而詩話的形式又為它追求哲理提供了方便。尤其在詩話人生時，哲理
往往是深沉的人生體驗。《怡園詩話》中有一篇〈橫渡人生海洋的詩
筏〉，這個題目既有哲理又有詩意。但更具哲理的是人生內涵。該文是
詩話涂靜怡自己與她的心愛之物——《秋水詩刊》的。整篇文章充滿哲
理思想。她說：「人生中能讓我們抓得牢的東西是很少的，再美的花都
會凋謝，財富和權勢也會使人腐化。人生中只有少數的東西是不朽的，
文學和藝術，就是其中的一種。」[32]詩話實際上是以詩話詩、許多詩話
就是用詩的形式寫成的，涂靜怡的《怡園詩話》雖然沒有分行，但頗
有散文詩之韻味。

第二節　追求「現代」和「超現實」詩人的詩歌理論批評

　　臺灣詩人的詩歌理論批評，大致分為兩大類，第一類是我們在本
章第一節中論述的崇尚傳統和寫實詩人們的詩歌理論批評，他們的詩
歌理論和主張與他們的詩創作相一致，表現出濃郁的傳統和寫實的色
彩；第二類是本節中將要論述的追求詩的「現代」和「超現實」詩人
們的詩歌理論批評。他們的詩歌理論主張也與他們的詩歌創作相一
致。他們的詩歌理論主張大致的共同特色是：(1)反傳統。(2)主張用西
方詩歌理論推進臺灣新詩的「現代化」。(3)他們中相當一部分人的詩歌
理論和詩歌創作，有一個從西到東的回歸過程。(4)他們中有相當一部
分人認為詩乃詩人的事業，莫視詩的大眾化。(5)他們中許多人追求詩
的知性，不同程度地排斥詩的抒情特質。(6)他們追求詩人內在心靈的

---

[31] 《怡園詩話》，第 56-57 頁。
[32] 《怡園詩話》，第 113 頁。

表現。(7)他們中相當一部分人主張詩有邏輯而又打破邏輯。由於現代派是一個相當龐大又而龐雜的詩歌流派，因而他們的詩歌主張豐富而又雜亂。不像崇尚傳統和寫實的詩人們，他們的陣容雖然也相當強大，小的門派也不少，但他們的詩歌主張大體上趨於一致，而現代派的詩歌，很少有一個主張含納所有詩人的。他們的詩歌理論和主張呈現五花八門的色彩。比如，反傳統是現代派比較重要的招貼，但臺灣現代派詩人中主張繼承傳統的也大有人在。比如，追求詩的現代化為現代派最時髦的特徵，但臺灣現代派詩人中追求新古典主義的也公開掛牌。現代派與後現代派的詩歌主張更是大相徑庭。現代派的詩歌理論大有因群而異或因人而異的傾向。

一、主張新詩乃橫的移植而非縱的繼承的——紀弦

　　本名路逾，陝西人，1913 年 4 月出生於河北保定。1933 年蘇州美術專科學校畢業，曾去日本留學，30 年代中期以路逾筆名發表詩作，1935 年與戴望舒、杜衡、徐遲在上海創辦《新詩》月刊。1948 年去臺灣 1949 年入臺灣成功中學教書。1964 年從成功中學退休，到美國定居。紀弦到臺灣不久於 1950 年就與覃子豪等在臺灣《自立晚報》上創辦《新詩週刊》，1953 年創辦《現代詩》詩刊，1956 年發起組建現代派。將《現代詩》詩刊變為現代派同仁雜誌，為 50 年代臺灣現代派的盟主。紀弦出版的詩集很多。他出版的詩論集有；《紀弦論詩》、《紀弦論現代詩》、《新詩論集》等。紀弦對詩像宗教徒對宗教一樣虔誠和執著。他在《摘星少年》自序中說：「詩是我的宗教，我是為詩而活著的。」紀弦以「領導新詩再革命，推行新詩現代化」自詡。其詩歌理論的核心，是他為現代派制訂的〈六大信條〉。這六大信條中有以下幾點是紀弦詩論的主要內容：(1)自稱是波特萊爾以降的現代派。(2)新詩乃橫的移植而非縱的繼承。(3)知性之強調。作為 50 年代臺灣現代派詩的領袖人物紀弦的現代派詩歌理論對臺灣詩壇的影響是巨大的。他的〈六大信條〉成了臺灣新詩西化的綱領，尤其是「新詩乃橫的移植而非縱的繼承」的理論，完全把中國的詩歌傳統一筆抹殺，而把臺灣新詩嫁接在西方詩的樹幹上，導致了臺灣新詩的全盤西化，造成了嚴重的不良後果。

臺灣新詩西化有歷史和社會的背景，其最根本的原因是政治、經濟、文化的綜合因素，不可本末倒置，把詩自身的因素看得太重，但是政治、經濟、社會、文化綜合性的西化思潮帶來的全面西化，又是通過各部門，各方面西化的小浪潮組合而成的，每個部門的西化，又必須通過自身的內在因素起作用，臺灣新詩方面的全盤西化，紀弦的〈六大信條〉起了直截的導向作用。〈六大信條〉中的第一條，開宗明義，宣稱西方現代派的鼻祖為自己的老祖宗，把自己的家譜接緒在西方，完全不思考中國五千年的文化脈流和從詩經以降的三千餘年的詩歌傳統。如果說是認錯了親，則是恰如其分的。第二條「新詩乃橫的移植而非縱的繼承」，是由第一條決定的，既然把西方現代派的大師認作老祖宗，摒棄了中國三千餘年的詩歌傳統，很自然地便引出了「橫的移植」而不是「縱的繼承」的結論。第四條「知性之強調」是現代派詩歌理論的核心之一，具體表現了現代派詩的追求。所謂知性，可直譯為知識性，但作為詩歌中的知性，卻比直譯有更深沉的內涵。它是指詩中的精神氣質；指詩中的智性和理性，即詩中人格的力量和哲理的內涵。林亨泰認為，知性：主要是由氣質這人格的力量的統御而來。紀弦曾說：「詩就是通過詩人氣質所見的人生與自然之象徵。」覃子豪亦說：詩的風格，是詩人氣質形於文彩的昇華。由此可見，他們都一致認為；氣質這特殊的人格力量是主宰詩作品的主力。[33]因而詩中不可沒有知性，但不能因要知性而排斥抒情。思想和感情在詩中並不矛盾，現代派的癥結在於以知性排斥抒情。其實在現代派每個人的詩中，均有濃郁的抒情因素。這裡表現了理論和創作的矛盾。紀弦的〈六大信條〉一露頭，就遭到覃子豪等有識之士的猛烈批評。關傑明的一句話道破了迷障：現代派是「文學殖民主義產品」。在眾矢之的的情況下，紀弦認識到了自己〈六大信條〉的弊端，內心虛弱，但又嘴巴強硬，不是以認錯和自我批評的方法糾正錯失，而是用強詞奪理的反駁方式過關。他在反駁覃子豪的文章〈新現代主義全貌〉中辯解說，他奉行的現代主義是「新現代主義」。他寫道：「我的理論就是一種革新了的

---

[33] 《詩學》第一輯 35-36 頁。

現代主義，可稱之為新現代主義，後期現代主義或中國的現代主義。」
這種現代主義是「國際現代主義之一環，同時是中國民族文化之一部
分。」從這種胡亂辯解中可以看出他極其慌亂的心態。又是「新現代
主義」，又是「一種革新了的現代主義」，又是「後期現代主義」，又是
「中國的現代主義」等，這麼多主義，到底是哪一種主義？這不過是
落荒中企圖奪路而逃的心態的外化；這不過是面對紛紛而來的箭頭，
胡亂地拉出所能拉出的盾牌左擋右擋前擋後擋而已。當人們集中攻擊
紀弦的「新詩乃橫的移植而非縱的繼承」的民族虛無主義觀點時，紀
弦發表了〈論移植之花〉，進行辯解。他說，文化交流為自然之趨勢，
而移植是人工的努力，人工努力順乎自然之趨勢，移植的花朵經過創
造，呈現了民族色彩，成了中國民族文化的一部分。這段話中更露出
強詞奪理之馬腳。果真像紀弦所說是經過創造，呈現了民族色彩，成
了中國民族文化的一部分，那就不是移植而是吸收和創造了；假如真
如此，也就不會有人批評紀弦了，紀弦就不是一個民族虛無主義者了。
但這裡紀弦講的，與〈六大信條〉卻是針鋒相對的。〈六大信條〉是要
崭斷民族之根，與民族文化，民族詩歌傳統徹底決裂的，是「非縱的
繼承」和接續「波特萊爾以降」的。錯了就乾乾脆脆承認錯誤，改變
觀點，人們定能諒解，但錯了還要用反駁的形式和辯解的方法，以「變
實不變形」或「變意不變態」的形式達到目的，人們是不會滿意的。
後來現代派越來弊端越多，人們反現代派的情緒越來越強烈，紀弦認
為臺灣的現代派已違其初衷，公開聲明解散現代派，這是他觀點的真
正轉變。這是它對臺灣現代派經過觀察分析後的一種自覺。不過到了
60 年代初，紀弦發起組織的現代派已經不解自散了，該社詩刊也被迫
停刊。紀弦採取且戰且退之法棄非從是，也是值得歡迎的。他在許多
詩的具體論述中也有不少可取之處。但總的觀察，紀弦在臺灣詩壇上
是一位大詩人，卻不是一位大詩論家；他的詩篇有許多是放射著耀眼
光輝的，比如〈現實〉、〈四十的狂徒〉等可列入不朽之作，但他的詩
歌理論，尤其是核心部分，卻基本上是錯誤的；他的詩的整體成就對
臺灣新詩發展的貢獻是不可磨滅的，但他的詩歌理論卻對臺灣新詩發
展起了反面作用。他的詩歌創作和他的詩歌理論呈現著明顯的矛盾狀

態。我曾經在拙作《臺灣新詩發展史》中說，臺灣現代派的幸運就在於它的理論和創作實踐相脫節，此話運用在紀弦個人身上亦是十分恰切的。

二、主張新詩現代化應落實在鄉土之上的──林亨泰

1924 年生，臺灣省彰化縣人，臺灣師範大學教育系畢業，曾在臺灣中山醫學院、東海大學任教，現任教於臺中商專和東海大學。他出版的詩論集有《現代詩的基本精神》等。林亨泰日據時期登上詩壇，係「跨越語言一代」的詩人。1956 年他參加了紀弦組織的「現代派」，1964 年，他又是「笠詩社」的主要發起人之一。他是「笠詩社」元老派中與現代派詩關係最密切的一位。他的詩歌理論具有明顯的現代派色彩。但是，在許多問題認識上，林亨泰和紀弦的觀點又不一致，比起紀弦來，林亨泰的詩歌理論具有中和性、客觀性和廣視性。比如關於對臺灣現代派詩的本質和承繼關係的認識，林亨泰和紀弦就有根本區別。(1)林亨泰認為，臺灣現代派在本質上是象徵主義，文字上是立體主義，所以現代主義就是中國主義。林亨泰在〈現代派詩的實質及影響〉一文中寫道：林亨泰與紀弦「其主張的最大不同點在於，紀弦認為『新詩乃是橫的移植，而非縱的繼承』（六大信條第二），但是，林亨泰在〈中國的傳統〉一文中，對於中國詩的傳統有著兩點結論：（一）在本質上，即象徵主義；（二）在文字上，即立體主義。因此，他認為現代主義即中國主義。」[34]林亨泰的這一段話，把自己的詩歌主張與紀弦全盤西化的詩歌理論的界限劃得清清楚楚。紀弦主張「新詩乃是橫的移植，而非縱的繼承」。而林亨泰則認為臺灣新詩接中國詩中的象徵主義餘脈；紀弦認為臺灣現代派是波特萊爾以降之一群，林亨泰則認為臺灣的現代主義就是中國的現代主義。(2)關於詩的「知性」和「抒情」關係。林亨泰與紀弦的觀點也不一致。紀弦〈六大信條〉第四條是「知性之強調」，明顯地排斥新詩的抒情。而林亨泰對兩者關係的認識則比較清醒。他在 1958 年 1 月 19 日給紀弦的信，〈談主知與抒情〉

---

[34] 《臺灣新詩活動的回顧與未來展望》，第 39 頁。

中寫道:「最近有些人以為我們所主張的『打倒抒情主義』就是『打倒抒情』,這是一種誤會。一般來說,所謂『打倒抒情主義』只是不承認『抒情』在詩中以『優位性』而已,這並不是說我們要拋去一切『抒情』。」[35]林亨泰這段話表明,他認為「打倒抒情主義」的內涵和目的僅在於反對詩中的絕對抒情,而放棄和排斥表現知性和理性的內涵,就是以中庸來反對絕對。這種觀點不僅是可以接受的,而且是比較客觀的。關於抒情和主知在臺灣詩中的表現,林亨泰在對余光中的〈敲打樂〉和洛夫的〈長恨歌〉進行了具體的分析之後,結論說:「總之,無論是余光中的詩也好,或者洛夫的詩也好,不管是從外部而觀照的作品,或者由內部而解放的作品,中國現代詩風格的發展在這第四階段的表現中,『主知』的要素已成功地獲得了充分的可行性是毫無疑問的。」[36]林亨泰認為,臺灣現代派的詩,到余光中和洛夫,現代派「主知」的主張,已經得到了成功的實驗,獲得詩壇的「綠卡」。(3)林亨泰認為一首好詩僅有高超的技巧是不夠的,更重要的在於內容,在於體現道德的,同胞的,人類的關懷和愛。他寫道:「詩的本質應該是對人類同胞的關懷,事實上詩人應該是最敏感且最具惻隱之心的,詩人如果有道德也就是這種關懷之心;所以儘管有些詩人的作品自詩的論點來看,技法、文字運用都達某種成就,但這仍不能算是好作品,一提到好作品——即談論到作品價值時應以對別人、同胞、人類的關懷為度,一首詩只能證明一個詩人的『天才』仍然是不夠的,只站在詩的立場談論詩的好壞是狹窄的,一首『美』的詩而不能產生『愛』那是不完美的,好詩應該是透過詩的手法來表示對這個社會或人類表露關懷之情。」[37]林亨泰這種內容重於形式、思想重於技巧、關懷和愛心重於「天才」的觀點,對現代派詩人來說是十分可貴的。許多現代派詩作空洞、晦澀、虛妄的關鍵在於作者忘記了作品內容和思想的重要性,而走向了形式主義之弊端,林亨泰的詩中這種弊端,比起有些人來說要少得多。(4)關於詩的現代化和鄉土化的關係。林亨泰認為,許多人

---

[35] 《詩學》第一輯,第 34 頁。
[36] 《詩學》第一輯,第 52 頁。
[37] 〈現代詩的基本精神——詩人林亨泰訪問錄〉(雁蕪天)。

最大的誤解是把「現代」與「鄉土」視為互不相容的關係，因而作了不少錯誤的判斷和歪曲的結論。我的看法是基於中國詩歌的固有本質與中國文字的特殊結構上的一種現代化……雖然在方法上因追求『現代』而作了大膽的嘗試，但是，另一方面，詩作品的題材卻都以『鄉土』為限……因為我一直相信；『現代化』是世界各國的共同目標，即使超級強國如美、俄等國家，也不敢有一日鬆懈，只是這樣追求為的是它的成果能夠落實在自己的『鄉土』，自己的國人都能夠成為它的受益者。因此我必須說：『現代』與『鄉土』未必是互相衝突的兩個概念。」[38]臺灣新詩現代派運動中「新詩現代化」叫得震天價響，但是「現代化」化到什麼地方去？有的是全盤西化的現代化；有的是脫離民族風格反叛傳統的現代化；有的是摒棄鄉土的現代化。這些現代化，其實都是一種西化的手段。因此現代化在某些人心目就是西化的代名詞。而林亨泰關於現代化的論述，見解是非常獨到的。這種以鄉土和民族為基礎，再落實鄉土、民族之上，讓國人受益的現代化理論，在當時不能算獨響，也算是撼人之音了。我們不能不佩服林亨泰深刻的理論解見和無畏的理論勇氣。(5)關於詩的創造性。臺灣現代派詩的嚴重弊端之一是，抄襲、模仿而缺乏思想和藝術之獨創。林亨泰針對這一問題，對創造性進行精闢的論述。他說：「所謂創造。是人類對於優越性的追求，也就是透過創造活動將人的尊嚴重新作了一次提升。假如人類的『今天』只是『昨天』機械式重複或者拷貝，那麼人性的交流因而停滯不前，尊嚴絕不能提升。人依靠著創造這種全人格積極而主動的行為，不但能擺脫諸如『因襲』，『舊套』，『教條』等之類的一切束縛，得到完全的自由，而且更因為新事物的產生而得到成就感，也因為如此，人的尊嚴才變為可能。所謂創造力就是創造新事物的能力，大概具備以下幾個特性；A.流暢性（思考的速度）。B.柔軟性（思考的廣度）。C.獨特性（思考的新穎）。D.具體性（思考的深度）等等。」[39]林亨泰論創造的理論，不僅對詩、對文學創作具有參照價值，就是對人們整

---

[38] 《臺灣精神的崛起──笠詩論選集》，第 385 頁。
[39] 《中時晚報》，1991 年 3 月 3 日。

個精神活動、思維方式都具有重要的啟迪意義。(6)關於詩的意象，林亨泰也有獨特論述。林亨泰特別強調文學中意象的「相關性」和「全一性」。也就是意象之間的諧調配合和聯繫。在這種聯繫中產生和諧的美感和動人的詩意，碰撞出心靈的火花。他寫道：「在成功的作品中，意象間經常可以看到這種互相交錯、激蕩、牽制乃至抗衡而激出火花的現象。」這是意象的相關性互相激發所致，相關性構成相輔相成、交融，乃至相得益彰的不可分性。相關性和全一性本質上是一碼事。「在全一性的基礎上，始能看到意象的最高昇華——意象的價值，這更深一層的意義來」。[40]意象間和諧關係產生的相關效應，比各自獨立意象的意義和價值要大得多。

三、理論觀念多變且反覆的——余光中

　　福建省永春縣人，1928 年 9 月出生於南京，1947 年入金陵大學外文系，1948 年入廈門大學外文系，1949 年去香港，後轉往臺灣定居，1951 年臺大外文系畢業。在軍中任翻譯官三年，退伍後在臺灣東吳大學和師範大學任教，1958 年去美國，1964 年二度赴美，1969 年三度赴美，1971 年返臺，在臺灣師範大學、政治大學任教，1974 年到香港中文大學任教，1985 年回臺灣。現任臺灣高雄中山大學文學院院長及該校外國文學研究所所長。余光中被稱為「多妻主義」詩人，詩風多變。他的詩論和他的詩一樣表現出多面性和多變性，顯得豐富而龐雜。余光中出版的詩論集有《掌上雨》和《分水嶺上》，還有大量的屬於詩話性的談詩文章分佈在他的許多散文集中。比如《逍遙遊》、《望鄉的牧神》、《焚鶴人》、《聽聽那冷雨》、《青青邊愁》等散文集中均有一些議論詩的作品。余光中的詩歌理論表現出這樣的狀況：(1)從西化到回歸。(2)從虛無到反對虛無。(3)從漠視讀者到爭取讀者。(4)從反傳統到重視傳統。以上幾點並不是均表現為前後順序性的變化。從總的進程看被稱為「回頭浪子」的余光中，走著由西到東，由崇洋到親土，由自認為是詩的貴族到詩的平民的演變過程。但在有些方面，余光中既顧此

---

[40]　《笠詩刊》（1979 年 8 月，第 92 期）。

又兼彼，表現出一定的辯證思想；而有些方面，這裡說此那裡說彼，表現出自相矛盾的狀態，顯示出他的搖擺和動盪。余光中對傳統和反傳統的認識是兩面的，一方面他認為新詩是反傳統的，但另一方面他又認為，不能與傳統脫節。他說：「新詩是反傳統，但不準備，而事實上也未與傳統脫節；新詩應該大量吸收西洋的影響，但其結果仍是中國人寫的新詩。」[41]對西化的認識，他一方面主張西化，但另一方面又反對「惡性西化」。他說：「我自己出身外文系，絕無阻止西化自斷出路的可能，但是由於半生俯仰其間，對於『惡性西化』的危機也倍加警惕。西化只是現代化的一種手段（因為還有別的手段），不是現代化的終極目標，60 年代老現代詩之所以混亂，原因之一，便是將手段做了目標。」[42]余光中與有些人把西化當作目標不同，他把西化當作手段，因而絕不阻止西化自斷出路，但同時余光中又十分肯定「拿一把外國尺子來量中國泥土的時代已經過去了」「相對於『洋腔洋調』我寧取『土頭土腦』」。他認為「土頭土腦」就是「純純真真甚至帶點稚拙的民間中國感。」他甚而喊出了要回歸中國。他寫道：「回歸中國，有兩條大道。一條是蛻化中的古典傳統，以雅為能事，這條路十年前我已經試過，目前不想再走。另一條是發掘中國的江湖傳統，也就是嘗試做一個典型的中國人，帶點方頭方腦土裡土氣的味道，這一條路，年輕一代的詩人很多在走。」[43]余光中不僅選擇「土」，而且主張要「土到底」。他寫道：「不裝腔作勢，不賣弄技巧，不遁世自高，不濫用典故，不效顰西人及古人，不依賴文學的權威，不怕牛糞和毛毛蟲，更不用什麼詩人的高貴感來鎮壓一般讀者，這一些，都是『土』的品質。要土，索性就土到底，拿一把外國尺來量中國泥土的時代，已經是過去了。」[44]如果做一個對照，誰敢相信，說這些鐵骨錚錚的話的人，從前說過：「在氣質上，詩人是異於常人的」，「大眾之中究有多少人能在沙中見世界，在鴉背上見昭陽日影的」，「詩人也不屑使詩大眾化，至

---

41 《掌上雨》，第 123 頁。
42 《聽聽那冷雨》，第 182 頁。
43 《聽聽那冷雨》，第 185 頁。
44 《聽聽那冷雨》，第 186 頁。

少我們不願降低自己的標準去迎合大眾。」在另一篇文章中余光中還無情地批判了詩人貴族的作風。他說:「時代變得很快,也變得多,如果我們不能把握時代,爭取讀者與聽眾,反而抱定老現代詩以身殉道的孤高情操,以為詩註定是一種貴族藝術,那只是消極的坐守,並不能為現代詩開疆拓土。事實上,認定詩必然高於其他一切藝術,恐怕只是自己的一種虛榮。」[45]如把這段話與余光中的下一段話「表現得成功的作品不被讀者接受,其過在讀者」相對照,彷彿是進行自我批判。關於詩的民族性和國際性的關係問題,余光中的認識也是不斷變化的,從追求新詩的現代化、國際化,到認識詩的國際化實際上是詩的殖民地。余光中在一篇散文〈在中國的土地上〉寫道:「頭腦外流並不可怕,比起靈魂的外流。我們詩的一角殖民地,是不是應該收回來了呢?當然應該。我們早應該收起國際性的無病呻吟,回到中國,回到此時此地的中國的現實裡來了,在我們的時代,誰也沒有權利以西方流行的主義為藉口,逃避目前中國的現實。但是,僅僅正視中國的現實,仍是不夠的。他必須用清晰的聲音,而不是含混的囈語,說出他的感受甚至批評。這原是一位作家極為顯然的責任,無須大繞圈子,去搬弄什麼主義什麼派別來說明。」他斷然地宣告與虛無和晦澀決裂。他說:「虛無,是一種罪惡;晦澀也是,在中國的土地上。」[46]在另一篇文章中,余光中進一步闡述了中國的與國際的兩者的關係。他寫道:「在空間上,我們強調民族性。我們認為,一首詩也好,一位詩人也好,惟有成為中國的,始能成為世界的。我們認為,民族性與個性或人性並不衝突,它是天才個性的普遍化,也是天才人性的特殊化。在時間上,我們強調時代性。我們認為惟時代的始能成為永恆的,也只有如此,它才不至淪為時髦。」[47]余光中詩歌理論的最大特點是個「變」,是由偏頗向完善、由錯誤向正確、由淺層向深層方向發展演變。而且在總體前進的過程中,又不斷出現反覆,甚至自相矛盾的現象、正是因為這「變」和反覆及自相矛盾的現象,就為我們研究余光中敲響了

---

[45]　《聽聽那冷雨》,第 174 頁。

[46]　《望鄉的牧神》,第 202-203 頁。

[47]　《掌上雨》,第 214 頁。

警鐘，那就是，在任何時候，任何情況下，都不能用「一滴水看世界」和「一葉知秋」的方法去研究余光中。不能用余光中自己的某一個論點或某一段話，某一篇文章，某一次講演作為唯一證據來論證和評價余光中。而應該用唯物辯證的觀點，在多種參照係數下，用比較和印證的方法來研究余光中，從全面和全程中去尋找實質，以實質去判斷性質。否則，很可能引用的是余光中的話，而得出的結論並不是余光中的；很可能以非本質的證據，肯定了余光中非本質的方面。因而對余光中的詩歌創作和詩歌理論的評價，均不能用形而上學的方法給於簡單的肯定和否定，更不能給予一概的否定和一概的肯定。

四、中庸溫和的現代派詩評家——張默

　　本名張德中，安徽省無為縣人，1930年出生，1949年去臺灣，曾在軍中服役二十餘年，為臺灣「創世紀詩社」的創始人之一，曾任該詩社社長和《中華文藝月刊》主編。著有詩論集《現代詩的投影》、《飛騰的象徵》、《無塵的鏡子》、詩評集《小詩選讀》等。張默是臺灣詩壇一位重要的詩人、詩歌理論批評家。許多詩的重要現象都進入過他詩歌理論界尺；許多臺灣詩人，尤其是女詩人都進入過他批評的視野。張默的詩歌理論批評，具有這樣一些特點：(1)對象選擇面寬。翻開張默的評論集，可以看到，張默理論批評對象的選擇面相當寬廣。臺灣詩壇上許多著名詩人和不著名的詩人的作品，男詩人和女詩人的作品都在他的評論之列，不僅「創世紀詩社」諸君，即使不是創世紀的向明、羅門、林亨泰、周夢蝶、鄭愁予等的詩作，也在他的批評範圍之內；不僅大詩人、名詩人，就是晚輩詩人渡也、陳義芝、季野、汪啟疆、許茂昌、蘇紹連的詩也認認真真進行評論。臺灣女詩人的作品，在他筆下幾乎個個有評語。(2)評論不拘一格、輕鬆自如。他的詩論詩評，很少是洋洋數萬言，順序甲、乙、丙……的長篇大論和面面俱到的沉重之作，除少數文章外，他的評論大都短小精煉，一篇文章談一個觀點或論一首詩的輕騎之作。比如《無塵的鏡子》中〈八種風格、八種境界——簡說六十年代八位詩人〉和〈冠蓋滿京華——談六位年輕人的詩〉兩組文章，均是短小精悍之作。(3)評價準確，藝術感知性強。

評詩的關鍵在於解讀，尤其是表現隱晦，意象繁複的現代派作品，不經很好解讀，就無法評論。張默評詩十分重視解讀作品。由於他多年俯仰其間，對現代派詩的創作奧秘和詩中的寄寓都十分熟悉為其準確地解讀和正確地評價創造了十分有利的條件。比如他評論洛夫的〈子夜讀信〉一詩時寫道：「作者的書齋我到過，他用的臺燈也與一般臺燈無異，哪裡是什麼未穿衣裳的小河？因此我們如用現實眼光來看詩人的詩，可能一文不值。作者開始以『燈』為引子，緊接著在第二段中才點出，如『你的信像一尾魚游來』，這個形容真是太鮮活了。以下是描述讀者的感受：『讀水的溫暖，讀你額上動人的鱗片……』值得注意的是作者以鱗片來象徵來信人額上的皺紋，這個形容詞也是不易覓得的。」[48] (4)語言上論述與抒情相結合，文體上散文與論文相交融，行文活潑而親切。張默在詩論集《飛騰的象徵》序中寫道：「我國文壇對於文學批評所使用的語言文體實在太陳腐了，我是企圖以另一種語言，純抒情性的語言來寫我的批評文字。」張默說：「純抒情性的語言」恐怕有點過，因為評論文章是免不了敘述和判斷的，敘述和判斷就要用敘述語言和判斷語言。但張默盡力促其結合卻是事實。比如張默在評論羊令野的〈貝葉〉時，如此寫道：「貝葉是真摯的情誼的聲響，作者絕不囿於繆斯的美麗的裙緣。他心中柔美的漣漪，是一片一片輕輕地拍發，頗能給予吾人以『疏影橫斜水清淡，暗香浮動月黃昏』的感覺。」[49]這就是典型的抒情、敘述、判斷相結合的例子。蕭蕭在〈燈下燈〉中寫道：

> 張默自己認為：
> 我的批評的過去式──詩人的觀念之貌是一切。
> 我的批評的現在式──詩人的精神活動是一切。
> 我的批評的未來式──詩人的創造才具是一切。

---

[48]《無塵的鏡子》，第 14 頁。
[49]《無塵的鏡子》，第 87 頁。

張默在〈現代詩真的無藥可救了嗎？〉一文中，對詩歌批評，提出了以下一些標準：(1)批評者應有相當的同情。絕不動輒亂砍濫殺。(2)要廣泛地閱讀作品，不要只接觸少數人就高談闊論。(3)批評對現代詩要有相當的瞭解，否則會信口雌黃，遭到識者譏笑。他在另一篇文章中寫道：「要批評之成為批評，必須批評者本身是一個真誠的藝術的人，他必須具備對於藝術的高度的敏感與深入洞察，他必須懂得抉擇與鑒別，他必須具備驅策本國文字所特有的功力，他必須與詩人的心靈世界融會在一起，他必須背負一種偉大的使命感……」[50]他認為批評有三層含義：第一層，必須是一個完全的欣賞者。第二層，必須是具有高度自覺的創造者。第三層，必須是一個純粹的批評者。張默就是遵循上述信條進行批評的，也是按照上述條件要求自己的。在現代派詩人和詩論家中，張默的詩和理論都是比較中庸的。他是現代派詩人，他是被攻得最烈的，西化得最嚴重的「創世紀詩社」的負責人之一，但他卻為臺灣新詩規劃了這樣的方向：

> 我們放眼未來，現代詩今後該走什麼樣的路，筆者試擬幾則如
> 下，俾供互勉。
> 繼續不斷向偉大古老的中國傳統挖掘礦源。
> 詩的深度與廣度應齊頭並進。
> 打破形式主義與過分散文化的傾向。
> 培育敘事史詩和詩劇的創作風氣。
> 加強普及詩的教育。[51]

從張默為臺灣新詩制訂的五條規劃看，在臺灣現代派詩人們的詩歌主張中，是十分溫和的。現代派與中國傳統針鋒相對，張默卻把挖掘繼承傳統放在首位，僅此一條，在現代派詩論中就算破天荒的了。

---

[50] 《無塵的鏡子》，第 78 頁。
[51] 《無塵的鏡子》，第 6-7 頁。

五、認為詩人是內在世界的造物主的──羅門

本名韓存仁，1928 年 11 月出生，海南省文昌縣人。1942 年入國民黨空軍幼校，1948 年該校畢業。1950 年離開軍隊，1951 年入臺灣民航局工作至 1976 年退休。他出版詩集多部，出版的詩論集有：《現代人的悲劇精神與現代詩人》、《心靈訪問記》、《長期受著審判的人》、《時空的回聲》、《詩眼看世界》等。羅門是臺灣詩人中研究、概括、總結、探討詩歌理論最敏感、最勤奮、最有見地和成果最多的一位。他對詩歌理論諸領域均有深入的思考和論述。總起來說，羅門詩歌理論中最突出的有以下幾個方面：(1)創造第三自然的理論。羅門把宇宙分為三部分，即：第一自然──大自然界；第二自然──人類的物質創造和發明。第三自然──精神藝術的純化和昇華。第一自然，比如高山、大河、土地、藍天等等；第二自然，比如火藥、指南針、印刷術、火車、飛機、輪船、火箭等等；第三自然，比如「採菊東籬下，悠然見南山」，「江流天地外，山色有無中」，「舉頭望明月，低頭思故鄉」等等。羅門寫道：「詩人與藝術家卓越的心靈，自『第一與第二自然』，超越與轉化入『第三自然』，這個『第三自然』便永遠是所有從事心靈作業的詩人與藝術家所站定的位置，也是人類精神活動的佳境──一個存在於內心中同天國一樣美妙的另一個天國。的確，只有當詩人與藝術家創作的心靈，能達到這個以『美』為主體的『第三自然』時，詩與藝術的生命才可能全然出現於『超以外象，得之環中』的無限界之中，被『永恆』收容下來。」[52]他認為，只有創造了第三自然，才能找到「那面純淨的鏡」，照出詩人、藝術家、上帝的臉。作為精神世界的造物主，詩人必須將一切「導入美的形式與結構中，並使之根入深遠的生命之源，連住永恆，才算盡了責任，才算是對自己的心靈作業宣告完成。」才能使人類有限的目視世界進入無限的靈視世界。(2)現代感。現代感指的就是詩的發現和創造；就是，此一時彼一時；就是從舊事物中發現新事物。羅門寫道：「現代感深一層的意義，不只是要我們去看一架起重機是如何把一座摩天樓舉到半空裡去的現代文明景觀，而是要我

---

[52] 《時空的回聲》，第 67-68 頁。

們全人類的心靈，在焦慮中等待與守望著下一秒鐘的誕生；因為下一秒鐘將為我們在已有的一切中，帶來一些過往所沒有的新事物。這便正是緊緊抓住詩人在創作中最主要的三種生命動力──它就是『前衛性』，『創新性』與」驚異性（或震撼性）。」[53]在羅門看來，現代感就是詩人創作中要呼吸的新鮮空氣。如果說，在詩和藝術的世界中，第三自然是「無限股份的百貨公司」，那麼「現代感」是這個百貨公司中種種最新鮮的貨品，對於詩人和詩創作來說，一刻也不可缺少。(3)心靈藝術論。羅門認為，詩人從事的事業就是心靈的作業。因此，詩人可以稱之為內在世界的造物主。由於羅門強調心靈作業和重視對心靈的探索，在臺灣贏得了「心靈大學校長」的美譽。羅門把詩人創作的心靈活動稱之為「創作之輪」。這個創作之輪有五道程序──觀察、體認、感受、轉化、昇華。他寫道：「詩與藝術絕非第一層面現實的複寫；而是將之透過聯想力，導入內心潛在的經驗世界，予以交感、提升與轉化為內心的第二層面的現實，使其獲得更富足的內涵，而存在於更大且完美與永恒的生命結構與形式之中，所以詩能使我們從目視的有限外在現象世界，進入靈視的無限的內在心象世界。」[54]關於詩的心靈探索，羅門有許多論述。比如他認為「詩與藝術已構成心靈同一切在交通時的最佳路線，並將『完美的世界』與『心靈』之間的距離拿掉。」又如，「詩與藝術已日漸成為我的宗教，成為我向內外世界透視的明確之鏡，成為我存在於世，專一且狂熱地追求與創造的一門屬心靈的神秘的學問。」[55]再如，「不追索到心靈的深處，如何使那條河見到海呢？見到海，路便更遠了。」[56]在羅門看來，詩只有與心靈相通，才可能有真情實感，才可能產生出偉大的感人的力量。但羅門是不是就是由精神到精神，由心靈到心靈的主觀唯心的一元論者呢？不是的，羅門所說的詩與心靈的關係，指的是用心靈對客觀外在進行觀察、辨識、體認、轉變、昇華的認識。淨化和藝術抽象的過程，是通過人們的心靈

---

[53] 《時空的回聲》，第 8 頁。
[54] 《詩眼看世界》，第 96 頁。
[55] 《時空的回聲》，第 4 頁。
[56] 《時空的回聲》，第 299 頁。

活動去將第一、第二自然轉換和昇華為第三自然的過程。他的立足點
和認識的基礎還是第一、第二自然的客觀外在世界。正是這個原因，
羅門不僅強調詩的「現代感」，強調現代感是「百貨公司」中無盡的新
鮮貨品，並且強調社會現實對詩歌創作的重要性。羅門除了上述第三
自然、現代感、心靈藝術三項關於詩的理論之外，還提出了著名的詩
的五大支柱論。羅門的五大支柱是：A.聯想力。B.意象。C、語言的特
殊功能。D.結構。E.意境。這五項詩的支柱，就是一首詩的五個最基本
的條件和一個詩人在創造過程中應注意和遵循的事項。這五個方面的
論述，有些是十分精到的。羅門的詩論充分體現了詩人論詩的特點——
想像十分豐富；探究深刻細膩；語言形象精煉；見解獨到新穎；知識
豐富，舉例生動準確；具有較濃烈的超現實色彩。

六、詩論主觀色彩極強的——洛夫

　　本名莫洛夫，1928 年 5 月出生，湖南省衡陽人。1948 年高中畢業，
入湖南大學外文系，1949 年 9 月去臺灣，臺灣政工幹校畢業後，入臺
灣海軍陸戰隊，1965 年 11 月去越南任「顧問團」顧問兼英文秘書。1967
年返臺，入臺灣淡江文理學院英文系讀書。1973 年 8 月以中校軍銜自
軍中退役。洛夫是「創世紀詩社」的創辦人之一，現任《創世紀》詩
刊總編輯。他出版有許多詩集，他出版的詩論集有《詩人之鏡》、《洛
夫詩論選》、《詩的邊緣》、《詩的探險》和《孤寂中的迴響》等。洛夫
一面寫詩，一面寫詩論，但他把寫詩論看作是「多餘而又屬於份內的
事」。他說：「我寫詩，而也做一點多餘而又屬於份內的事，主要乃在
說明，甚至強調我自己的詩觀，我的美學認知。我是一個詩的純粹論
者，且不認為理性是人類的萬靈丹，可以很真切地把握這個宇宙，完
成這個人生，拯救這個世界。」洛夫寫詩論是為了表現自我的詩觀和
美學認知，而這表現的最終目的還在於：「為了讓讀者便於進入我的庭
院，享受我的園藝。」洛夫的詩歌理論概括起來有以下幾個主要方面：
(1)詩的發展是一連串相克因素反動的連續。洛夫認為詩和文學的發展
不是傳統觀念的一串連鎖性的演出，而是一連串相克因素反動的延
續。以為它是相反相成，是由舊文學與新文學衝突激盪，而得以推陳

出新，生生不息的結果。因而他把一般的傳統看法和他自己的看法列出兩種圖示：

A.傳統看法：〇〇〇〇〇〇〇〇

B.洛夫看法：　→←　　→←　　→←　　→←

前者是環環相扣，後者為箭頭相對；前者為：繼承－創造－發展－繼承；後者為：斷裂－碰撞－斷裂－碰撞。從事物發展的規律來看，兩者均有對的一面，又有錯的一面。前者只注意了繼承和發展，未能表現出發展過程中新舊事物的矛盾鬥爭，而後者只注意了新舊事物矛盾鬥爭的一面，卻忽視了它們互相繼承的一面。正確的看法應該二圖相合，既有繼承又有鬥爭，在鬥爭中選擇繼承，在繼承中進行鬥爭，也即是揚棄－吸收－揚棄－吸收的關係。臺灣五、六十年代許多人不講繼承而盲目地反傳統，恰巧犯了洛夫的毛病。但是從洛夫整個詩論看，他並不是徹底反叛傳統的民族虛無主義者，他只是斷裂了事物發展過程中新與舊，前與後的因果鏈。比如老樹發新枝，新枝再發新枝，其內部生命是有聯繫性的；雞生蛋，蛋生雞，雞再生蛋如此一代接一代，相連系的就是生命的因果鏈。洛夫也認為：「我們從若干具有代表性的詩人作品中，當可發現他確已認識到詩發展的時代性，且已日漸掌握了中國文學的整體性。他們的創作正是新舊文學衝突激蕩後所產生的中國詩的現階段形式，在思想和精神上，仍植根於民族的土壤。」[57]顯然，洛夫說對了結果而沒說對過程。如果沒有繼承，與傳統斷裂，哪裡有中國思想和精神呢？新房建在舊的地基上，新葉長在老的枝條上，新苗產生於舊的種子裡，孩子出生在母親的懷抱裡……離開了舊事物新事物便無由產生。新舊事物的矛盾又推動事物的前進和發展，這是任何事物均逃脫不了的規律。(2)洛夫認為詩的晦澀和清澈同樣重要。他認為，詩人為追求詩的真摯性，往往把潛意識看作詩的重要根源，但是潛意識是一團混沌，必須通過適度的意識的自我批評後方能

---

[57] 《詩的探險》，第 30 頁。

成詩。而自我批評必須注意語言的清澈性（非一般所謂的明朗性）。一首好詩，內在經驗與外射形式應是全等式，因而，「詩中相當程度的晦澀與相當程度的清澈同樣重要。」[58]明朗與晦澀、混沌與清澈是相對的概念。詩要表現形態未明，視線難觀的潛意識，恐怕是不會有人反對的，因為詩無禁區，但潛意識通過詩人的運作變成作品，那就不能仍然是混沌和晦澀狀態。如果真正是混沌和晦澀而不是含蓄和深度含蓄，那必然是詩人的運作出了毛病，未能將對象轉化為藝術的詩。如果真的成了具有美感的詩，它就只能是朦朧美、含蓄美，而不能是晦澀與混沌。因而詩的朦朧和含蓄與混沌和晦澀是有根本區別的。混沌、晦澀是混水中的磚頭，黑幕中的神像，漆黑一團無法辨認；而朦朧和含蓄則是月下美人霧中花，雖然不能連臉上的皺紋也看清楚，但卻顯象露容，似真似幻，卓約多姿，給人濃郁的美感和多種想像。洛夫這裡說的詩少不了清澈是對的，但清澈和晦澀同樣重要，恐怕是用錯了語詞。因為洛夫在另一篇文章中講的同樣的情況，其意思看來是深邃，而不是晦澀。他說：新詩「不為群眾所接受，主要由於現代詩內容隱晦，而隱晦一則由於內蘊之繁複，此乃現代詩人心理變化使然。一則由於現代詩人努力追求較古人更為重視的純粹性。所謂純粹性，即內涵與形式之渾然一體，知性與感性之融合無間……就純藝術觀點而言，其含意義愈難抽離或說明，其藝術價值愈高。」[59](3)詩不在描寫外在物象，重要的是人的心靈世界的探測。洛夫認為，社會人生是有限的，變化無居的，而人類的心靈世界才是無限的，因此詩應把中心放在對人類心靈的探索上。他寫道：「現代詩反對外在物象（概念的）描述，而著重於事物本質的把握，進而對人類心靈世界之探測。有人認為詩只限於表現社會人生，殊不知實際的社會人生是有限的，變化不居的。而詩人心靈中的剎那在詩中即是永恆，詩人眼中的一粒微塵，賦予其完整意象後即成為超越空間的獨立世界。質言之，詩的境界是詩人在空中抓住一點而賦予其永恆性與普遍性，故能在頃刻中見到終

---

[58] 《詩的探險》，第 51 頁。
[59] 《詩的探險》，第 65 頁。

古，在微粒中顯出天下，在有限中寄寓無限。」洛夫的詩觀中主觀色彩極強，他對詩人在認識世界反映世界中的主觀精神強化和強調到了無以復加之境，甚至到了「反對外在物象」描寫的地步，幾乎把人的內在世界看成了詩表達的唯一對象，這實際上限制了詩的表達功能，局限詩的題材。詩，是一種表達工具；是一種藝術，它不僅可描繪外在世界，而且可以抒發內在情感；它不僅可以描寫現象，而且可以透視本質；它不僅可以反映重大的社會題材，而且可以塑造個人的小宇宙。人們的思維可以把一粒微塵無限放大，但詩也可以把無限宇宙濃縮在字裡行間；一滴水可以映照世界，但世界又可容納無數的江河；頃刻可以見到終古，但終古卻擁有無盡的頃刻。我們既要看到事物的一面，又要看到事物的另一面。任何絕對化，走極端，對我們認識客觀真理和進行詩創作都是不利的。不過，洛夫的詩觀是隨著對客觀事物認識的深化而變化的。他寫道：「近年來我的詩觀竟有了極大改變，最顯著的一點，即認為一種探討生命奧義的詩，其力量並非純然源於我的內在，它該是出於多層次，多方向的結合，這或許就是我已不再相信世上有一種絕對的美學觀念的緣故吧。換言之，詩人不但要走向內心，探入生命的底層，同時也須敞開心窗，使觸覺探向外界的現實，而求得主體與客體的融合。」洛夫的這一段話表現了他詩觀的發展和成熟。(4)詩欣賞的三個層次。洛夫認為，一首詩的欣賞可分為三個層次：

第一層次──直覺的欣賞（暗示的醞釀）

第二層次──知覺的分析（暗示的隱伏）

第三層次──知性與感性的統合（暗示的產生）

洛夫認為，直覺欣賞是一切審美活動的起點，同時也是一切審美活動的終結。換言之，直覺作用是知覺分析的初步工作，也是完成知覺活動的最後目的。就詩而言，直覺乃借文字的感性而出，正如顏色之作用於繪畫，音符之作用於音樂，是欣賞詩的一種最真切、最直接，朦朧而又清晰的感覺經驗，這種經驗能產生一種本能的快感，這時我們進入欣賞的第一層次。至此，詩中的暗示性也在我心中醞釀，但還構不成完整的暗示力，故接著進行分析，在分析時直覺暫時隱蔽起來，讓理性執行任務。這時詩的形式和內容都在智力範圍內活動，於是進

入了第二欣賞層次。但我們推理的最終目的，仍是使作品對我們產生一種直截的真切感覺，一種純粹的完整的審美經驗，不過這種經驗不是直覺的，也不僅是分析的，而是直覺與知覺的融合無間、渾然一體。這時欣賞的第三層次——詩的暗示性才能產生。洛夫詩欣賞的三個層次理論，不僅對一般讀者有指導意義，而且對研究者也頗具啟迪性。不過洛夫講的直覺是審美活動的起點，也是終點的提法值得商榷。直覺是審美活動的起點是沒有異議的，但直覺是審美活動的終點卻不符合認識的規律。直覺是人們認識活動的開始，它對事物的認識是最初步，最直截，最表面的，也就是認識的感性階段。人們要求得到對事物本質的，規律性的認識，就必得由直覺進入知覺，由感性進入理性，才能完成對事物的認識過程。藝術的審美活動就是對藝術作品的認識過程，它也必須遵循由直覺到知覺，由感性到理性的過程。人們由直覺到知覺，由感性到理性的審美過程的完成，是審美認識上的質的飛躍，是認識的質的轉變。因此，直覺和知覺，感性和理性是不能同步的，而審美過程的兩極——始與終，是不能同一的。由於事物發展的「之」字形和上升的「螺旋」狀，有時看似相同，而實際卻是形似而質異。洛夫的詩歌理論是十分豐富而多面的，除上述幾點外，關於詩的語言、詩的含蓄、詩的民族性與國際性的關係等，均有比較精彩生動的論述。和一切事物一樣，洛夫的詩歌創作和詩歌理論均是處於不斷發展、變化和完善的過程之中。任何事物的過程均表現為正面和負面，積極和消極並存的現象，也是正面與積極戰勝和取代負面與消極的必經之途。洛夫詩論的這個方面尤為明顯。

七、認為尋找語言的關聯能力是詩人能力指數的——白萩

本名何錦榮，臺灣省臺中市人，1937 年出生，臺中商職畢業，為臺灣「笠詩社」的創始人之一，現任《笠》詩刊主編。出版過許多詩集，作品曾被譯成多國文字。出版的詩論集有《現代詩散論》。臺灣的幾大詩社，比如「現代」、「藍星」、「創世紀」等均留下過白萩詩的足跡。在臺灣的新詩論戰中，白萩是站在現代派詩一邊，批評另一派觀點的，他曾經寫過駁斥邱言曦等人的文章。1964 年他參與發起和組

織「笠詩社」的工作，成了「笠」的骨幹，從此他的詩觀有了轉變，在《笠》詩刊的合評欄中，又批評了一些現代派詩人，比如羅門、洛夫等人的作品。白萩既是臺灣詩壇重要的詩人，曾被張默列為臺灣現代派「十大」詩人之一，又是一位重要的詩論家。他出版的詩歌論著雖然不多，但在詩歌理論批評的實際活動中，卻佔有相當重要的位置。白萩的詩歌理論，引人注目的有這樣幾點：(1)關於詩的內容與詩的音樂性和繪畫性關係。白萩認為，從詩的歷史看，詩不是一個「聾子」，因為音樂性自詩誕生差不多就誕生了，但是詩卻差不多是個「盲子」，因為詩的繪畫性，即視覺藝術，直到近數十年才解決，詩也才睜開了眼睛。白萩認為，詩的音樂性和繪畫性，在詩中均十分重要。所有的詩都由形象開始，發育，然後移植到紙上，詩的圖像和圖像詩，能使詩回復到文學以前的經驗，回到聲音與符號結合而成的原始、逼真、衝動、有著魔力的經驗，因此圖像詩的繪畫性在表現領域中所顯示的光芒，和前衛地位，是不可忽視的，應被自覺的藝術家採納。但是「我最重要也是唯一要表達的觀念是：詩並不像過去那樣的只認為存在於『音樂中』；今日我們寫有關於圖像的詩，也並不只認為詩存在於『繪畫中』而是視意義的需要或為音樂性，或為繪畫性的，但其地位只是『意義』的附從而已。」[60]詩的音樂性和繪畫性，雖然被視為詩的「耳」和「眼」，是詩的審美重要因素，但它們均是形式方面的東西，而且只是形式的一部分，它們永遠離不開詩的內容而存在。白萩把它們放在詩「意義」的附屬地位，是十分正確的。(2)詩重要的在於思想，在於心。白萩認為，寫詩，最重要的在於詩人要有正確的人生觀，要在詩中體現作者的思想和心靈，任何丟了「心」的作品，都不可能成為成功之作。白萩寫道：我以為詩人之首要在從書上從宇宙間的萬象，培養出一套人生觀，而用其有思想有感情的心來觀察物象，像陽光伸探每一個角落，光線所及，萬物鮮麗。心，詩人要隨時隨地的用『心』。我感歎目前詩壇上許多詩人都丟了『心』，因為只有懂得用『心』的詩人，才會寫出真正的新詩，才會寫出新

---

[60] 《現代詩散論》，第 4 頁。

意。」[61]白萩這裡突出強調的「心」，實際上是指詩人的真實思想和情感，是指詩人賦予詩的深邃的內涵，假如沒有了這兩者就無所謂詩，更無所謂詩的新意了。白萩把詩的精神和內涵是放在第一位的。(3)關於詩的傳統，白萩有過許多新穎的論述。他認為，對傳統要一分為二地看待，傳統就像砒霜的特殊，它具有良藥和毒藥的雙重性質，如沉淪於傳統就會被其毒殺，如果吸收和超越了傳統，就會成為創造。一個詩人，有傳統和沒有傳統大不一樣，一個沒有文明傳統的原始人，只能「啊啊」而成不了詩人，但一個學者卻可以依持他掌握的傳統知識進行分析、推理、建構和說服工作，傳統可以給他成為學者有價值的力量。但是傳統要能放射出光芒，必須進入心靈，與現實發生聯繫，才能產生出新的價值。白萩寫道：「個人的才具必須吸收傳統而見充實，必須接受傳統的砥礪才見光輝。沒有傳統的吸收與砥礪，才具非常單薄、短暫、沒有依靠。才具必須投入傳統中鍛煉，一面接受一面反抗，接受得越多，所付出堅忍困苦的反抗力也必然越多，只有在越多的情況下，詩人的創造越具深厚，心靈越見成熟。」[62]白萩關於傳統的看法，正好是洛夫關於對待傳統兩個圖示的綜合，既符合傳統在實踐中的運作狀態，也是精到的理論見解。(4)詩的語言的獨特見解。白萩認為，語言的力量產生於語言找到新的關聯時才迸發出來。無疑，語言的新鮮感和爆發力也由此產生。一個十分簡單的語詞，如果找到了新穎而適當的關聯，即適語環境，便可衝擊人的精神到難忘之境。因而操作語言尋找新的關聯的能力，便是詩人能力的指數。白萩在談到他自己的語言經驗時說：「對於我們所賴以思考以表達的語言，需給予驚覺的凝視和解剖，我們需要以各種方法去扭曲、錘打、拉長、壓擠、碾碎我們的語言，試試我們所賴以思考賴以表達的語言，能承受何種程度。」[63]詩人的最基本條件之一，必須是語言的革新家，沒有革新的語言就難以表達新的意境，新的意義，新的思想火花。白萩關於詩語言的論述，十分值得玩味。

---

[61] 《現代詩散論》，第 39 頁。
[62] 《現代詩散論》，第 81 頁。
[63] 《現代詩散論》，第 87 頁。

八、臺灣女性詩人的知音──鍾玲

　　廣東省廣州市人。1945 年出生，臺灣東海大學外文系畢業，美國威士康辛大學比較文學博士，著有散文評論《赤足的草地上》，詩論集《現代中國的繆斯──臺灣女詩人作品析論》等。如果說李元貞是臺灣女性的代言人，那麼，鍾玲就是臺灣女性詩人的知音。她的《現代中國的繆斯──臺灣女詩人作品析論》是臺灣出版的唯一的研究女詩人作品的專著。該書連導言共分九章二十三節，另加附錄。第一章：導言；第二章：紹繼中國文學傳統；第三章；現代文明的衝擊；第四章：多姿多彩的感情世界；第五章：50 年代清越的女高音；第六章由 60 年代的晦澀詩風出發；第七章：70、80 年代女詩人的感性世界；第八章：80 年代的都市雙重奏；第九章：結語。該著的特點是：(1)作者把臺灣女性詩人群的崛起，作品特質，創作背景，文化參照等，均放在數千年中國文化和中國詩歌發展的大背景下進行考察，從而認為中國自詩經、屈原、唐詩、宋詞等一脈通流下來的，中國詩歌的兩大流派，即豪放派和婉約派，均對臺灣女詩人的創作產生了影響，尤其是婉約派閨怨之風，對臺灣女詩人創作的影響更加顯著。鍾玲在論證古代的婉約派對臺灣女詩人創作的影響時寫道：「對臺灣女詩人而言，婉約風格的傳統，及閨怨的主題，對她們影響更深、壓力更大。除了少數女詩人，如張香華、朱陵、夏宇等，幾乎每一位或多或少都寫過婉約風格的詩，處理過閨怨的主題。」[64]「許多臺灣女詩人都承襲了古典傳統『婉約』派的特點，尤以林泠、敻虹、翔翎、方娥真、張秀亞、馮青、葉翠蘋、王鎧珠的作品最明顯。」[65] (2)該著緊緊貼著臺灣社會現實，分析各個時期女詩人作品受到社會脈搏的影響，比如，第三章，現代文明的衝擊，就對臺灣女詩人作品的時代烙印進行了系統的分析。鍾玲認為，「70 年代盛行鄉土文學與回歸運動，女詩人的作品也反映了鄉土的依戀及國家之情。80 年代西方流行的女性主義及環境保護主義傳到臺灣，也成為女詩人筆下的素材。可說是女詩人雖沒有走在時代的先

---

[64] 《現代中國的繆斯》，第 29-30 頁。
[65] 《現代中國的繆斯》，第 29-30 頁。

端,但在她們的詩中多少總跳動著時代的脈搏。」[66](3)細緻分析女性的特點在女性詩人作品中的呈現。鍾玲認為,女性的生理現象,比如,月經之出血,腹痛、懷孕、生產、流產、打胎、哺乳等,對女性心理狀態必有深刻影響,對女性作品風格、內容也必有衝擊。因而女詩人自身的生理狀況,文化環境、小我、大我、切身體驗,對其寫作的心理狀態,語言表達都有決定性的影響。臺灣女詩人作品中,大都呈現女性的感情、氣質和親密的人際關係。這些特質中,敏感、仔細、親切、富同情心、慈善等,表現於詩中,即轉化為敏銳細緻的感覺,及和諧寬容的傾向。這些綜合因素,便形成了「女性文體」現象。鍾玲寫道:「綜合以上論述,本人認為是有所謂『女性文體』的作品,但這類文體有形成的前提,或是社會派定了女性某類角色,其些個性特征;或是女詩人集中呈現自身生理上的一些經驗或感受;或是由於文學評論家所揭舉的某種文體形成傳統,而對女詩人產生相當的影響。」[67](4)分析細膩、深入、貼切、由於鍾玲自身也是女詩人的緣故,她對女詩人的心理、情感、思想的活動脈絡、構思、表現和語言文字的配備調遣等,均輕車熟路,能準確無誤地進行剖析和評判。比如地在分析淡瑩的〈楚霸王〉一詩時寫道:「我認為這首詩擅於營造遼闊雄壯的空間,由黑夜的天上,寫到大地,由楚國寫到中原。而結尾的滾滾大江更把此詩的範疇由空間推向歷史的層面。此外〈楚霸王〉不但營造出古戰場的氣氛,並塑造項羽果斷剛毅的英雄形象。他自盡時一連串舞劍、咬劍的動作,暗示英雄雖窮途,仍然豪氣如虹。」鍾玲不僅能準確地把握女詩人作品精神內涵,而且能夠令人信服地剖示出作品中的不足。比如她分析夐虹〈臺東大橋〉和淡瑩〈楚霸王〉中的陽剛之氣後指出,〈臺東大橋〉中用「鋼絲」而不用「鋼鏈」,〈楚霸王〉中把霸王的臉形容成「如秋初之花,一片一片墮下」等,是女性「馬腳」的流露,這種鞭辟入裏的分析,表現了一個女性詩評家認真細緻一絲不苟的評論風格。

---

[66] 《現代中國的繆斯》,第 59 頁。
[67] 《現代中國的繆斯》,第 25 頁。

九、臺灣新世代詩人的塑像者——林燿德

　　1962 年出生，臺北市人，臺灣輔仁大學法律系財經法學組畢業，曾參與創辦《臺北評論》，任執行主編。既寫評論，也寫詩、寫小說、寫散文，多次獲獎。他出版了許多詩集、小說集、散文集，為臺灣重要的後現代主義作家。他出版的詩論集有《一九四九年以後》和《不安海域》另有文學對話集《觀念的對話》等。林燿德是臺灣最年輕而又有才華的詩評家，也是專評臺灣青年詩人的詩評家。他可謂臺灣青年詩人作品的解剖刀。林燿德的兩部詩評集中評論過的青年詩人共三十一人，其中僅個別詩人，比如向陽在兩書中均有評論。林燿德的評論對象均是 1949 年以後出生，80 年代左右崛起於臺灣詩壇的青年詩人，僅有羅青一個是 1948 年出生於大陸，乘繈褓去臺的。故其中一部詩評集的書名便定為《1949 年以後》。林燿德之所以把批評的視覺集中投視在 1949 年以後出生的詩人身上，其目的彷彿是通過展示這些人的成就，造成臺灣詩壇「青年詩人群落」的強盛氣勢。林燿德的這種意圖和心境是十分可貴的。通過他的辛勤評論，在更大的意義上展示了中華民族青年一代聰慧、敏銳、廣博、曠達、豐智、蓬勃的特質。讓世人看到中國詩壇的一部分——臺灣詩壇的未來和希望。林燿德的這兩部著作客觀上顯示了一個宏大的企圖。如今幾乎已被約定俗成了的一個專有名詞「新世代」，就是林燿德 1985 年在〈新銳掃瞄導言〉一文中提出的，（在另外的文章中林燿德又把「新世代」稱為「第四代詩人」）。不僅如此，林燿德還為「新世代」的內涵進行了理論界定。他寫道：自 1956 年以降出生的新世代詩人。基本上都是受過九年國民義務教育，他們絕大多數出生在臺灣，成長期間也正是臺灣地區由農業轉型為輕、重工業主導經濟發展的時代，整個時空背景有異於前三代詩人，80 年代他們正以全新的面貌呈露在高峰迭起的華文詩壇上。[68]林燿德把臺灣新世代詩人概括為三個特點：(1)他們對人類的普遍鄉愁，更甚於對土地的鄉愁。(2)他們比第三代詩人有較寬廣的視野和較深刻的反省。(3)他們處於學習能力和創造能力最強的時期，得以同步接受

---

[68] 《不安的海域》，第 55 頁。

新的學術營養。林燿德為他們的詩總結的三個特色是：(1)他們分佈廣，
理、工、醫、農、法、商各界均有，且有優異表現。因而他們擁有更
豐富的創作資源，作品的題材面寬。(2)非文科院系畢業的青年詩人，
紛紛挾其專業性的思考入詩壇，各展其長，「在創作主題上除了鍛接傳
統，也展現了新的方向——科幻詩、都市詩、生態詩，甚至以國際政治
為主題的詩，都成為 80 年代新詩潮的導向。」[69](3)在創作技巧上，無
論語彙的使用，母題原素的抉取，以及整體結構的安排上都有翻新突
破之處。目前對臺灣青年詩人研究得較多、較系統和較深入的詩人評
論家，林燿德是第一人。由於林燿德也是屬於這個階層的詩人，思想、
情感、藝術趣味等互相靈通，能夠較真切地體會出他們作品細微內涵
和藝術感知。因而對他們的作品分析起來，顯得輕鬆自如，在看似漫
不經意的剖析中，卻能一針見血的抓住要害。細品林燿德的評論，至
少有這樣一些特點：(1)準確地抓住詩人和作品的個性，很少用套話和
泛論，因而他雖然一氣評了那麼多相同層級的詩人，但絕無千人共一
面，百人共一辭的現象，而是各人有各人的相貌，各人有各人的特色，
各人有各人的座位。比如他對王浩威和柯順隆兩位同是出生於 1960 年
的青年詩人的評價。他對柯順隆評價道：「他的作品往往能夠把握現實
人生的第一現場……揭櫫詩人內在微宇宙與外在環境的互動關係，將
散文的現象感知轉化為詩的境界。」他對王浩威評價道：「王浩威的確
是一名『快車手』，在時空的高速公路上，他的座標不斷隨著時代的速
度而飄浮，不斷嘗試去測試原點（自我）、軸線（自我類比的世界模型）
和路面的互涉關係」。(2)不就事論事，而是聯繫到詩人和詩作的背景進
行分析，發現複雜事物的互動。比如他在分析汪啟疆的海洋詩創作背
景時，不僅分析了中國的航海史，而且分析了航海對詩的影響；不僅
分析了汪啟疆臺灣生活的經驗，而且分析了潛伏於汪啟疆內心深處的
原鄉——武漢的鄉愁衝擊。他寫道：「汪啟疆是一個以海洋為姓氏的詩
人，卻不表示他完全喪失了對於陸地的依戀，相反地，正由於他對陸
地——包括了湖北省籍（汪啟疆出生於大陸）與第二故鄉臺灣，有一種

---

[69]《不安的海域》，第 57 頁。

不可割捨的情結，於是，他的作品中產生了兩種愛之間的戲劇性衝突、交戰，這種兩極化的拉距，使得汪啟疆時時游徙在對海的愛和對陸的依戀之間。海上是事業，是投注半生、以血淚換來的生命經驗；陸上是生活的根，是愛妻頌琴和兒女蕙蕙、瀚瀚共同組成的家庭所在。詩人佇立艦橋或遠渡重洋的時候，會憶起飄雪的故鄉，南臺灣的妻室。」[70](3)實事求是，校準筆鋒。林燿德在批評中很少因同好和同趣而使手中的筆偏鋒的。比如女詩人夏宇和林燿德同是「後現代」之一群，詩壇頗有名氣，但林燿德卻稱她為「積木玩童」，批評道：「夏宇作品往往缺乏嚴密完整的結構，內容與形式常常有分離的傾向。」[71](4)比喻形象，行文活潑。林燿德的詩論，是典型的詩人論詩，沒有學院派評論家那種引經據典，板起面孔說教的現象，相反地，他充分運用詩人的想象，文章寫得相當活潑，以生動的比喻讓評論散發一種散文美。尤其在比喻方面，讓人折服。比如他對夏宇創作的比喻：「一個頑童，在自己的房間裡沾沾自喜地堆疊著書寫符號的積木，組合一座宮殿，推倒它；組合一座城市，推倒它，昨天，今天，明天，錯亂的倒置疊疊，這就是夏宇的世界。」[72]林燿德雖然是 80 年代中後期崛起的，但由於他的刻苦努力和注目成就已使其成為臺灣較有影響的青年詩評家。臺灣文論家蔡源煌在給林燿德《一九四九年以後》一書寫的序中說：「他的詩評隱約中有意識批評的理路；他能摸索出作者的意識，而以評的身份，與作者神交。這一點關鍵不在於林燿德筆耕的勤快，而在於他自己也寫詩……林燿德的詩評已洗清了新批評的餘毒！他的詩評不是從字質或結構著手，而是從意識的印證著手。更難得的是，他的詩評很少有斷章取義的作風。評論一個詩人時，他總是不辭辛勞，力求做到縱斷面的周延，勾勒出詩人的思想輪廓，而絕少只攫取單篇作品橫加申論。」[73]蔡源煌可謂對林燿德知之其深。雖然蔡源煌聲明未與林燿德謀面，但他們也算是神交了。

---

[70] 《不安的海域》，第 89 頁。

[71] 《一九四九年以後》，第 130 頁。

[72] 《一九四九年以後》，第 139 頁。

[73] 《一九四九年以後》序，第 3 頁。

第六編

臺灣散文理論批評

第十六章　臺灣散文理論批評概述

第一節　臺灣散文理論批評的繼承和沿革

　　散文在文體中是個最龐大而複雜的家族。它的區域最廣闊；它的歷史最悠久；它的支系最多；它的內涵最龐雜。這些，都是文學國度中任何一個家族不能，也不可比擬的。即使文學中的旺族——詩歌、小說，也望塵莫及。但是散文或許是由於太散，不便和不易歸納和管理的緣故，其自律性也太差，就像一個自由化的文學沙龍，不設防，不加崗，很少制訂律條和規章，是一個文學國度中法制最不健全的領域。它的信條和理論極為薄弱，無法與詩歌、小說相比；它是一個自由經營的世界；凡是入不了其他文學體裁之境的，一概可作散文的臣民。凡是其他文學家族需要的，也可隨時要去，比如散文詩、傳記之類就常常被小說、詩拉去；凡是願意獨立的，可以隨時獨立，比如報告文學、傳紀文學等，便陸續獨立而去。它們與散文之間的關係就像蘇聯解體後的各個共和國。雖然獨立，但又保持著鬆散的聯繫。就像現在的「獨聯體」一樣，它們是文學王國中的「獨聯體」。散文世界是一個最廣泛的文學聯盟，它的文體自由、寫作方法自由、描寫對象自由、寫作隊伍自由、僅從作者來源看，詩人、小說家、戲劇家、電影界、工人、農民、軍人、學生、演員、外交家、教授、學者、家庭主婦等等，上至貴族，下至貧民，大至國家元首，小至公務員，老至百歲老翁，小至學前玩童，凡能操筆者，均可不請自來。散文的歷史最為悠久，文字剛形成不久刻在骨頭上（甲骨文），刻在煮飯鍋上（鐘鼎文），就有了散文文體。就中國來說，第一部散文總集——《尚書》，早於詩歌總集——《詩經》。春秋戰國時代的諸子百家，皆為散文名家，他們用散文寫策論、寫報告、寫勸諫，把散文的適用性和社會功能提高到

了無以復加之境。所以散文的社會功能處於各文體之首。從歷史看，中國漢、唐以降取士的八股文均是散文，它是一種官式文體，在官場和民間均有權威。這種文體雖然最廣、最早、適用價值和社會功能最大，但卻遲遲沒有被人從理論上加以認定，也沒有人給它正名，更無人給它下個明確的定義。先秦《論語》中有「文學」之名出現，兩漢有文學和文章之分，魏晉有文、筆之分。這文學、文章、文筆之中既含散文，又不專指散文。唐朝韓、柳反對六朝駢體文，提倡復古，寫漢代的文章，於是有了唐、宋古文。這時的古文是針對駢文而說的，實際上有了散文之實，因為散文就是相對於駢、韻之對仗、格律、押韻而說的，開放性的文體。據古散文理論家陳必祥所考，中國文學史上第一次用「散文」二字的是宋朝羅大經著的《鶴林玉露》中引周蓋公語：「四六特拘對耳，其意措詞貴渾融有味，與散文同。」此後，尤其到了清朝，散文被廣泛使用，並出現了許多散文大家。到了五四之後，中國現代散文崛起。臺灣詩人、散文家楊牧在《中國近代散文選》序中講述了五四以後中國散文的風格流派和代表人物。他寫道：「20世紀初葉散文家轉折崛起，波瀾壯闊，為近代散文建立了不可顛撲的典型品類。所謂散文，歸納起來，不過以下七類：一曰小品，周作人奠基礎；二曰記述，以夏丏尊為前驅；三曰寓言，許地山最稱淋漓盡致；四曰抒情，徐志摩為之宣洩無遺；五曰議論，趣味多得之於林語堂；六曰說理，胡適文體影響最深，七曰雜文，魯迅總其體例語氣及神情。」[1]日據時期，散文是臺灣文學中主要文體之一，但它是主要文體中最薄弱的一環。那時比較有影響的散文家和代表作品有抗日民族領袖，傑出的愛國主義戰士蔣渭水和他的《入獄日記》，有林獻堂和他的《環球遊記》，有黃得時和他的《達夫片片》，有吳新榮和他的《亡妻記》等。這些皆為系列散文。臺灣日據時期散文不夠發達，而散文理論批評就更少了。作為臺灣日據時期新文學搖籃和喉舌的《臺灣民報》，在散文理論批評方面只發表過〈論散文與自由詩〉等極少幾篇文章。散文理論批評，作為文學理論批評的一個重要方面，臺灣日據時期處於似萌

---

[1]　《中華文學大系・評論卷》，第767頁。

芽，但又尚未真正的萌芽狀態。臺灣散文理論批評的真正萌芽，還是1949年以後的事。1949年以後的臺灣當代散文，大體上仍然是由於我們上面所講的原因，創作和散文理論批評，呈現了更大的剪刀差的形態。多年來臺灣散文的創作出版總量，年年超過詩歌和小說的總和，高峰期年出版散文作品量在數百種左右，低潮期年出版散文作品的數量也不下百餘種。但相比之下，散文理論批評著作的出版量僅有一兩種，有許多年度為空白。而臺灣的散文家遍地都是，隨便點一個人名，其出版的散文集都在數種以上，有的散文家出版的散文集多達數十種。但是，臺灣的散文理論批評家卻寥寥無幾，臺灣出版的散文理論批評著作卻屈指可數。而散文專著卻更少得可憐。這種理論批評遠遠落後和大大少於散文創作的狀況，一方面反映了臺灣資本主義社會文學商品化的特點，另一方面也暴露出臺灣散文理論批評水準低下和品質的薄弱。再一方面，表現了全中國、全世界散文界理論批評共同的困境。和詩歌、小說比較起來，散文的理論批評的確難度較大，其寬泛、龐雜的體質帶來了支系多、規格多、門類多、功能多、標準多、層級多等等雜亂不整零碎難理的現象，使整個散文理論批評均處於貧困和單薄之境，而臺灣更甚之。要打破這種局面既非一日之功，也非一兩個能人了濟於事。

　　臺灣當代的散文創作，無疑是接續在中國五四以來現代散文傳統根基上。據臺灣散文理論批評家楊牧和李豐楙等人的研究顯示，臺灣每一種散文創作都可從五四以來各散文大家身上找到傳承關係。寫雜文的柏楊、李敖和臺灣極發達的報刊專欄文章，是魯迅的遺風；言曦、吳魯芹、顏元叔、莊因的隨筆小品，上宗周作人，林語堂、梁實秋；女作家張秀亞、琦君、徐鍾佩、鍾梅音等的抒情美文，出自徐志摩、朱自清、許地山的源流。和散文創作一樣，臺灣極薄弱的散文理論批評，更是根在大陸。幾位著名的散文理論批評家，郭楓、季薇、王曉波、鄭明娳、梅遜等，不僅是大陸去臺文人，而且他們的論著大都從前輩和當代大陸散文理論家那裡吸取營養和尋找借鑒。由於散文幾乎是中國獨家傳統文體，西方無法與中國相比，因而，在那些瘋狂西化的日子裡，西方的散文和散文理論無力影響臺灣，相比之下，臺灣的幾個主要主體中，散文是受歐風美雨影響最小的領域。散文理論批評

方面本來就是一片十分貧瘠的土地，西方散文理論園地上幾株半死不活的茅草，不具備西化臺灣散文的條件，臺灣的文學理論批評家中，很少充當西方的散文理論販子。所以，臺灣的散文理論批評，是臺灣文學中一塊不多的，沒有被嚴重污染，較為純淨的中國文學園地。

第二節　臺灣散文理論批評現狀

首先應該弄清楚散文的定義和它管轄的範圍及其理論範疇，才能衡鑒其理論批評成就。根據古、今學者的論征，散文應該有以下特徵：(1)具有文學性（如形象、修辭、審美等）。(2)具有審美價值。(3)具有適用價值。(4)具有接受和傳承價值。(5)除已獨立的文體以外的文類。從門類上分，應包括：抒情散文、敘事散文、哲理散文，雜文、趣味小品、書信、日記，傳記，序、跋等。目前臺灣散文中以抒情散文、敘事散文、趣味小品、遊記為主體性門類。臺灣散文的理論批評研究，雖然論著屈指可數，但涉足散文研究，寫過散文評論的學者卻相當多。比如：梁實秋（已故）、錢歌川（已故）、顏元叔、季薇、郭楓、張健、余光中、王曉波、梅遜、亮軒、楊牧、歸人、旅人、李豐楙、何寄澎、鄭明娳、張雪茵、方祖燊、陳必祥、王志健、周麗麗、司徒衛、葉維廉、陳敬之（已故）、辛鬱、蕭白、曾昭旭、林央敏、思果（已故）、邢光祖、許達然、沈謙、齊邦媛、李瑞騰、林以亮（已故）等。上述散文評論家中出版的散文論著有：季薇的《散文研究》、《散文的藝術》、《散文的點線面》，梅遜的《散文欣賞》（一）《散文欣賞》（二），王曉波的《散文欣賞》，張雪茵的《散文寫作與欣賞》，周麗麗的《中國現代散文的發展》、陳敬之的《早期新散文的重要作家》、方祖燊的《散文的創作鑒賞與批評》、方祖燊與邱燮友的《散文結構》，鄭明娳的《現代散文縱橫論》、《現代散文類型論》、《現代散文構成論》，王志健《文學四論》的散文部分等。上述十餘部散文論著中，現代散文研究的兩部，散文賞析五部。真正屬於散文理論和臺灣散文評論的只有十部。這十部中有的還是跨海和跨代研究。真正屬於散文理論和臺灣散文研

究的著作寥寥無幾。臺灣每年出版圖書的總數量在六千種至八千種之間，年出版的散文量也在數百種以上，但臺灣近四十年出版的散文理論批評方面的著作總共只有數十餘種，這簡直是大海和滴水之比。

一、認為散文是作家人格的體現的——郭楓

江蘇省徐州人，1933年出生，1949年去臺灣。現任臺灣新地文學基金會董事長。既是詩人、散文家、文論家，又是出版家。他出版詩集、散文集多部，出版的文論集有《高舉民族文學的大旗》等。作為一個文論家，郭楓始終堅持現實主義的文學理論和愛國主義、民族主義和鄉土情懷相結合的創作路線。特別強調文學的社會作用。他寫道：「文學是什麼呢？文學是社會事業的一種。如果用文學的話來說：文學應該是為了表現廣大的人群生活及願望的藝術。」他批駁為藝術而藝術的觀念時說：「那些倡導為藝術而藝術的作家們，總得靠著人間煙火才能活下來，才能搖著筆桿編織出似夢似幻的超現實作品出來。」[2]郭楓的散文評論，特別突出作家的世界觀、人生觀對作品的影響。他評論許達然的散文時寫道：「作家要成為時代的證人和社會的良心，不是靠著寫作手法，不是靠著朦朧的心願就能作到的，主要的，要看作家所具備的人格。人格，是本性與學養的總和。或者說，人格是在天賦的善良根上，接受了時代的進步陶染，自我嚴格的要求剛正不阿，從而擁抱我們的土地和人群才能鍛煉出偉大的典型出來。」他認為：「擁抱鄉土，關懷人群，真實地反映這一世的社會變化面貌，是許達然散文最主要的內容。」「根據這一認識，他把許達然散文的內容歸納為三個方面。(1)把一顆心交給鄉土。(2)譴責資本主義社會，批評人生物化。(3)泛愛的人道思想。以及政治、歷史批判等。郭楓在評論散文時，還特別強調作者的情感和愛心，他認為社會越冷漠，作家越熱烈；社會越黑暗，作家應越充滿希望。比如他在評論陳玲〈掏出愛心來〉一文時寫道：「在這個人與人競利爭名達到尖銳而冷酷的時代，純真的愛心，不僅是至高的情操，而且也是維繫我們生活中精神層面的樑柱。

---

[2]　《它的文學與文學的人》。

世界愈是混沌，群眾愈是迷茫，我們也愈需要焚然愛的火炬，在溟溟濛濛中發光發熱，照亮一顆顆心靈的希望。」[3]郭楓雖然把散文的社會性、批判性、人民性放在首要地位，但他也十分注意散文寫作的藝術性和技巧的運用。他說：「佈局要嚴謹，不能隨性所之。字句要視內容來適當運用，不能作驚人之筆。有時冗長的平板記述，是為了襯托精彩的段落。文章的主題永遠隱現於全篇的字裡行間。當主題表達圓滿時，文章也該戛然而止了。「根據他對散文藝術的認識，郭楓在評論散文時，也十分關注作品藝術營造和技巧的運用。比如他對許達然散文的藝術表現，作出了這樣的概括。(1)許達然的散文「以詩入文，風格特殊。」(2)「情思富饒，形式精練」。(3)「音同異形，同字異義」的雙關語的運用。郭楓的散文評論，觀察深刻，論述明確而周延，文字樸實而流暢。特別注意作品內容和主題評鑒，對那些抨擊黑暗、引導光明、高歌理想、讚美人生的作品，給刮目相看和優異評價。郭楓的散文評論也和他的其他作品一樣，志在精神的追求，絕無嘩眾取寵之嫌。

二、承繼點誤和啓發式批評傳統的——王志健

筆名上官予。山西人，1928 年出生，1954 年臺灣大學政治系畢業，曾任官職多年，既是詩人，也是文學研究家。出版的論著有《文學四論》(上下冊)、《文學天地人》、《傳統與現代之間》、《現代中國詩史》、《三民主義文藝運動》等。王志健《文學四論》卷四為散文論。共分四章。第一章為散文概述，敘述了散文的特質和類別等。作者認為，「文學的散文，無論是主觀人情，客觀事象；生態社會，山川風雲；無論是書記遊記，傳記新聞，無論是序跋考證，申討紀要，無不可成為散文的文學，文學的散文。」[4]散文可以見微知著，由小見大。小品雖然特以自我為中心，但其所思所感，無不所及，範圍之大，正成就了散文。小品文的「小」有實不避其「大」的特點。為了免除板滯，增加散文趣味色彩，幽默成了散文的又一特點。散文的散，不是形式，而

---

[3]　《永桓的島》，第 101-102 頁。
[4]　《文學四編》，第 602 頁。

是內容。「形式一般是短而集中，內容則是比較散也比較廣；因為散文可以牽涉無限的自然，繁瑣人事，與作家自己心靈的寫照；散文的文字必須簡潔，活潑、生動、有趣味；但是散文的內容也必須有在絕對的自由與絕對的自發前提下，寫出旨趣深遠，意境高遠的作品來。」[5] 王志健把中國現代散文的發展劃為三個階段；第一階段是「蓓蕾初出」；第二階段是「姿彩秀發」第三階段是「繁枝豐碩」。第二階段包括部分臺灣散文家，第三階段專寫臺灣散文。其中女散文家占了相當的比重，專列了「女作家群」一節。值得注意的是王志健評論的目光與別的散文批評家有所不同，在別人的散文論著中很少被提及的臺灣女散文家，比如陳克環、劉靜娟、簡媜、杏林子、丘秀芷等，王志健把她們放在顯著地位介紹。王志健的評論風格，亦屬啟發式或點誤式，大都以三言兩語概括出作家作品的內涵和特色。幾乎沒有較長、較系統的論證。作者三言兩語的概括，頗顯獨到，生動而準確，是進入對象堂奧的條條必由之徑。

三、主張語文合一的——梅遜

　　本名楊品純，江蘇興化人，1925 年生，1949 年去臺灣，曾任《文藝創作》和《自由青年》編輯，大江出版公司發行人並主持巨流圖書公司。他出版的著作有《自我的存在》、《散文欣賞》（一、二集）、《梅遜字典》等。梅遜的《散文欣賞》（一）於 1969 年 9 月由他主持的臺灣大江出版社出版。該著除《散文的衡鑒》外，共收入 10 篇談散文的作品。作者的《散文漫談》敘述的是作者對散文文體的見解。作者認為散文應該「語文合一」，做到「我們的心中怎樣想，口中怎樣說，筆下也就怎樣寫。」不過，他認為散文要寫的東西，是經過作家頭腦整理和過濾的，是我手寫我心，而不是我手寫我口。梅遜的《散文欣賞》（二）於 1970 年 3 月仍由大江出版社出版，除〈後記〉外，共收入 8 篇文章，每篇文章評析一篇作品，評論後面均附原作。他主張散文應該寫得「樸實無華，親切自然」。他認為散文寫不好，出現文字上的瑕疵，

---

[5] 《文學四編》，第 606-607 頁。

有兩種原因，一是不注意文字的修飾，二是太注意文字的雕琢，不注意
修飾，句子冗長拖遝，全不簡潔；太注意文字雕琢，會使文字變得「撲
朔迷離，佶屈聱牙，猶如一塊烤魷魚，好讓讀者去慢慢咀嚼……」梅遜
眼中的散文佳品是「清水出芙蓉，天然去雕飾」，內容充實，風格明朗，
文字樸實無華之作。梅遜基本上是個散文鑒賞家，散文理論上比較薄弱。

四、企圖為臺灣當代散文撰史的——李豐楙

　　臺灣省雲林縣人，1947 年 8 月出生，臺灣政治大學中文研究所博
士，現任臺灣政治大學中文系教授。他寫詩、寫散文、也寫評論。他
的〈《中國現代散文選析》序論〉一文，是對臺灣 1949 年以降散文創
作的很好的總結和概括。李豐楙的這篇論文分：緒論；散文的成長及
意義；散文的分期及其代表作家；當前散文的檢討與展望四部分。就
其文章企圖和構架，批評的對象和內容等觀察，實際上是一篇臺灣當
代散文發展演變的簡史。資料的搜集和運用，文章的構思和鋪展，研
判的認真和深入，均堪稱散文研究力作。簡短的緒論講述臺灣散文傳
承和延續的脈絡。第一部分「散文的成長及其意義」，意在探討臺灣當
代散文是祖國三四十年代散文的發展和延續關係，比較細緻深入分析
了五四以來中國散文發展的狀況和成就。作者寫道：「復興時期的散文
（即臺灣當代）雖由於不可抗拒的原因，而與前三十年的傳統略有中
斷的現象，但從文學傳承的意義言，這一時期仍舊是三四十年代散文
的延續與拓展，尤其前行代更是傳遞薪火者。因此比較兩者之間的關
係，一則可以確定臺灣的散文與三、四十年代作家的血緣關係，一則
可從其轉變的方向，瞭解復興時期的作家對政治、社會的態度，是稍
有異趣之處。」[6]這一部分作者以回溯和反思的方法，把臺灣當代散文
的各種流派和風格，沿著時序向五四以來整個散文的流脈探尋，一一
找到各自的來龍去脈和源頭。作者認為：隨筆和小品由周作人、林語
堂倡導，臺灣的繼承者有邱言曦、吳魯芹、顏元叔、莊因等。美文，
尤其是抒情寫景之作，由徐志摩、朱自清、許地山創始，目前成為臺

6　《中華現代文學大系·評論卷》，第 772 頁。

灣散文的主流和大宗，主要由女作家，如張秀亞、琦君、徐鍾佩、鍾梅音、張曉風、林文月等延續；雜文由魯迅首創，由於政治顧忌臺灣雖不多見，但報紙的短評、方塊文章與柏楊、李敖之作卻繼承了這一傳統。持續美文傳統的多為詩人散文家，如余光中、楊牧等，他們文風上有詩化的傾向。李豐楙寫道：「大概說來，臺灣散文仍循前三十年的規模，以雜文、美文為主，其作家遍於社會各界，而軍中、學界及家庭主婦為最重要的來源，且有寫作散文營生的專業作家。支持散文活動的以報紙、期刊為主。」[7]在第二部分「散文的分期及其代表作家」中，作者把臺灣當代散文劃分為三個時期。第一時期：1951 年至 1961 年。這個時期的散文有三類：一是反共八股散文；二是失土去鄉之悲；三是描寫風花雪月，身邊瑣事之作。這個時期的散文作家以女性為主體，其人數最多。「大概女作家的散文，情感豐富，思緒細緻，而文詞多優美，所寫雖以瑣事為主，都是第一個十年可觀的文學成就。」比起女作家來，男作家的散文數量稍有遜色。第二個時期；1961 年至 1970 年。這十年間是臺灣文學的西化期，但現代派對散文藝術技巧的啟發大於思想；因此造成的影響較不明顯。這十年臺灣散文不再是女作家的天下。因而題材開拓上較前期更為開擴和豐富。這個時期臺灣的學術界的散文，成了臺灣散文的重要一支。詩人們右手寫詩，左手寫散文，成了散文界重要的一群。此外，小說家也成為散文作家中重要的一部分。此時期的報刊專欄作家和遊記散文大量湧現。作者寫道：「60 年代散文的主力，就是經歷大時代的轉變，在艱辛中逐漸安定的一代，以較平靜的心情寫出個人以至國家之感。他們曾是五四散文的流風餘韻，語言上講究文白交融，筆法上講究入情入理，題材上則富於回憶的溫馨……這十年為承先啟後的階段。」第三個時期：1971 年至 1984 年。這十年的散文作家不僅遍佈各行各業，而且遍佈老中青各個年齡段中。「70 年代的散文除了穩定地發展原有成績外，以中年一輩的表現最為出色。」李豐楙文章的最後一部分「當前散文的檢討與展望」，認為今後臺灣散文的發展趨勢為創作題材將進一步擴大；作品逐漸走向

---

[7]　《中華現代文學大系・評論卷》，第 777 頁。

專業化和專家化；由於人們求知慾的強烈和要求訊息傳遞的快速，散文的報導性將被強調，雖然如此，但隨筆和小品之類仍無法被取代。「由於世界的事物日變，自然與人的關係，在科技的衝擊下已有變化，因而散文家形成新的美學意識，產生新感性，在新生代的手中確有新風格的散文在逐漸形成中。」[8]李豐楙的這篇長篇論文和該散文選，目的是「希望提供對這段散文史的瞭解，作為傳統中國文學史最新的一章」而著述的。該文實際上起到了四十年臺灣當代散文史的效用。作者把臺灣當代散文作了一個雖然粗略，但卻十分清晰的鳥瞰；對有代表性的許多散文家的創作特色和風格進行了簡明扼要的概括。這些在散文研究十分薄弱，尤其是散文史還是空白的情況下，實有開拓之功。最可貴，也是難度較大的，是作者將臺灣 1949 年以降的各流派和風格的散文，向中國五四以來散文中探源，並能找到源頭。雖然楊牧也曾作過這種嘗試，但每個學者的探討自有其獨到所在。不足之處是李文限於篇幅，過於概括，給人一種知其然，不知所以然之憾。不過作為書的序論，這已是苛求了。

五、注重散文內容和氣質分析的——張健

張健上面已經敘述，他發表於《臺灣文訊》第 13 期的長篇散文評論〈六十年代的散文〉是一篇散文研究的宏觀之作。對臺灣 60 年代的散文概況和主要散文作家和他們的創作，進行了評述。張健認為，60 年代雖然西化之風勁吹，西方現代主義風行臺灣，但現代派對臺灣的幾個主要文體的影響比較起來：「對詩和小說影響最大，對散文影響次之，」現代派對臺灣散文影響較小，但不是沒有影響，他認為，「現代主義重感性，重象徵，重意象，有時又切斷意象，不免造成晦澀的現象。在散文方面晦澀的作品尚極少見（散文詩也算詩，不在討論之列）。但重感性，重意象的作法，確也波及若干作家，尤其詩人而兼散文家者，更多此一傾向，如余光中等。」[9]但是，多數的臺灣散文家，仍然

8　《中華現代文學大系‧評論卷》，第 801 頁。

9　《文訊月刊》（第 13 期 1984 年 8 月）。

「繼承三、四十年代，五十年代的傳統，抒情、寫景、說理、記趣並重，老作家梁實秋仍有新作，另一方面，陳之潘、思果等中年作家亦不斷推出其散文集，若干年輕作家繼踵於後，造成一種比較理性的新潮。」[10]張健認為散文的題材方面，其內涵比前期更為開闊、豐富，上天入地均可攝取，不再囿於柔美抒情的文藝腔。散文的語言也較前鮮活，讀者既是一種享受，又是一種求知的方式。張健在該文中評述的散文作家分為七類，第一類，教授型，如洪炎秋、繆天華；第二類，藝術家和文藝史家型．如虞君質、李金髮、李霖燦；第三類，學者作家型，如葉榮鐘、周棄子、梁實秋、思果、錢歌川等；第四類，雜文型，如何凡、鳳兮、彭歌等；第五類，詩人散文家型；如紀弦、夏志清、楊牧、張健、管管等；第六類，中年學人型；如，陳之藩、水晶、傅孝先等；第七類，女作家型，這一類人數最多，張健分為兩節敘述，其中主要的如張愛玲、鍾梅音、徐鍾佩、潘琦君、林海音、張秀亞、葉曼、羅蘭、胡品清、張曉風、艾雯等。被張健列入散文家名單的幾乎有近百人。張健的文學評論，有其一貫風格，即繼承和發展中國啟發式和點誤式的傳統批評法，用極少篇幅和十分精煉而準確的語言將對象的特點和特徵加以概括和點撥。只求頓誤，不求詳解。他在散文批評方面這種風格更為明顯。比如：他對張曉風評論道：「好的散文蘊理於情，自然、親切而深摯；時而，她也會大發驚心動魄之語……」他對潘琦君評論道：「工於敘事體物，寫童年家鄉瑣事，極本色，但卻娓娓動聽，文體內斂而平易，不誇張，不炫巧，不逞才……」張健的散文評論注意內容和氣質分析，善於深入透視和通俗表達，因此讀他的評論如讀他的詩文一樣輕鬆和舒適，從無艱深和晦澀之感。

六、為臺灣散文尋本探源的──楊牧

　　本名王靖獻，臺灣花蓮縣人，1940 年生，臺灣東海大學外文系畢業，美國柏克萊加州大學比較文學博士，現任美國西雅圖華盛頓大學教授。身兼詩人、散文家、評論家，出版的論著有《文學知識》、《傳

---

10 《文訊月刊》（第 13 期，1984 年 8 月）。

統的與現代的》等。楊牧認為，散文之能成為文類，只有在中國文學傳統中顯出它的重要性，西方雖然也有散文。但他們是以詩、戲劇、小說為主，其散文「賴以維繫共相而成為文類的條件卻又十分參差脆弱。」以英國為例，如果用中國的文學標準來衡量，除少數大家外，其散文作品「可謂寥寥無幾」。而散文則「是中國文學中最重要的類型之一，地位遠遠超過其同類之於西方的文學傳統，原因在於它多變化的本質和面貌。往往集合文筆兩種特徵而突出，不受主觀思想的壟斷，也不受客觀技巧的限制。」「我們對於散文，無非是因為陳義高，理想大，確認它是文學創作中最重要的一環。」[11]而中國的現代散文，由於繼承了古代散文的優秀傳統，又能表現現代中國人的精神和體悟，因而歷久常新。楊牧寫道：「我們更相信這七十年來的新體散文之所以不僵化腐朽，反而能通過一種新語法，表現20世紀中國人的感性體悟和觀察，維繫此一偉大的藝術傳統於不墜，正因為近代中國散文作家心存此念，一脈相傳，乃能進一步為中國散文的藝術精神下定義，證明其歷久常新，永無止境。」[12]楊牧對中國傳統的散文創作和散文理論素有研究，因而不管散文創作和散文理論方面都具有深厚的歷史感和很強的歷史關照。楊牧是攻比較文學的，對西方文學又有深知，因而在他的散文評論中又能做到東西互比，見其優劣，顯其長短。楊牧把中國現代散文歸納為七種，並各個指出其開山人物和繼承宏揚者。在這種從歷史發展演變和傳承絕續的視覺研究中，楊牧非常自然而又證據充分地把臺灣當代的散文與中國五四以來新散文的傳統接上香火。他認為，散文的七個品類。一曰小品，周作人奠定其基礎。這種小品「上承晚明遺風，平淡中見其醇厚的一面；又在傳統理趣上，注入他的日本經驗，增加了一分壓抑的激情。」這種散文在臺灣的繼承者有梁實秋、思果、莊因、顏元叔、亮軒等。二曰記述，以夏丏尊為前驅。「一篇〈白馬湖之冬〉樹立了白話記述文的模範，清澈通明，樸實無華，不做不矯，也不諱言傷感，是為其特徵。」它在臺灣的繼承者有徐訏、

---

[11] 《中華新文學大系・評論卷》，第765-766頁。
[12] 《中華新文學大系・評論卷》，第765-766頁。

琦君、林海音、林文月、叢甦、許達然等。三曰寓言,許地山最稱淋
漓盡致。他「博學沉潛,對於外國古典之認識不下於知堂。他深入梵
文舊籍,結合傳統中國的象徵手法,作品充滿寓言點化的技巧,神韻
無窮。」臺灣的繼承者有王鼎鈞等。四曰抒情,徐志摩為之宣洩無遺。
他「以詩人之筆為散文,瀟灑浪漫,草木人事莫不有情,激越飄逸,
施轉自如,其文字最富音樂性,開創一代新感性的抒情文章。」其臺
灣的後繼者有張秀亞、胡品清、陳之藩、蕭白、余光中等。五曰議論,
趣味多得於林語堂,「所議之論平易近人,於無事中娓娓道來,索引旁
證,若有其事,重智慧之宣染和幽默人生之闡發,最近西方散文體。」
臺灣的邱言曦、吳魯芹、夏菁等繼其後。六曰說理,胡適文體影響最
深。七曰雜文,魯迅總其體例語氣及神情。「魯迅、胡適各具典型,前
者以深切潑辣睥睨三十年代文壇,稱雜文大家;後者建立了近代學術
說理文章的格式,證明白話文之可用,貢獻良多。此二典型的散文重
實用,不重文學藝術性的拓植。」[13]楊牧的散文研究,除了我們上面所
述注重探源和旁徵外,理論和實踐並重,並以理論概括各家各派之風
格和特點,給讀者深刻啟發,大有拔冥見朗之感。在在顯示了楊牧散
文研究之功力。

七、情感型的散文評論家——亮軒

　　本名馬國光,1941 年 10 月出生,遼寧省金縣人,臺灣藝專影劇科
畢業,美國紐約市立大學廣電研究碩士,現任臺灣藝專廣電科主任。
著有散文集多部。亮軒散文研究的主要特色,表現於他評論張拓蕪的
系列散文集論文〈說到傷心處,正是開顏時——《代馬輸卒》系列有感〉。
要談亮軒的評論,需得對張拓蕪怪怪的散文集的名稱作點破譯。「代馬
輸卒」簡稱就是馬夫,不過他與馬夫的任務還不太一樣。馬夫是餵馬、
侍候馬,專為騎馬的官老爺服務,而「代馬輸卒」卻是人代馬役,即
代替馬來輸送軍事物資的苦役。可以說比馬夫還不如,等同牛馬。「代
馬輸卒手記」,就是運送軍事物資苦役者的見聞記錄。《代馬輸卒系列

---

[13] 《中華新文學大系‧評論卷》,第 767-769 頁。

散文》就是張拓蕪當了半輩子軍中牛馬，流了半輩子的血汗，因患腦溢血癱瘓在床，「保證不摻水」的人生和心靈的記錄。由於亮軒的情感形態和他評論的對象，以及他研究散文的方法。別無選擇地使他採用了「知人論文」和「要論文先論人」的評論張拓蕪散文的模式。首先亮軒認為，《代馬輸卒手記》的最大特色和價值，在於「說真話」，而且能把真話「說得一是一，二是二」。亮軒認為張拓蕪雖然是多少億中國人的一分子，但是他卻不止代表一個中國人，也不是代表一代中國人。他寫道：「我要問了，你照了鏡子看到了一個中國人，你看得到所有的中國人嗎？我還要問你，你看到了一個中國人，你看得到整個的中國人嗎？我更要問你，你看到了二十歲三十歲四十歲乃至一百歲的中國人，你看得到幾千歲的中國人嗎？《代馬輸卒手記》裡的那個喚作張拓蕪的中國人。是一個『所有的』、『整個的』、『幾千歲的』中國人……」這些激情得無以復加，尤甚於詩人誇張手法的語言，用於評論，本是不太合適的，但如果用得恰到好處，也無不可。問題是亮軒這裡用得不妥。張拓蕪或許有很多高尚的品德，有很多值得稱道的地方，但就亮軒文中所講「他在部隊中，曾經擔任過『代馬輸卒』，一種以人力補牲口不足的兵員，被譏為吃草料的……依舊堅忍不拔，任勞任怨……」這種人，不但不能代表全中國人的精神和形象，更不能成為幾千年中國人精神的楷模。他被拉夫當牛作馬，幹的是逆歷史方向而進的事業不猛然醒悟。還要任勞任怨，實際上是一個歷史的犧牲者。作為被利用的苦難者，值得同情，但被愚弄而不醒悟卻不值得讚頌。亮軒那充滿激情的評價，作為評論家的一種氣質和方式，或許對散文研究不無意義，但用在此處，卻值得商榷。亮軒從別的角度，比如，張拓蕪；「笑裡和著淚，血裡和著汗，生命比風還要捉摸不定，而他活得如泥土石塊一般實在」和中了風，癱掉了半邊身子，竟以癱瘓之身，以無比的毅力和耐性寫成並出版了多卷本系列散文案《代馬輸卒手記》，記錄了他的軍中苦狀和旅途見聞，記錄了他的懷鄉之思……卻真有點中國人的品格和氣質。亮軒，從研究《代馬輸卒手記》中概括出寫好隨筆體散文條件，是很有意義的。他寫道：「要把隨筆寫得好，可不是隨隨便便的一枝筆辦得到的。執筆的人，一定要先有豐富的閱歷，

一針見血的悟性。」亮軒認為《代馬輸卒手記》的特色在於，文章小，寫小事，寫小人物，而小中見大，平中出奇；文字上乾淨俐落，不拖泥帶水，可稱作「隨筆中的卡通漫畫，寥寥數筆，盡得造化之妙。」《代馬輸卒手記》看似自傳，但並沒有一般自傳中把「我」放得很大的毛病。「張拓蕪的那個我，一直是一個卑微的旁觀角色，歷史在他的瞳仁裡一幕一幕演過去，他默記在心，反覆咀嚼，然後去其糟粕，取其菁華地記錄下來，這個自傳自然寫得就有歷史書的味道了。」張拓蕪「從十六歲糊裡糊塗的當了兵……吃盡了難以想像的苦」，但「別人的苦，他以淚眼瞧自己的苦，嘻笑從之。」《代馬輸卒手記》又可稱為遊記散文。亮軒認為，要寫好遊記，「不能只憑記憶力，要憑感應力，人生一世，拉拉雜雜數不清的事，怎麼記得住？有了好事與純情糅合而成的感應就不一樣了，好奇心使他對身邊的事情隨時睜大了眼睛。然後拿來跟自己互為觀照，寫出來自然文情並茂，不只是單純的記錄。」[14]亮軒認為，張拓蕪是千千萬萬國民黨軍中小兵的代表，《代馬輸卒手記》為小兵發言，寫出他們的苦難和經歷。他寫道：「小兵千千萬萬，固然不能說絕對沒有人在寫小兵，可是，能夠寫得如此之細，如此之深刻，把血、淚、汗，透過筆尖，徐徐流出的，卻只見一系列的代馬輸卒手記。」亮軒是一個情感型的散文評論家，他的評論文字，自身就有濃烈的抒情成份，是抒情散文和評論的結合。文從情流，情於文發，讀起來舒適流暢，而無苦澀之感。不過這種評論易使感情的洪流衝亂文評之準星；易使胸中之熱度升高了溫度計上的量度，因而需要節制情感。強化文字的透析和鑒評功能。

---

[14] 《中華新文學大系・評論卷》，第 726 頁。

第十七章

臺灣具有代表性的散文理論批評家

第一節　堅持中國傳統散文理論的季薇

　　季薇，本名胡兆奇，浙江省臨安人，1924 年生，浙江金華中學畢業，浙江大學畢業，1949 年去臺灣。臺灣著名的散文作家和散文理論批評家。他出版過許多散文集，他出版的散文論著有《散文研究》、《散文的點線面》和《散文的藝術》等。據說，他是一個十分謙虛和禮讓的人，取「季薇」為筆名，即表示自己的作品不如人，「季薇」即「驥尾」諧音，即取馬尾之意。由於臺灣散文理論批評十分薄弱，基本上還處於起步開拓期，因而著有三部散文理論批評集的季薇，已是不可多得的散文理論翹楚和臺灣散文理論批評界的開創者了。季薇的《散文的藝術》，是一部散文理論批評專著，該書分為兩輯，第一輯為散文理論，第二輯為散文批評。概括起來季薇的散文理論有以下一些內容：

1. 散文的界說和定義。散文領域寬廣，內涵豐沛而龐雜，寫作比較自由，功能偏於適用，支系派別超過任何文體，因而是文學國度中最不易下界說和定義的文類。季薇在給散文下定義時，確也認識到了它的難度。他說：「散文在文學創作中，有其重要地位，中外皆然。但是，要替散文下一個絕對的定義，卻相當困難，因為它所關涉的範圍太廣，除了詩以外，任何文學作品，都有散文的因子。」[1]但是，由於對散文的熱愛和執著，由於企圖尋找一條進入散文迷宮的捷徑，季薇不避艱險，一再努力。企圖打破困境，為散文探索一個比較合適的定義和界說。以下

---

[1]　《散文的藝術》，第 7 頁。

這些雖然並不十分科學和準確，但其歪歪扭扭的文學履痕，卻記錄了季薇尋找散文定義和界說的不平坦的心路歷程。他寫道「一般表情達意，用得最多最普遍的文體，應該數到散文了。一般的散文，不像長篇小說那樣壯觀。可是，三五分鐘之內，對某事某物，給讀者一個鮮明活潑的印象，這是長篇小說所辦不到的，而散文卻勝任愉快。並且構成小說的主要骨幹，還是散文。可見，散文是一切文學作品的基礎。抒情、敘事、說理。散文應用的方面很廣，而且彈性很大。這也許是散文最大的長處。」[2]他又說：「不管怎麼說，散文是一種純正的文體，各類文體靠它滋衍壯大，而散文的本身，可以單獨成立，而成為一種高格調的文學作品。」[3]他又說：「純文學的散文，在文藝的領域中，是主要的一環，它屬於美文的一種。」[4]季薇在上述三處為散文作的界說和下的定義，均似乎對，又似乎不太對；均似乎站得住腳，但又似乎不夠科學和完美；均似乎抓住了它的特徵，但似乎又均不夠準確。就像說朝霞是東方升起的一片光芒，霧是一種水氣，人是一種有智慧的動物，豬是一種肉食動物……等等，誰能給這些說法打個「×」呢？但誰又能不打折扣地給這些說法叫一聲「OK」呢？這不是說季薇的水平低，而是他界說的對象不能作簡單的界說。在季薇為散文作的界說中，把構成小說的骨幹部分說成是散文，也是值得商榷的，從行文方式上看，小說的敘述方式的確和散文沒有兩樣，均不用韻，也不對仗，但文體的分類是以主要特徵劃界的，小說的主要特徵與散文的主要特徵的差別是十分鮮明的，散文管轄的領域已經夠寬了，我們不能再允許散文去侵略小說，在小說中去佔領殖民地。而且如果別的文體中有與自己相似的部分，就認為是自己的，文學世界中定將難免爆發一場沒完沒了的世界大戰。因而

2　《散文的藝術》，第 1 頁。
3　《散文的藝術》，第 10 頁。
4　《散文的藝術》，第 231 頁。

還是按照約定俗成之法嚴格限制各文類的疆界較好。遇有未劃定的疆界處，應互相謙讓，以免挑起戰端。

2. 散文的實質和功用。散文的實質，是決定散文能否成篇和優劣與否的關鍵因素。比如散文的內容，散文與生活的關係等。季薇認為，散文必須與社會生活緊密結合並為社會生活服務。他說：「文藝和實際生活脫節，不可思議。植根於生活，而有超越的表現，是生活情調和境界的拓展與提升，也正是創作和欣賞的精義本意所在；擴大並且美化人生的意義，無論如何是好事。」[5]他認為散文不僅應該植根於生活，而且應該為生活服務，我們生活中處處有散文，用散文，散文成了我們生活的一部分。他寫道：「在所有的文體之中，和我們接觸面最大的，首推散文。隨便舉例：一封信、一段新聞、一段廣播、一則啟事、一篇報告、甚至是一個笑話……無一不是散文。交流感情，交換知識，溝通心志不論是發表或者接受，最基本而且用得最普遍的便是散文。讀散文、寫散文、聽散文，成了我們生活的一部分。」[6]從表面看來，散文的寫作彷彿十分容易，但散文不是只要求文從字順，而且還必須篇篇有創新，只有創新才有生命，才能立於不敗之地。

3. 散文的欣賞和審美。散文雖然具有別的文類不可比擬的生活實用價值，但只有實用值價還不是散文，文學意義上的散文必須具有審美和欣賞價值。文學意義的散文要求「實用價值和欣賞價值並重」。季薇寫道：「對於散文寫作，我們重視三個『純』字，那就是：純潔的思想＋純潔的感情＋純熟的技巧＝散文。這是一個等邊三角形，任何一條邊，都是非常重要的。這三個純字，是很平實而允當的標準。在沒有更進一步、更高一層的標準之前，相信這裡沒有太大差錯的。」[7]散文的欣賞和散文的美是分不開的。而散文的美是多層次，多方面的。比如，意境

---

[5] 《散文的藝術》，第 28 頁。
[6] 《散文的藝術》，第 26 頁。
[7] 《散文的藝術》，第 14 頁。

美、詞藻美、結構美、情操美等。季薇認為：「由於審美的修養，和審美的態度人不盡同，於是，甲認為美的，乙未必贊同；乙覺得美的，丙可能反對。」但是，散文的審美中也有一些共同的東西。比如大家都認為散文應是一種藝術品，既然是藝術品，就「必須格律禁忌──也就是說，最起碼藝術道德和寫作良心不可違背；筆頭和心頭，都必須純潔乾淨；言必由衷，而與人為善，這是創作的基本態度。」[8]不過，季薇所作的這幾項格律禁忌，仍然沒有解決不同的作者和讀者各操自己的審美界尺之事。這裡只能採用求同存異之法，因為同是相對的，異是絕對的，任何事物都只能是絕對的異和相對的同，最多也只能大同小異。關於散文的審美，季薇進一步說：「抒情、敘事、說理，雖技巧的運用千變萬化，但有幾個大原則不可忽略：抒情要真，敘事要明，說理要透；真、明、透，是美的三格。就藝術的本質來說，既稱藝術，必須是美的──這裡所說的美，是純正的，絕對不是旁門左道的。」[9]

4. 散文必須有中國特色。季薇認為，散文在表現個性的同時，「國家民族的公眾利益，必須放在第一位。」只有在這個前提下，才可能充分展現各人的學養和才智，才能做到，濃豔與樸素，樸質與華麗，陽剛與陰柔，諸美並呈。季薇還寫道：「無論如何，請勿忘記我們是中國人。中國文化有中國文化的特色，中國人有中國人的氣質。用地道的中國語言和文字，和地道的中國語法和文法，來表情達意，那總是太應該的。」[10]

5. 散文的繼承和借鑒。季薇認為，散文必須創新，但創新與繼承並不矛盾；散文應該借鑒，但借鑒不等於崇洋。他寫道：「文藝創作，必然應該創新求新，但也不必一概抹殺前人的作品。現代和古典，沒有對立的必要。新由舊來，如果沒有中國古老的衝天花炮，哪裡來現在的火箭飛彈？舉一反三……捨短取長，

8　《散文的藝術》，第 29 頁。
9　《散文的藝術》，第 29 頁。
10　《散文的藝術》，第 233 頁。

來增補我們的創作……外國的作品，也有很多優秀的，觀摩表現的手法和技巧無妨，但如果一味模仿皮毛形式，勢必不中不西，半洋半土，何等煞風景。」[11]季薇認為，現代散文應該不崇洋，不泥古，踏踏實實地進行創作。此外，季薇在散文的批評理論和批評實踐方面有不少建樹。季薇的散文理論屬於中國傳統的現實主義理論，代表著臺灣散文理論的主流。他的三部散文論著：《散文研究》出版於 1966 年，《散文的點線面》出版於 1969 年，《散文的藝術》出版於 1972 年。這三部著作出版的時間，正是臺灣文壇瘋狂西化和由西化向回歸的過渡期。在臺灣文學西化中，散文受的影響最弱，基本上還是一片比較乾淨的中國園地，而季薇的散文理論批評，就是開在這片中國園地上的中國花朵。在抵制西化風潮中，起了一定的作用。

第二節　構架散文理論體系的鄭明娳

鄭明娳，原籍湖北省漢陽，1950 年出生於臺灣省新竹縣。1972 年臺灣師範大學畢業，1975 年獲師大國文研究所碩士學位。1981 年獲博士學位，現任教於臺灣師大國文系，並任臺灣青年寫作協會秘書長。她出版的論著有《儒林外史研究》、《現代散文欣賞》、《讀書與工具》、《西遊記探源》、《珊瑚撐月——古典小說新向量》、《當代文學氣象》、《現代散文縱橫論》、《現代散文類型論》、《薔薇映空——新世代文學創作選析》、《古典小說藝術探新》、《現代散文構成論》等。鄭明娳的研究領域十分寬廣，她既研究古典文學，也研究當代文學；既研究散文，也研究小說、詩歌。不過她花心血最多，灌注智慧最多，成果最多，也最紮實的還是散文研究。在散文理論研究上，臺灣無人能出其右。即使在全中國當代散文研究家中，她也應名列顯位。她的散文理論研究，縱橫馳騁，左右逢源，深入細膩，時發絕響。鄭明娳研究散文，一非玩票，二非一時心血來潮，而是抱有「較遠大的理想，乃是從歷史的

---

[11]《散文的藝術》，第 233 頁。

角度來審視現代散文成長的軌跡,並為作家定位。其次是建立散文系統的理論。但這些,蹇駑於我,可能終身經營方克完成。」[12]鄭明娳在《現代散文類型論》一書的序中更加明確地敘述了她要創建散文理論體系意圖。她寫道:「本書試圖建立散文的類型體系,因此不免與各種傳統的分類方法多有出入。筆者希望能把七十年來的散文類型理論重新界定,釐清脈絡,兼顧其歷史成因與後設觀點。期望這種類型劃分具有如下的功能:(一)希望能建立散文類型化理論的完整體系,以俾未來學界研究的便利。(二)透過類型化的確立,進而可追溯散文創作的方法論。(三)在散文類型化建立後,可進而檢視七十年來散文作家的實踐成果。」從鄭明娳的上述兩段話中,我們瞭解到,進行散文理論研究,是鄭明娳終身的移山般的事業;鄭明娳的散文理論不是單項的,而是全方位的;不是片斷的,而是系統性的。這種系統理論表現在她的三部散文理論專著之中。現在分別加以敘述:

　1. 散文理論王國的敲門磚──《現代散文縱橫論》。鄭明娳此著的書名,顯得非常高峻、宏闊而深遠,但從實際內容看,它不過是鄭明娳刻苦鑽研,積蓄力量,準備向散文的理論王國發動總攻擊之前的一次理論試練,是叩開散文理論王國大門的一塊敲門磚。正像她自己在該書的序中所說:「是對現代散文理論的初步賞試。日後將努力使它完整化,系統化。」此著第一輯是理論,第二輯是欣賞。而第一輯理論部分只有兩篇文章,一篇是現代散文史的概括,一篇談散文欣賞,總共只占全書 193 頁的 41 頁篇幅。因此這部書基本上是散文作家作品評析。不過在第一輯的兩篇文章中,已經初露了鄭明娳散文理論的某些特質和鋒芒。顯現了她豐實的學識基礎和宏闊的研究視野及向前掘進的堅韌意志。〈中國現代散文芻論〉一文,對中國現代散文進行了溯流探源性的考察。作者認為「晚明小品,可以說是開了中國現代散文在主題、內涵以及技巧諸方面的先聲。清末沈復、劉鶚等作家寫下的自傳式的散文,不但承襲了晚明小品的寫作

---

[12] 《現代散文縱橫論》序。

方式，也啟發了民國新散文的生機。」[13]作者一路追朔下來，認為從明清傳承下來的小品「已經成為 1949 年之後臺灣散文界的主流。」而臺灣的女性散文家為這一主流的骨幹。這些女作家中又以琦君為代表。「她的散文，無論寫人寫事物，都在平常心中含蘊至情，在清淡樸實中見出秀美。她的散文，不是濃妝豔抹的豪華貴婦，也不是粗服亂頭的村里美女，而是秀外慧中的大家閨秀。」[14]對其他類型的散文在臺灣的繼承者；鄭明娳也略有洞悉。這篇文章中，鄭明娳還探討了散文的特徵和內涵。她認為，現代散文經常處一種「殘留文類」的地位和包容各種體裁的「次文類」。它是「各種已備具完整要件的文類剔除之後，剩下來的文學作品的總稱」。「因而內容過於龐雜，很難在形式上找出統一的要件。」儘管如此，鄭明娳還是開動思維機器從內容、風格、主題三個方面，為散文規定了三個必要的條件：「（一）內容方面要求：必須環繞著作家的生命歷程及生活體驗、（二）風格方面要求：必須包含作家的人格個性與情緒感懷。（三）主題方面要求：應當訴諸作家的觀照思索與學術智慧。」鄭明娳說：「以上三項要件，都以『有我』為張本，亦即要求其『文字上的真誠』。所以現代散文的定義是：凡符合上述三項要件，而在形式上未歸入其他文類的白話文學作品，便屬於現代散文的範疇。」[15]鄭明娳根據她給散文下的定義，把現代散文分為以下八類：(1)小品。(2)雜記隨筆。(3)遊記。(4)日記。(5)尺牘。(6)序跋。(7)報告文學。(8)傳記。這 8 類中有的又分數類。鄭明娳為散文規定的三大要件，其中件件「有我」的原則，只符合和適用第一人稱散文，不一定符合和適用所有的散文。比如為別人寫的序跋，為別人寫的傳記，或以第三人稱寫的報告文學等，就不一定件件「有我」，起碼內容方面就不一定「必須繞著

---

[13] 《現代散文縱橫論》，第 3 頁。
[14] 《現代散文縱橫論》，第 13 頁。
[15] 《現代散文縱橫論》，第 4 頁。

作家的生命歷程及生活體驗」展開。該著的另一篇理論性文章
〈現代散文的寫作與欣賞〉，亦有些有價值的見解。

2. 散文的解構與整合──《現代散文類型論》。事物的出現和誕生，
是先整體而後部分，比如，孩子生下來雖然很小很小，但它是
一個完整的整體，一切俱全，然後各部位再來增長。比如禾苗，
從土裡拱出，儘管只有一枝兩葉，但它是一個整體，然後再逐
步進行機體的完備。而人們認識研究事物，卻走著相反的路，
即先部分再全體；先解剖，後整合：先現象，後本質。鄭明娳
的《現代散文類型論》，即是將散文劃分為各個部分，經過各部
分解剖、分析、論證，達到認識散文的全體和本質之目的。這
部專著共分四章十五節，這四章十五節的綱目排列正好組成這
樣一個公式：總體──解剖──整合。第一章總論中，敘述散文
的源流、內涵和分類。從古代散文的發展追溯中國現代散文的
源流。講述作者對散文的基本和本質的看法，除了詳述了她為
散文規定的三大要件外，又對散文歸納了四項特色：(1)多元的
題材；(2)開放的形式；(3)流動的結構；(4)生活的語言。第二章
和第三章是散文的類型，這是對散文進行部位分析，也就是開
膛破肚地解剖。鄭明娳以散文的內容和結構為據把散文分為兩
大類，一類為小品，小品中又分情趣小品，哲理小品和雜文；
一類為特殊結構的類型，含七種散文。即：日記、書信、序跋、
遊記、傳知散文、報告文學、傳記文學。作者一一論述了它們
的特徵和功能。比如她在論述小品的特徵和功能時指出四點：(1)
格局精緻。(2)以寫實為主。(3)意境獨到。(4)造境寫境必含情、
趣、韻諸因素。不難看出，第一類散文，即小品更趨於文學性，
欣賞大於適用，而第二類，即特殊結構的散文，其適用價值則
大於欣賞價值。鄭明娳的這種散文類型體系的確立和論證，是
散文史上具有開創性的貢獻，前人雖然也有散文類型的劃分，
但一一加以論述，並明確構成類型體系，還不多見。散文類型
體系的確立，是散文理論建設的基礎工程，它對認識散文的功
能價值和意義，它對散文創作和散文研究，都將產生重要影響。

不過這裡值得指出的是報告文學和傳記文學，它們實際上已形成獨立文體，脫離了散文的行列。從形式內容、結構、功能看，它們騎牆於小說和散文之間，而與小說更為接近。在這兩種文體愈來愈發達、愈來愈顯出獨立個性和風采的情況下，無需再將它們框限於散文家族之內。該著的第四章為結論，即分部位解剖後的整合，作者在該章第二節：整合的趨勢中說「蓋散文在內容上要加以分類，原是為了確立基本典型，以便初創作者參考，也便於討論時之用。而實際上，一位作者，是不應該受類型所拘限的，未來的散文更趨向於各種類型的整合，而且這種整合在現代散文的發展中已不斷呈現。」[16]不僅是散文自身的整合，而且在當今社會背景和人類智慧發達、各學科互相借鑒融合的情況下，散文也將與詩、小說、寓言諸文體，以及科技知識作某些內容、形式、趣味、意義的整合，發揮母文體的優勢，鄭明娳認為「現代散文擁有古典散文深厚的歷史背景，又相容中西各種嶄新的觀念與技巧，它的光彩不但不會因現代小說及新詩的蓬勃成長而被掩蓋，未來更可能因為散文類型的整合與逐漸吸收小說、寓言及詩的藝術趣味、及至科際整合的創作而更形發皇，這一整合趨勢，正待識者共同關切與努力。」[17]

3. 散文的本體理論——《現代散文構成論》。這一部書在鄭明娳的所有散文論著中，是最具創見性和學術價值最高的一部。散文的構成論敘述的是散文自身構成的基本要素、條件和它們互相間的關係。鄭明娳說：「散文構成論是一個『層疊複合系統』。所謂層疊，是指構成諸元素就縱向關係而言形成由上層關鎖而下的體系。結構論影響敘述論，敘述論影響描寫論。同理描寫論跟意象論及修辭論間的關係亦然。從另一個角度來看，修辭論是其他各論的基礎，沒有修辭論，很難進一步理解意象的構成理論。同理，描寫論也是架構在意象論、修辭論之上。這五

---

[16] 《現代散文類型論》，第 292 頁。
[17] 《現代散文類型論》，第 302 頁。

種的縱向關係依序是更高位階的統攝性理論。」[18]如果上面是一種縱向型的層疊、統攝、制約和管轄關係，就是軍長管師長，師長管旅長，旅長管團長……又反過來沒有班就沒有排，沒有排就沒有連，沒有連就沒有營……這樣縱向和上下互相制約，互相依賴的關係，那麼「複合」就是散文構成元素之間的橫向性配合關係。鄭明娳寫道：「所謂複合，是對構成諸元素的橫向考察。修辭理論固然是意象的基礎，它同時也是描寫、敘述、結構等論的基礎構成元素。各類間又互相疊套、互相影響。以修辭、意象二論而言，修辭是指文句之內表現方法的變化，……意象則是辭彙固定，其意義卻可能呈現多種指涉。」[19]鄭明娳認為，現代散文的基礎理論有三，即：類型論、構成論和思潮論。而這三論的關係是既各有獨立部分，又有互相合疊部分。思潮論與類型論的交集點是主題論，而三論共同合疊的交集點是風格論。該著共分六章，第一章：修辭論。第二章：意象論。第三章：描寫論。第四章：敘述論。第五章：結構論。張六章：結論。從該著所列章目看，它研究的主要是散文形式的語言結構系統。修辭講的散文中的修辭學，或者是修辭手段在散文中的運用。作者寫道：「組合散文最小的單元是字，由字連綴而有句，由句連綴而有段，由段連綴而成章。修辭的功能是修飾字與句，因此算是散文藝術構成的最基礎單元。」[20]意象本是詩的專利，是詩學的一個專用屬語，是詩構成的主要元素。鄭明娳把它引入散文研究，更確切地說是鄭明娳從散文中發現意象現象的構成，而把它作為了構成散文理論的一部分。「意象正是一切語言藝術中最具特色的符號功能——因為透過意象旨趣的繁複投射，形成作者情緒綜合的媒介，傳達出一種特殊的信息。因緣於這些訊息，使文學正文有別於一般被簡易化、概念化的哲學或科學正文。」鄭明娳認為：「意象論的根源在心象演繹」，

---

18 《現代散文構成論》序，第 2 頁。
19 《現代散文構成論》序，第 3 頁。
20 《現代散文構成論》，第 2 頁。

她把意象分為「感觀意象」和「心理意象」兩種。鄭明娳解釋
道：「感觀式意象是指作者憑藉人類之感官特性，而產生心象，
直接投射在文學上所形成的意象；或者是作者內在之寓意寄託
於感官的描述而產生的意象。」[21]而：心理式意象的第一個類型
是概念意象。概念意象基本上是一種概念的表達，透過知識領
域的認識和思維模式的組織而形成意象。」[22]從鄭明娳給「意象」
所下的定義和對意象的解釋看。她只注意了意象主觀的一面，
即作者的心理因素，而忽略了意象形成和組構的另一個方面，
客觀外在的物質世界。意象在認識論中，是認識的初級階段，
即感性認識階段，並用形象的方式把這種對客觀外在世界的認
識加以概括，形成形象化的概念。因此「意象的根源」並非只
在於「心象的演繹」，而是主客觀相融合的產物。鄭明娳把「感
觀式意象」分為視覺、聽覺、觸覺、嗅覺、味覺五種。這實際
上是人的器官接觸外界的五種感知方式和五種途徑形成的五大
感觀系統。其中每一種都是人體和物體，內在與外界的接觸，
碰撞而產生的共震和共鳴。以概念為基礎的「心理式意象」，更
是如此，因為概念已是感性認識的高級階段，自身就包含著主、
客觀因素。因而意象決然少不了客觀外在的物質世界。由此認
識，意象應該包括心象和物象兩部分，它是以心象為動因透過
對物象的觀察、體驗，進行主觀和客觀概括、抽象、融合的產
物。它是語言的最小單位──辭的形象化的概念。在文學作品中
常常充任象徵、隱喻、暗示、轉意等修辭手段。文章是否生動、
形象、有趣，與它有極大關係。它在文學中擔著「活化霉」的
角色。該著的第三章描寫論和第四章敘述論，講的都是一種表
達方式和語言體式，第五章結構論敘述散文的組織結構和篇章
佈局，作者都有非常精到的見解和精闢的論述。

---

[21] 《現代散文構成論》，第 74 頁。
[22] 《現代散文構成論》，第 84-85 頁。

　　鄭明娳的散文理論的特點：(1)體系上全面而系統。(2)論述上深入而精到。(3)理論充分聯繫作品實際。(4)溯流探源，充分看到中國古代散文和今之現代散文之承繼關係。(5)注意到大陸散文對臺灣散文的影響。(6)注意吸收新的散文理論營養。(7)能與別的文體作參照研究。但也存在著理論上的某些偏頗，比如：主觀和客觀關係上，較偏於主觀；內容和形式的關係上，較偏於文體形式的理論研究。儘管鄭明娳散文理論研究上還有某些不足，但是，她的成就無可辯駁地表明，她是文論研究中的女中豪傑，她是臺灣散文理論界一棵碩果纍纍的樹。

跋

　　書房外星辰慢慢隱去，窗外的曙光漸漸地掀起了黑夜的面紗，一輪噴薄的紅日從夜的盡頭冉冉升起。而我的書房中與室外大自然的景象相對應，勝利的喜悅驅散了精神的困盹，在我的書桌上也漸漸地亮起了一片精神的曙色──《臺灣新文學理論批評史》完稿了。三十五萬字是三十五萬滴心血和汗水，它佔據了我近一年歲月的日日夜夜；它填滿了我每一個生活的空格。雖然只有三十五萬字的篇幅，但我為它研讀了三千餘萬字的書籍和資料；不滿一年的寫作戰役，我卻作了三年多的備戰。在我備戰的過程中，臺灣許多朋友聞訊而應，給予了我大量熱情而無私的支持和援助。文曉村、張默、李春生、李魁賢諸兄不僅寄來了自己的論著，他們還到朋友處和書店搜集購買了有關資料寄來。文曉村和張默兄曾數度託人攜帶和郵寄資料給我，並寫來了一封封熱情洋溢的鼓勵信。除他們外，寄資料來的臺灣朋友還有：顏元叔、齊邦媛、隱地、白萩、孟樊、丁樹南、高準、林亨泰、李瑞騰、鄭明娳、林燿德、李元貞、張健、王志健、陳千武、鍾玲、蕭蕭、羅門等。每當收到一批資料，我便增加一筆寶貴的財富；我的精神原子反應堆便增大一次功率；拙作便增加一份保險係數。那種從內心放射出的喜悅，便一次次強固著勝利的信心。除了對朋友們的感激之外，還想到，我們是在完成一項宏偉工程──共造中華文學大廈──望駐中華文學之魂。

　　臺灣新文學理論批評，是祖國新文學理論批評園地中燦爛的一角。我是一個探險者，驗寶者，走進這片理論之園，真是琳琅滿目，奇景迭現，珠寶玉翠，目不暇接。張我軍是文學石山中蹦出的孫悟空，衝進舊文學的玉皇大殿，揮舞金箍棒打了個天翻地覆之後，將胡適的「國語的文學，文學的國語」轉化為臺灣新文學的兩項使命：「一、白話文學的建設，二、臺灣話語的改造。」把臺灣文學和祖國文學緊緊

連在一起。50 年代臺灣文學理論的先驅王夢鷗,創造性地提出文學理論的三大原理:適性論——合目的性原理;意境論——假像原理;神遊論——移感與距離原理。顏元叔提出文學的「定向疊景」理論,羅門提出「第三自然」理論;古添洪提出「名理前的視景」理論等等。令人感到,這是一個充滿深邃思考和蓬勃創造的世界;這是一個精神閃光和碩果累累的世界。它從一個側面和大海的一角凸顯出中華民族的智慧和炎黃子孫的聰敏。當濃霧中射出一縷陽光,誰還敢說那是一片沒有希望的天空呢?當敗草叢中鑽出一叢叢嫩芽,人們會想到,那是一片肥美的從冬眠中蘇醒的土地。

臺灣當代文學理論批評從西方引進不少東西。比如:新批評法,比較文學批評法,神話原型批評法,結構主義批評法,解構主義批評法,語言行動理論等等。經過考察發現,引進文學理論批評法與引進作品不同。引進作品過濫,會導致以賓代主,造成「西化」,「東化」之弊,外來作品的精神細菌也會污染了社會、毒化心靈,而引進新的文學理論批評法,用它來研究中國文學,卻可以多角度,多側面的發現中國文學作品的價值和意義,把中國文學研究引向深入。如果把那些方法與中國傳統的「肌理說」、「神韻說」、「格調說」等相結合,其效果更佳。青年文論家古添洪的實驗,可說不無意義。一座巨大的寶山,只有一條道通向陽面,採金;如今再借幾條道通向陰面、側面,採煤、採油、採氣⋯⋯不是更好嗎?

由於「左」的干擾,人們把文學與政治的關係搞得十分曖昧,就像 50 年代「三反」,「五反」中,被店員揭發了的不法資本家與店員的關係那樣尷尬。既是老闆與夥計的關係,又不敢明明白白承認這種關係。又彷彿像王文興的小說《家變》中的父子關係。弄得父不父、子不子。其實文學和時政的關係極為密切。各個時期和不同社會的文學,幾乎沒有不和時政發生關係的,不是受政治統轄,就是和政治打架。臺灣新文學和時政的關係尤為密切。50 年代,國民黨把文學當政治;80 年代具有分離主義傾向的人要以「臺灣意識」作為文學的「檢視網」。一個是要通過文學達到政治目的;一個是以政治手段統攝文學。所以要想文學與政治分家,將文學變成「世外桃源」,只是一種幻覺和夢想。

我們雖然有自己的文學傾向，但我們無意介入臺灣文學的流派之爭，然而，關乎到文學與民族、與祖國的關係，作為一個忠實的炎黃子孫，卻不能沉默。五、六十年代的西化妖風，妄圖在中國的土地上斷絕中國文學的根，我們明確站在反西化一邊，清除西方文學的妖魔；80 年代分離主義企圖分裂祖國，分裂中華文學，我仍然旗幟鮮明，站在祖國文學的立場上，驅趕分離主義文學鬼怪。文學妖魔和文學鬼怪都是醜惡的，戴著文學假面具的政治，如果我們天真地相信和信守文學脫離政治和文學與政治絕緣的謊言，就必定上當受騙。出於對祖國和祖國文學的忠誠和熱愛，秉承本人對臺灣文學研究的一貫精神和前兩部書的宗旨，本著中更加突出地批判了文學的妖魔和鬼怪。如果說這是文學中的政治，那也是客體把主體引向政治，既是無可奈何，也是奈何不得。

　　任何事物的性質均不是由該事物以外的評價決定的，而是由事物自身的構成元素決定的。我們說臺灣文學理論批評是中國文學理論批評的有機組成部分，是有無數事實作充分根據的。臺灣日據前期的古典文學理論批評部分，不僅均是誕生在《紅樓夢》、《水滸》、《三國演義》、《西廂記》、《桃花扇》、《長生殿》、詩經、楚辭、樂府、唐詩等的土地上，而且那些理論批評家多數是大陸移民。臺灣新文學理論批評的奠基人張我軍，把胡適的「國語的文學、文學的國語」作為基石，安放在臺灣新文學理論批評大廈的根基上。臺灣新文學理論批評史上具有代表性的理論批評家和他們的著作，無一不是和中國古今文學理論批評骨肉相連。比如：王夢鷗的文學理論三大原理，就奠基在劉勰的《文心雕龍》和王國維的《人間詞話》及鍾嶸的《詩品》等著的有關論述上；姚一葦的《藝術的奧秘》一書，「論風格」一章，以《文心雕龍》之「八體」，「論境界」一章，以《人間詞話》關於境界之「六論」為基本線索，展開理論論述。田曼詩的《美學》以中國古典哲學，特別是《周易》中的「太極」理論展開闡述，揭開現代美學的奧秘。李春生的《詩的傳統和現代》，以中國古典文學為基礎聯繫現代詩的發展、抽象，概括出中國詩學的理論體系。旅人的《中國新詩論史》，自晚清到現代及至臺灣當代詩壇的詩論論析，創作出臺灣第一部詩論史。以上事實可以看出，臺灣的文學理論批評是以中國文學和中國文

學理論批評為基礎、為母體、為榜樣、為骨血的。是無法區分,無法割裂的。就像一個活潑潑的,有生命的肌體,割去內臟的任何一部分就會死亡;割去內臟以外的任何器官就會殘廢。所以臺灣文學和中國文學,臺灣文學理論批評與中國文學理論批評的母、子,主、支,軀、肢和血肉關係,是歷史、是現實、是物體,是事實,而不是評論、評價和惦估,千萬別發生錯覺。正是出於這種鐵一樣的事實,本著才有中國文學理論批評大格局下,臺灣文學理論批評小格局的形式結構和以中國文學理論批評為源,臺灣文學理論批評為流的敘述結構。

　　本人曾有過撰寫《臺灣文學發展史》,即綜合性、全程性臺灣文學史的野心,在準備過程中發現,這片園地過於擁擠。僅大陸學者中就有數支縱隊人馬,雄糾糾地向這片園地開進。其「撞車」和產品「過剩」現象必不可免。與其不顧頭破血流;腳殘手傷,在一個狹小的區域碰撞爭奪,不如調轉馬頭另闢蹊徑。於是本人便毅然轉移陣地,朝向另一個峰巒——臺灣分類學史攀登。80 年代,集中精力撰寫了《臺灣新詩發展史》和《臺灣小說發展史》。二著在海峽兩岸同時出版後,引起強烈反響,臺灣各大報刊,美國的《世界日報》、《華僑日報》和中國大陸的許多報刊,紛紛發表評論給予肯定和讚揚。這種情況鼓舞了我的信心,於是兵不歇刃、馬不停蹄擬定了撰寫《臺灣新文學理論批評史》的計畫。90 年代尹始,作為獻給臺灣新文學運動 70 周年的禮物面世,殷望同行和非同行批評指教。

　　書房外又一片黎明的曙色,悄悄地爬上我的書桌。書桌角四季桂的濃郁芳香和著朝氣吸入肺腑,化作蓬勃的精神朝氣,又從體中向外輻射。多少生機,多麼澎湃,多少奮發之志,多少光明,多少太陽,迸發!迸發!升起!升起!此刻,一聲「牛奶煮好了!」這是妻子送來的又抹溫馨的曙色!當我從轉椅上徐徐起身時,妻子輕聲地告訴我:「太陽出來了!」我們會心地在曙色中微笑著。

一九九二年二月十日脫稿
一九九二年三月十日改畢
於北京西郊萬壽寺寒舍
二○○八年校訂

參考書目

1. 《臺灣文學史綱》（葉石濤）
2. 《臺灣新文學運動簡史》（陳少廷）
3. 《臺灣新文學運動四十年》（彭瑞金）
4. 《中國新詩論史》（旅人）
5. 《中華民國文藝史》（主編尹雪曼）
6. 《中華文學大系‧評論卷》（主編李瑞騰）
7. 《三十年來我國社會及人文科學回顧與展望》（主編賴澤涵）
8. 《新文學的傳統》（夏志清）
9. 《臺灣精神的崛起》（笠詩社）
10. 《談民族文學》（顏元叔）
11. 《臺灣文學批評選》（多部，主編陳辛蕙）
12. 《中國現代文學批評述論》（柯慶明）
13. 《文藝美學》（王夢鷗）
14. 《藝術的奧秘》（姚一葦）
15. 《思潮的脈動》（主編韋政通、李鴻喜）
16. 《什麼是後現代主義》（羅青）
17. 《中國現代文學批評選》（主編葉維廉）
18. 《現代詩淺說》（陳千武）
19. 《現代詩散論》（白萩）
20. 《現代詩投影》（張默）
21. 《無塵的鏡子》（張默）
22. 《詩的探險》（洛夫）
23. 《現代詩入門》（蕭蕭）
24. 《現代詩縱橫觀》（蕭蕭）
25. 《古丁全集》（三卷古丁）

26.《橫看成嶺側成峰》（文曉村）

27.《新詩評析一百首》（文曉村）

28.《詩的傳統與現代》（李春生）

29.《中國現代文學評論集》（張漢良）

30.《五十年代文學評論》（司徒衛）

31.《鄉土文學論集》（主編尉天驄）

32.《民族與鄉土》（尉天驄）

33.《理想的追尋》（尉天驄）

33.《中西文學比較論集》（鄭樹森、袁鵝翔、周英雄）

34.《文學與美學》（龔鵬程）

35.《中國詩學》（四書、黃永武）

36.《詩與美》（黃永武）

37.《用伯乃自選集》（周伯乃）

38.《現代小說論》（周伯乃）

39.《近代西洋文藝新潮》（周伯乃）

40、《文體論》（韓鳳昌）

41.《現代文學散論》（胡品清）

42.《臺灣年度評論》（蔡詩萍等）

43.《臺灣鄉土作家論》（葉石濤）

44.《葉石濤作家論集》（葉石濤）

45.《臺灣文學的過去、現代與未來》（陳永興編）

46.《後現代的併發症——當代臺灣社會文化批判》（孟樊）

47.《世紀末的偏航——八〇年代臺灣文學論》（孟樊、林燿德編）

48.《中西文學的回顧》（李歐梵編）

49.《龍應台評小說》（龍應台）

50.《龍應台風暴》（蘇不纏編）

51.《細讀現代小說》（張素貞）

51.《王謝堂前的燕子——（臺北人）的研析與索引》（歐陽子）

52.《千年之淚》（齊邦媛）

53.《作品的表現技巧與效果》（丁樹南）

54. 《文藝選粹》（正中書局）

55. 《分水嶺上》（余光中）

56. 《掌中雨》（余光中）

57. 《解放愛與美》（李元貞）

58. 《明天的女人》（李元貞）

59. 《藝術、文學、人生》（何懷碩）

60. 《風格的誕生》（何懷碩）

61. 《怡園詩話》（涂靜怡）

62. 《文學的信念》（蔡源煌）

63. 《臺灣文學風貌》（李瑞騰）

64. 《詩的詮釋》（李瑞騰）

65. 《寂寞之旅》（李瑞騰）

66. 《隱地看小說》（隱地）

67. 《作家與書的故事》（隱地）

68. 《沒有土地哪有文學》（葉石濤）

69. 《中國現代小說的主潮》（何欣）

70. 《當代臺灣作家論》（何欣）

71. 《現代中國的繆斯──臺灣女詩人作品析論》（鍾玲）

72. 《論戰鬥的文學》（葛賢寧）

73. 《民族復興與文藝復興》（葛賢寧）

74. 《詩心與詩鏡》（劉菲）

75. 《期待批評時代的來臨》（沈謙）

76. 《美學》（田曼詩）

77. 《渡也論新詩》（陳啟佑）

78. 《存在主義與現代文學》（周伯乃）

79. 《存在主義概說》（高宣揚）

80. 《臺灣詩人作品論》（李魁賢）

81. 《一九四九年以後》（林燿德）

82. 《不安的海域》（林燿德）

83. 《觀念的對話》（林燿德）

84.《詩心與國魂》（李瑞騰）

85.《新世代詩人大系》（上、下簡政珍、林燿德）

86.《中國新詩賞析》（上中下、呂正惠等）

87.《中國現代詩》（張健）

88.《文學長廊》（張健）

89.《文學四論》（王志健）

90.《散文的藝術》（李薇）

91.《現代散文縱橫論》（鄭明娳）

92.《現代散文構成論》（鄭明娳）

93.《現代散文類型論》（鄭明娳）

94.《文學與社會》（高準）

95.《文心雕龍注》（劉勰）（範文瀾注）

96.《詩品》（鍾嶸）

97.《中國文學理論批評史》（敏澤）

98.《中國文學批評簡史》（黃海章）

99.《中國古代文論選》（郭紹虞主編）

100.《臺灣現代文學史》（白少帆、汪玉斌、張恒春、武治純主編）

101.《臺灣文學史》（上卷，劉登翰、莊明萱、黃重添、林承璜主編）

102.《臺灣新詩發展史》（古繼堂）

103.《臺灣小說發展史》（古繼堂）

104.《西方美學史》（朱光潛）

105.《中國文學批評史》（郭紹虞）

106.《文學原理發展論》（錢中文）

107.《小說美學》（吳功正）

108.《文藝新學科手冊》（古遠清）

109.《如何測量水溝的寬度》（瘂弦主編）

110.《臺灣詩乘》（連雅堂）

111.《雅言》（連雅堂）

國家圖書館出版品預行編目

臺灣新文學理論批評史 / 古繼堂著. -- 一版.
-- 臺北市：秀威資訊科技, 2009. 03.
　面；　公分. --（語言文學類；PG0228）
BOD 版
參考書目：面
ISBN 978-986-221-162-5（平裝）

1.臺灣文學　2.文學理論　3.文學評論
4.臺灣文學史

863.2　　　　　　　　　　98001034

語言文學類　PG0228

臺灣新文學理論批評史

作　　者 / 古繼堂
主　　編 / 蔡登山
發 行 人 / 宋政坤
執行編輯 / 藍志成
圖文排版 / 鄭維心
封面設計 / 莊芯媚
數位轉譯 / 徐真玉　沈裕閔
圖書銷售 / 林怡君
法律顧問 / 毛國樑　律師
出版印製 / 秀威資訊科技股份有限公司
　　　　　臺北市內湖區瑞光路 583 巷 25 號 1 樓
　　　　　電話：02-2657-9211　　　　傳真：02-2657-9106
　　　　　E-mail：service@showwe.com.tw
經 銷 商 / 紅螞蟻圖書有限公司
　　　　　臺北市內湖區舊宗路二段 121 巷 28、32 號 4 樓
　　　　　電話：02-2795-3656　　　　傳真：02-2795-4100
　　　　　http://www.e-redant.com

2009 年 3 月 BOD 一版
定價：460 元

讀 者 回 函 卡

感謝您購買本書，為提升服務品質，煩請填寫以下問卷，收到您的寶貴意見後，我們會仔細收藏記錄並回贈紀念品，謝謝！

1.您購買的書名：＿＿＿＿＿＿＿＿＿＿＿＿＿＿＿＿＿

2.您從何得知本書的消息？

　　□網路書店　□部落格　□資料庫搜尋　□書訊　□電子報　□書店

　　□平面媒體　□ 朋友推薦　□網站推薦 □其他＿＿＿＿＿＿

3.您對本書的評價：(請填代號　1.非常滿意 2.滿意 3.尚可 4.再改進)

　　封面設計＿＿　版面編排＿＿　內容＿＿　文/譯筆＿＿　價格＿＿

4.讀完書後您覺得：

　　□很有收獲　□有收獲　□收獲不多　□沒收獲

5.您會推薦本書給朋友嗎？

　　□會　□不會，為什麼？＿＿＿＿＿＿＿＿＿＿＿＿＿＿＿＿＿＿

6.其他寶貴的意見：＿＿＿＿＿＿＿＿＿＿＿＿＿＿＿＿＿＿＿＿＿

＿＿＿＿＿＿＿＿＿＿＿＿＿＿＿＿＿＿＿＿＿＿＿＿＿＿＿＿＿＿＿

＿＿＿＿＿＿＿＿＿＿＿＿＿＿＿＿＿＿＿＿＿＿＿＿＿＿＿＿＿＿＿

＿＿＿＿＿＿＿＿＿＿＿＿＿＿＿＿＿＿＿＿＿＿＿＿＿＿＿＿＿＿＿

讀者基本資料

姓名：＿＿＿＿＿＿＿＿＿＿　年齡：＿＿＿　性別：□女 □男

聯絡電話：＿＿＿＿＿＿＿＿　E-mail：＿＿＿＿＿＿＿＿＿＿

地址：＿＿＿＿＿＿＿＿＿＿＿＿＿＿＿＿＿＿＿＿＿＿＿＿＿＿

學歷：□高中(含)以下　□高中　□專科學校　□大學

　　　□研究所(含)以上 □其他＿＿＿＿＿＿＿＿

職業：□製造業 □金融業 □資訊業 □軍警 □傳播業 □自由業

　　　□服務業 □公務員 □教職　□學生 □其他＿＿＿＿＿＿

秀威與 BOD

BOD（Books On Demand）是數位出版的大趨勢，秀威資訊率先運用 POD 數位印刷設備來生產書籍，並提供作者全程數位出版服務，致使書籍產銷零庫存，知識傳承不絕版，目前已開闢以下書系：

一、BOD 學術著作—專業論述的閱讀延伸
二、BOD 個人著作—分享生命的心路歷程
三、BOD 旅遊著作—個人深度旅遊文學創作
四、BOD 大陸學者—大陸專業學者學術出版
五、POD 獨家經銷—數位產製的代發行書籍

BOD 秀威網路書店：www.showwe.com.tw
政府出版品網路書店：www.govbooks.com.tw

永不絕版的故事·自己寫·永不休止的音符·自己唱